VOLKER KUTSCHER • **Lunapark**

VOLKER KUTSCHER 1962 doğumlu. Alman dili ve edebiyatı, felsefe ve tarih öğrenimi gördü. Gazetecilik yaptı. İlk polisiye romanını 1995'te Christian Schnalke'yle beraber yazdı, bunu biri yine aynı yazarla ortak olmak üzere iki roman daha izledi. Tanınmasını sağlayan, 2007'de çıkan *Islak Balık* oldu. *Islak Balık* (Cem Sey çevirisi) 2017'de, bu kitabın kahramanı Gereon Rath'ın ikinci vakasını ele alan *Sessiz Ölüm* (Gülçin Wilhelm çevirisi) 2018'de, üçüncü vaka *Goldstein* (Cem Sey çevirisi) ve dördüncü vaka *Vaterland Dosyası* (Gülçin Wilhelm çevirisi) 2019'da, beşinci vaka *Mart Şehitleri* (Cem Sey çevirisi) 2021'de İletişim tarafından yayımlandı. Gereon Rath'ın "vakalarına" dayanarak çekilen *Babylon Berlin* adlı dizi, dünya çapında ün kazandı.

Lunapark. Gereon Raths sechster Fall

İletişim Yayınları 3101 • Dünya Edebiyatı 285
ISBN-13: 978-975-05-3239-9

1. Baskı 2021, İstanbul

DİZİ YAYIN YÖNETMENİ Murat Belge
YAYINA HAZIRLAYAN Necdet Dümelli
KAPAK Suat Aysu
KAPAKTAKİ KROKİ "Lunapark auf einer Karte von", 1931
(1931 Yılından Bir Krokide Lunapark), 1931.
KAPAKTAKİ KARTPOSTAL "Halensee, Lunapark-Terrassen"
(Halensee, Lunapark Taraçası), 1912.
UYGULAMA Hüsnü Abbas
DÜZELTİ Büşra Bakan
BASKI Sena Ofset · SERTİFİKA NO. 45030
Litros Yolu, 2. Matbaacılar Sitesi, B Blok, 6. Kat, No: 4NB 7-9-11
Topkapı, 34010, İstanbul, Tel: 212.613 38 46
CİLT Güven Mücellit · SERTİFİKA NO. 45003
Mahmutbey Mahallesi, Devekaldırımı Caddesi, Gelincik Sokak,
Güven İş Merkezi, No: 6, Bağcılar, İstanbul, Tel: 212.445 00 04

İletişim Yayınları · SERTİFİKA NO. 40387
Cumhuriyet Caddesi, No. 36, Daire 3, Seyhan Apartmanı,
Harbiye Mahallesi, Elmadağ, Şişli 34367 İstanbul
Tel: 212.516 22 60-61-62 • Faks: 212.516 12 58
e-mail: iletisim@iletisim.com.tr • web: www.iletisim.com.tr

VOLKER KUTSCHER

Lunapark

Gereon Rath'ın Altıncı Vakası

Lunapark
Gereon Raths sechster Fall

ÇEVİREN ***Gülçin Wilhelm***

iletişim

Tüm dipnotlar çevirmene aittir.

Prolog

18 Mayıs 1934, Cuma

Önünden büyük şehrin parlak bina cepheleri kayarak geçiyordu; deri koltuğa iyice gömülmüştü. Daha iki saatlik yolu vardı. Berlin gecesinin ışık denizi, yerini yavaş yavaş Mark Brandenburg'un karanlığına bırakmak üzereydi. Yolun sağındaki ve solundaki ağaçlar farların ışığında bir beliriyor, bir kayboluyordu. Bu biteviye durumun huzur verici bir yanı vardı.

Adolf Osterberg, *Audi* SS'iyle gezmeye, arka koltukta oturup purosunu tüttürerek düşüncelere dalmaya bayılıyordu. Hele bugün düşünecek öyle güzel şeyler vardı ki. Friedländer'le imzaladığı iş anlaşması için tatmin edici demek yetersiz kalırdı, memnuniyeti bunun da ötesindeydi. Bağladıkları iş ikisi için de kazançlı olacak, ikisine de birkaç aylık da olsa belli bir güvence sağlayacaktı. İş yemeğinin sonunda birer kadeh konyak içmişlerdi; Osterberg, içini saran memnuniyet duygusuna eşlik eden alkolün hoş sıcaklığını hâlâ hissediyordu.

Schulze sekiz silindirli aracı kullanırken çok rahattı. Genç şoför arabadan anlıyordu; tamir de onun işiydi. Her şeyden öte, cana yakın birisiydi. İnsan onunla vakit geçirmekten haz alıyordu. Bir şoförden daha da fazla ne beklenirdi?

Emilie ile çocuklar Ahrenshoop'taydı; şirkette işleri hallettikten, ertesi akşam ticari mümessili Leyboldt'a bütün talimatları verip iki hafta boyunca dikkat etmesi gereken şeyleri tembihledikten sonra o da gidecekti yanlarına. Bir işgünü kalmıştı, ondan sonra ver elini tatil. İki hafta Baltık Denizi.

Ona bu güzel haberleri verdiğinde karısının yüzündeki ifadeyi hayal edip şimdiden seviniyordu. Yeni Almanya'da artık senin gibilere yer yok demiyorlar mıydı! Adolf Osterberg eski tüfeklerden, mücadeleci bir tipti; yeni hükümette de böylelerine ihtiyaç vardı. Milliyetçiydi, aslında her zaman öyle olmuştu. Almanya bir tarafa, dünya bir tarafaydı, ülkesi karısından bile daha önemliydi. Karısını çok sevse de bu böyleydi.

Müdürlüğünü yaptığı yün dokuma atölyesinin işleri gayet iyi gidiyordu. Ara ara alevlenen dedikodulara pek aldırış ettiği yoktu. Yahudi olduğunu orada burada anlatmanın bir gereği var mıydı? Açık etmediğin sürece kimse sana dokunmuyordu. Hükümet bunun gibi daha birçok şeyi doğru yapmıştı. Hele komünistlere karşı tutumları...

Şoför dikiz aynasına bakıp duruyordu.

"Ne oluyor Johann? Bir sorun mu var?"

"Önemli bir şey değil müdür bey. Arkamızdaki *Hanomag* beni sinir etti, Spittelmarkt'tan beri peşimizde de."

Osterberg, "Siz de biraz yavaşlayın, sollasın," diyerek puro kutusuna uzandı. "Acelemiz yok."

"Haklısınız müdür bey."

Schulze'nin ayağını gaz pedalından çekmesiyle gerçekten de koyu mavi bir *Hanomag* Rekord geçti yanlarından. Osterberg sağına soluna göz gezdirdi, tam arkalarındaki otomobil hariç, yol bomboştu. Şehir merkezinden bayağı uzakta, Köpenicker Strasse üzerindeydiler. *Hanomag*, *Audi*'yi solladı, ancak birden cüretkâr bir manevrayla enlemesine yolun ortasında durdu. Schulze ani fren yapmak zorunda kaldı. Tekerlekler gıcırdamıştı.

Hanomag'dan dört tane adam indi, hepsi kahverengi üniformalıydı. Osterberg derin bir iç çekti. Şu anda bir bu eksikti. Arkadaki araba da durmuş, ondan da SA'lar inmişti. Resmen kıskaca almışlardı onları. Osterberg puro kutusunu bıraktı; pek erken sevinmişti.

Kahverengi gömleklilerden sıska, albenisi olmayan, üstünde

üniforma olmasa kendi halinde, zararsız bir muhasebeci denebilecek biri pencereyi tıklattı. Schulze arabanın camını indirdi.

"Ehliyet ve ruhsat."

"Heil Hitler komutanım. Nedir sorun?"

"Ehliyet ve ruhsat."

Schulze torpido gözünden istenenleri çıkarıp adama uzattı. SA belgeleri kontrol edip şüpheyle arabanın içine baktı.

"Schulze Johann. Siz misiniz?"

"Evet komutanım."

"Ama araba Osterberg Adolf diye birine ait."

"Şefim olur komutanım. Ben şoförüm yalnızca."

"Benimle dalga mı geçiyorsunuz? Üstünüzdekinin SA üniforması olmadığını ben de görüyorum."

Bölük komutanının yanındaki haydut görünümlü bir herif lafa girip, "Adolf mu?" dedi. "Adolf diye bir Yahudi domuzu, öyle mi? Olacak iş değil."

Bölük komutanının bir bakışıyla adam hemen sustu.

Ardından otomobilin arkasına geçip içeriye oradan baktı. Osterberg kendi tarafındaki camı indirdi.

"Heil Hitler komutanım," deyip, daracık mekânda olabildiği ölçüde sağ kolunu havaya kaldırdı.

"Adolf Osterberg siz misiniz?"

"Evet."

"İnin arabadan lütfen."

"Gerçekten gerekiyor mu? Ben..."

"İnin dedim."

"Hayhay."

Adolf Osterberg şaşkındı. Ne yapmış olabilirdi? Alman selamı vermiş, SA'ya hürmette kusur etmemişti. Bu adamlar komüne karşı en ön saflarda savaşmış, ona göre tamamen doğru hareket etmişlerdi. Böyle olduğu için de onların antisemitik sövgülerini rahatlıkla duymazdan gelebiliyordu. Yahudi olmak zaten öyle iftihar duyacağı bir şey değildi. Alman olmak onun için her zaman daha önemli olmuştu. Hatta Emilie için din bile değiştirmek istemiş ama kadın karşı çıkmış, o da vazgeçmişti. Zaten ikisi de dini bütün sayılmazdı. Hiç olmamışlardı.

Bölük komutanı, Osterberg inince, "Sizin gibi birisi nasıl oluyor da böyle şık bir arabayla dolaşabiliyor?" diye sordu.

"Benim gibi biri mi? Kusura bakmayın, ben fabrikatörüm. Bir yün dokuma atölyesinin müdürlüğünü yapıyorum. Çok da iyi işliyor. Cottbus'ta."

"Arabanıza el koyuyorum."

"Efendim?" Osterberg yanlış duyduğunu düşündü. "Bu saatte arabasız nasıl gideceğim Cottbus'a?"

"O konuda hiç endişeniz olmasın."

Osterberg'in ismiyle ilgili uygunsuz espri yapan ve yaka apoletine bakılırsa takım çavuşu olduğu anlaşılan az önceki kaba saba SA, Schulze'ye doğru eğilerek, "Kulakların sağır mı Yahudi uşağı?" dedi. "Arabaya el konuldu. Aşağı."

Osterberg'in şoförü sükûnetini bozmadan kapıyı açtı ve indi.

Kavga aradığı her halinden belli olan takım çavuşu, "Schulze pek Yahudi ismine benzemiyor," dedi.

Schulze alçak sesle, "Ben Katolik'im," dedi.

Osterberg, "İzninizle komutanım," diye tekrar lafa girdi. "Biz sapına kadar, namuslu Almanlarız. Siz bu şekilde..."

Daha lafını bitirmemişti ki, takım çavuşu birden mide boşluğuna bir yumruk indirdi. Osterberg darbenin şiddetiyle iki büklüm oldu ve anında kusarak o güzelim akşam yemeğiyle konyağı Köpenicker Strasse'nin kaldırımına boca etti.

"Yahudi, adı Adolf, sapına kadar Alman olduğunu iddia ediyor. Kulaklarıma inanamıyorum. Ne kadar safkansın, pis Yahudi?"

Osterberg soluk soluğa yere çökmüş haldeyken takım çavuşu Schulze'ye doğru yöneldi. Şoför şefini korumaya kalkışınca iki SA kollarından kavradı.

Adam, "Demek Katolik'sin," deyip tüm cüssesiyle karşısına dikilmişti. "Niye bu Yahudi domuzunun yanında çalışıyorsun?"

"Herr Osterberg, Yahudi domuzu değil, hem de dünyanın en iyi şefi."

Osterberg şoförünün gösterdiği bu esaslı davranıştan duygulanmasına duygulanmıştı da, Schulze konuşmasa daha hayırlı olacaktı. Hâlâ yerdeydi; derken iki SA onu kolundan tuttuğu gibi kaldırıp ortalarına aldı. Tutuklu muamelesi yapılıyordu, ama akşam saat onda Berlin sokaklarında arabayla dolaşmaktan başka ne suç işlemiş olabilirdi?

Takım çavuşu, "Şefin benim gözümde ne, biliyor musun?" dedi. Schulze'nin burnunun dibinde durmuş, gözlerinin içine bakıyordu. "Kuburdaki bok; sifonu çekip yok edeceksin."

Vefakâr Schulze gene istifini bozmadı. Ancak cevap verme gafletinde bulundu.

"Şefimin senin gibi bir kara cahilin gözünde ne olduğu beni hiç ilgilendirmiyor."

Takım çavuşu tepkisiz kaldı; anlaşılan söylenenlerin hakaret olduğunu anlayabilmesi için biraz zaman geçmesi gerekmişti. Ardından kocaman kafasını öne doğru yaklaştırıp bütün gücüyle şoförün burun kemiğine kafa attı. Schulze'nin gözleri kaydı ve yere düştü. SA'lar tutmuyordu artık onu çünkü, geri geri gidip ağır çizmesiyle Schulze'nin kafasını tekmelemeye başlayan çavuşlarına yer açmışlardı. Şoförün kasketi havaya uçup kaldırıma düştü. Adam sanki yerde yanan ateşi söndürüyor gibi kâh hareketsiz yatan adamın etrafında dönüyor, kâh kafasını tekmeliyordu. Osterberg kemik kırılmasına benzer sesler duyuyordu, ama elinden bir şey gelmiyordu. Adamlar onu sıkı sıkı tutmuştu, kıpırdayamıyordu.

"Bırakın adamcağızı artık," diye bağırdı. "Öldüreceksiniz zavallıyı."

Kimse dinlemiyordu.

Derken takım çavuşu sakinleşir gibi oldu. En azından Osterberg'e öyle gelmişti, ama çabucak yanıldığını anladı. İnsan azmanı dizlerinin üzerine çöktü, hareketsiz yatan, hırıltıyla soluyan, kan revan içindeki kurbanının üzerine eğilerek yüzüne dokundu. Savunmasız Schulze'yi alnından öpecekti sanki. Öpmedi. Dudaklarını uzatıp Schulze'nin sağ gözünü vantuzladı. O andan itibaren SA'lar kendisini sıkı sıkı tuttuğu için müdahale edemeden çaresiz tanıklık etmek zorunda kalacağı şeyler, Adolf Osterberg'in hayatında yaşadığı en korkunç şeylerdi.

BİRİNCİ BÖLÜM

Luna Plena

28 Mayıs 1934, Pazartesi ile
7 Haziran 1934, Perşembe arası

Lester Freamon: A life, Jimmy, you know what that is? It's the shit that happens while you're waiting for moments that never come.[1]

– *THE WIRE*, SEZON 3, BÖLÜM 9, "SLAPSTICK"

1

Telefon gelir gelmez hemen çıkmıştı, geldiğinde gördüğü manzara o yüzden şaşırtmıştı onu. İki tane yeşil emniyet müdürlüğü arabası, toplum polisine ait bir zırhlı araç, Doktor Karthaus'un bordo *Horch*'u, bir de Cinayet'in parlak siyah arabası Gartenstrasse'de kaldırımda yüksek bir tuğla duvarın gölgesinde yan yana park edilmişti. Birkaç metre ileride, tren köprüsünün altındaki o yarı gölgelik yere o kadar çok toplum polisi koymuşlardı ki, Rath mavi üniformaların arkasında ne olup bittiğini görmekte zorlanıyordu. *Buick*'ini diğer otomobillerin yanına park edip arabadan indi.

Tatsız bir havaydı, şehrin üzerine gri bulutlar çökmüştü. Rath paltosunun cebinden sigara tabakasını çıkarıp bir *Overstolz* yaktı ve etrafa göz gezdirdi. Sağ tarafta harabeye dönmüş apartmanlar,

1 Lester Freamon: Yaşam, Jimmy, nedir bilir misin? Sen asla gelmeyecek anları beklerken olup biten şeylerdir.

solunda ise Stettin İstasyonu'nun işletme sahasını dünyanın geri kalanından ayıran duvar yükseliyordu. Önünde ise ufku tamamen kapatan, çelikten heyula gibi bir tren köprüsü uzanıyordu. Liesen Köprüsü'ne, üzerinde inşa edildiği sokaklardan birinin ismi verilmişti ama bu isim, keyifsiz bir tanrı tarafından sinirle evlerin ortasına fırlatılmış gibi duran bu siyah-gri kazulete hiç yakışmıyordu, fazla yumuşaktı. Özetle burası oldukça sevimsiz bir yerdi: aşağıda apartmanlar, sanayi binaları, mezarlıklar, yukarıda ise birkaç dakikada bir kulakları sağır eden aşırı bir gürültüyle Stettin İstasyonu'na takur tukur giren trenler.

Olay yeri anlaşılan tam bu köprünün altıydı; bir düzine toplum polisi orada bir zincir oluşturmuştu. Sivil kıyafetli iki adam, kıdemli başpolisle konuşuyordu; biri Nuh Nebi'den kalma bir fotoğraf makinesiyle ayaklığını sırtlamış, diğeri ise not defterini çıkarmıştı. Kriminal Sekreter Paul Czerwinski ve Komiser Adayı Andreas Lange'ydi bunlar, yani bugünkü operasyondaki adamları. Kriminal Polis Laboratuvarları Dairesi ile Toplum Polisi'nin kaç adamla geldiğine bakılırsa, iki kişi azdı tabii.

Rath uykusuzdu. Gece kâbuslarını istila eden cinler, yani ölümlerine neden olduğu ve ona rahat vermeyen insanlar kapısını çalmıştı yine. Her dolunayda mezarlarından çıkıyor, rüyalarına giriyorlardı.

Sigaranın dumanıyla birlikte serin sabah havasını içine çekti ve diğerlerine doğru yöneldi. Onu ilk gören Lange oldu; komiser adayı iki parmağını şapkasının kenarına götürerek onu selamladı. Czerwinski ne olduğuna bakmak için dönünce sırtındaki ayaklıkla neredeyse bir toplum polisine çarpacaktı. Adam son anda eğilerek kurtuldu. Rath böyle bir sahneyi en son sinemada, bir *Laurel ile Hardy* filminde gördüğünü düşündü; demek ki böyle şeyler gerçek yaşamda da oluyordu.

Gece, köprünün altına sıkışıp kalmıştı; orası hâlâ kapkaranlıktı. Rath çelik yapının gölgesine girer girmez sıcaklığın birkaç derece azaldığını hissetti.

Arkadaşlarının yanına geldiğinde, "Amma seferberlik," dedi. "Gören de Çin İmparatoru öldü filan sanacak."

Kimse tepki göstermedi. Lange hafifçe öksürerek gözlerini yere indirdi, Czerwinski ise ne olduğu anlaşılmayan bir şeyler mırıldanıp ağırlığını bir ayağından öbürüne vermeye devam etti. Üniformalı memur, kıdemli başpolis ile komiser arasındaki rütbe farkının elverdiği ölçüde kötü bir bakış fırlatmıştı. Rath, toplum polislerinin omuzlarının üzerinden olay yerine bakınca, vaziyeti anladı. Köprünün altında lalettayin atılmış kanlı bir çuval gibi yatan cesedin üzerinde kahverengi SA üniforması vardı.

Rath, toplum polisine kimliğini gösterdi. "Ne çok adamla gelmişsiniz," dedi.

"Tedbirli olmak lazım, burası hâlâ kızılların elinde. Milli devrimden beri bir ölçüde asayiş sağlandı, ama kızıllar saklandıkları deliklerden çıkarsa kan gövdeyi götürür."

"Bu konuda tecrübelisiniz herhalde."

Toplum polisi, "53. Karakol," dedi, sanki bu her şeyi açıklamaya yetermiş gibi. "Az ileride, Voltastrasse'de. Topun ağzında olduk hep."

Rath, "Anlaşılan bu sefer topun ağzında olan başka biri daha varmış," dedi cesedi işaret ederek.

Demiryolu köprüsünün gölgesinde kaldırımın ortasında yatan maktul SA'yı çok kötü benzetmişlerdi; zavallının bütün kemiklerini kırmış olacaklar ki, kolları ve bacakları anormal biçimlerde dönmüş, kıvrılmıştı. Suratında yaralar vardı; burnu kırıktı, kan içindeydi. Etli üst dudağı patlamıştı, bazısı eksilmiş dişleri görünüyordu. Mucize eseri, içinde dehşet ifadesinin kalakaldığı kocaman açılmış gözlerine, bir miğfer gibi çenesinin altında tutturulmuş SA kepine bir şey olmamıştı. Kep öyle oturaklı duruyordu ki, adam sanki az sonra içtimaya çıkacaktı. Üniformanın geri kalan kısmı için ise bunu söylemek mümkün değildi. Kahverengi kumaş yırtık pırtıktı; üzerinde yer yer kan lekeleri vardı. Bacağının arasında koyu bir su çizgisi oluşmuştu; adam ölüm kalım mücadelesi sırasında altına kaçırmış olmalıydı.

Cesedin başucundaki tuğla duvarda beyaz boyayla büyük harflerle "İŞÇİLER DİRENİN! KAHROLSUN HİTLER FAŞİ" yazılıydı; yazanın Berlinli emekçilere mesajı yarım kalmıştı.

O emekçilerden bir tanesi şu anda iki toplum polisinin arasında durmuş, elindeki kasketiyle oynuyor, duvardaki slogana ve cesede bakmamak için elinden geleni yapıyordu. Polisler adama kelepçe takmıştı.

Rath polis kordonunu geçip yanlarına gitti. Lange arkasından gelirken Czerwinski fotoğraf makinesini hazırlamaya başladı.

Rath toplum polislerine, "Zanlımız mı?" diye sordu.

Daha üniformalılar ağzını açamadan işçi konuşmaya başladı; Berlin şivesiyle hızlı hızlı, heyecanla anlatıyordu: "Komiserim, yemin ederim, benim hiç alakam yok. Yoksa karakola gider miydim? Arkadaşlar ve ben, biz sadece bulduk onu. Çoktan ahireti boylamıştı."

"Cesedi bulup haber veren sizsiniz yani?"

İşçi başıyla evet dedi.

Rath işçiyi kolundan tutan kıdemli başpolise, "Adam tanık, niye kelepçe taktınız?" diye sordu.

"Tedbir komiserim. Bunlara güven olmaz."

"Her işçi kızıl mı sizin gözünüzde? Çözün o kelepçeyi."

Kıdemli başpolis ceketinin cebinden isteksizce küçük bir anahtar çıkardı.

Rath işçiye, "Cesedi ne zaman buldunuz?" diye sordu.

Beriki kan dolaşımını hızlandırmak için kollarını sallarken, "Beş buçuğa geliyordu. Hava aydınlanmak üzereydi," dedi.

Rath not alıyordu. "Sözünü ettiğiniz çalışma arkadaşlarınız nerede?"

"Nerede olacaklar? İşteler tabii. Vardiyaya yetişiyorduk."

"Nerede?"

Adam doğu istikametini gösterdi. "Şurası, *AEG*. Fakat ben karakola gittim." Omuzlarını kaldırdı. "Haberi kim verecek diye aramızda kura çektik."

"Kura mı çektiniz? Neden hep birlikte gitmediniz? Sonuçta arkadaşlarınız da birer cinayet vakası tanığı, öyle sıvışmak olmaz. Sizin haberiniz yok mu bundan?"

"Bizim öyle çalışmayıp saatlerce sallanma gibi bir lüksümüz yok." İşçi, toplum polislerine sert bir bakış fırlattı. "Sadece görevini yapmış bir vatandaşın böyle bir davranışa maruz kaldığını görünce, keşke kurada kaybeden ben olmasaydım diyorum şimdi."

"Biz işvereninizi bilgilendiririz, merak etmeyin. Ama iş arkadaşlarınızla konuşmamız lazım. İsim ve adresler vardır sizde."

"Vereyim. Bizim gizlimiz saklımız yok."
"İyi." Rath arkasına döndü. "Lange?"
"Komiser?"
"Beyefendinin ifadesine siz devam edin."
"Adım Egerland," dedi işçi.
"Tanık Herr Egerland'ın ifadesine siz devam edin lütfen."
Andreas Lange her zamanki disipliniyle not defterini çıkarmıştı bile. Kale'de kriminal asistan olarak işe başlayan ve bu arada aday komiserliğe terfi eden Lange, bir yıldır Rath'la birlikte çalışıyordu. Bu işbirliğinin bayağı faydası olmuştu; ömür boyu memurluğa atanmasının önünde artık hiçbir engel görünmüyordu. Rütbesinin önündeki "aday" lafı kalkar kalkmaz başka bir ofise geçecekti; Rath'ın ondan sonra kendisine yeni birisini bulması gerekiyordu. Gereon Rath koskoca Emniyet'te terfi etmeyen tek memur olabilir miydi? Sosyal demokratlar onu bile bile atlamıştı sanki; Nazi Magnus von Levetzow emniyet müdürü olduğunda ise hiç şansı kalmamıştı.
Yıllardır kriminal sekreterlikten bir dirhem yükselememiş Paul Czerwinski gibi olmasındı kaderi? O anda fotoğraf makinesiyle boğuşmakta olan Czerwinski ölçü değildi gerçi. Ölçü, baba Rath'tı; Engelbert Rath, zamanında yirmi sekiz yaşında Köln polis teşkilatının en genç başkomiseri olmuştu. Bu arada artık babasının da Köln Emniyet Müdürlüğü'ndeki yıldızı sönmek üzereydi. Her ne kadar Engelbert Rath, eski Köln Belediye Başkanı Konrad Adenauer'le olan yakın arkadaşlığından bayağı istifade etmiş olsa da bu yakınlık sonunda yine kendi başını yakmıştı. Rütbesi indirilmemiş, istifaya zorlanmamıştı; tam maaşını da alıyordu ama Engelbert Rath'ın ne Köln polis teşkilatında ne de siyasette forsu kalmıştı.
Belki de böyle zamanlarda insanın hırslı olmaması iyi bir şey diye düşündü Rath. Kamerayı nihayet hazır hale getiren Paul Czerwinski gibi olacaktın belki. Kriminal sekreter ne olsa soğukkanlılığı elden bırakmıyordu. Czerwinski önce duvardaki sloganı çekmişti; henüz maktulün başında Olay Yeri İnceleme Ekibi'nin adamları duruyordu.
Bizzat Kronberg çökmüştü cesedin yanına; olay yeri inceleme ekibi için de bir SA'nın ölümü ciddiye alınacak bir meseleydi. Kri-

minal Polis Laboratuvarları Dairesi Şefi, Rath'ı görünce doğrulup ayağa kalktı.

"Hayırlı sabahlar Komiser."

"Bu durumda... Bilmem ki... Yerinde bir laf mı..." Rath cesedi işaret ediyordu.

"Yani, Heil Hitler demek istemiştim."

Kronberg resmen paniğe kapılmıştı. Halbuki Rath onu selamından ötürü yermeyi filan aklından geçirmemişti. Herkesin sinirleri laçkaydı. Böyle görmüş geçirmiş bir şube müdürü bile yanlış bir şey yapmaktan korkuyordu.

Rath, son aylarda alışkanlık haline getirdiği o özensiz, lalettayin Hitler selamıyla karşılık verdi; "Heil," diye bir şey geveledi ağzında. Şimdiye kadar bu şekilde idare etmişti; memurlara şart koşulan selamı kendi "stilince" uyguladığında birileri birkaç kez ters ters bakmış, ama onun dışında pek bir tepki görmemişti. Ayrıca diğer memurların yaptığı gibi hazır ola geçip kolunu kaldırmamak ona iyi geliyordu. Bu selamı hiç vermezse kendini daha da iyi hissediyordu, ama bu her zaman mümkün olmuyordu işte.

Kronberg, "Gennat yok mu?" diye sordu.

Berlin polis teşkilatındaki cinayet şubesinin kurucusu ve başı olan Kriminal Müdür Ernst Gennat, olay yerlerine gelmemeyi epeydir âdet edinmişti. Cüssesi, daha çok da ağırkanlılığı yüzünden milletin "Buda" lakabını taktığı Gennat, vakalarını oturduğu yerden çözmeyi tercih ediyordu; masasındaki en önemli gereçler bir fincan çay, bir dilim de frenküzümlü pastaydı. O yüzden Kronberg'in onu sorması biraz tuhaftı ve büyük olasılıkla maktulün üstündeki üniforma yüzündendi; Rath olay yerini ablukaya alması için 53. Karakol'un bu kadar polis göndermiş olmasını da buna bağlıyordu.

Rath, "Korkarım benimle yetinmek zorunda kalacaksınız müdür bey," dedi. "Lange ve Czerwinski'yi tanıyorsunuz, daha fazla da adamım yok."

Kronberg başını sallayıp Rath'a bir para cüzdanı uzattı.

"Cesedin üzerinde bulduk. Parmak izlerine bakacağız. İsterseniz fotoğrafını çekebilirsiniz artık."

Rath kahverengi deri cüzdanı açıp içindeki paraya baktı; iki onluk, üç de yirmilik vardı. "Gasp değil herhalde," dedi ve cüzdanı karıştırmaya devam etti. Kronberg müstehzi gülümsedi. Cüzdandan biraz da bozuk para, ayrı bir bölümünden son derece düzgün yerleştirilmiş iki tane on feniklik pul, bir de SA kimliği çıktı.

Rath kimliği açıp, küçük çocukları yiyen bir canavar gibi poz vermiş maktulün resimdeki yüzüne baktı. Haydut gibi bir herifti; herhalde sivil yaşamında ya hamallık yapıyordu ya da işinin ehli bir boksördü. Rath cesedin boyunu posunu kestirmeye çalıştı. Uzun ve iriyarıydı; karanlıkta karşısına çıksa insanın korkacağı cinsten biri olmalıydı.

Kimlikte adının Horst Kaczmarek olduğu yazıyordu; rütbesi SA takım çavuşuydu, iki yıldan beri de Wedding'deki 101. SA Birliği üyesiydi.

Rath, "101. birliğin lokali neresi acaba?" diye sordu; Kronberg süngüsü düşük, omuzlarını kaldırdı. Bu bilgi boşluğu yüzünden utanıyordu sanki.

"Komiserim izninizle," dedi toplum polislerinden biri ve batıyı gösterdi. "Bestmann Birahanesi, Boyenstrasse, on bir numara."

Rath adresi not etti. Kaczmarek'in evini kimseye sorması gerekmiyordu, şehir haritasına da ihtiyacı yoktu. Gartenstrasse 74, cesedin bulunduğu yere pek yakındı. Altında bulundukları heyula gibi tren köprüsüne gelirken en son apartmandı. Durum açıktı: Takım Çavuşu Kaczmarek lokalden çıkıp eve gidiyorken öldürülmüştü. Acaba duvarlara slogan yazan komünist bir yeraltı örgütüne mi çatmıştı? Büyük ihtimalle öyleydi, ama Rath yıllar boyu Ernst Gennat'ın yanında hiçbir şey öğrenmediyse bile şunu öğrenmişti: Acele sonuç çıkarmak iyi değildi.

Gece ne olup bittiği konusunda kafa yormaya devam ederken üzerlerinden gümbür gümbür bir tren geçti; öyle bir gürültü çıkarıyordu ki, diğer seslerin kulağına ulaşması imkânsızdı. Kendi düşüncelerini bile aklında tutamıyordu.

Bir sigara daha yakıp etrafına bakındı. Czerwinski fotoğraf makinesini kurmuş, cesedin resimlerini çekmeye başlamıştı. Kronberg adamlarıyla konuşuyordu. Kriminal laboratuvar görevlilerinden biri, duvarda yazılı sloganın boyasından örnek alıp bir teneke kutuya koydu; başka bir meslektaşı, yerde, cesedin yakınındaki büyükçe bir boya lekesini numune almak üzere kazımakla meşguldü. Lange, tanık Egerland'la konuşuyor, mavi üniformalı toplum polisleri ciddi pozlarda etrafta dolaşıyordu. Doktor Karthaus'un polis arabalarının ortasında duran kırmızı *Horch*'u bulutların arasından yavaş yavaş çıkan güneş ışığında pırıl pırıl parladığı halde, adli tabibin kendisi ortalarda yoktu. Karthaus, cesedin yanına en son yaklaştırılan kişi olduğu halde, olay yerine de en önce hep o gelirdi. Ancak Kriminal Laboratuvar görevlileri işlerini bitirdikten, ölünün bulunduğu pozisyonda fotoğrafı çekildikten sonra inceleyebilirdi cesedi. Bir kerecik göz attıktan sonra atıl kalmaya mahkûm olan doktor, zamanı sigara içerek geçirirdi; olay yerinin herhangi bir köşesinde elinde sigara bekler dururdu. Ama bugün Rath hiçbir yerde görememişti onu; adli tabibin durduğu yer genelde üflediği dumanın halkalarından belli olurdu, onlar bile görülmüyordu.

Çelik köprünün üzerindeki gümbürtü duyularına öylesine hâkim olmuştu ki, Rath büyük bir süratle gelerek, Gartenstrasse'deki bütün polis araçlarını geçip, polis zincirini yarmasına ramak kala toplum polislerinin önünde zınk diye duran simsiyah *Mercedes*'i fark etmemişti. Köprüden geçen trenin çıkardığı gürültü olmasa ani frende *Mercedes*'in tekerleklerinin gıcırtısı kesin duyulurdu. Gıcır gıcır, son model bir limuzindi bu.

Kriminal laboratuvar görevlileri bir an durmuş, Czerwinski fotoğraf makinesinden kafasını kaldırmış, Lange elindeki not defterini indirmiş, tek tanıkları *AEG* işçisi Egerland bile geleni görmek için boynunu uzatıp bakmıştı. Otomobilden ilk bakışta kriminal memuru andıran siyah takım elbiseli iki adam indi. Mavi üniformalı toplum polisleri kimliklerine bakmadan şeridi kaldırarak olay yerinin yolunu açtılar. Adamlardan biri durup toplum polisleriyle konuşurken diğeri cesede doğru yürüyerek görevli komiserin yanına geldi. Rath kendisine yaklaşan bu kişinin yüzünde gülümsemeye benzer bir şey görür gibi oldu, ama yanılıyor da olabileceğini düşündü.

Reinhold Gräf daha tam yanına gelmemişti ki, "Reinhold," dedi, "rolünü muhteşem oynadın."

"Heil Hitler."

Gräf gerçekten gülümsüyordu, hem de "Heil Hitler," derken bile. Yıllarca birlikte çalıştığı meslektaşını böyle tesadüfen görmek onu sevindirmişe benziyordu. Rath'ın bu sevinci paylaştığı söylenemezdi. Kendisine özgü o yalapşap versiyonuyla bile olsa Gräf'in Alman selamına karşılık vermek içinden gelmedi.

"Çok oldu görüşmeyeli," dedi sadece.

"Öyle." Gräf başını salladı. "Tanıdık simalar görüyorum."

Czerwinski ve kriminal laboratuvar görevlilerini başıyla selamladı. Hiç olmazsa Hitler selamında diretmemişti; yanındaki diğer adam ise o anda Andreas Lange ve *AEG* işçisinin karşısına geçmiş, ikisini de o selama zorluyordu.

Rath, Gräf önceki yıl Cinayet Masası'ndan Prinz-Albrecht-Strasse'de bulunan Siyasi Polis'e geçmeden, geçer geçmez de komiserliğe terfi ettirilmeden önce yıllarca, hatta Berlin'e geldiğinden beri, soruşturmaları bu kriminal sekreterle birlikte yürütmüştü.

"Hazır böyle bir araya gelmişken eski günlerin anısına bir şey içelim," dedi Rath.

"Eski günleri konuşmayalım. Yeniler daha önemli."

Rath cevap vermedi. Gräf'in Siyasi Polis'e gitmesinin ardında yatan tek nedenin kariyer olmadığını biliyordu. Eski partneri gerçekten yeni Almanya'nın kurulmasına katkıda bulunmaya soyunmuştu. Reinhold Gräf henüz çok gençti; Rath gibi adamların içine işlemiş, o savaştan kalma sinizm onda yoktu. Almanya'nın geleceğine inanan, hatta bu çorbada tuzu olsun isteyen, ıslah olmaz bir idealistti.

Gräf, "Buda pek fazla adam göndermemiş," dedi ve etrafa bakındı.

Rath sinirlenmişti. Gräf'in, Ernst Gennat'a hâlâ lakabıyla hitap etmeye ne hakkı vardı? Sadece Cinayet'tekilerin buna yetkisi olabilirdi.

"Bu aralar iş çok," dedi. "Ayrıca Delil Tespiti'nden ve toplum polisinden yeteri kadar adam var. Zaten birbirimizin ayağının altında dolaşmamaya dikkat etmemiz lazım. Bir de siz çıktınız şimdi. Siyasi Polis hep mi böyle hızlı?"

Gräf, Rath'ın alaycı tonunu duymazdan geldi. "Siyasi bir cinayet tabii ki gizli devlet polisinin sorumluluk alanına giriyor," dedi.

"Daha işin başındayız, ama senin için cinayet nedeni apaçık ortada, öyle mi? Kim diyor siyasi olduğunu?"

"Bir SA'lı öldürülürse bu her zaman siyasi bir cinayettir."

"SA'lar da insan. Cinayete kurban gitmelerinin ardında çok başka nedenler yatabilir; nefret, aşk, kıskançlık, tamahkârlık... Bildiğimiz şeyler yani."

"Tamahkârlık, kıskançlık mı?" Gräf sloganı gösterdi. "Daha çok şöyle olmuşa benziyor: Bir SA üyesi bir grup komünistin eline düşmüş, onlar da duvara yazdıkları şeyi hayata geçirmişler: Hitler Faşistlerine Ölüm!"

Böyle bir cürüm seyri elbette akla yatkındı ama Rath, Gräf'in ukalalığına içerledi.

"Gennat'ın aceleci sonuçlar çıkarmaktan kaçının, bütün veriler toplanana kadar bekleyin diye diye başımızın etini yediğini ne çabuk unuttun."

"Ben Gennat'ın emrinde çalışmıyorum ki artık."

"Doğru. Şurada kardeş kardeş yan yana durunca unutuvermişim, sen artık Siyasi'sin."

"Onun adı artık devlet polisi. Emniyet müdürünüz bize karışamaz, alış buna artık."

"Bavyeralılar geçmiş başınıza diyorlar."

Gräf sesini çıkarmadı. Rath, tepeden tırnağa kriminal polis olan Reinhold Gräf'i zamanında Siyasi Polis'e geçmesi için teşvik eden kişinin bir yıl önce gizli devlet polisini kuran Rudolf Diels olduğunu biliyordu. Ancak Diels birkaç hafta önce tasfiye edilerek Köln'e sürülmüştü. Yeni Siyasi Polis Şefi, Münihli olup adı Reinhard Heydrich'ti ve SS'lerin başındaki Heinrich Himmler'in adeta emir kuluydu; Nazi şehrinden Berlin'e bir dolu adamını getirmişti.

Rath, Gräf'e eşlik eden ve tanığın ifadesini almakla meşgul olan Lange'nin işine karıştığı gözlenen adamı işaret ederek, "Bu da mı onlardan?" dedi.

"Kıta Komutanı Pfeiffer, Bavyeralı değil, Frankonyalı. Arada büyük fark olduğunu söylerler."

"Pfeiffer mi?" dedi Rath. "Üç F'li yani."

"Bir tanesi Ei'dan[2] önce, ikisi Ei'dan sonra."

Gräf gülmemek için kendini zor tutuyordu. Schöler Pfeiffer'in romanını herhalde o da biliyordu.

Rath, "Kıta komutanı polis rütbesi değil ki," dedi.

"Değil. SS rütbesi."

Gräf başka da bir şey söylememişti, ama yüzündeki gülümseme kaybolmuştu. Devlet polisindeki son gelişmelerden onun da rahatsız olduğu, aynı zamanda yeni meslektaşları hakkında konuşmak istemediği belliydi.

"Vaka ne kadar siyasi olursa olsun, ilk etapta bir cinayet soruşturması. Bunun da uzmanları Alex'teler, Prinz-Albrecht-Strasse'de değil," dedi Rath.

"Evvelden benim de cinayet soruşturması yürüttüğümü unutmuş gibisin."

"Ya senin üç F'li Pfeiffe'n?[3] Şu Lange'nin işine maydanoz olup tanığın ifadesini piç eden düdük? Polisin işinden anlıyor mu?"

Gräf, "Laflarına dikkat et Gereon," diye tısladı. "SS'in anlamadığı bir tek şey var, o da şaka." Biraz sustuktan sonra tekrardan normal ses tonuyla, "Vakayı elinden alırız diye korkuyorsun galiba," diye devam etti.

"Ne diye geldiniz o zaman?"

"Kriminal polisle birlikte çalışmak istiyoruz da ondan. İşbirliği anlayacağın."

"İşbirliğiymiş," dedi Rath. "Siyasi Polis'in daha devlet polisi olmasının öncesinden o işbirliklerinin ne anlama geldiğini çok iyi bilirim. İşin hamallığını biz yaparız, çalışır çabalar, koşuştururuz, sonunda parsayı siz toplarsınız."

"Zaman değişti Gereon."

"Evet öyle de, her şey daha mı iyi oldu, soru bu."

Birisi dikkat çekmek ister gibi hafifçe öksürdü: Rath arkasına döndü. Önünde sıska gövdesiyle Doktor Karthaus duruyordu. Tabii ki elinde bir sigara vardı.

"Heil Hitler, baylar," diye selamladı adli tabip. "Delil tespiti işi bitti mi? Sigaram kalmayacak birazdan da."

---

2 (Alm.) Yumurta.

3 (Alm.) Düdük.

Gräf, "Heil Hitler, doktor," dedi. "Hemen ilgileneceğim. Zaten Olay Yeri İnceleme Ekibi'yle delil durumunu konuşmak istiyordum."

"Peki. Kronberg elini çabuk tutsun biraz."

Gräf başını sallayıp adamlarından birini aldı ve duvardaki tamamlanmamış sloganı inceleyen Kriminal Polis Laboratuvarları Dairesi şefine doğru gitti.

Karthaus, "Devlet polisi hep böyle uyanık," dedi. Rath, adli tabibe baktı ama adamda alaycı bir ifade yakalayamadı.

"Nasıl bu kadar çabuk haberleri oldu, ona şaşırdım."

"Şaşırmanıza gerek yok. Prinz-Albrecht-Strasse'yi ben aradım. Biraz ileride, Ackerstrasse'de bir telefon kulübesi var."

"Efendim?" Rath başını iki yana sallıyordu. "Devlet polisini siz mi aradınız? Neden yaptınız bunu?"

"Birisinin yapması gerekiyordu da ondan," dedi Karthaus istifini bozmadan. "53. Karakol ihmal etmiş, siz de daha gelmemiştiniz komiser bey. Ben de onun üzerine bir telefon aradım. Zaten cesede yaklaşamıyorum, bari böyle işe yarayayım dedim."

Rath öfkesini göstermemeye çalıştı. Karthaus kesinlikle kırmızı çizgiyi de, yetkisini de aşmıştı ama adamla takışmak istemiyordu. Bir kriminal komiserin bir adli tabiple dalaşması hiç iyi bir şey değildi. Ayrıca doktor, yeni Almanya'da kariyer yapmak isteyen bir vatandaştı.

"Kronberg sizi gene mi yanaştırmadı?" demekle yetindi.

"Her zamanki terane. Cesede yalnızca bir göz atabildim. Üç metre öteden." Karthaus sigarasını üstüne basıp söndürdü. "Ama sizi tanıdığım kadarıyla ona rağmen bir ilk değerlendirme beklersiniz benden Komiser Rath, öyle değil mi?"

"Beni çok sevindirirsiniz. Zavallı adamı bu hale getiren şeyin ne olduğu konusunda bir fikriniz var mı?"

"Küt bir obje, sopa gibi bir şey diyeyim."

"Cop olabilir mi?"

"Daha ağır bir şey. Ya da vuran bütün gücüyle vurmuş." Karthaus gümüş sigara tabakasından bir *Manoli* çıkardı; Rath hemen ateş verdi. Doktor, "Ancak bir şey beni şaşırttı," diye devam etti, sigarasından derin bir nefes çektikten sonra, "o da gözleri," dedi.

"Gözbebeklerine kan oturmuş, bu da boğulma sonucu ölüme işaret eder," dedi.

"Boğuşma esnasında boğazına bir darbe yemiş olamaz mı?"

"Olabilir. Ama o zaman boynunda bir morluk olması gerekir; ben öyle bir şey göremedim. Ayrıca, gözlemlerim beni yanıltmıyorsa, adam öldükten sonra dövülmüş. Yaraları onu gösteriyor."

"Yani?"

"Yediği darbelere bakılırsa, kan kaybı çok az."

"Bir dakika..." dedi Rath. "Siz şimdi dün gece boğularak ölen bu SA'nın cesedini birisinin sonradan dövdüğünü mü iddia ediyorsunuz? Kim yapar böyle bir şeyi? Veya neden yapar?"

"İddia filan etmiyorum, siz istediniz, ben de ilk değerlendirmemi sundum." Doktor biraz bozulmuştu. "Siz bu bilgiyi nasıl isterseniz öyle kullanın komiser bey. Daha sağlam verilere ulaşmak istiyorsanız otopsiyi beklersiniz."

"Elbette doktor. Beni hemen haberdar edersiniz, değil mi?"

"Korkarım yarına kadar sabretmeniz gerekecek." Karthaus, Kronberg'le birlikte eğilmiş birtakım delil kutularını inceleyen Gräf'i işaret etti. "Sanıyorum o zamana kadar sizi meşgul edecek başka deliller de olacak. İkimiz de işimize bakalım. Otopsi sonuçlanır sonuçlanmaz arayacağım sizi."

Adli tabip bunları söyleyip arkasını döndü, sigarasını ayağıyla bastırıp söndürdü ve Czerwinski'nin her yönden fotoğrafını çektiği cesede doğru yöneldi.

2

Charly kahvesini karıştırıyor, bir yandan da neye sinirlenmiş olabileceğini düşünüyordu. Gözlerini kapattığında gayet normal bir kahvaltıydı. Radyoda hafif müzik, gazete kâğıdının hışırtısı, fincanın kenarına değen kaşık şıkırtısı. Gözünü açtığında ise Gereon'un boş sandalyesini, fincanındaki soğumuş kahveyi ve tabağındaki ekmek kırıntılarını, yanında ise ağzındakileri iştahlı iştahlı çiğneyen Fritze'nin gömüldüğü sabah gazetesini görüyordu.

Polis memurlarının bazen mesai saatlerinin dışında da evden

çıkmak zorunda kalmaları Charly için yeni bir şey değildi. Peki Emniyet'ten gelen ani telefonlar niye her seferinde altüst ediyordu onu o zaman? Cevabı biliyor, bu yüzden de utanıyordu: Çünkü Gereon'u Cinayet Masası'ndaki işinden dolayı kıskanıyordu. Bu şube yıllarca Charly'nin ikinci evi olmuştu ve bundan sonra hiç olmayacaktı.

Keyifsizliğinin nedenlerinden biri buydu. Diğeriyse daha can alıcıydı, çünkü kendine, kendi ikircikliliğine kızıyordu. O sabah artık Gereon'a söylemeye niyetlenmişti; bu iş böyle gitmez diyecekti. Hazırlığını çoktan yaptığını, yakında işe başlayacağını haber verecekti. Hem de tam bir hafta sonra. Guido her şeyi ayarlamıştı; üç yıl önce ara verdiği stajyerliğe Charly onun avukatlık bürosunda devam edecekti.

Eve çakılıp kalmaya, kendisini hiç de öyle hissetmeyerek ev kadını ve anne rolü oynamaya artık tahammülü kalmamıştı. Hapisteydi sanki. Bunları düşünürken duyduğu vicdan azabı da kızdırıyordu onu. Onu bu konuda anlayan tek arkadaşı Greta'ydı; diğerleri anlamamakta ısrar ediyordu. Neymiş derdi, ne kadar iyi bir adammış, hem bu muhteşem daire... Bu tatlı ve zeki evlatlıkları. Mutluluğu mükemmel kılacak tek bir şey eksikti onlara göre; Charly'yle Gereon'un kendi çocukları olmalıydı.

Herkes böyle konuşuyordu. Ama Charly çocuk istemiyordu ki. En azından şimdilik. Fritze ve köpekle yeteri kadar boğuluyordu. Evet, boğuluyordu; boğazına değirmen taşı gibi yerleşip nefes almasına fırsat bırakmıyorlardı.

Kirie ayağının dibinde sırnaşıp duruyor, hatta hafifçe inliyordu.

Charly, "Köpek bugün dışarı çıkmamışa benziyor," dedi ve dediği anda da pişman oldu. Memnuniyetsizliğinin acısını çocuktan ya da köpekten çıkardığını her fark edişinde nefret ediyordu kendisinden.

"Tamam, çıkarıyorum hemen."

"Okul çantan hazır mı?"

"Tabii. Akşamdan hazırladım." Fritze gazeteyi indirip Charly'nin yüzüne baktı. "Gene Tempelhofer Feld'le ilgili haber var," dedi.

"Öyle mi?"

"Büyük cümbüş olacak!"

Daha da bir şey söylemesi gerekmiyordu, Charly'nin haberi vardı. İki hafta sonra Tempelhofer Feld'de, Hitlerjugend'in muazzam bir çadır kampı kurulacaktı. Fritze'nin okulunda herkes bunu konuşuyor, herkes kampı iple çekiyordu.

"İyi," dedi Charly, "büyük cümbüş olacaksa ertesi günü gazeteler yazar."

"Ama içinde olup onu yaşamak daha güzel olur."

"Kamp yalnız Hitlerjugend için. Önce Jungvolk'a üye olman gerekiyor. Hem..."

"Aynen öyle. Yeteri kadar vakit var. Daha iki hafta var."

"Sen gerçekten Hitler genci olmaya mı niyetlisin? Sadece kampa girebilmek için... Bir düşün bunun ne kadar salakça bir şey olduğunu. Tuzaklarına düşüyorsun."

Oğlan, "Ama Atze de gidiyor," diye sızlandı. "Herkes gidiyor. Hem sırf Tempelhof için değil ki. Haftada iki kere toplanıyorlar da."

Fritze'ye bakılırsa, sınıfındaki bütün çocuklar Jungvolk'taydı. Charly'nin bir türlü buna inanası gelmiyordu. Hep böyleydi zaten, Fritze'ye yasak olan ne varsa, sınıfındaki çocukların hepsine izin vardı.

"Yeteri kadar konuştuk bunu diye düşünüyorum. İstemiyoruz katılmanı!"

"İstemiyoruz mu?" diye karşı çıktı çocuk. "Sen istemiyorsun. Gereon bu konuda başka düşünüyor."

"Gereon bu konuda kafa yormadı ki henüz."

"Sen öyle san. Ona izcileri hatırlattığını, temiz havada yürüyüşün, kampın, hareketin bir erkek çocuğu için çok yararlı olduğunu söyledi."

Charly içindeki öfkenin giderek kabardığını hissetti. Beyefendi yine düşünmeden konuşmuştu. Yeter ki oğlanla atışmasındı! Yoksa eğitim kadının işiydi. Halbuki Fritze'ye büyüdükçe gitgide daha fazla yaptırım gerekiyordu. Charly bunun farkındaydı.

"Çadırla madırla kalmaz," dedi, "sizden küçük Naziler çıkaracaklar."

"Ee, ne var bunda?"

Charly bir cevap bulamadı. Yeni Almanya'da Nazi olmak tabii ki kötü bir şey değildi; tam aksi, son derece avantajlıydı.

Sonunda, "Biz Nazi değiliz," dedi, "öyle olmak birçok şeyi kolaylaştırsa bile."

"Senin Nazi olup olmaman umurumda değil. Gereon'un da. Bana neden yasaklıyorsun peki? Bazı şeylerin benim için kolaylaşmasına karşı mısın?"

"Mesele bu değil Fritze."

"Nedir mesele?"

"Her Allah'ın günü bunu mu konuşacağız?"

"Bana doğru dürüst bir cevap vermediğin sürece, evet."

"İstemiyorum dedim, o kadar!"

Bu, tabii ki mantıklı bir cevap olmaktan çok uzaktı. Charly'nin kendisi de böyle cümleler yüzünden annesine az mı lanet okumuştu! Şimdi aynı şeyi o yapıyordu. Bu konu üzerine konuşmaktan nefret ediyordu işte! Kendi ailesinde bile Nazilerle uğraşmak zorunda kalmak sinirine dokunuyordu.

Aciz öfkesiyle tir tir titreyen çocuk ona dik dik bakıyordu. Charly o an onun gözyaşlarını zor zapt ettiğinin farkındaydı.

"Neden utanıyorum biliyor musun?" dedi çocuk; sesi çatallaşmıştı. "Sınıfta katılmayan bir tek ben kaldım. Tek ben! Neler işitmek zorunda kalıyorum, haberin var mı?"

Gazeteyi masaya attı, ayağa kalktı, okul çantasını kapıp çıktı.

"Friedrich Thormann! Derhal yerine otur! Beni duyuyor musun? Derhal dedim."

Charly yerinden fırlamış, işaretparmağı havada tehdit savururken yakalamıştı kendini. Oğlan artık onu göremezdi zaten. Kapı kapanmıştı. Charly, parmağına bakakaldı; kendisine ait değildi sanki. Tekrar oturdu ve iç çekti. Bir tek ben! Doğru muydu bu dediği acaba? Doğru olsa ne olacaktı? Bugünlerde bütün çocukları birer küçük Nazi haline getirseler de bu çocuğu Nazi yapmalarına asla izin vermezdi. Her zaman yanlış bulduğu bir şey birdenbire doğru olacak diye bir şey yoktu.

Kirie'ye baktı. Devamlı hareket halindeki köpek şimdi durmuş, Fritze'nin çıktığı kapıya dikmişti gözlerini. Charly ile çocuk arasında neredeyse âdet haline gelen düzenli sabah kavgaları her seferinde köpeğin dengesini bozuyordu.

Charly, "Sakin ol canım," dedi ve Kirie'nin o kapkara tüylerini okşadı. "Seni unutmadık. Sahiben şimdi dışarı çıkaracak seni. Birlikte güzel bir sabah geçireceğiz. Her zamanki gibi."

Evet, evin iki erkeği bugün evden daha erken ayrıldıkları halde, geri kalan her şey hakikaten her zamanki gibiydi. Kendisi ve köpek evde kalmıştı. Charly bu durumu kaldıramıyordu artık; yakında değişeceği için de için için seviniyordu.

Kirie başını yana eğmiş, dili dışarıda, kesik kesik nefes alarak ona bakıyordu. Ağzının kenarları yukarı doğru kıvrıldığı için gülüyor gibi görünüyordu. Bunu gören Charly'nin de gülmesi geldi. Birden morali düzelmişti.

"Köpek, köpek kalıyor işte," dedi. "Naziler bile değiştiremez bunu. Yoksa sizin için de bir dernek filan kurdular mı?"

Köpek, gerçekten sorunun cevabını düşünüyormuş gibi bakıyordu ona.

İşaretparmağını kaldıran Charly, "Sakın ha," dedi. Köpek bunun üzerine başını yana eğip tekrar gülümsedi.

Genç kadın kahvesini bitirdi ve kalkıp hole gitti; oğlan geri mi döndü acaba diye kulağını kapıya dayayıp sahanlığı dinledi. Çıt yoktu. Fritze inatçıydı. Charly derinden bir iç çekerek gardıropta asılı tasmaya uzandı.

3

Birahane kömürlük gibiydi, o derece karanlıktı. Rath, güneşli sokaktan bodrum katındaki lokale girdiğinde önce hiçbir şeyi, hatta önlerinden gidip onlara kapıyı açan irikıyım birahaneciyi bile seçememişti. Havada bir gün önceden kalan bira ve sigara kokusu asılıydı. Az önce yatağından kaldırıp getirdikleri dükkân sahibi ışığı açtı; kendini zor aydınlatan bir avuç 40 watt'lık ampulle birahane loş bir ışığa gömüldü. Birahaneci tezgâhın arkasına geçti; birazdan polislere bira çekecekti sanki, duruşu öyleydi. Hans Bestmann'ın sırtındaki ropdöşambrla bile kendini en rahat hissettiği yer barın arkasıydı herhalde. İnsanlar Bestmann Birahanesi'ni o saatte açık zannetmesin diye olacak, jaluzileri açmamıştı.

Bestmann'ın sol kulağının arkasındaki kurşunkalem ilişti Rath'ın gözüne. Adam öyle mi yatmıştı? Yoksa kalkar kalkmaz mı kalemi kulağının arkasına sokmuştu? Müfreze lokalinin sahibi, memurlara sipariş vermelerini bekler gibi bakıyordu. Rath da ona bu iyiliği yapmak istercesine dayandığı barın üzerinden, "Horst Kaczmarek," dedi. Konuşurken dikkatle birahanecinin yüzüne bakıyordu.

"Evet?" Bestmann kaşlarını havaya kaldırdı.

"Tanır mısınız?"

"Tanımaz olur muyum Katsche'yi? 101. SA müfrezesinden. Daha dün buradaydı. Neden sordunuz?"

"Dün akşam mı?"

"Evet. Epey geçe kalındı her zamanki gibi."

"Dikkatinizi çeken bir şey oldu mu?"

"Ne?" Dükkân sahibi, şaşkın, bir Rath'a, bir o âna kadar hiç sesini çıkarmayan Gräf'e bakıyordu. Her halükârda onun üstünde GİZLİ POLİS yazılı yepyeni, gıcır gıcır metal rozeti, Rath'ın artık haşatı çıkmış kriminal polis rozetinden daha fazla etki yaratmıştı.

"Herr Kaczmarek birisiyle kavga filan etti mi?" diye sordu Rath.

"Hayır, kesinlikle. Katsche'ye kimse dalaşmaz ki, birine kızsa bile içine atar." Bestmann güldü. Gülerken talazlanmış ropdöşambrının altında göbeği sallanıyordu.

"Peki ya akşam? Dün de öfkesini içine atmak zorunda kaldı mı?"

"Ne demek istediğinizi anlamıyorum."

"Anlamanız şart değil," dedi Gräf. "Sorularımıza cevap verin yeter."

Rath, Reinhold Gräf'le birlikte çalışmayalı bir yıl olmuştu ama sanki arada bu boşluk olmamış gibi sorgu sırasında hâlâ mükemmel paslaşıyorlardı. Gräf'in gizli poliste çalışıyor olması dikkafalı tanıkları hizaya getirmek icap ettiğinde bir avantajdı. Gräf oldukça nazik konuştuğu halde Bestmann ecel terleri dökmeye başlamıştı bile.

"Başüstüne, tabii," dedi birahaneci. Bir hazır ola geçip selam vermediği kalmıştı.

Rath, "Peki," dedi, "dün akşamdan dikkat çeken bir durum?"

"Bilmem. Ülküdaşların hepsinin neşesi yerindeydi. Bir şey kutluyorlardı."

"Ne kutluyorlardı?"

"Hiçbir fikrim yok. Ben barmenim sadece. Müfreze şefine sorun. Katsche giderken bayağı zom olmuştu, onu biliyorum."

"Kaçtı saat?"

"İkiye geliyordu galiba... En son gidenlerdendi."

Rath ağır ağır saati not etti. Suskunluk birahaneciyi iyice huzursuz etmişti.

"Ne oluyor?" dedi Bestmann. "Katsche bir halt mı işledi?"

"Halt işler mi? SA'lar kusursuzdur," dedi Rath.

"Bence de. Zannettim ki, aynası... Yani polis gelince..."

Gräf, "SA'nın içinde bir-iki yüz karası çıkacak olsa bile onların üzerine askerî polis gidecektir," dedi.

"Tabii, tabii, biliyorum." Bestmann boş ver der gibi bir el işareti yaptı. "Peki siz niye buradasınız? Sormak serbest mi?"

Gräf ile Rath göz göze geldi, Rath başını sallayarak onayını verdi. "Takım çavuşu Kaczmarek öldü," dedi gizli polis komiseri.

Bestmann gözlerini fal taşı gibi açarak, "Öldü mü?" dedi.

Haber onu hakikaten şaşırtmışa benziyordu.

Gräf, "Takım Çavuşu Kaczmarek'in çıktığı ânı hatırlıyor musunuz?" diye devam etti. "Gözünüze çarpan bir şey oldu mu? İçeride tanımadığınız müşteriler de var mıydı? Takım çavuşunu birisi takip etmiş olabilir mi?"

"Yok. Katsche eve hep yalnız gider. Dün de öyle oldu. Uzakta oturmuyor zaten."

"Peki sokağa çıktıktan sonra? Arkasında biri var mıydı?"

Bestmann kafasını kaşıdı. "Bilmem ki. Buradan dışarısı pek görünmez zaten. Kızıllar dükkânı yerle bir ederler diye korku içinde yaşadığımız dönemler bitti Allah'tan. Bir durum var mı, yok mu diye beş dakikada bir kapıya gitmiyorum artık," dedi Berlin ağzıyla.

Rath söze girdi yine. "Takım Çavuşu Kaczmarek hangi masada oturuyordu?" diye sordu. Birahaneci korkuyla bakışlarını ona çevirdi.

Pencerenin yanındaki büyük masayı gösterdi.

"Peki kiminle?"

"Bir düşüneyim. En azından tanıdık olmayan kimse yoktu yanında." Alnını kırıştırdı. Düşünmek gerçekten ona eziyet veriyor gibiydi. Sonunda, "Müfreze şefi gitmişti galiba," dedi. "Ama Möller ile Landvogt daha buradaydı. Bir de Peters."

Rath not defterinden bir sayfa kopardı. "Bu isimleri yazın lütfen buraya."

Bestmann dalkavukça başını salladı. Kulağının arkasındaki kalemi aldı, ucunu yalayıp yazmaya başladı. Alnını gene kırıştırdığı için, okkalı bir hesap çıkarmak üzere meblağları topluyor gibi bir hali vardı. Rath etrafına bakındı; gözleri birahanenin karanlığına alışmıştı. Lokal L şeklindeydi; düşündüğünden daha büyüktü. Sekiz masa vardı, iki tanesi en az on, on iki kişilikti. Sandalyeler masanın üstündeydi ama henüz temizlik yapılmamıştı. Dükkânda gezdikçe ayakkabıları yerdeki kurumuş bira lekelerine yapışıp duruyordu. Barın yanında arka tarafa çıkan bir kapı vardı. Duvardaki kara tahtada bir önceki günün yemeği yazılıydı: Gulaş çorbası, 30 fenik.

Rath, aynı şekilde gözlerini lokalde gezdiren Gräf'i göz ucuyla izlerken, eski mesai arkadaşına ne ölçüde güvenebileceğini sordu kendine. Gizli polis öyle herhangi bir başka şube değildi. Siyasi'de çalışanlar, her şeyi kontrol etme gibi bir takıntıları olduğu için kriminal polislerin düşmanlarıydılar. Tam da bu yüzden Reinhold Gräf'in o tarafa geçmesini kaldıramıyordu. Ancak aralarındaki dostluk ondan önce zedelenmişti; dolayısıyla eski kriminal sekreteri Cinayet Şubesi'ni bırakıp Siyasi Polis'e geçtiğinde ne kadar bir hayal kırıklığı yaşamış olsa da, bir yerde rahatlamış da olduğundan söz edilebilirdi.

İşte şimdi yine birlikte çalışıyorlardı. Eskiyle farkı, kriminal sekreter gizli poliste komiserliğe yükseldiğinden, artık ona söz geçirememesiydi. Rath bazen başından atmak istedi mi adamı bir yerlere gönderirdi eskiden. Oysa artık devamlı dibindeydi, ondan kurtulamazdı. En azından şu öbür SA'lı ukala züppeyi Andreas Lange'ye satmış, defetmişti başından.

Rath onun üzerine Gräf'le birlikte Horst Kaczmarek'in son katettiği yolun izini adım adım sürerek bu müfreze lokaline gelmişti; yolda herhangi bir ipucu kaçırmamak için gözlerini dört açmış, dolayısıyla bir kelime bile konuşmamışlardı.

Dikkatlerini çeken bir şey olmamıştı. Tren köprüsünün yanında yeni banliyö treni inşasının hafriyat çukurları görülüyordu;

onun dışında birtakım mezarlık ve fabrikaların önünden geçmişlerdi. Her şey, Takım Çavuşu Kaczmarek'in arkadaşlarından ve birahaneden ayrıldıktan sonra evine giderken, komünist direnişçileri slogan yazarken yakaladığına, bunun bedelini de hayatıyla ödediğine işaret ediyordu.

Geldiklerinde Kaczmarek'in müfreze lokali kapı duvardı; zili çalıp birahaneciyi uykudan kaldırmışlardı. Hans Bestmann hemen dükkânın üstünde oturuyordu; sabah sabah kim geldi diye gözlerini kırpıştıra kırpıştıra bakarken, Gräf'in polis rozetini görünce birden ayılmıştı.

"Hepsi bu," deyip kurşunkalemi gene kulağının arkasına soktu. Rath, birahanecinin uzattığı kâğıtta dört isim seçti.

"Adresleri yok mu?" diye sordu.

"Telefon rehberi değilim ben. Adamların hepsi 101. Müfreze'den."

"Burası da müfreze lokali, en azından bir liste bulunur herhalde bir yerde."

Bestmann omuzlarını kaldırdı. "Bilmiyorum. Ben yalnızca barmenim."

Rath, barın yanındaki çarpma kapıyı işaret ederek, "Burası nereye çıkıyor?" dedi.

Bestmann böyle bir soru üzerine irkilmemesi gerekiyorken irkildi.

"Arkaya."

"Hadi ya?"

"Mutfak, tuvalet filan."

"Filan ne oluyor?"

Rath, dükkân sahibinin karşı koymasına fırsat vermeden kapıyı açtı; açmasıyla da kendisini sonunda, tepesinde gerçekten de tuvalet yazılı bir levha asılı çelik bir kapı bulunan dar ve uzun bir koridorda buldu. Sol tarafta mutfağa açılan bir çarpma kapı vardı. Ancak Rath'ın ilgisini daha çok sağdaki, üzerinde "ÖZEL" yazan sade, tahta kapı çekmişti.

Tam kapının kolunu kavramıştı ki, Bestmann'ın, "Oraya giremezsiniz," diyen sesini duydu. Kapı hafif gıcırdayarak açıldı.

"Neden girilmiyormuş?"

"Orası müfreze şefinin ofisi."

"Ben de onu arıyordum zaten," dedi Rath ve odaya girdi.

Burası lokalin içinden daha da havasızdı. Burnuna kesif bir koku geldi; çok puro içilmişti burada. Ofis bayağı genişti; odaya üstünde iki siyah telefon, arkasında ise büyük, deri bir ofis sandalyesi bulunan masif bir yazı masası hâkimdi. Masanın önünde gösterişsiz iki tahta iskemle duruyordu. Duvarlarda raflar, dosya dolapları, bir de koskoca bir silah dolabı vardı. Silah dolabına dayalı duran 101. Müfreze'nin SA flamasıyla duvardaki Hitler fotoğrafı haricinde nedense ortada başka bir Nazi sembolü görünmüyordu. SA Şefi Röhm'ün resmi bile yoktu mesela. Berlin'in SA Şefi Karl Ernst'ten de eser yoktu. Ya 101. Müfreze'nin şeflerini taktığı yoktu ya da bu Wedding SA'sının, bu adamlar hakkında dolaşan dedikodularla bir sorunu vardı; ikisinin de eşcinsel olduğu, etraflarına genç, kütür kütür SA'lı delikanlıları toplamalarının ardında bir tek siyasi nedenlerin yatmadığı söyleniyordu.

Arkasında Bestmann'ın solumasını duydu. Kapıda duran şişko birahanecinin arkasında Gräf belirmişti; bakışlarında durumu tasvip etmediğini belirten bir ifade vardı. Rath aldırmadı. Kartoteks dolabına döndü, Me-Ri etiketli çekmeceyi bulup açtı.

"Gördünüz mü Herr Bestmann?" dedi. "Müfreze şefinizi adresler yüzünden rahatsız etmemize gerek kalmadı."

Rath, kartoteks kutusunu gözden geçirdi. Möller, Landvogt, Peters, bir de Reimann adında dördüncü bir kişi, hepsi aynı çekmeceydi. Hazır başlamışken deyip hemen bir üstteki çekmeceyi de açtı ve içinden Kaczmarek'in kartını çıkardı.

Bestmann, "Öyle her istediğinizi alamazsınız oradan," diye tepki gösterdi.

"Ben alırım. Polisim."

"Ama..."

"Siz hani bir tek barmendiniz," diye azarladı Rath adamı. "İsterseniz siz kendi işinize bakın, ben de kendi işime."

"Dükkân daha açılmadı," dedi birahaneci.

"Gene de bir kahve yaparsınız bana ve arkadaşım Gräf'e."

Bestmann Gräf'e bir bakış attı; ondan tepki gelmeyince hemen karşıdaki mutfağa girdi. Az sonra demliğe konan suyun sesi geldi.

Gräf kollarını önünde kavuşturmuş, hâlâ kapıda duruyordu. "Ne oluyor burada, söyler misin bana Gereon?" diye sordu.

Rath, kartoteksleri tuttuğu elini havaya kaldırdı. "Tanıkların adreslerini buldum," dedi.

"Burası bir müfreze lokali. Harrangürra dalamazsın buraya."

"Kapı açıktı."

"Çocukluk yapma. Ne kastetiğimi çok iyi biliyorsun. Hele bir de savcılığın izni olmadan..."

"Milli devrim sayesinde öyle şeylere ihtiyaç duyulmuyor artık."

"SA'nın bu konularda ne kadar hassas olduğunu biliyorsun."

"Bir SA'nın katilini arıyoruz. Olası tanıkların adreslerini aradım, hepsi bu."

Gräf gözlerini devirdi. Başka da bir şey söylemedi, iç geçirerek çıktı. Rath adresleri not ediyordu ki, birden durdu. 5 Ağustos 1932, Cuma tarihi dikkatini çekmişti. Özelliği olmayan bir tarihti aslında. Ancak önceki akşam birahane bir arada oturan beş SA'lı da, NSDAP'nin Taarruz Bölüğü'ne aynı gün katılmıştı.

Rath tarihi not edip kartları yine yerine koymuştu ki, demliğin düdüğünü duydu; su kaynamıştı.

"Her şey tekrar yerli yerinde Herr Bestmann. Müfreze şefi bir şey fark etmeyecek."

Diğeri başını salladı. "Kahve birazdan hazır," dedi.

"Tamam, siz Herr Gräf'in fincanını dolduradurun, ben tuvalete gidip geliyorum."

Tuvalet yazan levhanın altındaki çelik kapı dar bir avluya çıkıyordu. Tuvaletin kapısının yanında, avlunun diğer tarafında duvarda bir lavabo asılıydı. Bestmann Birahanesi'nin müdavimleri ellerini açık havada yıkıyordu demek.

Tuvalet dedikleri ahşap bir kulübeydi, yan yana en fazla dört kişinin çişini yapabileceği fayans oluktan leş gibi bir koku yükseliyordu. Oraya yanaştığında mümkün olduğunca nefes almamaya çalıştı. Lavabonun temiz havada olması büyük şanstı.

Ellerini yıkarken, bulunduğu noktada taş çatlasa sekiz metre genişliğinde, arkadaki birahane ile bitişikteki binanın arasına sıkışmış, dikkatli bakılmazsa kolay kolay görülmeyen dar bir köşeye açılan avluya göz gezdirdi. Orta yerde bir yağmur suyu mazgalı vardı. Ancak mazgalın görünümü Rath'ta birtakım kasvetli anılar çağrıştırmıştı: bir kurşun, açılan bir yara ve cansız bir gövde. Mazgaldan akan kan. Beş sene olmuştu, bu resimler hâlâ bilinçaltının derinliklerinden bir yolunu bulup su yüzüne çıkıyordu. Daha bir gece önce, gömmek zorunda kaldığı o ceset rüyasına girmişti yine. O yüzden de yerde mazgala doğru kıvrılarak gelen, kurumuş, bakır rengindeki sızıntıyı önce hayal ürünü sandı. Ama bu düş filan değildi; leke ne kadar solmaya yüz tutmuş da olsa barizdi. Eğilip parmağını sürdü. Suyun altına tutunca parmağının ucu lavabonun emaye beyazında kan kırmızısı parladı.

Birahaneye döndüğünde Gräf ile Bestmann'ı birlikte oturur buldu. Birahaneci dört kişilik bir masayı temizlemiş, üzerine demlikle üç fincan koymuştu; süt ve şekeri bile düşünmüştü.

Gräf'in önünde not defteri açık duruyordu.

Rath, eski mesai arkadaşını, "Son zamanlarda komünistlerle arbede yaşadınız mı?" diye sorarken yakaladı. O gün ilk kez tek başına olmadığına pişman oldu.

"Komünistlerle sürekli sorun yaşıyoruz," dedi Bestmann. Keyfi yerine gelmişti sanki; kendisi için güvenilir bir ortam oluşmuştu nihayet. "Uzun zamandır. Berlin'de komünist kalmadı sanmayın. Mücadele devam ediyor!"

Rath bir an, Bestmann'ın sağ kolunu kaldırıp Hitler selamı vereceğini düşündü; ancak adamın sağ omzu titredi biraz, o kadar.

Gräf, "Birkaç isim verirseniz bize çok yardımcı olursunuz Herr Bestmann," dedi ve not defterini adamın önüne itti. Beriki kulağının arkasındaki kurşunkalemi eline almıştı bile.

Rath yanlarına oturmadı. Kahvesini ayakta içti. Süt de koymadı, şeker de.

"Özür dilerim, bölmek zorundayım Herr Bestmann," dedi, birahaneci birkaç isim –bu sefer adresleri ihmal etmemişti– çiziktirdikten sonra. "Avluda kan izi var."

Bestmann kafasını kaldırıp baktı.

"Nasıl?" diye sordu sadece; ama Rath'ın sözlerini gayet iyi anladığı, neden söz ettiğini daha da iyi anladığı her halinden belliydi.

"Kan diyorum. Birisinin kanı mazgala akmış. Sizin lavabonun orada. Dün gerçekten burada kayda değer bir şey olmadı mı?"

"Kasaptandır," dedi Bestmann sonunda.

"Ne kasabı?"

"Thönissen Kasabı. Hemen yan tarafta. Benim tuvaletin kapısı onların arka kapısıyla bitişik. Avluyu ortak kullanıyoruz." Birahaneci sandalyeyi göstererek, "Otursanıza komiser bey, kahvenizi rahat rahat için," dedi.

Rath, "Yakından bakmam lazım," dedi ve fincanını masaya bıraktı.

Daha avluya giden koridordaydı ki, yerde sürüklenince çirkin sesler çıkaran, paldır küldür yere düşen sandalye sesleri geldi arkasından. Bir şey görmüyordu ama, cüssesinin ve ağırlığının el verdiği ölçüde birahanecinin hızla yerinden kalktığını tahmin edebilirdi. Tuvaletin kapısının yanında, lavabonun öbür tarafında, Rath'ın daha önce gözünden kaçırdığı, üstünde Gotik harflerle "GİRMEK YASAKTIR" yazılı bir kapı daha vardı.

Rath, o arada arkasında biten dükkân sahibine, "Buradan mı giriliyor kasaba?" diye sordu. "Sanki kapının ardında trafo şalteri ya da yırtıcı bir hayvan var; yazı o kadar tehditkâr."

Bestmann, "Millet yanlış kapıyı açmasın diye öyle," dedi. "Benim müşteriler bazen, nasıl diyeyim, epey çakırkeyif olduklarından..."

Rath, anlamış gibi yapıp başını salladı. "Ama kan," dedi ve yerde hafif solmaya yüz tutmuş sızıntıyı işaret etti, "bu taraftan gelip akmış mazgala, kasabın tarafından değil."

Birahaneci omuzlarını kaldırdı. "Hiçbir fikrim yok," dedi. "Dün avluda ne yaptıklarını bilemem."

Rath, arka tarafta duvara dayalı teneke çöp kutusuna baktı, Bestmann'ın gözü sürekli oraya kayıyordu çünkü.

Çöp kutusuna yöneldi; yaklaştıkça çürümüş et ve kan kokusu daha da dayanılmaz hale geliyordu. Rath'ın kapağı kaldırmasıyla bir küme karasinek havalandı kutudan; içinde ilk göze çarpan şey tanımlaması zor, kan içinde, kaygan bir kütle olmuştu.

"Çöp tenekelerini de mi kasapla ortak kullanıyorsunuz?"

"Böyle ucuza geliyor. Eti de onlardan alıyorum. Orada çalışanlar biralarını bende içiyor. Sadece SA'lı müşteriler kurtarmıyor."

Rath, "Bu nasıl bir pislik böyle?" deyip tiksintiyle kafasını çevirdi.

Birahaneci omuz silkti. "Mezbaha artıkları," dedi.

"Mezbaha artıklarını sosise koyuyorlar sanıyordum."

"Sosise ne konur, ne konmaz, bilemem. Kasap değilim. Her şey de konmaz herhalde."

"Kendileri mi kesiyor hayvanları?"

"Bazen, evet. Ama etlerin çoğu mezbahadan geliyor."

"Peki dün? Hayvan kesildi mi burada?"

"Olabilir. Niye soruyorsunuz Allah aşkına?"

Hakikaten, niye? Rath, bu müfreze lokalinin arka avlusundaki mazgala akmış kanın hayvan kanı olup olmadığından emin değildi de ondan. Burnunu tutup kutuya bir kez daha göz atmaya karar verdi. Çöpün üstünde kanlı, kırmızı bir topak duruyordu, insana mı, hayvana mı ait, belli değildi. Bütün sinekler çekildikten sonra kanlı etin orta yerindeki gözü fark etti. Kanlı kütle adeta merakla kendisine bakıyordu; midesi bulandı.

Her şey de konmaz herhalde.

Birahaneciye mezbaha artıkları konusunda inandığı halde, öyle şiddetli bir bulantı hissetti ki, kapak elinden şangır şungur çöp tenekesinin üstüne düştü.

4

Eve kirli çorap ve kurumuş erkek teri kokusu hâkimdi. Andreas Lange nefesini tutmuştu; yerdeki çamaşırların üstünden atlaya atlaya gidip pencereyi açtı. Horst Kaczmarek'in evi kadar pis ve pasaklı bir bekâr evi görmemişti hayatında; ki yedi yıllık meslek hayatında tanımadığı çok eve girmişti. Bütün çamaşırları yerlerdeydi; hangisi temiz, hangisi kirli belli değildi. Yatağın önü bira şişesi ve üst üste yığılmış dergi doluydu. Masanın üstünde de bir sürü şişe, ağzına kadar dolu bir kül tablası, buruşturulmuş bir Aschinger torbası, onun yanında yağlı, üstünde kurumuş hardal lekesi olan bir kâğıt tabak duruyordu. Lange masaya yanaşınca sürü halinde sinekler havalandı birden.

Yatağın yanında duran lime lime olmuş dergilerden birini alıp baktı, ismi *Büyük Şehrin Tehlikeleri*'ydi. Büyük şehirde yanlış insanlara çatan taşralı kızların başına gelebilecekler açık açık resmedilmişti. Lange dergiyi karıştırdı. Sayfa sayısı az olan neşriyatta birtakım cinsel çizimler vardı. Daha da eprimiş olan öbür dergilerde de benzer uygunsuz şeyler yer alıyor, yer yer sadist öğelere bile rastlanıyordu. Eşcinsellikle ilgisi yoktu, ama daha az yasak sayılmazlardı. Ahlâk Şubesi bu tip pornografik yayın bulunduranların canına okurdu; bunun için 175'lik[4] olmak gerekmiyordu illaki.

"Biz ne arıyoruz burada?" diye sordu kapıda duran Pfeiffer. Kiracısının mobilyalı dairesini istemeye istemeye açan ev sahibesi de gizli polisten gelen SS gibi kapıda dikilmiş bakıyordu.

Lange, içerlediğini belli etmemeye çalıştı. Beraber oldukları sürede sergilediği davranışlara bakılırsa Pfeiffer'in polislikle alakası yoktu; o anki sorusu da asi bir tanığın soracağı cinstendi. Lange, kapısını çalıp kiracısı Horst Kaczmarek'i sordukları andan itibaren aksiliği elden bırakmayan Irma Höhfeld'den beklerdi o soruyu daha çok. Kadın SA'larla ilgili soruşturma yürütecek bir yetkili varsa onun da SA askerî polis birlikleri olduğunu söylemiş ve Lange, ev sahibesinin bu konularda bu kadar bilgisi olmasına şaşırmıştı. Gizli polis rozeti bile ona sökmemiş, ancak SA'lı Kaczmarek'in soruşturmanın öznesi olmayıp tam aksine, kendisinin bir cinayete kurban gittiğini duyunca inadı son bulmuştu.

"Cinayet mi?"

Lange başıyla onaylamakla yetinmişti.

"Kancık kızıl domuzlar! Gözlerinin yaşına bakmadan tek tek hepsinin hakkından gelmek lazım!"

Lange, yaşını başını almış bir hanımın bu üslubu karşısında afallamıştı.

"Belirli birilerinden mi söz ediyorsunuz?"

"Komünistler diyorum. Kızıl güruh! Hâlâ çoğu serbest dolaşıyor. Alayını kurşuna dizeceksin."

Sonraki rutin soruları bir yaşlı hanımefendiden beklenecek şekilde kibarca cevaplamıştı. Son günlerde kiracısında bir tuhaflık çarpmış mıydı gözüne? Hayır. Sık sık mı gece yarısı geliyordu eve müfreze lokalinden? Evet, çok sık. Mesela kaçta? Bire doğru filan. Önceki gece eve hiç dönmemesi onu şüphelendirmedi mi? İlk kez

4 Eşcinselliği yasaklayan yasa maddesine ithafen eşcinsellere takılan lakap.

olmadığı için, hayır. "SA ile sürekli operasyonları oluyordu; bazen geceleri, bazen başka bölgelerde, Herr Kaczmarek'in bazen günlerce eve gelmediği oluyordu."

Kadın gece dışarıda, kapısının önünde olan biteni de duymamıştı. "Bütün gece tren geçiyor. Öyle bir gürültü çıkarıyorlar ki, adam boğazlasalar duymazsınız."

"Bu hengâmede nasıl uyuyorsunuz?"

"Alışkanlık. Pamuk da tıkıyorum kulağıma."

Ev sahibesi, Lange'nin, "Belki aklınıza bir şey daha gelir," diyerek uzattığı kartviziti kibarca gülümseyerek cebine koydu. Ama Lange, Kaczmarek'in odasını sorup, kadın da polisin henüz gitmeye niyeti olmadığını anlayınca, tavrı tekrar değişti. Lange, gidip anahtarı getirene ve ona maktulün odasını gösterene kadar Irma Höhfeld'e epey dil dökmek zorunda kalmıştı.

En sonunda amaçlarına ulaşmışlardı ki, Pfeiffer o salakça soruyu sormuştu: "Biz ne arıyoruz burada?"

Kiracısının kirli dergilerinden çok kirli çamaşırlarından utanıyor görünen Irma Höhfeld'in yüz ifadesine bakılırsa onun da kafasından aynı soru geçiyordu.

Lange, "Ne aradığımızı ancak aradığımızı bulunca söyleyebilirim," dedi elindeki porno dergisini havada sallayarak.

Pfeiffer küstahlaşarak, "Size şu anda bir cinayet vakası araştırmakta olduğumuzu hatırlatayım. Maktulün evinde bulunduğumuzu da unutmayın," dedi.

"Bunu bana hatırlatmanıza gerek yok. Beş yıldır Cinayet Şubesi'ndeyim ben." Lange, Pfeiffer'in yüzüne bakıyordu ama beriki gözlerini kaçırıyordu. "O yüzden de gözüme ilişen her şeye dikkat etmem gerektiğini biliyorum. Her bir detayın vakayla ilintisi olabilir."

Dergiyi diğerlerinin üstüne bırakıp çekmeceleri aramaya koyuldu. Bu arada Pfeiffer de girmişti artık odaya ama ne yapacağını bilmez, aramaya iştirak edip etmemeye karar veremez bir hali vardı.

"Tuhaf bir tip," dedi Lange içinden. Ancak sonuçta SA'lıydı, o yüzden dikkat etmek gerekiyordu. Pfeiffer'in yüz hatlarına kadınsı demek pek doğru olmazdı. Lange düşündü de, aslında Hubert Pfeiffer daha ziyade erkeğe benzeyen bir kadın gibiydi.

"Kıta Komutanı Pfeiffer, üç F'li bir Pfeife," diye kendi kendine söylenmişti Komiser Rath bir kere bir sessizlik olduğunda. Ama bunu demiş, biraz sonra onu bu düdüğün yanına vermişti.

Rath, "Maktulün evine siz de meslektaşımız Pfeiffer'le birlikte gidin," demişti bağırarak ve emir tonuyla. Hiç tavrı değildi aslında. "Bu vakada gizli polisle birlikte çalışıyoruz."

Lange bunun Rath'ın kendi fikri olmadığını, Reinhold Gräf'in eski şefini oldubittiye getirdiğini hemen çakmıştı. Yeni Almanya'da gizli polisin, dolayısıyla da Siyasi Şube'nin hizmetinde komiserliğe bile terfi eden Reinhold Gräf'in lafı geçiyordu, artık bu böyleydi. Andreas Lange bu "nimetleri" ayağıyla tepmiş, Siyasi Şube'deki dört aylık komiser adaylığından sonra tekrar Gennat'ın Cinayet Şubesi'ne dönmüştü.

Aslında Pfeiffer'in, tanık Egerland'ın sorgusunun canına okuduğu o beceriksizlik örneği antresinden sonra bir daha da sesi çıkmamıştı. Öyle aptal aptal ortalarda dolaşsındı, Lange'nin canına minnetti. Üç F'li Pfeife polis bile değildi. Prusya gizli polisini Himmler'in anlayışına göre "düzene koymak" üzere ülküdaşlarıyla Münih'ten Berlin'e tayin edilen bir kıta komutanıydı.

Lange, Pfeiffer'e talimat filan vermemeye özen göstererek onu hiç umursamadan Kaczmarek'in iç çamaşırlarının, çoraplarının, kâğıtlarının, ülküdaşlarıyla beraber çektirdiği resimlerin, bir de küçük bir usturpa ve demir muşta koleksiyonunun bulunduğu çekmeceleri karıştırmaya devam etti. Sonra gardıroba geçti. Jilet gibi bir takım elbise ile kar gibi beyaz bir gömleğin de asılı olması şaşırttı onu. Arada uzun bir palto, öbür tarafta büyük oranda keten gömlek ve Manchester pantolonlarından oluşan sade giysiler vardı. Çamaşır rafı hemen hemen boştu; Kaczmarek'in giysilerinin geri kalanı yerlerdeydi, sandalyelerin ve yatağın üzerinde olmak üzere odanın her yerine saçılmıştı.

Gıcır gıcır cilalı bir çift ayakkabı vardı bir de; dolaptaki takım elbiseye uygun siyah rugan ayakkabılar gardırobun alt kısmında duruyordu.

Lange kapıda dikilip onun her hareketini kuşkuyla izleyen ev sahibesine, "Herr Kaczmarek operaya gider miydi?" diye sordu.

"Öyle şeylerden hoşlandığını sanmıyorum. Yemek odasındaki radyonun sesini sadece marş müziği olduğunda açardı," deyip, "bir de Führer konuşurken tabii," diye ekledi aceleyle.

Lange elindeki rugan pabuçları havaya kaldırıp, dolaptaki elbiseyi işaret ederek, "Peki kiracınız bu takımı nerede giyiyordu?" diye sordu.

Kadın omuz silkti.

"Elbiseyi hiç görmediniz mi üzerinde?"

"Gördüm, giydiği oluyordu."

"Kendisini kime öyle şık göstermek istediğini bilmiyorsunuz yani."

"Bir yerlere gitmiştir herhalde."

Lange rugan ayakkabıları tekrar yerine koyup düşündü. Gardırobun altı tam oturmuyordu yerine, tahta biraz eğri duruyordu. Düzelteyim derken tahta elinde kaldı; yerde, içinde madeni bir cismin parıldadığı bir boşluk çarptı gözüne. Bir tahtayı daha yerinden çıkarınca ortaya çıkan manzara karşısında gözlerine inanamadı. Horst Kaczmarek'in elbise dolabının altında dünya savaşından kalma bir mavzer, modern bir *Walther* PPK, çok sayıda da mermi vardı. Bir SA'lının evinde bunların çıkması Lange'yi aslında şaşırtmamıştı. Horst Kaczmarek'in profiline uymayan tek şey, o jilet gibi takım elbise, ondan daha da ilginci, gizli bölümde ortaya çıkan, düzenli bir şekilde üst üste konmuş bir tomar kâğıttı.

Favorili Werner von Siemens "kâğıtların" üzerinden sert sert bakıyordu insana. Andreas Lange'nin dudaklarından bir ıslık çıktı. Deste deste bandrollü kırmızı yirmi marklar duruyordu önünde. Belki biraz aşınmışlardı, ama kesinlikle sahte değildiler. Lange'ye göre en az on bin mark vardı burada; basit bir SA takım çavuşu için bayağı iyi bir miktardı.

5

Tam içinden bir bölüm daha okuyayım, sonra da Guido'yu yeni ofisinde ziyaret edeyim diye geçiriyordu ki, telefon çaldı. Charly kitabı kenara koydu. Irmgard Keun'un bir romanıydı bu; modern olmadığı için kütüphanelerde artık bulunmayan, ama eski zamanları işlediği için de Charly'nin değer biçtiği kitaplardan biriydi. Charly, sistem zamanı diye tahkirle bahsedilen bu eski zamanların yeniye, atılıma vurgu yapılan bugünden daha modern olduğunu düşünüyordu.

Büfeye gidip telefonu açtı.

Bazen telefonun çalışından arayanın Greta Overbeck olduğunu anlıyor gibi geliyordu Charly'ye. O yüzden de arkadaşının sesini duyunca şaşırmadı hiç. Greta hemen konuya girdi. Sırf ayıp olmasın diye gereksiz birtakım şeyler geveleyecek tiplerden değildi.

"Az önce genç bir hanım geldi, seni sordu."

"Nerede yaşıyormuş o? Yıllardır oturmuyorum Spenerstrasse'de."

"Adresi nereden bulduğunu bilmiyorum. Ama seni tanıyor gibi. Kapıyı ben açtım diye şaşırmış gibi bir hali vardı, Charlotte Ritter'i sordu. Adının artık Rath olduğundan da haberi yok demek."

"Kimmiş, ismini söyledi mi?"

"Yok. Fazla konuşmadı zaten. Ağzından pek laf çıkmıyor ama saftiriğin biri değil, belli. Yirmili yaşların başında ya da ortasında, kızıl saçlı, zayıf, şirret bir surat."

"Hmm." Charly düşünüyordu. "Bilemedim, kim acaba? Ne istiyormuş peki?"

"Bir şey söylemedi. Ama senin yeni adresini sordu."

"Vermedin umarım."

"Tabii ki verdim. Uhlandstrasse, üç numara."

"Efendim?"

"Şimdi çıktı. Taksiyle bile gitse en az on dakika sürer, ama bende daha çok banliyö trenine binen biri izlenimi uyandırdı. Hatta yayan bile gidebilir. Bizim otelin terasında güzel bir yer kapmak için yeterli zamanın var."

Charly, Greta'nın ne demek istediğini anlayınca sırıttı. "Sen dedektif olacakmışsın."

"Sağ ol. Ama bana göre bir meslek değil o. Yoksa aptal aptal şeyler yapar, bir polisle filan evlenirdim mesela."

"Sende zaten evlenecek göz yok."

"Kimbilir? Kadın ruhundan kim anlıyor? Ben kendiminkini anlamıyorum her halükârda. Ama böyle konular için zamanımız yok şimdi. Elini çabuk tut! Çok merak ediyorum, beni habersiz bırakma."

Greta bunları söyleyip telefonu kapattı.

Charly bir an düşündü, sonra sırtına ince bir manto geçirip Kirie'nin tasmasını kaptığı gibi aşağı indi. Uhlandstrasse, üç numara, hemen çıkınca, Steinplatz'ın köşesiydi; eski şefi Bernhard Weiß'ın oturduğu evin yanındaydı. Berlin'in eski emniyet müdür yardımcısı, 1933'ün Mart'ında, daha SA evini basmadan kaçabilmişti.

Aslında otel olup hiç de ehven sayılmayan Pension am Steinplatz'ın kafesinde Charly çok vakit geçirmişti öğleden sonraları; çoğunlukla Greta da olurdu yanında. Uzun yıllar Moabit'te beraber oturduğu arkadaşı, Charly'nin Carmerstrasse'deki yeni evini sevmediği için kahve içmeye çoğu zaman yakındaki o pansiyona, onun da otelin önünde Steinplatz'daki Uhlandstrasse'ye kadar boydan boya uzanan kafesine gidiyorlardı. Kafe o saatte boştu, Charly istediği yere oturabilirdi. Sıra sıra masaların en sonunda, üç numaralı apartmanın karşı çaprazında bir yer seçti, Kirie'nin tasmasını bir sandalyenin bacağına doladı.

Garson, uzun yol katedeceğinden Charly'nin tercihinden hoşlanmamışa benziyordu. Yine de bir bardak su, bir demlik kahve, bir de o günün *Tageblatt*'ını getirdi gıkını çıkarmadan.

Charly gazeteyi bir çırpıda okudu. Gazete okumak da artık zevk vermiyordu. Charly'nin çocukluğundan beri okuduğu *Vossische* birkaç hafta önce kapanmıştı. Hem de iki yüz otuz yıl sonra. Bir zamanların liberal gazetelerinden olan *Berliner Tageblatt*'ın bile bu arada diğer Nazi gazetelerinden bir farkı kalmamıştı. Charly yanına kitabını almadığına pişman oldu, ama aceleden onu düşünememişti.

Tageblatt'ı yine de yüzüne tutup gazetenin kenarından yolun öbür tarafını kesiyordu. Üç numaranın önünde bir hareket yoktu. Esrarengiz kız taksiye para vermek istememiş, banliyö trenine binmiş olacaktı.

Demlikteki kahve soğumaya yüz tutmuştu ki, tarife uyan birisi, yani kızıl saçlı genç bir kadın göründü. Hem gerçekten de tam on dakika sonra; oysa Charly, Greta'nın planının tutmadığını düşünüp hesabı bile istemişti. Garson geldiğinde tekrar bir maden suyu ısmarladı; gözünü apartmanın girişinden ayırmıyordu.

Kızıl saçlı karşı kaldırımda yürürken bir kez dönüp kafeye bakmıştı, ama Charly'nin yüzü gazetenin arkasına saklıydı. Genç kadın üç numaranın kapısında durdu. Lüks bir apartmandı; kapısında zil levhası filan yoktu. Ziyaretçi gideceği daireyi kapıcıya sormak zorundaydı. Tıpkı Rath ailesinin avlunun öbür tarafındaki apartmanlarında olduğu gibi. Charly orada oturuyordu, ama bu mutena semte hâlâ pek alışamamıştı.

Greta genç kadını iyi tarif etmişti; kızıl saçları Uhlandstrasse'deki apartmanların gölgesinde bile pırıl pırıl parlıyor, göze çarpıyordu. Charly hâlâ yüzünü tam görememişti; kız zaten ona sırtı dönük, geri geri bir-iki adım atmış, binaya bakıyordu. Charlotte Ritter gibi birinin böyle bir evde oturacağına inanamıyordu sanki.

Kızdaki bir şey Charly'ye bir türlü tanıdık geliyordu; hareketleri miydi, kafasını geriye atışı mıydı, bilememişti. Yine de çıkaramamıştı kim olduğunu. Kafasını zorladıkça jeton direniyordu düşmemeye.

Tabii köpekte durum değişikti. Charly genç kadının koku moleküllerinin Uhlandstrasse'ye yayılıp yayılmadığından emin değildi, ama Kirie heyecanla kuyruğunu sallamaya başlamıştı; yerinde duramıyordu. Hatta neredeyse kendisini yola atacaktı. Derken ani bir hareketle Charly'nin onu bağladığı sandalyeyi devirip kafeyle kaldırım arasındaki alçak duvarın üstünden atladı ve yolun karşısına geçti. Kızıl saçlı, tıp tıp, tasmasını arkasında sürükleye sürükleye gelen köpeğin havlamasını duyunca arkasına döndü. Dönmesiyle Charly kadını nereden tanıdığını çıkardı.

"Alex?" diye bağırdı çıkardığı sesin perdesinin farkında olmayarak.

Kirie'nin coşkulu selamlamasıyla yüz yüze kalan Alexandra Reinhold, gözlerini fal taşı gibi açmış, bakıyordu. Charly'yi tanıyınca işaretparmağını dudaklarına götürdü. Charly az önce sesini kontrol etmeyi beceremediği için utanmıştı. Gerçi kafede taş çatlasa dört-beş kişi oturuyordu, ama herkesin dikkatini çekmeyi "başarmışlardı".

6

Gizli polisin yeni binası gerçekten afiliydi. Emniyet müdürlüğünün Alexanderplatz'daki kırmızı tuğla kalesi kadar büyük değildi belki, ama cephesi de bir o kadar etkileyiciydi; girişte nöbet tutan SS'ler, onların siyah üniformaları Alex'teki toplum polislerinin mavi üniforma ve miğferlerinden kesinlikle daha prestijliydi. Ancak Rath asıl farkı, Reinhold Gräf'le birlikte binanın içine girince gördü. Neobarok ve Genç Üslup karışımı antre ve merdivenleri görünce insan saraya girmiş gibi oluyordu. Her yer cila ve badana kokuyor, mermer zeminde memurların ayak sesleri yankılanıyordu. Gizli polis dairesine hâkim olan bu temiz ve şık atmosferi Rath, Kale'de çalıştığı sürece görmemişti. Ne yer yer kabarmış yeşil muşamba ne sararmış duvar ne de elektrik düğmelerinin arasında sıvanın üzerinden çekilmiş çirkin kablolar bozuyordu manzarayı. Burada her şey yeniydi sanki.

Gräf, müfreze lokalinden çıktıktan sonra olay yerine gelip de orada kimsenin kalmadığını görünce, "Beni Prinz-Albrecht-Strasse'ye atar mısın?" demişti.

"Gestapa'ya[5] yani..."

"Sana orada zaten bir şey göstermek istiyordum."

"Yeni ofisinle hava mı atacaksın?"

"Sana öyle bir şey göstereceğim ki, bir daha SA'nın 101. Müfreze'sinin altını üstüne getirmene gerek kalmayacak."

"Ne altını üstüne getirmesi? Etrafa biraz göz gezdirdim, o kadar."

"En olası cinayet motifi, hâlâ maktulün tepesinde duvarda yazılı şeyler."

"Peki ya avludaki kan insan kanıysa?"

"Bizi gene de ilgilendirmez."

"Ya, öyle mi?"

"Birincisi, bir müfreze lokalinde bu normal. Komün'e karşı mücadele halen sürüyor çünkü. SA da bu kavgada en önde."

"İkincisi?"

---

5 Gizli polise 1936'ya kadar takılan ad.

"İkincisi de, bizi hiç ilgilendirmez, çünkü Horst Kaczmarek'in öldürülmesiyle bir alakası yok."

"O kadar eminsin yani."

"Bayağı. Benimle Gestapa'ya gel, niye olduğunu göstereceğim sana."

Önce Rath'ın sekreterine son bilgileri iletmesi için kısaca Alex'e uğramışlar, Aschinger'de ayaküstü bir şeyler atıştırdıktan sonra da gizli polisin aşağı yukarı bir yıl önce taşındığı Prinz-Albrecht-Strasse'ye gitmişlerdi. Alex'teyken de ayrıcalıkları olan gizli polisin yeni yeri emniyet müdürlüğüne bayağı uzaktı ve onunla bir bağlantısı da kalmamıştı. Gizli polis 1933'ün Mart'ında doğrudan Başbakan Göring'in emrine verilmişti. Kısa bir süre önce de talimatlar, yardımcısı Heydrich'i Berlin'e gönderen SS Şefi Himmler'den gelmeye başlamıştı.

Gizli polis dairesi daha girişten itibaren hayranlık uyandırıyordu. Kocaman pencereler sayesinde içerisi apaydınlıktı. Bembeyaz boyanmış karşı duvarda gamalı haçlı bayraklar asılıydı; altında, ziyaretçileri sert, öfkeli bakışlarla karşılayan bir Hitler büstü vardı. Rath ve Gräf sessizce geniş merdivenlerden yukarı çıktılar. Yanlarından koştura koştura birkaç takım elbiseli, bir tane de siyah üniformalı geçti. Gräf hazır ola geçip hepsine Alman selamı verdi; Rath ise sağ kolunu isteksizce, o da tam havaya dikmeden kaldırarak peşinden taklit yapar gibi izledi. Üçüncü kata geldiklerinde uzun bir koridora girip neredeyse sonuna kadar yürüdüler. Gräf birden bir ofisin kapısının önünde durdu.

"Geldik," dedi Gräf.

Kapıda, IIIB1, KOMİSER A., R. GRÄF yazıyordu.

"Tebrik ederim, benim kapımda bu kadar harf yok," dedi Rath.

Gräf, "Adaylık'ın A'sı yakında kalkacak," dedi ve bıyık altından güldü. Yeleğinin cebinden çıkardığı anahtarla kapıyı açtı.

Rath, ön büroda sekreter görmeyince için için sevindi; ön büro denen şey yoktu bile. Ama ofisi görünce içinde kıskançlık duygusu kabardı. Büyüklüğünü, yeni badanasını, yepyeni mobilyaları görünce imrenmemek elde değildi. Ya önündeki Europahaus'un gökyüzüne yükseldiği park ve Anhalter Bahnhof'un devasa istasyon binasından oluşan o manzara...

Rath takdirle başını aşağı yukarı sallayarak, "Güzelmiş," dedi. "Pencerelerin hepsi büyük. Eskiden sanat okuluymuş, aydınlıkta çalışmaları gerektiği için..."

Düzenli, daha yeni cilalanmış gibi pırıl pırıl parlayan yazı masasının arkasında tıpkı girişte olduğu gibi bir gamalı haçlı bayrak asılıydı. Hitler büstü yoktu; gizli polis komiser adayına başbakanın sadece fotoğraf şeklinde bir portresini layık görmüş olmalılardı. Ancak resim öyle bir ışıklandırılmıştı ki, emniyet müdürlüğündeki ofislerin duvarlarındaki Hindenburg portreleri bunun yanında solda sıfır kalırdı.

"Otursana," dedi Gräf. "Bir şey ikram edebilir miyim, kahve filan?"

Rath başıyla evet dedi. "Hayır demem. Pasta yoktur herhalde."

"Gennat'ın orada değiliz." Gräf ahizeyi kaldırıp bir tuşa bastı. "Mettmann? Bir demlik kahve ve iki fincan getirin ofisime lütfen."

Rath, içinde tekrar kabaran kıskançlığı bastırmaya uğraşıyordu. Ellerini ovuşturarak, "Eveeet, ne gösterecektin bana?" diye sordu.

"Sabır diye bir meziyet olmadı sende hiç gerçekten." Gräf gülerek bayrağın yanındaki dolabı açtı. Biraz karıştırdıktan sonra aradığını buldu. Kalın bir dosyayı açıp içindekileri yazı masasının üzerine iskambil kâğıdı gibi yelpaze halinde döktü.

Resimdi hepsi. Zımbalanmış dosya kâğıtlarının her birine bir fotoğraf yapıştırılmış, yanına adres ve bir tarih düşülmüştü. Apartman cepheleri, duvarlar, inşaat çitleri, hatta reklam sütunlarına yazılmış komünist sloganların resmiydi bunlar. Fonlar değişkenlik göstermekle birlikte sözcüklerin hemen hepsi aynıydı.

İŞÇİLER DİRENİN! HİTLER FAŞİSTLERİNE ÖLÜM!

El yazısı bile pek değişmiyordu – tabii bir metre uzunluğundaki harflerde el yazısından ne kadar söz edilirse.

"Şu anda üzerinde çalıştığım vaka," dedi Gräf. "Gartenstrasse'ye neden bir başkası gelmedi de ben geldim, biliyor musun?"

"Biliyorum, beni özlemiştin de ondan."

"Saçmalama. Soruşturmayı senin yürüttüğünden haberim bile yoktu. Hükümet Müsteşarı Nebe gönderdi beni. Vaka benim vakam çünkü. Ama ceset yüzünden değil. Mesele, Karthaus'un telefonla bildirdiği komünist slogan."

"Nebe? Arthur Nebe mi?"
"Kısım şefim."
"Biliyorum, biliyorum."
Rath bunu mümkün olduğu kadar umursamaz bir ses tonuyla söylemişti. Nebe'nin de Prinz-Albrecht-Strasse'de koltuk kaptığını tabii ki biliyordu; ama eski kriminal komiserin kariyerinin ondan sonraki aşamalarından haberi olmamıştı. Naziler eski Emniyet Müdür Yardımcısı Bernhard Weiß'ı ülkeyi terk etmek zorunda bırakmadan önce, Arthur Nebe onun kayırdığı birisiydi; Nebe'yi resmen himayesi altına almıştı. Ama Weiß'ın da, Emniyet camiasının da bilmediği bir şey vardı: Nebe, daha Naziliğin bir Prusya polisinin kariyeri açısından makbul olmadığı zamanlarda bile Nazi'ydi. İktidardakiler onu ideolojiye olan bu sadakatinden ötürü mükâfatlandırmış olmalıydılar. Hükümet müsteşarıymış! Nebe yıllarca tıpkı Rath gibi kriminal komiserlikten rütbe atlayamamıştı. Ama şimdi Rath'ı kariyer merdiveninde birkaç basamak birden geride bırakmıştı.
Rath, gayriihtiyari, acaba 33'ün Mart'ında Siyasi Şube'de kalsa mıydım diye geçirdi içinden, Gräf'in ofisinde göz gezdirirken. İnsan bazen meslek yaşamında taviz vermek zorunda kalabiliyordu işte. Asıl sorunu, siyaset ne gerektiriyorsa onu yapayım diyememesinden kaynaklanıyordu; o yüzden de babasının polis teşkilatında geldiği yere kendisi hiçbir zaman gelemeyecekti.
"Bu tip sloganlar," diye devam etti Gräf, "nisan sonunda ortaya çıktı. O zamandan beri takipçisiyim olayın. Bugün yaşananlar da şimdiye kadarki şemaya tıpatıp uyuyor. Bizim Kriminal Teknik Dairesi'nin bunu doğrulayacağından eminim. Kronberg'den, boya örneklerini Kreutzmann'a vermesini rica..."
"Ne yaptın, ne yaptın?" diye sözünü kesti Rath. "Bizimkine paralel delil tespit işlemi mi yaptırıyorsun?"
"Bir tek örneklere baktıracağım. Ben sabah kendi adamlarımı da getirmesini bilirdim Gereon! Kreutzmann olay yerinde adamlarıyla delil tespiti yapsaydı, Kronberg mahcup olurdu, o yüzden istemedim. Yetkim vardı aslında buna."
"Şimdi sen bana, her türlü cinayet soruşturmasına müdahale etmeye yetkili mi olduğunu söylüyorsun?"
"Bir şeye müdahale ettiğim yok."

"Birtakım gereksiz boktan şeylerle soruşturmamı engelliyorsun. Birileri duvara kızıl sloganlar yazmış... Bu Berlin'de günde bin defa oluyor. Bütün komünistler yeni durumu kabullenmek istemiyor olabilir; ne var bunda bu kadar ciddiye alacak? Geri çekilirken giriştikleri birtakım zavallı işler bunlar."

"Mesele duvarlara yazı yazmaktan ibaret değil; doğrudan devlet güvenliğimizle ilişkili hususlar söz konusu." Gräf başka bir klasörden bir dosya çıkarıp Rath'ın önüne sürdü. Vesikalık fotoğrafta görünen kişi, kameraya çok ciddi bakan bir genç adamdı. "Gregor Wolff," dedi Gräf hiç gereği olmadan; isim okunuyordu çünkü. "Kızıl Cephe savaşçısı. 1929 Mayıs'ından beri Siyasi Polis'in arananlar listesinde."

Kapı tıklatılmış, Gräf kibarca ama asker tonuyla "Buyurun," diyene kadar açan olmamıştı.

Elinde bir tepsiyle sarı saçlı, kâhküllü bir kız girdi. Rath'a kibarca, şefine ise daha kibarca gülümsedi. "Kahve getirdim Komiser Gräf," dedi ve hafif bir reverans yaptı.

"Teşekkürler Mettmann," dedi Gräf, "sehpaya bırakın lütfen."

Mettmann, Gräf'in cinsiyetsiz hitabını tebessümle karşıladı; gülümsemesinden genç sekreterin şefine taptığı anlaşılıyordu. Kız acaba sert kayaya çarptığının, Gräf'in gözünde her sarışın oğlanın kendisinden daha fazla şansının olacağının farkında mıydı?

Sarışın kız çıktıktan sonra, "Sekreterin mi?" diye sordu Rath.

"Sekreterimiz. IIIB1 Şubesi'nin tamamından sorumlu." Gräf hafifçe öksürdü. "Wolff'a dönelim."

Klasörden bir dosya daha çıkarıp masaya birkaç fotoğraf daha koydu. "Wolff'un kartoteksimize girip hakkında kriminal inceleme yapılmasının nedenlerinden biri de bu."

Rath, hafif sararmış fotoğraflara baktı. Daha önce gördüklerine benziyordu; bunlarda da çeşitli fonlarda aynı slogan yazılıydı. Yazı da aynıydı; bir tek slogan biraz farklı formüle edilmişti:

İŞÇİLER DİRENİN! SOSYAL FAŞİSTLERE ÖLÜM!

"Sistem zamanından," diye açıkladı Gräf. "O günlerde sosyal demokratlar Komün'ün en büyük düşmanıydı."

"Komünistler her zaman böyle işte. Kimin borusu ötüyorsa ona yüklenirler."

"Fotoğraflar 29 ile 31 yılları arasından. Wolff sonra enselenmişti, birkaç ay sonra, 32 yazında ise Moskova'ya kaçtı."

"Ve şimdi gene burada, öyle mi?"

"Öyle görünüyor." Gräf başını salladı. "Altı haftadır Berlin duvarlarında Wolff'un el yazısını taşıyan sloganlar peydahlandı. Bir tabur emektar Kızıl Cephe savaşçısının Moskova'daki sürgünden Berlin'e döndüğünü tahmin ediyoruz. Stalin bu adamlarla yeni Almanya'yı karıştırmak istiyor."

"Almanya'yı karıştırmak mı? Sloganlarla mı?" Rath bir kahkaha kopardı. "Off, amma korktum. Komünist tehlike gerçekten her yerde pusuda."

"Mesele yalnız slogan değil Gereon. Belleğini tazeleyeyim: Bir SA öldü bu sabah. İşin şakası yok."

"Elimizde başka hiçbir veri yok, ama sen şimdiden bu Wolff'un Kaczmarek cinayetinden sorumlu olduğundan eminsin..."

"Ya da yoldaşlarından birinin. Şiddetten uzak duran yok ki aralarında."

"Bu şekilde düşünmeyi Gennat'ın yanında öğrenmedin sen."

"Hayır. Burada öğrendim. Siyasi Polis seri hareket etmeyi bilmelidir. Derdimiz yalnız cinayet, büyük olasılıkla da bir siyasi cinayet değil. Mesele Almanya'nın güvenliği. Birtakım duygusallıkların elimizi kolumuzu bağlamasına izin vermemeliyiz."

"Anlıyorum," dedi Rath. "Bu Wolff'u bulursanız, aynı zamanda Stalin'in direktifiyle Berlin duvarlarına yazı yazan bir tabur Kızıl Cephe savaşçısını ele geçirmeyi umut ediyorsunuz. Ama bu konjonktür için hiç iyi olmaz. Baksanıza, Stalin Almanya'da boyaya nasıl para döküyor."

"Dalga geçmeyi bırak Gereon! Komünist direniş hâlâ ayakta. Kızıllar nerede fırsat bulurlarsa orada sabote ediyorlar yeni Almanya'yı. O yüzden mesele slogan değil, önemli sanayi kollarının, hatta insan hayatının yok edilmesi. Gräf sözlerine ara vererek Rath'ın gözlerinin içine baktı. "Komünistlere karşı verilen savaşta kaç SA'nın hayatını kaybettiğini biliyor musun?"

Rath'ın aklı, bir keresinde Gräf'in banyosundan çıkarken gördüğü sarışın SA'lı oğlana gitti.

"Dalga geçtiğim filan yok," dedi. "Benim cinayet soruşturmamda senin Wolff çetesiyle ilgili ipuçları arıyorsun, gördüğüm o. İçimden bir ses, bunun benim soruşturmamı zorlaştıracağını söylüyor."

"Senin soruşturman değil ayrıca, bizim soruşturmamız. Alçak cinayetin failini senin gibi ben de bulmak istiyorum. Bu bağlamda birkaç vatan haini de ağımıza düşerse ne âlâ. Hem..."

Lafını bitiremedi, çünkü aniden kapı açıldı ve Pfeiffer girdi içeri. SS kıta komutanının ofise öyle bir dalışı vardı ki, sanki IIIB1 Şubesi'nin kasasını soymaya gelmişti. Komiserleri görünce hemen sağ kolunu kaldırdı.

"Heil Hitler!"

"Heil Hitler, Pfeiffer!" diye selamını aldı Gräf.

"Mesai arkadaşım nerede?" diye sordu Rath.

"Komiser Lange mi? Alex'te. Kendisini oraya atmamızı istedi."

Kriminal komiserden kurtulmuş olmak Pfeiffer'i pek kederlendirmişe benzemiyordu. Elindeki koyu kahverengi bavulu havaya kaldırdı.

"Maktulün evinde külliyetli miktarda nakit para bulduk," dedi. "Ateşli ve vurucu silahlar da çıktı."

"Bir SS için olağanüstü bir durum sayılmaz," dedi Gräf.

"Bence de Komiser Gräf. Ona rağmen silahları Lange'ye bıraktım; kriminal polis laboratuvarlarında inceletmek istediğini söyledi."

Rath, "Kaç para buldunuz?" diye sordu.

Pfeiffer bir an tereddüt etti; bir kriminal komisere cevap vermeyi sanki gururuna yediremiyordu.

"On iki bin markın üstünde," dedi sonunda.

"Fena değilmiş," dedi Rath. "Kaynağı konusunda bilginiz var mı?"

Pfeiffer kafasını iki yana salladı. "Önce el koyalım dedik."

"Bu bulguyu da Lange'ye bırakmak daha akıllıca olmaz mıydı? Laboratuvarda incelenmek üzere?"

"Gereksiz buldum. Bunu arkadaşınıza da söyledim Komiser Rath."

"Bununla kriminal polisin talimatına karşı çıktığınızı mı dile getirmek istiyorsunuz?"

"Kusura bakmayın kriminal komiser bey, kriminal polis gizli polise talimat verebilir diye bir şey yok. Para büyük olasılıkla 101. SA Müfrezesi'nin kasasına ait. O yüzden de mantıken parayı önce..."

"Biz banka değiliz," diye azarladı Rath SA'yı. "Polisin işi parayı muhafaza etmek değil, incelemek. Banknotların kayıtlı olup olmadığına, parmak izlerine vesaireye bakmak." Pfeiffer'e doğru yaklaşmış, dosdoğru gözlerinin içine bakıyordu. "Polisin işi budur. Duymuş muydunuz hiç?"

Gräf, "Gereon lütfen!" dedi. Rath'ı Pfeiffer'den uzaklaştırırken sakin bir tonda söylemişti bunu. "Meslektaş meslektaşa konuşuyoruz. Sinirlenmeye gerek yok. Bulguyu tabii ki laboratuvara ileteceğiz. Ancak gerçekten cinayet vakasıyla ilintili olup olmadığını..."

"Onu, ancak inceledikten sonra bilebiliriz," diye sözünü kesti Rath. "Sıradan bir SS'in böyle büyük miktarda parasının olması sizde kuşku uyandırmıyor mu?"

Pfeiffer, "Bugün bende tek kuşku uyandıran şey, demiryolu köprüsünün altındaki komünist sloganlar. Bir SA'nın biriktirdiği paradan bize ne?" dedi. Küstahlıkla karışık bu kestirip atma tavrı, sabahtan beri sergilediği o askerce sert hareketlerle pek bağdaşmıyordu.

"Tasarruf, SA'nın kasası... Var mı başka kuramınız? Tam da bu nedenle incelenmesi gerekiyordu işte paranın. Böyle spekülasyonlarda bulunmak zorunda kalmayalım diye."

"Şu anda bir tek paraya odaklanmayalım Gereon," dedi Gräf. "Delil Tespiti ilgilensin onunla. Pfeiffer'in de dediği gibi, Wolff Grubu'nun izini yakaladık, onun peşine düşmemiz gerekiyor öncelikle."

"Wolff Grubu." Rath derin bir iç çekti. "Kripo, Stapo'nun Berlin'de arazi olmuş komünistleri enselemesine yardımcı olacak, doğru mu anlıyorum? Hadi tamam diyelim. Bize ne yararı olacak bunun?"

"Gayet basit: Bu arada zavallı ülküdaşımız Kaczmarek'in katilleri düşecek Cinayet Şubesi'nin eline." Gräf boğazını temizledi. "Önemli olan birlikte çalışmamız, birbirimize karşı değil."

Rath, "Sen bunu en iyisi düdüğüne öğret," demek isterdi, ama kendini tuttu.

"Bu konuda çok dikkatli davranmalı, birbirimizden habersiz bir şey yapmamalıyız," diye devam etti Gräf. "En kötüsü, düşüncesiz aksiyonlarla kızılları atacağımız adımlar konusunda uyandırmak olur."

"Evet." Rath düşünceli düşünceli başını sallıyordu, ama kafası başka yerdeydi. Nasıl oluyordu da Reinhold Gräf ona "Şunu yap, bunu yapma," diyebiliyordu? Adam daha bir sene önce Komiser Rath'ın bir direktifiyle yerinden fırlardı.

"Wolff Grubu'nun nerede saklanmış olabileceğini biliyor muyuz?" diye sordu sonunda.

"Maalesef. Yerlerini tespit etmek zor, çünkü eylemlerini çeşitli yerlerde, gündüz aşırı insan trafiğinin olduğu, özellikle de işçilerin yoğun bulunduğu semtlerde, geceleri in cin top oynadığı saatlerde sürdürüyorlar. Gräf yazı masasındaki fotoğrafları toplayıp üst üste koyduktan sonra hepsini tek tek dizdi. Her resme ait bir semt ismi vardı: "Wedding, Kreuzberg, Lichtenberg, Wilmersdorf, Schöneberg. Friedrichshain, Charlottenburg, hatta Zehlendorf. Şehir planında işaretleyince gördük ki, özel bir ağırlık noktaları yok; grup bütün şehirde aktif."

"O zaman belki bütün şehre yayılmışlardır," dedi Rath. "Komünistlerin bu gibi amaçlar için tuttuğu evlerde kalıyorlardır. Onlar iyi örgütlenir."

"O evlerin çoğu 33'te ortaya çıkarıldı." Gräf başını iki yana sallıyordu. "Bolşevikler bu çökertilmiş yapıların en azından bir kısmını tekrar kurmuş olabilirler, ama pek de sanmıyorum. Daha ziyade bahçe kulübelerinde, kilerlerde ya da tavan aralarında yuvalandıklarını düşünüyorum."

Gräf sustu; diğerlerinin yüzüne öyle çok mühim bir şey söylüyormuş ifadesiyle bakıyordu ki, Rath'ın öğüreceği geldi.

"Yeni deliller gerekiyor artık," diye devam etti Gräf. "O yüzden de bu son vakanın bizim için hayati önemi var. Failler talihsiz SA Kaczınarek tarafından ilk kez suçüstü yakalandı. Orada bir arbede çıkmış olmalı. Belki bir gören oldu ya da birisi cinayetten sonra grubu kaçarken fark etti. Faillerin hangi yöne gittiğini bir bilsek..."

"Czerwinski ortaya çıkartacaktır bunu." Rath, kriminal sekreteri bir tabur toplum polisiyle birlikte olay yeri yakınlarında tanık bulmaya göndermişti.

"Olabilir," dedi Gräf, "her ne kadar Kriminal Sekreter Czerwinski'nin bu görev için uygun olup olmadığından emin olmasam da."

"Ne demek istiyorsun?"

"İcabında çevrede oturanların ifadelerini almak üzere kendi adamlarımı da görevlendirebilirim, onu demek istiyorum. Czerwinski'yle bir derdim yok Gereon, ama onun çok güvenilir bir meslektaş olmadığını sen de biliyorsun. Henning'le beraber hadi gene ama, Henning terfi ettikten sonra..."

Rath bir şey söylemedi. gizli polise karşı çıkmanın anlamsız olduğunu biliyordu; yapacağı kadar aşırılık yapmıştı zaten. İşin kötüsü, Gräf haklıydı da: Paul Czerwinski, partneri Alfons Henning yanındayken iyiydi. Canciğer kuzu sarması olmuşlardı; o yüzden de millet onlara Edi ile Büdü lakabını takmıştı. Bu, Henning komiser olmaya karar verip de Hırsızlık Büro Amirliği'ne tayin edilene kadar böyle devam etmişti.

"Czerwinski önce bir bulduklarını anlatsın. Sonra tekrar bakarız duruma."

Gräf başıyla onayladı. "Saat dokuz iyi mi? Burada, Prinz-Albrecht-Strasse'de buluşalım."

"Burada mı?"

"Ofisimi açabilirim. Seninkinden büyük ne de olsa." Rath, Gräf'in sergilediği bu pek lütufkâr eda karşısında iğneli laflarla karşılık vermemek için kendini zor tutuyordu. "O zamana kadar Kreutzmann da boyayı incelemiş olur."

Rath, "Herr Kreutzmann bu arada parayı inceleme işini de üstlenir belki," dedi Pfeiffer'in elindeki bavulu işaret ederek. "Hazır buradayken. Yoksa Emniyet'e götürüp Kronberg'e mi teslim edeyim?"

SS, sanki kriminal komiser deri bavulu kapıp elinden alacakmış gibi sıkı sıkı tutuyordu.

"Kreutzmann yapar," dedi Gräf. "Adli emaneti Delil Tespiti'ne götürüp teslim edin Pfeiffer. Belki bu incelemenin sonuçları da yarın elimize geçer."

Göz ucuyla Pfeiffer'in şefine nasıl kötü kötü baktığını görünce

Rath'ın yüreğine su serpildi. Saatine baktı. "Beyler, bayağı geç olmuş. Alex'te halletmem gereken birkaç şey var. Karımı da sofrada bekletmek istemem. Ben kaçayım."

Bunları diyerek Gräf'in ofisin, resmî zorunluluk olan Hitler selamı vermeden terk etti. Bu eski bir okuldan yapılma, tadilatı yeni bitmiş, önünde SS'lerin nöbet beklediği gizli polis binasından, içinde oraya bir daha girmeme umuduyla hızlı adımlarla çıktı. En azından sokağa çıkıp da derin bir nefes aldığındaki niyeti buydu.

7

Camlı veranda, kremalı pastalarını yiye yiye Gedächtniskirche'yi ve büyük şehir trafiğini seyreden turistle doluydu. Charly etrafı taradı, randevulaştığı insanı göremeyince bir sürü boş masanın bulunduğu kafeye girdi. Gardırobun yanındaki bir köşede önünde bir fincan kahve, yalnız başına oturan kızıl saçlı genç kadını fark edince yanına oturdu.

Charly, "Özür dilerim," diyerek çantasını sandalyeye astı. "Geciktim biraz. Oğlana ev ödevlerinde yardım ettim de."

"Sorun değil." Kızıl saçlı utangaçça gülümsedi; rahatlamış gibiydi de. Alexander Reinhold, Charly'nin randevuya gelmesini beklemiyordu sanki.

O sokak kızı ne hale gelmişti, inanılacak gibi değildi; tam bir genç hanım olmuştu.

Charly ona yardım elini uzattığında henüz Lichtenberg Asliye Ceza Mahkemesi'nde staj yapıyordu. Ne kadar geçmişti üzerinden? Üç yıl olmuş muydu? Kendisine neredeyse bir asır gibi geliyordu, öyle çok şey değişmişti ki o günden bu yana.

Alex, görmemesi gereken bir şeyi gördüğü için rüşvetçi polisler düşmüştü peşine. Kız, gece yarısı *Kadewe*'nin mücevher bölümünü soyarken yakalandıktan sonra arkadaşı Benny'nin hunharca öldürülmesine tanık olmuştu. Bir toplum polisinin işlediği ve meslektaşlarının da üstünü örttüğü bir cinayet. Charly o olayda ilk kez polise karşı çalışmıştı. Hatta Benny'nin katilini ortaya çıkarmak için birtakım gizli kapaklı soruşturmaların bile içine girmişti.

Az önce Uhlandstrasse'de fazla konuşamamışlardı; Charly'nin, Fritze'ye öğle yemeği hazırlamak için tekrar Carmerstrasse'ye dönmesi gerekmişti. Alex'e, kendisini çocuğa Hamburg'dan gelen kuzeni Marlene diye tanıştırmayı önermişti, ama genç kadın bunu kabul etmemişti.

Marlene Keller. Alexandra Reinhold hâlâ arandığı için bu ismi kullanıyor, hatta Charly'nin bile kendisine böyle hitap etmesini istiyordu. Bu ad Alex'in yeni görünümüne, kızıl saçlara, üç yıl öncesine nazaran biraz daha sertleşmiş, onu yetişkin gösteren yüz hatlarına, hatta yeni mesleğine bile uyuyordu. Marlene Keller bir buçuk yıldır Hamburg'da bir bar sahibiydi.

Charly adresi sorduğunda, "Sankt Georg," demişti Alex, sokak ismi filan söylemekten kaçınmıştı. Tek söylediği, barı arkadaşı Vicky'yle birlikte işlettiği, ikisinin de durumunun iyi olduğuydu.

Charly, Alex'in onu sadece özlediği için aramadığını tahmin etmişti, ama asıl meseleyi hemen açamamıştı genç kadın. Yardıma ihtiyacı vardı, yine de bunun nasıl bir yardım olduğunu söylemek istememişti.

"Burada değil, sokakta olmaz. Uzun hikâye çünkü."

Onun üzerine öğleden sonra Romanisches Café'de buluşmak için sözleşmişlerdi.

İyi ki burayı seçtik diye düşündü Charly. Tek tük birkaç masa doluydu sadece; onlarda da dedikodu için buluşmuş birkaç kadın oturuyordu. Eski müdavimleri olan genç yazar ve sanatçılar Berlin'i terk ettikleri ya da başka nedenlerden dolayı artık gelmedikleri için Romanisches Café'nin zaten böyle yeni bir müşteri kitlesine ihtiyacı vardı. Burada kimse Charly ile Alex'in konuştuklarına kulak kabartmazdı.

Buna rağmen Alex, Charly'nin siparişini aldıktan sonra yanlarından ayrılan garsonun arkasından kuşkuyla baktı. Adam dörtbeş masa öteye gittikten sonra konuşmaya başladı.

"Konu ağabeyim," dedi, demesiyle de Charly, Alex'in birazdan rica edeceği şeyi yerine getirmekte zorlanacağını düşündü.

"Karl mı?" diye sordu Charly, bildiği halde. Alex evet anlamında başını salladı.

Babası gibi kendisi de sıkı bir komünist olan Karl, yaklaşık üç yıl önce Moskova'ya kaçmıştı. Ama kaçış nedeni yalnızca siyasi görüşü değildi. Daha o zamanlar illegaliteye geçen Kızıl Cephe üyesi, 1930 Aralık'ında Heinrich Beckmann'ı, Reinhold ailesinin kapıcısını öldürmekten aranıyordu. Beckmann, Reinholdların Boxhagener Strasse'de oturdukları evden atılmalarına sebep olmuştu. Cinayetin arkasında siyasi bir neden de yatıyor olabilirdi. Kapıcı SA'lıydı.

Charly, Beckmann vakasına ilişkin tüm ayrıntıları biliyordu, zamanında dosyaları okumuştu. Zaten Alex'in ağzından, tıpkı şimdi olduğu gibi, fazla bir laf çıkmamıştı. Charly, genç kız konuyu açtığına göre kendisini ne kadar çaresiz hissediyor kimbilir diye düşündü.

Alex devam etmeden önce tekrar çevresine göz gezdirdi.

"Karl Berlin'de gene."

"Nereden biliyorsun?"

"Ağabeyim söyledi. Yani öbür ağabeyim, Helmut. Hamburg'daki adresime mektup geldi. Orada oturduğumu bilen tek kişi o." Alex gözlerini indirdi. "Bir de siz biliyorsunuz şimdi."

"Ben kimseye söylemem, merak etme."

"Onu bulmama yardım edin lütfen!"

"Çok özlüyorsun, değil mi?" Charly daha üç yıl önce Alex Reinhold'un gözlerinde okunan çaresizliğin nedeninin büyük oranda Heinrich Beckmann cinayeti ve ağabeyinin kaçışı olduğunu hissetmişti.

"Hayır, mesele o değil, ben değilim konu!" Alex başını iki yana sallıyordu. "Tek istediğim, başka budalalıklar yapmasının önünü almak. Korkarım, eski Kızıl Cepheli yoldaşlarını buldu ve onlarla birlikte hükümete karşı savaşıyor. Yakalarlarsa darağacı olur sonu."

"Neden bana geldin?"

Alex tam cevap verecekken elinde Charly'nin kahvesiyle garson bitti yanlarında. Konuşulanları işitemeyecek kadar uzaklaşıncaya kadar bekledi genç kadın.

"Siz insanları nasıl bulacağınızı biliyorsunuz," dedi. "Beni de bulmuştunuz o zaman."

Bu doğruydu tabii. Charly, Alex'i polisten önce bulmuştu. Sonra da kaçmasına önayak olmuştu.

"Çok geç olmadan kardeşimi bulun," dedi Alex. "Beni ona götürün ki onu bir aptallık yapmamaya ikna edeyim."

Bu sefer Charly göz gezdirmişti çevresine dinleyen var mı diye. "Nazilere karşı direnmeyi asla aptallık olarak görmüyorum," diye fısıldadı.

"Ama çok tehlikeli. Hele söz konusu kişi bir de cinayetten aranıyorsa. Tam tersi, kendini iyice geriye çekmesi lazım."

"Aynen öyle yapıyor ama kardeşin. Yoksa çoktan bulmuşlardı onu."

"Enselenmesi an meselesi."

"Direnişe katıldığından nasıl bu kadar emin olabiliyorsun?"

"Helmut'la konuşun," dedi Alex. "Bir şey duyarsanız beni lütfen hemen haberdar edin."

Çantasından bir kibrit kutusu çıkarıp masanın üzerine koydu. "Hotel Sterner" yazıyordu üstünde.

"Beni orada bulabilirsiniz. Marlene Keller. On altı numaralı oda."

Otel, Reinhold ailesinin evsiz kalmadan önce oturduğu Friedrichshain semtinde değil, Westend'de, şehrin öbür ucundaydı.

Küçük bir delik, büyük bir gemiyi batırır.

Alexandra Reinhold hiç şüphesiz aşırı temkinli bir insandı.

8

Rath'ın öfkesi bir türlü yatışmıyordu; gaz pedalına bastıkça kurtulacağını düşünüyordu, ama o duygu içinde bir yere kancasını takmış, bana mısın demiyordu. Reinhold Gräf! Bu herif ne zannediyordu kendini Allah aşkına? Eski kriminal sekreteri daha gizli poliste şu kadarcık zamanda ne oldum delisi olmuştu. Rath, Charly yemeğe bekler diye yalan söylemişti tabii. Reinhold Gräf'in ağzından emir tonunda çıkan cümleleri artık bir saniye bile kaldıramayacak hale gelmişti çünkü.

Kale'ye geldiğinde ofiste kimse kalmamıştı, sekreterinin ön bürodaki masası da boştu. Erika Voss istisnai bir talimat gelmediği sürece tam zamanında paydos ederdi. Tıpkı Czerwinski gibi. Ama Andreas Lange öyle değildi.

Rath bir kat yukarıdaki Delil Tespiti bölümünde mesai arkadaşına bakındı, ama orada da Kriminal Polis Laboratuvarları Dairesi Şefi Kronberg'den başka kimse yoktu.

Kronberg, "Henüz dişe gelir bir bulgu yok Komiser Rath," dedi. "Elimizde çok sayıda parmak izi var ama incelemeler sonucunda bir yere varamadık."

"Gizli polisteki meslektaşınız Kreutzmann'la bir temasa geçin. Bir de Moskova'ya kaçan komünistlerin parmak izi dosyalarına bakın."

Kronberg pürdikkat kesildi. "Berlin'e dönenler mi var?"

"Gizli polise bakılırsa evet."

"Soruşturmaları kim sürdürüyor, Kripo mu Stapo mu?"

Rath, "Bu soruyu ben de soruyorum sevgili Kronberg," dedi.

Bunu söylerken gözü masada duran, kullanılmış olduğuna dair izler taşıyan bir demir muşta, bir usturpa, iki tabanca, eski bir mavzer, bir de daha modern, Rath'ın Prusya Polisi'nin resmî silahı olarak bildiği *Walther*'den oluşan küçük çaplı cephaneye kaydı.

"Lange'nin getirdikleri mi bunlar?" diye sordu Rath.

Kronberg başıyla onayladı. "Parmak izlerini tespit ettik. Ancak balistik incelemeyi bugün yapamayacağımızı Komiser Lange'ye söyledim. İlk sonuçlar sabah elinizde olur."

"Maktulün yanında taşıdığı silahlardan ne haber?"

"Bir tek SA kaması vardı. Ateşli silah yoktu. Müfreze lokaliyle evi arasındaki mesafe için yanına başka bir silah almaya gerek görmüyordu herhalde."

"Görünüşe bakılırsa yanlış bir karar almış."

"Kesinlikle."

"Eh, ben de eve gideyim o zaman," dedi Rath. Kronberg şaşırmıştı.

"Her zaman cinayet vakalarının ilk gününde mesaiye kalırsınız," dedi laboratuvar şefi.

"Bugün kalmıyorum Kronberg. Stapo bir sürü işi üstümüzden alıyor zaten."

Rath otomobiline bindiğinde saat daha altıydı; ani bir kararla arabayı Prenzlauer Berg'e doğru sürdü. Andreas Lange'yi daha hiç ziyaret etmemişti; arabayla birkaç kez evine bırakmıştı, o kadar. O yüzden adresi biliyordu en azından. Franseckistrasse: Schönhauser Allee'ye çok yakındı.

Lange üçüncü katta oturuyordu. Kapıyı yaşlı bir kadın açtı.

"Kapıdan bir şey almıyoruz."

"Kriminal polis." Rath rozetini gösterdi. "Meslektaşım Lange'yle görüşmek istiyordum."

"Üzgünüm, evde değil." Ev sahibesi arkasını dönüp holde asılı, tiktakları kulak tırmalayan duvar saatine baktı. "Altıyı yirmi geçiyor. Bierkirche'de bulursunuz onu bu saatte."

"Nerede?"

"Karşıda, Schultheiss'ta. Komiser akşam yemeğine oradaki restorana gidiyor." Kadının bunu söyleyişinden, bu duruma bozulduğu anlaşılıyordu. Kiracısına kendisinin yemek yapması daha çok işine gelirdi muhakkak. Rath, Lange'yi çok iyi anlıyordu tabii. Kendisi de zamanında tuttuğu mobilyalı evde ev sahibesi Frau Behnke'ye yakalanmamak için elinden geleni yapıyordu.

Bierkirche[6] demek. Bira fabrikasının, Schönhauser Allee köşesindeki görkemli kulesi, ayrıca gerçekten de bir kilise ortası boyutlarındaki salonu yüzünden böyle bir lakabı vardı. Tek fark, burasının tütsü değil, bira kokmasıydı.

Rath meslektaşını buraya akşamları hâkim olan curcunanın biraz uzağında bir köşede buldu. Masasına geldiğinde Lange önünde birası, akşam gazetesine dalmıştı.

"Adamımız hakkında bir haber var mı?"

"Hayır." Lange, Rath'ın tahmin ettiği kadar şaşırmamıştı onu görünce. "Nerede eski gazeteler," dedi, sadece Rath'ın duyabileceği kadar alçak bir sesle; gazeteyi kenara koydu.

Rath, "Ölü bir SA ve tek satır yazmıyor demek," dedi ve Lange'nin masasına oturdu.

"Gizli polis bir haberin çıkmasını istemiyorsa, çıkmıyor o haber, bu kadar basit."

"Efektif de."

"Gräf size Stapo'nun olayı neden fazla dillendirmek istemediğini söyledi mi?"

"Komünistlerin duvar yazıları konusunda da haber çıkmıyor, aynı nedendendir diye düşünüyorum. Milli devrimin üzerinden bir yıl geçmesine rağmen kızılların hâlâ aktif olduğuna kim-

---

6 (Alm.) Bira kilisesi.

se uyanmasın diye hemen ekip gönderiyor, sloganı sildiriyorlar."

Rath garsona işaret etti. "Siz yemek yediniz mi?" diye sordu Lange'ye.

Lange başını iki yana salladı. "Daha yeni geldim," dedi.

"O zaman size yemek ısmarlamak isterim. Ne tavsiye edersiniz?"

Bu arada masalarına gelen garson araya girerek, "Beyefendilere glaze edilmiş dana paçası getireyim," dedi.

Lange evet anlamında başını salladı. "Gerçekten iyidir," dedi.

"Tamam, ondan alalım," dedi Rath. "Bana bir bira lütfen, arkadaşımınkini de tazeleyin."

Lange, bardağının yarısı dolu olduğu halde sesini çıkarmadı. Garson siparişi not edip yanlarından ayrıldı.

"Meslektaşınızla anlaşabildiniz mi?"

"Troppföhrer Pfeiffer'le mi?" diye sordu Lange ve sırıttı. Profesör Schnauz'u taklit etmek istemişti, ama sesi daha çok Adolf Hitler'e benzemişti. Yoksa Spoerl'ün öğretmen karikatürü aslında üstü kapalı bir Hitler karikatürü müydü diye sordu Rath kendine.

"Abartmayın Lange," dedi.

"Siz başlattınız üç F'li düdük diye komiserim. Neyse, heriften sonunda kurtuldum ya. Ama siz galiba Gräf'in yanında epey uzun kaldınız."

"Üstelik Prinz-Albrecht-Strasse'de." Rath yüzünü buruşturdu. "Gizli polisin ricasını geri çevirmek yakışık alır mı? Ayrıca vakamıza olan aşırı ilgilerinin nedenini öğrenme fırsatını da buldum."

Garson biraları getirdi, Rath bardağını kaldırdı.

"Önce tokuşturalım," dedi.

Rath şimdiye kadar hiç Lange ile paydosta bir yere gidip oturmamıştı. Hele beraber bira içmeyi aklından bile geçirmemişti. Belki bir zamanlar Nasses Dreieck'te devamlı beraber küfelik olduğu Reinhold Gräf'le olduğu gibi onunla da aynı terane tekrarlansın istememişti. İçinden gelmediği halde senli benli olduğu, gizli 175'lik, şu anda gizli polisi arkasına almış, havasından geçilmeyen Gräf.

Rath, "Stapo'nun bütün derdi, bize köprünün altındaki duvar resimlerini bahşeden herifler; bu arada cinayet işleyip işlemediklerinin hiçbir önemi yok. Gräf, birkaç hafta önce Moskova'dan getirilip gizlice ülkeye sokulmuş bir komünist direniş grubunun izine ulaşmak istiyor," dedi.

Lange ilgiyle dinliyordu.

"Bunları kendisi mi anlattı size?"

Rath evet anlamında başını salladı.

"Kartları açık oynadığından emin misiniz?"

"Gizli polis olunca bilemezsiniz tabii. Ama Gräf – onu iyi tanırım, bana numara çekeceğini sanmıyorum. Tam tersi, yeni Almanya'nın gizli polisindeki seçkin pozisyonunu sergilemekten haz duyuyor. Bizi yarın sabah Prinz-Albrecht-Strasse'de toplantıya çağırdı. Kripo'yla Stapo el ele; özel komisyon."

Lange kaşlarını havaya kaldırdı. "Gennat bundan hiç hoşlanmayacak."

"Buda'nın da elinden bir şey gelmez." Rath bir an duraksadıktan sonra, "Bu işi bizim üstlenmemiz lazım," dedi.

Lange'nin bakışlarından, Rath'ın ne demek istediğini anladığı belli oluyordu. Bir şey demeden birasından bir yudum aldı.

"Soruşturmamızı başkalarına kaptırmaya niyetim yok," diye devam etti Rath. "O yüzden sizinle böyle özel görüşmemiz iyi oldu."

"Bence de."

Rath, Andreas Lange'nin bu konuşmayı onun başlatmasını beklediğini çoktandır hissediyordu.

"Sizinle açık konuşmak istiyorum Lange. gizli polise karşı çalışmak kariyer açısından pek yararlı olmayabilir. Siz daha gençsiniz, yeni komiser adayı oldunuz." Rath boğazını temizledi. "O yüzden gizli polisin sizden nem kapmasına fırsat vermeyin istiyorum. Yarın sabah dokuzda Prinz-Albrecht-Strasse'ye gidin ve o beylere mümkün olduğunca destek çıkmaya bakın. Ben Alex'te kalıp siyasi polisin ilgi göstermediği işlerle ilgileneceğim. Öldürülen SA'nın evinde bulduğunuz külliyetli miktarda para gibi mesela."

Lange başını salladı. "On iki bin altı yüz mark. Gardırobunun alt kısmında saklıydı. Ruhsatlı olmadığına iddiaya girebileceğim iki de ateşli silah. Her halükârda, şu ya da bu şekilde kanunsuz."

"En azından para kadar."

Lange sustu; garson yemekleri getirmişti. Rath iki bira daha söyledi; kriminal memurlar dana paçasını yemeye koyuldular.

Lange bir süre geçtikten sonra, "Bir şey daha var," dedi. "Kaczmarek'in elbise dolabında bir takım elbise asılı, belli ki terziden çıkma, en kalitelisinden. Adamda pek jigolo tipi olmadığına, operaya da gidecek hali olmadığına göre..."

"Hmm." Rath, bir yudum bira içmek için peçeteyle ağzını sildi. "Gerçekten de garip. Ancak yasak bir tarafı yok."

"Gardıropta on iki bin altı yüz mark saklamak da yasak değil, ona bakarsanız."

"Kriminal memur olarak bu tip pürüzleri incelemek bizim işimiz," dedi Rath. "Gräf ile Stapo komünist duvar ressamlarının peşine düşedursunlar."

Garson biraları getirdi; bir süre hiç konuşmadan yemeklerini yiyip içkilerini içtiler. Sessizliği Lange bozdu. Ceketinin iç cebinden bir deste fotoğraf çıkararak, "Bunları Kaczmarek'in evinde, bir çekmecede buldum," dedi.

Rath, Lange'nin uzattığı tomarı alarak, "SS bakıcınız bundan söz etmedi hiç," dedi.

"O görmedi ki zaten. Pfeiffer ev sahibesiyle parayı sayıp makbuzu doldururken cebime attım bunları. Fark etmedi resimleri; ayrıca o zaten Berlin'de kimseyi tanımaz."

Lange'nin ne kastettiğini açıklamasına gerek kalmadı. Rath'a daha ilk fotoğraftaki yüz tanıdık gelmişti. Çok yenilerin haricinde, Kuzey Korsanları'nın eski şefi Hermann Lapke'yi Berlin'de tanımayan polis pek çıkmazdı. Korsanlar, Berlin'in en güçlü yeraltı çetelerinden biri olup şehrin Wedding'den Prenzlauer Berg'e kadar uzanan kuzey bölgesini kontrolleri altında tutuyordu.

Rath bütün fotoğrafları gözden geçirdi. Hepsi bir SA toplantısında çekilmişti, adamlar üniformalıydı. Horst Kaczmarek ortada kâh pis pis sırıtıyor, kâh fotoğrafçıyı her an onu öldürebilirmiş gibi bakıyordu. Görünüşe göre Lapke'yle iyi ahbaptı; resimlerin çoğunda yakınında duruyor, üstündeki müfreze komutanı üniforması yüzünden ya da ona rağmen ufak tefek görünen adamla oldukça samimi olduğu izlenimi uyandırıyordu. Tabii buna da aldanmamak gerekirdi. Hermann Lapke bir zamanlar şehrin en gaddar, en merhametsiz sabıkalısıydı. Geçmişini kahverengi bir üniformanın altına saklaması bu gerçeği değiştirmezdi.

"Kuzey Korsanları'nın şefi SA üniformasıyla."

Rath, Lapke'nin her devrin adamı olup iki yıl önce de SA'ya katıldığını duymuştu. Ancak bu pis herifin müfreze komutanlığına kadar yükseldiğinden haberi olmamıştı.

"Kuzey Korsanları mı?" dedi Lange. "O eskidendi. Berlin'de yeraltı çetesi filan kalmadı komiserim."

"Yaşasın yeni zamanlar." Rath bir *Overstolz* yaktı. "Ama Lapke yumuşak iniş yapmış gibi. Yanlış görmüyorum, değil mi? Horst Kaczmarek'in şefi..."

"Öyle. Hermann Lapke 101. SA Müfrezesi'nin komutanı."

Lange bunları söylerken Rath'ın yüzünü inceliyordu. Rath, dikkatli olmalı diye geçirdi içinden. İstediği kadar masum yüzlü, istediği kadar çabuk kızaran biri olsun, mesai arkadaşını hafife almamalıydı.

"Gräf'le birlikte müfreze lokalindeydiniz, gözünüze çarpan bir şey olmadı mı?" diye sordu Lange.

"Utanarak söylüyorum ki hayır. Ortada bir tek birahaneci vardı, tek bir SA'ya bile rastlamadık. Sabahın körüydü zaten." Lapke'nin ofisine bile girmişti, ama bunu meslektaşına söyleyemeyecekti.

Lange saatine baktı. "İsterseniz bir uğrayalım oraya, şimdi kalabalıktır. Belki Lapke bile oradadır."

Rath başını iki yana salladı. "İyi fikir değil bence. Bugün SA'ya baskın yaparsak, Stapo bunu gün doğmadan öğrenir. Gräf de sabah gereksiz sorularla üzerinize gelir. Biraz daha derinden gitmeliyiz."

Lange düşünceli düşünceli yere bakıyordu. "Belki de haklısınız. 101. SA. Müfrezesi'nin bağlantılarının iyi olduğunu düşünüyorum."

Cebinden bir fotoğraf daha çıkartıp masaya, bira bardağının yanına koydu. Rath fotoğrafa göz attı. Gene Kaczmarek ve Lapke üzerlerinde üniforma, samimi bir şekilde poz vermişlerdi. Ortalarında SA üniformalı bir adam daha vardı; hem de çok özel birisi.

"Bir zincirli köpek!"

Teneke, yuvarlak yakaları yüzünden SA'nın askerî polisine takılan lakaptı bu. SA komando birlikleri, İçişleri Bakanı Göring tarafından bir yıl önce kurulmuş SA Jandarması'ndan oluşan bir nevi elit bir alaydı; Göring'e olan sadakati, SA Şefi Ernst Röhm'den daha büyüktü. Bu komando birlikleri, SA'da "sürüden ayrılanları" avlıyor, benim diyen her SA birliği gibi komünistleri, sözde ya da hakiki halk düşmanlarını işkenceden geçiriyordu.

Lange başını salladı. "Rütbeleri doğru okuyorsam, bu bir tabur komutanı. Büyükbaşlardan."

"İyi," dedi Rath.

"Anlamadım?"

"Bir SA'nın öyle birini tanıyor olması iyi diyorum."

"İcabında hakkınızda yürütülecek bir soruşturmadan sorumlu olan birisiyle demek istiyorsunuz."

"Evet."

"SA'larla ilgili soruşturmaların yalnız komando birliğinin işi olduğundan Kaczmarek'in ev sahibesinin bile haberi var."

"O da mı SA'da?"

"Frau Höhfeld'i kahverengi üniformayla tahayyül etmek bile ilginç." Lange güldü. "Öyle yaşlı bir hanımın SA ve polisin işleyiş mekanizmasını bilmesi önce benim de tuhafıma gitti, ama bu fotoğrafı bulunca nedenini anladım."

"Günün birinde polis kapıya dayanırsa ev sahibesinin nasıl davranması gerektiği konusunda Kaczmarek'in ona talimat verdiğini söylemek istiyorsunuz."

"Evet. Bekliyormuş zaten, herhalde öyle bir şey, aynı şekilde Frau Höhfeld de." Lange Rath'ın gözlerinin içine baktı. "Ama Horst Kaczmarek'in ölümüne ilişkin soruşturmayı yürüten Cinayet Şubesi değildi herhalde beklediği."

9

Kahvaltı sofrasında üçünün de ağzını bıçak açmıyordu. Charly buna alışkındı. Fritze ilk önce gazetesini okurdu. Ya Gereon? O da duşunu yapmadan ve ilk kahvesini içmeden kimseyle konuşmazdı.

Ancak bu sefer kahvesini içtikten sonra bile bir önceki akşamla ilgili tek kelime etmemişti. Charly gece çoktan yatmıştı ki, oturma odasından gelen paldır küldür seslerle uyanmıştı. Gereon pek ayık bir halde değildi. Yanına yattığında uykusu tam kaçar korkusuyla ses çıkarmamış, ona sokulmakla yetinmişti. Ama artık meraktan çatlayacağını hissetti.

"Dün bayağı geç geldin galiba," dedi.

Fritze gazeteden başını kaldırdı. Berlin ağzıyla, "Atze ve diğer oğlanlarla yüksekokulun bahçesinde futbol oynadım dedim ya. Ev ödevlerimi yaptım, gösteririm istersen," dedi.

"Biliyorum. Seni kastetmemiştim zaten."

Gereon bakışlarını kaldırdı. "Dünkü ceset," dedi. "Her şey tahminimizden daha karışık. Maktul bir SS. Öldürenler büyük olasılıkla komünist. İşin içine gizli polis de girdi." Charly'nin gözlerinin içine baktı. "Bil bakalım kiminle karşılaştım. Eski çalışma arkadaşımız, Reinhold Gräf."

"Bak sen. Ee? Nasses Dreieck'te eski günleri mi yâd ettiniz?"

Gereon artık Kreuzberg'de oturmadığı halde Wassertorplatz'daki bu birahaneyi hâlâ çok seviyor, meslektaşlarıyla hep orada buluşuyordu. Bir tek Charly ile ya da yalnız çıktığında Ku'damm'daki şık barlara gidiyordu.

"Yoo, eski günler gerçekten mazide kaldı," dedi. "Lange'yle halletmemiz gereken birkaç şey vardı."

"Kafa çekerek mi?"

Gereon başıyla evet dedi. Ardından da tekrar kahvesini karıştırmaya başladı.

Charly kocasını tanıyordu; bundan fazlası çıkmayacaktı ağzından. En azından şimdilik. Çocuğun yanında birtakım hassas konuları açmaktan kaçınmaları gerekiyordu. Fritze'nin ne yapacağı belli olmazdı, okulda ya da arkadaşlarının yanında ağzından bir şeyler kaçırabilirdi.

Önceki gün kiminle buluştuğunu Gereon'a anlatıp anlatmama konusunda emin değildi. Gereon'un Alex Reinhold hakkındaki düşünceleri zaten pek iyi sayılmazdı; hele bir de kızın Charly'den beklediği iyiliği bir öğrenirse... Charly'nin fazladan saklamak durumunda olduğu bir şey daha vardı. Önceki gün Guido aramış, "Her şey yolunda mı?" diye sormuş, o da, "Tabii," demişti.

Artık bir cesaret Gereon'la konuşmalıydı. Yakında iş sözleşmesini imzalayacaktı. Aslında kopacağı belli olan kavgadan korkmasına gerek yoktu; Charly, Gereon'un evlenme teklifini kabul etmeden önce meslek yaşamına karışmayacağına, istediği zaman çalışmasına karşı çıkmayacağına dair ondan söz almıştı. Gerçi o zaman söz konusu olan, küçük bir avukat bürosunda stajyerlik değil, polis teşkilatıydı. Eğer gerekirse Gereon'un o verdiği sözü tutması konusunda ısrarlı olacaktı.

Kahvesinden bir yudum alıp diğerlerinin yüzüne baktı. Fritze hâlâ gazetesini okuyor, Gereon ise akşamdan kalmış olmanın verdiği acımtırak yüz ifadesiyle kahvesini karıştırıyordu.

Charly genzini temizledi; ancak tam lafa başlayacaktı ki, Fritze ani bir hareketle gazeteyi bırakıp Charly'nin gözlerinin içine baktı.

"Yalan söyledim," dedi ve devam etmeden önce bir ara verdi. "Futbolda değildim. Yani bir tek futbolda değildim."

Charly afallamıştı. Hem tam nahoş bir gerçeği açıklayacakken bundan alıkonulduğu için hem de merakından. Oğlan neden yalan söylediğini itiraf etmişti durup dururken? Kimse bir kuşku belirtmemişti ki.

Daha bir şey diyemeden Fritze devam etti: "Atze ve diğerleriyle beraberdim. Futbol da oynadık ama hepsi bu değil."

Gereon kahveyi karıştırmayı bırakmıştı.

Fritze devam etmeden önce biraz tereddüt etti. "Ben... Biz... Grup akşamındaydık. Tek yeni olan da ben değildim."

"Ne grup akşamı?" diye sordu Charly, bunun ne olduğunu gayet iyi tahmin ettiği halde.

"Ne olabilir?" Fritze'nin kullandığı ton biraz küstahçaydı. "HJ,[7] başka ne olacak? Jungvolk'taydım."[8]

Charly adeta neye uğradığını şaşırmıştı. "Daha dün sabah konuşmamış mıydık bu konuyu? İstemiyorum oraya gitmeni!"

"Ama herkes gidiyor! Kimse benimle oynamasın mı artık, onu mu istiyorsun?"

"Oyun oynamaya gitmiyorsun oraya herhalde." Charly'nin sesi istemeden sert çıkmıştı. "Üniforman da vardır artık."

"Yok tabii. Önce beni yazdırmanız lazım."

"Bir o eksikti."

---

7 Hitlerjugend. Nazi partisinin kurduğu Alman gençlik organizasyonu.

8 Hitlerjugend'in 10-14 yaş grubu için oluşturduğu alt organizasyonu.

"Nasıl istersen." Fritze'nin o an ona bakarkenki o dikbaşlı yüz ifadesiyle ilk kez karşılaşıyordu. "Bir kere öylesine gidip de bir daha görünmemekle herhalde iyi bir izlenim bırakmayacağım üzerlerinde."

"Ne demek istiyorsun? Şantaj mı yapmaya kalkıyorsun bize?" Charly sesini iyice yükselttiğini fark etti; dönüp kocasına bakarak, "Gereon, sen de bir şey söylesene!" dedi.

Beriki önce hafifçe öksürdü. Elindeki kaşığı fincan tabağına koyup bakışlarını Charly ile Fritze arasında gezdirdi.

Sonunda, "Bilmiyorum," dedi. "Fazla büyütülecek bir şey değil bence. Öbürleri gidiyorsa o niye gitmesin? Kamp ateşi yakıyorlar, açık havada oyun oynuyorlar, çocuğa bunları neden yasaklayalım ki?"

Charly kulaklarına inanamıyordu.

"Ama onlar Nazi," dedi ve sesinin biraz ince çıkmış olmasından korktu.

"Ne olmuş?" dedi Gereon. "Naziler bir yıldır iktidarda. Dünyanın sonu mu geldi? Fiili durum neyse onu kabullenmek gerekir artık. Yoksa başka bir hükümet gelene kadar mızmızlanmak mı niyetin?"

Fritz, "Gazetelerde boyuna muhaliflik yapanlara, ileri geri konuşanlara karşı harekete geçmeliyiz," diyerek Gereon'un söylediklerine hak verdi. Charly çocuğu tokatlamamak için kendisini zor tutuyordu.

Onun yerine, "Evet," dedi, "çünkü Herr Goebbels için kendisi gibi düşünmeyen herkes 'ileri geri konuşmuş' oluyor. Eskiden herkes istediğini söylüyordu, kimse de yan gözle bakmıyordu. Bugün ise gamalı haçı görünce coşku naraları atmadın mı sana şüpheli şahıs gözüyle bakılıyor."

"Bence Gereon haklı," dedi Fritze ve yerinden kalktı. "Her şeye çamur atmasan ne olur sanki?"

Ayakta durmuş, Charly'den cevap bekler gibi bakıyordu. Charly o anda ne söylese yanlış olacağını biliyordu. Ya da yalan.

"Ben köpeği dışarı çıkarıyorum," dedi Fritze. "Söz verdik bir kere."

Oğlan hole çıkıp tasmayı eline alır almaz Kirie yerinden fırladı. Bir saniye sonra dışarıdaydılar. Charly aşağı kapının kapanmasını bekledi ve hemen verip veriştirmeye başladı.

"Sende akıl fikir kalmadı mı hiç Gereon Rath? Beni sırtımdan bıçaklamanın anlamı ne?"

"Ne sırtından bıçaklaması? Böyle yasaklar koymadan önce belki bir kere benimle konuşsan iyi olur."

"Az mı konuştuk bu konuyu? Sen de vardın hep."

"Evet, ama her seferinde biraz bekleyelim dedik. Sorup araştıralım dedik. Çevrede doğru dürüst bir izci grubu olup olmadığına bakacaktık."

"Evet, niyetin oydu."

"Artık izci grubu filan kalmadığı gibi çocuğun bu kadar istekli olduğunu da bilmiyordum. Her istediğine karşı çıkarsak münzevi biri olur çıkar."

"Her istediği şeye karşı çıkmıyorum ki. Onu akılsızlıklardan korumaya çalışıyorum. Eğitim dediğin şey budur!"

"Akılsızlık bunun neresinde? Hani bir cam kırsa filan, haklısın, önce ben çarparım bir tane. Budur eğitim! Ama düşünceleri sana uymadığı için bir derneğe gitmesini yasaklamak – bu eğitim değil artık, bencillik. Belki oğlanın siyasi görüşü seninkinden farklı. Bununla yaşayacaksın."

"Korkarım bir siyasi görüşe filan sahip değil."

"Daha iyi ya o zaman. Bırak gitsin."

"Onu orada Nazi yapsınlar diye mi?"

"Nazi olmadığı halde kuzu kuzu Hitler selamı çakan, penceresine gamalı haçlı bayrağı asan kaç Alman var, biliyor musun? Delikanlıların kollarında gamalı haç ya da izci amblemleriyle gezmelerinin hiç önemi yok. Zamanı doğada geçiriyor, faydalı şeyler öğreniyorlar."

"Evet, mesela düşmana nasıl yaklaşılacağını. Emre itaat etmeyi. Küçük askerler yetiştirecekler onlardan."

"Yine abartıyorsun. Ben çocukken askercilik oynamadım mı sanıyorsun? Hırsız polis, kovboy kızılderili. Bunları oynadım diye Nazi mi oldum?"

Charly uzun uzun kocasına baktı.

"Bilmem," dedi ve dediği anda da hata yaptığını anladı.

Gereon peçeteyi masaya bırakıp yerinden kalktı.

"Manyağın, ukalanın birisin, biliyor musun?" dedi. "Belki kendini biraz daha ev işlerine versen siyasetle uğraşmazsın bu kadar."

Bunları söyledikten sonra gardıroptan şapkasını ve paltosunu kaptı ve kapıyı çarpıp çıktı.

10

Rath sinirle ilk karşısına çıkan elektrik direğine tekme attı. Direğe bir şey olmamıştı tabii, ama ayağı fena halde acımıştı. Charly kendini ne zannediyordu? Ona nasıl Nazi diyebilirdi? Nazi olsaydı, avantaj getireceğini fark ettikleri anda alelacele Nazi olan Nebe, Gräf ya da bütün diğer akıllı uslu vatandaşlar gibi o da kariyer yapmış olurdu herhalde.

Ama o, Gereon Rath, asla Nazi değildi, hiçbir zaman da olmayacaktı. Babasını hayal kırıklığına uğratacağını bile bile Katolik Köln'de kariyer uğruna Merkez Partisi'ne de girmemişti. Hayır, hiçbir parti ona üyelik formunu kakalayamayacaktı. Hayatta en çok değer verdiği şey bağımsızlığıydı.

Acaba 33 yılında bir gecede NSDAP'ye giren Mart şehitleri[9] de yakında bundan pişmanlık duyarlar mıydı? Çünkü bütün Almanya'ya gitgide yayılan bir huzursuzluk baş göstermişti; Goebbels'in memnuniyetsiz ve eleştirel kitleye karşı yürüttüğü kampanya boşuna değildi. İnsanlar ekonominin bir türlü düzelmemesinden, tereyağının giderek pahalanmasından, Hitler hükümetinin komünist tehlikeyi bertaraf etmesinden sonra aynı kızıllar gibi SA'nın da sağının solunun belli olmamasından, tehditkâr tavırlarından, sabah akşam devrimden dem vurmasından şikâyetçiydi. Bu böyle devam edemezdi; daha bir yıl önce Hitler'i şakşaklayanların çoğu bile artık böyle düşünüyordu.

Rath, *Buick*'ini tıpkı gece park ettiği şekilde yolun kenarında, hafif eğri, tek tekerleği kaldırımda olmak üzere buldu. Geç olmuştu, o yüzden canı daha fazla manevra yapmak istememişti. Lange'yle iki-üç bira içelim demişlerdi, ama sayı ikiyi, üçü epey geçmişti. Eski partneriyle tekrar içmeye gitmek ona iyi gelmişti. Prenzlauer Berg'den çıktıktan sonra tam eve gelmek üzereyken

9 1933 Mart'ında Reichstag seçimlerinin hemen ardından NSDAP'ye giren yüz binlerce üyeye takılan ironik lakap.

Lange'ye birbirlerine "sen" diye hitap etmeyi teklif etmeyi gene unuttuğunu düşünüp hayıflanmıştı.

Arabayı çalıştırıp Steinplatz'dan yola çıktığında, parkta yanında otları koklayan Kirie ile birlikte Fritze'yi gördü. Gaza basıp Hardenbergstrasse'ye saptı.

Charly'yle neden kavga etmişlerdi Allah aşkına? Fritze yüzünden tabii. Her seferinde olduğu gibi. Friedrich Thormann – Charly'nin sokakta bulduğu, "Beni tekrar yurda gönderirlerse canıma kıyarım," diye tehditler savuran öksüz oğlan. Zaten sadece bu yüzden kalabilmişti Carmerstrasse'de. Charly'nin sokak çocuklarına olan zaafı yüzünden! Hannah'yı atabilmişlerdi başlarından neyse ki. Onu hiç kimsenin Hannah Singer olarak tanımadığı Breslau'da Hannelore Schneider sahte kimliğiyle yaşıyordu şimdi. Yahudi olduğunu da kimse bilmiyordu.

Ama oğlan gitmemiş kalmıştı işte, bir yılı geçmişti. Her şey mevzuata uygun şekilde yürüsün diye resmen koruyucu anne-baba statüsü de almışlardı. Buna Charly'nin hatırına ve düğünleri suya düşmesin diye rıza gösteren Rath, başlarda bayağı bocaladıysa da şimdi iyi anlaşıyordu Fritze'yle. Charly'ye bu sefer de bu ters geliyor, devamlı çocuğun başında otoriter birisinin olmasının gerektiğini söylüyor, Gereon'un fazla taviz verip çok fazla anlayış gösterdiğinden, oğlanın eğitiminin bir tek kendisine kalmış olmasından yakınıp duruyordu.

Evet, Gereon çocuğu gerçekten anlıyordu. Fritze, sınıf arkadaşlarının yaptıklarına katılmak istiyor, dışlanmaktan korkuyordu. Çok mu zordu bunu kavramak? Charly'nin Nazilerle ilintili her şeye alerjisi vardı, sorun buydu. Bu, gitgide her şeyin Nazilerle iç içe geçtiği yeni Almanya için sağlıklı bir yaklaşım değildi.

Yeni zamanlar hakkında sürekli ileri geri konuşan birtakım insanların başının derde girdiğini duyuyordu. Homurdanan kitleye karşı Goebbels'in yürüttüğü kampanyanın gazetelere yansıdığı şu günlerde özellikle temkinli olmak gerekiyordu. Eski zamanlara olan özlemini arkadaşlarıyla beraber bazen "yüksek sesle" dile getiren Charly de buna dikkat etse hiç fena olmazdı.

Aslında o sabah ona önceki gün olup bitenleri ayrıntılarıyla anlatmak istemişti, ama daha Fritze köpekle dışarı çıkmadan (oğlanın yanında prensip olarak işiyle ilgili konuşmuyordu) bu aptalca ve lüzumsuz ağız dalaşına girmişlerdi. Nitekim onun vakaları anlatmasını isteyen hep Charly'ydi. Her seferinde dikkatle dinler, akıllıca fikir yürütürdü. Polisin çalışmasıyla ilgili konularda pek kavga çıkmıyordu. Charly oradaki işini bıraktığı için hâlâ pişmandı, Gereon bundan emindi. Sık sık aşırı keyifsiz olmasının nedeni de buydu. Gereon, bir çocuk iyi gelebilir diye düşünüyordu, ama bu kendi çocukları olmalıydı, Fritze gibi evlatlık değil. Ancak evlenmelerinin üzerinden bir yıl geçmesine rağmen Charly bir türlü hamile kalmıyordu. Tabii bu, oğlan onlara taşındığından bu yana gitgide daha az sevişmelerinden de kaynaklanıyor olabilirdi.

Rath, Alex'e yakın bir yerde yolda kalan bir *Bolle* süt kamyonunun caddeyi kapatmasına rağmen ofise her zamankinden erken varmıştı. Erika Voss daha ortada yoktu. Cinayet Şubesi'ni temsilen saat dokuzda Prinz-Albrecht-Strasse'de olacak Andreas Lange zaten gelmeyecekti. Rath, bir gün önce Schultheiss'ta konuştukları gibi, Kriminal Grup M'nin rutin sabah toplantısında Ernst Gennat ve diğer mesai arkadaşlarına rapor verecekti.

Masasında Kronberg'in delil tespiti sonuçlarını toparladığı bir dosya duruyordu. Rath saate baktı. Voss'un gelmesine daha vardı, o yüzden ön büroya gidip kahve suyunu kendisi koydu. Sonra masasına geçti, bir *Overstolz* yakıp dosyayı incelemeye koyuldu. Bunlar geçici sonuçlardı, içlerinde mahkemenin delil olarak kabul edeceği bir şey yoktu. Maktulünki haricindeki parmak izlerinin kime ait olduğu belli değildi. En dişe gelir bulgu Delil Tespiti'nden meslektaşlarının olay yerinde kaldırım kenarında buldukları ve büyük olasılıkla cinayette kullanılan silaha ait bir tahta kıymıktı. Kronberg'in adamlarının ağacın cinsini tespit edememeleri açısından ilginçti de. Egzotik bir şeydi yani, alelade bir sopa değildi. Kronberg bu geçici bulgulara bir de not düşmüştü.

Duvara devleti yıkma amaçlı yazılmış slogandan elde edilen boya zerresinin bir parçası da Komiser Adayı Gräf'in talimatıyla gizli devlet polisinin Delil Tespiti Dairesi'ne teslim edilmiştir. Anla-

şılan cezai yaptırım gerektiren bu suçun arkasında siyasi nedenler yatmakta; o yüzden de delillerin benzer vakalarla karşılaştırılması önemli. Bu, Kriminal Komiser Rath'ın talimatı üzerine aynı şekilde Gestapa'ya iletilen olay yerindeki parmak izleri için de geçerli; siyasi bir eylemden yola çıkıldığı için Gestapa'daki parmak izi listesiyle karşılaştırılması uygun görülmüş olsa gerek.

Rath, Gräf'in ismini ve devlet polisini duyunca içinde kabaran hiddeti bastırmaya çalıştı. Fakat hiç değilse Kronberg'in notundan Kriminal Komiser Rath'ın bu vakayla ilgili olarak işbirliğinden yana tavrı kuşkuya yer bırakmayacak şekilde belli oluyordu.

Dosyanın en arkasına Czerwinski'nin çektiği olay yeri fotoğrafları iliştirilmişti. Kriminal sekreter, eskiden bu işlere bakan Reinhold Gräf'ten çok daha kötü bir fotoğrafçıydı. Cesede ait bütün resimler fluydu; bir tek o sonuna kadar yazılamamış "İŞÇİLER DİRENİN! HİTLER FAŞİSTLERİNE ÖLÜM" sloganı net çıkmıştı.

Son harfte boya aktığı için harf aşağı doğru uzuyordu. Yazan sanki Horst Kaczmarek'i görünce elindeki fırçayı bir noktaya bastırıp durmuştu.

Kronberg'in dosyasının altında, Czerwinski'nin yazdığı bir not vardı, kağıdı oraya akşam sıkıştırmış olmalıydı. Demek mesaiye kalmıştı; Rath haksızlık yapmıştı adama. Ama Plum belki de Aschinger'de yemek yemiş, kimseyle karşılaşmamak için binadan herkesin çıkmasını orada beklemişti. Rath notu okuyunca bu kanıya vardı.

Olay yerinin çevresinde bulunan tanıklardan alınan ifadeler neticesiz kaldı. Sorgulamayı yarın toplum polisiyle birlikte sürdüreceğim. Bir yenilik olursa telefon ederim.

Rath'ın gülmesi geldi. Öyle anlaşılıyordu ki, şişko fırsattan istifade biraz ense yapacak, toplum polislerini işe sürecekti; buna engel olmak Rath'ın haddine miydi? Paul Czerwinski, ahmakça, monoton işler oldu mu için için sevinen, mümkün olduğunca ağırdan alıp işi uzatanlardandı.

Şeflerin ya da başka birtakım tahammül edemediği insanların

kendisine erişemeyeceği şekilde bütün gün arazi olmak Rath'ın da çok iyi becerdiği bir işti. Başkomiser Böhm'ü yıllarca böyle idare etmişti komiser adayı Gräf'le niye olmasındı?

Rath, ön bürodaki çaydanlığın düdüğünü duyunca Kronberg'in dosyasını kenara koyup kalktı ve suyu demliğe döktü; daha son damla akmadan fincanını doldurdu. Kahvesi ve sigarasıyla pencereye yaslanıp bakışlarını yeni uyanan şehrin, banliyö tren hattının ve karşıdaki mahkeme binasının üzerinde gezdirerek düşünmeye başladı. Horst Kaczmarek'in eski yeraltı şeflerinden Hermann Lapke'nin emrindeki SA Müfrezesi'ne katılmasının bir anlamı olması gerektiği konusundaki tahminlerini Lange'yle şimdilik kendilerine saklamayı kararlaştırmışlardı. 101. SA Müfrezesi alelade bir SA Birliği değildi, orada belli ki bir bityeniği vardı. Her ihtimale karşı SA Askerî Polisi'nde güvenilir birinin olması bu tipler için ihtiyattı.

Lange'nin ona gösterdiği resimdeki askerî polisin adı Erich Sperling'di. Rath, onunla ilk kez adam daha SA jandarmasında bölük komutanıyken karşılaşmıştı. Herkesten gizlemek zorunda olduğu bir soruşturma çerçevesinde gerçekleşmişti bu. Charly bile bilmiyordu o soruşturmanın mahiyetini. O yüzden adamı tanıdığını Lange'ye de açık edememişti.

Ön büronun kapısı açıldı, Erika Voss girdi içeri. Şefini pencerede görünce zaten büyük olan gözleri koskocaman açıldı.

"Günaydın Erika," dedi Rath. "Trene bakar gibi bakmayın; kırk yılda bir erken gelmiş olmam çok da olağanüstü bir şey değil."

"O... Değil... Tabii de..." deyip Rath'ın elindeki fincanı gösterdi. "Kahvenizi kendiniz yapmışsınız, asıl ona şaşırdım."

Rath güldü. "Buyurun, siz de alın. Taze yaptım."

Voss mantosunu gardıroba asıp çantasını masaya koyduktan sonra fincanını doldurdu.

Bir yudum içip, "Çok sert olmuş," dedi.

"Haklısınız." Rath güldü. "Bir dahakini siz yaparsınız." Cebinden bloknotunu çıkardı. "Sizden bir ricam var. Şu isimleri görüyor musunuz... Adamları bir araştırın."

Kadın, Rath'ın defterden koparıp uzattığı sayfaya bakıp, "Tam olarak neyi araştırayım?" diye sordu.

"Çok etraflı bir araştırma gerekmiyor. Hepsi aynı gün SA'ya üye olmuş. Belki başka ortak yanları da vardır. Gözünüze çarpan bir şey olursa not edin. Becerirsiniz, kriminolojik önseziler var sizde."

Bu kompliman Voss'un hoşuna gitmişti. Güldü. Sonra hemen telefona sarıldı. Erika Voss, sadece resmî kanallara bel bağlamadığı için böyle işlerde idealdi; tam bir Berlin kızı olarak her yerde, Berlin'in hemen bütün resmî dairelerinde bağlantıları vardı. Rath, Berlin'e gelene kadar bu tip ahbap çavuş ilişkilerinin bir tek Köln'de olduğunu düşünürdü. Tek farkı, burada buna böyle denmemesiydi.

Ara kapıyı kapatıp tekrar masasına oturdu. Reinhold Gräf'i bütün gün nasıl atlatacağını düşündü. Günün bir vakti Prinz-Albrecht-Strasse'den telefon gelecekti, bu açıktı. En geç Lange orada tek başına bitip, Rath'la Czerwinski ortada görünmeyince... Zavallı Czerwinski'nin devlet polisinin kendisiyle konuşmak istediğinden haberi bile yoktu.

Ama önce Ernst Gennat'la günlük toplantısı vardı. Onu iptal edemeyeceğini Gräf'in bilmesi lazımdı. Cinayet Şubesi şefinin ve diğer mesai arkadaşlarının bir gün önce bulunan ceset konusunda bilgilendirilmeleri gerekiyordu. Ancak Rath, gizli devlet polisinin talep ettiği işbirliği konusunda Gennat'a bir şey söylesin mi, söylemesin mi, bilemiyordu. Söylerse asayiş şube müdürü, Rath'ı Prinz-Albrecht-Strasse'ye göndermek zorunda kalırdı. Devlet polisinin karşısında canlı efsane Ernst Gennat'ın bile boynu kıldan inceydi. Ona bir şey demez, Gräf ya da şeflerinden biri resmî bir başvuru yapmazsa Rath daha bir süre bildiğini okuyabilirdi.

Şu anda bütün derdi, Horst Kaczmarek'in milli devrim için mücadele veren gözüpek bir savaşçı olmayıp Berlin'in en azılı gangsteriyle içli dışlı ilişkiler içerisindeki karanlık bir tip olduğunu kanıtlamak için birkaç delil bulmaktı.

Masasındaki telefon çaldı. Erika Voss ön bürodan arıyordu.

"Gerçekten çevik kuvvet gibisiniz," dedi Rath. "Ne buldunuz?"

"Henüz fazla bir şey bulamadım. Ama görünen o ki, adamlardan ikisi SA'ya üye olmadan önce yeraltı çetelerine bulaşmış."

"Kuzey Korsanları, değil mi?"

"Bunu biliyordunuz demek. Niye önceden söylemediniz?"

"Benimki sadece tahmin. Ayrıca işe koyulmadan önce peşin kanaat sahibi olmayın istedim Erika. Hangilerini araştırdınız?"

"Landvogt ile Peters."

"Diğerlerinde de aynı kriterleri göz önüne alın, sabıkalı olup olmadıklarına bakın. Beni en çok Kaczmarek ilgilendiriyor. Onu bitirdikten sonra bir yerden 101. SA Müfrezesi'nin üye listesini bulun ve adamların herhangi bir yeraltı çetesine mensup olup olmadıklarını araştırın. Kaç Kuzey Korsanı'nın müfrezede cirit attığını merak ediyorum."

"Tamamdır komiser bey. Ama sizi rahatsız etmemin nedeni o değildi... Babanız telefonda."

Rath gözlerini devirdi. "Peki, bağlayın."

Babasıyla telefonda konuşmaktan nefret ediyordu. Asayiş Şube Müdürü Engelbert Rath mütemadiyen öğüt veriyor, hiçbir şeyden memnun kalmıyordu. Peki ihtiyarın bu bilgeliklerle kendisinin vardığı yer neresiydi? Ardiye. Baba Rath, çevresindeki dünyanın tamamen değiştiğini kavrayacak durumda değildi henüz. Kavradığı kadarını da kabullenmiyordu.

"Günaydın Gereon. Rahatsız etmiyorum, değil mi?"

"Açık konuşmak gerekirse, ediyorsun. Yeni bir vakamız var; dün bir ceset bulundu. Maktul SA'dan."

"Demek öyle."

Engelbert Rath söylenenlere kulak vermediği durumlarda "demek öyle," derdi. Başkalarına, özellikle de oğluna ait vakaları ihtiyar hiçbir zaman merak etmemişti.

"Bak, neden arıyorum," diye devam etti. "Annen, Charlotte'yle birlikte Adenauerleri ziyaret ettiniz mi diye soruyor."

Adenauerler! Adenauer'in yaklaşık bir yıl önce on yıl sürdürdüğü belediye başkanlığı görevine son verilmişti. SA, 33'te savurduğu kurşuna dizme tehdidini hayata geçirir korkusuyla önce aylarca saklanmış, kısa bir süre önce ortaya çıkmıştı. Üstelik Köln'de de değil, Berlin'de. Konrad Adenauer, elinden alınan emeklilik hakkının tekrar tanınması için İçişleri Bakanlığı nezdinde harekete geçmek istiyordu. Ailesiyle Neubabelsberg'de bir eve taşınmıştı. Engelbert Rath o zamandan beri de bu eski dostu ve Rath ailesinin velinimetini ziyaret etsin diye oğlunun başının etini yiyordu.

"Henüz vaktimiz olmadı. Ama gideceğiz yakında."

"Kısaca bir uğrasanız ne çıkar bundan? Yoksa sen de artık Adenauer'in suratına bakmayanlardan mısın?"

"Tabii ki değilim."

"Mesai arkadaşlarına Konrad Adenauer'i ziyaret ettiğini söyleme bence, ama onun dışında korkmana gerek yok. Devran değişir günün birinde."

"Bir yıldır sürekli bunu söylüyorsun baba, farkında mısın? Siyaset, siyaset derken geldiğin yer neresi? Bir çıkmaz sokak."

"Oğlum, anlamadığın şeyleri konuşuyorsun yine. Goebbels o kampanyayı boşu boşuna mı yürütüyor sanıyorsun? Nazi beyefendiler huzursuz, halk mızırdanmaya başladı. Hükümet de kaynıyor. Nazilerin bu derece yüzsüzleşmesi kabinenin diğer üyelerinin hoşuna mı gidiyor sanıyorsun? Cumhurbaşkanı hâlâ başbakan yardımcımızın lafından çıkmıyor. Hindenburg isterse Hitler yarın tarihe karışır."

"Papen, Hindenburg'u Hitler'i kovmaya ikna edecek, öyle mi?" Rath gayriihtiyari sesini alçaltmıştı. Artık Almanya'da böyle şeyler açık açık konuşulamıyordu. "Kim diyor bunu?"

"Benim her zaman kaynaklarım vardır, biliyorsun."

"Evet, evet. Bilgi güçtür." Babasının eski mottosu. "Yanlış hatırlamıyorsam, arkadaşın Konrad, Başbakan Yardımcımız Papen için bir kere aptalın biri demişti."

"Papen, Hindenburg'u Hitler'i başbakan yapmaya zorladığı için. Ama şimdi hikâyeyi tersine çevirebilir."

"Göreceğiz bakalım."

"Her neyse, sen Adenauerleri bir ara. Konrad'a da selamımı söyle."

"Söylerim baba. Bir vakit bulursak gideriz. Şimdi çalışmam lazım. Anneme selam söyle."

Daha açık nasıl söyleyebilirdi? Ama Engelbert Rath oğlunun karısına selam söylemeden kapatmıştı telefonu.

Rath kızmıştı. Babasına, ama daha çok da kendisine. Engelbert Rath aradığında adeta "hazır ola" geçiyordu. Hem de bir zamanların o forslu emniyet müdürünün artık süngüsü düşmüş olmasına rağmen. Rath öfkesini bastırmak için bir sigara yaktı. Tam kibriti söndürmüştü ki, tekrar telefon çaldı.

Rath ahizeyi kaldırdı; kızgınlığını saklamayacaktı.
“Daha ne var baba?” dedi kabaca.
“Baba mı? Allah korusun.”
Doktor Karthaus’un sesiydi bu.
“Günaydın doktor bey! Erkencisiniz!”
“Heil Hitler komiser bey. Er giden işine, geç giden boşuna!”
“Siz öyle diyorsanız...”
“Vaktiniz varsa Hannoversche Strasse’ye bir gelin; şöyle saat on bire doğru.”
“Maktul SA ile ilgili bütün incelemeler bitti demek.”
“Bu tip vakaların önceliği olduğunu biliyorsunuz.”
“Bilmez miyim? Hele devlet polisi ensenize binmişse. Kendi kabahatiniz doktor bey.”
“Enseme kimse binmedi.” Karthaus içerlemiş gibiydi. “Böyle öncelikler görev talimatnamelerinin özünü oluşturur. Kaldı ki ölen bir SA’ysa olay haliyle bir öncelik kazanır. Ayrıca ilk bilgilendireceğim kişi sizsiniz. Komiser Gräf listemde ikinci sırada yer alıyor.”
“Onu özel olarak aramanıza gerek yok. Kriminal Polis bu vakayla ilgili olarak gizli devlet polisiyle sıkı işbirliği içerisinde.”
“Eğer öyleyse dün Nebe’yi aradım diye sitem etmeyin artık bana.”
“Doktor bey, benim size sitem ettiğim ne zaman görülmüş?”

11

Aslında yürüyerek de gidebilirdi. Alexander Kışlası yayan gitse Emniyet’ten on dakikalık bir mesafedeydi. Ama Rath arabayı tercih etmişti, o gün tekrar Kale’ye geri dönmeye niyeti yoktu.

Ernst Gennat’ın, ekibini her konuda bilgilendirmek için Kriminal Grup M ile yaptığı rutin sabah toplantısı o gün nedense kısa sürmüştü. Mesai arkadaşlarının kaç gündür savsakladıkları bir-iki sıradan intihar vakası dışında doğru dürüst işlerinin olduğu söylenemezdi; önceki gün Tegeler Forst’ta henüz kimliği tespit edilmemiş, büyük olasılıkla da intihar etmiş birinin, bir de Schöneberg’deki evinde yalnız yaşayan yaşlı bir kadının kokuşmuş haldeki cesedi bulunmuştu. Bunların arasında en ilginç olanı tabii ki bir ölü SA'ydı, ama Rath anlatırken vakanın millete sıkıcı gelmesi için elinden geleni yapmıştı. Raporunda gizli devlet polisinin olay yerindeki parmak izlerini komünistlerin parmak izleriyle karşılaştırdıklarından söz etmiş, soruşturmayı her zaman olduğu gibi başka kesim ve bulguları göz önünde bulundurarak genişleteceklerini söylemişti. Diğer delillerle ilgili olarak laboratuvardan çıkacak, ölüm nedeni hâlâ bilinmediği için özellikle de adli tabibin bildireceği sonuçları beklediğini, arkadaşlarını ertesi günü daha etraflı bir şekilde bilgilendireceğini eklemişti.

Gennat söylenenlerin pek üstünde durmuyor gibi görünmüş, ama kuşkulu bakışları Rath'ın gözünden kaçmamıştı. Gerçi Buda ona hep öyle bakardı. Asayiş şube müdürü çok geçmeden toplantıyı kapatmış, adli tıptan çıkar çıkmaz da Rath'tan rapor beklediğini söylemişti. Beriki ise morga gitmeden önce Kleine Alexanderstrasse'de bir yere uğramayı planladığını şefinden gizlemişti.

Arabayı kışlanın karşısına park etti; üzerine büyük, modern harflerle "Askerî Polis Birlikleri" yazılı koskoca bir kapının iki yanındaki siyah-beyaz-kırmızı kulübelerin önünde nöbet bekleyen SA'lar onu görünce huylanmıştı. Binanın İhtiyar Fritz[10] zamanından kalma olduğu belliydi; eskiden humbaracı ocağı filan olmalıydı. Binanın sokağa bakan upuzun ve yeknesak yüzü 18. yüzyıla özgü cephe süslerinden pek nasibini almamıştı; hafif öne doğru çıkık bina kanatları ve avlu girişi bu aşırı sadeliği bozan öğelerdi. Tüm kapılar kapalı, giriş katındaki pencereler parmaklıklıydı. Bina sanki avaz avaz "ziyaretçi kabul edilmez" diye bağırıyordu. Burası altı ay öncesine kadar toplum polisi kışlası olarak hizmet verirken, artık SA komando birliklerinin eline geçmişti; bu da polis camiasında huzursuzluğa yol açmıştı.

Rath otomobilden indi; yolun karşısına geçip nöbetçi kulübelerine doğru seğirttiğinde yeleğinin cebinde rozetini aradı; bu da nöbetçilerin kuşkusunu iyice artırdı.

"Dur! Eller yukarı!" diye bağırdı bir tanesi. Rath'ın burnuna filintayı dayamıştı.

Rath mümkün olduğunca sakin kalarak, "Lütfen," dedi. "Yanlış anladınız herhalde. Silah filan çekmiyordum. Sadece..."

10 II. Friedrich.

"Eller yukarı!"
"Ama ben..."
"Eller yukarı!"
Rath elbisesinde delik açılmasını istemediğinden avucunun içindeki teneke rozeti tekrar cebine sokup ellerini havaya kaldırdı. "Polis memuruyum," dedi.
Sinirli SA, arkadaşına, "Üstünü ara," diye bağırdı. Nöbetçilerin boynunda yalnız komandolara özgü o teneke yakalardan yoktu, kendilerine asker görünümü veren çelik miğfer de takmışlardı. İkinci nöbetçi pozisyonunu terk edip Rath'ın yanına geldi ve ustalıkla üstünü aradı; çok geçmeden de usulüne uygun ve emniyete alınmış olarak omuz kılıfında duran *Walther* PP'yi buldu. Kılıfından çıkarıp ülküdaşına uzattı.
"Bu benim beylik tabancam," diye açıklamaya çalıştı Rath. "Kriminal polis memuruyum. Rozetimi yeleğimin cebinde bulabilirsiniz."
SA, Rath'ın yeleğine saat zinciriyle bağlı rozeti çıkarıp, namluyu hâlâ Rath'a çevrili tutan cazgıra gösterdi.
"Niye insan gibi kimliğinizi göstermiyorsunuz?" diye azarladı komiseri.
"Fırsat vermediniz ki." Rath, elleri hâlâ havada, SA'nın komando olduğunu gösteren yakaya işaret etti. "Kripo tenekeyi boynuna geçirmiyor, rozetleri yelek cebinde oluyor."
"SA Komando Birliği'ne gelişinizin nedeni ne?"
"Bir meslektaşımı ziyaret edecektim. Bölük Komutanı Sperling. Kendisi burada görevli, öyle değil mi? Geçtiğimiz yıl tanıştıydık. Senin birliğinin adı daha jandarmaydı, Papestrasse'deydiniz o zaman."
"Komando birliklerine karşı biraz saygılı olun bakalım, sen demenin âlemi yok."
"Affedersiniz. Sizi incitmek istemezdim. Meslektaşlar arasında senli benli olunuyor bazen. Zaten ben de Renanyalı olduğumdan..."
"Kes sesini," dedi SA; Rath sustu. Herifin bir kriminal memuru harlama hakkını nereden bulduğunu merak ediyordu. Disiplin kuruluna şikâyet etse bir işe yarar mıydı acaba? Herhalde yaramazdı. Artık durum şuydu: SA iyice şımarmıştı; yaptıklarının ciddi sonuçları olmayacağından öyle emindiler ki. Herhangi bir SA birliği

yolda herhangi birini durdurup dövebilir ya da kaçırabilirdi. Kahverengi üniformalı bir güruh gördün mü karşına ilk çıkan sokağa sapacaktın; hem de bunu çaktırmadan yapacaktın. Kahverengi gömleklilerin Hitler selamı vermeyenlere ya da yolunu değiştirenlere hiç tahammülü yoktu. İnsanların huzursuz olması normaldi. Babasının söyledikleri geldi aklına. Biraz da zamanında başbakanı tayin ettiği gibi görevden almasını da bilecek Hindenburg'dan kaynaklanmıyor muydu her şey? Bunu bekleyen az insan yoktu bugün Almanya'da. Silahlı Kuvvetler SA'ya bir an önce haddini bildirmeli, Hitler'in burnu sürtülmeli, adam Avusturya'ya geri dönmeliydi.

SA, mesai arkadaşının Rath'ın yeleğinin cebinden çıkardığı rozeti inceledi.

"Tabur Komutanı Sperling'le ne işiniz var?" dedi ve silahını indirdi.

Rath bunun, ellerini indirebileceği anlamına geldiğini düşündü. "Tabur komutanı mı? Adam birkaç ayda nerelere gelmiş," dedi. "Herr Sperling'i en son bir yıl önce gördüm. Dediğim gibi, Papestrasse'de. Jandarmada. Birlik hâlâ aynı birlik, değil mi? Üniforma biraz daha şık olmuş, o kadar."

Cazgır kaşlarını kaldırdı. Rath bir an cıvıklık yapacağım derken ileri gitmiş olmaktan korktu.

Ancak adam, "Karargâh binasına sağdaki avludan geçiliyor," dedi ve Rath'a rozetini geri verdi.

Diğeri de beylik tabancasını uzattı. Rath ikisini de tekrar yerine sokup teşekkür etti.

Bekçi köpekleri bir ağızdan, "Heil Hitler!" diye haykırıp kollarını havaya kaldırdılar.

Rath, "Hei..." diye bir şey mırıldanıp yalandan sağ dirseğini kıvırdı.

Adamlar son bir kez kuşkuyla bakıp yol verdiler.

Kışla avlusuna çıktığında Rath'ın içinde tuhaf bir his vardı. Karargâh SA Komando Birliği'nin eski bir demiryolu kışlasının idare binasında yer alan Papestrasse'deki kumandanlığına oranla çok daha büyüktü. Rath acaba bodrumda şu anda kaç tutuklu vardır ve işkenceden geçiyordur diye sordu kendine. 33'ün ağustos ayında

Brandenburger Tor'un orada çekilen bir film sırasında güneş çarpması sonucu düşüp ölen SA Sax ile ilgili olarak görüştüğü Erich Sperling'in ofisine ilk kez giderken bodrum katından kulağına gelen çığlıkları unutamıyordu bir türlü.

Alexander Kışlası'ndaki avludan geçerken ise tek işittiği şey bağırarak verilen bir-iki komuta olmuştu. Birkaç adam, koreografisi mükemmel hazırlanmış bir nöbet değişimi provası yapıyordu. Rath'ın bildiği kadarıyla, Wilhelmstrasse'deki başbakanlık binasının önündeki nöbetçilik görevi de SA Komando Birliği'ne verilmişti.

Binanın kendisi bile geçici olarak karargâh haline getirilen Papestrasse'deki tuğla binadan daha büyüktü. Kapıda duran teneke yakalı üniformalının da az önceki o asabi nöbetçiler gibi hadise çıkaracağından korkarken adam bir tek, "Tabur Komutanı Sperling'le randevunuz var mı?" diye sordu.

"Direkt yok," dedi Rath. "Biz... Eski ülküdaşız. Yakınlardaydım da..." dedi ve adamın kulağına eğilerek, "Lapke ile Kaczmarek de uğruyor mu ara sıra?" diye fısıldadı.

"Onlar da kim?"

"101. Müfreze."

"Hiçbir fikrim yok. Tabur Komutanı Sperling'e sorun siz onu en iyisi." Nöbetçi kimliğini geri verdi. "Yukarı çıkın, birinci kat, 107 numaralı oda. Merdivenle çıkınca solda. Ben geleceğinizi bildireyim."

Rath ofisi hemen buldu. Kapıyı vurdu ve "buyurun"u fazla beklemeden içeri daldı. Ancak yazı masasında Sperling değil, iki dirhem bir çekirdek bir SA oturuyordu. Demek burada da ön büro diye bir şey vardı. Tek fark, buradakinin sekreter değil, yaver olmasıydı.

Züppe tip, "Evet?" dedi.

"Kapıdan geleceğimi bildireceklerdi. Adım Rath, kriminal komiserim. Tabur Komutanı Sperling'in bir arkadaşıyım. Kısaca görüşmek isterdim kendisiyle."

"Hangi mevzuda?

"Özel bir şey. Eskiden tanışıyoruz."

"Tabur Komutanı Sperling, Komiser Rath diye birini tanımıyor."

"Beni görürse hemen çıkarır."
Gerçekten de dediği gibi oldu.
Rath sonunda içeri alındığında Sperling, "Sizdiniz demek," dedi. "Artık hiçbir şeye şaşırmıyorum!"
Adam aynı Rath'ın belleğinde kaldığı gibiydi, tek değişen rütbesiydi. Bir de ofisi ve yazı masası eskiye oranla daha büyüktü.
"Tebrik ederim, terfi etmişsiniz sayın tabur komutanı," dedi Rath. "Kariyer merdiveninde kaç basamak birden atladınız?"
"En azından artık bana emir veremeyeceğiniz kadar komiserim. Komisersiniz hâlâ, değil mi? Yoksa kazara terfi ettirdiler mi?"
Sperling unutmamıştı. Rath, zamanında kendisiyle işbirliğine pek yanaşmayan adamı aşağılamış, pervasızca, bir kriminal komiserin bir SA bölük komutanına emir verme yetkisi olduğunu iddia etmişti. Sperling, bir üstü gelip de Rath'ı yaka paça dışarı atana kadar durumu kabullenmişti. Komando, SA Sax'ın yüzkarası ölümünü örtbas etmek istemişti. Bu şekilde ölen biri, üstüne üstlük bir de korkudan donuna yapmış bir SA, şehit olarak lanse edilemeyeceğinden hareketin hiç işine yaramazdı. O yüzden de ölümü üzerindeki sır perdesini aralama konusunda bir çaba sarf etmemişlerdi. Emniyet müdürü komiserini bizzat soruşturmadan men etmişti. Rath da böylelikle bildiklerini kendine saklamıştı: SA sonuçta hintyağı suikastına kurban gitmişti. Bu SA, suikastı yapan kişinin komünist babasına Papestrasse'nin bodrumunda hintyağıyla işkence yapmıştı.
Sperling'in bütün bunlardan hiçbir zaman haberi olmamıştı, ama hakir görüldüğüne de unutmamıştı.
"Beni hatırlamanıza sevindim," dedi Rath.
"Hatırlamaz olur muyum? Yalnız eski arkadaş olduğumuzu hatırlamıyorum. Kapıdaki Müfreze Komutanı Hartmann öyle bir şey söyledi de."
"Zabıtayı atlatmak için herkesin kendine göre bir yöntemi var."
"Peki, artık buradasınız da, benimle kardeşliğe içmek için geldiğinizi sanmıyorum."
Rath konuk sandalyesine işaret etti. "İzin verirseniz..."
Sperling suratını buruşturdu. Rath oturdu.
"Şu anda bir cinayet soruşturması yürütüyorum."

"İşiniz o komiser bey, öyle değil mi?" Sperling sırıtıyordu. "Duyduğuma göre bazen de cinayetle ilgisi olmayan cinayet vakalarını araştırıyormuşsunuz."

"Bu sefer hakikaten cinayet, inanın bana."

"Komando birliklerinin ne ilgisi var peki olayla?"

"Kriminal polisin resmî bir ziyareti olarak görmeyin bunu," dedi Rath. "Basit bir sohbet yalnızca."

"Kendinizi rahat hissedin."

Rath bodoslama taktiğine geçip pat diye sordu: "Horst Kaczmarek ismi size bir şey ifade ediyor mu?"

Sperling'in o âna kadar sinirle fırıl fırıl bir noktadan öbürüne dönen gözbebekleri aniden donuklaşıp konuk sandalyesinde oturan Rath'ın üzerinde sabitleşti.

Kıta komutanı, "Demek mesele bu," deyip telefonun yanındaki bir kâğıda uzandı. "Konuyla alakanız olduğunu bilmem lazımdı aslında." Sperling elindeki nota baktı. "Siz şu... Pfeiffer'in şefi misiniz?"

"Pfeiffer başka bölümde çalışıyor," dedi Rath. "Ama haklısınız. Aynı vakayı araştırıyoruz. Bayağı bilginiz var bu konuda bakıyorum."

"Berlin SA'sını ilgilendiren mevzularda bilgi sahibi olmak görevlerim arasında."

"Takım Çavuşu Kaczmarek'i tanır mıydınız?"

Sperling evet anlamında başını salladı. "33 baharında, Almanya için mücadelede henüz son söz söylenmemişken, kızılların Reichstag'ı yakmaya kalktıkları günlerde komünistlere karşı birlikte savaştık. SA komando birlikleri bu mücadelenin en ön saflarındaydı."

"Kaczmarek sizin birliğinizdeydi yani..."

"Hayır. Kaczmarek hiçbir zaman komando olmadı. Ama bizi canıgönülden destekledi."

"Ne şekilde bir destekti bu?"

"Bunlar ne biçim sorular böyle komiser bey? SA Takım Çavuşu Kaczmarek kızıllar tarafından dövüle dövüle öldürüldü. Siz ise ülküdaşımız cinayet kurbanı değilmiş de, bizzat suçluymuş gibi bir tutum içindesiniz."

"Öyledir belki?"

"Bana bakın!" Sperling ayağa kalkmıştı. "Bir SA'ya hakaret mi ediyorsunuz?"

"Öyle bir niyetim yok. Ama maalesef SA saflarından da tek tük de olsa günahkârlar çıkıyor. Bunu komando olarak sizin de bilmeniz lazım. Sonuçta bu vakalardan siz sorumlusunuz."

Bu arada açık sarı saçlarının altındaki yüzü kıpkırmızı olan Sperling, "Bilgiçlik taslamayın bana," dedi. "101. SA Müfrezesi, dün kriminal polisin yetkisi olmadığı halde müfreze kasasına el koyduğu konusunda bilgilendirdi beni bu sabah. Benim işim bunlar. Dua edin, mesele henüz emniyet müdürüne intikal etmedi. Tesadüfen ofisime dalmış olmasaydınız arayacaktım kendisini. Bu durumda mevzuyu resmî olmayan bir biçimde halledeceğiz. Böylesi benim de işime gelir."

"Size kim verdi bu kadar bilgiyi?"

"Bu sizi ilgilendirmez. SA'nın iç işleri."

"Bizzat Lapke mi?"

Sperling şaşırmıştı. "Bölük Komutanı Lapke'yi tanıyor musunuz?"

"Adamı daha SA olmadığı, profesyonel suçlu olduğu dönemlerden tanırım. Ya siz?"

"Komiser bey! İçinde bulunduğunuz durumun ciddiyetinin farkında mısınız bilmiyorum. SA'nın mülkiyetini gasp ettiniz."

Rath, öfkeli tepkiden, doğru noktaya parmak bastığını anlamıştı. Sperling'le Lapke'nin tanışıklığı SA üzerinden değildi. Karşısındaki adamın, Weddingli bölük komutanının karanlık geçmişinden gayet iyi haberi vardı. Rath sükûnetini bozmadı.

"Müfreze kasası dediniz, değil mi? Bir takım çavuşunun gardırobunda... O kadar çok para normalde kasaya konmaz mı?"

"101. Müfreze'nin âdetlerine karışmak benim işim değil. Öyle ya da böyle, mesai arkadaşınızın parayı alıp götürmeye hakkı yok. Bunun sonuçlarına hazırlıklı olmanızı tavsiye ederim."

"Dediğim gibi, Pfeiffer doğrudan benim mesai arkadaşım değil. Gasp konusundaki şikâyetinizi gizli devlet polisine yöneltin. Para Prinz-Albrecht-Strasse'de."

Az önce kıpkırmızı olan Sperling'in birden beti benzi atmıştı.

Tabur komutanının böyle bir şey beklemediği açıktı. Gizli devlet polisinin karşısında SA'nın bile boynu kıldan inceydi.

"Mesele gerçekten kasaysa, bu adımı atın derim," dedi Rath. "Onun haricinde... Onun haricinde, sizin yerinizde olsam, eski bir yeraltı çetesi mensubuyla dostluğa değer mi değmez mi, biraz ona kafa yorardım. Onun ve o pirüpak müfrezesi hakkındaki dahili soruşturmayı önleyebilirsiniz belki ama şimdi..."

"Komiser bey, bunlar son derece kaba ve asılsız ithamlar!" Sperling ayağa fırladı, suratı gene kıpkırmızı oldu. "Bunları dinlemek zorunda değilim! Lütfen ofisimi derhal terk edin! İyi günler!"

Rath parmağını hoşça kalın anlamında şapkasına götürdü ve çıktı. Koridorda sırıtıyordu. Tabur komutanı gizli devlet polisi lafını duyunca öyle bir telaşa kapılmıştı ki, Alman selamını bile unutmuştu.

12

Charly Warschau Köprüsü'nde yürürken burnuna yeni kokular geldiği için ikide bir duran Kirie'nin tasmasını çekiştirmek zorunda kalıyordu. Köpek için macera gibi bir şeydi bu; her çöp tenekesini, her sokak lambasını kokluyordu. Aslında normaldi, genç kadın Kirie'yle ilk kez geliyordu bu bölgeye. Warschauer Strasse bir bulvar kadar genişti, ama buranın bir işçi semti olduğu bir bakışta anlaşılıyordu. İstasyon ile Osthafen arasında Osram'a ait bir kablo fabrikası ile banliyö hattının vagon depoları yer alıyor, Frankfurter Allee'ye doğru ise göz alabildiğine kışla misali apartmanlar uzanıyordu. Friedrichshain.

Charly son günlerde hemen hemen her gün çıkmıştı köpekle beraber; Carmerstrasse'de kendini hapiste gibi hissediyor, evde duramıyordu. Çoğunlukla Wedding'deki yeni avukatlık bürosunda Guido'yu ziyaret ediyordu; ofis o günlerde yeni döşeniyordu ve bir hafta sonra açılışı yapılacaktı. Onunla eski günleri yâd ediyor, geleceği konuşuyorlardı.

Ama bugün banliyö trenine atlamış, doğuya gitmişti. Gereon'a anlatmayacaktı. Onun Alex hakkında ne düşündüğünü, Charly'nin sokak çocuklarıyla ilgilenme huyundan hoşlanmadığını da biliyordu. Ama genç kadın okul çağında yoksul, evsiz, kendilerini geliştirmek yerine sokaklarda sürünen çocukları gördü mü dayanamıyordu işte; yapacak bir şey yoktu. Zamanında Fritze'yi yanına almasının nedeni de buydu; çocuk akıllı bir şeydi, ona bir fırsat vermek istemişti.

Ne geçmişti eline? Oğlan şimdi Hitlerjugend'e katılmak istiyordu. Gereon da ona arka çıkıyordu!

Charly yine de o sabah fazla ileri gitmiş, ona Nazi demişti. Gereon tabii ki Nazi değildi, ama bazen de o derece saftı ki... Birçok Alman gibi.

Kopernikusstrasse. Charly hedefine varmıştı. Kirie sokak isminin yazılı olduğu direğin altında da durup bir şeyleri koklamıştı. Helmut Reinhold hâlâ aynı adreste oturuyordu. Reinhold ailesinden Boxhagener Mahallesi'nde bir tek o kalmıştı. Annesiyle babası birkaç yıl önce evlerinden atılmış, aynı günlerde de buna sebep olan apartman yöneticisi Heinrich Beckmann evinin oturma odasında ölü bulunmuştu. Kendilerinden şüphelenilen Karl Reinhold ve kız kardeşi Alexandra hemen ortadan kaybolmuştu. Tanıklar cinayet saatinde ikisini de Beckmann'ın evinin yakınında gördüğünü söylüyordu. Yine de cinayeti Karl Reinhold'un işlemiş olması daha akla yatkındı. Çünkü Beckmann vurulmuştu; delikanlının illegal Kızıl Cephe savaşçısı olarak bir ateşli silah ele geçirmesi hiç de zor değildi.

Dosyaya geçen bunlardı. Ancak ne zanlılara ne de bilmeceyi çözebilecek yeni ipuçlarına ulaşılabildiği için vaka Cinayet Masası'nda "ıslak balık" olmuştu. Charly de pek karışmamıştı. Alex'in apartman yöneticisini öldürmediğini biliyordu, aslında üç sene önce bunu söylese yeterdi. Şimdi de yardım ediyordu Alex'e; ama bu sefer içinden bir ses, aranan bir cinayet zanlısını devletten kaçırmakta olduğunu söylüyordu.

Aslında buna birkaç kez kafa yormuş, içinden gelen sese kulak vermişti, ama nedense en ufak bir vicdan azabı duymuyordu. Karl Reinhold da babası gibi komünistti ve Berlin polisine yakalanması, SA'nın eline düşmesi demekti. Almanya artık hukuk devleti değildi; bir SA öldürüldü mü, üzerinden kaç yıl geçerse geçsin SA, devlet polisi ve SS zorbalıkla sevdiği sevmediği insanlar hakkında bildiği ne varsa söyleyene kadar Karl Reinhold'un ağzından girer burnundan çıkardı. Mesele buna engel olmaksa, Charly'nin tereddüt edeceği bir durum yoktu.

Mahalle eskiye göre daha da virandı. Helmut Reinhold'un oturduğu apartman, herhalde çevrede badanası olan tek binaydı. Sağındaki solundaki evlerin alçı kabartmaları dökülüyordu; bazılarında kabartmaya dair hiçbir şey yoktu, insan zaten ilk baştan cephe süsüne önem verilmediği izlenimine kapılıyordu. Anlaşılan, nasılsa devamlı kira borcu olan işçi ve küçük memurların yaşadığı bu evlere hiçbir ev sahibinin yatırım yapmaya niyeti yoktu.

Hol leş gibi kokuyordu. Kül kovaları apartmanın girişine konmuştu; o gün boşaltılma günü olmalıydı. Charly en son üç yıl önce çıkmıştı bu merdivenleri. Helmut Reinhold, ailenin geri kalanının evsiz kaldığı dönemde de burada oturuyordu. Emil Reinhold en büyük oğlunu evlatlıktan reddetmişti; Helmut, sosyal demokratlığa soyunmuş, babasının deyimiyle sosyal faşist olmuştu. Charly, baba Reinhold acaba bugün nasıl düşünüyordur diye sordu kendine. Çünkü Naziler için sosyal demokratmış, komünistmiş, bir şey fark etmiyordu, hepsini aynı işkence odasına, aynı toplama kampına tıkıyorlardı.

Kapıda hâlâ Reinhold yazıyordu. Charly zile bastı. Martha Reinhold'u beklerken Helmut Reinhold açtı kapıyı. Sadece bir kez karşılaşmış olmalarına rağmen adam hemen tanıdı onu. Anlaşılan Alex haber vermişti, çünkü Reinhold merdivenlere bir göz attıktan sonra fazla uzatmadan Charly'yi içeri aldı.

Kapıyı kapattıktan sonra, "Ne olur ne olmaz," dedi, "etraf ajan kaynıyor."

"Kanunsuz bir şey yapmıyoruz ki. Kapınızı çaldım."

Adam yukarıyı işaret ederek, "Yukarıdakilere bulaştırmasanız iyi olur beni. Ben sosyal demokratım," dedi.

"SPD yasak sanıyordum."

"Öyle. Ama başladın mı bir kere..."

"Sizi yakaladığıma sevindim. Bugün gece vardiyasında mısınız?"

"*Knorr*'da değilim artık."

"Oo, bunu bilmiyordum."

"Birkaç hafta görünmeyince kovdular beni işten."

"Hasta mıydınız?"

"Yok." Helmut Reinhold başını iki yana salladı. "SA."

Başka da bir şey söylemedi. Anlaşılan adam bu konuda konuşmak istemiyordu.

"Peki ya şimdi?" diye sordu bir tek.

"Orada burada iş bulup idare ediyorum. Deneyimli boyacı ve vernikçilere her zaman iş var şehirde. Çok tanıdığım var, bu gibi durumlarda önemli."

Charly'yi sade bir mutfağa buyur etti; ocağa su koyup, Kirie için de bir kaba su doldurdu.

"Kahve içersiniz, değil mi?" diye sordu. "Hakiki çekirdek kahvem var."

Charly evet anlamında başını salladı.

Adam kahveyi yaparken, "Karınız evde değil mi?" diye sordu.

"Martha burada oturmuyor artık. Halbuki zamanında ben sırf onun hatırına girmiştim SPD'ye. Babamla çatışmayı bile göze almıştım."

"Anneniz ve babanızla görüşüyor musunuz?"

Adam başını iki yana salladı. "Son yıllarda değişen bir şey olmadı. Müggelsee'deki çadır kent iki yıl önce yıkıldığında onlara yardım etmek istedim, bir partili arkadaşı gönderdim. Bana iletilecek birkaç küfürle geri döndü."

Charly, Emil Reinhold'la kendi karşılaşmasını düşündü, elçinin ziyaretinin nasıl boyutlar aldığını çok iyi tahmin edebiliyordu.

"Güncel adreslerini bilmiyorsunuz yani..."

"Yok." Helmut Reinhold kahveyi filtreye koyup demliğe yerleştirdi. Sonra Charly'ye baktı. "Karl'ın onların yanına sığındığını sanmıyorum, eğer asıl öğrenmek istediğiniz buysa."

Charly afallamıştı. Daha asıl derdinin ne olduğunu söylememişti, ama Helmut Reinhold ziyaretinin nedenini hemen anlamıştı.

"Karl'ın Berlin'de hâlâ arkadaşı filan var mı?" diye sordu.

Adam kaşlarını kaldırdı. "Eski yoldaşları ortalarda dolaşıyor. Hepsi de Oranienburg'da değil. Ama arkadaşı var mı ya da genelde hiç arkadaşı oldu mu... Bir tek ben ve Alex varız belki. Benim arkadaşlığım, yani bir sosyal demokratın arkadaşlığı işine gelir mi, onu da bilmiyorum. Kalle tıpkı bazen bizim ihtiyar gibi dikkafalıdır. Ama ne olursa olsun, benim küçük kardeşim!"

Helmut Reinhold'un mimikleri o âna kadar, hatta SA'dan söz ettiğinde bile hiç oynamamıştı; ama şimdi gözyaşlarını zor zapt ediyor gibiydi. Bakışlarını kaçırıp o anda düdüğü çalan çaydanlığa döndü.

Bir süre kahveyle oyalandıktan sonra masaya iki fincan koyup doldurdu. Kahve güzel kokuyordu. Helmut Reinhold evine çekirdek kahve alabiliyorsa, durumu iyi demekti. İşsizliğe rağmen.

"Karl'ın yine Berlin'e döndüğünü nereden öğrendiniz?" diye sordu Charly, Reinhold da masaya oturduktan sonra.

"Onu gördüm."

"Nasıl? Görüştünüz mü?"

Çok şaşırmıştı. Alex bunu anlatmamıştı çünkü ona.

"Görüşmek değil. Gördüm yalnızca." Genzini temizledi. "Dört gün önceydi. Landsberger Allee'de bir işim vardı. Volkspark'ın köşesi. Ara sıra bir boyacı ekibine yardım ediyorum. Cephe boyuyoruz. İşte orada gördüm, aşağıda kaldırımda yürüyordu."

"Ee?"

"Hiç. Arkasından bağıramadım tabii. Ustaya bir bahane uydurup indim iskeleden. İndim ama gözden kaybolmuştu, bulamadım. Sağa sola gittim, yan sokaklara girip çıktım, parka girdim. Hiçbir yerde yoktu."

"Emin misiniz onun kardeşiniz olduğundan?"

"Alex de sordu aynı şeyi." Helmut Reinhold kahvesinden bir yudum aldı. "Ama eminim. Bir kere dönüp yukarı baktı. Sanki yandaki binada bir şey arıyor gibiydi."

"Evi gösterebilir misiniz bana? Ya da adresi verin."

"Tabii. Bizim inşaatın yanındaki apartman. Bir saniye."

Charly adresi not etti.

"Orada, yani o apartmanda saklanıyor olabilir mi?"

"O binada iki gün daha çalıştık; yaptığım işten çok sokağa konsantre oldum, paydostan sonra gözümü dört açıp bakındım, dolaştım oralarda." Omuzlarını kaldırdı. "Ama Karl bir daha çıkmadı karşıma."

"Kız kardeşinize anlattınız..."

"Alex'in hemen Berlin'e geleceğini bilsem olan biteni kendime saklardım. Birisi onu tanırsa işi zor."

"Böyle bir şey olmayacak."

"Umarım siz haklı çıkarsınız."

Helmut Reinhold ciddi ciddi endişeleniyordu.

"Kız kardeşiniz, Karl'ın komünist direnişe katılmasından korkuyor."

Helmut Reinhold, ne şeker ne de süt koyduğu halde kahvesini karıştırıyordu. "Ondan beklenir. Zaten başka neden dönmüş olabilir ki? Ya Moskovalı yoldaşları göndermiştir ya da Berlinli yoldaşları getirtmiştir onu buraya."

"Babanız?"

"Eğer onun bu işte parmağı varsa ve Kalle'ye de bir şey olursa, öldürürüm ihtiyarı, söyleyeyim size."

"Önce onu bulmanız lazım."

"Adresi öğrenirim."

"O zaman," dedi Charly yüzüne en güzel gülümsemesini takınarak, "benim için de öğrenin."

"Babamla hakikaten konuşmak istiyorsanız... Sizi bir kez ekmemiş miydi?"

"Hayatta umutsuzluğa kapılmamak gerekiyor."

Helmut Reinhold oturduklarından beri ilk kez gülümsedi. "Onda haklısınız. Hele böyle zamanlarda."

"Ne düşünüyorsunuz? Babanız komünist direnişin içinde mi? Veya bana bilgi verebilecek birisi geliyor mu aklınıza?"

Adamın gülümsemesi dondu. Charly'ye birden kuşkuyla bakmaya başladı.

"Üye listesi mi tutuyorlar sanıyorsunuz? Aklıma birisi gelse bile neden size söyleyeyim? Siz hukukçu değil misiniz? Bu arada devlet polisiyle çalışmadığınız nereden malum?"

"Yok öyle bir şey. Bana güveniyorsunuz sanıyordum. Niye o kadar şey anlatasınız ki yoksa?"

"Beni yanlış anlamayın. Alex sizin Kalle'ye yardım edeceğinize inanıyor, size güveniyorsa, ben de size yardım edeceğim tabii. Ama demin istediğiniz şey bardağı biraz taşırdı. Ayrıca komünist cenahta ne olup bittiğinden hiç haberim yok. Ben sosyal demokrattım.

Komünistler bize direniş planlarını anlatır mı sanıyorsunuz? Bizimkilerle aynı SA bodrumlarında geberdikleri halde onların gözünde hâlâ bir sosyal faşistim ben."

"Ama belki kulağınıza çalınan bir şey olmuştur. Ufak bir ipucu bile işime yarar."

"Birtakım tahminler yürütebilirim, onlardan yararlı olabilir. Ama bu bilgileri size yine de veremem, işin ucunda insan hayatı var."

"Kardeşinizin hayatı da tehlikede. Ben hukukçuyum, polislik de yaptım, sizden saklamayacağım bunu, gerçi epey zaman geçti üzerinden."

Helmut Reinhold genç kadının yüzüne baktı.

"Altı ay önce istifa ettim. Çıkış belgemi görmek ister misiniz?"

"Ne işime yarayacak? Kaç ajan sahte belgelerle bir yerlere sızdırılıyor. Ya da gizli devlet polisi kaç kızılı muhbir yaptı."

"Bu, içinde yaşadığımız zamanla alakalı," dedi Charly. "Hiç kimseye güvenilmiyor. Ama yine de eninde sonunda birine güvenmek lazım."

"Onda haklısınız."

"Belki bana konuşulabilecek bir komünistin adını verebilirsiniz. Eskiden tanıdığınız, hâlâ Berlin'de olan birisi mesela."

"Konuşulabilecek bir komünist." Adam acı acı güldü. "Onlardan çok fazla yok."

"Bir tane yeter."

Helmut Reinhold gene güldü. "Dediğim dediksiniz bakıyorum. Alex'in niye size geldiğini anlıyorum yavaş yavaş." Bir an sustu. Sonra, "*Knorr*'da bir mesai arkadaşım vardı," dedi. "Fren fabrikasında. Komünistti. Buna rağmen konuşulabiliyordu onunla."

"O mesai arkadaşınız," dedi Charly, "bana adresini vermeniz gereken adam o işte."

13

Rath yarım saat geç kalmıştı; ona rağmen morgun merdivenlerinde önce bir *Overstolz* yaktı. Hannoversche Strasse'ye gelmekten, Doktor Karthaus'un esprisiz hallerinden, vücut sıvıları, dezenfektan ve

Karthaus'un nöbetçi olduğu günlerde ortalığa sinen sigara kokusu karışımından nefret ediyordu.

Büyük olasılıkla o yüzden yolu uzatmış, on beş dakika erken morga gelip boş boş beklemesin diye de Boyenstrasse gibi sapa bir yol seçmişti. Müfreze lokali bu sefer açıktı; ama eşi ve bir mutfak yamağıyla birlikte öğle yemeğini hazırlayan Bestmann'ın haricinde sadece iki SA vardı ki, onlar da Kaczmarek'i sözde tanımıyordu. Dolayısıyla da önceki akşam onunla aynı masada oturan gruptan değillerdi. Lapke'yi de ofisinde bulamamış, bölük komutanına vermesi için mekân sahibine kartvizitini bırakmıştı. Rath, Lapke'nin Emniyet'e gelip gelmeyeceğini çok merak ediyordu. Kuzey Korsanları'nın eski şefi hayatında bir kez olsun Alex'teki Kale'ye gönüllü olarak adımını atmış mıydı acaba?

Bütün bunların ne işe yarayacağını, cinayet soruşturmasında adım atıp atamayacaklarını kestiremiyordu, ama bildiği bir şey vardı: Önceki gün paraya da el koymak suretiyle birilerinin gözünü korkutmuşlardı. Rath, Stapo ile işbirliğinin ilk kez bir yararını görüyordu. Pfeiffer'in devlet polisi olarak paranın Alex'te değil, Prinz-Albrecht-Strasse'de tutulduğunu ibraz eden kâğıdı imzalamış olması, Sperling'i bayağı tedirgin etmişti. Rath, 101. SA Müfrezesi'nde bir haltlar döndüğünden emindi, eninde sonunda ortaya çıkaracaktı bunu.

Sigarasını kaldırıma attı, üzerine basıp söndürdü ve morga girdi. Onu tanıyan kapıcı geç işareti yaptı.

Rath otopsi salonuna girdiğinde Karthaus kafasını kaldırıp baktı. Mermer masada yaşlı bir kadının çürümeye yüz tutmuş cesedi yatıyordu; göğüs kafesi açılmıştı. Koskocaman bir tavuk yolunmuştu sanki, görünüm öyleydi.

Rath kafasını çevirdi ve derin bir nefes aldı. "Puhh," diye bir ses çıktı ağzından. "Bizim ceset bir gecede fena yaşlanmış."

"Şakayı bırakın şimdi komiser bey! Geç kaldınız!"

"İşim vardı."

"Benim işim yok mu sanıyorsunuz? Buzhanede kaç ceset bekliyor, haberiniz var mı?"

"Çok da ayrıntı bilmek istemiyorum doktor bey."

"Biraz sürecek önümdeki iş."

"Siz çalışın, ben de seyredeyim diye gelmedim buraya."

"Zamanında gelseydiniz o zaman." Karthauser gözlüklerinin üzerinden sert sert bakıyordu. "İsterseniz yazı masama oturup bekleyin. Ama hiçbir şeye elinizi sürmeyin sakın."

"Telefonunuzu çok kısa kullanabilir miyim?"

Doktor alnını kırıştırmakla birlikte başıyla onayladı. "İstiyorsanız sigara da içebilirsiniz. Ama kahve ikram edemeyeceğim."

"Şu anda pek de canım çekmiyor zaten. Sağ olun."

Rath adli tabibi kadın cesediyle baş başa bırakıp, ufak bir cam bölmede yer alan yazı masasına yöneldi. Burası o kadar kötü kokmuyordu; ancak Rath'ın midesi yine de ancak bir *Overstolz* yaktıktan sonra kendine geldi.

Masanın üzeri dosya yığılıydı; en üsttekinin etiketinde Kaczmarek, H. yazılıydı. Yanında, doktorun kriminal polis laboratuvarında incelenmesi gereken nesneleri koyduğu teneke kutu duruyordu. Karthaus cesette mermi filan mı bulmuştu acaba? Rath, kutuya bakmamak için zor tuttu kendisini. Otopsi raporuna da dokunmadı. Doktorun kendisi açıklamadığı sürece o tıbbi terimleri zaten anlamasının imkânı yoktu.

Sigarasından bir nefes çekip ahizeyi aldı eline. Santraldeki Fräulein onu Kale'ye bağlarken sigarasının dumanını üfleyerek morg kokusunu bastırmaya çalıştı.

Erika Voss bayağı yol almıştı. Nasıl yaptıysa 101. SA Müfrezesi'nin üye listesini bile ele geçirmiş, SA'ları poliste kayıtlı Kuzey Korsanları'yla karşılaştırmaya başlamıştı.

"Şimdiye kadar hep on ikiden vuruyoruz," dedi kadın.

"Kaczmarek'e de baktınız mı?"

"Elbette. Adam yaralamadan çok sayıda sabıkası var. Gözdağı verilmek istendiği durumlarda Korsanlar onu fedai ya da vurucu güç olarak istihdam etmiş."

"SA da ona aynı işleri vermiş olmalı."

"Fedailik mi?"

"Yok, vuruculuk."

Rath camın öbür tarafındaki otopsi masasına göz attı. Tam o anda Doktor Karthaus kadının vücudundan çıkardığı mide bulandırıcı bir nesneyi bir teneke kaba koydu. Eliyle ahizeyi kapatıp sesini alçaltarak, "Bütün bunlardan kimseye bahsetmeyin Erika," dedi, "hiç kimseye. Bildiklerinizi bir tek bana söyleyin. Korkarım bir arı kovanına çomak sokmak üzereyiz."

"Bence siz bayağı bayağı sokmuşsunuz bile komiser bey. Sizinle konuşmak isteyen birkaç kişi aradı. Bir tane SA Askerî Polis..."

"Herr Sperling mi?"

"Evet. Tabur Komutanı Sperling. Rütbeyi unutmayalım. Bir de gizli devlet polisinden bir komiser."

"Komiser adayı. Rütbeyi unutmayalım," dedi Rath. "En kısa zamanda arayacağım onları, sizi sinir ederlerse ikisine de öyle söylersiniz."

"Söyledim bile."

"Harika. Czerwinski telefon etti mi?"

"Henüz etmedi. Onu Prinz-Albrecht-Strasse'ye göndereyim mi? Gräf onu da sordu çünkü."

"Gereği yok. Ben hallederim onu. Teşekkürler Erika." Rath sigarasını söndürüp hemen ardından yenisini yaktı. "Her zaman büyük desteksiniz bana. Ha, bir şey daha var: Her seferinde telefona çıkmasanız da olur. Liste işi öncelik taşıyor. Onu bitirince bir mola verin, hak ettiniz artık."

"Teşekkür ederim komiser bey."

Rath telefonu kapattı. Karthaus gelene kadar iki sigara daha içti. Adli tabip ellerini yıkar yıkamaz, Rath'ın yazı masasının üstündeki diğer nesneler gibi dokunmaya cesaret edemediği gümüş *Manoli* kutusuna uzandı.

"Mesai arkadaşınız Gräf nerede bu arada?" diye sordu Karthaus bir sigara yakıp birkaç nefes çektikten sonra.

"Prinz-Albrecht-Strasse'yi bekliyor."

"Otopsi sonuçlarıyla o da ilgilenir diye düşünmüştüm."

"En az benim kadar o da merak ediyor. Ama işbölümü yapıyoruz. Eskiden Cinayet Şubesi de cümbür cemaat gelmezdi buraya, öyle değil mi?"

Karthaus sigarasından bir-iki derin nefes daha çekti. Sonra sigarayı söndürdü ve masanın üstündeki raporu ve teneke kutuyu aldı eline; oynatınca kutunun içinde bir şey takır tukur etti.

"Gelin benimle," dedi. Rath, doktorun peşinden otopsi salonuna girdi. Karthaus duvara dayalı bir tekerlekli sedyeyi büyük bir lambanın altına çekti ve çarşafı kaldırdı.

Rath cesede bakarken az önceki yaşlı kadın cesedinde olduğu kadar zorlanmamıştı; çünkü buradakini dikmişlerdi tekrar. Horst Kaczmarek belleğinde kaldığı gibiydi; rengi atmıştı, o kadar. Yüz ifadesi aynı bir gün önceki gibiydi; korkudan gözleri yuvalarından fırlamıştı. Tek yeni olan dikişlerdi. Karthaus sadece göğüs kafesini dikmekle kalmamıştı; adamın boynunda da bir dikiş vardı. Doktor göğüs kısmındaki bir dövmenin tam ortasından kesmek zorunda kalmıştı, tekrar dikince de şekil hafif kaymıştı. Rath, çaprazlanan kemikler ve üzerlerine özenle çizilmiş pusulayı seçebildi. "K" harfi diğer sözcüklerin baş harflerinden daha büyük yazılmıştı. Kuzey Korsanları'nın sembolüydü bu.

Karthaus raporuna başladı; adli tabip maktulün midesinden çıkanları (tam sindirilmemiş sosis, lahana turşusu ve patates püresi), kandaki alkol oranını (yüksek: 2,1 promil) ve vücuttaki eski yaraları (büyük olasılıkla kurşun sıyırması sonucu oluşan bir kesik) sıralarken Rath söylenenlerin yarısını işitmemeye çalıştı. Ancak doktor taze yaralara geçince dikkat kesildi. Karthaus cesetteki açık yaraları tek tek gösterdi; dört tane kafasında vardı, en büyüğü sağ kulağının arkasındaydı. Bir tanesi sağ omzunda, bir diğeri sağ kalçasındaydı; iki bacağında da çok sayıda kırık vardı. Karthaus, maktulün cinayet mahallinde gayritabii biçimde kıvrılmış bacaklarını sedyede düzeltmişti; buna rağmen kırık olan yerler belli oluyordu.

"Dikkatinizi çeken bir şey var mı?" diye sordu doktor. Rath kendisini sınavda bilmediği yerden soru gelen bir öğrenci gibi hissetti.

"Yok, ama ne olduğunu söylersiniz diye tahmin ediyorum."

"Aslında," diye devam etti Karthaus, "çok bariz. Bütün yaralar vücudun sağ tarafında, cesedi de sol tarafına yatmış şekilde bulduk."

"Katili, Kaczmarek yere düştükten sonra vurmuş kendisine, onu mu söylemek istiyorsunuz?"

Karthaus başıyla onayladı. "En azından böyle bir tahmin yürütmemiz için yeterli neden var. Ayrıca tahta bir cisimle vurmuşlar."

"Kronberg'le mi konuştunuz?"

"Bunu tespit etmek için laboratuvar bulgularına ihtiyacım yok." Karthaus bozulmuştu biraz. "Bazı yaralardan tahta kıymık çıktı."

"Kronberg'in adamları da kaldırım bordüründe kıymık bulmuş," dedi Rath. "Gerçekten cinayet silahına ait olabilirler. Nasıl bir cisim acaba?"

Karthaus biraz düşündü. "Topuz gibi bir şey, tahmin ediyorum. Ama kaba odun değil, ince işlenmiş. Aksi takdirde kıymıklar daha büyük olurdu."

"Çomak olabilir mi?"

"Bence çomaktan daha büyük bir şey. Çomakla bu kadar kemik kırılamaz. Ama daha fazla da tahmin yürütmek istemiyorum, bundan sonrasını Kriminal Polis Laboratuvarı ile çözersiniz artık."

"Nasıl bir cinayet silahının peşine düşeceğimizi bilmek hiç de fena olmazdı."

Adli tabip, "Cinayet silahı mı?" dedi ve sert sert baktı. Rath önemli bir sınav sorusuna yanlış cevap vermişti. "Siz dün beni dinlemediniz galiba."

Rath sesini çıkarmadı.

"Zavallı adama neyle vurdularsa vurdular. Ama cinayet silahı o değil." Karthaus cesedi işaret etti. "Darbe vurulurken SA Kaczmarek çoktan ölmüştü. O yüzden yerde yatıyordu, artık yaşamıyordu çünkü."

Rath derin bir nefes aldı. "Dün boğulmuş olabileceğini söylemiştiniz," dedi çekingen bir ses tonuyla. "Cesedi açınca bu tahmininiz doğrulandı demek."

"Evet."

"Peki nasıl olmuş olabilir? Adamı önce boğmuş sonra mı un ufak yapmışlar?"

"Gene acele sonuçlar çıkarıyorsunuz. Adamın boğazını sıkmamışlar. Yoksa boyun ve ensede izleri olurdu. İz yok ama."

Rath bir şey demeden doktorun devam etmesini bekledi. Etti de.

"SA Kaczmarek," dedi, "boğazına yabancı bir maddenin kaçması sonucu ölmüş."

"Yabancı bir madde mi?"

"Evet, bilin bakalım ne."

"Buraya neden gelmiş olabilirim doktor bey?" Rath sesini yükseltmemek için kendini zor tutuyordu. "Her halükârda bilmece çözmek için değil. Ne bulduysanız söyleyin lütfen."

"Göstereyim en iyisi." Karthaus, masasından getirdiği teneke kutuyu kaldırdı. "Bunu yanınızda Alex'e götürün. Laboratuvarın ne söyleyeceğini çok merak ediyorum... İşte..." Kutunun kapağını kaldırdı. "İlk kez bir nefes borusundan böyle bir şey çıkarıyorum."

Rath kutuya bakınca gayriihtiyari irkildi. Çünkü kutudan da bir şey ona bakıyordu.

Mavi bir gözdü bu.

Komple bir gözbebeği değildi ama, yarımdı, ancak yuvarlaklığı kusursuzdu. Rath'ın aklı ister istemez müfreze lokalinin çöp tenekesinde gördüğü kanlı göze gitti, midesi bulandı. Ama buradaki göz başka türlüydü, sertti, acımasızdı.

"Bundan mı ölmüş?"

Karthaus başını sallayarak evet dedi.

"İnsanın boğazına nasıl protez göz kaçar doktor bey?"

"İlginç bir soru komiser bey," dedi adli tabip. "Cevabını bulmak sizin işiniz artık."

14

Kendisiyle konuşulabilen komünist Franz Reiser, Glatzer Strasse'de arka avludaki bir binanın üçüncü katında oturuyordu. Helmut Reinhold, Charly'ye adresi verirken kaçıncı kat olduğunu söylemekle isabet etmişti, çünkü sokak kapısında isim filan yazmıyordu. Zil de yoktu, hatta kışla görünümlü bu apartmanda elektrik bile yoktu. Merdivenler gaz lambalarıyla aydınlatılıyordu. Charly, acaba Glatzer Strasse'de Berlin elektrik şebekesine bağlı tek bir ev var mıdır diye sordu kendine.

Boxhagener Mahallesi. Artık hiçbir işçinin açık açık "Ben komünistim," diyemeyeceği o günlerde buranın ahalisi proleter olmakla hâlâ gurur duyuyordu; yani hâlâ sınıf bilinci diye bir şey vardı.

Charly'nin "Otur!" demesiyle köpek tıpış tıpış itaat etti. Genç kadın kapıyı tıklatıp bekledi. Ses seda yoktu. Charly kulağını kapıya dayadı, ama içeriden hiç ses gelmiyordu. Bu sefer kapıya daha hızlı vurdu, bekledi, gene vurdu.

"Nedir bu gürültü! Zaten bir manası da yok; kimse oturmuyor orada, Reiser ailesi çoktan taşındı."

Charly arkasına döndü. Karşı dairenin kapısında bir kadın duruyordu.

"Frau Lehmann?"

Charly bu ismi az önce görmüştü karşıdaki kapıda.

"Kim soruyor?"

"Franz Reiser'le görüşmek istemiştim."

Kadın kuşkulu gözlerle baktı.

"Niye?"

Charly bu soruyu da duymazdan geldi. "Reiser ailesinin nereye taşındığını biliyor musunuz?"

Komşu, Berlin ağzıyla, "Müggelsee'nin oralarda filan çadır kurmuşlardır herhalde, ne bileyim. Franz götürüldükten sonra kirayı ödeyemediler, sokakta kaldılar," dedi.

"Kim nereye götürdü?"

"Devlet polisi." Kadının bakışları hâlâ kuşku doluydu. "Reiser komünistti, biliyor muydunuz?"

Charly şaşırmış gibi yaptı.

"Olamaz! Komünist mi?"

"Çok vardı bu çevrede. Ama birçoğu Alman işçisinin gerçek vatanının Führer'in hareketi olduğunu zamanında anladı. Bazıları ise anlamadı, onlar iflah olmaz."

"Franz Reiser de bu iflah olmazlardan, öyle mi?"

"Nereden bileyim? Columbiahaus'a bir sorun bakalım, adam etmişler mi orada."

Charly yutkundu. Tempelhof Havaalanı'nın yakınındaki Columbiahaus, gizli devlet polisinin hapishaneleri içinde en kötü nama sahip olanıydı.

"Hâlâ ondan ne istediğinizi söylemediniz, Fräulein..."

Charly yüzüne sahte bir gülümseme iliştirerek, "Doğu Berlin İş ve İşçi Bulma Kurumu'ndan geliyorum," dedi. "Herr Reiser haftalardır işsizlik parasını gelip almıyor da, bir uğrayıp sorayım dedim."

Charly'nin aklına ilk gelen bahane bu olmuştu.

Komşu, "Ciddi olamazsınız," dedi. "İşsizlik parası, ha? Bir de böyle birinin peşinden koşuyorsunuz, öyle mi?"

"Yeni Almanya işçisini kolluyor Frau Lehmann!"

Kadın başını iki yana sallayarak kapıyı kapattı.

Charly merdivenleri inerken bir komünistle ilişkiye geçmenin tahmininden de zor bir iş olduğunu düşündü. Bazıları yeraltına geçmiş, geri kalanı ise toplama kamplarına tıkılmıştı. Helmut Reinhold'a arkadaşının akıbetinden söz etse mi, etmese mi diye düşündü, bir şey söylememeye karar verdi. Bir başka ipucu daha vardı peşine düşeceği. Charly köpekle yavaş yavaş Boxhagener Strasse'ye doğru yürüdü, oradan Frankfurter Allee yönüne giden tramvaya bindi.

Landsberger Platz'da 176 numaralı tramvaydan indiğinde burnuna malt, mayalı malt kokusu geldi; yakınlarda bir bira imalathanesi olduğu hemen anlaşılıyordu. Berlin bir bira şehriydi, bu semtte de bir bira fabrikası vardı. Böhmisches Brauhaus, Landsberger Allee'deki apartmanların arasına sıkışmıştı; kapsadığı alan Schönhauser Allee'deki Schultheiss kadar büyük olsa da, onun gibi "ben buradayım," diye bağırmıyordu. Ama kokuyu almamanın imkânı yoktu. Kirie bu yeni ortamı meraklı burnuyla koklayıp duruyordu.

Charly'nin apartman numarasına ihtiyacı yoktu; pırıl pırıl bembeyaz cephe etrafta hâkim olan gri ve kahverenginin ortasında öyle göze batıyordu ki, bir hafta önce bu binalardan hangisinde inşaat iskelesi olabileceğini hemen anlamıştı. Zemin katta, camekânına önünden akan trafiğin ve Friedrichshain Parkı'ndaki ağaçların aksinin yansıdığı bir bakkal dükkânı vardı.

Charly başını kaldırıp yandaki apartmana baktı; Karl Reinhold burada bir hafta önce ne arıyor olabilirdi? Acaba hangi pencereye bakmıştı? Ya da kime? Charly, çantasından Alex'in verdiği fotoğrafı çıkarıp inceledi. Genç Kızıl Cephe üniforması giymiş on altı yaşında, kameraya çok ciddi bakan bir oğlan. Karl Reinhold kız kardeşinden bir yaş büyüktü; demek ki şimdi yirmi üç yaşındaydı.

Karl'ın tesadüfen karşısına çıkacağını filan umut etmiyordu gerçi; o kadar uğraştığı halde ağabeyi bile rastlayamamıştı ona. Charly artık onun oralarda bile olduğunu düşünmüyordu. Ancak deneyimli kriminolog gözüyle Helmut Reinhold'un dikkatinden kaçmış birtakım şeyleri görebileceğine inanıyordu.

Pencerelerin hepsi birbirine benziyordu; perdeleri sıkı sıkı kapalı olanı da yoktu, herhangi bir başka farklılık göstereni de. Karl Reinhold acaba nereye bakmıştı? Ve niye?

Sokak lambasının dibini koklayan köpeğin tasmasını çekiştirip apartmana girdi. Merdivenler yanık soğan kokuyordu. Öğle saatiydi. Belki de o yüzden yukarı çıkarken tek bir Allah'ın kuluyla karşılaşmamıştı. Bütün katlarda sağdaki, soldaki dairelerin kapısındaki isimleri not etti. Dördüncü kata gelene kadar kimseye rastlamadı.

Tam bir isim daha not ettiği bloknotu kapatmıştı ki, kapılardan biri açıldı ve şaşkın şaşkın ona bakan yirmi yaşlarında bir kız belirdi. Charly aceleyle defteri arkasında saklayarak yakalanmış gibi görünmemeye çalıştı. Evden köfte kokusu geliyordu; Charly köpeğin içeri dalmasını önlemek için büyük çaba sarf etmek zorunda kaldı.

Genç kız Berlin ağzıyla, "Kimi aramıştınız, yardımcı olayım," dedi, gözlerindeki merakı gizleyemiyordu.

"Ee... Evet... Tabii... Schubert..." Charly, aşağı katlardan birinde not ettiği isimlerden birini söyleyiverdi. "Schubert'i arıyordum."

"Onlar ikinci katta oturuyor. Fazla çıkmışsınız. Hep söylüyorum, aşağıya bir kapıcı lazım, ama yönetici cimri."

"Neyse," dedi Charly gülerek. Gülüşü kendisine bile oldukça yapay gelmişti. "Köpeğe zaten biraz hareket lazım."

"Galiba biraz da mama."

Charly dönüp, artık iyiden iyiye çekiştirmesi gerektiği Kirie'yle birlikte tekrar merdivenleri indi. Kız kapıyı kapattı ve peşinden gelip onu solladı.

"Schubertlerin evde olup olmadıklarını bilmiyorum," dedi Charly'ye. "Ama akşam göreceğim onları. Bir mesajınız var mı?"

"Yok, teşekkür ederim."

Kız ikinci kata geldiklerinde sağdaki kapıyı göstererek, "Burada oturuyorlar," dedi.

Charly, "Eh, şansımı bir deneyeyim o zaman," dedi.

Merdivenleri inmeye devam eden yeni ahbabının arkasından bakarak parmağını zilin üzerinde tuttu, ama çalmadı.

Sokak kapısının kapandığını duyar duymaz fırlayıp o da indi aşağıya. Sağına soluna bakındı, ama kızı göremedi. Bir grup kahverengi gömlekli Friedenstrasse'den ona doğru yaklaşıyordu.

Charly aksi yöne dönüp bakkalın önünde durdu ve vitrini inceler gibi yaptı. Göz ucuyla, SA'nın hâlâ ona doğru gelmekte olduğunu gördü. Ani bir kararla Kirie'yi bir yere bağlayıp üç basamak inip dükkâna girdi.

Mümkün olduğu ölçüde SA ile karşı karşıya gelmekten kaçınıyordu. Kahverengi üniformalı bu gençler hadise çıkarmayı çok seviyordu. Üstüne üstlük o günlerde hukuk da onların tarafındaydı. Charly bu duygudan, sürekli korku yaşayıp sesini çıkaramamaktan, bunların eline düşme, keyfî davranışlarına maruz kalma korkusundan nefret ediyordu. Bu korkuyu yeni hükümetten yana olan insanlarla bile paylaştığını da biliyordu.

Kapı çıngırağı çınlarken karanlık, serin dükkâna girdi. Tezgâhın arkasında üstünde gri esnaf önlüğüyle bir adam, ön tarafında ise yeni tanışığı kişi duruyordu.

Charly, "İyi günler," diye mırıldandı.

"Schubertler evde değil mi?" diye sordu genç kız. Charly başını hayır anlamında salladı.

"Gerçekten haber bırakmak istemiyor musunuz? İsterseniz selamınızı söyleyeyim."

"Yoo, gerçekten, gereği yok."

Charly kızın meraklı bakışlarından kurtulmak için kafasını çevirdi ve çantasında cüzdanını aramaya başladı. Tekrar döndüğünde kız kendi malzemesini tezgâhın üzerinden torbalara doldurmakla meşguldü. Ucuz şeylerdi aldıkları.

Bakkal yeni müşterisine dönüp, "Buyurun?" dedi. Charly, dükkânda işine yarayabilecek bir şey arandı.

"Ee, şeker... Yarım kilo şeker, lütfen."

"Hemen." Adam arkasını dönüp büyük madeni bir kaşıkla kesekâğıdına şeker doldurdu.

SA grubu bu arada iyice yaklaşmıştı, dükkânın önünden geçiyorlardı. Kirie ayaklanmış, kuyruğunu sallayarak önünde tahakkuk eden geçit törenini izliyordu. Ellili yaşlarının sonunda bir adam şapkasını sallayarak nümayişçilere yol verdi. Charly'ye göre adam lüzumundan fazla saygı gösterisinde bulunmuştu; yine de en baştaki kolunu kaldırınca kahverengi gömlekliler birden durdu.

Charly kıta komutanının ne dediğini duyamıyordu, ama SA yaşlı adamın karşısına geçmiş, onu azarlıyordu. Adam anlaşılan nerede hata yaptığını anlamıştı; hazır ola geçip sağ kolunu havaya kaldırdı. Kıta komutanı selamı aldı, sonra berikinin şapkasını kafasından uçurdu. Adam yerden almak için eğilince şapkaya bir de tekme atıp futbol topu misali caddeye savurdu. Adam hızla geçen bir arabanın Homburg'unu dümdüz etmesini çaresizlikle seyretti; SA'lar gülüyordu. Kıta komutanının böğürerek verdiği bir emir üzerine çekip gittiler.

Bütün bunlar olurken dükkânda kimseden çıt çıkmamıştı. Bakkalın, iki kadın müşterisinin az önce dükkânın önünde olup bitenler yüzünden içeri kaçtığını anlamamış olması imkânsızdı. Tabii kimse bunu dillendiremezdi. Ama çok fazla getirisi olmasa da durumdan ticari açıdan yararlanılabilirdi.

Bakkal, "Otuz dokuz fenik yapıyor," dedi ve tarttığı şekeri tezgâhın üstüne koydu.

Charly cüzdanından dört on feniklik çıkardı. "Üstü kalsın," deyip kesekâğıdını el çantasına koyup dükkândan çıktı. Eğilip Kirie'nin tasmasını çözerken bir taraftan da kahverengi gömlekliler hâlâ yakında mı diye gözleriyle etrafı kolaçan ediyordu. Ama uzaklaşmışlardı; gittikçe küçülüyor, sesleri gittikçe daha az duyuluyordu. Az önce olanlar bir kâbustu sanki.

Değildi ama. Yaşlı adam bu arada şapkasını yerden almış, artık pek gereği kalmadığı halde tozunu silkeliyordu. Yamru yumru, delik deşik ve leş gibi olmuş keçe parçasına şapka demeye bin şahit isterdi.

Adam, "Ah benim güzel şapkam," deyip duruyordu. Gözleri bile yaşarmıştı.

Charly acımıştı, yanına gidip teselli etmek istedi, ama aynı anda dükkândan çıkan genç kız kendisinden çabuk davrandı.

"Bırakın şimdi şapkayı filan, amma sulu gözlüsünüz," diye sövmeye başladı. Charly bu sözlerin arkasında yatan öfke karşısında hayrete düştü. "Şu aptal şapka bir şey mi? SA milletin elinden daha neler neler aldı."

Bunu deyip ayrıldı ve yoluna devam etti. Charly ile adam, bu kişi yolun köşesinde kaybolana kadar onun arkasından baktılar.

Kirie bu arada tasmayı çekiştirip duruyordu; Charly ona dönüp, "Otur!" dedi. Köpek oralı olmadı. Tam aksine, tasmayı daha da zorlamaya, hatta vızıldamaya başladı. Derken Charly, hayvanın neden o kadar heyecanlandığını, neden deli gibi kuyruğunu salladığını anladı. Arkasındaki kavşakta açık kahverengi bir takım elbise görüyordu. Elbise tanıdık gelmişti. Daha o sabah kendisi koymuştu yatağın üzerine.

Gereon'du bu!

Gereon Rath, telefon kulübesinden çıkmış, birkaç metre ilerideki arabasına doğru yürüyordu.

Allah kahretsin! Gereon'un Landsberger Allee'de ne işi vardı? Ne zamandır buradaydı acaba? Onu görmüş müydü? Pek fazla düşünmeden, görünmemeye çalıştığı kişinin kendi kocası olduğunu bile düşünmeden bir apartmanın girişine saklandı; köpeği de oraya çekmesiyle hayvan öyle bir afalladı ki, bir kere uluyup sustu. Charly yere çökmüş, Kirie'nin ağzını kapatmaya çalışıyordu. Neden sahibine gidemediğini anlayamayan köpeği zapt etmek için epey çaba sarf etmesi gerekmişti.

"Affedersin kızım," dedi, "ama şu anda görünmememiz lazım."

Az sonra kum rengi *Buick* hareket etti. Şehir dışına doğru gidiyordu. Gözleriyle arabayı takip eder ve kendi kendine Gereon'un nereye gittiğini sorarken arkasında bir öksürük sesi duydu ve döndü. Kafasında bir melon şapka, ağzının köşesinde bir puro, adamın biri gözünü dikmiş ona bakıyordu. Adam tam bir şey söylemeye hazırlanıyordu ki, vazgeçti ve çekip gitti.

15

Rath başının belaya gireceğini çok iyi biliyordu. Gräf ve devlet polisiyle irtibata geçmek, Gennat'ı otopsi konusunda bilgilendirmek veya hiç değilse ofisinde oturuyor olmak yerine orada burada turlayıp duruyordu. Evet, Bad Freienwalde ile Berlin arası arabayla bir buçuk saatti. Cehennemin bucağı değildi, ama Berlinliler yaz aylarında orayı doldursa da, kasaba yine de Berlin polisinin sorumluluk alanına girmiyordu.

Adli Tıp'tan çıktıktan sonra kısaca Alex'e uğramış, içinde cam göz bulunan teneke kutuyu masasının çekmecesine kilitlemiş, henüz öğle paydosunda olan Erika Voss'a bir not yazıp Berlin'deki bütün göz protezi uzmanlarının bir listesini çıkarmasını istemişti. Sekreter de onun masasına, üzerinde "Komiser Rath'a özel" yazılı bir zarf bırakmıştı. Rath mektubu, Oranienstrasse'deki Aschinger'de açmıştı. Aschinger'in bu şubesinde ne Alex'ten, ne de Prinz-Albrecht-Strasse'den bir meslektaşıyla karşılaşırdı.

Voss iyi çalışmış, 101. SA Müfrezesi'nin tamamının 1932 yazında, ya 5 Ağustos'ta ya da 7 Eylül'de SA'ya girdiğini ortaya çıkarmıştı. Berlin'deki çetelerin tamamı çökertilmeden veya yasaklanmadan önce bir-iki istisna haricinde bu adamların hepsi Kuzey Korsanları'nın üyesi olarak nam salmıştı. Rath, 101. Müfreze'nin tek uğraşısının komünist tehlikeyi püskürtmek, milli devrim veya yeni Almanya'nın kuruculuğu olmadığını adı gibi biliyordu.

Öyleyse Horst Kaczmarek neden ölmüştü? Eskiden Kuzey Korsanı olduğu için mi, yoksa sırtına kahverengi bir üniforma geçirdiği için mi? İşte can alıcı soru buydu. Rath'a göre bu sorunun cevabını verebilecek tek bir kişi vardı, o da Johann Marlow'du. Bir zamanların yeraltı kralı ve Kuzey Korsanları'nın oldum olası en büyük düşmanı.

Kulağına adamla ilgili epeydir bir şey gelmemişti. Marlow, Nazilerin iki ya da üç ay değil, daha uzun süre iktidarda kalacaklarını anlar anlamaz, komünist, Yahudi ve sosyal demokrat avının yanında Berlin'in bilumum profesyonel gangsterlerinin örgütlü olduğu yeraltı çetelerini de çökertmeye başladıklarını fark eder etmez kayıplara karışmıştı. Marlow'un illegal işleri için oluşturduğu beşinci kol Berolina, 33 yazında dağıtılmış, derneğin malvarlığına el konmuş, hemen hemen bütün üyeleri tutuklanmıştı. Hiçbir zaman yeraltı çetesi mensubu olmayan Marlow en yakın adamlarıyla Bad Freienwalde'deki bir villaya taşınıp köşesine çekilmişti.

Rath yine de önce Berlin'de bildiği adreslere, Niederschönhausen'daki villaya ve Marlow'un Küstriner Platz'daki bir depoda bulunan ofisine uğramıştı. Villa, Rath'ın iki ya da üç yıl önceki son ziyaretinden belleğinde kaldığı gibiydi, ama kapıyı açan uşak Marlow'u sorunca ona aptal aptal bakmıştı. Marlow'un hemen Varieté Plaza'nın arkasında saltanatını sürdürdüğü eski Ostbahnhof'un oraları ise Rath'a sanki tamamen başka bir dünya gibi gelmişti. Eskiden irikıyım nöbetçiler ziyaretçiyi daha sokakta yakalar, üstünü arardı; şimdi ise koskoca avluya elini kolunu sallaya sallaya girebildiği gibi depolar, tıpkı süregiden ekonomik kriz yüzünden işlevsiz kalan ve yer yer harabeye dönüşmüş Kayzer zamanından kalma diğer hangarlar gibi bomboştu. Rath'ın bizzat gözleriyle gördüğü o şaşaadan, Marlow'un karargâhına İngiliz malikânelerine özgü bir hava veren o ahşap oyma mobilyalardan en ufak bir eser yoktu. Geriye kala kala çıplak tuğla duvarlar kalmıştı.

Rath Freienwalde'ye gitmeye işte o an karar vermişti. Kuzeydoğu yönünde şehir dışına uzanan geniş Landsberger Allee üzerinde bir telefon kulübesi bulup, o arada paydostan dönen Erika Voss'u aramıştı.

"Stapo arayıp duruyor. Gräf dört defa telefon etti. Asayiş Şube Müdürü Gennat görüşmek istiyor sizinle. Kriminal Sekreter Czerwinski sizden talimat bekliyor."

"Yarın ilgileneceğim Erika. Bugün ofise uğramayacağım artık. Gennat'a otopsi sonuçlarını verin. Masamın üstünde. Bir kopya da Stapo için hazırlayın."

Kadın başka bir şey soramadan telefonu kapatmış, otomobiline binip yoluna devam etmişti.

Marlow'un "sığınağı" küçük bir tepeye çıkan, sağlı sollu villalarla çevrili bir yolun en sonundaydı. Sarmaşıklarla kaplı bina adeta bir saray yavrusuydu. Neogotik İngiliz stilinde olup bir sürü çatı tepesi ve kuleciği vardı. Rath arabadan indi ve demir kapının yanındaki zile bastı; bu arada parmaklıklardan içeriye bakıyordu. Arazide kimseyi göremedi. Bahçe biraz bakımsızdı.

"Kimse yok mu?" dedi. Biraz bekledi, ses seda yoktu.

Bu sefer, "Heeey, kimse yok mu?" diye bağırdı.

Bir kez daha zile bastı, ama açan olmadı.

Gözü araziyi çevreleyen duvara takıldı. İki buçuk metre vardı. Eliyle tepesine tutunana kadar dört kez zıplamak zorunda kaldı; vücudunu yavaş yavaş yukarı çekip de artık yukarıda ayakta durabildiğinde nefes nefeseydi. Biraz barfiks çalışsa iyi olacaktı. Bir de sigarayı azaltsa. Aklına gelince canı sigara istedi. Nefesinin yavaşlamasını ve kalp atışının normalleşmesini bekledi. Bu arada araziyi inceliyordu. Bir yıl önce Kirie'nin oynadığı çimenler neredeyse diz boyu olmuştu. Marlow'un adamlarının nöbet beklediği cumba ve çıkıntılarda kimsecikler görünmüyordu. Pencereler karanlıktı; perdeler sıkı sıkı çekilmişti.

Kendini yavaş yavaş aşağıya saldı ve çimenlere atladı. İniş yumuşak olmuştu, ama dengeyi bulmak için bir adım sıçramak zorunda kalınca şapkası düştü. Yerden alıp tekrar taktı kafasına ve etrafa bakındı. Ne bir insan ne de bir köpek vardı ortada.

Binanın arka tarafındaki teraslardan birinin kapısına gidip bir elini gözüne siper ederek içeriye baktı. Pek bir şey seçilmiyordu; sanki her şey tek tipti. Az sonra neden öyle olduğunu anladı. Bütün masaların, sandalyelerin, koltuk ve kanepelerin, dolap ve sandıkların üstüne beyaz örtüler serilmişti. Birtakım cansız ruhlar toplantı halindeydi sanki. Mobilya ruhları.

O anda boşu boşuna geldiğini, burada Johann Marlow'a da, adamlarına da, hatta Liang'a bile rastlamayacağını anlamıştı. Bu evde haftalardır, belki de aylardır kimse oturmuyordu. O yüzden de teras kapısının tam kapalı olmadığını fark edince şaşırdı.

Nedenini söyleyemeyecek olsa da bir beklentisi yoktu; ona rağmen girdi içeri. Üstü örtülü mobilyalar şimdi bulunduğu yerden daha da korkunç bir manzara arz ediyordu. Burası salon olmalıydı. Şöminenin pervazında elini gezdirdi. Toz tabakası oldukça kalındı. Johann Marlow neredeydi acaba? Almanya'yı terk mi etmişti yoksa? Yeni hükümetle sorunu olan birçokları gibi o da yurtdışına çıkmış olabilir miydi? Rath'ın aklına bu sorular gelmemişti hiç; onu sadece Marlow'dan hiç ses çıkmıyor olması ilgilendirmişti.

Evi gezmeye başladı. Belki Marlow'un akıbeti konusunda bir ipucu bulurdu. Gerçi adam aptal değildi, arkasında iz miz bırakmazdı. Rath'ın aklına, henüz Berlin'de yeniyken ilk kez Doktor M.'yi soruşturduğu gün geldi. "Marlow'u bulamazsınız. O sizi bulur," demişlerdi ona.

Hakikaten de öyle olmuştu.

Walther'i kılıfından çıkarıp emniyetini açtı. Garip bir his vardı içinde. Ev boş, terk edilmiş gibi görünse de kapının açık olması onu huzursuz etmişti. Çimlerin biçilmemiş olması onu o kadar rahatsız etmemişti mesela. Şayet Marlow adamlarından birini buraya bıraktıysa çimleri biçsin diye değildi muhakkak.

Önceki yıl burası silahlı adamlarla doluydu. O zaman şu kapının önünde de bir nöbetçi duruyordu. Arkası kütüphaneydi. Rath içeriye göz attı. Bütün mobilyaların, hatta tavana kadar uzanan rafların bile üstü örtülüydü. Geçen yıl pencerenin önündeki şu masada Leo oturuyordu; Berolina'nın şefi Leo Juretzka. Rath, Marlow'un hatırına onu SA hapishanesinden kurtardığından beri ilk kez karşılaşıyorlardı. Ancak adam teşekkür etmek yerine küstah davranmış, suratsızlık yapmıştı. Rath'ın, Juretzka'nın bu nobranlığının arkasında ne yattığını tahmin etmesi zor olmamıştı: Berolina'nın şefi, zamanında Berlin'in en ünlü işkencehanelerinden biri sayılan ve o dönemde SA jandarmasının üssü olan Papestrasse'deki bu SA hapishanesinde bir gözünü kaybetmişti. Kaza demişlerdi.

Juretzka boş göz oyuğunu korsan gibi bir göz bandıyla kapatmıştı; şimdi cam gözle dolaşıyor olabilir miydi? Rath'ın, Johann Marlow'dan öğrenmek istediği şeylerden biri de buydu. Berolina ve Kuzey Korsanları arasında bitti diye bilinen kavga belki gizli gizli hep sürmüş, Horst Kaczmarek belki de bir yeraltı savaşının kurbanı olmuştu.

Rath, Gräf onun cinayet vakasına el attığından beri ilk kez, devlet polisinin kendi çıkarını gözetmesinin iyi tarafları olduğunu düşündü. Varsın Gräf komünist avlasındı; Rath'ın işine karışmasındı da. Rath hâlâ Marlow'un ve Berolina'nın olayla ilgisi olmadığını umuyordu.

Bunları düşünürken arkasında metalik bir ses duydu; bir tetik mi çekilmişti? Rath dondu kaldı.

"Kıpırdama," dedi kısık bir ses.

Rath korkudan kıpırdayamıyordu zaten.

"Eller yukarı."
Ellerini havaya kaldırdı.
"Silahı bırak."
Rath emniyet tetiğini tekrar kapatıp emre uydu. *Walther* paldır küldür parkede yuvarlandı.
"Dön."
Rath arkasına dönmesiyle altmışlarında bir adamın elindeki av tüfeğinin namlusuyla burun buruna geldi. Marlow'un çevresinde hiç görmemişti bu adamı. Zaten bu yaşta kimse de yoktu.
"Hırsız değilim, polisim," dedi.
"Demek öyle. Niye hırsız gibi girdiniz o zaman?"
"Yeleğimin cebine bakın. Rozetim orada."
"Ne işiniz var burada?"
"Johann Marlow'u arıyordum."
"Kimi?"
"Johann Marlow'u. Burası onun evi. En azından geçen sene öyleydi."
"Marlow filan tanımıyorum. Doktor Friedemann'ın evine göz kulak oluyorum ben."
"Friedemann mı?"
"Bu arazinin sahibi."
"Doktor Marlow'dan mı satın aldı villayı?"
"Friedemann ailesi bu evi otuz yedi yıl önce yaptırdı," dedi yaşlı adam. Bunu öyle bir tonda söylemişti ki, bu sanki bir genel kültür bilgisiydi.
Rath bir an acaba salaklık yapıp da kapıyı mı şaşırdım diye sordu kendine. Ancak bu da imkânsızdı. Freienwalde'de böyle kule ve çatı tepelerine sahip bir ikinci villa daha yoktu. Ayrıca bahçeyi, mobilyaların üstü kapalı olmasına rağmen salonu ve bu moruğun kendisini kıstırdığı kütüphaneyi de tanımıştı.
"Ben delirmedim herhalde," dedi. "Bir yıl önce bu odadaydım ve Johann Marlow'la sohbet ettim."
Yaşlı adam omuzlarını kaldırdı; kaldırmasıyla da namlu tehlikeli bir biçimde aşağı yukarı sallandı. "Şimdi de benimle sohbet ediyorsunuz. Ama bu sohbetin sonu bir yere varmayacak. Evi derhal terk etmenizi rica ediyorum."

Rath derin bir iç çekti. "Ellerimi indirebilirim ama, değil mi? Silahımı da kılıfına sokabilir miyim?"

"Onu ben alıyorum," dedi yaşlı adam ve Rath'ı gözünden ayırmadan *Walther*'e doğru eğildi. "Bahçe kapısında alırsınız."

"Bana neden hırsız muamelesi yapıyorsunuz?"

"Hırsız gibi hareket ettiniz de ondan."

Adam av tüfeğinin namlusuyla kuşkuya yer bırakmayacak bir işaret yaptı; Rath kolları havada yürümeye başladı.

Hiç konuşmadan villanın ana girişinin bulunduğu büyük antreye geldiler.

Rath, "Çok kısa oldu tanışmamız, ama siz yine de bana bir iyilik yapın ve Marlow'a mesajımı iletin. Ona, SA'ları ortadan kaldırmanın iyi bir fikir olmadığını söyleyin. Adamlar eski Kuzey Korsanları da olsa. Bu ister istemez polisin dikkatini çekiyor," dedi.

Adam, "Ben Marlow filan tanımıyorum," diye yineledi. "Bu ev Doktor Friedemann'a ait."

Kapıyı açtı ve Rath'ı önüne katıp ana kapıya doğru yürümeye başladı. Ana kapıyı kapattıktan sonra ve her an ateş etmeye hazır vaziyette komisere silahını geri verdi. Rath onun kuşkulu bakışlarına nazikçe gülümseyip şapkasının kenarına dokunarak karşılık verdi ve arabasına yöneldi. En azından şu ahmak duvara tırmanmasına gerek kalmamıştı bu sefer.

16

Birisi geldi mi köpek ondan önce hissediyordu. Charly, Kirie'nin ağır adımlarla kapıya gittiğini duydu, ama anahtarın kilitte döndüğünü epey sonra işitti. Aslında Fritze'yi bekliyordu, fakat gelen Gereon'du, yürüyüşünden anlamıştı. Allah kahretsin! Rostoyu fırına yeni vermiş, patatesleri bile soymamıştı daha. Fritze'yi de işe koşacaktı, ama oğlan hâlâ ortalarda yoktu. Herhalde Hitlerjugend'den arkadaşlarıyla sürtüyordu yine.

Elini peçeteye silip hole çıktı. Gereon köpeği okşuyordu ki, Charly'yi fark edince hayretle kaşlarını kaldırdı; onu mutfak önlüğüyle görmeye alışkın değildi. Yardımcıları Lina haftada iki kere geliyor, masada patates kızartması ya da ekmek tatlısı haricinde bir şey olması arzu ediliyorsa yemek yapıyordu. Evleneli bir yılı geçmiş, Charly hâlâ ev kadını olmamıştı. Ama o gün gözle görülür bir çaba içerisindeydi.

Charly bir şey söylemek istedi, ama beceremedi; o yüzden yanına gelip sarıldı. Gereon çantasını gardıroba bıraktı, o da ona sarıldı; sağ eliyle saçını okşuyordu.

Genç kadın, "Sabah söylediklerim için özür dilerim," dedi bir süre sonra. "Öyle demek istememiştim."

"Ben de. Manyak da değilsin, ukala da."

Charly'nin gülmesi geldi.

"Nazi olmadığını biliyorum. Ama oğlan Nazi olacak diye korkuyorum."

"Çocuklar Nazi oldukları için Hitlerjugend'de değiller. Arkadaşlarıyla beraber olmak için, yalnız kalmak istemedikleri için gidiyorlar oraya. Bir gün o da biter. Artık kamp ateşi kesmez onları, kızlara ilgi başlar."

"Tecrübe konuşuyor anlaşılan."

"Kızlar her zaman kızılderilicilik oynamaktan daha fazla ilgimi çekti."

Charly'nin çenesini tutup yavaşça kaldırdı ve öpmeye başladı. Onu uzun zamandır olmadığı kadar tutkuyla öpüyordu. Charly karşılık verince Gereon'u tahrik ettiğini fark etti.

Kirie havlamaya başladı.

Genç kadın Gereon'a bakıp güldü.

"Oğlan birazdan gelir," dedi.

Gereon ensesinden öptü. Hem onun direncini nasıl kıracağını hem de köpeğin hangi öpücüklere havlamadığını biliyordu.

"Gereon, dur lütfen!"

Genç adam, "Sorun da bu zaten," deyip şapkasını gardıroba astı. "Hep durmamız. Daha başlayamadan."

"Çocuk geldiğinde biraz uslu olmamız lazım, hepsi bu."

"Keşke bu kadar basit olsaydı..." Sesinde bezginlikle karışık bir rahatlama seziliyordu. "Jungvolk'lara gitmesi belki de iyi olacak. Düzenli olarak grup akşamlarına giderse biz de biraz rahat ederiz."

"Gene aynı konuyu açmayalım."

"Hangi konuyu?"

"Hitlerjugend falan."

"Ben tamamen başka bir şeyden söz ediyorum."

Tekrar ensesinden öperek ellerini omzundan kollarına, oradan da göğüslerine kaydırdı.

"Şimdi olmaz." Charly kendini kurtardı. "Rostoya bakmam lazım."

Gereon havayı kokladı. "Rosto, değil mi? Nasıl hak ettiysem bunu."

"Ben de bilmiyorum!"

Kadın mutfağa geçti, ardından Gereon'un köpekle birlikte oturma odasına gittiğini duydu. Genç adam bir plak koymuştu.

Charly mülayim kalmak için elinden geleni yapıyordu, ama mesele kafasını kurcalayıp duruyordu. Jungvolk konusunda Gereon neden bu kadar saftı? Çocuğun göz göre göre sonuçlarını kestiremeyeceği bir girdabın içine sürüklenmesine müsaade ediyordu. Fritze bir sabah kalkıp da hazır ola geçer ve "Heil Hitler!" derse ne yapacaktı? Nerede kalmıştı bu oğlan ayrıca? Kahverengi arkadaşları artık ailesinden daha mı önemliydi? Charly öfkesinin haklı olmadığını bile bile öfkeleniyordu. Hıncını mutfak aletlerinden çıkardı. Patates köftesini de ateşe koyduktan sonra ortalığı toparlamaya başladı.

Oturma odasındaki telefon çaldı. Kirie bir süre sonra havlamaya başladı.

O sırada bulaşık yıkayan Charly, "Ne oluyor?" diye bağırdı. "Niye kimse bakmıyor telefona?"

Ellerini kurulayıp oturma odasına göz attı. Gereon koltuğunda oturmuş, müzik dinliyor, sigarasını içiyordu; telefonun sesi müziği bastırdığı halde kalkıp açmaya niyeti yoktu anlaşılan.

Charly elini beline koyup, "Bu ne demek oluyor?" dedi. "Telefonu ayağına mı getirsinler?"

"Reinhold olabilir."

"Ee?"

Bu ağzından biraz sert çıkmıştı; anında pişman oldu. Neydi bu hırçınlık Allah aşkına? En ufak şeye sinirleniyordu.

Gereon, "Sen bakar mısın?" dedi. "Daha gelmedi dersin."

Charly'nin ahizeyi kaldırmasıyla Kirie de susmuştu.
Arayan gerçekten de Reinhold Gräf'ti.
"Gereon evde yok," dedi.
"Lütfen beni acilen aramasını söyler misin?"
"Mevzu ne?"
"Aradığımı söyle, o anlar."
Charly telefonu kapattı.
"Ee?" diye sordu Gereon.
Genç kadın başını sallayarak, "Reinhold'du," dedi. Ne diyecek diye bekledi, ama Gereon'dan ses çıkmayınca devam etti: "Sen konunun ne olduğunu biliyormuşsun."
"Öyle diyorsa öyledir." Tekrar gazetesine döndü.
"Nedir peki konu?"
"Bilmem. Kendisiyle konuşunca söylerim."
"Senin bildiğini söylüyor."
Gereon omuz silkti.
Charly derin bir iç çekti; tam konuyu kapatmaya niyetlenmişti ki, Gereon'un elbisesinin üzerinde bir şey dikkatini çekti.
"Bu ne?" dedi.
"Ne?"
"Pantolonundaki. Çimen lekesi gibi. Düştün mü sen?"
Gereon lekeye bakıp, "Çıkarabilecek misin?" dedi sadece.
"Bilmem."
Mutfağa döndü, ama kapıyı da çarpmamak için kendini zor tuttu. Gereon hiçbir şey anlatmıyordu artık. Hiçbir şey. İşiyle ilgili tek kelime etmiyordu. Mesela Landsberger Allee'de tek başına ne yaptığını söylememişti. Güya onlarla birlikte çalışıyordu, ama ne Lange ne de Gräf vardı yanında.
Onu gördüğünü suratına söylemek isterdi, ama o da olmazdı. Bu sefer Alex'ten, Karl Reinhold'u aradığından, bir komüniste yardım etme niyetinden bahsetmek zorunda kalacaktı. Gereon'un nefret ettiği bir şey varsa, o da komünistlerdi. Charly ne zaman kızılların herhangi bir görüşüne anlayış gösterdiğini ima ettiyse o da her seferinde bu nefretini açık etmişti.
Sofrayı kurdu. Öfkesine yenilmemek için büyük çaba sarf ediyordu. Nitekim bir süre sonra nefesinin sakinleştiğini hissetti.

Hiç olmazsa Fritze yemeğe zamanında gelmişti. Ancak yemek biter bitmez çantasından resmî makamlara özgü pembe renkte bir form çıkardı. Üstünde Hitlerjugend'in amblemi vardı; kalın puntolarla "Üyelik Başvurusu" yazıyordu.

Fritze, Berlin ağzıyla, "Ben imzaladım. Veliler arka sayfaya imza atıyor," dedi ve kâğıdı önlerine uzattı. Forma kısaca bir göz atan Gereon, Charly'ye yan gözle bakarak imzaladı.

Oğlanın ağzı kulaklarına varmıştı. "Bir de üniformam olursa Tempelhof'a gidebilirim artık," dedi. "Çok pahalı değil, ayrıca taksitle de ödenebiliyor."

"Ne? Bir de üniformaya para mı vereceğiz?"

Charly yine kendini tutamamıştı; Gereon'un sert bakışlarını üzerinde hissetti.

Fritze, "Ben kendim öderim," dedi, "biraz para biriktirmiştim." Gereon'a baktı yine; Charly'yle göz göze gelmemeye dikkat ediyordu. "Siz de biraz borç verirseniz bana..."

Daha Charly ağzını açamadan Gereon cüzdanını çıkartmış, kâğıt paraları saymaya başlamıştı bile.

"Ne kadar lazım?"

"Bir onluk yeter herhalde."

Gereon bir onluk uzattı.

"Müessesemiz teşekkür eder." Fritze parayı cebine soktu ve kalktı. "Ben masayı toplayayım, bulaşıkları da yıkarım," dedi. Bu "örnek çocuk" hareketleri yüzünden Charly'nin içinden ona bir tane geçirmek geliyordu.

Arkasından bir tane de Gereon'a. Hitlerjugend'e üye kaydını sorgusuz sualsiz imzalayıvermişti. Formu doğru dürüst okumamıştı bile. Oğlana bir-iki laf da etmemişti.

Fritze'nin masada bıraktığı kâğıdı kapıp yüksek sesle okumaya başladı. "İşbu belgeyle Hitlerjugend'e katılmayı kabul ettiğimi beyan ederim. Menşeim Alman. Kendi rızamla attığım bu imzayla, erdemli ve gururlu bir Alman olarak nasyonal sosyalist ideoloji ışığında hareketi tüm gücümle destekleyeceğime ve Führer'imin buyruğundan çıkmayacağıma söz veriyorum..." Charly burada keserek Gereon'un yüzüne baktı. "Sen de bunu imzaladın, öyle mi?"

"Onu oğlan imzaladı."

"Evet. Ama senin imzan olmadan onunki bir işe yaramıyor sayın veli!"

"Yine başladın Charly. Altı üstü bir kâğıt parçası. Fritze, Nazi değil. Kolay kolay da olmaz. Zaten Hitler bittiğinde bu Nazi maskaralığı da sona erecek."

"Hitler bittiğinde mi?.."

Charly, Fritze yan tarafta olmasına ve bulaşık yıkarken aşırı gürültü çıkarmasına rağmen sanki konuştuklarını duyacakmış gibi farkında olmadan sesini alçaltmıştı.

"Bildiğin bir şey mi var? Birileri suikast filan mı planlıyor?"

Gereon önce anlamadı, sonra güldü. "Yok canım. Hindenburg'dan söz ediyorum. Hükümet kaynıyor. Hindenburg sence kimin ağzına bakar, başbakanın mı, başbakan yardımcısının mı?"

"Papen, Hitler'e darbe mi yapacak? Cesaret edemez buna."

"Konuşulanları aktarıyorum. Devlet başkanı, başbakanın görevine her an son verebilir. Ordu da SA kabadayılarının elinden bir an önce silahlar alınsın diye bekliyor."

"Bunları nereden çıkarıyorsun, bilmiyorum."

"Birtakım yerlerde konuşuluyor," dedi Gereon esrarengiz bir yüz ifadesi takınarak.

Ne zaman böyle bir bilmişlik yapsa, birisinin söylediği bir şeyi kapmış, onu tekrarlıyor demekti. Tıpkı Hitler'in kadınların seçim hakkı yüzünden iktidara geldiğini zırvaladığı gün gibi.

Charly sesini çıkarmadı; çünkü muhakkak söylemek istediği bir şey daha vardı.

"Bir kadeh konyağa ne dersin?" diye sordu. Gereon başıyla evet dedi.

İçkilerin olduğu büfeye gitti, bu arada Gereon da bir plak koymuştu. Duke Ellington'dan yavaş bir müzikti. Charly masaya koyduğu kadehleri doldurdu. Kirie gelip merakla şişeyi kokladı, sonra Gereon'un koltuğunun yanına kıvrıldı.

Charly konyak şişesini yerine koyup öbür koltuğa otururken, "Cumartesi günü açılış partisine geliyorsun, değil mi?" dedi önemsiz bir şey söylüyormuş gibi.

Gereon tabakasından bir *Overstolz* çıkarıp yaktı.

Kibriti söndürürken, "Nereye?" dedi.

Charly *Juno* paketine uzandı. "Guido'nun yeni avukatlık bürosuna. Söylemiştim ya sana. Wedding'de."

"Söyledin, evet."

"Ee?"

"Şart mı hakikaten?" Suratını buruşturdu. "Şöyle baş başa sakin bir cumartesi akşamı geçirsek?"

"Orada da yapabiliriz bunu."

Gereon konyağından bir yudum aldı. "Oğlanı sinemaya gönderir, ikimiz kalırız diye düşünmüştüm."

Charly, "Gereon," deyip bir sigara yaktı. "Açılış benim için önemli. Muhakkak orada olmam lazım. Yalnız gitmezsem de sevinirim."

"Niye orada olman lazımmış? Hiçbir mecburiyetin yok."

Genç kadın tereddüt etti; söyleyeceği şeyin sırası mıydı, bilmiyordu. Ama herhalde bunun için doğru ânı hiçbir zaman bulamayacaktı.

"Gitmem şart," dedi, "çünkü ben de bir nevi ev sahibi sayılırım."

"Nasıl?"

Gereon konyak kadehini masaya koyup Charly'ye baktı.

"Sana çoktan söylemem gerekiyordu, biliyorum, ama fırsatını bulamadım." Sözlerine devam etmeden *Juno*'sundan bir nefes çekti. "Stajyerliğimi tamamlamam için izin çıktı. Guido'nun avukatlık bürosunda staj yeri buldum."

Gereon ona tam da korktuğu gibi baktı. Yani kafadan kontakmış gibi. Sadece bu bakış bile Charly'nin hiddetlenmesine yetmişti.

"Biz bir aileyiz," dedi kocası sonunda. "Çocuğa kim bakacak?"

"Ben Fritze'yle konuştum. O büyüdü artık. Hem..." Dokundurmadan edemeyecekti. "Zaten artık bundan sonra sabah akşam Hitlerjugend'le olur."

"Ne zamandır biliyorsun bunu? Stajyerliği yani..."

Sormamasını umut ettiği soru gelmişti işte.

"Ne zaman mı kesinleşti? Aşağı yukarı bir hafta oldu."

"Neden şimdi söylüyorsun peki?"

Charly omuz silkti. "Belki aynen şu anki bu konuşmadan kaçındığım için."

"Evliyiz biz, böyle şeyleri konuşmalıyız."

"Konuşuyoruz ya işte."

"Sen işi oldubittiye getiriyorsun, bu başka bir şey."

"Evlendiğimizde çalışabilirsin diye söz vermiştin bana. Yoksa asla evet demezdim teklifine."

Gereon başını salladı. "Sana bu sözü verdiğimde polis teşkilatında çalışacağından yola çıkıyordum."

"Bu ne anlama geliyor şimdi? İş mukavelemi imzalamayacak mısın? Ben de boşanırım o zaman, onu bilesin!"

"Hey, bir dakika, sakin ol kuzum! Vur deyince öldürüyorsun!" Sigarasını kül tablasına koyup Charly'ye elini uzattı. "İlla çalışmak istiyorsan buna engel olacak değilim. Merak ettiğim şey, gündelik hayatla nasıl baş edebileceğin. Bir de tabii neden şimdiye kadar bir şey söylemediğini öğrenmek isterim."

"Ben de bilmiyorum..." Charly birden hıçkıra hıçkıra ağlamaya başladı, nedenini kendi de bilmiyordu. Susmaya çalıştı ama elinde değildi.

Gereon, "Hey," dedi ve ayağa kalkıp yanına geldi. Charly'nin elindeki sigarayı alıp kendi sigarasının yanına koydu; onu koltuktan kaldırıp kollarına aldı ve saçını okşamaya başladı. Genç kadın başını onun omzuna koyunca iyice boşandı, ağlamasını durdurmasının imkânı yoktu.

Gereon yine, "Hey," dedi, "ne oluyorsun?"

Charly bir süre konuşamadı. "Ben... özür dilerim Gereon. Ama ben... ev kadını ve anne değilim. Daha doğrusu bir tek ev kadını ve anne değilim." Eşinin gözlerinin içine bakıp gülümsemeye çalıştı. "Bu ev... son zamanlarda bazen hapishane gibi geldi bana. Siz dış dünyadasınız, bense buraya kapanmışım. Dehlize tıkılmış gibi hissettim kendimi... Dışarıda vatanım istemediğim bir şeye dönüşüyor, ben burada elim kolum bağlı oturuyorum, elimden bir şey gelmiyor. Bir taraftan Fritze Hitlerjugend'de..." Bir ara verdi. "Ters giden nedir, ben de bilmiyorum Gereon. Bildiğim bir tek şey var: Bana bir görev gerekiyor. Polis olarak olmasa da hukukçu olarak bir işe yaramam lazım. Ülkeyi bu hükümete bırakamayız!"

"Şu anda bu hükümet iktidarda. Günün birinde değişecektir tabii."

"Biz aylak aylak oturursak hiçbir şey değişmez."

"Sana köstek olmayacağım Charly. Guido'nun avukatlık bürosunda çalışmak istiyorsan, çalış tabii." Alnını kırıştırdı. "Ama benim illa açılış partisine gelmem gerekiyor mu?"

Charly tam cevap verecekti ki, Gereon'un tebessümünün yayıldığını, sırıtmaya dönüştüğünü gördü; ona eşlik edeceği belli olmuştu.

17

Bir sürü göz ona bakıyordu. Yeşil renklisi, mavi renklisi, kahverengisi. Kimisi damarlı, kimisi benekli, bazısı şiş, bazısı sarımsı, kimi bulanık, kimi kanlıydı. Tezgâhın üzerinde, içerisinde birbirinden sağlıksız görünümlü cam gözlerin sergilendiği hurufat kasasına benzer bir kutu duruyordu.

Rath, bankonun arkasındaki yazı masasında oturmuş, önündeki forma birtakım sayılar işleyen kadına, "Çeşitleriniz bunlar mı?" diye sordu.

Kadın gülümseyerek yerinden kalktı.

"Eğitimde olan göz doktorları için de modellerimiz var. Mesela şu..." dedi ve yeşilimsi donuk cam gözü gösterdi. "Bu glokom," dedi.

"Ne diyorsunuz..."

"Size bundan vermeyeceğiz tabii. Göz protezinizi tıpatıp sağlam gözünüze uygun olarak yaparız." Rath'ı süzerek, "Sağlam olan hangisi?" diye sordu.

"İlginiz için teşekkür ederim, ama henüz iki gözümle de gayet iyi görüyorum."

"Öyle mi?"

"Göze değil, bazı bilgilere ihtiyacım var," dedi Rath. "Şefinizle görüşebilir miyim?"

"Kessler Usta atölyede şu anda."

"Atölyeye götürün beni o zaman."

Rath rozetini çıkardı; kadının yüz hatları dondu.

"Ne istiyorsunuz ondan?" diye sordu.

"Yardım."

Rath başka bir şey söylemedi; kadın onun ayrıntıya girmeye niyetli olmadığını kavrayınca bankonun etrafından dolanıp geldi ve kapılardan birini açtı.

"Benimle gelin lütfen."

Küçük bir koridordan geçip bir sürü tezgâhın bulunduğu, büyük pencereleri olan, tuğla duvarlı bir salona girdiler. Duvarlara cam çubuklar dayalıydı. Masalardan birinde beyaz önlüklü, kırklı yaşlarının ortasında bir adam oturmuş, hava gazı memesiyle elindeki objeyi işliyordu.

"Kessler Usta?" Kadın hafifçe öksürerek, "Polis," dedi.

Kessler hayretle başını kaldırdı, gözlüklerinin üzerinden bir Rath'a, bir kadına baktı, bir şey söylemeden başını sallayıp dikkatini tekrar yeşil bir iris lehimlediği bulanık beyaz cam küreye verdi.

Rath, usta hava gazı memesini kapatıp bitmiş cam gözü suya sokuncaya kadar sabırla bekledi. Cebinden teneke kutuyu çıkardı, içindekini gösterip Kessler Usta'ya derdini anlattı.

"Benim ne alakam var, niye bana geldiniz?"

"Listemdesiniz de ondan."

Erika Voss'un çıkardığı liste tahmininden uzun olmuştu. O kadar uzun olmuştu ki, Rath bu işi Kriminal Polis Laboratuvarları Dairesi'ne devretmediği için hayıflanıyordu. Berlin'de amma çok cam göz imalatçısı vardı. Baştan herhalde bir-iki fabrika, bu alanda yoğunlaşmış bir-iki cam işletmesi vardır, o kadar diye düşünmüştü. Ancak sekreterinin listesinde küçük küçük sayısız atölye ismi bulunuyordu; adresler bütün şehre yayılmıştı. Olay yerine en yakın o olduğu için işe Müllerstrasse'deki darmadağınık, düzensiz bir atölyeden başlamıştı. Mutena Hansa Semti'ndeki bu Kessler Firması, uğradığı beşinci adresti.

Rath, mesai saatinden on beş dakika kadar önce ofise uğradığında liste masasının üzerinde duruyordu. Erika Voss ya da herhangi başka bir meslektaşına görünmeden tekrar tüymüştü. Sekreterinden kaçtığından değildi de; kadının şefi için yalan söylemesine mahal vermek istemediğinden.

Voss'a, önceki günlerde olduğu gibi gene kısa bir not bırakmış, kadının bıraktığı zarfı cebine koyup yazı masasının çekmecesinden içinde cam gözün bulunduğu teneke kutuyu almıştı.

Czerwinski'den bir not filan yoktu; kendisinin devlet polisinden kaçtığı gibi kriminal sekreter de ondan mı kaçıyordu ne?

Kaczmarek'in solunum borusundan çıkan nesneyi inceleyen Kessler Usta'yı sabırla izledi. Rath'ın saatçilerden veya elmas tıraşçılarından bildiği bir merceği gözüne sıkıştırmış, yapay gözü evirip çevirip her tarafına bakıyordu.

Sonunda Berlin ağzıyla, "Bu bizim imalat değil," dedi.

Rath derin bir iç çekti. Zaten tersi olsa şaşardı. Gittiği son dört atölyede de aynısı olmuştu. Tam elini uzatmış, delili geri almak üzereyken Kessler'in ağzından bir isim çıktı.

Usta, "Friedrichsen," dedi homurdanarak. Kararlılıkla başını sallıyordu. "Friedrichsen'in bu."

"Eminsiniz yani."

Kessler başıyla evet dedi. "Friedrichsen'in protezlerini hemen tanırım. Daha iyisi yok Berlin'de çünkü. Hani bir tek benimkiler belki. Yaptığı cam gözleri neden yalnız fakir fukaraya, savaş malullerine, aç sefillere sattığını da hiçbir zaman anlamış değilim. Atölyesini sadece birkaç sokak öteye taşısa servet kazanırdı."

Rath'ın adres sormasına gerek kalmamıştı, listede yazılıydı zaten. Georg Friedrichsen'in işletmesi, Charlottenburg'un en kızıl ve en yoksul mahallesi olan Wedding'de, ama bu mahallede oturan hiç kimsenin bir kez ayak basmadığı Devlet Operası'nın hemen arkasındaydı. Rath otomobili çok kısa bir süre önce adı değişen Maikowskistrasse'ye park etti. SA Müfreze Komutanı Maikowski burada katledilmişti; sözümona failler komünistti.

Manzara, Rath'ın bildiği sosyetik Charlottenburg'dan ziyade bir Zille karikatürünü andırıyordu. Sokaktaki kışla gibi apartmanlarla elektrik idaresinin trafo merkezinin arasına birkaç eski Charlottenburg evi sıkışmıştı. Friedrichsen Usta'nın atölyesi, bunların içinde en virane olanındaydı.

Friedrichsen'in ne teşrifatçısı ne de dükkânı vardı. Rath atölyenin kapısını tıklatınca kapıyı kendisi açtı. Adamın suratı öyle buruş buruştu ki, Rath içinden en az yetmiş yaşındadır diye geçirdi.

Rath'ın maruzatını dinledikten sonra, "Demek Kessler gönderdi sizi," dedi adam.

Rath başıyla onaylayıp cebinden teneke kutuyu çıkardı.

Adam, "Benim ilk çırağımdı, biliyor musunuz?" diye konuşmaya devam etti. "Günün birinde dükkân ona kalır diye hakikaten ümitlenmiştim. Kendi çocuğum yok. Ama Kessler gidip kendi işini kurdu. Daha da iyi bir semte taşındı."

"Bu cam gözün sizin imalatınız olduğunu söylüyor."

Usta Rath'ın uzattığı delili alıp merceğiyle inceledi.

"Kessler hâlâ iyi anlıyor bu işlerden," dedi. "Gerçekten benim yaptığım gözlerden biri."

"Hangi müşteriye ait olduğunu da söyleyebilecek misiniz?"

"Onu bulmak biraz vakit alır."

"Vaktim var."

Friedrichsen, "Ona şüphem yok," derken keyifsizliğini saklamaya gerek duymamıştı. Kumpasla gözü ölçüp boyutları not etti. Sonra devasa bir dosya çıkardı ve sağ elinin başparmağını blok halindeki sayıların üzerinde gezdirdi.

"Cam gözlerin birkaç yılda bir değiştirilmesi lazım," dedi. "Ölçüleri yazınca kolay oluyor."

On beş dakika sonra Rath'ın elinde isim de vardı, adres de.

Friedrichsen, "Spindler, Walter, Krummestrasse dokuz, ikinci avlu," dedi. "En son iki yıl önce yeni göz yapmıştık."

Walter Spindler, Charlottenburg Halk Hamamı'nın tam karşısındaki apartmanda oturuyordu. Rath avluyu geçip arka binaya doğru giderken burnuna kesif bir klor kokusu geldi. İkinci kattaki zilde W. Spindler yazıyordu. Rath üç kez zili çalıp arada birkaç kez de kapıya vurdu. Açan olmadı. Kapıya kulağını dayayıp içeriyi dinledi, sonra etrafına bakındı. Merdiven sahanlığında in cin top oynuyordu. Cebinden kilit çengelini çıkardı. Berlin'deki ilk şefi Bruno Walter öğretmişti bunu ona. Rath bu yeteneğinden birçok kez yararlanmıştı. Kilit yerinden gürültüyle çıkınca ses merdivenlerde yankılandı. Rath bir adım geri gidip merdiven sahanlığını gözleriyle tekrar bir kolaçan etti; gelen giden yoktu. Hızla içeri girip kapıyı kapattı.

Ev temiz ve düzenliydi. Daha doğrusu Rath'ın tahmininden daha düzenliydi. Spindler'in komünist ya da bir yeraltı çetesi mensubu olup olmadığına dair bir delil aradı, bulamadı. Ne bir silah ne de çekmecelerde bir Marx görebildi. Yatak odasının kapısının üstünde bir haç, yatağının başucunda ise bir Meryem Ana asılıydı. Komodinin üzerinde anne, baba ve çocuktan oluşan üç kişilik bir aile fotoğrafı duruyordu.

Ancak gardıropta sadece kadın elbiseleri asılıydı. Rath tam bunun ne anlama geldiği üzerine kafa yorarken, arkasında bir ses duydu.

"Ne yapıyorsunuz burada?"

Rath arkasına döndü.

Kapıda üzerinde mevsimlik bir manto, kafasında eski moda bir şapka, kolunda siyah deri bir çantayla bir kadın duruyordu. Gözü kara, ama aynı zamanda da korkmuş bir hali vardı.

Rath da aynı şeyleri hissediyordu ama çaktırmadı.

"Frau Spindler?" dedi en nazik sesiyle.

Kadın başını salladı. "Elisabeth Spindler. Burası benim evim."

Rath rozetini çıkardı; kadın birden bembeyaz kesildi.

"Devlet polisi mi?" diye sordu.

"Kriminal polis."

Kadın yatağa çöktü.

"Böyle bir şey bulduk Frau Spindler. Kocanıza ait olabilir mi?"

Frau Spindler cam göze dikkatle, neredeyse sevgi dolu gözlerle baktı; göz sanki canlıydı. Belli belirsiz başını salladı.

"Ne oldu ona?" diye sordu. "Öldü mü?"

"Arıyoruz kendisini."

"Polis onu bir yılı aşkın bir zamandır arıyor. Meslektaşlarınıza o zaman da pek yardımcı olamadım." Kısık gözleriyle bakışlarından kendisini biraz toparladığı anlaşılıyordu. "Bilmiyorum nerede olduğunu. Gizli devlet polisi, Walter'le Robert'in Moskova'da olduğunu söylüyor."

"Diğeri oğlunuz mu?"

Kadın başıyla evet dedi. "Siz sormadan ben söyleyeyim; komünist değilim. İkisinden de bir yıldır haber alamıyorum. Walter giderken bir not bile bırakmadı, öyle birden kayboldu. Stapo bile uğraşmıyor artık benimle, bir anlamı yok, onlar da anladı."

"Söyledim ya, ben Stapo'dan değilim."

"Ne fark eder? Kocam kayıp, oğlum da."

"Katolik misiniz?" Rath, kapının yanındaki mukaddes su kabını işaret etti.

"Yasak değil herhalde."

"Değil tabii."

"Biz Katolik âdetlerine göre evlendik. Savaştan önceydi. Ama *Walther* 18'de cepheden döndüğünde kızıllara katıldı. Beni hiç karıştırmadı siyasete. Ama pazarları ayine oğlanla yalnız gittim hep." Omuzlarını kaldırdı. "Bir süre sonra da Robert artık bana değil, Walter'e eşlik etmeye başladı. Birtakım toplantılara gidiyorlardı."

Kaybettiği iki kişinin arkasından yas tutuyordu resmen.

Rath, "Biraz konuşmamız lazım Frau Spindler," dedi. "Belki bizim az çok yol almamıza yarayacak bir bilgiye sahipsinizdir, ama kendiniz bile farkında değilsinizdir bunun."

Az sonra mutfakta kahve içiyorlardı. Elisabeth Spindler şapkasıyla mantosunu çıkarmıştı, ama el çantasını sıkı sıkı kucağında tutuyordu. Sanki kendi evinde misafirlikteydi.

Rath kadına Horst Kaczmarek'i sordu, resimler gösterdi, ama Frau Spindler adamı tanımıyordu. Kocasının Wedding'de ortaya çıkmış olabileceğine hiç ihtimal veremiyordu. Daha çok Charlottenburglu yoldaşlarla sıkı fıkıydı çünkü.

"Kocanızın bir yeraltı çetesiyle ilişkisi oldu mu hiç?"

"Nasıl?"

Kadın o kadar şaşkın bakıyordu ki, Rath sanki ona, "Papa, Protestan oldu mu hiç?" diye sormuştu.

"Kocanızın o çetelerden birine mensup olduğunu filan düşünmüyorum. Ama bir şekilde bulaşmışlığı olabilir. Mesela Kuzey Korsanları'na. Ya da Berolina'ya."

"Bu örgütleri tanımıyorum." Kadın biraz rahatsız olmuş gibiydi. Bu isimleri onun evinde telaffuz etmek suçtu, günahtı sanki.

"Neler oluyor Allah aşkına?" diye sordu sonunda. "Bana hâlâ bir şey anlatmadınız."

Rath konuşmadan önce biraz düşündü. Sonra Kaczmarek'in ölümünden ve solunum borusundaki cam gözden söz etti.

"Eşinizin göz protezi bu... Bu garip koşullarda ortaya çıktığına göre, Almanya'da olduğundan yola çıkamaz mıyız sizce Frau

Spindler? Belki de tahmininizin aksine, Moskova'ya hiç gitmemiştir."

"Bu cam gözün o dediğiniz yerden nasıl çıktığını ben de bilmiyorum. Belki Walter bir yerde düşürdü ya da birisi çaldı. Belki de SA yürüttü. Yürütmekle kalmayıp bir de bir ülküdaşının boğazına soktu. Bunların hepsi it kopuk, insan neler duyuyor!"

"Bu kadar öfkelenmeyin, bu zamanlarda söylenmemesi gereken şeyler söylüyorsunuz Frau Spindler. Hiç değilse bu kadar yüksek sesle konuşmayın."

Kadın Rath'ı önce kuşkuyla süzdü; sonra her aynasızın Nazi olmadığı kanısına varmış olmalıydı ki, sakinleşti.

"Şu Maikowski burada öldürüldükten sonra arka arkaya operasyonlar yaptılar; Walter ve Robert de SA bodrumlarında birkaç gece geçirmek zorunda kaldı. Aslında kurşunun, Führer'inin başbakan olmasına biraz fazla sevinip coşan bir SA'nın silahından çıktığını bilmeyen yok bu sokakta. Hatta adam ülküdaşlarından birini bile vurmuş. Ama sonuçta kimin peşine düştüler? Sosyal demokratlar ile komünistlerin. Yoksa Maikowski'yi hareketin şehidi filan ilan edemezlerdi."

Rath yorumda bulunmadı. Nazilerin büyüte büyüte bir hal oldukları hikâyenin yabancısı değildi.

"Walter ve Robert SA hapishanesinden döndüğünde," diye sözlerine devam etti Frau Spindler, "değişmişlerdi. Ağızlarını bıçak açmıyordu, içlerine kapanmışlardı. Hapishane hakkında tek bir kelime konuşmadılar. Ama Reichstag yandığında komünist avının tekrar başlayacağını hemen anladılar. O gece ayrıldılar evden. Bana hiçbir şey söylemeden. O günden bu yana da görmedim onları."

"Üzgünüm Frau Spindler." Rath ayağa kalkıp kadına kartvizitini uzattı. "Sizi yeteri kadar rahatsız ettim. Aklınıza bir şey gelecek olursa arayın lütfen."

"Bende telefon yok. Aşağıdaki kasapta Manskeler bir şehir içi konuşmaya otuz fenik alıyor."

"Ofisime de gelebilirsiniz. Ne zaman isterseniz."

Rath vedalaşıp merdivenlerden indi, bir telefon konuşmasına otuz fenik yatırmak üzere ön binadaki kasaba girdi.

Tezgâhın arkasında duran adam, "Kapatıyoruz," dedi.

"Sadece bir şehir içi konuşma. Ben konuşurken iki de soğuk köfte paket edin lütfen."

Kasap, "Telefon ön tarafta asılı," dedi homurdanarak.

Rath ahizeyi kaldırdı. Santraldaki kıza, "Gizli devlet polisi lütfen," dedi. Bunu duyan kasabın beti benzi attı. Adını telaffuz etmek bile insanları korkutmaya yetiyordu.

"Rath, Wolff Özel Komisyonu. Gräf'le görüşmek istiyordum."

Hattın öbür ucundaki memur, "Komiser Gräf çıktı," dedi. "Saatin kaç olduğundan haberiniz var mı?"

"Evet, geç oldu. Kasaplar bile kapatıyor."

"Efendim?"

"Yok bir şey. O kadar acelesi yoktu zaten."

Telefonu kapattı. Kasap iki köfte sarmıştı.

"Başka da yok, bu kadar," dedi.

"Borcum ne kadar?" diye sordu Rath.

Kasap Manske, "Borcunuz yok," deyip hafif öne eğildi. "Yardım etmek görevimiz."

18

Gizli devlet polisinin binasından çıkarken meslektaşları saygıyla selam verdi. Hitler selamıydı bu tabii. Bu askerî selamlama biçimi hoşuna gidiyordu. Yeni zamanların, kalkınmanın, gelecekteki parlak günlerin sembolüydü.

Reinhold Gräf daha yakın bir zamana kadar polis teşkilatında kariyer yapabileceğini aklından geçirmemişti. Emekli olana kadar kriminal sekreterlik rütbesiyle hizmeti sürdüreceği fikrine kendini alıştırmıştı. İyi bir kriminolog olmaması değildi mesele; onu korkutan, hayatının her döneminde korkutmuş olan şey sınavdı. Komiser adayından komiserlik derecesine yükselmesi için de bir yazılı sınavdan geçmesi gerekiyordu.

Gräf'in derdi imlaydı. Yıllarca bunu bir sır olarak saklayabilmişti. Sorgu ve ifadeleri stenografi yoluyla tutanağa geçirtiyor ya da söylenenleri aklında tutmaya çalışıyordu. Çünkü ayaküstü aldığı ifadelerde eğer kendisi not almışsa birkaç saat sonra ofise gelince yazdığını okuyamıyordu. Yazılacak bir şey varsa ya sekretere ya da stenografa dikte ediyordu. Ancak daha çok olay yerlerinde fotoğraf çekmekle yetinmişti.

Ama şimdi yeni hükümet sayesinde komiser olmuştu. Komiserliği bir yıl önce Siyasi Polis'e atanmasıyla mümkün olmuştu; Rudolf Diels'e onu Kripo'dan aldığı için hâlâ minnettardı.

Ancak Diels bu arada Köln'e vali olmuştu; Gräf'in Bavyera'dan yeni gelen meslektaşlarına alışması biraz zaman alacaktı. Yeni şefleri Reinhard Heydrich makama tamamen hâkimdi. Münih'ten Berlin'e getirttiklerinin belki tamamı SS mensubuydu, ama bu onların polis teşkilatının işleyişinden anladıkları anlamına gelmiyordu.

Gräf sağa dönüp basın mahallesindeki metro istasyonu Kochstrasse'ye yöneldi. Ona makam aracı olarak şık bir *Mercedes* tahsis etmişlerdi, ama o işe hâlâ metroyla gelip gidiyordu. Komiser adayı olarak henüz kıdemli komiserler kadar iyi kazanmıyordu, fakat komiserliğe terfisinden sonra da kendine araba alabilecek bir bütçesi olmayacaktı. Arada sırada Gereon Rath'ın bu lüksü nasıl başardığını sormuyor da değildi kendine.

Gereon Rath! Düşündükçe sinir oluyordu herife. Wolff Grubu'nu arama faaliyetinde herkese ihtiyaç varken Gereon günlerdir ortada yoktu. Eskiden de böyle yapmaz mıydı? Böhm veya Gennat onu aradığında komiser beyefendiyi idare etmekten kendisine gına gelmişti. Bu görevi şimdi kim üstlenmişti acaba? Czerwinski olamazdı herhalde. Andreas Lange'ye yakışırdı bu. Gerçi adam bir şey çaktırmıyordu; tüm gücüyle özel komisyonun hizmetine adamıştı kendini.

Lange eski şefinin Wolff Grubu hakkında yürütülen soruşturmaya katılmaya pek de gönüllü olmadığını birkaç kez ima etmişti. Rath yine burnunun doğrultusuna gitmesindi sakın? Zaten çalışırken gizli polisi karşısına alacak tek kişi Gereon Rath'tı. Andreas Lange'nin güya bir şeyden haberi yoktu. Gräf'le her zaman arası iyi olan Erika Voss ise telefonda onu atlatıp duruyordu. Charly bile kocasının nerede olduğunu bilmediğini söylemişti. Sanki bütün dünya Reinhold Gräf'e karşı bir olmuş, kumpas kuruyordu. Bu kumpasın arkasında da Gereon Rath vardı. Doktor Karthaus'la olan randevusunu özel komisyondan saklamış, adli tabibin bulgularını Prinz-Albrecht-Strasse'ye göndermişti. Gräf'in bu davranışa daha fazla tahammül etmeye hiç niyeti yoktu. Aksi takdirde meslektaşlarının gözünde itibarını kaybedecekti. Meslektaşlarıyla kalsa iyiydi. O gün SA Komando Birliği'nden bir tabur komutanı arayıp, 101. SA Müfrezesi'nin el konulan parasını istemiş (Gräf'in tahmin ettiği gibi, Müfreze kasası çıkmıştı tabii), telefon açmışken de, olur olmaz ithamlarda bulunarak kendisini çileden çıkaran Komiser Rath adlı bir polis hakkında da şikâyetini dile getirmişti. Gräf bir an önce herifi yakalamalı, hakkından gelmeliydi. Bunu nasıl yapacağını da çok iyi biliyordu.

Metro bu saatlerde her zaman olduğu gibi gene doluydu. Kırk yılda bir zamanında paydos etmişti ya, hep böyle olurdu.

Luisenufer'deki evinin kapısını açar açmaz Gereon Rath'la ilgili bütün hiddeti buhar oldu. Gardıropta bir SA miğferi asılıydı. Üniformanın geri kalan kısmı banyonun önünde yerdeydi. Banyodan ıslık sesi geliyordu. Melodi Horst Wessel Marşı'ydı.

Kapı açıldı; Gräf'in karşısında ıslık çalmaya devam eden, köşeli çeneli, meydan okuyan bakışlarla sarışın, çıplak bir adam duruyordu. Islak saçları alnına düşmüştü. Tıraş losyonu kokuyordu.

"Geldin mi?" dedi Conny.

Çatı katındaki dairede banyo yoktu. Günün birinde bu yeni kiracı kapıyı çalmış, kendisini üst kattan Herr Kötter olarak tanıttıktan sonra ara sıra Gräf'in duşunu kullanıp kullanamayacağını sormuştu; ücreti neyse vermeye hazırdı. Gräf komşunun bu atak ama yine de nazik tavrından etkilenmiş, havlusunu ve sabununu yanında getiren SA'yı içeri almıştı. Belki de adamın bu dolambaçsız üslubu ilk andan itibaren büyülemişti onu. "Buyurun, girin," demişti. "Paraya filan gerek yok. Komşular birbirini desteklemek için vardır, öyle değil mi?"

Her şey böyle başlamış, Gräf çok geçmeden kendi evde yokken de duş yapabilsin diye komşuya evin anahtarını vermişti. Aradan iki sene geçmişti; ancak o ilk gün Gräf'in hayatını baştan aşağı değiştirmişti. Birçok vatandaş gibi kendisinin de bir yandan sempati duyup diğer yandan birtakım önyargılar beslediği hareketi Conny sayesinde iyice tanıma imkânı bulmuştu. Çok geçmeden Almanya'yı Adolf Hitler'den başka kimsenin kalkındıramayacağı kanaatine varmıştı. Conny olmasa kolay kolay Siyasi Polis'e adımını atmaz, hâlâ Gereon Rath'ın emrinde kriminal sekreter olarak kalırdı.

Çıplak adamı süzerek, "Bugün ofisten saatinde ayrıldım," dedi.

"Herifleri yakaladınız mı?"

"Soruşturma sürüyor."

"Tutuklamadınız mı kimseyi?"

Gräf başını iki yana salladı.

"Bir SA ölüyor ve siz tek bir komünisti bile kodese tıkmıyorsunuz, öyle mi?"

"Hapishanelerimiz komünist dolu," dedi Gräf. "Dolayısıyla onlardan birileri olamaz. Söz konusu olabilecekler ise daha yeni Moskova'dan sızdırıldılar, şu anda yeraltındalar. Onları bulmamız lazım."

Sesi biraz asabi çıkmıştı, biliyordu ama elinde değildi. İnsanların polisin faaliyeti konusunda bilmeden atıp tutmalarına sinir oluyordu.

"Bulun o zaman," dedi Conny kayıtsız bir tavırla. "Herifleri diyorum, yani."

"Bu nasıl karşılama?" diye sordu Gräf. "Sanki mesaiye kalsam daha çok hoşuna gidecekmiş; öyle konuşuyorsun."

"O zaman tamamen yanlış anlaşıldım."

Conny banyodan çıkıp Gräf'in karşısına dikildi. Kesik kesik soluk alıyordu; karşısındakine girişmesi sanki an meselesiydi. Yavaş hareketlerle Gräf'in şapkasını başından çıkarıp gardıroba attı. Elinden evrak çantasını alıp öbür köşeye fırlattı.

Gräf kıpırdamıyor, diğeri ne yaparsa yapsın, sesini çıkarmıyordu. Yüzünü iyice yakınlaştıran Conny'nin yavaş yavaş yol alan ama gittikçe ne istediğini belli eden dilini dudaklarında ve dilinde hissetti. Reinhold Gräf hareketsizliğinden sıyrılıp ateşli öpücüğe karşılık verdi. Ereksiyonu çıplak erkeğin bacağına baskı yapmaya başlamıştı. Conny'deki sertleşmeyi de hissedince artık dayanamayacak hale gelip organını eline aldı. Conny'nin inlemesi onu gittikçe daha fazla uyarıyordu.

Reinhold Gräf bir erkek tarafından uyarılıyor olmakta hâlâ zorlanıyor, yer yer bu yüzden kendisinden nefret bile ediyordu. Ancak her zamanki gibi yine şehvet ağır basmıştı. Bu tür düşünceleri kafasından attı ve SA'nın onu seri, becerikli hareketlerle soymasına izin verdi. Adeta güreşir gibi öpüşüp birbirlerini elleye elleye kanepeye geldiler. Gräf uzandı ve kendisini Conny'nin yavaş yavaş aşağılara inen öpücük ve ısırıklarına bıraktı.

Düşünmeyi çoktan bırakmıştı; gözü sadece tesadüf eseri olarak avluya bakan pencereye gittiğinde rahatladı. Conny neyse ki önceden akıl edip perdeleri kapamıştı.

19

Yatakta uzanmış, bir sigarayı paylaşarak içiyorlardı. Epeydir yapmamışlardı bunu. Sigaradan önce yaptıklarını da.

Charly uzun zamandır kendini bu kadar iyi hissetmemişti. Ama aynı zamanda kafasını kurcalayan, onu rahatsız eden bir sürü şey vardı. Fritz o gece birlikte Jungvolk'a gittiği arkadaşı Atze'de kalmıştı. Ev epeydir ilk kez onlara kalmış, ilk kez yalnız olabilmişlerdi. Ama kafası gamalı haçlı üniforma giyen ve geceyi bir oymakbaşının evinde geçiren oğlandaydı.

Overstolz'dan bir nefes çekip, tavana doğru kıvrılarak yükselen dumanın arkasından bakan Gereon'u izledi. Genç adam bu gece o kadar nazik, o kadar sevecen davranmıştı ki, sevgisinden en ufak bir kuşku duymuyordu. Ancak yine de ne Gräf'ten neden kaçtığını ne de özel bir komisyonda görevli olmasına rağmen neden tek başına işler yaptığını anlatmıştı. Halbuki kendisi ona avukatlık bürosu ve stajyerlik konusuyla ilgili ne varsa her şeyi itiraf etmişti. Ya o?

Gereon sigarayı ona uzattı. O an göz göze geldiler, ama Gereon'un bakışlarından bir şey çıkarmak imkânsızdı.

"Sen Katolik'sin, değil mi?" diye sordu Charly.

"Hmm."

"Hiç faydası oluyor mu?"

"Neyin?"

"Günah çıkarmanın."

Gereon omuzlarını kaldırdı. "Çok sık yapan birisi değilim, en son düğünümüzden önce günah çıkarmıştım. Soruyorsun madem, evet, insan ardından rahatlıyor."

"Rahibe her şeyi anlatabiliyor musun?"

"Teorik olarak evet, sırların korunması diye bir şey var."

"Hiç anlatmadığın bir şey oldu mu?"

Gereon biraz düşündü. "Buhurdanlıktaki esrar hikâyesini anlatmadım hiç," dedi.

"Onu biliyorum. Bilmediğim bir hikâye anlat bana."

Gereon bu sefer daha uzun süre düşündü.

"Anlatamam, hiç kimsenin bilmediği bir şey var. Duyulursa biterim ben."

"Ciddi mi?"

"Her halükârda kimseye anlatamam."

"Ben senin karınım."

Rath kısa bir tereddütten sonra, "Peki tamam," dedi. "Sen bilirsin. Sarhoştum ama."

"Mazeret değil bu."

"Paul de yanımdaydı. Sırrımızı anlattığımı duymasın."

Charly güncel bir hikâye bekliyordu, fi tarihinde olmuş bir şeyi değil. Hayal kırıklığını belli etmemeye çalışarak sigarayı geri verdi.

"Kızılderili yemini."

Gereon yatakta doğruldu; sigarasından bir nefes çektikten sonra anlatmaya başladı. "Savaştan hemen sonraydı. Hayatta kaldığımız için o kadar sevinçliydik ki, hayatın tadını çıkarıyorduk. Bunu yaparken de bazen suyunu çıkarıyorduk. Her neyse, bizim orada..."

"Klettenberg'de..."

"Evet. Luxemburger Strasse'de bir saatçi ve kuyumcu vardı. Höhne'ydi adamın adı. Hiç sevmezdik. Biz çocukları hep kızdırır, bize hep sanki dükkânını soyacakmışız gibi davranırdı. Neyse, Herr Höhne bir gün paraya kıyıp 'SAAT VE KUYUMCULUK'[11] diye bir ışıklı reklam astırdı. Caka satmak için reklamı gece de saatlerce açık tutmuştu."

"Ee, sonra?"

"Paul'le eve dönerken dükkânın önünden geçiyorduk ki, bir baktık Höhne fişi çekiyor. İnanmayacaksın ama, aynı anda ikimiz de aynı şeyi düşündük. Bir bakışta anlaşmıştık. Fazla söze gerek kalmadan uygulamaya geçtik."

---

11 UHREN UND SCHMUCK.

"Neyi?"
"Evin kilerinden alet edevat, bir de merdiven getirdim. Sonra harfleri değiştirdik."
Charly hâlâ anlamamıştı.
"U'yla H'yi," dedi Gereon.
"Yani..."
Gereon, o günkü muziplik ona hâlâ zevk verirmişçesine sırıttı. "Evet," dedi ve sigarayı söndürdü. "*Uhren*'i[12] *Huren*[13] yaptık. Zavallı Höhne'yi birisi ikaz edene kadar bütün bir gün geçti. Elektrikçi gelip de her şeyi tekrar yerli yerine koyana kadar reklam muşambayla kapalı kaldı. Polis bile olayı araştırdı. Harflerin Asayiş Şube Müdürü Engelbert Rath'ın alet edevatıyla yerinden söküldüğü ortaya çıksaydı, sonuçları ne olurdu, tahmin bile edemem."
Charly başını iki yana sallarken, "Haydutsun, haydut kalacaksın Gereon Rath. Kaç yaşındaydınız o zaman? On üç mü?" diye sordu.
"Yok, yirmi üç."
"Bu hayatında yaptığın en kötü şey, öyle mi?"
"En azından bilse babamın beni mirastan mahrum edeceği tek şey."
Charly gözlerinin içine baktı. Bakışları yine bir şey söylemiyordu. Hayır, Gereon Rath bu gece bundan başka bir sır daha vermezdi, orası kesindi.

20

Rath ertesi sabah uzun zamandır olmadığı kadar keyfi yerinde evden çıktığında kapının önünde koyu renk bir limuzin gördü. Daha Carmerstrasse'ye inen basamakları henüz tam inmemişti ki, otomobilden iki adam çıkıp ona doğru yürümeye başladı. Bir an gıcık ettiği birisinin kendisini dövdürmek için adam gönderdiğini düşünüp telaşa kapıldı. Ama heriflerden kısa boylu olanı paltosunun cebinden rozetini çıkardı. O yeni, gıcır gıcır rozetlerdendi.
"Gizli devlet polisi," dedi. "Komiser Rath?"

12 (Alm.) Saat.
13 (Alm.) Fahişe.

"Diyelim ki öyle. Ne olacak?"

"Bizimle gelir misiniz lütfen? Komiser Gereon Rath'ı Prinz-Albrecht-Strasse'ye götürmek üzere talimat aldık."

"Olabilir. Bana da Alex'e gitmem için talimat verildi. Asayiş Şube Müdürü Gennat beni Emniyet'te bekliyor."

Buda'yla, saat on bir buçukta olsa da, gerçekten randevusu vardı.

"Gizli devlet polisinin telefonlarını istediğiniz gibi kullanabilirsiniz. Ama önce bizimle gelin lütfen."

"Gelmezsem ne olur?"

Devlet polisi cevap vermedi. Bu cümleyi hayatında ilk kez duyuyormuş, hatta onun yanında böyle bir cümleyi söylemek pek tavsiye edilesi bir şey değilmiş gibi baktı.

Rath çaresiz talimata uydu. Adamlar arabaya giderken onu aralarına aldılar. Uzun olanı arka kapıyı açtı, Rath'ı bindirdi, kendisi de yanına oturdu. Otomobilin içi sigara ve yeni araba kokuyordu. Bu da bir *Mercedes*'ti. Berlin Kriminal Polisi'ninkiyle karşılaştırılınca devlet polisinin bütçesi bayağı kabarık olmalıydı.

Devlet polisleri yol boyunca hiç konuşmadı. Rath'ın yanındaki adam, ancak Prinz-Albrecht-Strasse'de eski sanat okulu binasının önünde durduklarında ağzını açtı, o da bir tek, "İn," demek için.

Rath denileni yaptı. Adamlar onu tutuklu gibi aralarında aldı. Birtakım SS nöbetçilerinin önünden geçerek merdivenlerden yukarı çıktılar. İkinci katta, Rath'ın bildiği o ofise girdiler. Hepsi oradaydı; Gräf, Pfeiffer, Lange ve hatta Czerwinski. Rath'ın tanımadığı ama her hallerinden devlet polisi oldukları belli iki adam daha vardı. Mesai arkadaşlarının birilerinin ortasında mı yoksa gönüllü olarak mı geldiklerini merak ediyordu.

Herkese, "Günaydın," dedi ama cevap veren olmadı.

Gräf, "Heil Hitler!" derken Rath'a değil, onu oraya getiren zibidilere baktı. "Teşekkürler kıta komutanı, size ihtiyacım kalmadı, gidebilirsiniz."

Adamlar Gräf'in ofisinden çıkarken hazır ola geçip Alman selamı verdiler.

"Ne oluyor?" diye sordu Rath. "Tutukladınız mı şimdi beni?"

"Doğru ofisin yolunu bul istedim sadece Gereon, başka çarem yoktu."

Reinhold Gräf ne kadar kontrollü olmaya çalışsa da öfkesini zor bastırdığı anlaşılıyordu. Rath bundan haz duydu.

"Çok naziksin," dedi. "Yolu ben kendim de bulurdum."

"Son iki günde bulamadın ama. Sen ortalarda görünmezsen, Stapo ve Kripo nasıl çalışacak birlikte?"

"Lange burada işte, öyle değil mi? Czerwinski de öyle."

"Bildiğim kadarıyla özel komisyonda üç tane kriminal memur görev aldı."

"Beni kastediyorsan – ben özel komisyon adına bir şeyler yaptım."

Rath delilin bulunduğu kutuyu masaya koydu.

"Bir iz peşindeydim," dedi ve teneke kutuyu açtı. "Bu, Doktor Karthaus'un maktulün solunum borusunda bulduğu cam göz." Odadakilerin tek tek yüzüne bakarak devam etti: "Adli tıp raporunun elinize geçmiş olması lazım. Evvelsi gün gönderdim çünkü Prinz-Albrecht-Strasse'ye."

"Geçti," diye doğruladı Gräf, "ama ben aslında kendim..."

"İyi," diye sözünü kesti Rath, "o zaman demek ki herkes bilgi sahibi. Ölüme sebebiyet veren bu cam göz iki yıl önce Walter Spindler diye biri için yapılmış."

Herkes pürdikkat dinliyordu.

"Charlottenburg, Krummestrasse'de mukim bu Spindler, poliste kaydı olan bir Bolşevik. 33 Şubat'ının sonlarında iki hafta gözaltında tutulduktan sonra kaybolmuş. Gizli devlet polisi, kendisi gibi ortadan yok olan oğluyla birlikte Moskova'da olduğunu tahmin ediyor."

"O zaman Walter Spindler, Wolff Grubu'ndan," dedi Pfeiffer.

Rath, "Biraz çabuk hüküm verdiniz, ama olabilir," dedi. "Şu âna kadar bildiğimiz tek şey, Spindler'in cam gözünün Berlin'de olduğu. Sahibinin Moskova'dan dönüp dönmediği konusunda elimizde bir bilgi yok. Moskova'ya gidip gitmediği bile meçhul."

"Başka nerede olabilir?"

"Her halükârda karısının yanında değil. Dün uğradım çünkü ona. İnançlı bir Katolik; kocası ve oğlunun siyasi görüşlerini hiçbir şekilde tasvip etmiyor. O yüzden de onu sırlarına ortak etmemişler. Bir yıldan fazla bir zamandır onlardan haber alamıyor."

"Öyle söyler," diye araya girdi Pfeiffer. "İnanmak zorunda mıyız?"
Rath, "Devlet polisindeki meslektaşlarınız inanmış Kıta Komutanı Pfeiffer," dedi. "Bu binadaki birtakım mesai arkadaşlarınız Elisabeth Spindler'in kocası ve oğlunun çevirdiği işlerle hiçbir alakasının olmadığına kani olmuş."
Lange, "Hmm, o hanımı yine de izleyelim bence," dedi.
"Ben de öyle düşündüm," dedi Rath. "Bir de sizin burada Spindler'in dosyasına bakan arkadaşlarla ilişkiye geçmekte yarar var. Ne dersin Reinhold?"
Gräf başıyla onayladı, ama oldubittiye getirilmekten rahatsız olduğu gözden kaçmıyordu. Rath'a söylemek istedikleri içinde kalmıştı. Dersini versin mi, vermesin mi sorusu kafasını kurcalıyor, bir türlü karar veremiyordu.
"İyi çalışmışsın Gereon," dedi sonunda, "ama davranışın hakkında yine de konuşmamız lazım. İşbirliğimizle ilgili olarak Gennat'a bile bilgi vermemişsin. Son günlerde nerede ne yaptığını bilen tek kişi yok."
"Şimdi öğrendin işte. Gennat'la da bugün randevum var. Adamların Emniyet'e gitmeme engel olmasaydı, şimdi yeşil kanepede oturmuş kahve içiyor, pasta yiyor olacaktım."
"Özel komisyonla bağını koparmasaydın refakatçiye gerek kalmayacaktı."
"Bağımı filan koparmadım. Bir kriminal memurdan ne beklenirse onu yaptım, yani kanıt bulup getirdim. Dün seni arayıp bilgilendirecektim ayrıca, ama yoktun."
"Ciddi misin?"
"Ciddiyim."
Gräf artık ne söyleyeceğini bilemez hale gelmişti.
"Her neyse. Bundan sonra bulguların hakkında bizi zamanında bilgilendireceksin. Planladığın şeyleri bize danışacaksın."
Rath gülerek, "Tabii," dedi.
"İyi," dedi Gräf, "o zaman işe koyulalım. Biz de son günlerde neler bulduğumuzu anlatalım sana. Siz söz almak ister misiniz Lange? Firar arabasından başlayın."
Andreas Lange hazırlıksız yakalanmıştı. Genzini temizleyerek hafifçe öksürdü, mahcup bir tavırla Rath'a baktı ve bir adım öne çıktı.

"28 Mayıs gecesi olan bitenle ilişkili olarak örneğin suçlunun kaçışı hakkında birtakım yeni bulgular elde ettik. Fiedler ve Maschmeyer arkadaşlar tarafından alınan ve birbiriyle uyuşan tanık ifadelerine bakılırsa," dedi ve burada, Rath'ın tanımadığı ve onlara kötü kötü bakmasından Czerwinski'nin başına sarıldığını tahmin ettiği o iki Stapo memurunu işaret etti. Sonra, "Olaydan hemen sonra birkaç kişi Ackerstrasse'den güneydoğu yönüne doğru koşarak kaçmış. Yine başka bir tanık ise ifadesinde, süratle giden bir otomobilin kaçanları Sebastian Kilisesi'nin karşısındaki *AEG* binasının önünden aldığını söylemiş," diye devam etti.

"Sovyet malı mıymış?" diye sözünü kesti Rath; Lange ile Czerwinski dışında diğerleri ona kızgın bir bakış fırlattı.

Lange, "Arabanın kesin bir tarifi yok elimizde," diye devam etti. "Büyükçe bir limuzinmiş, koyu renkte. Tanık, bir IA plakası gördüğünü söylüyor. Başka bir ifadeye göre ise bu tarife uyan bir araba, Bernauer Strasse'de de görülmüş. O gece Stettin Garı'nın önünde nöbetçi olan bir toplum polisi de siyah bir *Ford* limuzinin gece üç sularında büyük bir hızla Invalidenstrasse üzerinde batıya doğru yol aldığını hatırlıyor."

"Teşekkürler Lange." Gräf, kendisiyle eşit rütbeli eski mesai arkadaşlarına parya muamelesi yapmaktan açıkça zevk alıyordu. Lange başını sallayıp geri çekildi.

Gräf, "O saatte az trafik olduğu için, bu otomobilin Wolff Grubu'nun firar arabası olabileceği ihtimalinden yola çıkıyoruz," dedi.

Rath, öyle düşünmediği halde, "Güzel," dedi. Bu iz o kadar müphemdi ki, uzun süreli titiz bir çalışma gerektirecekti. Sonunda zaten yanlış iz peşinde olunduğunun ortaya çıkması da cabası olurdu.

Gräf, "Berlin ve yakın çevresinde bu model arabaya sahip olanların bir listesini çıkarıyoruz. Belki bu şekilde Wolff Grubu'nun izini buluruz," dedi.

"Poliste kaydı olan bir komünistin otomobilini böyle bir amaç için tahsis edeceğini sanmıyorum."

"Ben de."

"Bu demektir ki, bir tek isimlerin bizde kayıtlı olup olmadıklarına bakmak yetmeyecek," dedi Rath. "Bütün kullanıcılara tek tek gidip incelememiz gerekecek, bayağı iş."

"Doğru." Gräf bıyık altından güldü. "Cinayet vakaları oturduğun yerden çözülmüyor, öyle değil mi?"

Odadakilerin hepsi ona bakınca, Rath bu görevden hiçbir şekilde kaytaramayacağını anladı. Bu iş onun başına kalacaktı. Gräf işi sağlama almıştı; tek başına gizli devlet polisinin otoritesine güvenememiş, Gennat'ı da olaya dahil etmişti.

Rath'ın korktuğu başına gelmiş, Buda gerçekten söylemediğini bırakmamıştı. Pasta servisi bile yoktu. Rath bütün cesaretini toplayıp bir işe yaramayacağını bile bile zılgıtları göğüslemeye, olan biteni açıklamaya çalıştı. Ancak asayiş şube müdürünün hiçbir şey dinleyecek hali yoktu; onun bütün savunma çabalarını boşa çıkardı.

"Siz bu kadar saf mısınız komiser bey? Size gerçekten gizli devlet polisi gibi bir teşkilatın ne olduğunu benim mi anlatmam gerekiyor? Burnunuzun dikine gidip benden habersiz gizli polise karşı faaliyet sürdürürseniz bunun sonuçları kötü olur."

"Evet sayın müdürüm."

"Ben ciddi söylüyorum. Bir kere taktılar mı, sizi ben de kurtaramam."

"Kusura bakmayın sayın müdürüm, ama Reinhold Gräf daha bir yıl öncesine kadar benim kriminal sekreterimdi, şimdi ise üstümmüş gibi bana emirler veriyor."

"Kariyer basamaklarını sizden önce tırmanan insanların sayısı her zaman fazla olacak, bunu kabullenin."

"Ama o beni geçmedi ki, daha komiser adayı. Hem..."

"İyi de, devlet polisinde. Önünde büyük kariyer olanakları olduğu söyleniyor." Gennat, karşısında değil hatasını kabul etmeyi, anlamak bile istemeyen şımarık bir çocuk varmış gibi bakıyordu ona. "Son kez söylüyorum komiser bey. Devlet polisini karşınıza almayın. Bizim eski siyasi polisten farklı bir makam o."

Rath başını salladı ve sustu.

Gennat, kendi ofisinde dinlenmekten korkar gibi öne doğru eğildi ve "Prinz-Albrecht-Strasse'de Himmler'in adamları cirit atıyormuş artık; bunun ne demek olduğunu biliyor musunuz?" diye sordu.

Rath omuzlarını kaldırdı.

"Bunun anlamı," diye devam etti Gennat, "Göring'in Alman polisini ele geçirme çabasının boşa çıkmış olması. Kendi kurduğu özel polis kuvveti ve SA komando birliklerine tutunmuş durumda artık. Elinde avucundaki bu kadar. Dikkat edin de iki ateş arasında kalmayın."

"Ben ne Göring'in ne de Himmler'in adamıyım. Şefimin adı Ernst Gennat."

Buda'ya iltifat işlemezdi; Rath'ın aslında bunu bilmesi gerekirdi.

Gennat, "İyi öyleyse," dedi. "O zaman şefinizin size hafta sonu için vereceği talimatlar sizi sevindirecek."

"Anlayamadım sayın müdürüm."

"Bu hafta sonu Cinayet Masası'nda nöbetiniz var Komiser Rath. Pazartesi sabahı adam gibi Prinz-Albrecht-Strasse'ye gidip usulüne uygun bir biçimde devlet polisiyle birlikte faaliyet yürütmeden önce nöbet hizmetinde bulunacaksınız."

"Ama ben hafta sonu..."

"Dua edin daha sert önlemlere başvurmadım," diye sözünü kesti Buda. "Hatalı davranışınızın sonuçları olacağını gerçekten mi hesaba katmadınız? Dua edin şefiniz Heinrich Himmler değil de benim!"

21

Kapıyı açtıklarında kesif bir sigara dumanı karşıladı onları. İnsanlar grup grup ayakta durmuş, içki ve sigara içiyor, sohbet ediyordu. Elektrikli bir pikabın cızırtılı hoparlöründen Max Hansen'in sesi duyuluyordu.

Profesör Nikodemus, Afrika'ya gidecek, çevreyi inceleyecek...

Rath bu şarkıyı dinlemeyeli o kadar olmuştu ki. Eski döneme ait bu tip yalın, popüler parçalar yeni Almanya'da pek tutulmuyordu. Yasaklandıkları söylenemezdi, ancak artık plakçılarda satılmıyor, radyolarda çalınmıyorlardı. Max Hansen aylardır yurtdışındaydı.

Son filminin galasında olaylar çıkınca bir tiyatrodan gelen teklifi fırsat bilerek Viyana'ya gitmişti. Her halükârda bu tür hafif müzik artık revaçta olmayıp eski zamanlardan kalma selamlama şekli gibi bir şeydi. Bu parti de tıpkı öyleydi; adeta yolunu şaşırmış, kendisini yeni zamanda bulmuştu.

Charly yanağına bir öpücük kondurdu.

"Eğlenmene bak," dedi ve sırıttı, "ben Guido'yu bulayım."

Rath Charly'nin arkasından baktı. Arkada daha bir sürü oda vardı; parti oralara taşmıştı. O gün açılışını ıslattıkları Scherer ve Blum Avukatlık Bürosu, Rath'ın tahmininden daha büyüktü. Rath'ın gizliden "sırıtkan" lakabını taktığı Charly'nin üniversite arkadaşı Guido Scherer, bürosunu Antonstrasse'de, ahalisinin iyi avukata verecek parası olmayan Wedding'de açmak zorunda kalmıştı. Yani burada zengin olunmazdı.

Rath elinde tepsiyle önünden geçmekte olan kıza işaret etti ve bir kadeh köpüklü şarap aldı.

"Konyağınız da var mı?" diye sordu.

Garson kız çelimsiz omuzlarını kaldırarak, "Bakayım bulur muyum," dedi. Rath'a bir gülücük attı ve curcunanın arasında kayboldu.

Rath arkasından baktı. İlahe gibi garson kızlar bir yana bırakılırsa, aslında burası Charly'nin onu eskiden zorla götürdüğü, onun da her zaman nefret ettiği öğrenci partilerinden farksızdı. Konuk listesi de hemen hemen aynıydı. Öğrenciler gitmiş, yerine oturaklı hukukçular gelmişti, tek fark oydu. Peki bu bir şey değiştiriyor muydu? Hayır. Charly hukukçu arkadaşlarıyla konuşurken o kendisini hep andavallı gibi hissediyordu. Ya da hukuk öğrenimini yarıda bırakmış birisi gibi. Öyleydi de. On yıl önce okuduğu iki sömestir bu tür konuşmalara iştirak edebilmek için yeterli değildi. O yüzden bu çevrelerden elini eteğini çekmişti.

Max Hansen nakarata gelmişti.

Kirpiğimi koparacağım, sana batırıp öldüreceğim. Sonra bir ruj alıp seni kızıla boyayacağım. Bana hâlâ kızgınsan, ben de bilmiyorum artık...

"...Bir omlet söyleyip suratına ıspanak fırlatacağım," diye sürdürdü birisi şarkıyı kulağının dibinde.

Rath arkasına döndü; Charly ona gülümsüyordu. Genç kadın elindeki soda bardağını ona uzattı.

"Aman ne leziz bir içki!"

"Köpüklü şarap içmesen iyi olur. Nöbetin var."

"Kusura bakma ama burayı içkisiz hiç kaldıramam."

"O kadar mı kötü?" Charly güldü. Gamzeleri çıkmıştı.

"Daha da kötü."

"Yapma! Gelenlerin hepsi hukukçu değil ki. Müvekkiller var, arkadaşlar var, envai çeşit insan var. Etrafına bir bak."

"En çok garson kızları beğendim."

"Onlarla iyi sohbet etmişe benziyorsun," diyen Charly, Rath'ın elindeki kadehi işaret etti.

Diğeri omuz silkti. Hele bir de konyak ısmarladığımı bilse diye geçirdi içinden.

"Hukukçularla konuşmak zorunda kalmadığım sürece idare ediyorum Charly," dedi.

"Şu anda bir hukukçuyla konuşuyorsun!"

"Dişi hukukçular başka tabii." Etrafına bakındı. "Gerçi onlardan da pek yok ya. Senin haricinde var mı başkaları?"

"Git ara." Dirseğiyle kocasının kaburgalarına vurur gibi yaptı. "Ama şimdi beni mazur gör. Çok uzun zamandır görmediğim birileri var şurada." Gamzelerini gösterdi. "Onlar da hukukçu. Sanıyorum sen konuşmak istemezsin."

Rath suratını buruşturdu; Charly yandaki odada gözden kayboldu. Su bardağını kül tablasının yanına bırakıp bir yudum köpüklü şarap içti. Millet neşelenmeye başlamıştı. Bazıları nakaratı birlikte söylüyordu. Eski sistemin sanatçıları yeni Almanya'da sevilmiyor olabilirdi; ama Charly'nin arkadaş çevresinde seviliyordu. Tıpkı eskisi gibi. O zaman da şarkılar hep birlikte söylenirdi. Aşırı neşeyle. Kendinden geçmiş vaziyette. Rath nefret ediyordu bundan. Doğru dürüst bir müzik çalamazlar mıydı? Şöyle iyi bir Amerikan cazı partiyi çekilir hale getirebilirdi.

Rath cebinden tabakasını çıkardı. Kibritini arıyordu ki, bir ses duydu.

"Herr Rath! Sizi gördüğüme sevindim."

Sırıtkan duruyordu karşısında. Çok lazımdı.

"Herr Scherer! Davetiniz için teşekkür ederim."

Rath gülümsedi. Sırıtkan sırıttı.

"Umarım eğleniyorsunuzdur."

"Hem de nasıl. Başlı başına müzik bile çok eğlenceli."

"Ortağımın plak koleksiyonu. Doktor Manfred Blum."

Sırıtkan bile gülüyordu şimdi. Rath adamı bir kez gülmüyor ya da sırıtmıyorken görmüştü, o da bir demet gülü onun suratına attığında. Olay, Guido Scherer gibi birisinin bile sırıtmasını yüzünde dondurmuştu.

Garson kız, elinde şarap ve köpüklü şarap kadehlerinin yanında bir tane de konyak bardağının şıngırdadığı tepsiyle geri geldi. Rath köpüklü şarap kadehini tepsiye bırakıp konyak bardağını aldı.

"Harikasınız," dedi kıza ve bir gülücük daha kazandı.

Tekrar döndüğünde sırıtkan uzaklaşmış, başka biriyle konuşmaya dalmıştı. Rath diğer yöne, yandaki odaya doğru seğirtti. Daha kapıdayken Charly'nin kahkahasını duydu. Büfenin yanında bir adamla duruyordu. Muhtemelen adam komik bir şey anlatıyordu; çünkü kendi de gülüyor, anlatırken de Charly'ye bakıyordu. Anında göze çarpan bir adamdı bu.

Bir zenci.

O zenci.

Rath'ın yüreği yerinden oynadı. Belleğindeki resim oldukça eskiydi ama hâlâ dün gibi gözünün önündeydi: Tekrar açılan Aschinger tıklım tıklım. Charly o hengamenin ortasında yabancı bir adamla buluşmuş. Zenci o gün de güldürmüştü onu. Rath'ın o gün de yüreği yerinden oynamıştı. Başka erkeklerin Charly'yi güldürmesini kaldıramıyordu.

O öğlen paydosunda tesadüfen şahit olduklarını ona hiçbir zaman söylememişti. Hem sonra nasıl karşılardı böyle bir şeyi? Sanki Rath adım adım onun peşindeymiş gibi. Ama Charly de ona bir şey anlatmamıştı bu buluşmayla ilgili. Arkadaş çevresinde bir zencinin varlığından da söz etmemişti hiç.

Rath zamanla unutmuştu bu olayı. Tesadüfi bir tanışmaya, kalabalık restoranda yer bulamayıp Charly'nin masasına oturan birisi olduğuna inandırmıştı kendini. Ya da tersi olmuş, Charly yer bulamayıp onun masasına oturmuştu.

Ama şimdi bunun bir tesadüf olmadığı, olamayacağı anlaşılmıştı. Charly ile zenci iki eski ahbap gibi konuşuyordu. Son yıllarda kaç kez buluşmuşlardı acaba?

Kendisini birden dangalağın biri gibi hissetti.

Bu sefer kaçmayacaktı.

Dosdoğru onlara doğru yürümeye başladı. Öylesine konuşmaya dalmışlardı ki, yanlarına geldiğini fark etmediler bile. Rath, Charly'nin yüzüne baktı.

"Demek buradasın şekerim," derken en soğuk gülümsemesini takınmıştı. "Beni beyefendiyle tanıştırmayacak mısın?"

Charly daha bir şey diyemeden elini zenciye uzatmıştı bile.

"Rath," dedi, "Gereon Rath. Bu güzel hanımın eşiyim. Kocasıyım."

"Memnun oldum." Zenci, Rath'ın elini kavradı, ancak Charly tanıştırma işini üstlendi.

"Mohammed Husen," dedi. "Guido'nun müvekkillerinden."

Rath, "Eşimi uzun zamandır mı tanıyorsunuz?" diye sordu. Bu arada göz ucuyla da Charly'yi izliyordu.

"Size anlattı mı?" diye sordu Husen. Rath şaşırmıştı. Adamın Almancası hemen hemen aksansızdı. Cevap vermedi. Husen, "Evet, birkaç yıl oldu," diye devam etti. "Haus Vaterland'da tanışmıştık."

Gülümsedi. Dişleri koyu tenine tezat olarak bembeyaz, pırıl pırıl parlıyordu.

"Demek öyle, Haus Vaterland'da..." Rath derin derin soluyor, suratında donup kalmış tebessümle adama bakıyordu. Bu nasıl bir cüretkârlıktı? Herif utanmadan bir de Charly'yi hangi mekânda ayarladığını anlatıyordu.

O daha bir şey söylemeden genç kadın onu kolundan tutup biraz uzağa çekti.

"Bize bir dakika müsaade edin lütfen Herr Husen," dedi ve kocasını az önce çıktığı odaya soktu.

"Ne oluyor sana Allah aşkına?" diye çıkıştı; müziğin sesi yüksek olmasına rağmen söyledikleri anlaşılıyordu. "Ne yapmaya çalışıyorsun? Olay mı çıkaracaksın? Yoksa Herr Husen'e girişecek misin? Karşısında boğa gibi burnundan soluyorsun."

"Olay çıkaran sensin hayatım! Ben sadece sohbet ettim senin... Tanıdığınla. Sen bir şey anlatmazsan. Tanışalı birkaç yıl oldu demek. Haus Vaterland'da."

"Ee, ne olmuş?"

"Dansta mı?"

Charly hiçbir şey söylemiyor, Rath'ın yüzüne bakıyordu. Gözlerinden şimşekler çıkıyordu.

Ardından fırtına koptu. "Ne dansı?" dedi. "Yok, ondan feragat ettik. Vakit kaybetmek istemedik, anlarsın ya. Zencilerin nasıl olduğunu bilirsin. Hemen bir oda tutup hayvanlar gibi seviştik."

Rath ne diyeceğini bilemiyordu. Dili tutulmuş gibi Charly'ye bakıyordu. O an bir yere yumruk atma ihtiyacı hissediyordu ama yanında bir tek Charly vardı. Hiçbir zaman tokatlayamayacağı, bir fiske bile vuramayacağı Charly. Kendisi ondan yeteri kadar tokat yemişti gerçi.

"Duymak istediğin buydu, değil mi?" diye bağırdı Charly. "Herr Husen'le ilişki mi yaşıyorum, ne yapıyorum?"

"Ne bileyim? Ne düşüneceğim başka?"

"Onu senin için gizli soruşturma yürütme şerefine nail olduğumda tanıdım. Haus Vaterland'daki cinayet. Hatırladın mı?"

Rath cevap vermedi. Utanıyor, öfkesini bastırmaya çalışıyordu.

"Orada mutfak yamaklığı yapmam senin fikrindi, hatırlatayım. Herr Husen, Vaterland'da garson. Bana önemli bilgiler verdi."

"Protokollerde adı geçmiyor."

"Evet, istemedi de ondan. Gerekmiyordu da."

"O zamandan bu yana da görüşmediniz, öyle mi?"

"Gene mi başladın? Gereon, kıskançlık duygunu gemlemeyi öğrenmelisin."

"Kıskanç değilim ben."

"Değilsin, öyle mi? O zaman ayı gibi davranman için başka bir neden olmalı."

"Öyle mi davrandım?"

"Evet."

Rath genç kadının ateş çıkan gözlerine, titreyen burun deliklerine baktı. O anda onu neden sevdiğini, aynı zamanda neden başka erkeklerin onunla flört etmesini, onu güldürmesini istemediğini bir kez daha anladı.

"Özür dilerim," dedi gönülsüzce.

"Benden özür dileme, Herr Husen'den özür dile."

"Adamla tek kelime konuşmak içimden gelmiyor. Hem ne için özür dileyecekmişim? Ona bir şey yapmadım ki."

"Nasıl istersen. Senin yerine ben özür dilerim o zaman. Sen o kadar cesur değilsen!"

"Hayır, dilemeyeceksin!"

"Elbette dileyeceğim. İkimizden birinin bunu yapması gerekiyor."

Rath, Charly'yi tutmaya yeltendi ama genç kadın sıyrılıp koşar adım uzaklaştı. Onu öylece bırakmıştı. Rath bir an peşinden gitmeyi geçirdi kafasından, fakat gururu buna elvermedi. Ayrıca birkaç kişi durmuş ona bakıyordu.

"Budala karı!" diye küfür etti içinden ve boşalmaya yüz tutmuş konyak bardağına baktı. Bir tane daha içmenin şimdi tam sırasıydı. Tam ısmarlayacaktı ki, birisinin onu ismiyle çağırdığını işitti.

"Komiser Rath? Komiser Rath diye biri var mı burada?" Bir adam boynunu uzatmış, kalabalığı kolaçan ediyordu. "Komiser Rath'ı telefondan istiyorlar."

Rath adamın yanına gitti. "Aradığınız benim," dedi. "Gereon Rath."

"Charly'nin eşisiniz, değil mi?"

Rath birilerinin ona bu şekilde hitap etmesine sinir oluyordu. Karşısındaki elini uzattı. "Adım Blum, Manfred Blum. Herr Scherer'in ortağıyım. Eşinizin büromuzda çalışması bizi çok mutlu ediyor."

"İyi..."

"Arkamdan gelin lütfen."

Blum onu kilitli bir odaya götürdü; koskoca bir yazı masasının bulunduğu bir ofisti bu.

"Babamdan miras," dedi avukat bu devasa mobilya yüzünden özür dilemesi gerekirmiş gibi.

Masanın üstündeki ahizeyi gösterdi.

Rath ahizeyi eline aldı, ismini söylemeden önce Blum'un odadan çıkmasını bekledi.

"Komiser bey? Bir ceset bulunmuş. Volksbühne'nin arkasında."
Michael Steinke'nin sesiydi bu. O gün Alex'i o bekliyordu.
"Bülowplatz mı?" diye sordu Rath.
"Horst-Wessel-Platz," diye düzeltti Steinke. "Cesedin yattığı yer Linienstrasse."
Rath dikkatli olmalıydı. Michael Steinke, Alex'te gördüğü en kötü kriminologlardan biriydi ama doğru dünya görüşü dendi mi, yüzde yüzlüklerdendi.
Rath ayrıntıları dinleyip telefonu kapadı.
Blum kapıda bekliyordu.
"Ee?" diye sordu merakla.
"Yeni bir vaka. Acele etmem lazım."
"Hay aksi. Sizi kapıya kadar götüreyim."
Rath dışarı çıkarken geçtikleri koridorda, hatta şapkasını ve mantosunu giyerken bile Charly'ye bakındı, ama hiçbir yerde göremedi onu.
"Lütfen eşime gitmem gerektiğini söyleyin ve bunu verin," dedi. Blum'a on mark uzattı. "Eve taksiyle dönsün."
"Tamam." Blum parayı aldı.
"Ortağınıza da söyleyin, kusura bakmasın. Daha uzun süre kalıp eğlenmek isterdim ama ne yapacaksınız? Görev görevdir." Rath adamın elini sıktı. "Davetiniz için çok teşekkür ederim Herr Blum. İyi eğlenceler."
Rath, Antonstrasse'ye çıkar çıkmaz bir sigara yaktı. Kafasını kaldırıp, Charly'nin arkasında gülüp söylediği aydınlık pencerelere baktı. Müzik sokaktan duyuluyordu. Karısına olan öfkesi hâlâ tam geçmemişti; diğer yandan onunla bir an önce barışmak için can atıyordu. Sigaradan ciğerleri acıyana kadar derin bir nefes çekti. Sonra arabasına binip yola çıktı.

22

Atmosfer iyice canlanmıştı. Pikapta dönen hafif müzik parçaları milleti coşturuyordu. Hukukçuların havaya girmesi bazen biraz uzun sürerdi. Ancak dans etmeye başlayanlar bile vardı.

Charly, kendisini kurallara uygun şekilde dansa kaldıran Husen'le piste çıktı. Adam Gereon'dan iyi dans ediyordu. Charly, bütün bakışların üzerlerinde olduğunun farkındaydı. Arkadaş çevresi her ne kadar liberal görüşlü olsa da, anlaşılan siyah bir adamın beyaz bir kadınla dans etmesine belirli bir kuşkuyla bakılıyordu.

Zaten kocası partiyi terk ettiği için arkasından fısıldaşıldığını da biliyordu ama hiç umurunda değildi. Bir yandan Husen'e kasten ara sıra gülücük atıyordu; öte yandan adamın da bunu farklı bir yere çekmeyeceğini umut ediyordu.

Kavganın ardından Mohamed Husen'in yanına döndüğünde bir şey çaktırmamaya çalışmıştı. Gereon'un kabalığını telafi etmek için adama karşı daha da nazik davranmıştı. Bir ara Guido yanlarına gelmiş, Husen'in davasını konuşmuşlardı. Guido, Charly'den o hafta davayla ilgilenmesini istemiş, eski üniversite arkadaşının bir müvekkilinin sorumluluğunu hemen kendisine vermesi Charly'yi çok sevindirmişti. Az sonra genç kadının pek iyi tanımadığı diğer avukat da katılmıştı onlara. Manfred Blum üzüntülü bir ses tonuyla eşinin bir polis operasyonu nedeniyle ayrılmak zorunda kaldığını söylemiş, eline on mark tutuşturmuştu. "Size vermemi istedi. Taksi içinmiş."

Charly zoraki tebessüm edip parayı cebine koymuştu, ama içinden küfrü basmıştı. Taksi parası demek. Bir insan bundan daha ucuz, daha alçaltıcı bir biçimde ortada bırakıp gidilmezdi!

Bereket Mohamed Husen tam o anda Charly'yi dansa kaldırmış, Charly kızgınlığını dans pistinde unutmaya çalışmıştı. Fakat başaramamıştı.

Bu Herr Rath neden onu böyle küplere bindiriyordu her defasında? Gene neydi o yaptığı? Diğer taraftan kıskançlığı hoşuna gitmiyor değildi, bunu da itiraf etmeliydi. Gereon'a Mohamed Husen'den bahsetmesi gerekiyor muydu? Açık konuşmak gerekirse, evet. Peki neden o zaman bir şey anlatmamıştı? Kıskançlık krizine gireceğini tahmin ettiği için mi? Belki. Ama daha büyük bir ihtimalle, iki yıl önceki evlenme teklifinden sonra özgürlük duygusunu muhafaza etmek istediği içindi. Kiminle buluştuğu Gereon Rath'ı hiç mi hiç ilgilendirmezdi! Yasak bir şey yapmıyordu ya! Ayrıca öyle olsa ne olurdu?

Plak değiştirme işinden sorumlu olan Manfred Blum, gece ilerledikçe cesarete geliyordu. Bir ara bir fokstrot koydu; Charly bu parçayı yıllardır duymamıştı. Daha şarkı başlamadan herkes tanımıştı melodiyi. Dans pisti birden doldu.

Bir büyük Nazi'si var, bir küçük Nazi'si var, büyük Nazi'ye de, küçük Nazi'ye de zaafı var...

Parça Charly'ye, henüz Nazilerle dalga geçmenin mümkün olduğu eski günleri hatırlattı. Artık bu yalnız alkollüyken ya da kapalı kapılar ardında yapılabiliyordu. Diğerleri de öyle düşünmüş olmalıydı; hep birlikte söylüyorlardı.

Büyük Nazi'ye hayatım der, küçük Nazi'ye hayatım der, şehirli beyefendiyi takmaz...

Charly'nin canı sıkkındı. Kendisi gibi şarkıya katılmayan Husen'e gülümsedi, sessizce dans etmeye devam etti. Birden bir çığlık sesi duyunca donup kaldı. Çığlığı paldır küldür birtakım sesler izledi. Birisi avukatlık bürosunun kapısını gereksiz bir patırtıyla açmıştı. Ayak sesi, bağrış çığrış öyleydi ki, odadakiler gayriihtiyari dansı bırakıp kafalarını çevirdi. Birlikte söylenen şarkı yavaş yavaş kesildi. Bir tek hoparlörlerdeki müzik devam ediyordu.

Derken kapıda kahverengi üniformalar gözüktü. Charly bakışlarını odaya doluşan SA'ların üzerinde gezdirdi. Tek tek. Bir tanesi –görünüşe bakılırsa büyükbaşlardandı– elleri pantolonunun kemerinde, bacaklarını açıp karşılarına dikildi ve avazı çıktığı kadar bağırdı: "Polis! Kimse kıpırdamasın."

Kimse kıpırdamadı. Ancak plak hâlâ dönüyor, Dajos Béla'nın dans orkestrası "büyük ve küçük Naziler" şarkısını söylemeye devam ediyordu.

Komutan pikabı işaret etti; bir SA'nın pikabın kolunu kaldırmasıyla müzik büyük bir cızırtıyla durdu. Kaldırıp fırlattığı plak karşı duvardaki dosya rafına çarptı ve kırıldı.

O gözü gibi baktığı plaklarından birinin parça parça olduğunu gören Manfred Blum'un içi cız etti. Bunlar bulunmuyordu artık; yenisini de alamazdı.

Kahverengi gömleklilerin komutanı, "Bu sıçan deliği kime ait?" diye sordu.

Blum bir cesaret öne çıktı.

"Bir avukatlık bürosundasınız. Bunlara hiçbir hakkınız..."

Komutan, "Kes sesini!" diyerek avukatın suratına bir yumruk indirdi.

Herkes suspus olmuştu. Charly bir şey söyleyip söylememekte kararsızdı. Herhalde bir kadına vurmazlardı. Yoksa vururlar mıydı? Tam öne çıkacakken Husen elini tutup engel oldu. Charly adamın gözlerine bakınca beriki belli belirsiz kafasını sağa sola salladı.

"Demek bu dükkânı işleten Yahudi serserisi sensin," dedi SA, Blum'a. Bir taraftan da yumruğunu ovuyordu.

Blum cevap veremeyecek kadar kendisiyle meşguldü. Burnundan akan kan parmaklarının arasından kayıp yere damlıyordu.

"Herr Blum benim ortağım ve o da benim gibi Protestan."

Guido Scherer kararlı bir sesle söylemişti bunları. Bütün kafalar ona döndü.

"Bu baskının gerekçesi nedir?" diye devam etti.

Fazla kibar sormuş olacak ki, SA vurmadı bu defa.

"Tek başına Yahudi müziği çalınması bile bu it sürüsünü alıp götürmek için yeterli bir gerekçe."

Etrafı süzdü. Kimse sesini çıkartmıyordu. Charly, Husen'in elini daha da sıkı kavradığını hissetti. Bu onu sakinleştirdi.

"Ayrıca gece yarısı sükûneti bozduğunuz yolunda şikâyet var."

"Efendim?" dedi Guido.

Charly de düşünemezdi o apartmanda onları gammazlayacak birisinin çıkacağını. Hem neden toplum polisi kapıyı çalıp da müziğin sesini kısmalarını rica etmemişti de sürü halinde SA gelmişti?

SA komutanı Guido'nun sorusunu duymazdan geldi.

"Hepinizi gözaltına alıyoruz," dedi kesin bir ses tonuyla. Adamlarına dönüp, "Götürün şu çeteyi," diye emretti.

SA'lar harekete geçti. Yüz ifadelerinden, şiddet kullanmak için ufacık da olsa bir bahane aradıkları anlaşılıyordu. Ama kimse onlara o fırsatı vermedi. Direnmeden yola koyuldular.

Bir SA, Charly'yi Mohamed Husen'in yanından çekti. "Zenci orospusu, sen gel buraya."

Charly tepki gösterecekti ki, Husen yine başını salladı; genç kadın onun haklı olduğunu düşündü. Husen kimbilir son aylarda SA'yla ne deneyimler yaşamıştı.

Antonstrasse'de iki kamyonet duruyordu; birine erkekleri, diğerine kadınları tıktılar. Vestiyerde çalışan ve garsonluk yapan kızları bile almıştı SA.

İyi başladık dedi Charly içinden. Blum ve Scherer bürosu daha açılmadan SA'yla başı belaya girmişti. Kahverengi üniformalılardan biri brandayı kapatınca içi kapkaranlık olan kamyonet harekete geçti. Yolculuğun nereye olduğu konusunda Charly'nin hiçbir fikri yoktu.

23

Semt son aylarda değişikliğe uğramıştı. SA, komünistlerin parti merkezi Liebknechthaus'a el koymuş, tıpkı Bülowplatz gibi ona da Nazi şehidi Horst Wessel'in adı verilmişti. Ancak meydana yine de Volksbühne hâkimdi.

Ceset tiyatro binasının arka tarafında, Linienstrasse'deki bir evin girişindeydi. Rath arabasını Cinayet Masası'nın arabasının arkasına park etti. Siyah limuzin ve arkasındaki apartmanların cephesi farların ışığına boğulmuştu. Kriminal Polis Laboratuvaları Dairesi çalışanları faaliyetteydi, ama adli tabip daha ortada yoktu.

Rath'ı hazır ola geçip Alman selamıyla karşılayan Steinke, "Doktor Karthaus'a haber ulaştırıldı," dedi.

"Başka ne gibi önlemler alındı?"

"Komiser beyin işine karışmak istemedim."

Rath başını salladı. Nedense rahatlamıştı. Michael Steinke komiser adayı olarak yenir yutulur gibi değildi. Gayretkeş bir Nazi olmasına rağmen onu devlet polisi bile istememiş, altı ay önce Alex'e geri göndermişti.

Maktul epeyce hırpalanmışa benziyordu. Her tarafı kan içinde olmasına rağmen Rath üniformayı ve SA komando birliklerine özgü o teneke yakalığı tanımıştı. Cesedin suratı hilafsız bir kan kütlesi halindeydi. Rath, Kaczmarek vakasıyla arasındaki paralelliği hemen görmüştü, bunun için adli tabibe ihtiyacı yoktu.

"Devlet polisine haber verdiniz mi?" diye sordu.

"Hayır, ben şey zannettim..."

"Hemen bir telefon bulup halledin. Doktor Karthaus sizden önce davranmasın."

"Nasıl?"

"Yok bir şey. Siz telefon etmeye bakın. Komiser Gräf'i göndermelerini söyleyin."

Steinke uzaklaştı. Yolun öbür tarafında, Volksbühne'nin kulis girişinde birkaç meraklı toplanmış bakıyordu. Bazıları oyuncu olmalıydı. Üzerlerinde kostüm vardı.

Rath toplum polislerinden birine, "Bunlardan bir şey gören var mı?" diye sordu.

Beriki başını sağa sola salladı. "Daha on dakikadır duruyorlar orada."

"Cesedi kim bulmuş?"

"Hiçbir fikrim yok. Birisi 7. Karakol'u aradı. Anonim. Kadın sonra hemen kapattı."

"Kadın mı?"

"Evet, kadın sesiydi. Emin olmak için hemen buraya koştum. Arkasından da Alex'i aradım."

"Nereden?"

"Şuradan, meslektaşınızın gittiği yerden." Schönhauser Tor istikametini işaret etti. Metro girişinin yakınında bir telefon kulübesi vardı. "Çevrede bu saatte başka telefon yok."

"Volksbühne'nin haricinde belki."

"Evet, mümkün." Toplum polisi hafifçe öksürdü. "Tuhaf bir şey daha var komiserim."

"Evet?"

"Ben haber verdiğimde Alex'i de birinin arayıp aynı bilgiyi verdiğini söylediler. O da kadınmış. O da anonim."

"Aynı kadın iki kez arıyor yani..."

"Ben de anlamadım." Mavi üniformalının şaşkın bir hali vardı.

"Anonim kalmak istiyorsam, söyleyeceğimi söyleyip kurtulurum, ama bir kez daha telefon etmem."

"Belki işini sağlama almak istedi."

"Belki."

Rath karşıya geçip oyuncuların yanına gitti ve rozetini çıkardı.

"Aranızda herhangi bir şey gören var mı?" diye sordu.

Üstünde tozlu bir deri önlük olan marangoz kılıklı birisi, "Neyi kastettiniz?" diye sordu.

"Neyi kastedeceğim, olayın kendisini. Yoksa olaydan sonra kaçan birisini mi gördünüz?"

"Nasıl göreceğim?" Oyuncu sigarasından bir nefes çekti. "On beş dakika öncesine kadar sahnedeydik." Önlüğünü göstererek, "Sudermann," dedi. "Taşın Altındaki Taşlar."

Rath oyunu tanıyormuş havasında başını salladı. "Burada bir ceset olduğunu nasıl anladınız?"

"Nasıl olacak? Meslektaşlarınız ortalığı öyle bir aydınlattı ki, dikkat çekmemesi imkânsızdı." Marangoz, Volksbühne'nin arka tarafındaki pencereleri işaret etti. "Şurası kulis. Dışarısı sahneden daha aydınlık olunca haliyle merak ediyor insan."

"Anlıyorum," dedi Rath. "Projektör ışığı hep çeker oyuncuları. Güve misali, öyle değil mi?"

Marangoz hafif sırıtır gibi yaptı. "İşte," dedi.

"Oyun esnasında kimse oluyor mu orada?"

"Olsa olsa kuliste çalışan kızlar. Niye sordunuz?"

"Onlardan biri var mı burada?"

Oyuncu etrafına bakındı. "Isolde haricinde hepsi burada."

"O Isolde'yi buraya çağırabilir misiniz," dedi Rath. "Onunla konuşmak isterdim."

"Tabii, nasıl isterseniz." Adam sigarasını kaldırıma fırlatıp kulis girişinde kayboldu.

Rath bu arada işini halledip yanına gelen Steinke'ye yeni bir görev verdi. "Alexander Kışlası'na gidip, cesedi teşhis edecek bir-iki komando bulup getirin. Umarım arkadaşlarını tanıyabilirler."

Steinke karşı çıkacak oldu ama sonra başını sallayıp kayboldu. Milleti oraya buraya göndermek Rath'ın bazen hoşuna gidiyordu.

Hele bu kişiler olay yerinde gereksiz yere ayağının altında dolaşıyorsa.

Steinke, Alexander Kışlası'na doğru yola çıkmıştı ki, Doktor Karthaus çıkageldi. Kırmızı *Horch*'unu polis araçlarının olduğu sıranın en arkasına park etmişti; bu genelde pek yapmadığı bir şeydi. Adli tabip ağır ağır otomobilden çıktı. Üzerinde son derece şık bir takım elbise vardı.

Rath, "Geldiniz nihayet," dedi. "Niye bu kadar geç kaldınız bugün? Çok da şıksınız."

"Deutsches Opernhaus'tan geliyorum da ondan."

"Siz operaya da mı gidiyorsunuz?"

"Bir tek Lortzing ve Wagner'e giderim." Karthaus çevresine bakındı. "Cesedimiz nerede?"

Rath apartman girişini gösterdi. "Devlet polisine haber ulaştırdım," dedi.

"İyi göz var sizde komiser bey." Karthaus övgüyle başını sallıyordu. "Cürüm seyri konusunda ben de aynı şeyi düşünürdüm. Yine mi bir SA?"

"Hem de komando."

Rath, dizlerinin üzerine çökmüş dikkatle cesedin üniformasının ceplerini yoklayan Delil Tespiti'nden memura dönerek, "Hüviyet filan buldunuz mu?" diye sordu.

Memur kafasını kaldırıp, "Ceplerinde kimlik yok. Beylik silahı kılıfında ve emniyeti kapalı. Silahına davranmasına fırsat kalmamış," diye cevap verdi.

Memur ayağa kalkıp, yere çökerek maktulü inceleyen adli tabibe devretti cesedi.

Karthaus, Rath'a bakmadan, "İki ya da üç saat önce ölmüş," dedi. "Ölüm nedeni büyük olasılıkla kafasına yediği ağır darbeler. Ya da kan kaybı. Yarın daha kesin bir şey söyleyebilirim."

"Bu sefer solunum borusunda cam göz yok mu?"

"Bir el feneri bulursanız bakarım."

Rath, gidip Cinayet Masası'nın arabasından el feneri getirdi.

Karthaus cesedin boynunu gererek ışığı kan dolu ağzına tutup çenesini iyice açtı. Sonra ayağa kalkıp başını iki yana salladı.

"Yabancı madde yok. Darbe aldığında da kesinlikle yaşıyormuş. Kolundaki ve elindeki boğuşma izlerini görüyor musunuz? Wedding'deki cesette bunlar yoktu. Ayrıca burada çok daha fazla kan var."

Rath tepki vermeden doktoru dinledi. Yolun diğer tarafındaki marangozu görmüştü; yanında kırk yaşlarında, zayıf bir kadın vardı. Yanlarına gitti.

"Komiser bey, bu size sözünü ettiğim Fräulein Jäger."

"Memnun oldum," dedi Rath gülümseyerek. Kadının heyecanlı olduğu gözünden kaçmamıştı. "Siz kuliste çalışıyorsunuz," diye başladı.

Kadın başını salladı. "Dannhoff'un işlerini yapıyorum."

"Baş oyuncumuz," diye sufle etti marangoz.

Rath, "Bizi Fräulein Jäger'le biraz yalnız bırakır mısınız?" diye sordu.

Marangoz hemen toz oldu, ama biraz bozulmuştu.

Rath, kostümcüye dönerek, "Görevleriniz neler?" diye sordu yalnız kaldıklarında.

"İşte... kostüm bakımı, kostümleri hazır tutmak, giydirip çıkarmaya yardım etmek filan." Tedirgin gülümsedi. "Bayağı iş oluyor."

"Oyun sırasında da mı?"

"Tabii. Hem de en fazla oyun sırasında. Bir de bitince."

"Ama ara sıra pencereden bakmaya vakit buluyorsunuzdur, değil mi? Mesela, bu sokağa..."

Kadın cevap vermedi, Rath'a kaçamak bir bakış attı.

Rath blöf yapmaya karar verdi.

"7. Karakol'a yetmiş beş dakika önce, Linienstrasse'de ağır yaralı birisi var diye Volksbühne'den bir telefon gelmiş."

"Telefonun kimden geldiğini nereden biliyorsunuz?" diye sordu telaşla. Aynı anda da kendisini ele verdiğini anladı.

"Arkadaşlara niye adınızı vermediniz?" diye sordu.

Kadın kimsenin duymadığından emin olmak ister gibi etrafı gözleriyle kolaçan ettikten sonra, "Olaya bulaştırılmak istemedim," dedi. Rath'a yalvaran gözlerle bakıyordu. "Komiser bey, ben her şeyi gördüm!"

"Ne gördünüz? Cinayeti mi?"

"Önce cinayet olduğunu düşünmedim. Birisi diğerine vuruyordu. Topuz gibi bir şeyle. Sonra kayboldu."

"Bir kişi miydi? Emin misiniz?"

Kadın başını salladı.

"Sokakta başkaları da var mıydı? Ellerinde boya kovasıyla mesela? Araba bekliyor muydu bir yerde?"

"Boya kovası mı?" Afallamıştı. "Yoo, hayır. Sokak bomboştu. O saatte burası genellikle tenha olur. O iki adamdan başka kimse yoktu. Bir tanesi tam apartmanın kapısını açmak üzereydi, diğeri yolun bu tarafından geldi. Ona bir şey söylemiş olmalı ki, SA arkasına döndü. Ondan sonra öbürü vurmaya başladı, arka arkaya, defalarca." Ağlamamak için yumruğunu ağzına götürdü. "Hiçbir şey yapamadım," diye devam etti. "Pencerede kalakaldım; ne olan bitenden gözümü ayırabildim ne de kıpırdayabildim."

"Vuran adamı iyice görebildiniz mi?"

"Hayır. Sokak lambalarının ışığı çok zayıf. Şimdiki kadar aydınlık olmaz hiç."

"Ama failin tek başına olduğundan eminsiniz..."

"Evet, yalnızdı. Uzun bir palto vardı üstünde. Bir de keçe şapka."

"Topuz gibi bir şey kullandı dediniz..."

"Başka türlü nasıl tarif edeceğimi bilmiyorum. Hiç öyle bir şey görmemiştim."

"Cop muydu?"

"Değil, coptan büyüktü. Bir ucu ince, öbür ucu kalındı. Kaba saba bir görünümü yoktu. Adam giderken aleti paltosunun içine sakladı."

"Ne tarafa gitti?"

"Şu tarafa." Kadın Schönhauser Tor'daki metro girişini gösterdi.

Rath birkaç not aldı. "Fräulein Jäger," dedi sonra, "yardımınız için çok teşekkür ederim. Tabii polise haber verdiğiniz için de."

Kadın rahatlamıştı.

"Lütfen karşıdaki toplum polislerinden birine gidin, kişisel bilgilerinizi kaydetsin."

"Şart mı?"

"Siz önemli bir tanıksınız. Sizinle Emniyet'te sakin kafayla tekrar görüşmek isterim. Ayrıca sizden sabıkalıların resimlerine göz atmanızı rica edeceğim."

Kadın başını salladı.

"Ah, Fräulein Jäger, bir sorum daha olacaktı... Polise neden iki defa telefon ettiniz?"

"Nasıl?" Isolde Jäger gene ürkek bir ceylan gibi bakmıştı.

"Bir 7. Karakol'u, bir de emniyet müdürlüğünü aramışsınız."

"Yoo... Hayır. Ben bir kez karakolu aradım."

Kadın yola çıktığında, o anda Linienstrasse'ye giren bir arabanın ışığı gözlerini kamaştırdı.

Siyah bir Mercedes.

Reinhold Gräf yalnız gelmişti; bu sefer gölgesi gibi yanından ayrılmayan SS'ler yoktu.

Rath'a doğru gelirken, "Teşekkürler Gereon," dedi. "Bizi hemen bilgilendirdiğin için teşekkür ederim."

"Maktul gene SA. Gene aynı fiiliyat. Ancak bu sefer cam göz değil, darp yol açmış ölüme."

Gräf başını salladı ve gözlerini apartmanların duvarlarında gezdirdi.

"Bir şey göremiyorum."

"Nasıl?"

"Bu sefer nereye yazıyorlardı sloganlarını?"

"Slogana filan rastlamadım. Failler bu defa duvar boyamaya değil, doğrudan öldürmeye gelmişler gibi."

"Sanmıyorum. Onların derdi propaganda. Bir yerde iz bırakmış olmalılar. Ya da öyle çabuk yakalandıklarını düşündüler ki, başlamaya fırsatları olmadı."

"Belki de taktik değiştirmişlerdir. Belki artık zevkine vardılar, duvarları boyamak yerine SA katlediyorlar. O da bir nevi propaganda değil mi?"

Gräf kızgın bir bakış fırlattı. "Saygısızca konuşuyorsun Gereon."

"Gerçekten bu cinayetin sorumlusunun da Wolff Grubu olduğunu mu düşünüyorsun?"

"Başka kim olacak? Herhalde gruba zarar gelmesin diye vurucu birliklerini SA'nın ya da diğer gözü açık vatandaşların üstüne salıyorlar."

"Bu seferki vurucu güç filan değil, yapan tek kişi."

"Nasıl?"

"Biraz önce kendisiyle konuştuğum tanık, sadece bir kişi gördüğünü söyledi."

"Emin mi?"

"Emin."

"Belki öbürleri senin tanık daha bir şey görmeden önce kaçıp meydanı vurucu güce bırakmıştır."

Rath artık bir şey söylemedi. Gräf komünist propaganda güçleri tezinde ısrarlıysa ve bu düşüncesini katiyen değiştirmeye yanaşmıyorsa, yapacak bir şey yoktu.

Steinke yayan gittiği yerden SA komando aracıyla döndü. *Hanomag* Rekord'un içinde üç komando vardı; Rath bir tanesini tanımıştı. SA Sancak Komutanı ve SA Komando Birlikleri'nin başı Walter Fritsch'ti bu. Onu Papestrasse'de Sperling'in ofisinden kovan adam. Fritsch hatırlayacak mıydı onu acaba?

Adam eskisi gibi pervasızın biriydi.

"Soruşturmayı kim yürütüyor burada?" diye gürledi.

Gräf'in öne çıkması Rath'ın daha çok işine geldi. "Gizli devlet polisi ve Kriminal Polis soruşturmayı birlikte yürütüyor," dedi meslektaşı. "Komiser Gräf ve Komiser Rath."

"Demek öyle." Fritsch çevresine bakındı. Rath'ın ismini duyunca tepki vermemişti. Tabur Komutanı Sperling, Rath'ın ziyaretini anlaşılan yukarı, Komando Birlikleri'ne bildirmemişti. "Birkaç kızıl yakaladınız mı?"

"Soruşturmanın daha başındayız sayın sancak komutanı. Şurada katledilen SA komandosunun teşhis etmeniz için rahatsız etmiştik sizi."

Fritsch, birliklerini teftiş eden komutan pozunda ellerini arkasında kavuşturmuş, Doktor Karthaus'un hâlâ cesedi incelediği olay yerine gitmişti. Yanında gelen çomarlar, biraz mesafe bırakarak peşi sıra yürüyordu.

Karthaus doğruldu. "Heil Hitler, sancak komutanım," deyip hazır ola geçti.

Fritsch Alman selamına karşılık vermedi. SA'ysan buna hakkın vardı. Her bir Alman bu davranışı yüzünden halka zarar veren davranışlarda bulunuyor damgası yer, Fritsch gibilerine ise nezaketsiz deyip geçilirdi.

SA kumandanı cesede baktı. "Silin kanları Weber," demesiyle adamlarından biri bembeyaz bir mendil çıkardı; maktulün yüzü silinince mendil kıpkırmızı oldu.

"İzninizle sayın sancak komutanı, sanıyorum bu ülküdaşımız Dewald."

"Dewald mı?" Fritsch bir cesede bir Gräf'e baktı. "Maktul Müfreze Komutanı Dewald," dedi.

"Müfreze komutanının bu evde ne işi olabilir, bir fikriniz var mı?" diye sordu Rath.

"Ne işi olacak burada?"

Bir tanık, Dewald'in darbe yemeden önce apartmanın kapısını açtığını görmüş. Rath bunları söyleyecekken vazgeçti. Bu SA'yı ilgilendirmezdi. Isolde Jäger'in başını belaya sokmaya niyeti yoktu.

Fritsch, "Hayır, hayır," diye devam etti konuşmaya. "Dewald tesadüfen gelmiştir buraya, kışla şurası, birkaç yüz metre ileride. Kızıl bir domuz arkadan saldırmış işte."

"Ya da bir Yahudi," diye işgüzarca atladı Steinke; bunu söylerken Schönhauser Tor'u gösteriyordu. Grenadierstrasse çok yakındaydı. Son aylarda yapılan bir sürü baskına rağmen, savaştan sonra Berlin'e gelen doğulu Yahudilerin çoğu hâlâ burada oturuyordu.

Fritsch, "Doğru," dedi. "Ya da bir Yahudi. Çevrede ne kadar kızıl, ne kadar Itzig varsa hepsini tutuklayın; faili bulana kadar da analarını ağlatın. Evlerini basarken komando birlikleri destek olacaktır size."

Bu kıtlığa karşı Rath'ın söyleyecek lafı yoktu. O yüzden Gräf'in söze girmesi tekrar işine geldi.

"Bunu pek tavsiye etmem sayın sancak komutanı. Müfreze Komutanı Dewald'in daha yeni Moskova'dan sızdırılan ve yeraltında faaliyet yürüten bir komünist direniş örgütünün kurbanı olduğu ihtimali yüksek. Bu nedenle dikkatli olalım derim."

Rath, devlet polisi ve Komando Birlikleri arasındaki münakaşaya müdahil olmak istemedi. Birkaç adım geriye giderek bakışlarını girişinde Müfreze Komutanı Dewald'in cesedinin yattığı apartmanın cephesinde gezdirdi. Diğerleri kızıllarla, Yahudilerle, baskınlarla uğraşsındı, o eninde sonunda Dewald'in burada ne işi olduğunu ortaya çıkaracaktı.

Schönhauser Tor'daki metro tabelası karanlıkta masmavi parlıyordu. Katil acaba toplu taşıma araçlarıyla mı kaçmıştı? Ya da Gräf'in tahminiyle katiller? Derken köşede, telefon kulübesinin yanındaki araba çarptı gözüne. Bir an kalakaldı. O araba Steinke telefon etmeye gittiğinde yoktu orada. Bir limuzindi bu. Kocaman koyu renk bir *Adler* limuzin.

Rath, Berlin'de bu arabayla gezen bir tek kişi tanıyordu. Öyle olduğu için de otomobile yanaşmadı. Çünkü direksiyondakinin bir Çinli olduğunu çok iyi tahmin edebiliyordu.

24

Acaba nereye getirilmişlerdi? O hunhar baskından sonra Charly pek tahmin etmezdi ama SA ona görece kibar davranmıştı. Ama parti konukları ayrı ayrı kamyonetlere bindirilip götürüldüklerinden beri Husen'i de, diğer erkekleri de, yeni şefleri Guido Scherer ve Manfred Blum'u da bir daha görmemişti. Acaba onlar ne âlemdeydi?

Kamyonda başlarındaki SA'lardan bir tanesi Charly'ye, "Kefalet yatıracak kiminiz kimseniz var mı?" diye sormuştu. "Varsa hemen serbest bırakılırsınız."

"Kefalet mi? Bize isnat edilen suç ne ki?"

"Siyasi açıdan şüpheli bir topluluk içerisinde bulunuyorsunuz."

Charly, adam haklı diye düşündü. Bir SA'yla birlikte bir araç içinde bulunuyordu; kendi gözünde gerçekten de siyasi açıdan şüpheli bir topluluk içerisindeydi.

"SA, NSDAP'nin bir parti örgütü ve siz bu sıfatla hiç de..."

"Kesin sesinizi," diye azarlamıştı nöbetçi. "SA'nın nelere yetkisi olup olmadığını bırakın da siz parayı kimin bir araya getirebileceğine kafa yorun!"

Gözaltına alınanları kamyonun demirlerine kelepçelemişlerdi. Kelepçeler de polis envanterinden olabilir miydi? Daha altı ay öncesine kadar SA'nın yarısı yardımcı polis olarak görev yapıyordu. Şimdi ise paralel bir polis teşkilatı haline gelmişti.

Charly ile diğer parti konuklarının başına gelen, Almanların, hatta itaatkâr, rejime sadık olanlarının bile en korktuğu şeydi: Sorgusuz sualsiz, en iyi durumda eften püften bir nedenle nezarethaneye alınmak. Buna karşı hiçbir şey yapamamak.

Birkaç dakika süren yolculuktan sonra kamyonet bir avluda durmuştu. Charly ve yanındakileri fayans duvarları olan birtakım geçitlerden geçirip bir bodrum katına indirmişlerdi. Charly oraya götürülürken kafes gibi bir yere tıkılmış birisini görmüştü; adam fena hırpalanmıştı.

Şimdi beton zemine çökmüş uyumaya çalışıyordu ama nafile. Onu bir düzine kadınla birlikte kan, çürük patates ve sidik kokan bu karanlık odaya atmışlardı. Duvarda ihtiyaçlarını giderecekleri teneke bir kova asılıydı. Değil yatak ya da kerevet, saman bile yoktu. Duvara dayanıp oturarak uyumayı denemişti. İki-üç kere kafası düşmüş, uyumuş ama her seferinde sıçrayarak uyanmıştı. Bir tanesinde canhıraş bir çığlık bölmüştü uykusunu. Çığlığı habis kahkahalar izlemişti.

"Bize ne yapacaklar?" diye sızlandı biri. Charly sesin geldiği tarafa döndü. Gereon'la flört eden garson kızdı bu.

"Korkma, yakında bırakırlar," dedi. Bunu inandığından değil, sadece diğerini sakinleştirmek için söylemişti. Charly kendisi ve yanındaki diğer kadınlar için o kadar endişelenmiyordu; erkekler onu daha çok kaygılandırıyordu, en başta da zenci olarak SA'nın iyi Alman diye kafasında çizdiği modele hiç uymayan Husen geliyordu. Guido'nun en yakın arkadaşı, Doktor Dieter'i de düşünüyordu, o da Yahudi'ydi.

Başka kim olabilirdi? Akşam avukatlık bürosunda acaba kaç tane Yahudi vardı? Arkadaş grubunda kimin hangi inanca sahip olduğu hiçbir rol oynamamıştı. Ama çoğunun SA zihniyetiyle bağdaşmayan bir politik geçmişi vardı. Hukuk fakültesindeki küçük çevresi –hukuk öğrencilerinin ezici çoğunluğu daha Cumhuriyet yıllarında açık açık nasyonal sosyalist olmuştu– devamlı şimşekleri üzerine çekmişti. SA'lı adamların içinden o zamandan görülmemiş bir hesabı olduğunu düşünen biri çıkamaz mıydı?

Bu kaygıların yanında içinde bir de tarif etmekte zorlandığı bir öfke vardı. En çok da kendi acizliğine, elinden hiçbir şey gelmemesine kızıyordu.

Ne istiyordu bu pis herifler onlardan? Emekçilerin ve yoksulların avukatı olmayı seçmiş Wedding'deki bu yeni avukatlık bürosunu daha baştan sindirmek miydi plan? Eğer plan buysa, en azından Charly'ye sökmezdi bu. Buradan çıkar çıkmaz yeni koşullar altında cefa çeken kesimlere her zamankinden fazla yardım elini uzatacaktı. Almanya'dan, hak ve hukukun son kalan kırıntısından kolay kolay vazgeçmek olmazdı.

Çelik kapı büyük bir gıcırtıyla açıldı. Kapıda bir adamın silueti göründü. Charly birden irkilmiş, hatta sinmişti. Yanındaki kadınlarda da durum aynıydı, hepsi birbirine sokulmuş, ceylan gibi ürkek kapıya bakıyordu. O an hiçbiri o SA'nın çağıracağı kişi olmak istemezdi.

25

Bütün gece gözüne biraz olsun uyku girmemişti. Huzursuzluğu o kocaman yatakta yalnız yatmaya alışık olmamasından kaynaklanmıyordu bir tek; kıskançlık kemiriyordu içini.

Charly hangi delikteydi?

Niye eve gelmemişti? Kavga yüzünden intikam mı alıyordu? Kıskançlık yaptığı için mi? Yoksa doğru dürüst vedalaşmadan gitmesiydi mi neden? Veya tamamen başka bir şey mi? Hukukçuların o aptal partisinde o kadar çok eğlenmişti de, ardından canı başka bir adamla mı gitmek istemişti? Büyük olasılıkla da bir zenciyle...

Bütün gece bu düşünceler üşüşmüştü kafasına. Dönüp durmuşlar, dur durak bilmeyip Rath'ı bir türlü uyutmamışlardı. Gözünü kırpmadan saatlerce bir o tarafa bir bu tarafa dönmüştü. Şimdi de Fritze'yle kahvaltı masasında oturmuş hiçbir şey yokmuş gibi davranmaya çalışıyordu. Oğlan sonunda tabii Charly'yi sormuştu.

"Charly arkadaşında, Greta'da. Onu tanıyorsun."

"Gene kavga mı ettiniz?"

Rath cevap vermemeyi yeğledi. "Gitmem lazım," deyip kalktı. "Dün bir ceset bulundu."

Fritze başını salladı. "Charly'ye bir mesajın var mı?"

"Nasıl?"

"Yani eve gelirse diyorum. Bir şey söylememi ister misin? Şöyle hoş bir şey. Barışmanız daha kolay olur."

"Doğru. Zararı olmaz." Rath gülümsemeye çalıştı ama beceremedi. Bir an önce çıkıp gitmeliydi evden. Paltosunu, şapkasını ve arabanın anahtarlarını kapıp kapıya yöneldi.

İlk hedefi Moabit'ti. Spenerstrasse. Greta Overbeck'in kapısını çalmak hiç içinden gelmiyordu ama bu sefer mecbur kalmıştı. Charly'nin arkadaşının kapıya gelmesi epey bir zaman aldı. En sonunda göründüğünde saçı başı darmadağındı, üzerinde ipek bir sabahlık vardı. İkisi de yakışmıştı; hem dağınık saçlar hem de sabahlık. Uyku akan gözlerini kırpıştırıp duruyordu; buna rağmen bakışlarında merak, aynı zamanda da saldırıya hazır bir ifade okunuyordu.

"Günaydın," dedi Rath. "Rahatsız ettiğim için özür dilerim. Charly'yi arıyorum da. Burada mı?"

"Bilmem."

"Lütfen oyun oynamayı bırak. Eğer buradaysa söyle. İçeri girmem gerekmiyor. Söyle ona, derdim münakaşa filan değil, ben yalnız..."

"Hakikaten bende değil. Her şey yolunda mı?"

Merakı numara değildi. Rath, Greta'yı hiç böyle görmemişti. Ondan nefret ederdi, ta başından beri. Bu hoşlanmama durumu karşılıklıydı. Ama şimdi karşısındaki kadın sanki gerçekten endişe duyuyordu.

"Her şey yolunda da... Dün akşam kavga ettik. Bir partideydik. Benim aniden işe gitmem gerekti... Her neyse... Sonuçta gece eve gelmedi." Genç kadının gözlerine baktı. "Tamam, ilk kez olmuyor bu. Ama bu durumlarda hep sana gelir, ardından da yok dedirtirdi."

"Ne partisiydi bu? Belki devam ediyordur."

"Bilmem. Hukukçuların." Biraz düşündükten sonra, "Ama belki de haklısın," dedi. "Diğerleriyle beraber avukatlık bürosunu toparlıyor olabilir. Teşekkürler."

Pazar sabahıydı; yollar açıktı. *Buick* rekor hızda Wedding'e vardı. Antonstrasse'deki apartmanın birinci katında ışık yanıyordu. Rath derin bir nefes aldı. Otomobilden inip eve girdi. Ofisin kapısı yarı aralıktı.

Kapıyı tıkladı ve girdi.

İçeride kimse yoktu. Masaların üstü yarı dolu bardaklarla kaplıydı; tavandaki lamba yanıyordu. Pikabın platosu bile dönüyordu, ama plak yoktu üzerinde. Ortalık da toplanmamıştı. Birileri temizliğe başlamış gibi de gözükmüyordu. Kütüphanede kırılmış plağın parçalarını gördü. Hepsini topladı. Mavi beyaz bir *Odeon* plağıydı. "Onun büyük bir Nazi'si var!" yazıyordu üstünde. Dajos Béla Dans Orkestrası ve Ses Sanatçıları.

Halıda kan lekeleri vardı. Ne olmuştu burada? Birileri dövüşmüş müydü, neydi?

"Kimse var mı?" diye bağırdı. Ses seda çıkmadı.

Akşam Charly'yi zenciyle gördüğü odaya gitti. Aklına gelir gelmez kıskançlığı depreşmişti. Hakikaten o herifle mi...

"Kimse var mı?" diye bağırdı tekrar daha yüksek sesle.

Bütün odalara, tuvalete bile baktı. Avukatlık bürosunda in cin top oynuyordu. Toplu bir şekilde başka bir yere eğlenmeye gitmiş olabilirler miydi? Ya da kahvaltı etmeye? Tıpkı öğrencilik zamanlarındaki gibi. Belki de sırıtık geri zekâlılığından ya da çok içtiği için kapıyı kilitlememişti.

Rath bir not bıraksam mı diye düşündü. Ama ışığı söndürdü, kapıyı çekip çıktı.

Birisi Berlin ağzıyla, "Hepsini götürdüler," dedi.

Rath arkasına döndü. Yaşlı bir adam merdivenlerde durmuş, kapıda AVUKAT BLUM VE AVUKAT SCHERER yazılı pirinç levhayı işaret ediyordu.

"Hepsini," diye yineledi ihtiyar. "Dün gece."

"Anlayamadım?"

"Anlaşılmayacak ne var? Baskın diyorum."

"Baskın mı? Bu büroya mı?"

İhtiyar başıyla evet işareti yaptı.

"Peki neden?"

"Vardır bir şey herhalde," dedi adam manidar.

"Ne demek istiyorsunuz?"

Adam omuzlarını kaldırdı.

"Ne biliyorsanız söyleyin," diye diretti Rath.

"Yanlış kişiye soruyorsunuz. Ben yoktum. Polise sorun siz, en iyisini onlar bilir."

Rath, "Polis benim," deyip rozetini çıkardı.

İhtiyarın suratı kireç gibi oldu. "Kusura bakmayın memur bey," gibi bir şeyler mırıldanıp merdivenlerden indi.

Rath arabasına binip Alex'e gitti.

Her pazar olduğu gibi Alex o gün de tenhaydı. Otomobili avluda park ettikten sonra hafta sonu nöbetindeki kriminal memurların ofisine gitti. Şansına Başkomiser Kilian oradaydı, Rath çok eskiden tanırdı onu.

"Wedding'de baskın mı? Dün gece..." Kilian işi sağlama almak için kayıtları bir daha gözden geçirdi. "Bizden değil."

"Belki daha kayda geçmemiştir?"

"Sanmam. Eğer öyle bir şey varsa da gözaltına alınanların bizim buradaki hücrede olması lazım. Gidip bir sorun isterseniz."

Rath, Kilian'ın tavsiyesine uyarak hücrelerin olduğu tarafa yöneldi; ancak emniyet müdürlüğünün güney kanadındaki bekçi de ona yardımcı olamadı.

"Dün gece kimse getirilmedi. Zaten burası tıkabasa dolu. SA bir an önce toplama kamplarının kapasitesini genişletse de biz de burada biraz nefes alsak. Bütün hücreler siyasilerle dolu; adi suçlulara hemen hemen hiç yer kalmadı."

Adam gevrek gevrek gülüyordu. Rath'ın içinden ona katılmak gelmedi.

"Devlet polisi kendi tutuklularını da mı size getiriyor?"

"Kısmen. Prinz-Albrecht-Strasse'de kendi hücreleri var tabii, ama sayıları bizdeki kadar değil. Dediğim gibi: Toplama kamplarında bize de yer tahsis etmeliler. Stapo da müşterilerinin çoğunu oraya gönderiyor."

TK'ler. Bir yıldır azılı komünistleri ve öbür devlet düşmanlarını terbiye etmek üzere kurulan toplama kampları. Bunun mimarı SA'ydı, polis değil. Charly'nin liberal düşünceli arkadaşlarıyla öyle bir yere tıkılmış olabileceğini tahayyül bile etmek istemiyordu.

Rath bekçinin yanından ayrılıp evi aramak üzere kendi ofisine gitti. Telefonu kimse açmıyordu. Saatine baktı, Fritze köpekle sokağa çıkmış olmalıydı. Rath telefonu kapattı. Kime danışacağını, danışacağı adamı nerede bulacağını biliyordu. Gereon Rath'ı bu sabah beklediklerı yerdi bu. Tekrar arabasına döndü.

Reinhold Gräf, Rath'ın arabayı Linienstrasse'ye park ettiğini görünce memnuniyetini gizlemedi. Adamları, devlet polisinin kendi delil tespit memuruyla birlikte Volksbühne'nin arka tarafında kaldırımı inceliyordu. Elinde mercek bile vardı. Amma gülünç diye geçirdi Rath içinden. Sherlock Holmes olmak istemiş de, olamamıştı sanki.

Yine de onun yanına giderken yapmacık bir gülümseme takındı. Beriki hatta bu sefer Hitler selamından bile vazgeçmişti.

"Günaydın Gereon," dedi. "Sevindim gelmene. Lange de burada, tanıkların ifadesini alıyor. Yirmi dört numaralı apartmanı tekrar geçiriyor elden."

Bu, önünde cesedin bulunduğu apartmandı. Önceki gece saat çok ilerlemiş olduğu, bir de olay yerinde yeteri kadar adamları bulunmadığı için ifadeleri tamamlayamamışlardı.

"Sen ne yapıyorsun orada?" diye sordu Rath. "Kan izi mi arıyorsun?"

"Yok, Delil Tespit Dairesi halletti o işi. Buradan metronun merdivenlerine kadar kan damlaları var. Firar arabasını bu defa park etmişe benziyorlar."

"Çoğul konuştun? Tanık yalnızca bir kişi gördüğünü söylüyor."

"Öbürleri yolun öbür tarafında duruyordu herhalde de ondan, kulisten göremezdi onları. İnceledim ben. O yüzden sloganlarını Volksbühne'nin duvarına yazmak istediklerini düşünüyorum. Onlara göre ideal bir yer. Karşısında bir sürü apartman var."

"İyi de, slogan filan yok ortada."

"Kaçmak zorunda kalmışlar." Gräf omuzlarını kaldırdı. "Kızıllar duvara bir şey yazamasalar bile kesin bir iz bırakmışlardır," dedi. "Ufacık bir boya damlası bile bu cinayetin de arkasında Wolff Grubu'nun olduğunu kanıtlamaya yeter."

Rath sesini çıkarmadı. Gräf'in tezi ona gittikçe daha az inandırıcı geliyordu. Özellikle de önceki günkü cinayetten sonra. Bu seferki demiryolu köprüsünün altındaki cinayete pek benzemiyor, daha planlı gibi gözüküyordu.

Gräf, "Pfeiffer ve Steinke," diye devam etti, "Müfreze Komutanı Dewald'in son saatleriyle, bir de özel ilişkileriyle ilgili bilgi toplamak üzere komando birliklerine gittiler."

Rath, maktulün özel ilişkileriyle Pfeiffer ve Steinke acaba ne kadar ilgilenir diye geçirdi içinden. Titizlik gerektiren bu konular polisin işiydi; o ikisinin becerebileceği bir şey değildi.

Bir gözü Delil Tespiti'nden gelen memurlardayken, Gräf'e, "Seninle bir dakika konuşabilir miyim?" dedi. "Yani baş başa."

Gräf başını salladı. Aralarında tekrar oluşan güven atmosferi onu sevindiriyor gibiydi. Birlikte yavaş yavaş Schönhauser Tor'a doğru yürümeye başladılar.

"Ee..." Rath söze nasıl başlayacağını bilemiyordu. "Konu Charly," dedi sonunda. "Dün gece eve gelmedi."

Reinhold Gräf şoke olmuştu, ama bir şey söylemedi.

Rath, "Dün akşam ceset haberi gelince onu o partide bırakmak zorunda kaldım," diye devam etti. "Wedding'de, hukukçu arkadaşlarının partisi. Bir avukatlık bürosunun açılış eğlencesiydi."

"Ee?"

"Sabah oraya gittim. Bir baskın olmuş."

"Neden?" diye sordu Gräf.

"Bilmem. Bilginin doğru olup olmadığından da emin değilim. Ama kapı açıktı. Işık yanıyordu."

"Dolaplar aranmış mıydı?"

"Sanmıyorum. Ortalık biraz dağınıktı. Sanki ev sahipleri dahil bütün herkes apar topar çıkmak zorunda kalmış gibi bir hava vardı. Emniyet müdürlüğünde Antonstrasse'de bir baskın olduğuna dair bir kayıt yok. Sizin adamlarınızın işi olabilir." Rath arkadaşının gözlerinin içine baktı; acaba dostluklarından geriye ne kadar ne kalmıştı? Veya Gräf'in bir zamanlar Charly'yle olan dostluğundan. "Rica etsem, ne olup ne bittiğini, Charly'nin nerede olduğunu araştırabilir misin?"

Gräf başını salladı. "Hemen ilgileniyorum." Elini Rath'ın omzuna koydu. "Çıkarırız onu oradan, sen merak etme."

Bunları söyledikten sonra telefon kulübesine yöneldi. Rath bir

Overstolz yaktı. Bugün kaçıncıyı içiyordu acaba? Bir buçuk sigaradan sonra Gräf geri döndü.

"Ee?"

"Wedding'de baskın filan olmamış. En azından bizim yaptığımız bir operasyon yok."

"Ama..."

"Bunun bir tek anlamı olabilir: Eğer emir Alex'ten de, Prinz-Albrecht-Strasse'den de gelmediyse, ya yanlış bilgilendirmedir ya da..." Gräf duraksadı.

"Ya da?"

"SA'dır."

"Böyle bir şeyi bildirmeleri gerekmiyor mu?"

"SA bu tip operasyonları bize danışmadan uygulamaz aslında. Kendi kendilerine değil, bizim talimatımızla harekete geçerler."

"Ama sizin haberiniz olmadan polislik oynamaları da ihtimal dahilinde, öyle mi?"

Gräf iç çekti. "Ne yapacaksın? SA, SA işte. Her zaman önünü alamıyorsun."

"Senin tanıdığın bir SA üyesi var, hani komşun. Ona soramaz mısın? Belki bildiği bir şey vardır."

Günün birinde Gräf'ten böyle bir şey isteyeceği, hele hele bir yıl önce meslektaşının banyosunda çıplak gördüğü sarışın Nazi'nin, o 175'liğin lafını edeceği Rath'ın aklının ucundan bile geçmezdi.

Gräf bu ricayı ciddiye alsın mı almasın mı diye kafasında tartıyor gibiydi. Rath'a önce kuşkuyla bir baktı, sonra başını salladı.

"Bana arabanı verirsen hemen Luisenufer'e gider Herr Kötter evde mi, değil mi diye bakarım. Belki hakikaten bir şey duymuştur."

Rath arabanın anahtarlarını ona attı. "Teşekkür ederim," dedi. "Ben gidip Lange'ye yardım edeyim. Döndüğünde haber ver."

Gräf "Sen de gel," demediği için müteşekkirdi ona. SA'lı oğlanın onu her seferinde saklayamadığı bir antipatiyle süzmesi bir tarafa, Reinhold Gräf'i bir daha o taşbebekle birlikte görmeyi içinin kaldıramayacağını hissediyordu.

Sigarasını söndürüp yirmi dört numaralı apartmana girdi. Önceki gün cesedin yattığı yerdeki kan izleri duruyordu. Onlara basmamaya çalışarak yukarı çıktı. Merdivenlerde birinci kattaki bir daireden dönen Andreas Lange'yle karşılaştı.

"Komiser Rath!"

"Günaydın Lange. Sizi de mi hafta sonu tatilinden alıkoydular?"

"Evet, bizzat Gräf hem de."

"Alt kat halloldu mu?"

Lange evet anlamında başını salladı. "İki aile de bir şey görmemiş, duymamış. Bir tanesi oturma odasında radyo dinliyormuş, diğeri de güya yatmış. İkisi de her şey olup bittikten sonra, polis sirenini duyunca olayın farkına vardığını söylüyor."

Rath düşündü. "Siz devam edin, ben de en yukarıdan başlayayım. Ortada buluşur, sonra bitişik apartmana geçeriz."

Kararlaştırdıkları gibi de yaptılar. Lange birinci kattaki diğer dairenin ziline bastı, Rath da yavaş yavaş dördüncü kata çıktı.

Zilinde Brachwitz yazan kapıyı çaldı. İçeriden önce tangır tungur sesler, ardından da ayak sesleri duyuldu.

Kapıyı üzerinde sabahlıkla bir kadın açtı. Saçı başı darmadağınıktı; gece pek iyi uyumamışa benziyordu. Rath'ı tepeden tırnağa süzdü.

"Günaydın Frau Brachwitz," dedi Rath. "Rahatsız ediyorum, kusura bakmayın..."

"Kocam evde yok," diye sözünü kesti kadın.

"Fark etmez." Rath rozetini çıkardı. "Rath, kriminal polis. İçeri girebilir miyim?"

Kadın başını salladı. Ev, ev sahibesinden daha iyi durumda, tertemiz, derli topluydu. Rath'ı oturma odasına aldı.

"Konunun ne olduğunu tahmin edebiliyorsunuzdur..." diye söze başladı Rath.

"Akşamki cinayet mi?"

"Evet." Rath hafifçe öksürdü. Konsantre olmakta zorlanıyordu; aklı devamlı Charly'ye gidiyor, duyguları öfke, korku ve vicdan azabı arasında bocalıyordu. Bilinmezlik aklını başından almıştı. Kıskansın mı, endişelensin mi bilemiyordu. Çalışırken unutacağını, kaygılarının dağılacağını ummuştu ama tam tersi olmuştu: Düşünceleri işini doğru dürüst yapmasını engelliyordu. Soruları bir robot gibi soruyordu.

İlk sorusu, "Olayı ne zaman duydunuz?" oldu.

"Bu sabah... Bütün apartman bunu konuşuyor."

"Akşam dikkatinizi çeken bir şey olmadı mı?"

Kadın başını sağa sola salladı. Kadının bu hareketi Rath'a biraz aceleci, biraz fazla işgüzarca gelmişti.

"Peki eşiniz?"

"Efendim?"

"O bir şey fark etti mi?"

"Theo yok ki."

"Dün de mi yoktu?"

"Eşim satıcı. Günlerce evde olmuyor bazen."

Rath oturma odasında gezinirken etrafına baktı. İyi döşenmişti, mobilyalar kaliteliydi. Herr Brachwitz iyi kazanıyor olmalıydı.

"Telefonunuz var," dedi Rath üzerinde siyah gerecin bulunduğu müzik dolabını işaret ederek.

"Evet, kocama mesleği icabı lazım."

Sözler ağzından günah çıkarıyor gibi çıkmıştı.

"Peki ya siz? Size lazım olmuyor mu?"

"Bazen oluyor."

Rath, bir gün önce Isolde Jäger'de tutan numarayı denemeye karar verdi.

"Emniyet müdürlüğünü bu apartmandan birisi arayıp haber vermiş," dedi. "Başka telefonu olan var mı?"

"Ben... Hayır..." Kadın gözlerini dikip Rath'a baktı, başka da bir şey söyleyhmedi. Yüzü kireç gibi oldu, dudakları titremeye başladı. Derken birden elleriyle yüzünü kapatıp hıçkıra hıçkıra ağlamaya başladı.

Rath yanına gidip onun gözyaşlarıyla ıslanmış elini tuttu.

Kadının kendini toparlaması epey sürdü.

Yaşlı gözleriyle Rath'a bakıyordu.

"Size ahlâk dersi verecek değilim Frau Brachwitz. Eğer Hans Dewald sizi ziyaret etmek için geldiyse bu benden hiçbir şekilde çıkmaz."

"Hans nerede kaldı diye bakayım dediydim; kışladan çıktığında aramıştı çünkü. Bir de ne göreyim, gözlerini bana dikmiş, evin önünde yatıyor. Öldüğünü hemen anladım."

"Hemen eve girip polisi aradınız, öyle mi?"

"Önce ne yapacağımı bilemedim. Ama onu orada öylece yatarken bıraksam, o da olmazdı. Sonra ismimi söylemeden telefon açtım."

"Size bunun için teşekkür borçluyuz Frau Brachwitz." Aklındaki soruları mümkün olduğu kadar dikkatli sormaya çalışarak, "Onu seviyordunuz, öyle mi?" dedi sonunda.

Kadın, Rath'ın gözlerinin içine bakıp başını salladı. Bakışlarında bu anlayışı için minnettarlık okunuyordu.

"Eşiniz hiçbir şey duymayacak Frau Brachwitz," diye devam etti Rath. "Kimse bir şey bilmeyecek. Ama benim Herr Dewald ile ne sıklıkta ve günün hangi saatlerinde buluştuğunuzu bilmem lazım."

"Ben..." Kadın bakışlarını yere indirdi. "Son günlerde her akşam," dedi sonra. "Hep saat dokuz buçuk civarında." Kafasını kaldırarak, "Theo bir haftadır seyahatte," dedi.

"Herr Dewald herhangi bir şey anlattı mı? Birisi dikkatini çekmiş, peşine bir adam takılmış olabilir."

Birden kadın irkildi; birisi anahtarla kapıyı açmaya çalışıyordu. Az sonra geniş omuzlu bir adam bitti oturma odasında. Rath'ı görünce gözleri fal taşı gibi açılmıştı.

"Ne işiniz var sizin evimde? Gertraud, ne oluyor burada?"

Adam çantasını bir tarafa, ceketini bir tarafa attı; ciddi ciddi dövüşe hazırlanıyordu.

"Sakin olun Herr Brachwitz!" Rath rozetini gösterdi. "Apartmanınızda dün gece bir cinayet işlendi, onun için buradayım."

Adamın bakışları karısıyla Rath arasında gidip geliyordu.

"Ya sen sürtük?" diye bağırdı. "Bu saatte niye hâlâ sabahlıkla dolaşıyorsun? Git üstüne doğru dürüst bir şey giy de gel!"

Kadın sabahlığını sıkı sıkı kavuşturarak odadan çıkarken Rath'a yalvaran gözlerle baktı.

"Kusura bakmayın Herr Brachwitz," dedi Rath satıcıyla yalnız kaldığında. "Karınıza biraz daha iyi davransanız fena olmaz."

"Polisi ilgilendirmez bu."

"Ona elinizi kaldırmadığınız sürece ilgilendirmez tabii. Ya da onu öldürmediğiniz sürece." Rath parmağıyla şapkasının kenarına dokunup kapıya yöneldi. "Bunu iyi niyetli bir tavsiye olarak görün. Kocadan kocaya."

26

Şansı vardı, Conny evdeydi. Hatta daha don gömlek dolaşıyordu ortada. Takım çavuşu bazı günler çok uyuyordu. Özellikle de bir önceki akşam SA operasyonlarına katıldıysa.

Conny ziyaretçisini başkalarının görüp görmediğinden emin olmak için merdivenlere baktı, Gräf'i içeriye çekip kapıyı kapadı.

Az sonra eğik tavanlı mutfaktaki küçük masada otururlarken, "Benim baskından filan haberim yok," dedi SA'lı adam. "En azından dün akşam bizim müfreze baskın yapmadı."

"Biliyorum." Gräf, Conny'nin ikram ettiği ılık kahveden bir yudum içti.

"Ama bugün bir operasyon var," dedi Conny. "Grenadierstrasse'deki Yahudilerin anasını ağlatacağız yine."

"Komando birlikleri mi?"

Conny ciddi bir ifadeyle başını salladı. "SA'ları katletmek öyle cezasız kalmamalı. Polisin de bir bok yediği yok."

"Bir bok yediğimiz yok mu? Dün gece yarısına kadar dışarıdaydım, bu sabah altıda kalktım..."

"Şimdi de burada oturmuş, kahveni yudumluyor, kimseyi ırgalamayan birtakım baskınları soruyorsun."

"Senin yardımcı olabileceğini düşündüm de ondan. Eski bir kadın meslektaşım söz konusu. Akşam bir avukatlık bürosundaki bir partideymiş. Büyük olasılıkla dağıtılmış sonradan."

"Hak etmişlerdir."

"Evet, baskının muhakkak haklı bir nedeni vardır. Charly'nin arkadaşlarını bilirim, aralarında salon Marksisti olanlar var. Ama kendisi için elimi ateşe koyarım."

Conny bir şey demedi, karşısındakine kuşkuyla bakmakla yetindi.

"Sizin müfreze lokalinde belki konuşuluyordur; biraz kulak kabartsan. Adı Charlotte Rath..."

"Halk düşmanlarıyla haşır neşir olmuş bir karının akıbetini mi öğrenmemi istiyorsun benden?" diye çıkıştı Conny. "Sonra? Oldu olacak hanımefendiyi senin hatırına bir de nezarethaneden çıkartayım. Hangi gerekçeyle peki?"

"Gözaltına alırken bir gerekçeye ihtiyaç duymadınız. Charlotte benim arkadaşım, anlamıyor musun?"

"Arkadaşın, öyle mi? Sürtüğe kesik misin yoksa?"

Conny kıskançlık mı yapıyordu? Neden bu kadar sert tepki göstermişti?

"Charlotte Rath sürtük değil," dedi Gräf. "Halk düşmanı hiç değil. Yeni döneme uyum sağlamakta biraz zorluk çekiyor, o kadar."

"Bunun sonuçlarına katlanacak o zaman."

"Hareketle baştan benim de sorunlarım oldu, biliyorsun."

"Evet, ama sen en azından milli davayı savunuyordun. Ya bu Charlotte? Seni yanlış anlamadıysam Yahudilerle, salon Marksistleriyle düşüp kalkıyor. Gizli Bolşevik belki."

"Yok canım! Charly polisti. Hem de iyi bir polisti. Polisle de evli."

"Kocası düşsün peşine öyleyse."

"Düşüyor."

"Ee, neden benim sorunum oluyor bu o zaman?"

Conny bana mısın demiyordu. Gräf onun ne inatçı olduğunu bilirdi. Ancak bu huyu ilk defa sinirine dokunmaya başlamıştı.

"Allah'ın bencilisin," dedi.

"Bencilim, öyle mi?"

Conny ayağa kalkmış, Gräf'in arkasına geçmişti. Gräf daha ne olduğunu anlamadan diğeri onu sandalyeden çekmiş, arkadan bir elini göğsüne, diğerini ise organına koymuştu.

"Madem öyle," diye fısıldadı ağzını Gräf'in kulağına yaklaştırarak, "şimdi gösteririm sana asıl bencilliği."

Gräf, Conny'nin ereksiyonunu hissetti; genç adamın onu o şekilde tutmasıyla birlikte anında kendisi de sertleşmişti. Hafifçe inledi. Bu adam nasıl oluyordu da istediği her şeyi yapıyordu ona? Kendisi neden her seferinde yelkenleri suya indiriyordu? Hep pişman olduğu halde.

27

Rath bir *Overstolz* yakıp Linienstrasse'den Schönhauser Tor'a doğru yürümeye başladı. Nerede kalmıştı şu Gräf? Duygu dünyası karmakarışıktı; hâlâ öfke, kaygı, kıskançlık ve çaresizlik arasında tökezleyip duruyordu. Komşu apartmanları Andreas Lange'ye bırakmış, ondan bir de olası kaçış yollarını tespit etmesini istemişti. Asıl derdi, metroya inen merdivenlerin oradaki telefon kulübesine gitmekti.

Yolda birtakım nokta nokta kahverengimsi kırmızı lekeler dikkatini çekti. Katil kaçarken elindeki cinayet silahından damlamış kandı bu. Gräf de hâlâ boya izi peşindeydi! Adam eskiden de soruşturma yürütürken zorlanırdı hep. Gräf emir kuluydu; kendisi karar vermek zorunda kaldığında çuvallardı. En azından Cinayet Masası'ndayken böyleydi; devlet polisinde neden başka türlü olsundu?

İz metro merdivenlerine gelince son buluyordu; basamaklarda hiç kan damlası yoktu. Gräf haklı mıydı yoksa; failler gerçekten metroyla değil de arabayla mı kaçmıştı? Failler değil, fail diye kendi kendisini düzeltti. Gertraud Brachwitz'le konuştuktan sonra cinayetin suçüstü yakalanmış komünist propagandacıların işi olmadığından, SA Hans Dewald'in bir süre günlük yaşamının her ânını takip ettikten sonra pusuya yatmış birisi tarafından katledildiğinden artık iyice emin olmuştu.

O ara kaldırımın dibinde soluk, yeşil bir kartvizit gözüne çarptı. Fazla düşünmeden yerden alıp arkasını çevirdi.

"Madam Luna istikbalinizi okur" yazıyordu. Altında ise bir sürü şey söyleyip hiçbir şey anlatmayan hamasi bir falcı metni vardı. "İnsanların söylediklerini değil, kalbinizin sesini dinleyin. Beklediğiniz aşkı hemen bulacaksınız. Madam Luna her zaman sizin yanınızda olacak, bunu iyi bilin!"

Birden Rath'ın gözünden yaşlar boşandı, elinde değildi, ağlamasını bir türlü durduramıyordu. Seni sulu gözlü götlek dedi kendi kendine. Sıradan bir panayır falcısının kartviziti onu allak bullak etmeye yetmişti. Otomata on fenik attığında çıkan bir Çingene ya da Hint fakirinin istikbalini söylediği kartlardan.

Sanki ona şans getirecekmiş gibi kartı cebine soktu. Kimseye göstermemeye çalışarak elinin tersiyle gözyaşlarını sildi. Sigarayı fırlatıp attı ve telefon kulübesine girdi. Telefon uzun uzun çaldı; her çalışında endişesi biraz daha büyüyordu. Tam bu denemenin de boşa çıktığını düşünüp kapatıyordu ki, telefon açıldı. Kalbi küt küt atıyordu.

"Buyurun."

Oğlanın sesiydi bu.

"Fritze!" Rath hayal kırıklığını belli etmemeye, sesinin neşeli, rahat çıkmasına çalışıyordu. "Nasıl gidiyor, bir bakayım dedim. Charly geldi mi bu arada?"

"Yoo."

"Haber çıktı mı hiç?"

"Yoo. Ama sorun değil, başımın çaresine bakıyorum. Çocuk değilim artık."

"Tamam öyleyse," dedi Rath, aslında tamamen aksini düşündüğü halde.

Çocuk, "Tam ocakta patates kızartıyordum, o yüzden telefona hemen bakamadım," derken gururlandığı belli oluyordu.

"İnsan yalnız kalınca her şeyi beceriyor. Mutfağı dağınık bırakma sakın!"

"Merak etme!"

Rath telefonu kapadıktan sonra yumruğuyla kulübenin duvarına vurdu. Allah kahretsin! Charly hangi delikteydi? Gräf denen pis herif nerede kalmıştı?

Tekrar yola çıktığında, Linienstrasse'den büyük bir hızla yaklaşan bir kamyon konvoyu gördü. Kasaları açıktı. Rath, araçlardaki teneke yakalı SA'ları seçebildi. Komando birlikleri harekâttaydı. Beş kamyon tam gaz Hankestrasse'yi geçti, keskin virajı alıp tekerleklerini gıcırdatarak Grenadierstrasse'ye saptı. Rath kamyonlardan birindeki sürücü kabininde Walter Fritsche'yi görür gibi olduysa da emin olamadı ama operasyonun iplerini sancak komutanının çektiğinden bir o kadar da emindi. Komando birlikleri Grenadierstrasse'deki Yahudileri "ziyaret ediyordu" anlaşılan. Tabii bu önlemin önceki günkü cinayet vakasını aydınlatmaya bir katkısı olmayacaktı, sadece SA'ya azması için gene bir bahane çıkmıştı.

Artık sokağı göremiyordu; en arkadaki kamyon enlemesine park etmiş, içindeki adamlar atlayıp zincir oluşturmuştu. SA sokaktan kimseyi salmıyordu; Grenadierstrasse bir kapana dönüşmüştü.

Rath Hankestrasse'yi geçip tekrar Volksbühne'ye geldi. Tam kulis kapısının önüne gelmişti ki, köşede kum rengindeki *Buick* göründü. Gräf arabayı yanında durdurup indi. Telaşlı bir hali vardı, yanakları kıpkırmızıydı.

"SA Grenadierstrasse'yi kapatmış," dedi. "Münzstrasse'de trafik tıkalıydı."

Rath'ı trafiğin o anki durumu hiç mi hiç ilgilendirmiyordu.

"Ee?" dedi. "Bir şey öğrenebildin mi?"

Gräf omuzlarını kaldırıp, "Maalesef Gereon," dedi. "Herr Kötter'in baskından haberi yok. Ama bu kesin bilgi anlamına gelmez, o Kreuzberg'de görevli, Wedding'de değil."

Herr Kötter. Sarışın Conny. SA ibnesi. Rath bir şey söylemedi. Hayal kırıklığı büyüktü.

"Ama soruşturacak," diye devam etti Gräf. Aynı anda da "ama soruşturacak"ın kulağa nasıl yavan gelebileceğinin ayrımına varmıştı sanki. "Müfreze lokalinde."

"Yine de teşekkür ederim," dedi Rath hiç de minnettarlık hissetmediği halde. Adam bunun için mi bu kadar geç kalmıştı. Sıfıra sıfır elde var sıfır.

"Kreuzberg'de görevli, Wedding'de değil."

Rath arabanın anahtarlarını geri aldı. Yapılacak bir şey daha var dedi kendi kendine birden.

Buick'in kapısını açarken Gräf'e dönüp, "Şimdi aklıma geldi, ben de sorabileceğim bir SA tanıyorum," dedi.

"Nasıl?"

Rath, "Hem de Wedding'de," diye hırladı ve arabasına bindi.

"Gereon, böyle apar topar gidemezsin... Burada lazımsın bize... Görev başındasın..."

Gräf artık ne dese boştu.

"Bal gibi giderim," dedi Rath. "İşine gelmiyorsa da cehenneme kadar yolun var. Benim derdim Charly!"

Arabanın kapısını çarpıp kontağı çevirdi. Motor daha sıcaktı, araba hemen çalıştı.

Boyenstrasse'ye on dakikada gitti. Daha önce niye düşünmemişti bunu? Aptal aptal Gräf'i bekleyip bir sürü zaman kaybetmişti. Müfreze lokalinin önünde koyu mavi büyük bir *Hanomag* limuzin duruyordu. Rath otomobilini yolun karşısına park edip lokale girdi. Walter Bestmann tezgâhın arkasında durmuş, bardakları parlatıyordu. İçeri dalan kişiyi görünce gözleri fal taşı gibi açıldı.

Rath, "Müfreze komutanı bugün burada, değil mi?" deyip barın önünden geçip koridora çıkan kapıya yöneldi.

"Bir dakika," dedi Bestmann, "öyle pat diye giremezsiniz oraya!"

Rath kapıyı açmıştı bile. Az önce lokalde barmenin dışında hiçbir Allah'ın kulu olmadığını görünce şaşırmış, ancak şimdi durumu anlamıştı. Altı kahverengi gömlekli, üzerinde bir tomar banknot bulunan yazı masasının etrafına toplanmıştı. Rath'ı görünce önce afalladılar, akabinde silahlarına davrandılar.

Rath ellerini havaya kaldırdı. "Korkmayın, gangster değilim," dedi. "Komünist de değilim."

Peşinden gelip kapıda gözüken Bestmann, "Beyefendi polis," dedi. "Size sözünü ettiğim komiser."

Yazı masasının arkasında oturan adam ayağa kalktı. Cılız, sıradan, hiçbir albenisi olmayan biriydi. Hermann Lapke'nin bir zamanlar Berlin'in en insafsız, en gaddar eşkıyalarından biri olduğuna inanmak zordu. Belki de hâlâ öyleydi. Kahverengi üniformasına rağmen. Adamın belli belirsiz bir işaretiyle diğerleri tabancalarını tekrar kılıfına soktu.

Lapke, Rath'ın önüne dikilip, "Komiser bey," dedi, "bir yenilik var mı? Ülküdaşımız Kaczmarek'in elim ölümünden kimin sorumlu olduğunu nihayet buldunuz umarım. Adamlarımı zor zapt ediyorum, bir an önce o kızıl domuzun suratına ne düşündüklerini söylemek istiyorlar."

Rath, "Kendinizi o kadar güvende hissetmeyin Lapke," dedi. "Sizin kim olduğunuzu çok iyi biliyorum. Adamlarınızı hangi bataklıkta bulduğunuzu da."

Lapke'nin çelimsiz omuzlarına oranla büyük olan kafası hafif kızardı; eski gangster şefi istifini bozmamaya çalışıyordu.

"Müfreze komutanı daha doğru bir hitap olur komiser bey. Ben de size Rath demiyorum gördüğünüz gibi."

"Arkadaşınız Sperling ismimi söyledi size demek..."

"Tabur Komutanı Sperling, zavallı ülküdaşımız Kaczmarek'in bir gangster olduğunu düşündüğünüzü de söyledi."

"En azından eskiden Kuzey Korsanları mensubuydu. Tıpkı sizin gibi."

"İnsanlar değişebilir komiser bey. Hapis cezaları tekrar topluma uyum sağlamaya yarar. Sisteminizin başındakiler böyle öngörmemiş miydi?"

"Yeni emniyet müdürü öyle öngörmüyor, ona göre profesyonel suçlular hayat boyu profesyonel suçlu kalır."

"Sizin derdiniz nedir Komiser Rath? Bana ve adamlarıma hakaret etmek mi?"

"Sizin ve adamlarınızın haksız yere kodese tıktığı insanları kurtarmak."

"Neyi kastettiğinizi anlamıyorum."

"Bu cümleyi kaç kez duydum, biliyor musunuz? Hep de namussuzların ağzından çıkar."

"SA haksız yere bir şey yapmaz, onu kafanıza koyun. Hak hukuk kendi inşa ettiğimiz hak hukuk."

Rath kapıya doğru bir adım attı.

"Nereye gidiyorsunuz?" dedi Lapke.

"Tuvalete. Laflarınızdan midem bulandı."

Rath bunları söyleyip koridora, oradan da çelik kapıyı açarak avluya çıktı. Avluya iki tane kamyon park etmişti.

Rath tuvalet kapısının önünden dümdüz geçip üstünde GİRMEK YASAKTIR yazan kapıyı seçti.

Arkasından birisi, "Durun, oraya giremezsiniz," diye bağırdı. Ancak Rath kapıyı açıp içeri girmişti bile.

Burnuna yoğun bir kan kokusu geldi; buna hazırlıklıydı. Ancak hiç beklemediği bir koku varsa, o da dumansız baruttu. Kan, barut ve erkek teri kokusu. Mezbaha sanki Otuz Yıl Savaşları garnizonuydu.

Başka bir kapı daha gördü ama onu açamadı; arkasında bir tabancanın horozu çıt etmişti. Üzerine bir kere daha çıt etti.

"Eller yukarı!"

Rath emre uydu. Girdiği oda, tavanında altı yarım domuzun asılı olduğu bir buzhaneydi. Ancak çevreye uymayan bir şey daha asılıydı: boş bir kasap kancasının ucunda bir kumaş parçası sallanıyordu. Koyu renkti, sanki şık bir takım elbiseye aitti.

"Dön!" diye ikinci bir emir geldi. Rath arkasına döndü.

Önünde ellerindeki *Browning*'leri ona doğru çevirmiş iki kahverengi gömlekli duruyordu. Adamlar daha bir şey söyleyemeden veya ateş edemeden, arkalarında Hermann Lapke göründü; ardı sıra ofisindeki adamlar da gelmişti. Rath elleri havada, yavaş yavaş buzhaneden çıktı. Üzerlerinde kasap satırları ve boy boy bıçakların sıralandığı dizi dizi tezgâh ve kıyma kütüğünün bulunduğu hangar gibi bir yerdeydiler.

"Tebrikler Lapke," dedi. "Adamlarınız seri."

Gene Hermann Lapke'nin belli belirsiz bir işaretiyle iki kahverengi gömlekli Rath'ın kollarını tutup arkaya çevirdi. Ardından şeflerinin önüne diktiler. Rath'ı öyle sıkı kavramışlardı ki, sıyrılıp kurtulmasına olanak yoktu.

"Buraya girmeye hiçbir şekilde hakkınız yok komiser bey!" dedi Hermann Lapke.

"Olabilir de, saklayacak bir şeyiniz yoksa neden rahatsız oluyorsunuz?"

"Bizimle ilgili bir şüpheniz varsa kurallara uygun davranır, komando birliklerini haberdar edersiniz."

"Samimi dostunuz Sperling'i yani, öyle mi? Kediye peynir ısmarlamak olmaz mı bu? Sizi nahoş soruşturmalardan muaf tutması için kaç para veriyorsunuz ona?"

"Yeter artık komiser bey!" Lapke, Rath'ın burnunun dibine kadar yaklaştı; o kadar ki, Rath adamın ağız kokusunu duyuyordu. Komiserin yakasına yapışıp, "Sizi kurşunlayıp yere sermemem için bir neden söyleyin bana!" dedi.

"Bir polis memurunu öldüremezsiniz Lapke."

"Öyle bir şey yapmadığımı nereden biliyorsunuz?"

Lapke, gözünü Rath'ın gözüne dikmiş bakıyordu. Komiser bir an adamın tabancayı çekip onu vuracağını düşündü. Rath gangsteri provoke etmişti; pek de gurur duymuyordu yaptığı işten. Sağlı solu belli olmayan bir Lapke hakikaten her şeyi yapabilirdi. Ancak hiç değilse bir kez asıl yüzünü göstermişti.

"Kusura bakmayın Sayın Müfreze Komutanı Lapke," dedi Rath,

"buraya gelmemin nedeni, birisini merak etmem. Eşim dün akşam Antonstrasse'deki bir avukatlık bürosunun partisine davetliydi. Bu parti bir SA baskınıyla dağıtılmış."

Lapke hâlâ burnundan soluyordu. Küstahlıktan aşırı nezakete ani geçişlere alışık olmadığı belliydi; Rath ise bunu çok iyi becerirdi. Yine de Rath'ın yakasını bıraktı ve biraz geriye gitti. Küçük yüzünde bir sırıtış peydahlandı.

"Eşiniz mi?" dedi. "Baştan söylesenize."

Hâlâ avlunun girişinde duran adamlarına dönüp, "Siebold! Dosyayı getirin!" diye bağırdı.

Uzun boylu bir SA birden kayboldu, az sonra elinde koskoca bir klasörle döndü, Lapke'ye uzattı. Müfreze komutanı Rath'a göstermemeye özen göstererek parmağını dosya kâğıdının üzerinde gezdirdi.

"Rath," diye mırıldanıyordu, "Rath... Rath... Rath... Hah, buldum, Rath, Charlotte, Carmerstrasse, Charlottenburg. Bu mu eşiniz?"

Rath evet anlamında başını salladı.

"Zenci orospusu yazıyor burada..."

Lapke de karşısındakini kışkırtmaktan geri kalmıyordu. Rath kendini tutmalıydı. Onu iki kolundan sıkı sıkı kavrayan adamlar yüzünden zaten başka bir şansı da yoktu.

"Nerede şimdi?" diye sordu.

"Elimizdeki belgelere göre gerçekten de devleti yıkma planlarını boşa çıkardığımız liberal zihniyete sahip salon komünistlerinden oluşan bir gruba dahil olmuş."

"Ne yaptınız ona?"

Lapke, "Fazla bir şey yapmadık canım," derken manikürlü tırnaklarına bakıyordu. Rath'ı meraktan çatlatmaktan zevk aldığı açıktı. "Çetenin diğer mensupları gibi onu da gözaltına aldık. Bir gece hataları üzerine düşünme fırsatı verdik ona. Kimlik bilgilerini aldıktan sonra tabii ki salıverdik."

"Söylediklerinizin bir kelimesine inanmıyorum."

"Daha eve gelmedi mi?" Lapke pis pis gülüyordu. "Belki beraber yakaladığımız zenciye gitmiştir. Siyah erkekler için cinsel organları yerinde derler. Sizinki ise..." Gözlerini Rath'ın bedeninde aşağılara kaydırıp, "Kusura bakmayın da, sanki biraz küçük gibi," dedi.

Sonra adamlarına dönüp, "Atın bunu dışarı," dedi.

Kahverengi gömlekliler Rath'ı çeke çeke mezbahanın kimbilir kaç ton kan sızmış tahta tezgâhlarının önünden sürükleyerek küçük bir kasap dükkânına soktu. Kapıyı açtıklarında çıngırak öttü.

Arkalarından gelen Lapke, "Hayırlı pazarlar komiser bey," dedi. Bir kaşını kaldırması yetmişti. SA'lar Rath'ı kapıdan dışarı fırlattı. Rath alçak merdivende tökezledi, dengesini bulmaya çabalarken Boyenstrasse'nin kaldırımına kapaklandı. Birisi arkasından şapkasını fırlattı.

Lapke kasap kendisiymiş gibi dükkânın önünde dikilmişti.

Müfreze komutanı, "Size bir tavsiyem var komiser bey," dedi. "Bir daha habersiz gelmeyin. Sizi komünist filan sanıp, öldürebilirdik."

Rath ayağa kalkıp üstünü başını silkelerken, gene geleceğim, bunu bil dedi içinden. Mutlaka geleceğim.

28

Arabayı ilk gördüğü telefon kulübesinin önünde durdurdu. Telefon uzun uzun çaldı; bu ona yarım asır gibi gelmişti. Sonunda açıldı.

"Buyurun."

"Fritze! Benim, Gereon. Charly geldi mi?"

"Mmh," dedi oğlan ağzı dolu.

"Çağır o zaman telefona."

"Gelir gelmez köpekle dışarıya çıktı. Temiz havaya ihtiyacım var dedi."

Charly anlaşılan çocuğa bir şey anlatmamıştı. Böylesi daha iyiydi.

"Döndüğünde söyle, ben yoldayım, eve geliyorum. Birazdan yanınızdayım, tamam mı?"

"Tamam. Bir şey mi oldu?"

"Yok. Sizinle şöyle sakin bir akşam geçirmek istiyorum, o kadar."

"Pazar günleri çalışmak boktan bir şey, değil mi?"

"Böyle lafları ağzına almaman gerektiğini biliyorsun."

Rath telefonu kapattıktan sonra eline baktı; hâlâ titriyordu. Telefon kulübesinde yere oturup sakinleşmeye çalıştı. Yavaş yavaş kendine geliyordu. Eli tabakasına gitti.

Yarım saat sonra eve gittiğinde Charly ile Fritz oturma odasında oturmuş radyo dinliyordu. Charly hep kendini vererek bir şey dinlediğinde yaptığı gibi alnını kırıştırmıştı; onu görünce "sessiz ol" der gibi parmağını dudaklarına götürdü. Rath önce dikkatlerini siyasi bir programa verdiklerini düşündü; ama dinledikleri başbakanın konuşması filan değil, sıradan spor haberleriydi.

Charly'yi sapasağlam görünce mutluluktan boynuna atlamak istemişti, ama kadın onu sanki hiçbir şey olmamış gibi karşıladı. Fritze'nin onun son yirmi saati nerede geçirdiğini öğrenmesini istemediği belliydi.

Hoparlörlerden futbol spikerinin sesi duyuluyordu. Bir milli maçtı bu, İtalya'daki dünya kupasından naklen yayınlanıyordu. Rath, Charly'nin bu spor dalına ilgi duymasını anlayamamış gitmişti. Tenisi anlayabilirdi, hadi boks, bisiklet yarışı, bunlar da tamamdı ama futbol? Bunun nedenini adeta taptığı babasının onu eskiden takımı Hertha'nın Plumpe Stadı'ndaki maçlarına götürmüş olmasında aramak gerekiyordu muhtemelen. Fritze'ye gelince; onun için zaten başka bir spor dalı yoktu. Ne zaman arkadaşlarıyla buluşsa futbol oynuyorlardı.

Rath yanlarına gitti ve Charly'nın alnına bir öpücük kondurdu. Kadın onun elini sıkıca tutup hemen bıraktı. Rath söylemek istediklerini yutmak zorunda kaldı. Spikeri doğru anladıysa Almanya, Çekoslovakya'yla karşılaşıyordu. Yarı finaldi. Çekler sonunda 3-1 galip geldi.

Charly, maç bitip de müzik programı başlayınca radyoyu kapattı. Zaten her yerde sadece o "haşmetli" ezgiler vardı; yani ya Wagner ya da marş müziği. Hafif müzik azalmış, caz ise tamamen ortadan kalkmıştı. Bereket Rath'ın plak koleksiyonu vardı. Rath ailesinin müzik dolabındaki pikap, radyodan daha fazla işlev görüyordu.

Charly, "Yemeği hazırlayayım," diyerek mutfağa gitti.

Charly'nin ona özellikle de sofradaki bakışları çok manidardı, ama üzerinde konuşmaya can attıkları konuyu bütün akşam açmamaya dikkat ettiler. Ancak açmasalar da Rath, Charly'nin onun ne olup ne bittiğini bildiğini biliyordu. Artık zor dayanıyordu; Charly ile yalnız kalmak için neredeyse oğlanı dışarı atacaktı. Ama Fritze yatana kadar sabredecekti, başka çaresi yoktu. Charly, ancak çocuğun odasının kapısı kapandıktan sonra Rath'ın ona sarılmasına izin verdi.

"Nasılsın?" diye sordu Rath.

Kadın başını sallamakla yetindi.

"Domuzlar sana bir şey yaptıysa söyle bana."

"Bir şey yapmadılar, ama domuz oldukları konusunda haklısın."

Charly gülümsemeye çalıştı; hâlâ yiğitliğe leke sürmemeye çaba gösterdiği belliydi. Rath dolaptan konyak şişesini çıkarıp kadehlerini doldurdu.

Charly, "Teşekkür ederim," deyip bir yudum içti.

Juno paketine sarıldı; Rath sigarasını yaktı.

"Bütün gün aradım seni," dedi. "Sonunda yerini öğrenip gittiğimde artık salıverilmiştin."

Ceketinin cebinden tabakasını çıkardı. Kıskançlık konusunu açmak yersiz olurdu.

"Diğerleri ne olmuş?" diye sordu Charly.

Rath ona soran gözlerle baktı.

"Öbürleri diyorum. Guido. Manfred. Mohamed Husen. SA herkesi götürdü, garson kızları bile aldılar."

"Diğerlerini de serbest bırakmışlardır."

"Guido'ya ulaşamıyorum. Manfred'e de."

"Belki onları biraz daha süründürmek niyetindelerdir. Hep yapıyorlar bunu. SA'nın güç gösterisi."

"Oraya gittiğini söylüyorsun, öbürlerini sormadın mı? Nerede olduklarını bile bilmiyorsun, öyle mi?"

"Ben seni aradım Charly. Ne yapmamı bekliyordun? Zaten Lapke'nin müfreze lokalinde biraz sorup soruşturayım dedim, adam beni yaka paça dışarı attırdı."

"Lapke mi? O Lapke mi?"

"Evet." Rath bir sigara yaktı. "Hermann Lapke, bizzat Kuzey Korsanları'nın şefi..."

"Ciddi misin?"

Rath başıyla onayladı.

"Müdahale etsenize."

"Elimizde yeteri kadar kanıt yok. Yani hâlâ suç işlediklerine dair."

"Özgürlük gaspı bir suç! Buna karşı çıkmak lazım."

"Charly, SA'dan bahsediyoruz. Şehrin her yerinde insanları içeri aldılar. İşlerine gelmeyen herkesi."

Charly ona yine Rath'ın nefret ettiği ve "Aman Tanrım, ne kadar safsın!" diyen o bakışı fırlattı. Ancak saf olan asıl kendisi değil miydi?

"Klasik suçları kastediyorum," diye devam etti. "O temiz SA müfrezesinin Kuzey Korsanları'yla hâlâ iç içe olduğunu kanıtlayabilirsek Ernst Röhm bile adamların işini bitirmekte tereddüt etmeyecektir."

"Nasıl bir iç içelik mesela?"

"Silah ticareti, şans oyunları, haraç..." Rath omuzlarını kaldırdı. "Ne bileyim. Bildiğim tek şey, Lapke'nin SA komando birlikleriyle ilişkilerinin iyi olması; komandoların gözü de SA içerisindeki ayrıkotlarının üstünde."

"Bundan nasıl bir sonuç çıkarıyorsun?"

"Lapke'nin birtakım gizli işler yürüttüğü, komando birliklerinin de onu kamufle ettiği sonucunu çıkarıyorum."

"Yani bir kere suçluysan hep suçlu sayılırsın, öyle mi?"

"Öyle de denebilir."

"Kafan Nazi kafası."

"İtiyadi suçlu diye bir şey olduğunu savunuyorum diye mi söylüyorsun öyle? Bana kalsa, herkese ikinci bir fırsat verilmeli Charly. Ama Lapke ona tanınan çok sayıda ikinci fırsatı kötüye kullandı." Başını iki yana sallayarak, "Yok, alçak insanlar var dünyada, Hermann Lapke de onlardan birisi," dedi.

Sigarasını söndürüp ardından hemen yenisini yaktı.

"Kimbilir gözaltına aldıklarına neler yaparlar," diye devam etti. "Hayvan kanının aktığı yerde insan kanı herhalde göze batmaz."

Charly bir şey söylemedi, ama endişeli olduğu her halinden belliydi. Arkadaşları için kaygılanıyordu. Biraz fazla mı ileri gitmişti?

"Merak etme," diye ekledi hemen. "Normal vatandaşlara bir şey yapmazlar. Baksana, seni de hemen salıverdiler. Komünist değilsiniz ya sonuçta."

Charly'nin düşünceli bir hali vardı. "Beni çıkardıklarında," dedi, "bir adam gördüm, kıyafetine bakılırsa, operada tutuklayıp getirmişlerdi. Çok hırpalamışlardı. Komünist olduğunu hiç sanmıyorum."

Rath'ın aklına kasap kancasının ucunda gördüğü bez parçası geldi; o da pek işçi tulumu kumaşına benzemiyordu. Bir şey söylemedi. Sırıtıktan ne kadar haz etmese de, onun bile Kuzey Korsanları'nın eline düşmesini istemezdi.

Sigara dumanını küçük halkalar halinde yükselip yok olana kadar izleyen Charly'ye baktı. Sonra kadehlerini tekrar doldurdu. Bir süre konuşmadılar. Rath'a, Charly bakışlarını ondan kaçırıyor gibi geldi. Elini tutmak istedi, elini de çekti.

Birden o sessizliğin ortasında telefon çaldı, Rath iyice huzursuz olmuştu. Charly iğne batırmışlar gibi yerinden sıçradı. Fırlayıp telefona gitti. Rath saate baktı. Dokuza geliyordu; dışarısı kararmıştı.

Charly ahizeyi kaldırdı.

Endişe dolu yüz ifadesi, karşıdakini dinledikçe aydınlandı.

Bir süre sonra, "Allah'ım, çok sevindim çıktığınıza," dedi. "Neredesin? Büroda mısın? Geleyim mi?"

Gene karşıdakini dinledi. "Yoo, ortalığı toplarım diye sordum."

Hattın öbür ucundaki yine bir şeyler söyledi.

"Tamam, nasıl istersen. Sabah görüşürüz o zaman."

Telefonu kapattı. Arayanın kim olduğunu söylemesine gerek yoktu. Rath yanına gidip elini omzuna koydu.

"Haklıymışsın," dedi Charly. "Hepsini bırakmışlar."

"Güzel. Ama bu da Lapke'nin işine yaramayacak. Elim yakasında!"

Charly Rath'ın gözlerine bakıp gülümsedi. Sonra ona bir daha bırakmamak istercesine sıkı sıkı sarıldı.

29

Charly nihayet tramvayda gazeteleri karıştırmaya fırsat bulmuştu. Hiçbir yerde Wedding'de bir baskın yapıldığı yazmıyordu. Buna karşılık SA komando birliklerinin toplum polisiyle birlikte Grenadierstrasse'de kotardığı operasyon dört sütun üzerinden verilmiş, habere göre güvenlik güçleri bir dizi sözde hafif suçlu ve çoğu Yahudi olan kâğıtsız yabancı ele geçirmişti. Bu büyük baskının az ileride katledilen SA ile ilintili olduğuna dair de tek satır yoktu. Bazen basının neleri haber yapmadığını bilmek de ilginç oluyordu; hatta bu neleri haber yaptığını veya haber yapmak zorunda kaldığını okumaktan yer yer daha da ilginçti.

Charly spor sayfasını açtı; o bile siyasetten veya es geçme sanatından arınmış değildi. Şimdiye kadar İtalya'daki dünya kupasını, Alman milli takımının maçlarını yağlayıp ballandıran *Tageblatt* bile Çekoslovakya karşısında önceki günkü mağlubiyeti iki satırla geçiştirmiş, başlıkta bile yer vermemişti. *Futbol dünya kupasının final karşılaşması İtalya ve Çekoslovakya arasında. Mağlubiyetin sorumlusu kaleciydi; bir başka neden de Gramlich'le Hohmann'ın o gün oynamamasıydı.* Charly bunu iyi değerlendiremezdi, ama iktidar yanlısı basının Avrupa'nın son demokratik kalelerinden biri olan Çekoslovakya'ya karşı bozguna uğramayı, turnuvadan elenme gibi bir hezimeti kolay sindiremediği belliydi.

Almanlar iyi mücadele vermişti; Charly'nin turnuvadan sıtkının sıyrılmasının asıl nedeni, basının Almanların her galibiyetini sanki golleri bizzat Hitler atıyor gibi göklere çıkarmasıydı. Üstelik adamın futbolla uzaktan yakından ilgisi yoktu. Bu yüzden Charly Alman milli takımına ne kadar sempati beslese de, Çekoslovaklara yenilmesine içten içe sevindiğini fark etti. Naziler bozulmuştu ya. Ayrıca Antrenör Otto Nerz, İtalya'ya bir tane Herthalı götürmemişti. Oh olsundu!

Gazeteyi bırakıp pencereden dışarıya baktı. Tramvay o anda Turmstrasse'den geçiyordu. Moabit, eski mahallesi. Charly eski günleri anımsayınca içi cız etti. Gençliğini mitleştirecek kadar yaşlanmış mıydı? Yoksa bugünü mü sevmiyordu?

Kamuoyu koskoca bir çetenin SA müfrezesi maskesi altında ve kahverengi üniformanın himayesinde kirli işlerini devam ettirdiğini duysa ne derdi? Gazeteler yazar mıydı bunu?

Kahverengi gömleklilerle kötü deneyimler yaşayan bir tek Charly değildi tabii. Kaç tane suçsuz, akıllı uslu insan bir yıldır istediği her şeyi yapmakta özgür olduklarını düşünen bu barbarların zulmüne uğramıştı acaba? Aklına Landsberger Allee'deki masum ihtiyar geldi. Sadece o muydu? Arkadaş çevresindeki herkesin SA'yla nahoş bir hadise yaşayan en az bir tanıdığı vardı muhakkak.

Sabah oğlanın yanında tekrar konuyu açmamışlardı, ama Gereon'un Kuzey Korsanları ve SA müfrezelerinin belini bükmek için elinden geleni yapmayı kafaya koyduğundan emindi. Hermann Lapke bir hata yapmış, Charly'nin canını yakmıştı; Gereon'un bu konuda şakası yoktu.

Sabah öyle iyi, öyle centilmendi ki. Onu arabayla avukatlık bürosuna bırakmayı teklif etmişti. Charly her şeyin her zamanki gibi normal seyrinde gitmesi gerektiğini düşünüp reddetmişti. Normalliği istemesinin sebebi yalnız çocuk değildi; kendisinin de buna ihtiyacı vardı. Normal bir pazartesi, normal bir işgünü olmalıydı. Fritze'nin gazetesini aşırıp Steinplatz'dan doğrudan Wedding istikametine giden beş numaralı tramvaya binmişti. Fakülteden mezun olduktan sonra sabahları tramvayla Lichtenberg'deki Asliye Ceza Mahkemesi'ne gittiği günleri hatırladı.

Araç Müllerstrasse'ye saptığında Charly *Tageblatt*'ı katladı. Leopoldplatz'da inmesi gerekiyordu.

Avukatlık bürosuna girdiğinde temizlikçi yerleri siliyordu. İki gün önce olan bitenlere veya olağanüstü bir şey yaşandığına dair en ufak bir işaret yoktu. Charly ıslak zeminde dikkatle yürüyüp Guido'nun ofisine girdi. Genç adam masasında oturmuş, sanki gayet olağan bir hafta sonunu ardında bırakmış gibi dosya inceliyordu.

Charly, "Hukuk stajyeri Charlotte Rath emrinize amadedir," dedi.

Guido'nun yüzü aydınlandı.

"Charly," diyerek ayağa kalktı. "Seni sağ salim görmek ne güzel."

"Bilmukabele."

Kucaklaştılar.

Guido bir süre sonra, "Nasılsın, neler yaşadın?" diye sordu.

Charly ne diyeceğini bilemedi. Olup bitenler hakkında konuşmak istemiyordu; omuz silkmekle yetindi. Sonra, "İlk güne yetiştirmişsiniz, büro pırıl pırıl," dedi.

"Sen dün akşam görecektin burayı." Guido güldü. "Konuklar mı ofisin altını üstüne getirdi, SA mı bilemiyorum. İşimiz artık müşteri beklemek."

"Umarım o akşam yaşadıkları onları gelmekten alıkoymaz. Gerçekten hepsi salıverildi mi?"

"En azından SA'nın cumartesi günü buradan alıp götürdüklerinin hepsi."

Guido'nun bakışları kapıya kaydı, kapı açıktı. Charly vaziyeti anladı, kapatıp kilitledi. Genç adam ona sigara tuttu. İkramı geri çevirmeyen Charly, Guido sigarasını yaktıktan sonra konuk sandalyesine oturdu.

Avukat tekrar yazı masasına geçti, sigarasından derin bir nefes çektikten sonra, "Sonuçta hepimizi kefaletle serbest bıraktılar," dedi.

"Ne kefaleti? Bir SA kamyonette böyle bir şeyden bahsetmişti, hani bizi teskin etmek ister gibi. Bu nasıl bir rezillik? Sen de buna hayır demedin, öyle mi? SA'nın böyle bir şeye yetkisi yok ki."

"Birçok şeye yetkileri yok, ona rağmen yapıyorlar. Yine de," deyip önündeki kâğıtları gösterdi, "bu iş böyle bitmez, ben uğraşacağım. Bu ülkede hâlâ mahkemeler, hâlâ hukuk devletine inanan hâkimler var."

"Ya sen? Sen de inanıyor musun hukuk devletine? Bütün bu olanlardan sonra..."

"İnanmasaydım bu büroyu da açmaya gerek duymazdım. Anavatanımızı anavatan yapan şeylerden mücadelesiz vazgeçemeyiz."

"Evet." Onun böyle konuşması Charly'yi sevindirmişti.

"Bin beş yüz mark, düşün. Beş yüz benim, beş yüz Manfred'in, konuklarımız için de yuvarlak hesap beş yüz mark. Bir de üstü kapalı, eğer Wedding'de rahat rahat çalışmak istiyorsanız, 101. SA Müfrezesi'ne ara sıra küçük bağışlarda bulunursunuz dediler."

"Kepazelik! Şantaj bu düpedüz! Önce fidye diye zorluyorlar, sonra bir de haraç ödeyin diyorlar."

Guido parmaklarını dudaklarına götürüp kapıyı işaret etti. Masanın üzerine eğildi, sesini alçaltarak, "Tabii düpedüz şantaj," dedi. "Ama böyle konuşmayalım. Muvaffak olmak istiyorsak SA'yı suç örgütü olarak anmamamız lazım."

"Ya hakikaten öyleyse?"

Charly de masaya adamakıllı yanaşmış, fısıldayarak konuşuyordu. Temizlikçi kadın kulağını iyice kapıya dayasa bile bir şey duyamazdı.

"Bizi tutsak alan SA müfrezesinin hemen hemen tamamı Kuzey Korsanları mensubu," dedi ve Guido'ya Gereon'un bildiklerini anlattı.

Beriki dikkatle dinledi; dinledikçe yüzü aydınlandı.

"Kuzey Korsanları mı?" dedi. "Bu bizim büyük oranda önümüzü açar. Polis de yanımızda, öyle mi?"

"Gereon yanımızda. Buda'ya, yani Asayiş Şube Müdürü Gennat'a anlatacak bugün her şeyi."

"Bir an önce yapsın. Çünkü yanılmıyorsam 101. Müfreze bu oyunu büyük çapta oynayacak." Bir an duraksadı, gözü tekrar kapıya gitti. Sonra, "SA'nın bodrumunda başka tutuklular da vardı Charly," dedi.

"Biliyorum. Bir tanesini gördüm galiba. Komüniste benzer bir hali yoktu."

Guido ceketinin cebinden bir şey çıkardı ve masanın etrafını dolanarak yanına geldi. "Yandaki hücrede bir adam vardı; duvardaki küçük bir delikten yararlanıp biraz konuşabildim onunla." Devam etmeden önce genzini temizledi. "Bu adam haftalardır SA'nın elindeymiş. Kefalet ödemeyi reddediyormuş, kimbilir adama neler yaptılar, duymak, bilmek istemiyorum. Ödememekte de haklı, yirmi bin istiyorlarmış."

Charly, Gereon'un izlenimlerini, Korsanlar'ın mezbahada insanlara işkence yaptıkları yönündeki tahminlerini geçirdi aklından. Ama bir şey söylemedi.

Guido, "Bana bir kâğıt verdi," diye devam ederek, Charly'nin eline bir şey sıkıştırdı.

Charly kâğıdı düzeltti. Yağ içindeydi; sanki yüz kere katlanmış, yüz kere düzeltilmişti. Genç kadın mektubu okur okumaz ne yapması gerektiğini anlamıştı.

30

Gennat, Rath'ı gene ofisinde görmekten rahatsızlık duyuyor gibiydi.

"Devlet polisine gitmeyecek miydiniz siz? Duyduğuma göre cumartesi günü yine bir SA'nın cesedi bulunmuş."

"Öyle müdür bey."

"Burada ne işiniz var o zaman? Son konuşmamızda kendimi gayet net ifade ettiğimi düşünüyordum."

"Müdür bey, yalnız konuşmamız gerekiyor. Buraya niye geldiğimi duyunca eminim Gestapa'ya benim için mazeret bildireceksiniz."

"Hımm," diye homurdandı Buda. "Anlatın bakalım. Umarım dediğiniz gibi olur."

"Anlatacaklarım Wedding'deki 101. SA Müfrezesi ile ilgili."

"O kadar takmayın onlara. Bir ihbar daha var haklarında. Soruşturmalarınızda onlarla uğraşıp durmayın. SA Kaczmarek mutlaka melek değildi ama..."

"Söz konusu olan yalnız Kaczmarek değil müdür bey. 101. Müfreze'de bir şeyler rabıtasız. Eski bir yeraltı çetesini kamufle etme işlevi görüyor. Adamlar SA'nın arkasına sığınıp rahat rahat eski hileli işlerini sürdürüyor."

"Hangi yeraltı çetesi bu?"

"Kuzey Korsanları."

Buda kuşku dolu gözlerle baktı. "Ağır ithamlar bunlar. Elinizde kanıt var mı?"

"Hemen hemen bütün üyelerin Kuzey Korsanları'nın bizdeki eski listelerde görünmelerinin dışında bir şey yok şimdilik. Müfreze lokallerinde işkence yapıldığına dair göstergeler de var."

"İşkence konusunu o kadar büyütmeyin," diye çıkıştı Buda. "Kuzey Korsanları ile ilgili bilgileri de SA komando birliklerine iletin. Onlar saflarındaki ayrıkotlarının hemen başını eziyor. Geçende silah ticareti yapıyorlar diye iki müfreze komutanını tutukladılar."

"Korkarım komandolar bu sefer müdahale etmeyecek. Hermann Lapke'nin emir kulu olan, onun SA Müfrezesi'ni her türlü beladan koruyan bir tabur komutanı var; rüşvet de yiyor. Zaten mekanizma da bu şekilde yürüyor." Rath genzini temizledi. "Bu yüzden size geldim sayın müdürüm."

Buda düşünceli düşünceli bakıyordu. "Lapke de mi bu grubun içinde?" diye sordu. "O Lapke..."

"101. Müfreze'yi yöneten kişi Hermann Lapke." Rath başını salladı. "Gördüğüm kadarıyla bütün işi kıvıran da o. Tabur Komutanı Sperling'le iyi ilişkileri sayesinde hem Korsanları SA'ya sokmuş hem de yeraltı çetelerinin çökertilmesine yönelik operasyonlardan sıyrılmış."

"Komando birlikleriyle başınız belaya girerse, Göring'le de başınız belaya girer, bunu biliyorsunuz."

"Komando birliklerine sataşma gibi bir niyetim yok sayın müdürüm. Müfrezenin, komando birliklerinde olduğu gibi ayrıkotlarından temizlenmesini istiyorum, o kadar."

"Bunu devlet polisini işin içine katmadan kotarabilir miyiz, bilmiyorum."

"İzin verirseniz bir öneride bulunmak istiyorum sayın müdürüm: Önce kimseye bir şey söylemeyelim ve rüşvet alan komando birlikleri subayını uyandırmayalım. Ben baskını meşrulaştıracak kadar delil toplayayım, ondan sonra da komando birliklerindeki köstebeğin, arkadaşı Lapke'yi uyarmasına fırsat vermeden operasyon yapalım. Gerisi kendiliğinden gelir."

Gennat kuşkuyla bakıyordu. "Peki ben sizi hangi gerekçeyle Wolff Özel Komisyonu'ndan çekeceğim?"

"Bir şey bulursunuz artık."

O anda kapı tıklatıldı, Gennat'ın sekreteri Trudchen Steiner kafasını içeri uzattı.

"Özür dilerim, rahatsız ediyorum sayın müdürüm, ama..."

Sekreter başıyla Rath'ı işaret ederek, "Ee, dışarıda, komiser beyin eşi..." dedi.

"Evet?"

"Charlotte Rath burada, sizinle görüşmesi lazımmış sayın müdürüm. Acilmiş."

Gennat, Rath'a baktı. Ancak komiser de en az onun kadar şaşkındı; omuzlarını kaldırdı.

Üçü az sonra Gennat'ın ofisindeki eski, yeşil kanepede oturuyordu. Trudchen Steiner kahve servisi yapmış, hatta masaya bir de pasta tabağı koymuştu. Bu, Gennat'ın en az yarım saatini onlara ayıracağının bir işaretiydi.

Gennat, Charly'nin şantajla topladığı fidye ve haraçlarla ceplerini dolduran Kuzey Korsanları ile ilgili olarak anlattıklarını dinliyor, arada başını sağa sola sallayarak, "Demek öyle," diyordu. Charly, yeraltı örgütünün bunları yaparken devlet meşruiyetiyle sürdürülen SA otoritesinden istifade ettiğini anlattı.

Rath, Charly'nin gözaltına alınmasından bilerek bahsetmemişti; asayiş şube müdürünün Kuzey Korsanları'nın üstüne gitmesinin şahsi nedenleri olduğunu düşünsün, onu tarafgir görsün istememişti. Ancak sonunda Buda'nın fikrini değiştirmesi ve onun tarafına geçmesi yine Charly'nin hikâyesi sayesinde olmuştu.

Ernst Gennat genelde herhangi bir vaka siyasi bir boyut almaya yüz tuttuğunda soruşturmayı devlet polisine bırakmayı yeğlerdi. Ancak durum bu sefer başkaydı. Neden olduğunu Rath da bilmiyordu. Hikâyeyi Charly anlatmıştı, ondan mıydı; yoksa neden, onun yirmi saat Kuzey Korsanları tarafından rehin alınması mıydı? Belki de tarafgir olan Gennat'ın ta kendisiydi; çünkü Charly'yi her zaman çok tutmuş, genç kadın polis teşkilatından ayrıldığında da hüsrana uğramıştı.

Rath için bütün bunların fazla bir önemi yoktu; aslolan, şişkonun dikkatini olayın üzerine çekmiş olmalarıydı. Gennat keyfî baskın ve SA nezarethanesi üstünkörü anlatıldığında bile kulak kesilmişti. Derken Charly önüne bir kâğıt parçası koyarak, "Bunu Avukat Scherer bodrumdan dışarı sızdırdı," dedi. "Biz ucuz kurtulduk ama bu beyefendi haftalardır SA nezarethanesinde. Anlaşılan serbest bırakılmak için kefalet ödemeye yanaşmıyor."

Buda mektubu kendisinden beklenmeyecek bir beceriyle açıp düzeltti.

İnce kurşunkalemle, biraz da kargacık burgacık harflerle yazılmış mektupta, "Ben Adolf Osterberg, Cottbuslu bir tekstil fabrikatörüyüm, SA tarafından haksız yere hapis tutuluyorum. Lütfen ailemi ve Avukat Spiegel'i bilgilendirin. Polise haber verin! Asla kefalet ödenmesin!" diyordu.

Rath, "Kayıp vakalarına bir bakalım," dediyse de, Gennat başını iki yana sallayarak itiraz etti.

"Bakmaya gerek yok," dedi ve masasının çekmecesinden bir telgraf çıkardı.

ACİLEN TELGRAFLA 20.000 MARK GÖNDERİLMESİNİ RİCA EDİYORUM. BÜYÜK POSTANE BERLİN. ADOLF OSTERBERG.

Rath şaşkınlıkla bir Gennat'a, bir Charly'ye baktı.

"Herr Osterberg iki haftadır kayıp olarak aranıyor," dedi Buda. "Tek yaşam emaresi bu telgraf. Ana telgrafhaneden çekilmiş. Asli nüshayla karşılaştırdık, yazı Osterberg'in el yazısı değil. Beceriksiz bir taklit."

"Vaka Cottbus'a ait değil mi? Sizin masanızda ne arıyor?"

"Emilie Osterberg eski bir dostumdur."

Buda bu konuda daha fazla açıklama yapmadı. Hafifçe öksürdükten sonra parmaklarını telgrafın üzerinde gezdirerek, "Kocası Berlin'e yaptığı bir iş seyahatinden geri dönmemiş," diye devam etti. "Werderscher Markt'taki son görüşmesini zamanında tamamladıktan sonra arabasına binmiş. En son da o zaman görülmüş."

"Arabayı kendi mi sürüyormuş?"

"Hayır. Şoför de kayıp. Şu âna kadar benim gözümde baş zanlı oydu. Adı Johann Schulze. Ailesi yok, geçmişi de yok. Osterberglerde bir yıldır şoför ama durup dururken ortaya çıkmış. Ancak görevini kusursuz yerine getirmiş, Emi... Yani Frau Osterberg öyle diyor."

"Kuzey Korsanları ile ortak çalışıyor olabilir mi?" diye sordu Charly. "Onlar belki kasten sokmuştur onu o işe."

"Bu konuda en ufak bir delil yok. Otomobil de yok ortada. Siyah bir *Audi* limuzin, SS tipi." Gennat kahvesinden bir yudum aldı. "Nihayet sahibinin nerede olduğunu öğrendik; hayatta olduğunu da."

"Sayın müdürüm?"

"Buyurun Komiser Rath?"

"Herr Osterberg Yahudi, değil mi?"

Buda başıyla onayladı.

"O zaman onu SA hapishanesinden çıkarmak o kadar kolay olmayacak. SA'nın gözaltına aldığı tek Yahudi olmayıp..."

"Gereon, anlamıyor musun?" Charly elindeki fincanı masaya öyle sert bir hareketle bıraktı ki, tabak şangır şungur etti. "Konu gözaltı değil, en basitinden şantaj! SA üniformasının otoritesiyle insanları içeri alıp fidye istiyorlar! Bana daha ilk sorguda çevrende kefalet ödeyebilecek birisi var mı, yok mu diye sordular."

Sesini yükselttiğinin ancak ondan sonra farkına varıp mahcup gözlerle Gennat'a baktı.

"Özür dilerim sayın müdürüm."

Buda'nın yüzünde en ufak bir mimik oynamamıştı ama Rath, göz kenarındaki çizgilerde tebessüme benzer bir ifade gördüğünden emindi.

"Eşiniz haklı Frau Rath. Eğer komando birliklerine ve Gestapa'ya haber vermeden SA'nın üzerine gideceksek, aşırı dikkatli olmalı ve kendimizi güvence altına almalıyız."

"Zaman kaybetmemeliyiz. Tehlike baş gösteriyor!"

"Farkındayım Frau Rath. Önce bize gerekli yetkiyi verecek bir hâkim bulmamız lazım; aslında kime başvuracağımı biliyorum galiba. Ama o zamana kadar..." Buda parmaklarını dudaklarına götürerek, "Bu görüşme hakkında kimseye bir şey söylemek yok," dedi.

31

Charly sözünü tutup o günlerde 101. SA Müfrezesi hakkında delil toplamayı kendine iş edinmiş Guido'ya bile Gennat'ın planlarından bahsetmedi. Guido cumartesi günü gelen konuklarının hemen hemen hepsine gözaltında yaşadıklarını sormuştu. Kahverengi gömlekliler aşırı kötü muameleden kaçınmışa benziyordu. Birkaç tokat ve küfürvari söz, Guido'nun not ettikleri arasında en uç örneklerdi.

Bu da onu hayal kırıklığına uğratmış gibiydi. Bir gün önce Kale'den dönüşte tanık konumunda baskın anından salıverilene kadar dakikası dakikasına bütün yaşadıklarını aktaran Charly'nin izlenimi en azından böyleydi. Tecavüze teşebbüs ya da benzeri bir olay anlatmadı diye Guido'ya bozulmuştu adeta.

Ama zenci orospusu lafı ve SA'nın onları küçücük bir hücreye tıkmaları dışında hakikaten de kayda değer bir şey olmamıştı. Ha, bir de tabii bir sürü kadının gözünün önünde leş gibi kokan bir kovaya çişini yapmak zorunda kalmış olması. Ayrıca o yorgunluğa rağmen çıplak betonda uyuyamaması. Daha da sayabilirdi ama bunlar devede kulaktı. Erkekler dahil hiçbirini, Charly'nin gördüğü o şık giysili adamı benzettikleri gibi benzetmemişlerdi. Buna, kendisi için en fazla endişelendiği Mohamed Husen de dahildi. Zaten 101. SA Müfrezesi için ten rengi ya da siyasi görüş en ufak bir rol oynamıyordu; bunlar insanlardan para koparmak için öne sürülen bahanelerdi.

Guido, Charly'nin ricası üzerine Husen'in dosyasını masasına bırakmıştı. Son derece karmaşık bir vakaydı bu. Alman İmparatorluğu'nun bu eski askere maaş ödeme yükümlülüğü vardı. Ancak Husen'in derdi para değil, saygıydı, itibardı. Sefer hizmeti ve Ekim 1917'de aldığı bir kurşun yarası yüzünden gazi unvanı almaya hak kazanmıştı. Charly'nin işi, bu başvuruyu kaleme almaktı. Resmî makamların o zamana kadarki mektupları pek iç açıcı değildi. Alman askeri Mohamed Husen'e gelen kısa ve net, bir o kadar da kaba bir dil içeren ret yanıtında kimliksiz olması gerekçe gösterilmişti. Vatanı Doğu Afrika'nın artık Alman İmparatorluğu'nun hükümranlık alanına dahil olmadığı, yeni İngiliz efendilerin Alman sömürgeciliğine ait ne kadar kimlik belgesi varsa hepsini savaştan sonra onun elinden aldığı söz konusu edilmiyordu.

Charly, sefer hizmeti ve yaralanmasıyla ilgili tanık bulmak gerekiyor diye bir not düştü.

Kendine ait ofisi yoktu; avukatlık bürosunun, Antonstrasse'ye bakan büyük pencereli en büyük odası, aynı zamanda ön büroydu. Kendisine bir yazı masası verilen odayı, Guido ve Manfred'in sekreteri Ingeborg Hoffmann ile paylaşıyordu. Kirie masasının altında kıvrılmıştı. Gereon'la anlaşmışlardı; köpeği bir hafta o Kale'ye götürecek, bir hafta Charly ofise yanına alacaktı. Charly, Kirie'nin dizinin dibinde olmasından büyük mutluluk duyuyordu. Bereket Manfed ile Guido ofise köpek getirilmesine karşı çıkmamıştı; aksine hepsi, özellikle de sekreter hayvana deli oluyordu.

Avukatlık bürosunu ziyaret edenlerle normalde sekreter ilgilendiğinden önce zili, ardından Ingeborg'un masasından idare ettiği kapı otomatiğini duyduğunda Charly aldırmamış, kafasını dosyadan kaldırmamıştı. Daha ön büronun kapısı tıklatılmamıştı ki, Kirie masanın altında yerinden doğruldu. Charly ancak sekreterin, "Buyurun?" demesiyle bakışlarını kaldırdı ve içeri gireni hemen tanıdı.

"Fräulein Keller!" dedi duruma hemen uyanmasıyla rahatlayarak. "Bu ne sürpriz!" Gerçekten de sürprizdi.

Kirie'nin sevinçten üstüne atladığı kızıl saçlı genç kadının arkasında bir de genç adam vardı; Charly'nin bir yerden gözü ısırıyordu, ama hemen çıkaramamıştı.

"Benimle görüşecekler Frau Hoffmann," dedi. "Biz toplantı odasına geçelim."

"Tabii. Kahve ister misiniz?"

"Yok, teşekkürler."

Charly, Alex ve refakatçisini yan odaya götürüp kapıyı kapattı. Köpeğin dahi dışarıda kalması gerekiyordu.

"Alex, sen delirdin mi?" dedi. "Ne işin var burada?" dedi.

"Marlene, ismim Marlene," diye karşılık verdi Alex, Berlin ağzıyla.

"Evet, Hamburg'dan geliyorsun, biliyorum. Madem öyle, bari Berlin şivesiyle konuşma."

"Havasından olacak." Alex sırıttı. "Günlerdir sesiniz çıkmıyor, bir arayıp sorayım dedim."

"Ya bu genç adam?"

"O mu... Erich, çok eskiden tanırım. Güvenebilirsiniz."

Şimdi hatırlamıştı Charly: Erich Rambow'du bu. Satırlı kasap çırağı. Alex'e eziyet eden Kralle lakaplı Ralf Krahl'in karnını deşen çocuk.

"Bende pek yeni bir şey yok." Charly vicdan azabı çektiğini hissetti. Alex herhalde bu manasız bilgiden biraz daha fazlasını bekliyordu. "Muhtemelen bir şeyler bilen bir adamın adresi var elimde ama o da Stapo hapishanesinde."

"Belki Erich'in yardımı dokunur size."

"Komünist misin?" diye sordu Charly gence.

Çocuk kafasını sağa sola salladı. "Aklı olan bugün komünist olmaz," dedi.

"Ama eskiden komünisttin."
"Yoo! Öyle bir halim mi var? Ama eskilerin çoğunu tanırım."
"Yeraltında faaliyet gösterenleri filan da tanıyor musun yoksa?"
"Onun için geldik ya," dedi Alex. "Anlat bildiklerini haydi Erich."

32

Güvenilir bir hâkim bulmak, yeterli sayıda adam ve malzeme toplamak Gennat'ın iki gününü almıştı. Sonunda çarşamba akşamı dört kamyonla Wedding'e, iki araçla Chausseestrasse'ye, iki araçla da Scharnhornstrasse'ye doğru yola çıktılar. Ekipler müfreze lokalini iki taraftan kuşattı.

Rath, *Buick*'i Hermann Lapke'nin lacivert *Hanomag*'ının arkasına park edip otomobilin içinde bekledi. Adamları pozisyon alır almaz arabadan inip Bestmann'ın birahanesine yöneldi. Gözleri Thönissen kasabına kaydı; vitrinin önünü Andreas Lange tutmuştu. Gennat da operasyon mahallindeydi ki, bu aslında sansasyon sayılırdı. Ancak asayiş şube müdürü kilosu yüzünden Cinayet Şubesi'nin aracının birkaç yıl önce sağlamlaştırılan arka koltuğunda oturuyor, arabadan çıkmıyordu.

Rath, Lange'yle göz temasına geçene kadar bekledi. Başlarının belli belirsiz bir hareketiyle operasyon başlatıldı. Lange silahını çekip üniformalılardan birine kapıyı kırdırırken, Rath elleri cebinde, bir bira içmek istiyor da kapıyı şaşırmış birisi gibi birahaneye girdi. Emniyet tetiğini açtığı *Walther*'i icabında çekmek üzere sağ eliyle paltosunun cebinde sıkı sıkıya kavramıştı.

Yüzüne çarpan sigara dumanından gözleri yaşardı. Birahane hıncahınç doluydu; birkaç kahverengi gömlekli barda içiyor, iki masada kumar oynanıyordu. Ziyaretçi, hele hele üniformalıların baskınını beklemedikleri belliydi. Saniyede bütün konuşmalar kesildi. Rath adamların kime bel bel baktıklarını kestiremiyordu; kendisine mi yoksa arkasındaki toplum polisine mi dikmişlerdi gözlerini?

"Kriminal polis," dedi sessizliği bozarak. "Bu bir baskındır! Sanıyorum bunun ne anlama geldiğini biliyorsunuz. Lütfen ellerinizi havaya kaldırın ve silahınıza dokunmayın. Direnmeye de kaçmaya da kalkışmayın."

Sosis gibi parmaklarını ilk havaya kaldıran Bestmann oldu. Bazısı kararsız, bazısı provoke edecek kadar yavaş da olsa sonuçta herkes talimata uydu. Zaten çoğu ilk kez gözaltına alınmıyordu hayatında. Hiçbirinin yüzünde dehşet ifadesi yoktu; hatta içlerinde ne yaparsanız yapın, yeni Almanya'da SA'yı kodese tıkamazsınız der gibi sırıtanı bile vardı.

Muhtemelen tuvaletten gelmekte olan bir adam, barın yanındaki kapıyı açıp da mavi üniformalıları görür görmez gerisin geriye döndü. Rath'ın yanındaki toplum polisi silahını kaldırdı; Rath elini adamın koluna koyarak başını iki yana salladı.

"Onu arkadaşlara bırakın. Siz buradakilere dikkat edin. Sevke hazırlayın."

Toplum polisi başını sallayarak talimatı onayladı. Rath kelepçeler şıngırdarken yanında iki adamla arka tarafa geçti. *Walther*'ini cebinden çıkarmış, ateş etmeye hazır hale getirmişti. Avluya açılan koridorda kimsecikler yoktu. Mutfakta ise sadece birahanecinin karısı, bir de yamak vardı. Polisleri ellerinde silahla görünce paniğe kapılıp ellerini kaldırdılar. Avludan kurşun sesleri geldi, ardından bir çığlık duyuldu. Rath kendi adamları için endişelenmişti. Elinde silahla müfreze komutanının ofisine daldı, ama içeride kimse yoktu.

Toplum polislerinden birine, "Her şeye el koyun," dedi. "Hepsi birer delil."

Diğer memura ise başıyla bir işaret yapıp peşinden avluya gelmesini istedi. Kapıyı dikkatlice açtılar. Rath rozetini havaya kaldırarak dışarıya çıktı. Filintalı iki mavi üniformalı ellerini kaldırmış beş-altı adamı lavabonun bulunduğu duvara sıkıştırmıştı. Hepsi kahverengi üniformalıydı. Rath aralarında Hermann Lapke'nin çelimsiz bedenini görür gibi oldu. Bir SA kan içindeki omzunu tutmuş yerde yatıyordu. Hâlâ dumanı çıkan beylik silahının namlusunu yaralı adama yöneltmiş bir toplum polisi gözünü kan kaybeden, acıdan inleyen kahverengi gömleklinin üzerinden hiç ayırmadan adamın silahını yerden aldı.

"Yaralanan memur var mı?" diye sordu Rath.

“Hayır komiserim!” Toplum polisi ganimeti elindeyken hazır ola geçmiş, bu da biraz komik kaçmıştı.

Rath, *Walther*'ini indirdi. Her şey artık adamlarının kontrolündeydi. Kendisiyle birlikte gelen memura orada kalıp diğerlerine yardım etmesini söyledikten sonra üç gün önce girdiği kapıdan mezbahaya girdi.

Buradaki nöbetçiler elleri arkadan kelepçelenmiş yerde yatıyordu. Derken tutsaklar göründü. Merdiven sahanlığından, bodrumun karanlığından çıkıyorlardı. Üstlerindeki elbiselerin pahalı olduğu bir bakışta belli olan, perişan görünümlü dört adam. Elbiseler muhakkak terzi elinden çıkmıştı ama eski zarafetlerinden eser kalmamıştı; lime limeydiler. Her bir tutuklunun iki yanında birer toplum polisi vardı. Adamlardan biri uzun bir süre gördüğü eziyete rağmen bütün gücünü toplayıp yerde yatan kahverengi gömleklilerden birinin kaburgalarını tekmeledi. Memurlar adamı zor çekip uzaklaştırdı.

Rath buzhanenin kapısını açtı. Üç gün önce olduğu kadar, hatta belki de daha fazla yarım domuz asılıydı. Tam ortada kasap çengeline takılmış, sanki o da kesilmeyi bekler gibi bir adam sallanıyordu. Asker tıraşlıydı; üstünde şık siyah bir takım elbise vardı. Elleri bağlıydı, asıldığı yükseklikten parmak uçları anca yere değiyordu. Zangır zangır titreyen adam şuurunu yitirmiş gibiydi. Rath'a sol gözüyle bakıyordu. Sağ gözünün üstünde kanlı ve leş gibi bir sargı bezi vardı. Rath'ın aklı ister istemez SA cezaevinden kurtardığı Leo Juretzka'ya gitti. O da aynı bu haldeydi. Tek fark, onun o zaman Kuzey Korsanları'nın değil, SA jandarmasının elinde bulunmasıydı.

Adam çözmesiyle yere yığıldı. Toplum polisleri ayakta tutmakta güçlük çekiyordu. Üstüne bir battaniye bulup buzhaneden çıkararak diğerlerinin yanına götürdüler.

Rath, Charly ve hukukçu arkadaşlarının ne kadar şanslı olduğunu düşündü. Korsanlar belki de onlardan dişe gelir bir para koparamayacağını anlamıştı. Ayrıca Guido Scherer de istenen miktarı ikiletmeden ödemişti. Rath sırıtkandan hiçbir zaman hazzetmemişti, ama şimdi Charly'yi ve diğerlerini vakit geçirmeden Kuzey Korsanları'nın bodrumundan kurtardığı için minnettardı ona.

Kurtardıkları beş kişiyi mezbahadan çıkardılar. Rath yola kadar eşlik etti onlara. Andreas Lange ve ancak işin "hamallık" kısmının bittiğini tespit ettikten sonra otomobilden inen Ernst Gennat dışarıda onları bekliyordu.

Normalde Gennat'ın suratından duygularını okumak imkânsızdı. Ancak Rath, perişan durumdaki beş adam toplum polislerinin desteğiyle merdivenleri inerken müdürün yüzünde esef ve kaygı dolu bir ifade görür gibi oldu.

Bereket Buda ambulans da çağırmıştı.

"İlk muayene için derhal polis hastanesine," diye talimat verdi. Hastane hemen Scharnhornstrasse'nin köşesindeydi.

Rath, Gennat'ın yanına gelerek, "Operasyon başarıyla sonuçlandı sayın müdürüm," dedi.

"Doğru. Ama... Şu zavallılara baktıkça neden daha önce harekete geçmediğimize yanıyorum."

"Kusura bakmayın sayın müdürüm, ama beyefendilerin bir gün önce daha iyi bir durumda olduklarını sanmıyorum."

Gennat, Rath'a gene o anlaşılması zor bakışlarından birini fırlattı; küçümsüyor mu, kuşku mu duyuyor, acıyarak mı bakıyor, belli değildi. Her halükârda Rath'ın tahammül edemediği bir bakıştı bu.

"Beylere Komiser Adayı Lange ile birlikte hastaneye kadar eşlik edeceğiz," dedi Gennat. "Bakarsınız ifade alınabilecek duruma gelirler."

"Hayhay sayın müdürüm. Ben ne yapayım?"

"Siz burada kalıp gözaltına alınan SA'ların sevkini denetleyin ve delillere el koyun."

"Emredersiniz!"

Lange ile Gennat kurtarılan tutsaklarla birlikte ambulansa binerken Rath paltosunun cebinden tabakasını çıkardı ve kelepçeli kahverengi gömleklileri tek tek kamyona bindiren polisleri seyretti. Hermann Lapke, müfreze lokalinden en son çıkarılanlardandı; Rath'ın önünden geçerken nefret dolu bir bakış fırlattı.

"Umarım bu iş boyunuzu aşmaz komiser bey," dedi. "Siz kiminle dalaştığınızın farkında mısınız?"

Rath cevap vermedi. Lapke'nin gözünün içine bakıyordu. Gangster de gözünü ona dikmekle birlikte bir süre sonra bakışlarını kaçırıp uzak bir noktaya dikti. Rath orada ne görüyor acaba diye merak etti, çünkü adamın bakışları nefret saçarken diğer taraftan da yüzünde belli belirsiz bir tebessüm belirmişti. Rath o anda neden herkesin Lapke'den çekindiğini kavradı.

Lapke, "Şimdi her şeyi anlıyorum komiser bey," dedi. Rath'a gebertecek gibi bakıyordu. "Şimdi anlıyorum. Ama çok erken sevinmeyin. Siz..."

Rath gerisini duyamadı. Müfreze komutanını aralarına alan toplum polisleri onu kolundan çekiştirip kamyona adamlarının yanına atmıştı.

Rath arkasına döndü. Chausseestrasse'nin köşesinde büyük siyah bir limuzin duruyordu. Bir *Adler* Standard'dı bu; modası biraz geçmiş olsa da hâlâ bir albenisi vardı. Rath direksiyondaki Çinliyi bu defa hemen tanıdı. Ağzında sigara, lalettayin yürüyormuş gibi yapıp Boyenstrasse'ye kıvrıldı. Henüz arabaya yaklaşmamıştı ki arka koltukta oturan adam camı indirdi.

"Komiser bey! Epeydir görüşememiştik!"

"Aynen öyle," dedi Rath ve otomobilin içindeki adamı süzdü. Johann Marlow her zamankinden sade giyinmişti. Hatta üstündeki takım konfeksiyon bile olabilirdi. Diğer taraftan *Adler* limuzin, Çinli şoförü ve korumaları yerli yerindeydi.

"Beni göreceğiniz gelmiş, öyle söylediler," dedi Marlow. "Freienwalde'ye gitmişsiniz?"

"Yol üstündeydi, bir uğrayayım dedim." Rath fazla açık vermek istemiyordu. Marlow'un yanındayken hep niyet ettiğinden fazlasını söylediğini hissediyor, sonra kendine kızıyordu. "Artık orada oturmuyormuşsunuz, şaşırdım."

"Geçtiğimiz aylarda hep yollardaydım," dedi Marlow sadece.

"Ama birkaç gün önce Volksbühne'nin oradaydınız, değil mi? Arabanızı gördüm."

Marlow, "Son günlerde ne kadar çok SA öldü," dedi.

"O konuda bildiğiniz bir şey var mı?"

"Burada olmaz. Yeri de zamanı da değil." Marlow çenesiyle müfreze lokalini işaret etti. "Meslektaşlarınız beni görmese iyi olur, tanıyan çıkabilir. Yarın akşam Boxhagener Krug'a gelin. Bütün bunları orada konuşuruz."

Rath hiddetle başını sağa sola salladı. "Sizinle tekrar burada, tam Kuzey Korsanları enselenirken karşılaşmamız ne büyük bir tesadüf."

"Tesadüf değil."

"Ne diyorsunuz?"

"Buraya atraksiyonu seyretmeye geldim. Tabii bir de bu vesileyle size teşekkür etmeye."

"Sağ olun. Ne için acaba?"

Marlow, son kahverengi gömleklilerin bindirildiği kamyonu gösterdi. "Nihayet Lapke ve ekibinin işini bitirdiğiniz için. Çünkü bunlar SA ve tüm hareket için yüz karası. Ama sizin güvenilir birisi olduğunuzu hep biliyordum. Madem komando birlikleri bir şey yapmıyor..."

"Ne demek istiyorsunuz, ben..."

"Yarın devam edelim komiser bey! Saat sekizde Boxhagener Krug'da."

Marlow bunları söyleyip arabanın camını kapattı; limuzin yavaşça hareket etti. Araç köşeyi dönüp gözden kaybolduktan sonra Rath'a, sanki az önce bir hayalet arabası görmüş, bir hayaletle konuşmuş gibi geldi. Sigarasını yere fırlatıp müfreze lokaline doğru yöneldi.

33

Krüger Birahanesi, Kreuzberg'in en virane yerlerinden biri olan Görlitzer Bahnhof'taydı. Büyük olasılıkla Berlin'de satın alınabilecek en ucuz markadan yayılan sigara kokusu insanın gözünü yakıyordu. Charly hayatında ilk kez bu kadar berbat bir mekâna giriyordu. Köpeği avukatlık bürosuna bırakmıştı; o açıdan iyi ki Erich Rambow yanındaydı. Kasap çırağı konuşkan biri değildi, ama en azından barda sıralanmış, genç kadına yiyecek gibi bakan heriflerin elle sarkıntılık etmesine engel olabilirdi. Charly birahanedeki tek kadındı; adamlarda komünistten ziyade haydut tipi vardı.

Ancak komünist de kalmamıştı ya ortada; en azından ayan beyan komünist olduğunu söyleyebilecek kimse yoktu artık. Söyleyen ya Oranienburg'u ya da Columbiahaus zindanını boylardı.

Ama Erich Rambow bir sürü eski komünist ve bu arada bir de yeraltında faaliyet gösteren yoldaşlarla ve Kızıl Yardım'la irtibatta olan birini tanıyordu. Buraya da o kişiyle buluşmaya gelmişlerdi.

Rambow boş bir masa bulup iki kahve söyledi. Bir süre konuşmadan oturdular; derken barda duran adamlardan biri yanlarına gelip oturdu. Kırk yaşlarının ortalarındaydı; mekândakilerin bir dolusu gibi onun da üstü başı dökülüyordu. Charly'ye hiç bakmadan, selam bile vermeden doğrudan Erich Rambow'a dönüp, "Selam Erich, bahsettiğin kadın bu mu?" diye sordu.

Rambow başıyla onayladı.

"Söyle ona, mangizsiz olmaz bu işler," dedi Berlin ağzıyla.

Charly kulaklarına inanamıyordu. Erich Rambow'un neden tek başına gelmediğini şimdi anlıyordu. İstihbarat için verecek parası yoktu da ondan. Veyahut da adamla anlaşmıştı, kendi payını sonra alacaktı.

Charly, hangi ihtimalin doğru olduğuna kafa yormadan bodoslama konuya girdi. Masalarına oturan adam gibi o da Rambow'a bakarak, "Arkadaşına söyle, ben hayır kurumu değilim," dedi. "Bir, bilemedin iki mark alır. Vereceği bilginin işime yarayıp yaramayacağına bağlı."

Muhbir ilk kez dönüp ona baktı. Anlaşılan tırsmıştı. Adam pek güven veren bir tipe benzemiyordu. Ancak gizli istihbarat karşılığı para alan bir kişinin zaten güven verici bir görünümü olabilir miydi?

"Riskli bir iş bu Fräulein. Benim size güveneceğim nereden malum?"

"Değil," dedi Charly. "Ama beş mark da vermem."

"Tamamdır," dedi Rambow. "Birkaç yıl önce Kralle'yle başım belaya girmişti; tanıyorsun, değil mi?"

"SA Kralle mi?"

"O zaman daha Nazi değildi, ama o, ta kendisi."

"Evet?"

"Eveti yok. O zaman Fräulein beni gammazlamamıştı, hatta bize çok yardımı da oldu."

Adam hâlâ kuşkuyla bakıyordu. Sonunda para hırsı baskın çıktı. "Bir markınızı önceden alırım," dedi. "Memnun kalırsanız bir teklik daha verirsiniz."

Charly bir an düşündü.
"Peki, anlaştık," diyerek parayı masaya koydu. Adam hemen cebine soktu. İçkiye yatırmadığı takdirde bu parayla karnını bir güzel doyurabilirdi.
Masaya iyice eğilerek konuşmaya çok ciddi hava vermesi Charly'nin sinirine dokundu. Hem ağzı da kokuyordu. "Demek," dedi sesini alçaltarak, "Moskova'dan gelen birilerini arıyorsunuz. Erich öyle söyledi."
"Birilerini değil, somut bir tanesini. Karl Reinhold'u."
"Onu bilmiyorum, ama birçok kızılın Moskova'dan geri geldiği söyleniyor."
"Bu yeni bir şey değil Herr..."
"İsmim şart değil."
Charly adama para verdiğine de, Rambow'la buralara kadar geldiğine de pişman olmuştu. Ne bahaneler bulmak zorunda kalmıştı bir de. Mesai arkadaşlarına müvekkili Mohamed Husen'i ziyaret edeceğini söylemişti. Bilgi almayı umdukları adam ise kof çıkmıştı.
"Bize herhangi bir yardımınız dokunabilecek mi?" diye sordu.
"İllegal kızılların saklandığı birkaç yer biliyorum," dedi İsmişartdeğil. "Size gösterebilirim. Bahçeli küçük evlerin olduğu siteler daha çok."
"Bakın, benim bütün şehri arşınlamaya hiç niyetim yoktu; somut bilgi bulacağımı umut ediyordum. Verdiğiniz bilgiler öyle cılız ki. Komünistlerin o sitelerde saklandığını çocuğa sorsanız bilir."
"Somut bilgi mi? Siz neden bahsediyorsunuz? Bunlar çok gizli ölüm kalım meseleleri. Bendeniz gibi birazcık bir şeyler bilen birisini bulduğunuza şükredin siz. Olayın içinde olan birkaç Kızıl Yardım mensubu tanıyorum, sizi onlarla buluşturabilirim."
Charly cevap veremedi; işe yaramayan muhbirin arkasında dikkatini çeken bir şey cereyan etmişti. İçeri genç bir kadın girmiş, ne barda ne de masalarda oturan adamlar dönüp bakmıştı. Kadın barın yanındaki bir kapıyı açıp arka tarafta gözden kayboldu. Üç-dört saniye gördüğü halde kadın Charly'ye tanıdık gelmişti. Önce, garson olabilir, başka bir barda çalışıyorsa, oradan tanıyorumdur diye düşündü.

Tekrar adama döndü.

"Bakın bayım, madem bu kadar iyi ilişkileriniz var, Karl Reinhold'u kendiniz sorun o zaman. Onu nerede bulacağımı öğrenirseniz haber verin. Bir teklik daha çalışır bakarsınız."

Adam ondan bir açıklama bekler gibi Erich Rambow'a baktı; beriki omuzlarını kaldırmakla yetindi.

"Fräulein, açık söyleyeyim, çetin cevizmişsiniz. Bakalım, elimden bir şey gelir belki."

Bunları deyip masadan kalktı.

Charly, kadın tekrar göründüğü için son söylenenleri yarım yamalak dinlemişti. Garson değildi; üstünü de değiştirmemiş, servise de çıkmamış, arkasına bir kere bile bakmadan birahaneyi terk etmişti. Gene kimse umursamamıştı. Taş çatlasa iki dakika kalmıştı arka tarafta. İçeri girdiğinde kolunun altında sıkıştırdığı paket çıkarken yoktu. Kapıda neredeyse Herr İsmişartdeğil'le çarpışacakken son anda kenara çekilip yüzünü bir an içeriye döndü. Charly simayı ikinci kez görünce kadını tanıdı. Tanır tanımaz da, onun eski komünistlerin takıldığı bir lokalde ne işi olabilir diye sordu kendi kendine.

34

Andreas Lange, Kale'ye döndüğü için seviniyordu. Bir gün önceki baskın ve onunla ilgili soruşturma için bizzat Ernst Gennat çağırmıştı onu.

SA'nın bodrumundan kurtardıkları adamlar hâlâ polis hastanesinde tedavi altındaydı. Doktor ilk muayeneden sonra beşini de alıkoymuştu. Lange adamların cezaevinde neler yaşadığını tasavvur bile etmek istemiyordu. Açlık çektikleri hallerinden belliydi. Üstleri başları yırtık pırtık ve pisti. Vücutlarının her yeri morluk ve yara bere içindeydi. Hatta bir tanesinin gözü çıkmıştı.

Henüz ifadelerini alamamışlardı; bir tek adlarını, bir de Lapke'nin adamları tarafından kaçırıldıkları tarihi sormuşlardı.

"Hastalar fena durumda, şu anda sükûnete ihtiyaçları var," demişti doktor. "Yarın bakarız."

Lange ile Gennat o gün öğleden sonra gene hastaneye gidecek

ve mağdurlarla konuşacaklardı. Ertesi günü ise emniyet müdürlüğünde failler sorguya çekilecekti.

Tanıkların ifadesi ya da zanlıların sorgusu için sorgu odasını kullanmak Gennat'ın âdeti değildi. Her iki iş için de, koltukları eskimiş, orada burada eski vakaları anımsatan birtakım nesnelerin yer aldığı kendi ofisini tercih ederdi. Objelerden birisi bir cinayet kurbanının kafatasıydı; irkilticiydi ama dekoratif bir yanı da vardı.

Ancak bu sefer koltuklarda değil, Gennat'ın yazı masasının etrafında oturmuşlardı. Buda ortada her zamanki yerine, sağına Andreas Lange, soluna ise stenograf Christel Temme yerleşmişti. Misafir sandalyesi henüz boştu.

Hücre bölümünde görevli memurlardan biri ilk adayı getirdi. Kendinden son derece emin bir sırıtışla odaya giren Hermann Lapke hemen vaziyet alıp, "Heil Hitler!" dedi. Elleri kelepçeli olmasa muhtemelen sağ kolunu da kaldıracaktı.

Ernst Gennat selamı duymazdan geldi. Lapke yerine oturup memur odadan ayrılana kadar bekledi.

"Bakıyorum keyfiniz yerinde Herr Lapke," dedi.

"Yasak değil ya."

"Değil. Ama normalde insanlar, bana getirilenler biraz daha şey olurlar... Nasıl diyeyim... Daha bir boynu bükük."

"Öyle olmam için bir neden yok. Burada fazla kalmayacağız müdür bey. Koskoca bir SA müfrezesini kodese atamazsınız."

"Attım ama gördüğünüz gibi."

"Bize nasıl bir suç isnat ediyorsunuz?"

"Mesela kişiyi hürriyetinden yoksun bırakma. Yaralama. Şantaj. Görevi kötüye kullanma. Bunların kaç sene yaptığını savcı belirleyecek artık. Her halükârda bu şehrin birçok vatandaşını hukuka aykırı bir şekilde uzun süreyle hapiste tutup yer yer de ağır işkenceye maruz bıraktınız."

"Ateş olmayan yerden duman çıkmaz," dedi Lapke. "Gözaltına aldıklarımızın hepsi toplum düşmanı."

"Toplum düşmanı, öyle mi? Bırakınız." Gennat yumruğuyla masaya vurdu. "Namuslu vatandaştı onların hepsi. İşadamı, avukat, hatta bir meslektaşımızın eşi!"

Lange şaşırmıştı. Gennat kendi ölçülerine göre sesini bayağı yükseltmişti. Kahverengi üniformasıyla devlet adamı pozlarındaki bu eski yeraltı çetecisi Buda gibi birini bile zıvanadan çıkarabiliyordu.

Lapke'de ise hiç soğukkanlılığını yitirecek göz yoktu. "Frau Rath'tan bahsediyorsunuz galiba. Biz onu diğerleriyle birlikte hemen serbest bıraktık. Ama onlar eski sistem yanlısıydı; bazılarının gizli devlet polisinin ilgisini çekeceğinden eminim."

"Bırakın da o devlet polisinin tasası olsun."

"Sözünü ettiğiniz işadamlarının, o kan emicilerin hepsi Yahudi'ydi."

"Bu size insanları kaçırma hakkı tanımaz."

"Kaçırma da nereden çıktı? Biz onları tutukladık."

"O SA'nın değil, polisin işi."

"Karargâh Şefi Röhm sizinle aynı görüşte değil. Milli devrim henüz tamamlanmadı."

"Sanki sizin derdiniz de milli devrimdi. Bu şehrin vatandaşlarını büyük miktarlarda paralar koparabilmek için içeri alıp duruyorsunuz."

"Bana şaibeli muamelesi yapıyorsunuz."

Lange, "Öylesinizdir belki de," dedi.

Lapke hayretle ona baktı. Büyük olasılıkla o âna kadar Lange'ye zabıt memuru gözüyle bakmıştı.

"101. SA Müfrezesi'nin kimliğini tespit ettiğimiz üyelerin hepsi sabıkalı ve Kuzey Korsanları üyesi. Sizin başında olduğunuz yeraltı çetesi Herr Lapke."

"Ben Korsanları 33 yılının mayıs ayında lağvettim. Yeraltı çeteleri bu zamana uymuyor artık." Lapke omuz silkti. "Adamlarımı SA'ya aldım. Sokakta mı bırakacaktım onları? Almanya'ya yararlı olsunlar istedim."

"Bir de eski dalavereleri döndürmeye devam etmeyi."

"Neymiş onlar?"

"Şantajın haricindekiler mi? Silah kaçakçılığı, yasadışı şans oyunları, uyuşturucu satışı. Eskiden ne yapıyorduysanız o işte. Soruşturma devam ediyor."

"Bunlar asılsız ve alçakça suçlamalar. Bu ithamlardan bir tanesi için bile elinizde delil olduğunu sanmıyorum. En azından bir Alman mahkemesi önünde geçerli olacak bir delil." Lapke doğrulup öne doğru eğildi. "Bilmem haberiniz var mı, buna benzer bir konuşmayı birkaç gün önce komiseriniz Rath ile yaptım. Günlerdir bizim orada suç teşkil edecek bir şey bulmak için uğraşıyor. Takım Çavuşu Kaczmarek'in katilini bulacağına."

"Belki de suç teşkil edecek çok şey var, Lapke. Kaczmarek'in evinde bulduğumuz delillerden neler çıkacak daha bakalım."

Lapke suratında alaycı bir gülümsemeyle Lange'ye bakıp tekrar Gennat'a döndü. "Aslında sizin yerinizde olsam Johann Marlow'un uşağı olmuş Gereon Rath gibi bir polis memurunun sizi ve koskoca polis teşkilatını üzerime salmasının ardında yatan nedeni araştırırım."

Gennat ile komiseri bakıştılar. Lange, Lapke'nin söylediklerini duymazdan gelmesi gerektiğini anlamıştı; Buda da üzerinde durmadı. Burada oturmalarının amacı Kuzey Korsanları şefini provoke etmekti, onun provokasyonuna gelmek değil. Gittikçe küstahlaştığına bakılırsa, onu tahrik etmeyi becermişlerdi de.

"Soruşturmanın daha başındayız, ona rağmen iddianame için yeterli delil var elimizde Herr Lapke. Onun için bizimle işbirliğine gitme konusunu bir geçirin kafanızdan. Muhakkak daha iyi olacaktır sizin için."

Buda ahizeyi kaldırdı. "Trudchen, Herr Lapke'yi sorgu odası B'ye götürsünler. Kendisine kahve ve pasta da verin, insanın kafası öyle daha iyi çalışır. Ha, bir de bekçiye söyleyin, kelepçesini açsın."

Telefonu kapattı. "Bakın, nasıl iyi niyetli davranıyorum size Herr Lapke. Size bir saat veriyorum, sonra tekrar görüşürüz."

Lapke, Gennat'a gözünü dikmiş bakıyordu. Gangster, asayiş şube müdürünün söz ve tavırlarından ne sonuç çıkarması gerektiğini bilemiyor gibiydi. Ardından gelip onu götürdüler.

Şefle başlamışlardı ve en zayıf halkayla devam edeceklerdi. Gennat'ın böyle şeyler hemen dikkatini çekerdi; baskında SA'ları iyi gözlemlemişti. Hermann Lapke hücre bölümünden arkadaşlarının göreceği şekilde alınmış, bekçiler Gennat'ın asıl kurbanını hücreden çıkardıklarında da henüz geri getirilmemişti.

SA Landvogt, Gennat'ın bürosuna giderken kapısı açık duran sorgu odasının önünden geçmiş, şefi Lapke'yi içeride kahve içip pasta yerken görmüştü. Gennat böyle şeyleri tesadüfe bırakmazdı.

Gennat'ın masasına oturduğunda gördükleri yüzünden adamın biraz kafası karışmıştı sanki.

"Wilhelm Landvogt?" diye sordu Gennat.

SA başıyla evet işareti yaptı.

"İyi o zaman."

"Nasıl?"

"Hermann Lapke şefiniz, öyle değil mi?"

"Evet."

"Tamam."

Gennat'ın Lange'ye bir işareti üzerine komiser tutuklunun kelepçesini çözdü.

Buda, "İşbirliğine hazır olmanız iyi Herr Landvogt," dedi. "Şefiniz için de avantajlı oldu bu."

Christel Temme, Gennat ya da SA'nın ağzından çıkan her kelimeyi not ediyordu. Landvogt'u şişkonun sorularından daha çok kurşunkalemin cızırtısı tedirgin ediyor gibiydi.

"Ama..." dedi Landvogt bakışlarını Lange ile Gennat arasında gezdirerek. Oturduğu yerde kıvranıyor, ara sıra bileklerini ovuyordu. Buda da bu arada beklenti dolu bakışlarını adamın üzerinden ayırmıyordu.

"Yoo, yoo," dedi Landvogt en sonunda, kollarını kavuşturarak, "ben kimseyi gammazlamam."

"Mesele gammazlamak ya da gammazlamamak değil ki." Gennat'ın ses tonu adeta babacan bir amca gibiydi. "Siz SA'sınız, ben polis. Sizde bir şeyler rayından çıkmış, bunu açıklığa kavuşturmamız lazım. Sorumluları kimler? Müfreze Komutanı Lapke bunu anladı." Gennat masasındaki eski bir vakaya ait dosyada bir şeye bakıyor gibi yaparak, "Müfreze komutanınız, sizin mezbahadaki işkencelerden de sorumlu olduğunuzu söylüyor Herr Landvogt," dedi.

Landvogt cevap vermedi ama koskocaman açtığı gözleri ve sürekli hareket halindeki gözbebekleri çok şey söylüyordu.

Gennat sakin sakin, "Bununla tabii yalnız tokatları, tekmeleri kastetmiyorum. Gastronom Ferdinand Meyerheim'ın sağ gözü çıkmış. Bu sakatlama..." dedi.

"Ben değildim o! Onu yanlış anlamışsınız. Katsche'ydi onu yapan! Bu hep Katsche'nin işiydi. Biz yapamazdık ki!"

Gennat ile komiser gene bakıştılar; şişkonun yüz ifadesinde en küçük bir hareket yoktu. Ama Lange, Buda'nın bu bakışla ne demek istediğini çok iyi anlamıştı. Minik kuşumuz şimdi şakıyacak.

Haklı da çıkmıştı. Christel Temme bir saat boyunca yazdı durdu.

35

Evin önünde A model gıcır gıcır bir siyah *Ford* duruyordu. Rath sigarasını söndürüp çakıl taşlı yoldan geçti ve zili çaldı. Kapıyı açan hizmetçiye ev sahibini görmek istediğini söyledi; çok geçmeden gömleğinin üstünde bir yün yelek, tıknaz bir adam göründü kapıda.

"Herr Wilhelm Leister, değil mi?"

"Evet..."

"Rath, kriminal polis. Kaldırımdaki *Ford* sizin mi?"

Adam şaşkın şaşkın baktı. "Evet, niye sordunuz? Yanlış mı park etmişim?"

"Hayır. Rutin bir sorgulama. İçeri girebilir miyim?"

Onu küçük salona alan Wilhelm Leister kahve getirtti.

Rath art arda soracaklarını sordu. Herr Leister arabasını ne amaçla ve hangi saatlerde kullanıyordu? Dikkatini çeken bir şey olmuş muydu? 27 Mayıs'ı 28'ine bağlayan gece araba neredeydi?

Herr Leister, Rath'ın masaya dizdiği resimlerdeki adamları tanımadığını söyledi. Konuşma sırasında sezdirmeden gözleriyle salonu kolaçan eden Rath, diğer odalara da bir göz atabilmek için tuvaleti sordu. Her yere baktı, ama bir şey bulamadı.

"Otomobilinize de bir göz atabilir miyim Herr Leister?"

Wilhelm Leister buna da gıkını çıkarmadı. Rath arabanın içine, bagaja ve motor kapağını kaldırıp altına baktı. Kuşku uyandıracak bir şeye rastlamadı. Rastlayamazdı da zaten.

"Bu kadardı. Teşekkürler beyefendi."

Rath parmağını şapkasının kenarına götürdü, suratına yapışmış gibi duran bir gülümsemeyle *Buick*'ine yöneldi. Hep nazik görünmesi lazımdı; sonunda iş şikâyete filan varmamalıydı. Direksiyona oturduğunda derin bir iç çekti. Bugün dokuzuncu ziyaretiydi bu, toplam dokuz gereksiz ziyaret. Tam angaryadan kurtulduğunu düşündüğü bir anda ellerine tutuşturdukları listeye göz attı yine. Berlin'de ne kadar siyah *Ford* A sahibi sürücü varsa burada ismi yazılıydı.

Berlin'de ne de çok siyah *Ford* A sahibi vardı.

Kendisine verebilecekleri en kötü görevdi bu. Elisabeth Spindler'i takip etmek dışında belki; o işi de o Stapo'dan Maschmeyer ve Fiedler'in üzerine yıkmışlardı. Aslında Wolff Özel Komisyonu'nda yalnız devlet polisleri görevdeydi; hâlâ (ya da tekrar) Prinz-Albrecht-Strasse'ye girip çıkan tek bir kriminal memur vardı, o da Gereon Rath'tı.

Son olaylar nedeniyle Gräf'in o akıl sır ermez özel komisyonundan sıyrılmak gibi ufak bir umudu varsa da Buda bir gün önce onu da boşa çıkarmıştı.

"Soruşturmaya sizi dahil edemem artık komiser bey," demişti Gennat. "Tarafgirsiniz çünkü. Baskında göz yumdum ama soruşturmada bulunamazsınız. Eşiniz suçluların elindeydi; bu durumda nasıl objektif kalabilirsiniz?"

Buda soruşturma ekibine onun yerine Andreas Lange'yi almış, Czerwinski'yi bile Kale'ye geri çağırmıştı. Yani Gereon Rath'ın haricinde herkes işin içindeydi.

"Yarın sabah erkenden Gräf'e çıkın ve devlet polisinin bütün talimatlarını yerine getirin. Sizinle ilgili tek bir şikâyet duymak istemiyorum artık. Ayrıca: Başınıza buyruk işler yapmayın lütfen."

Rath en geç o an, Buda'nın yaptığının sadece onu tarafgirlilik yüzünden göndermek değil, devlet polisine atamakla itaatsiz bir komiseri cezalandırmak da olduğunu anlamıştı.

Kriminal Grup M, Kale'de harıl harıl Kuzey Korsanları'yla ilgili delil toplarken kendisi birtakım masum sürücülerin yüreğini hoplatıp dursundu. Sözde firar arabası meselesi, peşine düştükleri en cılız izlerden biriydi. Söz konusu otomobilin bir *Ford* olduğu bile sadece tahminlere dayanıyordu. Hans Dewald'in katilinin metroyla tüyüp tüymediği bile tam tespit edilmemişti. En azından Volksbühne'deki tanıklardan hiçbirinin dikkatini siyah bir *Ford* çekmemişti.

İkinci bir SA cinayeti vuku bulduğu halde özel komisyon hâlâ duvarlara yazı yazan kızıl birliğin şefinin adını taşıyordu. Derinlemesine yapılan delil tespitine rağmen Dewald'le, yani Linienstrasse'de bulunan cesetle illegal bir slogan aksiyonu arasında bir bağ bulunamamış, olay yeri ve çevresinde bir damla boya izine rastlanmamıştı. Ancak SA'nın vücudundaki yaralarla Wolff'un adamlarını suçüstü basmış olma ihtimali yüksek olan Kaczmarek'in vücudundaki darp izleri arasında benzerlikler vardı. Öte yandan Dewald resmen katledilmiş, Kaczmarek vakasında ise fail muhtemelen kurbanının çoktan öldüğünü bilmeden cesedi tartaklamıştı.

Cam gözün maktulün solunum borusuna nasıl girdiği konusunda hâlâ bir fikirleri yoktu. Boğuşurken kazara mı olmuştu, yoksa Walter Spindler kendi cam gözünü çıkarıp düşmanının boğazına mı sokmuştu? Rahat ellisinde olan Spindler'in –Rath bu arada dosyayı görmüştü– Kaczmarek gibi hayatı kavgayla geçmiş iri kıyım bir adama karşı şansı olabilir miydi?

Gräf bu soruları es geçmiş, o güne kadar Gregor Wolff ya da onun grubuna üye olan biriyle hiçbir şekilde bağlantısı tespit edilmemiş Walter Spindler'i alelacele Wolff Grubu'na "dahil edivermişti". Elindeki sopayla kendinden geçmiş bir şekilde Kaczmarek'e vurup duran kişi gerçekten Spindler olabilir miydi? Rath'ın bundan kuşkusu vardı. Yaşını başını almış bu adamın bir hafta geçmeden SA komandosu Hans Dewald'i de döverek öldürdüğü iddia edilince kuşkusu daha da büyümüştü.

Bunu yapan kişinin maalesef eşkâli belli değildi. Gräf, Volksbühne'de gardıropta çalışan Isolde Jäger'e Prinz-Albrecht-Strasse'de devlet polisinin zanlı albümünü göstermiş, kadın resimlere bakmış, kimseyi çıkaramamıştı. Ne Wolff'u ne Spindler'i ne Stapo'nun Wolff Grubu'ndan saydığı kişileri ne de poliste kaydı olan herhangi bir komünisti tanımıştı. Ellerindeki bilgi, katilin aşağı yukarı boyu (bir seksen), bir de kıyafetinden (koyu renk uzun palto, keçe şapka, koyu renk deri eldiven) ibaretti. Bu eşkâl Spindler'e uyabilirdi. Uymayabilirdi de.

Cinayet silahı daha belirgin tarif edilmişti; Isolde Jäger çizmişti bile. Garip kıvrımları olan bir topuz, fazlalıkları atılmış upuzun bir karabiber değirmenini andıran tuhaf bir nesneydi. Rath buna benzer bir silahı bir yerde görmüştü, ama nerede, onu bir türlü hatırlayamıyordu.

Ne Wilhelm Leister'de ne de evlerini kontrol ettiği diğer *Ford* sürücülerinde rastlamıştı buna. Aslında kuşku uyandıracak hiçbir şey bulamamıştı. Ne arabanın bagajında ne komodinin üstünde öyle ince tahta bir topuz vardı. Evinde göz gezdirdiği adamların hiçbirine ne Gregor Wolff'un ne de Walter Spindler'in fotoğrafları bir şey ifade ediyordu. Rath surat ifadelerini yorumlamakta oldukça deneyimliydi. Adamlardan birini resimden tanıyan çıkmış olsa, o kişi ne kadar inkâr etse de bunu hemen anlardı. Ama o güne kadar konuştukları, hayatlarında bir tane bile komünist tanımamış gibi bir izlenim uyandırmışlardı. Thälmann'ı, Stalin'i biliyorlardı tabii gazetelerden. Adamların hepsi hali vakti yerinde, piyanolarının üzerinde Hitler portresi asılı akıllı uslu yurttaşlardı.

Rath, Leister, Wilhelm'in yanına bir çentik attıktan sonra elindeki kâğıtları yanındaki koltuğa fırlatıp motoru çalıştırdı. Bugünlük bu kadar yeterdi. Aslında listedeki sürücülerden bir tanesinin daha kapısını çalabilirdi, ama artık canı istemiyordu. Ondan sonraki günler bundan başka bir meşguliyeti olmayacaktı ki. Ayrıca biriyle randevulaşmıştı. Gräf'in ve özel komisyonunun cehenneme kadar yolu vardı.

Rath, Boxhagen'dan önce Oranienstrasse'deki Aschinger'e uğradı; neredeyse yolunun üstüydü. Karnı çok acıkmıştı. Tabldotta parmesan peynirli, domatesli spagetti vardı ama bu uzun İtalyan makarnalarının nasıl yeneceğini bilmediğinden Berlin usulü kızartılmış sosis, yanına lahana, patates ve bir de bira ısmarladı.

Saat sekize beş kala Wühlischstrasse'de arabayı park etmiş bekliyordu. Marlow'un limuzini görünürlerde yoktu; buralarda genelde yol kenarında çok az otomobil dururdu. Rath *Buick*'inden indi, arabanın kapısını dikkatle kilitledikten sonra Boxhagener Krug'a girdi.

Birahane doluydu. Tabakların üstündekileri görünce, iyi ki Aschinger'de yemek yemişim diye düşündü. Servis yapan birahanecinin kirli tırnakları dikkatini çekince buna bir kez daha şükretti. Paltosunu çıkarmadı; şapkasını masaya koydu ve bir kahve söyledi.

Bir *Overstolz* yakıp etrafına bakındı. Krug, Bestmann'ın müfreze lokalinden daha da karanlıktı. Buraya SA'lar takılmıyordu ama ortalıkta üstü başı hırpani, ne idüğü belirsiz tipler dolaşıyordu. Rath'ın polis memuru olduğunu muhtemelen hemen anlamışlardı.

Birahanecinin önüne bıraktığı kahveden bir yudum aldı. Rezil bir sıvıydı. Bir şeker attı, bir şeker daha attı. Fincanından başka bir yere bakmadığı halde bütün gözlerin üzerinde olduğundan, kuşkuyla izlendiğinden emindi. Johann Marlow onu eskiden şık restoranlara davet ederdi. Şimdi şu salaş yeri görünce... Doktor M. Berlin'de hâlâ pek orada burada görünmek istemiyordu anlaşılan. Eskisi kadar para da harcayamıyor olabilirdi.

Sigarasını söndürüp yenisini yaktı. Barda oturan ve geldiğinden beri ona pis pis bakan adamlardan biri taburesinden kalktı, gelip Rath'ın masasının önüne dikildi. Bir bu eksikti! Hiç umursamadan sigarasını tüttürüyor havasındaydı ama içinden yumruklarını sıkmıştı.

Adam, "Benimle gelin," dedi.

"Ne dediniz?"

"Benimle gelin!" Çenesiyle kapıyı işaret ederek, "Dışarıya," dedi.

"Şu anda bundan daha iyi bir fikir olamazdı, ama tahmin edeceğiniz gibi maalesef gönüllü olarak oturmuyorum burada," dedi Rath. "Randevum var."

"Biliyorum. O yüzden de kahvenizi bitirin ve benimle gelin. Buluşacağınız kişiyi kaçırmak istemiyorsanız tabii."

Rath, "Öyleyse kahveyi de bitirmem gerekmiyor, hemen geliyorum," dedi ve masaya parayı bıraktı.

Adamın yüzünde tek mimik oynamadı. Rath kalkıp şapkasını giyerken yanına geçip komiserle birlikte kapıya doğru yürüdü.

Dışarı çıktıklarında Rath, "Sizi Marlow mu gönderdi?" diye sordu. Adam cevap vermedi; ellerini paltosunun cebine soktu. Otobüs bekler gibi yolun kenarında duruyorlardı. Fazla da beklemediler. Bir dakika ya geçmiş ya geçmemişti ki, köşede siyah bir *Adler* limuzin belirdi. Marlow'un sekiz silindirli aracı gelip ikisinin önünde durdu. Rath'ın refakatçisi otomobilin kapısını açıp başını içeri uzattı.

"On beş dakika izledim. Yalnız geldi."

Bunları söyledikten sonra kenara çekilip tekrar ağır ağır birahaneye doğru yürüdü.

"Binsenize komiser bey," dedi Johann Marlow, "bütün gün vaktimiz yok."

Rath arka koltuğa, bir zamanların yeraltı dünyası kralının yanına oturdu.

"Nasılsınız komiser bey?"
"İdare ediyorum."
"Değil mi? Zor zamanlardan geçiyoruz."
"Ondan mı böyle temkinlisiniz? Yoksa artık bana güvenmiyor musunuz?"
Marlow bir kahkaha attı. "Komiser bey! Benim size hiç güvendiğim oldu mu acaba?"
"*Duesenberg*'inize ne oldu?" diye sordu Rath. Marlow'un limuzini, Rath'ın hayatında gördüğü en azametli arabaydı. Hindenburg'un *Mercedes*'ini bile geçerdi. "Satmak zorunda mı kaldınız yoksa?"
"Gayet iyi. Garajda duruyor, yağı yerinde... Daha iyi zamanları bekliyor."
"Sizin gibi."
"Öyle diyorsanız öyle olsun."
Rath bir sigara yaktı.
"Cumartesi gecesi Bülowplatz'da ne yapıyordunuz, söyler misiniz?"
"Oranın adı Horst-Wessel-Platz artık," dedi Marlow. "Komiser olarak bilmeniz gerekir aslında."
"Yeni zamanlara o kadar da çabuk alışamıyorum."
Marlow, Rath'a dik dik bakıyordu.
"Yine zavallı bir SA'nın dövülerek öldürüldüğü bir semtte ne işim vardı acaba, ne dersiniz?"
"Ne diyeceğim. Tabii ki olayla bir alakanız olduğunu düşüneceğim. Daha gazetelerde vakayla ilgili tek satır çıkmadan siz o derece malumat sahibisiniz ki; aslında sizi tutuklamam gerekir."
"Stapo'nun kontrolünde bu iş, değil mi? Yoksa Komando Birlikleri'nin mi? Bazı şeyleri sezdirmeden halletmek gerekiyor. Bu Katsche olayında da böyle oldu. Berlin'de SA'ların sokak ortasında katledildiğini kimse duymayacak mı yani?"
"Herr Marlow, birkaç gün öncesine kadar Horst Kaczmarek cinayetinin arkasında sizin veya Berolina'dan herhangi başka birinin olduğunu düşünüyordum, biliyor musunuz?"
Marlow cevap vermedi.
Rath, "Ama işin içinde yeraltına geçmiş bir komünistin olduğu

ortaya çıktı," diye devam etti. "Berolina'yla uzaktan yakından bir ilgisi olmamış Charlottenburglu bir işçi. Böylece kuşkularım silindi." *Overstolz*'undan bir nefes çekti. "Ama şimdi ortada bir ceset daha var. Siz de bana sizden tekrar kuşkulanmamı gerektirecek şeyler söylüyorsunuz."

"Öyle mi yapıyorum?"

Marlow önündeki tahta kutudan bir puro çıkardı.

Adamın aşırı soğukkanlılığı Rath'ın sinirine dokunmaya başlamıştı. "Bu cinayetlerle ne ilginiz var?" diye sordu.

"Komiser bey!" Marlow başını iki yana sallıyordu. "Kendimi bu kadar topun ağzına sürer miyim? Hem tam da bu durumda?"

"Hangi durumda?"

"Biliyorsunuz, yeraltı çeteleri dağıtıldı. Berolina da yok artık, Concordia da. Hayatta kalan tek çete Kuzey Korsanları'ydı, onlar da sayenizde sizlere ömür komiser bey."

"Lapke'ye vurduğumuz darbeden nasıl haberiniz oldu sizin?"

"Kale'deki tek muhbirimizin siz olduğunu düşünmüyorsunuz herhalde."

"Ben muhbiriniz değilim."

"Doğru, bana daha büyük bir iyilik yaptınız komiser bey."

"Size iyilik filan yapmadım. Bir suçlu yuvasına baskın yaptım, o kadar."

"Sizce Lapke, Antonstrasse'de bir avukatlık bürosunun açılışı olduğunu nereden biliyordu? Bir sürü güvenilmez adamın, para koparılacak salon komünistinin toplandığı yer?" Marlow purosunu yaktı. "Zevcenize zarar vermeye kalkıştıklarında Lapke'nin adamlarına karşı çıkacağınızdan o kadar emindim ki komiser bey. Ya da size saldırdıklarında. Ama maalesef partiden erken ayrılmak zorunda kaldınız."

"Scherer ve Blum'a yapılan baskın yoksa sizin kışkırtmanızla mı gerçekleşti?"

Marlow cevap vermedi; purosundan bir nefes çekti.

"Bunun için mi benimle görüşmek istediniz?" diye devam etti Rath. "Yeraltını ve polisi hâlâ yönlendirecek güce sahip olduğunuzu mu söylemek istiyorsunuz?"

"Hayır, öyle bir niyetim yok." Marlow elindeki puroyu inceledi. “Sizi yönlendirmek filan istemiyorum; açıkçası yardımınıza ihtiyacım var.”

Puro kutusunu uzattı.

“Alın bir tane. Küba purosu. Her yerde bulamazsınız.”

Rath, Marlow söz konusu olunca böyle jestlerin iyiye alamet olmadığını bildiği halde sigarasını söndürdü ve bir tane aldı. Öyle de güzel kokuyordu ki mübarek!

Marlow, Rath’ın puronun ucunu kesmesini bekledi, sonra ateş tuttu.

“Leo Juretzka ile bir sorunum var komiser bey,” dedi.

“Uzun Leo...”

“Hatırlıyor musunuz?”

Rath acı acı güldü. “Gayet tabii. Adamın minnettarlığı aklımdan çıkmıyor.”

“Leo o günlerde Freienwalde’de çok bezgindi; gözünü kaybetmişti. SA ona daha başka neler yaptı, bilmiyorum. Hiçbir şey anlatmadı çünkü. Ancak saatli bomba haline geldiğini sezdim ve yurtdışına çıkarken onu da yanımda götürdüm.”

“Nereye?”

“En sadık birkaç adamımla Amerika’ya gittim.”

“Goldstein’a mı?”

Marlow bir şey söylemeden bir süre purosuna baktı.

Sonunda, “Leo’nun yeni yaşamını kabullendiğini düşünmüştüm ama yanılmışım,” dedi. “Bir ay önce birden yok oldu. Sonra duyduk ki, Avrupa’ya gelmiş yine.”

“Aslında hâlâ aranıyor.”

“Evet. Bütün sorunum da bu zaten.”

“Polisin eline düşüp işletme sırlarını açık etmesinden korkuyorsunuz, belki de sizi ele vermesinden.”

“Her şeyi çarçabuk anlama yeteneğinize her zaman hayran kalmışımdır.” Marlow gülümsedi. “Korkarım Juretzka’nın meslektaşlarınızın ağına düşmesi an meselesi. Sahte kimliğe rağmen... Arkadaşlarınız tanıyor onu.”

“Polis de eskisine göre daha iyi değil. Daha acımasız yalnızca.”

“Sanıyorum Leo yakalanmak için elinden geleni yapıyor.”

“Ne kadar oldu Berlin’e geleli? İki hafta mı, üç hafta mı? Şu âna

kadar polisin dikkatini çekecek bir şey yapmadı."
"Yaptı maalesef."
"Ne yaptı? Benim bildiğim bir şey yok."
"Siz öyle sanın." Marlow birden ciddileşti. "Şu anda incelediğiniz cinayetler Leo Juretzka'nın başının altından çıktı komiser bey."
"Nasıl?" Rath apışıp kalmıştı. "Peki neden? 33 yılının çete savaşlarını mı sürdürüyor hâlâ aklı sıra? Eğer öyleyse bir konuda yanılıyor. Dewald, Kuzey Korsanları mensubu değildi."
"Leo, Berolina'nın bittiğini, bir daha da belini doğrultamayacağını çok iyi biliyor." Marlow bu durumdan üzüntü duyuyor gibi başını iki yana salladı. "Hayır, hayır. Juretzka'nın peşinde olduğu bir tek şey var, o da intikam. Ölenler, onu SA nezarethanesine sokup ona işkence yapanlar."
"Emin misiniz?"
Marlow bir kâğıt uzattı. "Bu iki adamın tutuklanma olayına müdahil oldukları kesin."
Rath listeyi kısaca gözden geçirdi, altı-yedi isim yazılıydı. Bunlardan biri tanıdıktı. Hans Dewald.
"Kaczmarek'i görmüyorum..."
"Liste tamam demedim size. Bunlar yalnızca Leo'nun gözaltında bulunduğu Papestrasse'dekiler. Ama 101. SA Müfrezesi'nden birilerini ya da bizzat Lapke'yi gözüne kestirmiş olabilir. Eğer yanılmıyorsam, Leo'yu Papestrasse'ye götüren Korsanlar."
"Yani Lapke'nin yakın dostu Tabur Komutanı Sperling'e teslim edenler..."
"O zaman o takım komutanını da listeye dahil etmeniz lazım," dedi Marlow. "Ve aklınıza başka kim geliyorsa. Leo'yu SA nezarethanesinden çıkaran sizsiniz; bazılarını hatırlıyorsunuzdur." Marlow omuzlarını kaldırdı. "Katsche'nin muhakkak orada olmuş olması gerekir; yoksa Leo onu öldürmezdi."
Rath'ın aklına cam göz geldi. İkinci el cam göz diye de bir şey var mıydı acaba? Leo Juretzka, Walter Spindler'in cam gözünü bir emanetçide filan bulup almış olabilir miydi? Rath, Marlow'a Horst Kaczmarek'in ölüm şeklindeki garipliklerden söz etmedi. Anlaşılan Marlow da bu konuda bir şey bilmiyordu. Sonuçta Kale'deki kaynağı işe yaramıyordu anlaşılan.

“Doğru anladım mı?” diye sordu Rath. “Bana bedavadan bir katil mi sunuyorsunuz? Hem de kendi adamınızı.”

“Leo Juretzka şahsi intikam hırsını davanın da, bizim işimizde en önemli şey olan dürüstlüğün de önüne koydu. Artık benim adamım değil.”

“O zaman Leo Juretzka’yı nerede bulacağımı söyleyin, kodese tıkayım. Bu iyiliği seve seve yaparım size. Minnettarlık denen şeyden nasibini almamış o herifi hiçbir zaman sevememiştim zaten.”

“Birincisi, nerede olduğunu ben de bilmiyorum. İkincisi onu hapse atmazsanız iyi olur. Asıl mesele de bu ya zaten. Leo, SA’nın eline bir düşerse istese de istemese de şakıyacaktır. Kahverengi gömleklileri katleden birini ellerine geçirdiklerinde ona neler yapacaklardır, tahmin edebilirsiniz. Bir Leo Juretzka’nın SA’nın eline geçmesiyle son yıllarda inşa ettiğim her şey göçer.”

“Fazla da bir şey kalmadı elinizde, öyle değil mi?”

“Aldanıyorsunuz komiser bey. Dünya yakında gene başka olacak. Tam da bu nedenden Leo’nun arada cızırtı yapmasına izin veremem.”

“Leo Juretzka çevrenize zarar veriyor...”

“Öyle de denebilir.”

“Peki ben size ne şekilde yardımcı olabilirim?”

Marlow purosundan çıkan dumanı seyretti.

“Bulun onu komiser bey. Arkadaşlarınız bulmadan siz bulun Leo’yu.”

“Yavaş yavaş anlamaya başlıyorum. Sizin Juretzka’yı elime teslim etme diye bir niyetiniz yok. Benim onu sizin elinize teslim etmemi istiyorsunuz.”

“Teslim etmeyeceksiniz. Sesini keseceksiniz.” Marlow purosundan bir nefes çekti; havadan bahseder gibi konuşuyordu. “Yani, tamamen sesini keseceksiniz demek istiyorum.”

“Ne dediniz?”

“Beni anladığınızı sanıyorum komiser bey.”

“Siz şimdi ciddi ciddi benden adam mı öldürmemi istiyorsunuz?”

Marlow cevap vermedi.

“Siz beni neye benzettiniz? Kiralık katile mi?”

"Hayır. Polise." Marlow konuyu açtığından beri ilk kez gülümsemişti. "Sevgili komiser bey, bakın. Leo meslektaşlarınızın profesyonel suçlu diye tanımlayacağı biri. Onu vurursanız size nişan bile takabilirler."

Rath, havadan sudan konuşuyorlar havasında purosunu tüttüren Marlow'a baktı ve o an bu kendini beğenmiş herife karşı müthiş bir öfke duydu.

"Sevgili Marlow, belki onu değil, asıl sizi vurmam lazım," dedi. Nefesi sıklaşmıştı. "Asıl o zaman terfi edilirim."

Marlow'un yüzündeki gülümseme dondu. "Bundan o kadar da emin olmayın bence."

Limuzin yine Wühlischstrasse'ye dönmüş, yolun kenarında durmuştu. Onları Friedrichshain ve Lichtenberg'de dolaştıran Liang el fenerini çekti, arabanın etrafından dönüp kapıyı açtı. Yağmur başlamıştı.

"Diyelim kabul ettim," dedi Rath. "Sizi nasıl bulacağım?"

"Bulamayacaksınız." Marlow'un sesi o kadar soğuk çıkmıştı ki, Rath ürperdi. "Biz sizi bulacağız komiser bey. Siz beni nasıl bulacağınıza değil, asıl Leo'yu nasıl bulacağınıza kafa yorun," dedi gangster ona bakmadan, arabanın ön camındaki yağmur damlalarıyla konuşuyor gibi.

Marlow bunları söyledikten sonra purosunu söndürdü; bununla sanki aralarındaki konuşmanın bittiğinin sinyalini vermişti. Marlow bir şey demeden karşıya bakıyor, Çinli ise kapıyı açmış bekliyordu. Rath şapkasını alıp indi. Liang ona çözemediği bir yüz ifadesiyle baktı, kapıyı kapatıp direksiyona geçti. Yağmur hızlandığı halde Rath siyah limuzinin ardından bakakalmış, öyle duruyordu.

Adeta transa geçmiş gibi, *Buick*'ine yöneldi. Otomobil Boxhagener Krug'un önünde, bıraktığı yerde duruyordu. Rath arabasına, apartmanların cephesine, Berlin yağmuruna baktı. Her şey her zamanki gibiydi, ama aslında artık hiçbir şey eskisi gibi değildi.

Olan bitenlere hâlâ inanamıyordu. Johann Marlow kendisinden biraz önce bir cinayet işlemesini istemişti.

İKİNCİ BÖLÜM

Interlunium

8 Haziran 1934, Cuma ile
22 Haziran, Cuma 1934 arası

He ain't got the heart for this shit. He ain't got the heart for being on the wrong side a the law. I don't care who you are, sometime in your life you're gonna be on the wrong side a the law, and some people got the heart for it and some don't.[1]

– TOM WOLFE, *THE BONFIRE OF THE VANITIES*

36

Batı kulesinden güneşin batışını seyrediyordu. Buradan arazi, olduğu gibi görülüyordu: güneşin son ışıklarıyla kızıllaşan gökyüzünün yansıdığı göl, lunapark treninin kontrplak perdesi, merdivenlerle restoranların teraslarına çıkılan, daha birkaç ay öncesine kadar ana baba günü olan sahil, pavyonlar... Zincirli dönme dolap da, su kaydırağı da, Dans Eden Ev de iyi durumdaydı ama içinde bulundukları parkın durumu içler acısıydı. Tek açık yer kalmıştı, o da Berlinlilerin kaba bir dille "fahişe akvaryumu" adını taktığı dalgalı havuzdu.

Leo bir sigara yaktı; hava henüz aydınlıktı, dışarıdan görülmezdi. Yoldaşların bu yüzden fark edilmekten korktuğunu biliyordu.

1 Bu iş için yüreği yok. Kanunla ters düşmeye yüreği yok. Kim olduğun sana kalsın, yaşamında bir an, kanunla ters düşeceksin ve bazılarının buna yüreği yeter, bazılarının yetmez.

Ama umurunda değildi. Hepsi ona saygı duyuyor, içlerinden söylenseler de ona seslerini çıkarmıyorlardı.

Sigarasından derin bir nefes çekip gözlerini ahı gitmiş vahı kalmış panayır yerinde gezdirdi. Konuşlandığı yerden bütün girişleri, hatta doğrudan Ku'damm'a çıkan, ama apartmanların ortasında kaldığı için işlevsiz durumdaki ana kapı bile görülüyordu. Kalabalıktı, çok fazla sokak lambası vardı, fazla riskliydi.

En emin yol yine Trabener Strasse'ydi. Bir demiryolu köprüsü ve birkaç ağaç haricinde, ev dahil hiçbir şey yoktu. Önceden yerinden oynattıkları çitin üzerinden parka atlayabilir, lunapark treninin "iç organları"ndan geçip saklandıkları yere varabilirdi. Büyük teraslı binanın yanında, ortadaki pavyonun bodrumuna "el koymuşlardı". Altısını da polis ve SA arıyordu. Aralarında arananlar listesine siyasi olmayan nedenlerden düşen tek kişi Leo'ydu.

En sıkı kurallardan biri, parka yalnızca hava karardıktan sonra girip çıkmaktı. Onun çok işine gelen bir kuraldı bu. Leo geceyi gündüzden daha çok seviyordu. Bu yüzden de hep gündüz nöbetlerini üstleniyordu. Saatine baktı. Vardiyasının bitmesine yarım saat kalmıştı.

Bu arada günlük yaşama alışmıştı. Başka çaresi var mıydı? Aklına saklanacak daha iyi bir yer gelmiyordu. Hangi otele gitse Doktor M.'nin haberi olurdu. Tamam, burası Adlon değildi tabii. Yerde sert şiltelerde yatıyor, konserve kutusu kaşıklıyor, gece yarısı gölden su taşıyorlardı. Diğer yandan işleyen bir kanalizasyon vardı; işleri bittikten sonra kovayla göl suyu döktükleri tuvaleti kullanabiliyorlardı. Papestrasse'deki SA hapishanesindeki koşullar bundan çok daha ağırdı.

Leo yakalanma korkusuyla Berlin'de ilk geceler terk edilmiş bir kulübede kalmıştı. O yüzden onu saklandıkları yere götüren o komünistlerle Wedding'de karşılaşması ona göre kaderin bir cilvesiydi. Yoldaşlar onu kendilerinden birisi sandıkları sürece sorun yoktu. Leo'nun zaten SA'ya olan nefreti konusunda rol yapmasına hacet kalmamıştı.

Aslında o akşam komünistler karşısına ilk çıktığında çok kızmıştı. Gartenstrasse'de, Katsche'nin evine yakın bir yerde reklam sütununun arkasına saklanmış bekliyordu. Gece yarısını çoktan geçmişti, Katsche'nin her an gelebileceği bir saatti. Derken ansızın diğerleri görünmüştü; Leo'nun Katsche'yi beklediği Gartenstrasse'den değil, Ackerstrasse tarafından gelmişlerdi. Bunlar geçip gidene kadar sütunun arkasından ayrılmam diye kafasından geçirdiyse de, adamlar köprünün altında durmuş, fısıldayarak konuşmaya başlamışlardı. Leo sütunun arkasından kafasını çıkarıp baktığında adeta birilerini provoke etmek ister gibi yavaş hareketlerle duvara yazı yazdıklarını görmüştü. Sanki onlar da bekleme pozisyonundaydı, yazdıkları sloganın bir türlü sonu gelmiyordu. Islık çala çala, yalpalayarak gelen Katsche sonunda ortaya çıktığında bile yerinden kıpırdamamıştı. Yapmayı planladığı şeyin bu kadar çok tanığı olması işine gelmezdi. Ancak diğerlerinin kahverengi gömlekliyi görür görmez toz olmasıyla ortada sadece bir tane tanık kalmıştı. Bu ihtiyarın dışında hepsi kaçmıştı. Katsche yanına yanaşıp duvardaki sloganı fark edene kadar adam öyle çakılı kalmıştı.

"Bu ne be? Pis kızıl! Sen mi yazdın bu boku? Gösteririm ben sana..."

Adam gene kıpırdamamış, elinde boya kovası, adeta hipnotize olmuş gibi kalakalmıştı.

Leo saklandığı yerden, Katsche'nin adama bir-iki yumruk attığını, önce kovanın, ardından da adamın yere düştüğünü görmüştü. Sonra Katsche baygın yatan adamın üzerine alnını öpecek gibi eğilmişti.

Bunun ne anlama geldiğini hemen anlayan Leo adamı Horst Kaczmarek'in elinden kurtarmak için elinde sopa, sütunun arkasından fırlamıştı. Ancak o daha yanlarına varmadan Katsche birden boğazını tutarak ayağa kalkmıştı. Sendeliyor, sallanıyor, boğulacak gibi öksürüyor, sanki nefes almakta zorlanıyordu. Leo'yu karşısında görünce gözleri daha da kocamanlaşmıştı. Başına geleceklerini biliyordu. Nihayetinde bu kesinlikle ilkyardım olmayacaktı.

Leo önce ihtiyarla ilgilenmişti; adamın durumu çok kötü değildi. Sonra yerde hareketsiz yatan, korkudan kahverengi pantolonunu ıslatmış Katsche'yi benzetmiş, Horst Kaczmarek'in bir daha ayağa kalkamayacağından emin olana, o sınırsız öfkesi biraz olsun yatışana kadar vurmuş da vurmuştu. Tekrar ihtiyara döndüğünde adam tek sağlam gözüyle şaşkınlıkla olan biteni seyrediyordu. Leo cam gözüyle göz kırpınca Walter (yaşlı adamın ismi öyleydi) ânında karşısındakinin kendisiyle aynı dertten muzdarip olduğunu anlamıştı. Leo onu kaldırıp Gartenstrasse'de istasyonun duvarının gölgesinde duran arabasına taşımış, Ackerstrasse'de diğerlerini görünce onları da arabaya atıp oradan uzaklaşmıştı.

Kaçmalarına yardım edince adamlar da Leo'yu minnettarlıktan yanlarına almış, sonrasında da rahat bırakmışlar, soru filan sormamışlardı. Yoldaşların onu kuşku ve korkuyla izlediğini biliyordu, Katsche'yi ne hale getirdiğini hepsi gözleriyle görmüştü. Saklandıkları yerde konuşurken yüksekten atıp tutuyorlardı ama hiçbirinde adam öldürecek göz yoktu. Konunun devamlı siyaset olması bazen sinirine dokunuyordu, ama onlar olmasa izini böyle kaybettiremeyeceğini de biliyordu.

Göle doğru basamak basamak inen teraslar akşam güneşinde harikulade bir manzara sunuyordu. Leo, Vera'yla orada oturduğu günleri düşündü. Panayırdaki aletler o kadar ilgilendirmezdi Vera'yı; ziyaretçilerin bağırış çağırışı, lunapark treninin iniş ânında çıkardığı gök gürlemesine benzer ses, balyoz vurma aletinin çıngırakları, atış tezgâhlarından gelen sesler arasında gölü seyrederdi. Lunapark atmosferinden hoşlandığı için gelirdi panayıra. Bir de haftada üç kez park kapılarını kapatırken düzenlenen havai fişek gösterisini seviyordu.

Yazın her gün gelmişlerdi parka. Leo her seferinde locada bir yer bulmuştu. Elinde bir kadeh köpüklü şarapla orada oturmak Vera için büyük mutluluktu. Panayırdan pek hazzetmemesine rağmen Leo da kendi gibilerin uğrak yeri olan o lüks gece kulüplerine kıyasla burada daha mutlu oluyordu. Leo Juretzka bu tip mekânların müdavimleri olan o çıtkırıldım beyefendilerden biri olmak istememişti hiç. Kendisi de o "salon beyefendilerinden" biri olan Doktor M. buna hep içerlemiş, "Sen bir proletersin, proleter kalacaksın Leo," demişti. Leo'ya, Johann Marlow bunu söylerken Vera'yı da küçük düşürüyor gibi gelirdi hep. Hatta bu onun gözünde kendisine yapılandan daha büyük bir hakaretti. Bu da Leo'yu hiddetlendirirdi.

Lunaparkta tanışmışlar, son akşamlarını lunaparkta geçirmişlerdi. Vera burada bir kez güzellik yarışmasında birinci olmuş, burada Max Schmeling'in bir boks maçını, Tiller-Girls'in dans gösterilerini izlemişlerdi. İstedikleri her şey vardı lunaparkta. Ne yaşarlarsa yaşasınlar her seferinde eve gitmeden önce Madam Luna'ya uğramayı ihmal etmiyorlardı. Madam Luna, on fenik atınca parlak ışık efektleri eşliğinde müphem sözcüklerle istikbal okuyan cam kutunun içindeki falcıydı.

Madam Luna, Leo ne kadar inanmasa da, varsayımlarının hepsinde haklı çıkmıştı. Vera'yı son kez gördüğü akşam bile bu böyle olmuştu. *Eğer liman güvenli değilse denize açılın.* Daha sonra Leo, SA'nın bütün dolapları indirmiş, evin altını üstüne getirmiş olmasına rağmen mucize eseri Madam Luna'nın kartını bulmuştu. Vera o gece otele gitmek istemiş, Leo ise, "Benim nerede yatacağımı bir otomat mı tayin edecek," demişti.

Daha o gece de bu dediğine pişman olmuştu.

Her şeyin tepetaklak olduğu o gece.

Aşağıda büyük teraslı binanın duvarının gölgesinde bir gölge kıpırdamıştı. Biraz sonra da merdivenlerde ayak sesleri duyuldu. Walter, sigara kokusu duyunca Leo'ya kötü kötü baktı ama bir şey söylemedi.

Leo, "Kayda değer bir hadise yok," diye tekmil verdi, 14 yılında Prusyalılardan öğrendiği şekilde.

Walter homurdandı, ama ne dediği anlaşılmamıştı. İhtiyarın omzuna şefkatle dokunan Leo merdivenlerden indi.

Diğerlerinin yanına bodruma inmeden önce Madam Luna'ya uğradı. Zaten yolunun üstüydü.

Siyah saçlı gizemli kadın her zamanki gibi oturuyordu kutusunda; kimse onu oradan çıkarıp götürmemişti. Leo bomboş parka ilk kez girip de falcı otomatını her zamanki yerinde bulunca bu ona bir mucize gibi gelmişti. Sanki her şey eskisi gibiydi. Bundan daha da büyük mucize, Madam Luna'nın cereyan olmadığı için hareket etmemesi, ışık da saçmamasına rağmen on fenik atınca dünyanın en doğal şeyiymiş gibi içinden bir kart çıkmasıydı. Leo o günden beri her akşam bir kart çekmiş, Madam Luna'nın onun geleceği hakkında söylediklerini okumuştu.

Ama artık onu ciddiye alıyordu. Her seferinde.

Leo'nun batıl inançları olmamıştı hiç, yine de Madam Luna'ya saygısı büyüktü. Madam Luna'dan iyi bir şekilde sonuçlanacağını duymadığı sürece hiçbir konuda adım atmıyordu.

Leo makineye para attı ve mekanizmanın kart çıkarmasını bekledi.

Bugün yapacağınız işlerde kılı kırk yarmalısınız. Riske girmeyin. Her şeyin başı dikkattir. Bunu hiç unutmayın. Size şunu temin ederim ki, Madam Luna her zaman yanınızdadır!

Leo nöbetten döner dönmez tekrar dışarı çıktığında yoldaşlar bir şey sormamış, her zamanki gibi işine karışmamışlardı. Bu gece bir SA cesedi bulunmayacağını biliyorlardı; Leo'nun odun sopası sığınakta duvara dayalı duruyordu. Sopada yarıklar oluşmuş, hatta tek tarafı paramparça olmuştu. Leo, Katsche'yi ıskalayınca sopanın kaldırıma çarptığı yerdi burası. Tahtada yer yer kan izleri görünüyordu.

Listeye göre sırada olan adamı Leo'nun zaten bir süre izlemesi gerekiyordu. Daha SA hapishanesindeyken bütün isimleri kazımıştı kafasına. Yoldaşlar listede sırf SA'ların değil, bir gangster şefinin, hatta bir de kriminal komiserin bulunduğunu bilse onu muhakkak aralarından atardı.

Ama bunu bilmiyorlardı. Aralarındaki mutabakatın biraz daha sürebilmesi için Leo'nun diğer isimleri en sona bırakması gerekmişti. Önce SA'ları haklayadursundu; onlardan yeteri kadar vardı listesinde. Çitin yerinden çıkmış tahtasını yana çekerken, zaten acele işe şeytan karışır dedi kendi kendine. O günlerde izlediği herif, ölümü bin kere hak etmişti. Leo'nun Amerika'dan getirdiği sopa bu herifler Berlin'de dolaştığı sürece daha epey iş görecege benziyordu.

37

Adamın son iki günü kendine gelsin diye hastanede geçmişti; yeşil koltuğa oturduğunda da hâlâ mum gibiydi. Andreas Lange, Ernst Gennat'la Adolf Osterberg'in tanışıp tanışmadıklarından emin değildi. Osterberg'in karısı Buda'nın gençlik aşkı gibi bir şey miydi, onu da bilmiyordu. Gennat, Emilie Osterberg'i pek candan karşılamıştı. Lange aralarında geçen konuşmayı duymamıştı. Gennat, Frau Osterberg'le baş başa görüşmek istemişti. Daha sonra da ona eşinin yattığı polis hastanesine kadar eşlik etmiş, ancak orada onu yalnız bırakmıştı. Yahudi fabrikatörün ifadesi bugüne kalmıştı. Osterberg'in kader birliği yaptığı diğer varlıklı Yahudiler ise hâlâ doktor kontrolü altındaydı.

Fabrikatörün bayağı kuvvetten düşmüş bir hali vardı. O yüzden Gennat pasta tabağını uzattığında adeta ihya oldu.

"Doktorlarla konuştum Herr Osterberg. Bugün eşinizin yanına otele gidebilirsiniz. Ancak sabah hastaneye kontrole gelme koşuluyla. Olayı aydınlatabilmemiz için polis size tekrar başvurabilir. Önümüzdeki günlerde bir yere ayrılmayın lütfen."

"Hayhay müdür bey."

Adolf Osterberg, Lange'de eski tüfek vazifeşinas, disiplinli bir Prusyalı izlenimi bırakmıştı.

"Beni kodese tıkanlar SA değil, birtakım haydutlarmış, öyle deniyor..." dedi fabrikatör.

Gennat, "Herhalde ikisi de," diye yanıtladı.

"Fidye istediler. SA olamazlar. Neler yaptılar bize. Zavallı Meyerheim..."

"Şimdi..." Buda genzini temizledi. "Tek tek adamlar ne yaptı, onu araştırmamız lazım. Bu yüzden size ne kadar zor da gelecek olsa, aklınıza gelen bütün detayları bana anlatmanızı rica ediyorum sevgili Herr Osterberg. Kaçırıldığınız andan başlayın."

"Hayhay."

"Şoförünüz Johann Schulze sizi kaçıran adamlarla işbirliği yapmış olabilir mi? Eşiniz adamın henüz bir yıldır yanınızda çalıştığını söylüyor. Johann Schulze'nin onun asıl ismi olmadığına dair ipuçları da var elimizde."

"Johann mı? Haydutluk mu?" Adolf Osterberg adeta beyninden vurulmuşa dönmüştü. "Asla!"

"Eminsiniz çok."

"Gayet tabii. Heriflerin ona nasıl davrandığını, sadık Johann'ın beni nasıl korumaya çalıştığını görseydiniz... Nasıl aslan kesildiğini!"

"Bunların hepsi numara olabilir."

"Numara mı? Neler söylüyorsunuz?"

"Şoförünüz üç hafta önceki olaylardan beri hiç görünmedi; bu da onu şüpheli konumuna düşürüyor."

"Görünmedi mi? Ne var bunda şaşıracak? Herhalde öldürüp cesedini bir yere attılar. Gözünü..." Durakladı. "Gözünü... çıkarttıktan sonra. Zavallı Meyerheim'a yaptıkları gibi."

"Siz neden bahsediyorsunuz?"

"Meyerheim ona neler yaptıklarını anlatmadı mı size?"

"Herr Meyerheim maalesef henüz ifadesi alınacak durumda değil."

"Her şey gözümün önünde oldu. Bize zorla seyrettirdiler. Mahzenden çıkarıp baktırdılar. Sirk gibi."

"Neye Herr Osterberg? Neyi seyretmek zorunda kaldınız?"

"Johann'a yaptıklarının aynısını."

Adolf Osterberg devam etmeden önce bir süre bir şey söyleyemedi. Gennat sabırla bekledi. Fabrikatörün az sonra anlatacakları, Lange'nin meslek hayatında o güne kadar duyduğu en gaddarca, en iğrenç şeylerdi.

38

Gertraud Brachwitz kapıyı açar açmaz onu tanıdı.

"Komiser bey!"

"Kusura bakmayın, tekrar rahatsız ediyorum..."

"Bir şey mi oldu?"

"İçeri girebilir miyim?"

"Tabii, buyurun." Kenara çekilip yol açtı. "Kahve içer misiniz? Tam yeni yapıyordum."

Rath başıyla olur dedi. Kadın oturma odasında ona yer gösterdikten sonra mutfağa gitti. Rath bir *Overstolz* yaktı. Adam evden çıkar çıkmaz keyif yapıyor diye düşündü.

Az önce devlet polisinin hâlâ Linienstrasse'de kol gezip gezmediğine bakmak için *Buick*'in içerisinde otururken kadının işi icabı kapı kapı dolaşıp satıcılık yapan kocasını, elinde çanta, üstünde şapkasıyla paltosu, evden çıkarken görmüştü. Theo Brachwitz'in metroya inmesini beklemiş, 24 numaraya gidip dördüncü kata çıkmıştı.

Kadın tepsiyle mutfaktan döndü. Üstünde dumanı tüten iki fincan kahve vardı; güzel kokuyordu.

Rath, "Eşinizin ziyaretimden haberi olmayacak," diye söze başladı. "Bana söyleyecekleriniz hiçbir şekilde protokolde yer almayacak, sadece burada kalacak," diyerek parmağıyla kafasını işaret etti. "Olan bitenleri yerli yerine oturtabilmek için bazı bilgilere ihtiyacım var."

Gertraud Brachwitz mahcup gülümsüyordu.

"Ölümünden önceki hafta... Herr Dewald olağandışı bir şey anlattı mı, hatırlıyor musunuz?"

Kadın, Rath'ın söylediklerinden hiçbir şey anlamıyormuş gibi baktı.

"Dikkatini çeken, onu takip eden birisi filan var mıydı?"

Kadın başını iki yana salladı. "Kimseye görünmemek için dikkat ediyordu hep. Şansımıza sokağımız tenha. Curcuna az ileride, Horst Wessel Meydanı'nda."

"Peki ya siz? Sizin dikkatinizi celbeden bir şey olmuş muydu?"

"Ben hep evdeydim, bekliyordum. Ara sıra pencereden dışarı bakıyordum, o kadar."

Rath ayağa kalkıp, Linienstrasse'ye bakan pencereden dışarıya göz attı; devasa Volksbühne tam evin karşısındaydı. Kaldırımdan geçenlerin yüzleri iyi seçiliyordu. Cebinden Marlow'un ona liste ile birlikte verdiği resmi çıkarıp kadının kahvesinin yanına koydu.

"Bu adamı gördünüz mü hiç?"

Gertraud Brachwitz alnını kırıştırarak fotoğrafa uzun uzun baktı. Leo Juretzka'ydı bu; iki gözünün de sağlam olduğu zamanlardan.

"Galiba! Kim bu?"

"Nerede gördünüz onu? Ve ne zaman?"

"Birkaç kez Volksbühne'nin önünde duruyorken gördüm, geç saatlerdi hep." Omuzlarını kaldırdı. "Dannhoff'un hayranlarından biri, oyunun bitmesini bekliyor herhalde diye düşündüm. Hatta bazen elinde bir buket çiçek de oluyordu."

Rath resmi tekrar cebine koydu. "Teşekkür ederim Frau Brachwitz."

Kadın gözlerine bakarak, "Hans'ın katili o mu?" diye sordu.

"Bu konuda bir şey söyleyemem. Konu siyasi açıdan son derece hassas. Mutlak gizlilik gerektiriyor. Sizden de kimseye bir şey söylememenizi rica edeceğim. Gerçekten, hiç kimseye."

"Peki."

Rath kahvesini bitirip çıktı.

Evet, Leo Juretzka, Hans Dewald'i katletmişti. Darbeyi tam zamanında vurmak için kurbanının her hareketini en ince noktasına kadar izlemişti.

Rath arabasına bindi, bir *Overstolz* yakıp, daha dört hafta önce birisinin dövüle dövüle öldürüldüğü kapı girişini seyretmeye koyuldu.

Eğer Leo'yu vurursanız yalnız bana iyilik etmiş olmazsınız, bakarsınız nişan bile takarlar size.

Rath çok adama kurşun sıkmamıştı hayatında. Daha doğrusu yalnız iki kişiyi vurmuştu. İkisi de rüyasından çıkmıyordu. Başkalarının bununla nasıl başa çıktığını merak ediyordu. Mesela, görülecek bir hesabı var diye öylesine adam öldüren Leo Juretzka gibilerinin.

Nasıl bulacaktı bu herifi şimdi? Dört milyonluk bir şehirde tek bir adamın izine nasıl ulaşılırdı?

Gertraud Brachwitz'i ziyaretiyle de dişe gelir bir ipucu elde etmemişti, ama en azından şu ortaya çıkmıştı: Juretzka plansız hareket etmemişti. Kurbanının gündelik yaşamını dakikası dakikasına takip etmiş, pusuya düşüreceği en uygun yeri tespit etmişti.

Peki bu bilgi kendisinin ne işine yarayacaktı? Bildiği bir şey vardı, o da bunu Wolff Özel Komisyonu'na aktarmayacağıydı. İki haftadır aradıkları adamın kim olduğunu biliyordu artık, fakat bunu kimseye söylemiyordu. Hatta Charly'ye bile.

Cebinden Marlow'un listesini çıkarıp kâğıdı düzeltti. Altı isimden birinin üstü çizilmişti. Sırada kim vardı acaba? Juretzka'yı belki yakalar diye beş kişiyi aynı anda izleyemezdi ya? Acaba listedekileri sorguya mı çekseydi? Ama onları şüphelendirmeden, kimliğini açık etmeden nasıl yapacaktı bunu?

Tabii polis teşkilatını arkasına alarak yapılabilirdi, ama bu maalesef mümkün değildi. Marlow haklıydı: Leo Juretzka hiçbir şekilde polisin eline düşmemeliydi. Ya onu Johann Marlow'un talimatıyla bir-iki ucuz numarayla SA'nın elinden kurtardığı ortaya çıkarsa?

Juretzka'yı Papestrasse'de SA Jandarması kodese tıkmıştı. Aynı adamlar şimdi Alexander Kışlası'na konuşlanmıştı. Johann Marlow, bunlardan altı tanesinin uzun Leo'ya eziyet ettiğini biliyordu. Bir tanesi ölmüştü.

Diğerlerini uyarsa mıydı? Yoksa kaderlerine mi terk etseydi?

Rath sigarasını pencereden fırlatıp motoru çalıştırdı.

39

Andreas Lange, Ernst Gennat'ı hiç bu kadar kızgın görmemişti. Ancak Buda dilini tutmak zorundaydı, çünkü karşısında oturan bizzat Berlin SA'sının Garnizon Komutanı Karl Ernst'ti. Otuzunda bile göstermeyen bu tıfıl delikanlının yumuşak hatları, afili de bir üniforması vardı.

Karl Ernst, SA Karargâh Şefi Röhm gibi kendisinin de eşcinsel olduğu yönündeki sonu gelmez dedikodulara özel olarak pervasız pozlar takınarak göğüs germeye çalışıyordu. El kol hareketleri yaparken her fırsatta alyansını göstermeyi ihmal etmiyordu. Yeni evlenmişti.

"Bir SA birliğini olduğu gibi hapse atamazsınız," diyordu o sırada. "Olmaz bu. O günler geride kaldı."

"Gözaltı," diye düzeltti Gennat. "Beyler nezarethanede. Hazırlık soruşturması daha yeni başladı."

"Soruşturma durdurulsun demiyorum müdür bey. Ancak adamların ivedilikle salıverilmesi gerekiyor. Milli devrimde her bir SA'ya ihtiyaç var."

"O hâlâ tamamlanmadı mı?" dedi Gennat. Bunu o kadar alçak sesle söylemişti ki, yanında oturan Lange bile ne dediğini anlamamıştı.

Garnizon Komutanı Ernst, "Efendim?" diye sordu.

"Diyorum ki, adamların hep birlikte ağır suç işlediklerine dair kuvvetli bir şüphe var. Bunun araştırılması gerekiyor."

"101. Müfreze bir-iki Yahudi'yi biraz hırpalamış olabilir. Bir-iki yanlış da söz konusu olabilir. Ama böyle şeyler normal. Devrimin orta yerindeyiz, Alman halkının düşmanlarına karşı verdiği çetin mücadelede SA bütün yasalara uyacak diye bir şey yok, bunu sizin de bilmeniz gerekiyor!" Garnizon Komutanı genzini temizledi. "Her neyse, ben adamların bir an önce serbest bırakılması için talimat verdim."

Lange dikkatle Gennat'ı izliyordu. Buda içinden feveran etse de hiçbir şey belli etmiyordu; sanki o anda bir Uzak Doğu meditasyonu tatbiki içerisindeydi. SA garnizon komutanını kızdıracak tek laf çıkmıyordu ağzından.

"Bizzat garanti veriyorum," diye sürdürdü sözlerini Ernst, "arkadaşlarım sorgu sürecinde hazır bulunacaklar. M Kriminal Grubu'nun yükünü azaltmak için komando birliklerini de konuyla ilgili olarak görevlendirdim. Bu tip vakaların yabancısı değiller." Hafifçe öksürdü. "Sizi yanlış anlamadıysam, müfreze büyük oranda eski yeraltı çetelerinin mensuplarından oluşuyormuş, öyle mi?"

Buda cevap vermedi.

Lange başıyla onayladı. "Kuzey Korsanları."

"Sizi temin ediyorum, Komando Birlikleri'nin şefi Sancak Komutanı Fritsch meseleyi inceleyecek. İnanın, Berlin SA'sı için saflarındaki şerefsiz unsurları ortaya çıkarıp başlarını ezmek her şeyin başında gelir."

Ve de her türlü skandalın daha ayyuka çıkmadan önünü almak diye geçirdi içinden Lange. Basında bir buçuk yıldır SA hakkında zaten olumsuz bir şey çıkmıyordu. Ama dedikodular Berlin'de hızlı yayılırdı. Koskoca bir SA müfrezesini gangsterlerin ele geçirdiği bir duyulsa, Röhm'ün ya da Ernst'in eşcinselliğine ilişkin dedikodular yüzünden SA'nın namına sürülen leke solda sıfır kalırdı.

Lange, Gennat'ın hem öfkesini hem de çaresizliğini çok iyi anlıyordu. Masum insanları haftalarca bodrumlarında tutan bu adamlar daha aradan üç gün bile geçmeden salıverilmişti. Sorgulamada bazı şeyler ortaya çıkmıştı, ama bunlar yargılama için yeterli olur muydu? En çok suçladıkları bir maktuldü. Lapke'nin adamları Horst Kaczmarek hakkında o kadar kötü şeyler söylüyordu ki,

Lange Wedding'deki cinayet de mi yoksa bunların başının altından çıktı diye düşünmeye başlamıştı. Belki de polisin müdahale edeceğini tahmin etmiş, bir günah keçisi aramışlardı. Kendini savunamayacak durumda olan bir günah keçisi.

İstediği kadar inandırıcı olmasın, şayet Korsanlar, Horst Kaczmarek'le bir ilgilerinin olmadığını kanıtlamayı başarırsa, takım çavuşunun gardırobunda bulunan para ve silahlar da delil olarak bir işe yaramazdı. Mahkemede, "Tereddüt halinde sanık haklıdır," denir biterdi; o günlerde elinde yüzde yüz kesin kanıt olmadığı sürece hiçbir hâkim bir SA'yı yargılamaya cesaret edemiyordu.

"Diyeceklerim bunlar..." Karl Ernst konuşmanın gidişatından memnun kalmış görünüyordu. Kalkıp kapıya gitti. Garnizon komutanı sağ kolunu kaldırarak, "Heil Hitler!" dedi.

Artık kapıdan çıkmıştı. Berlin'in en yüksek rütbeli SA'sı, ne Andreas Lange'nin ne de Ernst Gennat'ın Alman selamına karşılık verdiğini fark etmemişti bile.

Buda koltuğunda oturmuş, gözlerini bir noktaya dikmiş, konuşmuyordu. Lange dayanamayıp sessizliği bozdu.

"Evet müdür bey, ne yapacağız?" dedi.

"Ne mi yapacağız? Mağdurları sorgulamaya devam edeceğiz." Gennat birden asabileşmişti.

Buda ayağa kalkıp yazı masasına yöneldi. Bir yandan düşünüyor, aynı zamanda da son derece kararlı görünüyordu.

"Lange," dedi, "31 yılındaki Beyaz El vakasını, rüşvetçi meslektaşlarımızın silah kaçakçılığı olayını hatırlıyorsunuzdur muhakkak."

"Tabii müdür bey."

"İyi. Şimdi lütfen arşive gidip o dosyaları çıkarın. Kuzey Korsanları da karışmıştı o işin içine; bir bakın bakalım ne olmuş ne bitmiş o zaman, kaçakçılık rotaları filan nasılmış." Gennat pencereden dışarıya bakıyordu, ama sanki gördüklerini ondan başka kimse görmüyordu. "Korsanlar'ın bu kadar kârlı bir iş olan silah kaçakçılığından vazgeçeceğini hiç sanmıyorum. Hem de her zamankinden fazla para getireceği bir zamanda."

40

Rath arşivi hiç sevmezdi. Polisin hafızası karanlık, penceresiz odalara tıkılmıştı. Bu havasız yerde dosyaların toz kokusuyla örümcek ağları asılıydı. Eski bir dosyayı çıkarması ya da bir şeye bakması gerektiğinde normalinde Voss'u gönderirdi aşağıya. Normalinde. Ancak bu sefer kimseyi işin içine karıştırmak istemiyordu. O yüzden de dehlize kendisi inmişti. Girişte ismini yazdırmak bile fazla gelmişti ona.

Berolina denen yeraltı çetesinin şefi Leopold Juretzka'nın karıştığı kriminal vakalara ilişkin birtakım ipuçları bulma umuduyla dosyaları taramaya başladı. Bir bakışta gözüne bir şey çarpmayınca iki rafın arasında durduğu yerden etrafı kolaçan etti ve ani bir kararla dosyaları tek tek deri evrak çantasına attı.

Belgeleri yanına alıp götürmek isteyenlerin bunu girişteki deftere kaydetmesi lazımdı; ancak isminin Leo Juretzka'yla yan yana yer alması hiç işine gelmiyordu. Dosyalara evde rahat rahat bakar, ertesi gün de kimse görmeden yerine koyarım diye geçirdi içinden. Zaten kapıdaki memur Rath çıkarken çantasının giriştekinden daha şişkin olduğunu fark etmemişti.

Çantasındaki ganimetiyle bekçinin önünden geçince öyle rahatlamıştı ki, neredeyse birisiyle çarpışacaktı.

"Lange!"

Rath kendisini suçüstü yakalanmış gibi hissedince bunu örtbas etmek için sevinmiş havalara girdi.

"Komiser Rath! Epeydir görmemiştim sizi. Ne yapıyorsunuz burada? Özel komisyonda değil misiniz artık yoksa?"

"Oradayım, oradayım," dedi Rath. "Bir iz peşindeyim de. Hani şu firar arabasıyla ilgili. Ya siz?"

"Ben de arşivimizde Kuzey Korsanları ve silah kaçakçılığıyla ilgili ne var ne yok, ona bakacaktım." Sesini alçalttı. "SA, Lapke ve adamlarının nezarethaneden tahliye edilmeleri için talimat vermiş."

"Talimat mı vermiş? Bu böyle basit mi? Yahu, adamlar suçlu."

"Görünüşe bakılırsa böyle basit. Bizzat Karl Ernst verdi direktifi." Lange etrafına bakındı. "Daha bir süre Alex'te misiniz komiser bey? Öğle paydosuna çıkalım birlikte. Yarım saat sonra uygun mu? Kantinde buluşalım."

"Instanz daha iyi olur."

"Haklısınız."

Lange parmağını şapkasına götürüp vedalaştı. Arşivin kapısındaki memura gidip görevli hüviyetini gösterdi.

Rath merdivenleri tırmanıp avluya çıktı; temiz havaya ihtiyacı vardı. Demek Korsanlar salıverilmişti! Baskın günü Lapke'nin söyledikleri geldi aklına. Kuzey Korsanı, SA'nın onu yarı yolda bırakmayacağını nasıl da bilmişti. Bu işte Sperling ile komando birliklerinin de parmağı olabilir miydi? Yoksa Hermann Lapke'nin ilişki ağı SA'nın ta en tepesine, yani bizzat Karl Ernst'e kadar mı uzanıyordu?

Instanz, emniyet binasının dibinde sayılırdı ama Rath'a başka bir dünyaya adım atıyor gibi gelmişti. Alex'e sadece üç dakika mesafede bulunan Waisenstrasse'de Berlin sanki metropollüğe karşı direniyordu. En fazla üç katlı evler kilisenin gölgesine tıkışmış gibiydi. Lokal de tam ortalarındaydı. Kapının üzerindeki ahşap levhada "Zur letzten Instanz" yazılıydı. Parochial Kilisesi'nin arkasındaki bu küçük dükkân İhtiyar Fritz[2] zamanından beri önemli bir kurum sayılırdı. Yakındaki Asliye Ceza Mahkemesi'nden hukukçular buluşurdu burada genelde; buna karşın polisler pek uğramazdı. Rath dosyaları önüne yayabileceği bir masa bulduktan sonra bir kahve söyledi.

Üç sigaradan sonra şunu söyleyebilirdi: Adam az buz biri değildi. Uzun Leo 20'lerde ikisi adam yaralamadan olmak üzere birçok kez hapse girmişti. Adam öldürme davalarından biri sonunda düşmüştü, ama bu Juretzka'nın masum olduğu anlamına gelmiyordu. Zamanın Berolina şefi Kızıl Hugo'ya hakaret eden bir Kuzey Korsanı, akabinde birahanede çıkan kavgada yaralanıp ölmüştü.

Leopold Juretzka otomobil hırsızlığından iki sene ceza alıp ilk olarak 1922'de kodese girmişti. Ondan sonra bu tip suçlardan yakalanmamaya özen göstermiş, o ara Berolina'ya üye olmuş, Kızıl Hugo'nun sağ kolu, şoförü ve koruması olmak suretiyle uzun bir geleneğe sahip bu yeraltı çetesinde çarçabuk yükselmişti. Her ne

2 II. Friedrich.

kadar üç yıl önce şefinin ölümünün önüne geçemediyse de dernek üyeleri kendisini başkanlığa getirmişti. Bu, Johann Marlow'un hiçbir zaman tasvip etmediği bir seçim olmuştu.

Ancak Rath dosyalardan adamın özel alışkanlıklarını ve sık sık gittiği mekânları çıkaramamıştı; her şeyi toplayıp tekrar evrak çantasına soktu. Tam bir sigara daha yakmıştı ki Andreas Lange girdi içeri.

"Özür dilerim, geç kaldım," dedi meslektaşı. "Tahminimden uzun sürdü."

"Sorun değil."

Şapkasını ve paltosunu vestiyere asan Lange, Rath'ın masasına oturdu.

"Bir aralar siz de Beyaz El hakkında soruşturma yürütmüştünüz, değil mi?" dedi. Andreas Lange anlaşılan uzatmadan konuya girmek niyetindeydi.

Rath başıyla onayladı. Beyaz El, Berlin'deki yeraltı örgütlerini hallaç pamuğu gibi atıp bu arada Kızıl Hugo'yu da öldüren rüşvetçi ve de bezgin polis memurlarının kurduğu gizli örgüte verilen addı.

"Silah ticareti hakkında bildiğiniz bir şey var mı?" diye sordu Lange.

"Beyaz El, polise ait silahları çalarak finanse ediyordu kendisini." Rath, Lange'nin lafı nereye getirmek istediğini sezmişti. Sigarasından bir nefes çektikten sonra, "Bir yıl sonra bir örgüt üyesinin izini kaybettirdiğini fark ettik. O da peş peşe bir sürü adam öldürdü," dedi.

"Bizim meslektaş, Fantom."

"Evet. Dettmann. Cinayetlere azmettiren bizzat Hermann Lapke'ydi."

"Bu da Korsanlar'ın çok daha önceden Beyaz El'le işbirliği içerisinde olduğuna işaret ediyor."

"Evet, iş ortağıydılar. Kuzey Korsanları'nın gelirinin büyük bir bölümünü silah ticareti oluşturuyordu."

"Anlaşılan hâlâ öyle," dedi Lange. "Belki bu iş her zamankinden daha kârlı. Eğer Lapke'nin SA Müfrezesi'nin silah ticareti yaptığını kanıtlayabilirsek..."

"... Ernst Röhm gelse kurtaramaz onları."

Lange başını salladı. "Doğru."

"Ne diyorum, biliyor musunuz? Buna bir içelim. Ben ısmarlıyorum."

Az sonra önlerinde iki bira bardağı, öğle yemeklerini söylemişlerdi. Günün menüsü yanında soğan ve kızarmış patatesle biftekti.

"Eh, başarımıza o zaman!" Rath bardağını kaldırdı. "Bana ne zaman ihtiyacınız olursa emrinize amadeyim. Ben hâlâ cinayet şubesi memuruyum, devlet polisi değil."

Garson yemekleri getirdi. Bir süre önlerindeki ete konsantre olduktan sonra Lange sessizliği bozup, "Size söylemek istediğim bir şey daha var Komiser Rath," dedi.

"Evet?"

"Hermann Lapke ifadesi alınırken... Bir şey söyledi de... Gennat kulak asmadı ama... Bilmeniz gerekir diye düşündüğüm için... Lapke, Doktor M. lakaplı Johann Marlow'un maaş bordrosunda sizin de yer aldığınızı iddia ediyor. Sizi birlikte görmüş."

Rath şaşkınlığını saklamak için başını hızlı hızlı iki yana salladı. Aslında tahmin etmesi gerekirdi bunu; Lapke mümkün olduğu kadar canını yakmak isteyecekti.

"Marlow'u tabii ki tanıyorum. Benim için önemli bir muhbirdi. Gennat da zaman zaman yeraltı çetelerinden sızdırılan bilgilere başvurmuştur. Buda birtakım vakıf eğlencelerine bile katıldı."

"Biliyorum," dedi Lange. "Yalnız artık yeraltı çetelerinin başı ezildiğinden beri buna pek sıcak bakılmıyor." Birasından bir yudum aldı. "Sizi uyarmak isterim; Lapke sizi karalamak için elinden geleni ardına koymayacağa benziyor."

"Sağ olun." Rath çatalını tabağın yanına bıraktı. "Sorgudan başka neler çıktı?"

"Bir konu özel komisyonunuzu ilgilendirebilir. Kaczmarek cinayetine farklı bir açıdan bakılmasını sağlayacak bir mesele." Lapke peçeteyle ağzını sildi.

"Bunları o zaman sırf bana değil, Stapo'ya da anlatın. Atlandıklarını hissettikleri zaman bozuluyorlar da."

"Stapo'nun kriminal polisin bulgularına değer biçtiğini sanmıyorum. Bizi pek adam yerine koymuyorlar. Telefon bağlanana kadar bile oyalıyorlar. En sonunda şu Pfeiffer çıktı telefona. Beni hiç dinlemedi bile. Başından savar gibi, yazılı raporunuzu Prinz-Albrecht-Strasse'ye gönderin dedi."

Rath sesini çıkarmadı. Tabakasından bir *Overstolz* çıkarıp Lange'ye de bir tane ikram etti, adam almadı.

"Kriminal polisin itibarının artmasına katkınız olabilir," diye devam etti.

Rath sigarasını yaktı. "Yani?"

"Wilhelm Landvogt'un ifadesini aldık; adam Kaczmarek'in son akşam birlikte içtiği adamlardan biri."

"Hatırlıyorum."

"Konuşturmak zor olmadı."

"İşkenceleri mi itiraf etti?"

"Dolaylı da olsa, evet. Ama maalesef Kaczmarek'ten başkasını töhmet altında bırakmıyor. Muhtemelen kendisini temize çıkarmak istiyor da, ondan." Lange önündeki tabağı iteledi, garson gelip masayı toplayınca yüzünde bir memnuniyet ifadesi oluştu.

"Beyler birer tane daha alır mıydı?"

Rath iki bira ısmarladı. Lange devam etti.

"Kötü muamelelerin mahiyeti ancak tutuklulardan biri anlatınca ortaya çıktı, Yahudi bir fabrikatör. Onun üzerine Landvogt'u bir daha sıkıştırdık."

"Ee?"

Lange konuşmaya başlamadan önce yutkundu. "Landvogt birilerine bir ders verileceği ya da dikkafalı bir tutuklu yola getirilmek istendiğinde hep Kaczmarek'in bu halk düşmanlarının başına salındığını söyledi. Bu olayda kurban, kefalet ödememekte direnen zavallı otel sahibi Meyerheim olmuş. Kaczmarek'in özel yetenekleri tüm SA teşkilatında nam salmışmış; komünistlerin de korkulu rüyası olmuş. Zavallı Meyerheim bunu bilmiyordu herhalde, yoksa belki o kadar inatçılık etmezdi."

"Sonuçta komünist de değil Meyerheim," dedi Rath. "Ne gibi özel yeteneklerden söz ettiniz demin?"

Lange boğazını temizledi ve garson biraları masaya koyup gidene kadar bekledi. Ancak içmedi de; sanki görünümünden rahatsız olmuş gibi bardağı kenara itti.

"Horst Kaczmarek," dedi sonunda, "sadece ciğerlerinin gücüyle bir insanın gözünü göz boşluğundan emerek çıkartabiliyormuş. Herkesin çekindiği o 'kara öpücük' oymuş."

"Yani?"

"Yani gözü göz boşluğundan emip çıkarttıktan sonra görme sinirini dişiyle koparıyor, gözünüzü suratınıza tükürüyormuş."

Rath eline aldığı bira bardağını tekrar önüne bıraktı.

"Bu prosedüre defalarca alkış tutulmuş SA hapishanelerinde. Adam bu yüzden çok revaçtaymış."

"Turneye çıkmış sanatçı gibi yani."

"Öyle de denebilir. Büyük seyirci kitlesi önünde yapıyormuş bunu. Suçluyu bu şekilde cezalandırmak diğer tutukluların direncini kırmak amacını da taşıyordu muhakkak. Landvogt, böyle bir 'gösterinin' akabinde hemen sorguya geçildiğini anlatıyor. Tabii çok da başarılı oluyormuş bu sorgular."

"Tahmin edebilirim." Rath yüzünü buruşturdu. İki hafta önce Gartenstrasse'de neler olup bittiğini tahayyül etmeye çalışıyordu.

Lange zaten tam da bunu anlatmaya başlamıştı. "Kaczmarek, Wolff Grubu'nu demiryolu köprüsünün altında duvara yazı yazarken yakaladığında bu sapık marifetini hayata geçirmeye kalkmış. Ama sert kayaya toslamış, Walter Spindler'in eline düşmüş."

"Cam gözlü bir adam." Rath başını iki yana salladı. "O zaman bu cinayet vakası..."

Lange başıyla onaylayarak, "Bir nevi iş kazası," dedi. Etrafa bakınıp garsonun yakınlarında olmadığından emin olduktan sonra devam etti: "Kurbanının cam gözü Kaczmarek'in boğazında kalmış denebilir; olay bundan ibaret."

"Tamam da, bayağı da hırpalanmış."

"Olabilir. Ama öldükten sonra. Buna cinayet denemez, çok çok 'ölünün huzurunu kaçırma' kategorisine girer."

41

Lamprecht ismini defterine not etmişti. Charly dördüncü katta bir hafta önce kızın dışarı çıkmasıyla burun buruna geldikleri dairenin kapısındaydı yine. Karşılaşmalarından kısa bir süre sonra SA'dan kaçan ve bir bakkalda tekrar karşısına çıkan kız. Önceki gün Görlitz İstasyonu'ndaki Destillation Krüger'de gördüğü kız. Yani dört kilometre ileride; Landsberger Allee sakinlerinin sık sık gittikleri bir mekân olamayacak kadar uzak bir yerde. Ama bir şekilde komünist direnişle bir ilişkisi olan insanların girip çıktığı bir mekânda.

Charly apartmana girmeden önce kaldırımda bir süre durmuş, kafasını kaldırıp eve bakmıştı. Tıpkı Karl Reinhold'un birkaç hafta önce yaptığı gibi. Onun dördüncü kattaki bir pencereyi dikizlediğinden o kadar emindi ki. Yani Lamprecht ailesinin oturduğu daireyi.

Müvekkili Husen'i ziyaret etmesi gerektiğini söylediğinde Manfred Blum çıkmasına izin vermişti. Mesainin bitmesine yarım saat kalmıştı, adam belki de o yüzden bunu mesele yapmamıştı. Ama avukatın bakışlarında yine de Scherer ve Blum Avukatlık Bürosu böyle lakayt çalışma stillerini tasvip etmez der gibi bir ifade belirmişti.

Wedding'le Landsberger Allee arasındaki yol tahmininden uzun sürmüştü. Üstüne üstlük bu uzun tramvay yolculuğundan sonra köpek de işemeye koyulmuştu. Charly dairenin kapısında içeriden gelen sesleri çözmeye çalışıyordu. Evde muhakkak birilerinin olması lazımdı, yemek kokusu geliyordu çünkü. Kirie de kokuyu almış, beklentiyle kuyruğunu sallayıp duruyordu.

Önünde önlük, beyaz saçlı bir kadın açtı kapıyı; soran gözlerle ziyaretçiye bakıyordu.

"Kusura bakmayın, rahatsız ediyorum Frau Lamprecht." Charly elinden geldiğince nazik, güven telkin edici bir izlenim yaratmaya çalışsa da o an aslında bir tek Kirie'yi zapt etmekle meşguldü. "Kızınızla konuşmak istiyordum. Evde mi kendisi?"

Kadın ona ve köpeğe son bir kuşkulu bakış attıktan sonra arkaya bağırdı. "Else! Ziyaretçin var! Önce soğanları soy ama!" Sonra tekrar Charly'ye dönüp Berlin ağzıyla, "Bir dakika," dedi ve kapıyı kapattı. Charly afallamıştı ama durup bekledi. En azından Kirie ayağına dolanmıyordu artık. Kapı tekrar açılana kadar biraz zaman geçti; görüşmek istediği kız nihayet karşısındaydı.

Charly, "İyi akşamlar," dedi.

Else Lamprecht şaşkın şaşkın bakıyordu.

"Beni hatırladınız, değil mi?" diye sordu Charly.

"Tabii. Geçen hafta Schubertleri sormuştunuz."

"O bahaneydi. Size güvenip güvenemeyeceğimi bilmiyordum daha. Ama şimdi..." Charly birden bütün cesaretini toplayıp, "Aslında Karl Reinhold'u arıyorum," dedi.

Elsa Lamprecht hiçbir şey söylemedi, gözleri fal taşı gibi açılmıştı. Omzunun üzerinden arkaya bir bakış attı; ailesinin o ismi duymasından çekiniyor gibiydi. Charly kızın bakışlarını takip edince vestiyerde asılı kahverengi bir üniforma kepi gördü. Lamprechtlere davetsiz bir misafir mi gelmişti yoksa?

"Şu anda bir şey söylemeniz gerekmiyor. Başka zaman da konuşuruz." Charly defterine iki numara yazdı, yaprağı koparıp kıza uzattı. "Beni arayın. Gündüzleri bu numaradan, akşamları ise buradan. Adım Charlotte Rath."

Else Lamprecht kâğıdı cebine soktu. Ancak bakışları hâlâ kuşku doluydu.

"Korkmanıza gerek yok. Polis değilim. Karl'ın kız kardeşi Alex'in bir arkadaşıyım."

O anda koridora genç bir adam çıktı. Gardıropta asılı SA kepi ona ait olmalıydı; çünkü üstündeki üniforma kepi tamamlıyordu. Boynundan SA üniformasının havasını tamamen yerle bir eden beyaz bir peçete sallanıyordu.

"Geliyor musun Else? Sofraya oturuyoruz."

Charly'ye meraklı bir bakış attıktan sonra tekrar içeri girdi.

Else, "Geldim," diye bağırdı içeriye. Charly'ye, "Ağabeyim," derken özür diler gibi zayıf omuzlarını kaldırdı.

"Arayın beni," dedi Charly. "Aileniz niye geldiğimi sorarsa dersiniz ki..."

"Ne diyeceğimi ben bilirim," dedi kız Berlin ağzıyla azarlayarak. Başka da bir şey söylemeden kapıyı kapattı.

Charly, Else Lamprecht'in başını belaya sokmadığını ümit ediyordu içinden; çünkü Nazi ağabey, komünist erkek arkadaş... Yeteri kadar bela vardı başında. Hayat bazen nasıl da zordu.

Landsberger Allee'de tramvaya bindi. Charlottenburg'a gidene kadar epey vakit geçmişti. Eve çok geç geldi. Kapıyı açmasıyla burnuna tıpkı Landsberger Allee'deki gibi kızarmış patates kokusu geldi.

Yemek masasında oturan Gereon ile Fritze onu görünce ayağa kalktılar. Oğlan deli gibi kuyruğunu sallayan köpeği kucağına aldı, Gereon, Charly'nin yanağına bir öpücük kondurdu.

"Biz başladık."

"Çok güzel kokuyor."

"Patatesleri ben kızarttım," dedi Fritze. "Lina bugün öğle yemeğini abarttı yine."

Kirie'nin tüylerini okşayıp Charly'ye bakarken gözleri parlıyordu. Anlaşılan keyfi yerindeydi. Ama Charly çocuğun siyah kısa pantolon, kahverengi gömlek, fular ve o olmazsa olmaz kolluktan oluşan kıyafetine o derece sinir olmuştu ki, onun o neşesine zoraki bir gülümsemeyle karşılık verebildi. Oğlan her fırsatta Jungvolk üniformasıyla ortalarda boy göstermeye bayılıyordu. O üniformanın içinde olmaktan, gamalı haçla dolaşmaktan hem haz alıyor hem gurur duyuyordu.

Gereon, "Avukatlık bürosunda senin o zenciye gittiğini söylediler," dedi. Eşi nazik tavırlarla paltosunu çıkarmasına yardım ettiği halde Charly'nin anında tepesi atmıştı.

"Onun ismi Mohamed Husen," dedi.

"Evet evet, Husen."

Gereon karısına bir cevap bekler gibi bakıyordu.

Charly omuzlarını kaldırdı. "Uzun sürdü biraz."

Gereon'un bakışları bir an duvardaki saate kaydı. Charly'nin gözünden kaçmamıştı bu. Normalde bir buçuk saat önce evde olması gerekirdi.

Fritze köpeğin mamasını hazırlamak için mutfağa gitti; Gereon ise holde karısının paltosunu vestiyere asmakla meşguldü. Charly sofrada her zamanki yerine oturup bir bardak su içti. Neden böyle huysuzluk yapıyordu? Evin erkekleri her şeyle ilgileniyordu işte.

Fritze'ye üniforması, Gereon'a ise kuşkuculuğu ve Husen hakkında saygısızca konuşması yüzünden içerlemişti. Kendisine de içindeki vicdan azabı yüzünden. Yoksa gizli saklı işler yapmaya ihtiyaç duyması mıydı onu asıl kızdıran? Neden ağabeyi için endişe duyan eden bir kız arkadaşına yardım etmeye çalıştığını anlatamıyordu?

Anlatamazdı. Çünkü evdeki erkeklere böyle bir şey anlatılmazdı; ne kolundaki gamalı haçla ortalarda dolaşan Fritze'ye ne de komünistlere Nazilerden daha fazla diş bileyen Gereon'a. Kendi evinde kendi ailesiyle açık konuşamıyordu, iş artık buraya gelmişti.

Fritze elinde köpeğin mama kabı, Gereon ise tavayla salona girdi. Charly'nin tabağına patates koydu.

Köpeği doyuran Fritze gene oturdu sofraya.

"Afiyet olsun," deyip yemeğe yumuldu.

Charly tabağındakileri çatalıyla bir-iki didikledi. Karnı açtı. Ama iştahı kaçmıştı.

"Günün nasıl geçti?" diye sordu Gereon bir süre sonra.

"Zorlu." Çatalın ucuna geçirdiği patatesi bir araştırma objesiymiş gibi inceliyordu. "Senin?"

"Sıkıcı." Charly'ye dönüp, "Bu Husen... Hangi işine bakıyorsun onun?"

Charly yan gözle Fritze'ye baktı, oğlan onları dinlemiyor gibiydi.

"Söyledim ya sana. Cephede verdiği hizmetin tanınmasını istiyor. Askari olarak bütün diğer Almanlar gibi hem Kayzer hem de anavatan için savaşmış."

"Bunun için ev ziyareti mi yapıyorsun? Kendisi büroya gelemiyor mu? Boşuna mı bir yer tuttunuz?"

Fritze, "Bir Askari ile mi tanışıyorsun sen?" diye sordu gözlerini koskocaman açarak.

Charly başıyla onayladı.

"Hakiki zenci yani."

Bu düşünce Fritze'yi heyecanlandırmışa benziyordu.

"Gece gibi kara," dedi Gereon, Charly daha cevap veremeden. "Tesadüfün böylesi," diye devam etti. "Husen'le iki sene önceki o gizli soruşturmada tanıştın, şimdi müvekkilin oldu."

"Tesadüf filan değil. Guido'ya ben aracılık ettim."

"Demek öyle."

"Ama günün birinde davayla benim ilgileneceğim hiç aklıma gelmezdi."

"Bak sen."

"Ne demek 'bak sen'?"

Charly'nin ağzından laflar biraz sert bir ses tonuyla çıkmış, elindeki çatalı da aynı anda masaya fırlatmıştı.

Fritze, "'Bak sen,' dedi bir tek, niye bu kadar kızıyorsun ki?" diye sordu.

"Sen ne karışıyorsun?" diye çıkıştı çocuğa Charly. "Hem sen bütün gün bu kıyafetle dolaşmak zorunda mısın? Zaten bütün vaktini HJ'de geçiriyorsun, bari evde normal giyin."

Gereon ile Fritze susmuş ona bakıyordu. Kirie bile kısa bir an kafasını mama kabından kaldırmıştı.

Şaşkınlığını ilk üzerinden atan Gereon oldu.

"Ne oluyorsun?" dedi. "Çocuk tabii ki isterse üniformasını evde de giyer. Yakışıyor da zaten, öyle değil mi?"

"Zevk meselesi," diye yanıtladı Charly.

Fritze, "Bu kadar sinirlenmene gerek yok, bu akşam toplantı var diye giydim üniformayı," deyip kalktı. "Ben kaçtım."

İkisi de sesini çıkarmadı. Oğlana kapıya kadar eşlik eden Kirie, çocuğu yolcu ettikten sonra mama kabının başına geri döndü.

Gereon kapı kapanıncaya kadar bekledi.

"Neyin var bilmiyorum Charly, ama sinirini oğlandan çıkarma."

"Öyle mi yapıyorum?"

"Evet, öyle yapıyorsun. Tamamen haklıydı, ara bulmaya çalıştı yalnızca. Açıkçası ben de neye bu kadar kızıyorsun, anlamıyorum. Şurada kızması gereken birisi varsa, o da ben ve Fritze. Yemeğe geç kalan sensin. Telefon edip haber vermeyen de."

"Bana inanmayıp aptalca soruları soran da sensin."

"O kadar da aptalca gelmiyor bana o sorular."

"Haklısın. Aptalcadan da öte, ahmakça."

Becermişti, adamın dili tutulmuştu. En azından kısa süreliğine.

"Madem öyle görüyorsun," dedi Charly'yi irkilten bir sükûnetle, "ben dışarı çıkayım o zaman." Yerinden kalktı ve biraz önce keyifle masanın altına kıvrılan köpeğin tasmasını kavradı. "Başka ahmakça sorular sormadan... Sen de bana ahmakça cevaplar vermeden gideyim ben."

Bunları dedi ve çıktı. Az sonra kapı hızla çarpıldı. Charly kalakalmıştı; canı o an tabakları teker teker duvara fırlatmak istedi. Kesik kesik nefes alıyordu. Derdi neydi? Sakin ol dedi kendi kendine, böyle öfkelenip durmasana!

42

Hartmann. Adamın adı öyleydi, değil mi? Rath kapıdaki üniformalının kendisini çıkarıp çıkaramadığından emin değildi. Ancak SA, kriminal polis görevli kimliğini hemen tanımıştı.

Adam, "Böyle elinizi kolunuzu sallaya sallaya içeri gireceğinizi mi zannettiniz?" dedi ve kimliği geri verdi.

"Elimi kolumu sallaya sallaya içeri girmek değil niyetim, Tabur Komutanı Sperling'le görüşmek istiyorum."

"Siz 101. Müfreze'yi tutuklattınız."

Rath afallamıştı. "Bu benim değil, sorgu hâkiminin işi," dedi.

"Yine de."

"Ben ülküdaşınızın ölümüyle ilgili olarak kurulan özel komisyonda..."

"Beni ırgalamaz. İkinci bir emre kadar içeri kriminal polis sokmamam konusunda kesin talimat verdiler. Sizin teşkilatta acilen temizlik gerekiyor. Oraya en kötü sistem zamanlarını hatırlatan bir görev anlayışı yerleşmiş!"

Rath o güne kadar Kripo'yla ilgili böyle bir saygısızlıkla karşılaşmamıştı. Hele bir üniformalının ağzından. Nasıl oluyor da basit bir müfreze komutanı onunla bu şekilde konuşmaya cesaret edebiliyordu?

"Alex'e hâkim görev anlayışı neyse, o bırakın da bizim sorunumuz olsun!"

Bekçi, "Siz de taarruz bölüğünde olan bitene karışmayın," dedi. "SA'ya ilişkin her şeyden bir tek komando birlikleri sorumludur, o kadar."

"Bakın, söz konusu olan tamamen başka bir vaka, ben..."

"Siz asıl bana bakın usta!" Bekçi kulübesinde ayağa kalkmıştı. "Ya derhal kışla mahallini terk edersiniz ya da sizi zorla uzaklaştırmak zorunda kalırım."

"En azından Tabur Komutanı Sperling'e bir telefon et bari öküz herif!"

Öküz herif tabur komutanını aramadı. Suratı kıpkırmızı olmuştu; teneke yakasının kenarından sallanan düdüğüne sarıldı. Tiz düdük sesinin üzerinden üç saniye geçmemişti ki Rath kendisini girişte nöbet tutan iki bulldogun arasında buldu.

"Tamam tamam, anladım," dedi. "Kriminal polis içeri sokulmayacaksa sokulmuyor."

Bekçiler kolunu bırakınca Rath üstünü başını düzeltti.

"Sizin yerinizde olsam," diye devam etti bekçi kulübesindeki adama dönüp, "Acaba az önce bir hata yapmış olabilir miyim diye düşünürüm Müfreze Komutanı Hartmann."

Rütbesiyle ve ismiyle hitap edilen müfreze komutanının surat ifadesini gören Rath'ın yüreğine su serpildi.

"Hadi o zaman; Heil Hitler, beyler!" Rath parmağını şapkasının kenarına götürdü ve *Buick*'ine yöneldi.

"Densiz güruh," diye söylendi motoru çalıştırırken. Her şeye rağmen Sperling ile Juretzka hakkında konuşmak istemişti. Uzun Leo'yla ilgili bildiği bir şeyler var mıydı ya da bu eski Berolina şefi cinayetten sorumlu olabilir miydi, onları soracaktı. Ayrıca ona kendisinin de, adamlarının da hayatının tehlikede olduğunu söyleyecekti.

Rath arabayı bir sokak ilerideki sinemanın arkasına park etti. Buradan Alexander Kışlası'nın girişini kapıdaki bekçilerin kendisini görmeyeceği şekilde rahatça izleyebilirdi.

Bir *Overstolz* yaktı ve o gün olanları düşündü; peş peşe bir dizi fiyasko yaşamıştı. Gräf ve özel komisyonu, Komiser Rath'ın harıl harıl listedeki araba sahiplerini aradığını düşünürken, o bütün öğleden önceyi Leo Juretzka'nın Berlin'i terk etmeden önce sık sık gittiği mekânları taramakla geçirmişti; en sevdiği birahane, en sevdiği restoran, idman yaptığı boks kulübü dememiş, her yere göz atmış, ancak tek rastladığı kuşkulu bakışlar olmuştu. Rath hatta bir gece yarısı SA tarafından yataktan kaldırılıp götürülene kadar kız arkadaşıyla birlikte oturduğu dairenin kapısını bile çalmıştı. Yeni sakinleri Leo Juretzka diye birini tanımadıklarını söylemişler, ama yine de Leo'nun kız arkadaşının adını vermişlerdi. Vera Brandt. Rath bunun üzerine Fräulein Brandt'ın izine düşmüş, ancak kadının 33 yılının haziran ayında Kurfürstendamm'da vuku bulan bir trafik kazasında öldüğünü ortaya çıkarmıştı.

Öğrenebildikleri bu kadardı. Onun üzerine Alex'e gidip arşive inmiş, Juretzka'yla ilgili dosyaları tekrar yerine koymuş, Brandt'ın 157. Karakol tarafından sanki bir gün önce teslim edilmiş gibi hiç toz tutmamış olan kaza dosyasını incelemişti. Belgelerde Vera Brandt'a 19'u 20 Haziran'a bağlayan gece Ku'damm'daki Halensee banliyö tren istasyonunun yakınında araba çarptığı yazıyordu. Olay yerinden kaçan şoförün kimliği hâlâ meçhuldü. Ağır yaralı kadını yolun kenarında bulan birkaç kişi ambulans çağırmıştı; ancak Leo Juretzka'nın kız arkadaşı hastaneye yetişemeden yolda ölmüştü. Rath, kadının ölümüyle Juretzka'nın intikam seferi arasında bir ilişki var mı acaba diye sordu kendine. Bu sözde kazanın altından Korsanlar da çıkabilirdi.

Rath arabada ne kadar oturduğunu bilmiyordu. Bir saat de olabilirdi, iki saat de; ama beklemesine değmişti. Kışlanın önünde bir hareket oluştu. Büyük kapıdan siyah bir *Hanomag* Rekord çıktı; sağındaki solundaki kulübeden çıkan bulldoglar hazır ola geçmiş Alman selamı çakıyordu. Rath koltuğunda iyice aşağı kayarak direksiyonun üzerinden olan biteni seyretmeye koyuldu. *Hanomag*, Kleine Alexanderstrasse'ye saptı, yanaştı, yanaştı ve *Buick*'in yanından geçti. Arka koltukta Erich Sperling oturuyordu, Rath hemen tanımıştı. Şoför dümdüz önüne bakıyor, o ise dosya gibi bir şey inceliyordu. Rath manevra yapıp araya belirli bir mesafe koyarak arabayı takip etmeye başladı.

Madem onu kışlaya sokmamışlardı, o da Erich Sperling'le başka türlü konuşmanın yolunu bulurdu. Örneğin şoför patronunu eve bıraktığında. Şimdilik planı buydu. Ancak otomobil kuzey doğuya doğru gidiyordu. Rath'ın edindiği bilgilere göre Erich Sperling karısı ve üç küçük çocuğuyla Schöneberg'de oturuyordu; ama araba şimdi Greifswalder Strasse üzerinden Königstor istikametinde ilerliyordu.

Gaz işletmelerinin heyula gibi tuğla duvarı karşılarına çıkmıştı ki, *Hanomag* oradan sağa sapıp Arnswalder Platz'daki bir birahanenin önünde durdu. Rath siyah limuzinin yanından geçti, az ileride park edip dikiz aynasından izlemeye başladı. Tabur Komutanı Sperling şoförün inip kapıyı açmasını bekledi; anlaşılan etikete önem veriyordu. Arabadan indi, üniformasının kepini başına geçirdi ve Alman selamıyla yanından ayrılan şoförün selamına aynı selamla karşılık verdi. Ancak lokalin kapısını kendisi açtı.

Rath, *Hanomag* gözden kaybolana kadar bekledi ve arabadan çıkıp etrafı kolaçan etti. Arnswalder Platz sanki olduğu gibi inşaattı. Ağaçların arasından tahta bariyerler, palangalı bir çelik iskele görünürken, yeşil alana taş boğa ve insan figürleri yığılmıştı. Meydana bir fıskiye yapılıyordu; Rath gazetede okumuştu bunu.

Birahanenin kapısında "Zum letzten Heller"[3] yazıyordu. Rath, yaratıcılık sıfır diye geçirdi içinden. Hem Köln'de hem de Berlin'de bu adı taşıyan o kadar çok mekân vardı ki. Ancak içeri girince farkı gördü. Burasının ne Walter Bestmann'ın işlettiği o Kuzey Korsanları'nın deliğiyle ne de salaş Boxhagener Krug'la bir benzerliği vardı. Klasik ahşap kaplamaları, duvarında kayda değer bir menü asılı olan bir mekândı burası. Öncelikle tertemizdi; her şey pırıl pırıldı. Barda pislikten içi doğru dürüst görülmeyen bardaklar filan yoktu. Birahaneci de uygar bir görünüme sahipti. Fıçı musluğunun üzerinden bakmış, Rath'ı hemen görmüştü. İyi bir birahaneci olduğu oradan belliydi.

Bütün bunlara rağmen Heller, Erich Spengler gibi kerli ferli tabur komutanının girip çıkacağı bir yer değildi; ortada bir tane bile SA görülmüyordu. Birahane, paydos birası içmeye gelmiş, küçük esnafından takım elbiselisine türlü çeşitli siville doluydu. Rath bir kez daha salona göz gezdirdi; Sperling'den eser yoktu.

Rath, birahaneci bardağı doldurana kadar bekledi.

"Buradan geçen oldu mu?" diye sordu.

Adam cevap olarak kaşlarını çattı.

"Bir SA," diye somutlaştırdı Rath, "daha doğrusu: bir askerî polis."

"Burası tren istasyonu değil, lokal."

"Gerçekten kimse geçmedi mi? Şöyle iki dakika önce..."

"Bira içecekseniz ısmarlayın. Aptal aptal sorular soracaksanız yıkılın derim, çünkü yanlış yerdesiniz."

Rath bir an polis rozetini çıkarıp çıkarmamayı düşündü, ama bunu yapmadı.

"E verin bir bira bakalım. Yanına da bir tane şnaps."

"Hah, şöyle."

Rath dudaklarının arasına bir *Overstolz* yerleştirdi. Yoksa Sperling önce tuvalete mi gitmişti? Öyle bile olsa artık çıkması lazım-

---

3 (Alm.) Son kuruşa kadar.

dı. Ama çıkmadı. Rath şnapsı, arkadan da birayı devirmiş, adam hâlâ görünmemişti. Sigarasını söndürdü, hesabı ödedi, gelen giden yoktu.

Birahaneden çıkmadan önce tuvalete gidip bütün kapıları açıp kontrol etti. Erich Sperling'den eser yoktu. Birden tuvaletlere giden koridorun sonunda bir kapı çarptı gözüne. "WC", "Mutfak" ya da "Girilmez" yazılı kapıların aksine bunda hiçbir şey yazmıyordu. Rath kapıyı açmasıyla kendini bir merdiven sahanlığında buldu.

Allah kahretsin! Herif onu fark etmiş, sonra da atlatmıştı. Belki de tabur komutanının yanıltmak istediği kişi Rath değildi. Yoksa bu apartmanda şoföründen gizli birisiyle mi görüşüyordu? Hani Linienstrasse'deki o yalnızlık çeken ev kadını Gertraud Brachwitz'i düzenli şekilde ziyaret eden Müfreze Komutanı Dewald gibi.

Rath burada oturup sittin sene tabur komutanının dönmesini bekleyemezdi; zaten geç kalmıştı eve. Varsın bu fiyasko da o boktan günün başarısızlıklar listesine eklensindi.

Sokağa çıkınca Leo Juretzka acaba yakınlarda bir yerde midir diye düşündü. Ötedeki inşaatta olabilirdi; veya büyük taşlardan birinin ya da bir ağacın arkasında. Yoksa biraz ileride, Elbinger Strasse'deki reklam sütununun mu arkasındaydı? Erich Sperling'i tam bu noktada mı pusuya yatmış bekliyordu?

Diğer taraftan burası Kuzey Korsanları'nın cirit attığı bir yerdi. Leo Juretzka da bütün gangsterlerin tanıdığı bir simaydı. Buralarda dolaşmaya cesaret edebilir miydi, Rath bundan emin değildi. Ya buna rağmen dolaşıyorsa? Eski düşmanlarından biri görürdü o zaman. Herifler birbirini haklasındı işte, ne güzel. Hiç değilse Gereon'un başından bir bela eksilirdi. Otomobiline binip kapıyı gereğinden sert çekti. Bir an arabada oturup beklemeyi geçirdi kafasından, ama sonra motoru çalıştırdı ve evin yolunu tuttu.

43

O nasıl bir pazar günüydü öyle! Charly'nin hırçınlığı kaç gündür geçmemiş, Rath sokağa çıktığında bir nefes almıştı. Oğlanı Tempelhofer Feld'e götüreceğini söyleyince karısı kahvaltı sofrasında ardı ardına iğneleyici laflar etmişti. Fritze'nin o büyük HJ toplantısına gideceğini çoktandır biliyordu aslında. Charly katılmaya şiddetle karşı çıkmakla kalmamış, çocuğa eşlik ettiği için Rath'a da ateş püskürmüştü. Üniforma konusunu da açmıştı yeniden.

Nitekim Fritze, Jungvolk kıyafetiyle adeta iki dirhem bir çekirdekti; saçlar bıçak gibi yandan ayrılmıştı. En azından bir yıl önce sokaktan toplayıp getirdikleri o dağınık saçlı, pis oğlandan daha derli topluydu görünümü. Çadır kampına gidecek diye çocuğun kaç gündür içi içine sığmıyordu. Gıkını çıkarmadan köpekle ilgilenmiş, Kirie'yi kaç kez uzun uzun dolaşmaya çıkarmıştı. Örnek bir çocuğun yapması gereken her şeyi yapmıştı ama nafile; Charly'nin suratı bir haftadır çekilecek gibi değildi.

Fırtına havası onları merdivenlere kadar takip etmişti. Ama Fritze'nin havası apartmandan çıkar çıkmaz tamamen değişmiş, Rath'ın da morali hemen yerine gelmişti. Ancak Rath'ın bir önceki akşam arabayı park ettiği yere geldiklerinde güle oynaya yürüyen oğlan birden donup kaldı.

"Lastik inmiş," dedi.

Rath, "Keşke biri olsa," diye söylendi.

Dört lastik de patlaktı.

Fritze ön tekerleğin önünde yere çöküp, "Bıçak sokmuşlar," dedi.

Rath küfür savurmamak için kendini zor tutuyordu. Bunun kimin başının altından çıktığını tahmin edebilirdi.

"Acaba Charly mi..."

Çocuğun yüzünü gören Rath neredeyse bir kahkaha koparacaktı. Fritze sonunu getiremediği soruyu öylesine sormamıştı, gayet ciddiydi. Sırf onun Jungvolk'un toplantısına katılmasını engellemek için Charly'nin gece yarısı inip arabanın lastiklerini patlatacağına gerçekten inanıyordu. Kadından bayağı tırsmış olmalıydı.

"Yok, yok," dedi Rath. "O kadar da değil. Bugün oraya gitmemizi ne kadar istemese de..."

"Ne yapacağız peki şimdi?"

"Araba tamirhaneye gidecek, sen de Tempelhof'a." Rath cüzdanını karıştırdı ve çıkarıp oğlana bir mark verdi. "Metroyla gideceksin artık. Önce banliyö treniyle Friedrichstrasse'ye..."

"...Ondan sonra da metroyla. C hattıyla Tempelhof istikametine.

Berlin'i köşe bucak bilirim, senden iyi tanıyorumdur belki. Sokak çocuğuydum bir zamanlar, unuttun mu?"

"Gönderebilirim o zaman seni..."

"Ayıp ettin."

Rath çocukla vedalaşırken omzunu patpatladı. "Yaylan o zaman, geç kalacaksın yoksa. Gelemediğim için özür dilerim. Arkadaşlarınla iyi eğlenceler."

"Kesin eğleneceğim. Heil Hitler!"

Bunu deyip döndü ve Hardenbergstrasse'yi takip ederek Zoo Garı'na doğru yürümeye başladı.

Rath selama karşılık vermeden arkasından bakakaldı, apışıp kalmıştı. Bir taraftan da Alman selamını onun ağzından duyduğundaki şaşkınlığını Fritze görmedi diye seviniyordu içinden. Oğlan ilk kez onu o şekilde selamlamıştı, öyle, durup dururken.

Rath okulda bu selamı verdiklerini biliyordu; bütün sınıf öğretmene hep bir ağızdan "Heil Hitler!" diyordu her sabah. HJ'nin her toplantısında, her geçit töreninde, her grup akşamında Alman selamı zaten adeta Allah'ın emriydi. Ama özel hayatlarında çocuk o güne kadar onlarla hep normal selamlaşmıştı.

O gün değişen neydi acaba? Rath'ı Charly'ye karşı müttefiki olarak görüyor olabilir miydi? Charly yanlarındayken çocuk buna asla cesaret edemezdi, orası kesindi.

Rath gözlerini tekrar otomobile çevirdi. Hermann Lapke'nin, Kuzey Korsanları'nın intikamıydı bu, başka ne olabilirdi? Cüzdanında bozuk para aradı ve Steinplatz'daki telefon kulübesine seğirtti. Charly'nin yanına eve dönmektense telefona on fenik atmaya razıydı. Kadın şimdi bir sürü soru sorar, polise şikâyet et diye ısrar ederdi. Baş ağrıtırdı yani. Ama kulübe öyle miydi, o sesini çıkarmazdı.

Rehberde bir tamirhane aradı. Neyse ki Kant'taki garaj pazar günleri de açıktı.

Telefondaki kadın, "On dakika," demiş, çekici gerçekten de on dakika geçmemiş, gelmişti. Bir on dakika sonra ise *Buick* kancanın ucundaydı.

Çekicinin şoförü, "Siz de geliyor musunuz?" diye sordu. "Bitince hemen alıp götürürsünüz."

Rath başıyla onayladı ve araca bindi.

Carmerstrasse'ye saptıklarında dikiz aynasından Charly'nin koyu yeşil paltosunu tanır gibi oldu. Ne yapıyordu evin önünde? Dış merdivenlerde anlaşılan canı hiç dışarı çıkmak istemeyen köpeği çekiştirip duruyordu.

"Beni lütfen burada bırakın," dedi şoföre.

"Nerede?"

"Savignyplatz'a kadar gitmeyin Allah aşkına! Şurada!"

"Tamam usta. Arabanızı taşıyorum arkada, unuttunuz galiba. Öyle ani fren yapamam!"

Adam süratini azaltıp sağa çekti.

Rath kapıyı açtı. "Arabayı sonra alırım," deyip kaldırıma atladı.

Mümkün olduğu kadar görünmemeye çalışarak yeşil mantoyu gözünden ayırmadan ağacın ardına saklandı. Charly, Steinplatz'a kadar gelmişti. Ne yapmak istiyordu, neydi planı? Köpek daha yeni çıkmıştı Fritze'yle. Rath evden çıkarken Charly daha kahvaltı masasında oturuyordu. Son kahvesini yudumluyor, bir taraftan romanını okuyordu. Apar topar sokağa çıkacak gibi bir hali yoktu. Şimdi ise sanki her gün yaptığı şeymiş gibi emin adımlarla Hardenbergstrasse'deki tramvay durağına doğru gidiyordu.

Rath, Steinplatz'a çıkmaya korktu; köşe binanın gölgesine sığınmış, karısını gözlüyordu. Charly diğer yolcularla birlikte durakta durmuş, tramvayı bekliyordu. Demeye kalmadan beş numaralı tramvay geldi, kadın bindi.

Rath taksi durağına gidip bir arabaya atladı.

"Tramvayı takip edin," dedi.

Şoför şaşkın şaşkın, "Ciddi misiniz?" dedi.

"Dalga geçiyor gibi bir halim var mı? Şuradaki, beş numara. Haydi, kalksanıza!"

"Tamam," dedi adam Berlin ağzıyla. "Hep yapmak istediğim bir şeydi." Omzunun üzerinden arkaya bakıp, "Gizli ajan filan mısınız? Yoksa boynuzlanan bir koca mı?" diye sordu.

"Ya siz? Taksi şoförü müsünüz yoksa fırsat tanınmamış bir komedyen mi?"

"Siz de hiç şakadan anlamıyorsunuz."

"Korkarım öyle." Rath rozetini çıkardı. "Açıklama için yeterli mi bu?"

"Kriminal polis! Benim Lisbeth'e bir anlatsam..."

"Onu yapmayın işte. Olay çok gizli. Gizli devlet polisinin bir özel komisyonuna mensubum."

"Mesele komünistler o zaman."

"Ne dedim ben demin?"

Rath öyle sert bir bakış fırlatmıştı ki, taksi şoförü bir daha ağzını açmadı.

Zoo Garı'nda adamdan arabayı yavaşlatmasını istedi ve inen yolcuların arasında yeşil renk bakındı. Göremedi, Charly büyük olasılıkla inmemişti. Tauentzien'i, Bülowbogen'i, Yorck köprülerini arkalarında bırakıp Kreuzberg'e kadar geldiler. Rath her tramvay durağında taksiciden yavaşlamasını istedi, ama Charly bir türlü inmiyordu. Berlin caddelerinde kıvrıla kıvrıla ilerleyen tramvayın ardı sıra Urbanstrasse'den, Hermannplatz'dan, derken Neukölln ve Treptow'dan geçip toplum polisi kışlalarının önünden Landwehrkanal'ı takip ederek Schlesisches Tor'a varmışlardı. Yani neredeyse şehri bir baştan bir başa katetmişlerdi ki, Rath vazgeçip dönmeyi bile geçiriyordu artık kafasından. Charly'nin Urbanstrasse'deki duraklardan birinde indiğini, o yüzden onu kaçırdığını düşünüyordu. Tam o anda Schlesische Strasse'de yeşil mantoyu gördü. Üstünde kaba bir yün palto olan bir genç kızla birlikte inmişti tramvaydan.

Rath yol boyu korkudan gıkını çıkartmayan taksi şoförüne, "Burada durun," dedi. Adam gene bir şey demeden başını salladı ve frene bastı. Gizli devlet polisi lafı bir Berlinli taksiciyi bile muma çevirmişti.

Rath arka koltukta iyice kaykılıp şapkasını alnına indirdi ve gözleriyle Charly'yi takip etmeye başladı. Paltolu öbür kızla birlikte karşıdan karşıya geçtiler; görünüşe bakılırsa tanışıyorlardı ve tramvayda tesadüfen karşılaşmışlardı. Tam Rath böyle düşünürken kadınlar yollarını gene ayırdılar. Genç kız bir binanın girişinde gözden kaybolurken, Charly, Kirie'yle birlikte dışarıda kaldı. Gözleriyle bir şey arıyormuş gibi Schlesische Strasse'deki evlere bakıyordu. Bu arada köpek bir sokak lambasının altına işedi.

Charly bir süre bir aşağı bir yukarı yürüdükten sonra saate baktı, sonra kızın az önce girdiği kapıdan o da girdi. Kapıda Schlesisches Tor Sanayi Sarayı yazıyordu.

Rath taksiciye, "Bekleyin burada," deyip arabadan indi, binanın girişine kadar gidip dikkatlice avluya göz attı. Charly görünürlerde yoktu. Solda kırmızı bindirme kaplamalı cephesi ve koskoca pencereleriyle beş katlı bir bina yükseliyordu. Arkalarda birkaç avlu daha uzanıyordu.

Ya Charly şu pencerelerin birinden... Rath gayriihtiyari park halindeki arabalardan birisinin arkasına saklandı.

Charly'nin burada ne işi vardı? O kız kimin nesiydi? Tesadüfen mi tanışmışlardı, yoksa ikisinin de aynı girişte gözden kaybolmasının tesadüfle bir ilgisi yok muydu?

Rath dönmeye karar verdi. Charly'nin de Kirie'nin de onu görmemesi lazımdı, hiçbir şekilde o riske girmemeliydi.

Taksiye doğru gidip yeniden bindi.

"Şimdi?" diye sordu şoför usulca.

"Kantstrasse 126."

Rath'ın ağzından Charlottenburg'a gelene kadar başka bir laf çıkmadı. Yol boyu Charly, Kreuzberg'de ne yapıyor olabilir diye kafa patlattı. Şoför ise bir budalaca soru daha sormaya cesaret edemedi.

Yirmi dakika süren sessizlikten sonra hedefe vardılar. Taksi direkt Kant garajının önünde durdu. Rath cüzdanından bir onluk çıkardı. Adam parayı cebine sokarken çokbilmiş bir tavırla Rath'a göz kırptı. Beriki indi.

Taksi şoförü, "Heil Hitler komiser bey!" dedi.

"Hei..." gibi bir şey geveleyen Rath kolunu kaldırdı. Kantstrasse'de karşıya geçip beş kat üzerinde benzinci, tamirhane ve otoparkıyla sadece arabalar için inşa edilmiş "beton saray"a girdi. Ofiste arabasının hazır olduğunu söylediler. Faturayı yazmaları bayağı sürmüştü; uzunca bir süre bekledikten sonra ödemeyi yaptı, avluya çıktı. Gıcır gıcır dört lastik takılmış *Buick* banliyö treninin köprüsünün gölgesinde onu bekliyordu. Rath direksiyona oturunca bir an ne yapacağını düşündü. Tekrar Kreuzberg'e gidip, sanayi sarayını gözden geçirmek vardı. Ama ya Charly hâlâ oradaysa? Ya burun buruna gelirlerse?

Sabretmesi gerektiğini düşündü. Arabaya benzin aldı ve Kantstrasse'ye çıktı. Öfkesini ve sabırsızlığını gaz pedalından çıkarmak istiyordu sanki; aşırı sürat yaparak evin yolunu tuttu. Başka da ne yapabilirdi zaten? Hem belki gerçekten her şeyin makul bir açıklaması vardı.

Arabayı Carmerstrasse'ye park ederken, elinde köpeğin tasması, Charly'yi Steinplatz tarafından gelirken gördü. Rath indi ve Kirie onu görüp üstüne fırlayana kadar bekledi. Charly gülümsedi. Sanki sabah yer yerinden oynamamış, hayatında bir kez bile asabileşmemiş gibi sakindi. Rath, ne oldu da siniri geçti acaba diye sordu kendi kendine. Hani belki de onu görmesi gülümsemesine yetmişti.

"Döndün mü Tempelhof'tan?" diye sordu Charly. Sesinde en ufak bir iğneleme, saldırgan bir ton yoktu.

Rath, kapıcının önünden geçip birinci kata çıkarlarken lastiklerin indiğini, Fritze'nin onun üzerine Tempelhofer Feld'e tek başına gittiğini anlattı. Taksiyle Kreuzberg'e gittiğinden söz etmedi.

Charly hemen, "Kuzey Korsanları mı?" diye sordu.

"Öyle tahmin ediyorum."

"Şikâyette bulundun mu?"

"Tabii ki bulunmadım."

Rath kafasını iki yana sallarken karısının bazen ne kadar saf olabildiğini düşünüyordu.

Paltosunun cebinde anahtarı ararken, "Ya sen?" dedi sanki öylesine soruyor gibi. "Sen nereden geliyorsun?"

Kadın omuzlarını kaldırdı. "Köpeği çıkarmıştım bir." Bunu söylerken öylesine masum bakışlarla ona gülümsemişti ki, Rath'ın o an beyni attı.

İçinden ne kadar hemen oracıkta bağırıp çağırmak, suratına yalan söylüyorsun demek gelse de sadece başını sallamakla yetindi ve anahtarı kilide soktu.

44

Kıta Komutanı Pfeiffer öyle monoton bir ses tonuyla nutuk çekiyordu ki Rath kendini hiç de yorgun hissetmediği halde gözlerinin kapanmasını engelleyemiyordu. Gene Prinz-Albrecht-Strasse'de boy göstermek zorunda kalmıştı. Şu anda da devlet polisindeki meslektaşlarının ağdalı, can sıkıcı konuşmalarına dikkat kesilmek durumundaydı. Hata sende dedi kendi kendine, ne çıkarsın telefona? Tamamen dalıp gitmesin diye bir *Overstolz* yaktı.

Gräf pazar akşamı Carmerstrasse'yi aramış, Rath da düşünmeden açıvermişti. Bu sefer hakikaten telefona ilk ulaşan o olmak istemişti. Yoksa bu işi hep Charly'ye ya da oğlana bırakırdı. Ancak önceki günkü olaylardan sonra durum değişmişti. Charly'ye güvenmiyordu, onu kim arıyordu bilecekti artık. Arayanların arasında onun gizli gizli buluştuğu biri olabilirdi. Charly telefonu onun açtığını görünce önce şaşırmış, sonra kitabını okumaya devam etmişti.

Gräf her ne kadar aralarındaki konuşmaya bermutat, şahsi, hani neredeyse dostane bir hava vermeye uğraşsa da telefon resmî telefondu. *Ford* listesinde bir gelişme var mı sorusunu araya sıkıştırıvermişti. Bu kendi ifadesiyle araç sahipleri kontrolüydü. Rath'ın bu konuda henüz bir sonuç alamamış olmasına sesini çıkarmamış, ama "Hep birlikte eldeki bilgileri bir güncelleyelim," deyip, pazartesi sabahı erkenden Prinz-Albrecht-Strasse'ye gelmesini buyurmuştu.

Rath şimdi işte bu "güncellemeyi" takip etmek zorundaydı. Konu, son günlerde şehrin her yerinde yeni izler bırakan Wolff Grubu, her sabah binlerce işçinin arşınladığı Gleim Tüneli'nin duvarlarındaki yazılar, proletarya ordusunun günbegün geçtiği Siemensstadt ve Schöneberg gibi yerlerdeki duvar yazılarıydı. "İŞÇİLER DİRENİŞE! HİTLER FAŞİSTLERİNE ÖLÜM!" Bu sefer sloganı gayet düzgün harflerle sonuna kadar yazabilmişlerdi. Gräf fotoğrafları devasa bir şehir haritasının üzerinde, çekildikleri bölgelere raptiyelemişti. İster iki ay, ister iki hafta, ister iki gün önce yazılmış olsunlar, sloganlara şehirde işçilerin yoğun olduğu her yerde rastlanıyordu. Burjuvaların oturduğu semtler ve sıra sıra villaların dizili olduğu sokaklar temiz kalıyordu.

Haritanın üst kısmına sanki Berlin onlardan soruluyormuş gibi altı adamın resmi asılmıştı: Gregor Wolff'la adamları, bir de anlaşılan Stapo'nun Wolff Grubu'na dahil ediverdiği zavallı Walter

Spindler. Aralarında Leo Juretzka'nın fotoğrafının bulunmaması Rath'ın yüreğine su serpmişti.

Wolff Grubu'nun oraya buraya yeni sloganlar yazması özel komisyonun çok canını sıkıyordu. Sloganlar Gräf'i ve Stapo'daki adamlarını ölüm vakalarından daha fazla meşgul ediyor gibiydi. Bu durum da Rath'ın işine gelmiyor değildi.

Pfeiffer'den sonra konuşmaya başlayıp yeni sloganlara ilişkin bilimsel ve kimyasal detaylara giren Kriminal Polis Laboratuvarları Dairesi memurunu Rath artık hiç dinlememişti. Charly bayağı bayağı kafasını kurcalıyordu. Onun o gizli kapaklı işleri...

Köpeği çıkarmışmış.

Yalanı Rath'ı tahmininden fazla yaralamıştı. Ya o maval anlatırkenki masum tebessümü, o yüz ifadesi?

Ama boşuna mı krimonolog olmuştu? Uğraşır ortaya çıkarırdı karısının bir gün önce kiminle...

"...Öyle değil mi, Gereon?"

Rath milletin yüzüne baktı; bütün bakışlar ona çevrilmişti. Bu sık sık Böhm ve Gennat'ın yanında olan bir şeydi, alışmıştı artık buna. Ama bu ortamda olmasından utanmıştı şimdi. Stapo'lular, Kripo salak doluymuş dememeliydi.

"Affedersin Reinhold. Aklım başka yerdeydi."

"Firar arabasının izinden, senin de araç sahiplerinin kontrolü konusunda yol almandan söz ediyordum."

Rath önceki gün telefonda öyle bir şey söylememişti ama çaktırmadı, başıyla onaylar gibi yaptı. "Hemen toplantıdan sonra devam edeceğim," dedi.

"Güzel. Umarım çabuk sonuç alırsın."

Gräf, Rath'a ne anlama geldiği pek anlaşılmayan bir bakış attı. Kızgınlık olarak da okunabilirdi, serinkanlılık da.

"Evet beyler," dedi gözlerini adamların üzerinde gezdirerek, "herkes görevini biliyor. Kolları sıvayalım."

Memurlar fısıl fısıl konuşmaya başladı; sandalyeler gıcırdadı.

Millet tam çıkıyordu ki, Rath, "Bir dakika," diye seslendi. "Kıta Komutanı Pfeiffer kriminal polisin kendisine sözünü ettiği kara öpücük konusuna girmedi hiç."

Herkes birden durup ona baktı; Hubert Pfeiffer'in bakışı ayan beyan düşmancaydı hatta. Rath, Wolff Özel Komisyonu'nun tıkır tıkır yürüyen rutin gidişatına çomak sokmuş, bundan da haz duymuştu.

Gräf, "Anlayamadım?" dedi.

"Kara öpücük. Horst Kaczmarek'in ustası olduğu bir işkence yöntemi. Wedding'deki olaya tamamen başka bir açıdan bakmamızı sağlayacak bir olgu."

Lange'nin anlattıklarını kısa ve öz bir şekilde aktardı.

Son olarak, "Tüm deliller, özellikle de adli tıp raporu, Kaczmarek'in sadist oyununu Spindler'de deneyecekken, onun cam gözünün boğazına kaçmasıyla boğulduğuna işaret ediyor," dedi.

"Siz hangi cüretle bir SA'ya sadist diyorsunuz?" diye fırladı Pfeiffer.

Rath'ın bir küstahlığı ve saygısızlığı ona Prinz-Albrecht-Strasse'de oynadığı rolü göstermeye yetmişti. "Adamı değil," dedi sakin kalmaya çalışarak, "icraatını sadist olarak niteledim. Doğru dürüst dinlemiyorsunuz galiba."

SS'in o anki bakışı en ufak bir kuşkuya yer vermiyordu.

"Takım Çavuşu Kaczmarek halk düşmanlarına karşı kendini savunurken canından oldu," dedi. "O sırada tek tek olan bitenin hiçbir önemi yok."

"Ben öyle görmüyorum. Şayet olay kanıtların ortaya serdiği şekilde geliştiyse, Horst Kaczmarek kurban değil, mücrim oluyor. Arada büyük fark var."

O âna kadar sesini çıkartmayan Gräf araya girdi. "Belirleyici olan, göz boğazında kalsın kalmasın, Wolff Grubu'nun ülküdaşımız Kaczmarek'i şu veya bu şekilde katletmiş olması. Her halükârda kurban kendisi." Karşı karşıya gelen iki adamın yüzüne bakarak, "Meslektaşımız Rath bir konuda haklı ama sevgili Pfeiffer," dedi. "Bu yeni durumdan bugün söz etmeniz gerekirdi."

"Bugün yarın zaten her şey yazılı olarak gelecek önümüze Komiser Gräf. Hem biz böyle önemsiz ayrıntılarla vakit kaybededuralım, Walter Spindler'le ilgili olarak elde ettiğimiz, anlaşılan Komiser Rath'ın da bihaber olduğu bilgilere yeteri kadar eğilemeyeceğiz."

"Ne bilgisi?" dedi Rath ve aynı anda bu merakı yüzünden kızdı kendine.

"Siz orada burada sürterken," dedi Pfeiffer, "biz birtakım ifadeler aldık."

"Kimi sorguladınız? Spindler'in karısını mı?"

Rath en kötü ihtimalleri getirmişti aklına.

"Kendisi izleniyor; icraatımızı neden riske atalım? Onu sorgulamadık tabii." Pfeiffer, Rath'a o kadar küçümseyerek, hatta acıyarak bakıyordu ki, sanki polis demek bir tek devlet polisi demekti, öbürleri polislikten anlamazdı. "Yok, Spindler'in 33 senesinden beri nezarethanede bulunan eski bir yoldaşı ve mücadele arkadaşının ifadesini aldık. Konuşturulması gereken asıl böyleleri. Söz konusu aileler değil, siyasi suçlar komiser bey."

Rath sorgulamanın nasıl yapıldığını çok iyi tahmin edebiliyordu. Aksi gibi herifler gerçekten başarı da elde etmişlerdi.

"Walter Spindler," diye devam etti Pfeiffer, "eskiden, sistem zamanında, Kızıl Cephe nasyonal sosyalist hareketle kavga dövüş ettiği, salon toplantılarında arbede çıkardığı dönemlerde uyguladığı bir numara sayesinde bir kez bile polisin eline düşmemeyi becermiş."

"Numara mı?"

"Spindler, Komün saflarında hemen hemen bütün sokak dövüşlerine karışmış. Sağ gözü Marne'deki kavgada çıkmış, o zamandan beri protez takıyor. Kızıllar ne zaman köşeye sıkışıp tek tek elimize düşse cam gözünü çıkarıyor, sanki savaşta kör edilmiş gibi gözünü bağlayıverip acınası malûl numarası yapıyor."

"İşe yarıyor muymuş peki?"

"Walter Spindler hemen hemen hiç tutuklanmadı desem yeridir. Ama Kızıl Cephe ülküdaşımız Maikowski'yi sinsice katlettiğinde onu göz bandı da kurtaramadı."

Rath, "Peki bundan ne sonuç çıkarıyorsunuz?" diye sordu. Kıta komutanı hazırlıksız yakalanmıştı.

"Yani..." diye kekelemeye başlayınca Gräf imdadına yetişti.

"Walter Spindler'in cam gözünü ne hain amaçlar uğruna devreye soktuğunu görüyoruz."

Rath artık bir şey söylemedi. Reinhold Gräf mi bu kadar basiretsizdi, yoksa bulunduğu makam mı zorluyordu buna onu? Bir SS'le dalaşmamak da olabilirdi bütün derdi. Her neyse. Maktul SS her ne olursa olsun kurban kalmak durumundaydı; bu manzarayı bozan ne varsa sümenaltı edilecekti.

"Öyle veya böyle," diye devam etti Gräf, "bu, Wolff Grubu'nun bir bütün olarak Takım Çavuşu Kaczmarek'in ölümünden sorumlu olduğu gerçeğini değiştirmiyor."

Bir Wolff Grubu'dur gidiyordu. Gräf ve şu odadaki diğer adamların işin aslını öğrenme diye bir dertleri yoktu; işleri güçleri komünist avıydı. Rath şapkasını kaptığı gibi ofisi terk etti.

Biraz sonra *Buick*'inde oturmuş, arabanın üstünü açmıştı. Güneş pırıl pırıldı. Yola çıkınca bir oh çekti. Prinz-Albrecht-Strasse'ye suçlu değil, polis memuru olarak gidiyordu ama yine de tekin değildi bina. Her seferinde Stapo her an onu tutuklayacakmış gibi bir hisse kapılıyordu. Özel komisyonda ona karşı düşmanca bir tavır sergileniyordu, orası açıktı. Gene en nazikleri Reinhold Gräf'ti ama onunla da artık doğru dürüst çalışılamıyordu. Bu durumda en iyisi işlerinin dışarılarda olmasıydı; üstüne düşen görev ne kadar ahmakça da olsa en azından başında kimse yoktu.

Stresemannstrasse'den geçerek Kreuzberg'e doğru yöneldi. Schlesische Strasse çevresinde oturan yedi adres vardı araç sahipleri listesinde. Bunların kapısını çalacaktı o gün. Gräf'in gönlü olsundu. Yarısını bile evde yakalasa o gün için önüne koyduğu hedefe ulaşmış olurdu. Hafta bitmeden bütün listeyi elden geçirmeye niyetliydi.

Az önceki göndermede anlaşılmayacak bir taraf yoktu. Gräf netice bekliyordu. Görevi tamamladığına dair bir faaliyet raporu da olabilirdi bu. Ama eski kriminal sekreterinin önünde bu şekilde el pençe divan durmak Rath'ın hiç içinden gelmiyordu. Hele o sabahki toplantıdan sonra.

Schlesische Strasse'ye girdi ve arabayı önceki gün taksiyi durdurduğu yerde park etti. Bir an düşündükten sonra indi ve karşıya geçti. Schlesisches Tor Sanayi Sarayı'nda yer alan firmaların girişte asılı tabelalarını inceledi. Piyanodan dikiş makinesine, tereyağından kimyasal maddelere, tütünden biraya envai çeşit şey üretiliyor ya da alınıp satılıyordu. Ama bunların arasında Charly ile mantıklı bir bağlantısı olabilecek bir şey bulamamıştı.

Rath bir sigara yaktı ve bir iş halletmeye gelmiş birisi havalarında ilk avluya girdi. Pazar gününe nazaran ortam daha hareketliydi. Ortalarda bir sürü işçi dolaşıyordu. Tek tük kendisi gibi takım elbiseliler de vardı.

Elinde, Haus Vaterland'ın, üstündeki kovboy kıyafetiyle Mohammed Husen'in resminin basılı olduğu program broşürü vardı. Vahşi Batı Barı'nda çekilmişti.

Yağ içindeki tulumuyla avluda koşuşturan işçilerden birine, "Bunu nerede bulabilirim?" diye sordu. Tesviyeci diye düşündü Rath. Kaplama tuğla binanın ön cephesinde "HENDRICHS ÇELİK YAPI" yazılıydı; büyük pencerelerden metalik sesler duyuluyordu.

İşçi fotoğrafa baktı.

"Bir kovboy mu arıyorsunuz?" diye sorup Rath'ın yüzüne baktı.

"Zenci. Galiba burada çalışıyor."

Adam alnını kırıştırdı. "Ne olarak?"

"Kovboy olarak değil." Rath ne kadar sahte gülümsediğini fark etti.

"Kesin olarak bilmiyorsunuz yani..." dedi işçi Berlin ağzıyla.

"Maalesef. Ne iş oluyorsa yapıyor, bugün burada, yarın orada. Garsonluk yapıyor, egzotik halk gösterilerinde kafese giriyor, sinema filan. Zenci işleri işte."

"Ne işiniz var onunla?"

"Ona borcum var," dedi Rath.

"Ben de boyayayım yüzümü o zaman. Ama kimse yutmaz zenci olduğumu, değil mi?" Resme tekrar göz atan adam başını iki yana salladı. "Yok, kusura bakmayın, burada zenci menci yok. Olsa bilirdim."

Rath paltosunun cebinden cüzdanını çıkarıp yalnız düğünden beri değil, daha uzun bir zamandır, Charly'nin bir yıllığına Paris'e gittiği 1931 yazından beri yanında taşıdığı resmi aradı.

"Bu kadını gördünüz mü hiç peki?"

İşçinin bakışlarındaki kuşku ifadesi daha da belirgin bir hale gelmişti. "Ona da mı borcunuz var, neden soruyorsunuz?"

Rath çok ileri gitmişti, onun farkındaydı.

"Hayır," demekle yetindi. Aklına başka bir şey gelmemişti.

"Nedir sizin derdiniz Allah aşkına? Kimsiniz? Ajan mısınız, casus musunuz?"

Adam tehditkâr bir tavırla karşısına dikildi. Kalın keten ceketinin altından gerilen kasları belli oluyordu.

"Aradığım birkaç kişi var, o kadar. Sinirlenecek bir şey yok bunda."

"Kim sinirleniyor?"

"Hiç kimse. İyi günler."

Rath parmağını şapkasının kenarına götürdü ve işçinin yanından uzaklaştı. Avluda başka hangi firmalar var diye etrafa göz gezdirirken adamın bakışlarını sırtında hissediyordu. Ancak yan taraftaki binaya girdikten sonra diğeri yoluna devam etti. Rath zildeki isimlere baktı. Hiçbiri tanıdık gelmemişti; ne Husen vardı ne de Scherer. Buna rağmen defterini ve kalemini çıkarıp hepsini not etti. Ne olur ne olmazdı. Firmaların isimlerini de yazdı. Sanayi Sarayı'nın bütün avlularını kolaçan ettikten sonra arabasına döndü. Pazar günleri de açık olan bir firma çarpmamıştı gözüne.

45

Rath işlerini aksattığının farkındaydı. Özel hayatında yapması gerekenleri de. Hem de günlerdir. Şimdi yine buraya gelmiş, etrafı dikizliyordu. Başka bir şey yapacak durumda değildi.

Doğrudan kapının önüne park etmişti, ama öğlen durduğu yere değil. Değiştiriyordu her seferinde. İlk günler *Buick*'iyle yolun öbür tarafındaki arabaların arasına saklanmıştı; artık çoğunlukla Sanayi Sarayı'nın önünde duruyordu; kâh kapının önünde, kâh biraz ilerisinde. Böylelikle giren çıkan herkesi görüyordu.

Şimdiye dek sıfıra sıfır elde var sıfırdı. Tanıdık tek simaya rastlamadan kaç saat geçirmişti yine? Haydi Charly bir tarafa; ne Husen görünmüştü ne de Scherer.

Charly'yi görmek istiyorsan, boyuna mesaiye kalıyorum diye yalan söyleyeceğine eve git diyordu kendi kendine.

Gerçekten de bu işi üstlenecek bir dedektif tutmayı geçirmişti aklından. Ama Wilhelm Böhm'den başkasını tanımıyordu o mesleği icra eden; o da bu durumda başvuracağı en son insandı. Ayrıca araç sahiplerini ziyaret etme görevi sayesinde orada burada durmak için kendisine vakit yaratabiliyordu. Charly'ye bahane olarak uydurduğu fazla mesailer de cabası. Yine de aralıksız bir takip değildi yaptığı tabii. O yüzden de Schlesische Strasse'de bulunmadığı saatlerde orada ne olup ne bitiyor sorusu ve duyduğu kaygı onu yiyip bitiriyordu.

Sigara paketine uzandı. İçtiği sigaraları zaman kıstası olarak bellemişti. Daha altı tane vardı; bu, art arda yakmadığı sürece bir buçuk-iki saat demekti. Zaten ondan sonra da hava kararır, eve dönme saati gelirdi.

Sigarayı yakıp düşünmeye başladı. Schlesische Strasse'deki devinimi izlerken yaptığı tek işti. Düşünmek. Düşünüp düşünüp kafayı yemek. Düşünceleri kısır döngü halindeydi.

Leo Juretzka'yı bulup ortadan kaldırmayı geçiriyordu aklından mesela; ama bunu beceremeyecekti. İçten içe bunun kendiliğinden hallolacağını, Korsanlar'ın Leo'yu bir şekilde enseleyip hakkından geleceklerini umuyordu. Veya adamın bundan sonraki kurbanı kendini savunmasını bilen biri çıkabilirdi. Peki bütün bunlar gerçekleşmezse ne olurdu? Ya Marlow'un korktuğu başına gelir de onu tutuklayıp bütün bildiklerini söyletirler de, Doktor M. de tehdidini yerine getirip Gereon Rath hakkında gizli saklı ne varsa ifşa ederse? Ya saygıdeğer komiserin gerçekte bir şarlatan, bir katil olduğunu, Berlin'in yeraltı dünyasından, hatta Amerikalı gangsterlerden para aldığını anlatırsa?

Öyle anlar oluyordu ki, Rath bütün bunların olmasını istiyordu. Her şey ortaya çıksın, o da huzur bulsun, şu saklambaç sona ersindi. Kariyeri de tabii. Evliliği haydi haydi.

Evliliği. Onu sürekli meşgul eden düşünce yumağının öbür ucu. Charly ve onun gizli saklı işleri. Başka bir adamın varlığından başka hiçbir açıklaması olamazdı bunun. Bu da onu çıldırtıyordu. Bu belirsizlik acımasız bir gerçekten çok daha kötüydü. En azından ona öyle geliyordu. Ancak ciddi ciddi ters giden başka şeyler de vardı. Bunun nedenini soruyordu kendine. Charly'nin normal bir eş, en azından ev kadını olmak istememesi olabilir miydi bu neden? Anneliği de sınırlıydı. Yoksa oğlan mı Carmerstrasse'deki bilumum romantizmin köküne kibrit suyu dökmüştü? Belki de kendisindeydi asıl sorun. Ya da bütün bunlar onun Charly'yle olan evliliğinden nasıl bir beklentisi olduğunu bilmemesinden kaynaklanıyordu. İstediği tek şey vardı, o da bu evliliğin annesiyle babasının evliliğine benzememesiydi. Gerçi şu an kendi evliliğinden de hoşnut değildi. Daha evlat edindikleri tek bir çocukla bu kadar zorluk çekiyorlardı, kendi canından kanından olan çocuklarla neler yaşarlardı? Ama o zaman Charly evde otururdu en azından. Bazen onun gayet sıradan bir kadın olmasını istiyor, hemen ardından, öyle olsa onunla asla evlenmezdim diyordu.

Yavaş yavaş uykusu gelmeye başlamıştı. İki saattir oturuyordu arabanın içinde. Sigara aralarını epey uzatmıştı, ama elinde yanan ona rağmen sonuncuydu. Artık gitme zamanı gelmişti. Hayatının birkaç saatini gene boş yere harcamıştı. Ancak o an öyle bir şey oldu ki, sabretmek denen şeyin insanı sırf balığa çıktığında değil, her zaman mükâfatlandırdığını düşünüp tekrar umutlandı.

Karşıdan gelen bir adam dikkatini çekmişti; hem de araba yoluna çıkmadan önce gereksiz yere dönüp dönüp arkasına baktığı için değil, sima tanıdık geldiği için.

Günlerce, saatlerce bunu, tanıdık bir sima görmeyi beklemişti ama şimdi yine de tarif edilemez bir şaşkınlık içerisindeydi. Çünkü şu anda *Buick*'in yanından geçen, kısaca arabanın içine göz attıktan sonra Sanayi Sarayı'na girip gözden kaybolan adam Rath'ın beklediği anlamda bir tanıdık değildi.

Bu simayı nereden tanıdığı, adamın onu tanımasının imkânsız olduğu kafasına dank ettiği anda, haftalardır, hatta aylardır keyifsiz, sinirli dolaşan, kendisinin ve Almanya'nın kaderiyle boğuşan Charly'nin birkaç gün önce buraya neden geldiğini, kimi ziyaret ettiğini anladı. Anlamaktan da öte, emindi bundan.

Her şey tahmininden kötü, fersah fersah kötüydü.

46

Sofradan kalkmışlardı, bulaşıklar bile yıkanmıştı. Fritze gıkını çıkarmadan el vermiş, kurulama işini üstlenmişti. İşgüzarlığı üstündeydi son zamanlarda. Sanki illa büyüdüğünü göstermek istiyordu. Peki Charly? O ne diyordu bu işe? Hiçbir şekilde etkilenmiyordu duygulanması gerekirken. Oğlanın üstünde o üniforma, kolunda o kolluk olduğu sürece elinde değildi, ifrit oluyordu işte. Çocuğun bütün bunların ne anlama geldiğine hiç kafa yormamasına içerliyordu. Gamalı haç onun için bir aidiyet hatta bir umut sembolüydü. Charly'ye göre ise tam tersi. Jungvolk'a girdiğinden beri hayranlık duyduğu SA'nın insanlara neler yaptığını anlatsa mıydı ona acaba? Suskunluğuna son verip SA'nın ona neler yaptığını söylese miydi?

Korkuyordu, onu fark etmişti. Oğlanın moralini bozmak değildi derdi, hayır. Ya sonunda kahverengi gömleklilere hak verirse? Asıl mesele buydu. "Senin salon Marksistleriyle ne işin vardı!" derse? Yanında laf sokmamaya, alaycı konuşmamaya çalışsa da, çocuk onun Nazilere tahammülünün olmadığını pekâlâ biliyordu. Onu "doğru yola getirmeyi" denediği bile oluyordu. Endişe duyuyordu hatta onun için.

Charly öyle öfkeliydi ki, elindeki Keun romanına bir türlü kendini veremiyordu. Aslında kızgınlığı Fritze'den çok Gereon'a yönelikti; nerede kalmıştı yine? Bu fazla mesailer bu şekilde devam edecekse eve hiç gelmese de olurdu artık.

Tabii hakikaten fazla mesaiyse.

Tam düşünceleri tehlikeli mecralara sürüklenmek üzereydi ki, anahtar sesi duydu. Uyuklamakta olan Kirie gözlerini açtı. Sahibini karşılamak için hızlı adımlarla koridora çıkan köpeğin peşinden Charly de kalktı. Gereon paltosunu ve şapkasını vestiyere asarken Charly'nin bir anlam yüklemekte zorlandığı, ancak tüylerini ürperten bir bakış attı.

"Geldin mi?" dedi son derece sakin, içi hiç de öyle olmadığı halde. Gereon'un bakışı onu allak bullak etmişti. "Zorlu mu geçti günün?"

Diğeri sadece omuz silkti. "Oğlan nerede?"

"Odasında."

"Yemek yediniz mi?"

Ne sanmıştın? Saatin kaç olduğundan haberin var mı?

Demek geliyordu aslında içinden. Ama kendini tuttu. Evet anlamında başını salladı.

"Öğlenden biraz çorba var," dedi. "Tavuk çorbası."

"Karnım aç değil. Bir şey içmem lazım önce."

Eşinin yanağına yalancıktan bir öpücük konduran Gereon salona geçti, içki dolabını açıp konyak şişesini çıkardı. Hem de pikaba bir plak koymadan. Hiç yapmadığı bir şeydi bu.

"Müzik dinlemiyor musun bugün?"

"Keyfim yok." Şişeyi açtı. "Sen de ister misin?"

Charly başını salladı. Babasıyla son telefonlaştığı günden beri Gereon'u bu kadar keyfi kaçık görmemişti. Yok yok, doğru değil. Tanıştıklarından beri onu böyle görmemişti aslında.

"Ne oldu? Reinhold'a mı kızdın yine? Yoksa SA'yla ilgili bir şey mi?"

Kafasını iki yana sallayan Gereon kadehleri doldurdu ve "Otur şöyle," dedi.

Charly elindeki kitabı bıraktı ve sehpanın yanındaki koltuğa ilişti.

Gereon bir sigara yaktı. Gergin görünüyordu. Ciddi ve gergin.

"Seninle konuşacaklarım var Charly."

Charly o anda her şeyi duymaya hazırdı. Bir sevgilisi olduğunu itiraf edecekti. Onu terk edecekti. İşinden ayrılmazsan seni bırakırım diye tehdit edecekti. Beklemediği tek şey vardı, o da az sonra söyleyecekleriydi.

Gereon, "Sen direnişe mi katıldın?" diye sordu.

"Efendim?"

Charly, *Juno* paketine uzandı, o da bir sigara yaktı.

"Gayet basit bir soru: Komünist direnişe mi katıldın?"

Sesini yükseltmemişti, ama sözcüklerin sıktığı dişlerinin arasından dökülüş şekli Charly'yi korkutuyordu.

"Bunu nereden çıkarıyorsun, anlamıyorum. Reinhold Gräf mi yumurtluyor bu saçmalıkları? Yoksa devlet polisinde çalışan başka biri mi? Sen Alex'e geri dönsen iyi olacak artık."

Gereon'un bakışları onu delip geçiyordu sanki.

"Schlesisches Tor Sanayi Sarayı," dedi sonunda. "Orada bir komünist direniş yuvası var, öyle değil mi?"

Charly önce bir irkildi. Derken eşinin dediklerini kavrayınca hiddetlendi.

"Sen beni takip mi ettin?"

"Bunun konuyla ilgisi yok."

"Var var, hem de nasıl! Casus gibi kendi karısının peşine düşen bir adam; konuyla öyle bir ilgisi var ki."

Gereon'un yumruğunu masaya vurmasıyla birden yerinden sıçradı.

"Böyle gizli kapaklı işleri olan bir karısı varsa ne yapsın o adam? Tabii ki takip ettim seni."

Bağırdığını fark edip sustu. Utanmıştı da biraz. En azından.

"Pazar günü arabanın lastikleri inmişti ya," diye devam etti sakince. "Çekiciye binmiştim ki seni gördüm tesadüfen. Tramvaya biniyordun..."

"Ee, ne olmuş? Tramvaya binemez miyim? İnip sorsaydın o zaman, nereye gidiyorsun diye."

Charly kendisinin de kontrolden çıktığının farkındaydı. Kimin bu durumda kızmaya hakkı vardı? Hiçbirinin mi? Yoksa ikisinin de mi? Bilmiyordu, bildiği tek şey öfkelenmiş olduğuydu. Anlaşılan Gereon da kızgındı.

"Kendiliğinden anlatırsın diye bekledim, anlatmadın. Tıpkı şu zenci olayında olduğu gibi."

Charly o an hiddetinin asıl nedenini anladı.

"Herr Husen'in bununla ne alakası var şimdi? Sence onun hakkında anlatmam gereken bir şeyler vardı da anlatmadım mı sana?"

"Mesele bu değil." Gene yumruğunu masaya vurdu; bu seferki daha şiddetliydi. Hay Allah, hakikaten çok kızmıştı.

"Mesele bu değil," dedi sesini alçaltarak. "Asıl mesele gizli gizli birtakım komünistlerle buluşup hepimizin hayatını tehlikeye sokman."

"Belki tam da bu yüzden bir şey anlatamadım sana. Olay çıkaracağından emindim. İşte şimdi yaptığın gibi!"

"İtiraf ediyorsun yani!"

"Sorguya mı çekiliyorum? O ucuz polis oyunlarından birine getirdin beni diye kasım kasım kasılıyorsundur şimdi."

"Evet, ben bir polis memuruyum. Polis memuru olarak şu anda ne yapmam gerekir, biliyor musun? Seni tutuklamam."

"Tutukla o zaman."

"Charly, ciddi ciddi seni ihbar edeceğimi mi düşünüyorsun? O sözde dostlarını bile ele vermem ben. Suçlu duruma düşeceğimi bile bile hem de."

"Onlar ne sözde ne de gerçek dostum. Senin hiçbir şeyden haberin yok."

"Haberim yok, doğru. Neden haberim yok? Bana bir şey anlatmıyorsun da ondan!"

"Anlatıyorum şimdi o zaman. Tutuklarsan da tutuklarsın ondan sonra."

"Charly, saçmalama lütfen! Kaygılanıyorum senin için, anlamıyor musun? Komünistlerle düşüp kalkıyorsun. Bunun ne kadar tehlikeli bir şey olduğundan haberin var mı? Karımın Columbiahaus'a düşmesini istemiyorum, o kadar."

Gereon ona öyle bir bakıyordu ki, samimiyetine inanmamak elde değildi. Charly ona itimat duymadığı için utanmıştı bile.

"Korkma, Columbiahaus'a düşmem," dedi.

Karl Reinhold'a ulaşana kadar ne zorluklar çektiğini düşündü. Komplocu gibi hissetmişti kendisini. Ona adres filan vermemişlerdi. Onun yerine Else Lamprecht, Hermannplatz'da kendisinin bindiği tramvaya binmiş, Charly kimsenin bakmadığından emin olduktan sonra partinin yoldaşları için temin ettiği saklanma yerine kadar kızın arkasından gitmişti. Hiç kimseye bir şey söylemeyeceğine dair söz de vermişti.

Gereon kocasıydı, ona güvenmeyecekti de kime güvenecekti Allah aşkına? Bir cesaret ona her şeyi anlattı. Alex'ten, onun ağabeyiyle ilgili duyduğu endişeden, Helmut Reinhold'dan, Erich Rambow'dan söz etti. Karl'ın gizli aşkına, onu adamın saklandığı yere götüren Else Lamprecht'e kadar her şeyi eksiksiz bir bir anlattı.

"Bir çelik yapı şirketinin bodrum katı. Orada saklanıyor, bildiri basıyorlar."

Gereon hiç sesini çıkarmadan dinledi; Alex Reinhold'un adı geçtiğinde bile renk vermedi. Sadece dinledi. Dinledikçe Charly onun yavaş yavaş sakinleştiğini fark etti. Gereon kalktı, onun koltuğunun kenarına oturup elini avuçlarının arasına aldı.

"Ne kadar tehlikeli şu yaptıkların, biliyor musun? Stapo'nun bu konularda hiç şakası yok. Komünist bunlar Charly, komünist."

"Biliyorum komünist olduklarını, ama aynı zamanda insanlar. Yardımcı olmaya çalışıyorum! Ağabeyini merak eden bir genç kadına yardım etmeye çalışıyorum."

"Ee? Edebildin mi yardım?"

"Korkarım hayır. Karl Reinhold budalanın biri. Ne kız kardeşiyle görüşmek istiyor ne de Moskova'ya dönmek. Aile duygusallıklarına ayıracak zamanı yokmuş. Böyle şeyler onu siyasi faaliyetlerden alıkoyarmış. Daha yirmi üç yaşında ama tıpkı babası gibi bağnaz."

Gereon başını salladı. Emil Reinhold'u tanıyordu; Alex'le Karl'ın babasını Charly ile birlikte Müggelsee'de evsizlerin yaşadığı harabe bir mekânda bir kez ziyaret etmişlerdi. Stalin diye bir köpek saldırmıştı, az kalsın parçalayacaktı onları.

"Yazık Alex'e," dedi. "Ama sen elinden geleni yaptın, senin için mesele bitmiştir."

"Korkarım hayır." Charly ağır ağır başını sallıyor, Gereon'un yüzüne bakmaya cesaret edemiyordu. "Karl Reinhold kız kardeşiyle görüşmeye evet dedi, ama bir şartla. Onun da komünist direnişe katılmasını istiyor."

"Ee, ne var bunda?"

"Alex razı geldi. Hem de komünistlikle hiç alakası olmadığı halde. Ağabeyini görmek için her şeyi yapmaya hazır. Görüşmeyi sağlayacağıma dair söz verdim ona."

Gereon sesini çıkarmadı; Charly'nin eli ellerinde, iç çekerek onun yüzüne bakmakla yetindi. Charly o an gözlerinde ona olan sevgisini bütün boyutuyla görür gibi oldu. Müthiş duygulanmıştı.

"Az kaldı, bitecek," dedi. "Schlesische Strasse'ye bir kez daha gideceğim. Alex ve Else'yi Sanayi Sarayı'na götüreceğim, ondan sonra benim işim gerçekten bitiyor. Geri kalanını kızlar kendileri halleder artık."

"Şimdiden bitmiş olmasını isterdim."

Gereon bunu öyle bir söylemişti ki, Charly onu teselli etme ihtiyacı hissetti. Yanağını okşadı; Gereon gözlerini kapatmıştı. Az sonra eğilip Charly'yi çok uzun zamandır yapmadığı, aslında sık sık yapması gerektiği şekilde öpmeye başladı. Her gün yapmaları gerektiği şekilde.

"Rahatsız ediyor muyum?"

Birden toparlandılar. Fritze kapıda durmuş bakıyordu. Charly farkında olmamıştı hiç. Anlaşılan Gereon da öyle. Charly'nin gülmesi geldi. İlk kez öpüşürken annesi babası tarafından yakalanan bir yeniyetme gibi hissetmişti kendisini.

Çocuk, "İyi geceler diyecektim yalnızca," dedi.

"İyi geceler," dedi Gereon.

"İyi geceler," dedi Charly.

Acaba kendi tebessümü de Gereon'unki kadar utangaç mı kaçmıştı?

Eskiden ne zaman aralarında erotik bir atmosfer olsa köpek olurdu rahatlarını kaçıran. Bu görevi artık oğlan üstlenmiş gibiydi. Mükemmel de beceriyordu.

Fritze gözden kaybolduktan sonra Charly, Gereon'a baktı. Utangaç gülümseme yerini sırıtmaya bırakmıştı. Elindeki anahtarı havaya kaldırdı.

"Ne o?" dedi Charly.

Gereon, "Bil bakalım ne?" derken sırıtma gittikçe yayılıyordu yüzüne. Yatak odasının anahtarıydı elindeki.

47

Arabayı Spree boyunca sürüyordu; elindeki listeyi halletmesi lazımdı. Rath, Gartenstrasse'nin batısında oturan araç sahiplerinin hepsini ziyaret etmişti; sözde firar arabasının batı istikametine gittiği söylendiği için en mantıklısı da buydu zaten. Listenin geri kalanındakiler doğudaydı. Onlardan bir şey çıkmayacağını biliyordu ama yine de isimlerin yanına bir çentik atılması gerekiyordu.

Oberbaum Köprüsü'nü geçerken aklı Berlin'deki *Ford* sahiplerinden ziyade Charly'deydi. Uzun zamandır ilk kez karısını düşünürken suratına bir gülümseme yerleşmişti. Sanki yeniden âşık olmuş gibiydi. Yerli yersiz öyle sırıtmak ne güzel bir histi!

Münakaşalarının fırtınanın her şeyi silip süpürmesi gibi bir etkisi olmuştu. Oğlanı yatağa gönderdikten sonra kadehleri ve konyak şişesini alıp yatak odalarına çekilmişler, kapıyı kilitleyip epeydir yapmadıkları şekilde gayet tutkulu sevişmişlerdi. Rath bu gibi durumlarda dert ettiği yan odadaki çocuğu bu sefer kafasına takmamayı becermişti. Charly'yi ne zamandır tanıyordu? Hâlâ doyamıyordu sanki ona. Kokusuna, tadına, tenine... Evet, o dünyaya sırıtmasın da kim sırıtsındı? Millete de, sorunlarına da... Hiçbir şey umurunda değildi şu anda.

Sıradaki araç sahibi Werner Zeyen, Lichtenberg Parkı'nın dibinde oturuyordu. Apartmanın önünde siyah bir *Ford* vardı gerçekten ama adam evde değildi. Kapıyı açan temizlikçi kadın Rath'ın polis kimliğine dikkatlice baksa da dilinin ucuna gelen sorulardan bir tanesini bile sormaya cesaret edemedi.

"Müdür bey okulda," dedi.

"Hangi okul?"

"Lisede. Hemen karşısı."

Yepyeni tabelada Joseph Goebbels Lisesi yazıyordu. Rath başını iki yana sallarken, Berlin'de kaç kuruluşa, sokağa ya da meydana Nazilerin isminin verildiğini düşündü. Megaloman herifler iktidara geleli daha bir buçuk yıl olmamıştı.

Okulun bahçesine adımını attığı anda öğle teneffüsü zili çaldı. Bağırış çağırış koşuşturan liselileri ite kaka binaya girdi ve öğretmenler odasında Werner Zeyen'i sordu. Gösterdikleri şişman, babacan tipli adam birden karşısında kriminal polisi görünce hiçbir şaşırma belirtisi göstermediği gibi adeta sevinmişti. "O alçakları yakaladınız mı?"

"Kimi?"

"Kimi olacak? Arabamı çalanları."

"Çalanlar mı? Parkaue'deki sizin otomobiliniz değil mi? Siyah *Ford*... Apartmanın önündeki..."

"Benim." Zeyen afallamıştı. "Çoktan tekrar elime geçti. Vakanın ayrıntıları konusunda pek bilgi sahibi değilsiniz herhalde."

"Korkarım değilim. Ben başka bir şey için gelmiştim. Vaktiniz var mı biraz?"

Werner Zeyen tam tamına on beş dakika ayırdı ona. Rath onunla konuştuktan sonra ilk kez bir iz yakaladığı hissine kapılmıştı. Lise müdürü iki hafta önce polise arabasının çalındığını söylemiş, araba birkaç gün sonra ortaya çıkmıştı, şehrin öbür ucunda, radyo kulesinin dibinde. Zeyen bunun öğrencilerin işi olduğunu düşünmüştü. Arabanın bir grup komünist tarafından firar aracı olarak kullanıldığını duyunca allak bullak oldu.

Zeyen, Rath'a arabanın anahtarlarını uzattı ve "Şimdi Latince dersine giriyorum, çıkınca devam ederiz," dedi.

Rath aşağı indi ve siyah *Ford*'u incelemeye koyuldu. Bagajda ne kan izine ne de tahta sopaya rastlamıştı. Nasıl rastlasındı ki? Werner Zeyen arabayı mutlaka her hafta yıkıyordu. Hem içini hem dışını. Rath arabanın içine göz gezdirdi. Arkaya, ön koltuğa baktı. Tertemizdi; ne bir toz ne bir kırıntı vardı. Araba sanki hiç kullanılmamıştı. Takometre öyle demiyordu tabii. Werner Zeyen'in sabahları okula yürüyerek gittiği hesaba katılırsa yaptığı kilometre biraz fazlaydı. Torpido gözünde bulduğu bir kitapla bu beş hanelik rakamın sırrı çözüldü: *Cumartesi ve Pazar Arabayla Berlin - Mark Brandenburg*'du kitabın adı. *Ford* bir nevi bir bekâr oyuncağıydı demek. Adam anlaşılan her hafta sonu yola düzülüyordu.

Rath arabayı kilitleyip okula girdi tekrar. Sekreterin odasında bir telefon buldu. 157. Karakol'daki meslektaşları Zeyen'in anlattıklarını doğruluyordu: Lichtenberg'de çalındığı bildirilen bir araç, gerçekten 29 Mayıs'ta otoyolun kuzey virajına çıkan bir sokakta bulunmuştu. Sahibi arabayı kendi gelip almıştı. Meslektaşları, hiç hasar görmemiş aracı teslim ettikten sonra dosyayı kapatmıştı.

Rath bir sigara yakıp Latince öğretmeninin dersten çıkmasını bekledi.

Werner Zeyen'e anahtarları geri verirken, "Boşsunuz artık, değil mi?" dedi.

Beriki evet anlamında başını salladı.

"Arabanızın bulunduğu yeri gösterin desem çok mu fazla şey istemiş olurum?"

"Fräulein Köhler yemeğe bekler. Ayrıca birinci sınıfların sınav kâğıtlarını okumam lazım." Werner Zeyen bir an durup düşündü. "Neyse. Yemeği beraber yiyelim, sonra geçeriz batıya."

Rath için hava hoştu. Böylece Carmerstrasse'deki yardımcıları Lina'nın hiçbir zaman yapamayacağı kadar güzel, hele Charly'nin mutfak becerilerini kat kat aşan lezzette bir sulu köfte yemiş oldu.

Rath'ın içini hafif bir kıskançlık duygusu kaplamıştı. Ancak Zeyen'in toplu olmasına şaşırmamak gerekir diye düşündü. Fräulein Köhler tatlı servisine geçmişti ki, ilk sorusunu sordu.

"O zamandan beri arabanızı yıkadınız mı, yani tekrar elinize geçtikten sonra?"

"Gayet tabii." Werner Zeyen hışımlanmıştı adeta. "İki defa hatta. Haftada bir kez yıkarım arabamı!"

"İlk temizlikte gözünüze çarpan bir şey oldu mu?"

Zeyen biraz düşündü. "Arka koltukta biraz kan vardı. Az, çok değil. Alçak herifler otomobilin kapısını açayım derken bir yerlerini kesmiş olmalılar. Allah'tan koltuklar deri de, lekeyi çıkarması kolay oldu." Birden durdu ve gözlerini fal taşı gibi açarak, "Delil mi imha ettim?" diye sordu.

"Dert etmeyin." Rath, içinde sükûnetten başka her şeyi hissettiği halde olayı mümkün olduğu kadar önemsizleştirecek şekilde sakin cevap vermişti. Elma kompostosunu bitirdikten sonra kadına misafirperverliğinden dolayı teşekkür etti. Sonra kalktılar.

Rath, Zeyen'e *Buick*'iyle gitmeyi teklif etmiş ama araba delisi öğretmen illa kendi otomobiline binmek istemişti.

"Hareket etsin biraz," demişti.

Rath siyah *Ford*'un peşine takıldı. Şehrin bir ucundan diğerine giderken, bir toplum polisinin sözde firar arabasını gördüğünü iddia ettiği Invalidenstrasse'den de geçtiler. Yarım saat sonra Kantstrasse'deydiler, fuar meydanına yaklaşıyorlardı. Werner Zeyen banliyö treni köprüsünü geçtikten sonra sol şeritte kaldı. Rath, *Ford*'u gözden kaybetmemeye çalışıyordu; Latince öğretmeni arabayı bayağı hızlı sürüyordu. Könіgin Elisabeth Strasse aslında direkt otoyola çıkıyordu ama Zeyen gişelere gelmeden Westkreuz İstasyonu'nun önünden geçerek çelik demiryolu köprülerinin altında kıvrılan isimsiz, dar bir sokağa saptı. Öğretmen köprülerden birinin altında arabayı durdurunca Rath da sağa çekti. Ürkütücü, ıssız bir yerdi burası. İkisi de otomobilden indi.

"Burası," dedi Zeyen. "Arabam burada bulundu."

Rath etrafına bakındı. Kuzeyde radyo kulesinin tepesi görünüyordu. Dar sokak köprünün arkasında, güney tarafında tekrar genişliyordu.

"Dikkatinizi celbeden bir şey oldu mu?" diye sordu öğretmene. "Arabanızda veya park ediliş şeklinde?"

Zeyen omuzlarını kaldırdı. "Doğru dürüst park edilmişti, şimdiki gibi. Birkaç litre benzin dışında bir eksiği yoktu."

"Kan lekesi dışında gözünüze çarpan bir şey olmadı yani."

Zeyen biraz düşündü. "Şimdi siz sorunca... Sağ ön kapıda beyaz beyaz birtakım benekler vardı; onları önce kuş pisliği sandım, sonra baktım, siyah deri koltuklarda da gördüm beyaz noktaları. Pek de üstünde durmadım, ıslak bezle çıktılar."

"Boya olabilir mi? Badana boyası..."

"Olabilir." Öğretmen saatine baktı. "Benimle daha işiniz var mı komiser bey? Buraya gelmişken bir otoyola çıkayım diyorum. Oradan da eve, sınav kâğıtlarına bakmaya."

"Gidebilirsiniz Herr Zeyen. Çok teşekkür ediyorum."

"Bir şey olursa beni nerede bulacağınızı biliyorsunuz."

Rath, fuar ve otoyol istikametinde seyreden *Ford*'un arkasından baktı ve bir sigara yaktı. Demek boya ve kan izleri. Şayet Leo Juretzka'nın SA'nın katili olduğu doğruysa ve Wedding'de tamamlanamayan slogan Wolff Grubu'nun işiyse, gangster ile komünistler aynı arabaya binip kaçmış olmalılardı. Peki bir arabayı Lichtenberg'den çalıp şehrin öbür ucunda bırakmak neyin nesiydi?

Rath çevreye bir göz atmaya karar verdi ve isimsiz sokakta yürümeye başladı. Yol kısa bir mesafeden sonra ikiye ayrılıyordu; bir kol Grunewald'deki manevra istasyonuna, diğeri ise başka bir demiryolu köprüsünün altından kıvrılıp yine yukarıya çıkıyordu. Soldaki yokuşta modern bir tuğla bina yükseliyordu. Girişteki madeni tabelada Berlin Demiryolları Müdürlüğü, Halensee Çelik Fabrikası yazılıydı. Binanın önünde iki tane otomobil duruyordu; ortada görünen tek araç da bunlardı zaten.

Rath köprünün altından geçince kendini birden bir yerleşim alanında buldu. Seçkin bir mahalleye benziyordu burası. Demiryoluna paralel uzanan bir sokakta savaş öncesi inşa edilmiş şık apartmanlar sıralanmıştı. Yüksekçe bir tahta çitin ve yabani otların ardında büyük büyük kıvrımlarıyla dağlık bir alanı andıran tuhaf bir bina göründü birden; ahşap yapı alaca boyanmıştı.

Üç sokak birleşiyordu burada: Bornstedter Strasse, Kronprinzenstrasse ve Trabener Strasse. Rath'a bu isimler hiçbir şey ifade etmiyordu, semtin yabancısıydı. Epey sonra karşısına bir insan çıktı; köpeğini gezdiren bir adamdı bu.

Rath çitin arkasındaki dalga dalga yapıyı işaret ederek, "Ne bu?" diye sordu.

"Panayıra mı gitmek istiyorsunuz?" Adam güldü. "Daha erken davranmanız lazımdı. Lunapark kapanalı çok oldu."

"Lunapark mı? Ku'damm'da değil mi o?"

"Bu arka tarafı."

48

Reinhard Heydrich'i sadece bir kez, o da SS Reich lideri ve Prusya devlet polisinin yeni müfettişi Heinrich Himmler'in, eskiden resim salonu olan büyük konferans salonunda Münihli yeni meslektaşlarını, en başta da SS Sancak Komutanı'nı tanıttığı gün görmüştü. Gräf şimdi kendisinden yalnız birkaç yaş büyük, taş çatlasa otuzunda gösteren bu yeni şefinin karşısında oturuyordu. Heydrich, sivil kıyafetli diğer devlet polisi memurlarının, hatta Münih'ten gelen yeni SS meslektaşlarının aksine tıpkı birkaç hafta önceki toplantıda olduğu gibi siyah SS üniforması giymişti.

Gizli devlet polisinin şefi, kendisi gibi rap rap yürüyen üniformalı bir sekreterin (emir subayı da olabilirdi) uzattığı siyah deri kaplı sümenin içindeki kâğıtları imzalıyordu. Adam imza işini bitirdikten sonra sümeni kapatıp koltuğunun altına sıkıştırdı, sağ kolunu havaya kaldırdı, hazır ola geçti ve ofisi terk etti.

Heydrich keskin bakışlı mavi gözleriyle konuğunu bir süre merakla süzdükten sonra, "Ne zamandır bizdesiniz Komiser Gräf?" diye sordu.

"Bir yıl, bir ay oldu komutanım."

"Bizzat Diels almış sizi, doğru mu?"

"Evet komutanım. Ondan önce kriminal polisteydim, komünist tehlikeye karşı oluşan milli kalkışma çerçevesinde buraya tayin edildim."

"Dosyanızda yazılanlara bakılacak olursa bayağı da başarılıymışsınız."

"Sağ olun komutanım."

"Nebe sizi dürüst, güvenilir biri olarak tanımlıyor."

Gräf hiçbir şey diyemedi. Bu kadar övgüyü hazmetmesi zordu.

"O yüzden de hassas soruşturmalarda görevlendiriliyormuşsunuz," diye devam etti Heydrich. "Araştırmalarınız ne zamandır sürüyor?"

"Wolff Grubu'yla ilgili mi? Yaklaşık dokuz haftadır. Ancak..."

"Wolff Grubu'ndan söz etmiyorum." Heydrich'in ses tonu birden sertleşmişti. "Siz komünistleri boş verin şimdi, onların nasıl olsa, er geç hakkından geleceğiz. Benim derdim Kaczmarek ve Dewald vakaları. Maktul SA'lar. O konuda bir sonuç elde ettiniz mi?"

"Hakkında kuvvetli suç şüphesi bulunan bir kişi var. Walter Spindler, yeraltında yaşayan Charlottenburglu bir komünist. Bana göre Wolff Grubu'nu lokalize edersek, Spindler'i de..."

"Komünistler deyip durmayın boyuna komiser bey. Beni ilgilendiren nokta şu: Maktul SA'lar vakasında bir şey elde edebildiniz mi? Dikkatinizi çeken bir şey var mı? Cinayet soruşturmalarında mağdurların ıcığı cıcığı çıkarılır, öyle değil mi? Özel hayatları didik didik edilir..."

"Şimdi..." Gräf kalakalmıştı. Heydrich'in dilinin altında ne yatıyordu acaba?

"Takım Çavuşu Kaczmarek'in itiyadi suçlu olduğunu söylüyorlar," diye devam etti Gestapo şefi.

"Evet. Alex'teki emniyet müdürlüğü, bir yeraltı çetesinin sızdığı bir SA müfrezesini olduğu gibi darmaduman etti. Kaczmarek de oraya mensuptu. Vaka şu anda komando birliklerinde."

"Komando birliklerinde..." Heydrich düşünceli düşünceli başını salladı. "Öteki cinayet mağduru da onların saflarından."

"Ne demek istiyorsunuz komutanım?"

"Hiç. Bulacağınız her usulsüzlük, her çarpıklık beni ilgilendiriyor, sadece onu diyorum. SA'nın ölüsü, dirisi, fark etmez. Akraba kayırıcılığı, rüşvetçilik, yaralama, cinayet, ırza geçme... Ne bulursanız hemen haberdar edin beni lütfen."

"Korkarım anlayamıyorum."
"Enformasyon, gizli devlet polisinin can damarı komiser bey. Ne kadar çok tedarik edilirse o kadar iyi."
"Elbette."
"Her üstüne kahverengi üniformayı geçirenin özü sözü bir olmuyor ne yazık ki. İki milyon SA var Almanya'da. Kaç tane it kopuk dolaşıyor aralarında, biliyor musunuz? Katili var, belalısı var, yumuşağı var."
Gräf sesini çıkartmadı.
"İşte bu it kopuk," diye devam etti Heydrich, "kalkmış şimdi, gözünü kırpmadan SA katleden canileri bile yakalamaktan acizler diye laf ediyor devlet polisi ve SS hakkında."
"Maalesef komutanım."
"Gerçekten de. Bu makam bu cinayetlerin cezasız kalmasına izin veremez, anlıyor musunuz?"
"Evet komutanım."
"Şu Dewald'i bir araştırın bakalım. Niye o apartmanın girişinde öldürülmüş? Pusu mu kurmuşlar? Belki de sevgilisi vardı... Veyahut da bir erkek sevgilisi."
Gräf soğuk soğuk terler dökmeye başlamıştı.
"Müfreze Komutanı Dewald eşcinsel mi demek diyorsunuz?" diye sordu sesinin kendisine itaat etmeyeceğinden korka korka.
"Olur mu olur. SA'da kaç tane 175'lik var, haberiniz var mı? Tahmin edemeyeceğiniz kadar çok. Siz işte bu tip şeyleri ortaya çıkarmakla sorumlusunuz." Heydrich sesini alçalttı. "Bakın komiser bey, söz konusu olan Almanya'nın güvenliği. Size şimdi söyleyeceklerim aramızda kalacak. SA'nın içinde Führer'e karşı darbe yapma planları yapıldığı yolunda günden güne büyüyen bir şüphe var."
"Nasıl?"
"Elebaşları en yüksek kademelere kadar uzanıyor. Küçük bir ibne komplosu. Şüpheli bulduğunuz her şeyi anında ve bizzat bana bildirin. Mesai arkadaşlarınıza tek kelime etmeyin bununla ilgili."
"Baş üstüne."
"Dosyanızı inceledim komiser bey. Bence siz SS'e adaysınız. Yeni Almanya'da önünüzde daha çok kapılar açılacak."

"Teveccühünüz komutanım."
"Kripo'dan devlet polisine taşıdığınız bazı alışkanlıklardan vazgeçmeniz gerekecek yalnız."
"Anlayama..."
"Kriminal komiser değilsiniz artık, devlet polisine ait bir özel komisyonu yönetiyorsunuz! Bir şeyleri harekete geçirin artık! Netice istiyorum! Bir katil bulup getirin artık!"
"Kusura bakmayın komutanım, özel komisyonu kriminal polisten bir meslektaşımla birlikte yönetiyorum, bu durumda..."
"Mesele de o zaten. Doğru anladıysam bu meslektaşınız..." Heydrich bunu söylerken önündeki notlara baktı. "Sizi parmağında oynatıp duruyormuş. Siz de buna göz yumuyormuşsunuz."
"Ben..."
"Kabul günü değil, özel komisyon bu komiser bey. Herkese fikrinin sorulduğu, herkesin her şeye karışıp ahkâm kestiği günler geride kaldı."
"Ama Asayiş Şube Müdürü Gennat'ın cinayet soruşturmalarında uyguladığı bu. Her bir memur..."
"Bana sorarsanız Daluege, Alex'teki o tekkede yeteri kadar temizlik yapmadı. Siz gizli devlet polisi memurusunuz Komiser Gräf. Buna yaraşır şekilde hareket edin! O komiserle senli benli olduğunuz doğru mu?"
Gräf, Heydrich'in bu bilgileri nereden topladığını sordu kendi kendine. Bir taraftan da ne fark ederdi? Öyle ya da böyle toplamıştı işte! Heydrich yalnız Stapo şefi değildi; bir nevi parti gizli servisi işlevi gören SS güvenlik teşkilatının da başındaydı. Teşkilat fena çalışmıyordu demek.
"Şimdi komutanım, Komiser Rath'la Alex'te birlikte çok sıkı çalıştık, o nedenle..."
"Böyle yağcılara pabuç bırakmayın! Rezil etmeyin kendinizi! Kripo'nun size yamadığı bu kişiye dünyanın kaç bucak olduğunu gösterin! Ağırlığınızı koyun!"
"Baş üstüne komutanım."
"Tamam komiser bey, bu kadar. Gidebilirsiniz. Heil Hitler!"
"Heil Hitler komutanım."
Gräf, Heydrich'in ofisinden çıktığından tereddüt içindeydi. Ney-

di bu şimdi? Fırça mıydı, övgü müydü? Bilemiyordu. İçinden bir ses ona bu sorunun cevabının ileride verileceğini söylüyordu.

49

Günbatımının kızıllığında lunapark treninin siyah hörgüçlü siluetinin hatları sanki makasla kesilmiş gibi keskindi. Rath köpeği parkta bir kez daha işettikten sonra arabasına döndü. Elinde Kirie'nin tasması lunapark alanının etrafını dolaşmıştı; görünürde zararsız, köpeğini gezdiren biriydi. Ku'damm'daki eski ana kapıyı, son müşterilerin akın akın çıktığı dalga havuzunun dibindeki yan girişi de incelemiş, cam vitrindeki açılış kapanış saatlerine bakar gibi yapmıştı. İyi bir maymuncuk seti yardımıyla rahatça açılabilecek kilitli kapılara göz atmıştı. Ancak panayırın iki girişi de kalabalık sokaklara çıkıyordu, ikisinin de sağı solu çepeçevre apartmandı.

Otomobilini demiryolunun kenarına, ağaçların gölgesinde lunaparkın çevresindeki tek ıssız sokak olan Trabaner Strasse'yi dikizleyebileceği bir yere park etti.

Rath'ın planı son derece basitti: Bekleyecekti.

Bir termos dolusu kahve getirmişti yanında. Sert kahve onu uyanık tutacaktı. Sigarayı yasaklamıştı kendine; kapkaranlık arabada ateşi görülebilir, onu ele verirdi. Ayrıca yanındaki koltuğun altında kıvrılmış uyuyan Kirie'yi de dumana boğmak istemiyordu.

O gün ofisteyken asayiş şube müdürlüğünü ve belediyeyi aramış, lunapark hakkında bilgi toplamıştı. Gerçekten de sayılıydı günleri lunaparkın. Son kış tatilinden sonra bir daha açılmamıştı. Yıkım kararı alınmıştı. Ku'damm ve Kantstrasse ile fuarı birleştirecek, geçerken de panayır alanını kesecek bir yol planlanıyordu. Etrafı çitle çevrili meydanda bir tane bile gece bekçisi bulunmadığı gibi bir sürü de boş bina vardı. Siyasi olsun, adi suçlu olsun, her çeşit aranan kişi için ideal bir saklanma yeriydi.

Rath şundan emindi: Komünistler ve yeraltı çetesi üyeleri Gartenstrasse'de burun buruna gelmiş, hatta belki de birbirlerinin ayağına dolanmıştı. Sonra da Kaczmarek'e karşı bir olup birlikte tabanları yağlamışlardı.

Olay büyük olasılıkla şöyle gelişmişti: Sağ gözünden olduktan sonra Horst Kaczmarek'e karşı büyük bir nefret besleyen Leo Juretzka, Katsche'nin oturduğu apartmanın önünde pusuya yatmıştı. Hem Katsche'nin hem de Hans Dewald'in günlük hayatlarını tüm ayrıntılarına kadar incelediği için mesela Kaczmarek'in gece geç saatte müfreze lokalinden çıkıp sarhoş vaziyette yalpalaya yalpalaya eve gittiğini biliyordu. Ancak evdeki hesap çarşıya uymamış, Gregor Wolff Grubu'ndaki komünistler slogan yazmak için o akşam bula bula Liesen Köprüsü'nü bulmuştu. Kaczmarek kızılları anlaşılan tam iş üstünde basmıştı. Kaçan kaçmış, geriye bir tek yaşlı, ağır aksak hareket eden Walter Spindler kalmıştı. Rath, sadistliğiyle bilinen Katsche'nin Spindler'e neler yaptığını bilemiyordu; adamı ya çok hırpalamıştı ya da sadece "zararsız hale" getirmekle yetinmişti. "Karanlık öpücüğü" uygulamak üzere üstüne çöktüğünde de cam gözü boğazına kaçmış olmalıydı.

Leo Juretzka bütün bunları saklandığı yerden görmüştü. Belki yaşlı adama yardım etmek, belki de Katsche'nin kaçmasını önlemeye çalışmak istemiş, her halükârda adamın öldüğünü fark etmeden SA'ya vurup durmuştu.

Ne şekilde kaçtıkları konusunda Rath yalnız tahmin yürütebiliyordu. Ona en mantıklı gelen açıklama, Juretzka'nın, Zeyen'in *Ford*'uyla Gartenstrasse'ye gelip Spindler'i arabaya taşıdığı, diğerlerini de yollarda tek tek toparladığıydı.

Ondan sonra hep birlikte batıya gitmişlerdi.

Rath'ın, lunaparkta kimlerin gizlenmiş olabileceği konusunda bir fikri yoktu. Wolff Grubu büyük olasılıkla buradaydı da, gangster de burada saklanıyor olabilir miydi? Gräf'in ofisindeki şehir haritasına tutturulmuş resimlerdeki tipleri beynine kazımıştı. En kötü ihtimalle birini yakalar, konuştururdu. Kendi paçalarını kurtarmak uğrunda Juretzka'yı ölü ya da diri teslim edebilirlerdi. Ölü ya da...

Bir hareket oldu. Lunapark treninin arka tarafındaki otlar sokak lambalarının ışık hüzmesinde oynamaya başlamıştı. Rath, ancak direksiyonun üzerinden bakabileceği şekilde kaykıldı iyice. Lunaparkın etrafını saran çitlerin boyunu çoktan geçmiş çalılıklarda bir adam göründü, etrafına bakındı ve asfalt yola çıktı. Yaklaşık bir seksen boyunda, hafif kambur birisiydi; kafasında beyaz bir fötr şapka, üstünde koyu renk bir palto vardı. Elleri cebinde karşıdan karşıya geçtiği sırada bir an park lambasının ışığında yüzü göründü. Rath hemen tanımıştı.

Onu son gördüğünde bağlı olan gözü şimdi açık olmasına rağmen otuz metre ilerisinde yürüyen kişi hiç şüphesiz Leo Juretzka'ydı. Araba kaçakçısı, eski yeraltı çetesi şefi Leo Juretzka. On iki yıllık meslek hayatında Rath'ın şansı bu kadar yaver gitmemişti birini izlerken.

Juretzka isimsiz sokağın diğer üç sokakla kesiştiği yöne doğru seğirtip sola döndü. Rath, gangster demiryolu köprüsünün altında geçip gözden kaybolana kadar bekledi, sonra kapıyı açıp çıktı.

Kirie'ye, "Sen burada kalıyorsun kızım," dedi. "Bir işim var, halledip hemen geliyorum."

Köpek dediklerini anlıyormuş gibi baktı suratına. Rath kapıyı sessizce kapattı.

Juretzka, otoyol kavşağı ve fuar alanına, kuzeye doğru giden sokağı takip ediyordu. Yani Werner Zeyen'in çalınan *Ford*'unun tekrar ortaya çıktığı noktaydı hedefi. Rath ışık gören yerleri koşarak geçmeden önce duvar çıkıntılarının gölgesine saklanıyor, gangsterle arasına mesafe koymaya dikkat ederek ilerliyordu. Aslında pek gereği de yoktu; Juretzka bir kez bile dönüp bakmamıştı arkasına.

Westkreuz İstasyonu'na çıkan dar yola park etmiş arabaların oraya ulaştığında durum değişti. Sıranın en sonundaki otomobilin yanında durdu ve taksiye binmek istiyormuş gibi içine göz gezdirdi. Araba boştu, içinde kimse yoktu. Juretzka omzunun üstünden arkaya baktı, Rath ani bir hareketle bir ağacın arkasına saklandı. Kalbi güm güm atıyordu. Gangster görmüş müydü onu?

Herhalde görmemişti ki, uzun paltosunun cebinden Rath'ın tam seçemediği bir alet çıkardı. Tekrar bir kez arkasına baktıktan sonra şoför mahallinin kapısıyla oynamaya başladı.

Rath beylik tabancasını çıkarmış, emniyet tetiğini açmıştı. Silahı doldurdu ve durum muhakemesi yaptı. Suçüstü yakalanan bir otomobil hırsızı. Adam şiddete başvuracak, sonra net meşru savunma durumu; kriminal komiser ateşli silah çekmek zorunda kalacak. Bundan daha da iyi bir fırsat olur muydu?

Leo Juretzka hâlâ arabanın yanındaydı, kapı onu zorluyordu anlaşılan. Serbest atış alanı. Rath gözünü ayırmıyordu gangsterden.

Leo'yu vurursanız nişan bile takarlar size komiser bey!

Rath silahı hedefe, Leo'nun, hemen arkasında kalbin bulunduğu kürek kemiğinin ortasına yöneltti. Hikâyenin şeflerinin gözünde inandırıcı olabilmesi için Juretzka'yı tek kurşunla öldürmesi gerekiyordu. Ya da işi sağlama alıp herifin kafasına mı sıksaydı kurşunu? Bununla belki meşru savunma teorisi sallantıya girerdi ama Rath'ın beylik tabancasından çıkan bir kurşunun isabet etmemesi sonucu hayatta kalan bir Leo Juretzka onun başını ölüsünden daha fazla ağrıtırdı. O günlerde iki günde bir kaçarken vurulan birileri olduğu için kimse, en azından "söz sahibi" olan kişiler durmazdı üzerinde. Birkaç mesai arkadaşı olaya şüpheyle bakar, kendi payına bir şeyler düşünürdü belki, ancak o kadar. Rath bunun da üstesinden gelirdi.

Leo Juretzka tam namlunun ucundaydı, bir tetiğe basması yeterdi. Sağ işaretparmağının ufak bir hareketiyle mesele tamamdı. Kökünden, temiz.

Derken olan oldu. Hem de kendini tetiğe basmaya hazır hissettiği an. İlk dikkatini çeken şey, parmağını oynatamaması oldu, milim hareket ettiremiyordu. Olmuyordu.

Sağ eli titremeye başladı, önce hafif hafif, sonra gittikçe şiddetlenerek. Rath konsantre olup sakinleşmeye çalıştıkça daha da kötü oluyordu.

Savaş malulü titrek elliler gibi, diye küfür etti içinden. Göğsünde aniden kendisine ve başına buyruk davranan bedenine karşı dizginleyemediği bir nefret duygusu patlak verdi. Tetikteki parmağını oynatabilse arabanın penceresini, ağaçları, gökyüzünü, Leo Juretzka haricinde her şeyi tutturacaktı.

Geri zekâlı. Bu fırsat bir daha da geçmez eline!

İçinden sövüp duruyordu. Kendine, babasının onda hep olduğunu iddia ettiği o güçsüzlüğüne, icap ettiğinde sinirlerine hâkim olmayı, soğukkanlı kalabilmeyi becerememesine lanet okudu.

Niye basamıyordu tetiğe? Atış taliminde olduğu gibi: Silahı dümdüz tutacak, derin nefes verecek, işaretparmağını bükecekti. Olmuyordu ama, titreme bir türlü geçmiyordu.

Juretzka otomobilin kapısını açmıştı. O âna kadar paltosunun içinde sakladığı uzun bir nesneyi çıkarıp taksinin içine attı ve arabaya bindi. Beş saniye geçmemişti ki motorun sesi duyuldu. Rath silahı indirdi. Elinin titremesi birden durdu.

Olamazdı!

Herifi takip bile edemeyecekti, *Buick* Bornstedter Strasse'de duruyordu, on dakika yürüme mesafesinde. Rath, park yerinden sıyrılıp fuar alanına doğru yol alan taksinin arkasından bakakaldı.

"Allah kahretsin, Allah kahretsin, Allah kahretsin," diye sövüyordu.

Neden böyle dirayetsizdi? İş ateş etmeye gelince niye böyle beceriksizleşiyordu? İş ciddi ciddi ateş etmeye gelince...

Nedenini biliyordu, ama bunu düşünmek bile istemiyordu. Düşünürse iblisleri, cinleri uyandıracak, onlar da geceleri karabasana dönüşecekti.

Bu yüzden öfkesinin yanında bir rahatlama duygusu da baş göstermişti. Ateş etmemekten, kâbuslarına giren iblislere, cinlere yenilerini eklememekten duyduğu rahatlık. Bu rahatlamaya, beceriksizliğinden daha fazla kızıyordu şimdi.

50

Bu sondu artık. Gereon'a söz vermişti. Sanayi Sarayı'na bu son gidişiydi. Alex Reinhold'la son kez buluşacaktı.

"Gerçekten gitmen şart mı?" diye sormuştu Gereon evden çıkmadan.

"Alex'e söz verdim. Kızlar birbirini görmedi ki hiç."

Gereon sert sert baktıysa da artık sesini çıkarmamış, hatta arabasını bile vermişti.

Dört yıldır ehliyet sahibi olmasına rağmen Charly'nin *Buick*'e tek başına bindiği pek görülmüş vaka değildi. Polis olunca sürücülüğün işe yarayacağını düşünmüş, para biriktirip ehliyet almış, ama sonuçta polis olamamıştı.

Berlin'de araba süren az sayıda kadından biriydi, çoğu şoförle dolaşıyordu. Ya da kocasıyla.

Charly onu almak için Westend'deki otelin önünde *Buick*'le durduğunda feleğin çemberinden geçmiş biri olarak Alex bile fal taşı gibi açmıştı gözlerini.

Kızın gergin bir hali vardı. Arabaya biner binmez sigara yakmıştı. Spandauer Chaussee'ye saptıklarında, "Demek işler kız arkadaşı üzerinden yürüyor," dedi.

Charly başıyla onayladı.

"Ne zamandır tanışıyorlar?"

"Dört-beş yıldır."

"Evdeyken bir şey anlatmamıştı."

Charly cevap vermedi. Else bunu açıklamıştı ona: Emil Reinhold oğlunun komünist olmayan, üstelik ağabeyi yıllardır SA üyesi olan bir kızla birlikteliğine asla izin vermezdi. Karl Reinhold'da da babasına karşı çıkacak göz yoktu. Diğer yandan Else'den de vazgeçememişti.

Derken Beckmann vurulmuş, Karl kaçmak zorunda kalmıştı. Else illegal yollardan peşinden Moskova'ya gitmek istemiş, becerememişti. İllegal yolların da kendine göre kanunları vardı. Yandaşlarının Berlin'den, emekçilerin Mekke'si Moskova'ya gelmesine önayak olan komünist kadrolar particiliğe büyük değer biçiyordu. Partiden ayrılıp SA'ya katılan eski bir komünistin kız kardeşi sağlam ayakkabı olamazdı; çok çok faşist ajan olurdu. Karl, Uluslararası Lenin Okulu'ndaki öğrenimini tamamladıktan sonra Berlin'e geri dönmüştü. Gerekçesi de Hitler faşistlerine karşı savaşmaktı.

"Kız arkadaşı," diye sordu Alex bir süre sonra, "o da direnişin içerisinde mi?"

"En azından partililere yemek götürüyor, getir götür işleri yapıyor. Ama particilikten ziyade aşk ağır basıyor gibi."

Alex sigarasından derin bir nefes çekti, pencereden yanlarından akıp giden şehre baktı; araba doğu istikametinde ilerlerken tek kelime etmedi.

Charly'nin bir kere daha evine gelmesini istemeyen Else Lamprecht, Landsberger Allee'nin epey uzağında, Baltenplatz'da bindi arabaya. Karl'ın kız arkadaşı öne, Alex'in yanına oturdu. Biraz sıkışmışlardı, ama Charly onu arkadaki tek kişilik eğreti koltuğa oturtmak istememişti. Zaten az kalmıştı gidecekleri yere.

Kızlar bir süre birbirlerini merak ve kuşkuyla süzdü.
"Demek ağabeyimin kız arkadaşısın," dedi Alex.
"Demek sen de erkek arkadaşımın kardeşisin."
Charly'nin gülmesi gelmişti. "Aile saadeti buna derim işte."
Otomobili Schlesisches Tor'da, Spree Nehri'nin kenarına park edip yolun geri kalanını yürüdüler. Else Lamprecht'in tercihiydi bu. Karl'ın kız arkadaşı gene önden gitmiş, bu sefer Charly'nin de, Alex'in de peşinden gelmesini istememişti.
Sanayi Sarayı'na vardıklarında başıyla avlunun girişinin bulunduğu yolun öbür tarafını işaret ederek, "Siz kafede bekleyin," dedi. "Ben yalnız giriyorum."
"Ee sonra?" diye sordu Alex. Sanayi Sarayı diye bir şeyden haberi olmadığı gibi Karl'ın orada saklandığını da bilmiyordu. Tek bildiği, o gün komünistlerle ilişkiye geçeceği, onların da onu ağabeyine götürecekleriydi.
"Bilmem. Ya seni de içeri alırlar ya da onlardan birisi dışarı çıkar." Else Lamprecht çelimsiz omuzlarını kaldırdı. "Böyle anlaştık, ben yalnız gireceğim. İçeride ne olacağını ben de bilmiyorum. Göreceğiz."
Yalan söylüyordu. Else Lamprecht içeride ne olacağını pekâlâ biliyordu. Orada kiminle buluşacağını da. Karl Reinhold. Kız kardeşinin dışarıda bir kafede beklediğini, Alex'in kavuşmaları için her şeyi yapmaya hazır olduğunu söyleyecek, inadını kırması için onu ikna etmeye çalışacaktı. Bunu başarır mıydı, o ayrı meseleydi. Charly onun için Alex'e ayrıntıları anlatmamıştı. Hem Alex'i hayal kırıklığına uğratmamak hem de Karl'a yerini söylemeyeceğine dair söz verdiği için.
Alexandra Reinhold hâlâ o gün bir direniş grubuna katılacağını, hemen bildiri dağıtıp duvarlara yazı yazacağını sanıyordu. Onun için gelmişti oraya, ağabeyine kavuşmak için ne olsa yapacaktı. Karl Reinhold ikna olmazsa Alex gibi bir kardeşe layık değildir diye geçirdi içinden Charly.
Else Lamprecht yolun karşısına geçip avlunun girişine doğru giderken onlar da cam kenarında bir masa bulup oturdular.
Charly iki kahve söyledi. Alexandra Reinhold'un içi içine sığmıyordu, hareketlerinden belliydi. Onu tekrar görmek için bu adı-

mı attıysa ağabeyini son yıllarda ne kadar özlemiş olmalıydı. Charly, Heinrich Beckmann'ın öldüğü, Reinhold ailesinin paramparça olduğu kâbus dolu o gece tam tamına neler yaşandığını hâlâ bilmiyordu. Alex pek bir şey anlatmıyordu. Bir keresinde Charly'ye Beckmann'ı öldürmediğini söylemişti ama vicdan azabı çektiği belliydi, bunu istese de saklayamıyordu.

Garson tam fincanları masaya koymuştu ki, Schlesische Strasse'ye giren bir polis aracının kulak tırmalayan sireni duyuldu. Ses gittikçe arttı, demeye kalmadan araba da göründü. Son hızla Schlesisches Tor tarafından gelip direkt karşıda durmuştu. İçinden inen altı-yedi toplum polisi derhal Sanayi Sarayı'nın kapısını tuttu, avluya giriş çıkışları yasakladılar. Hemen ardından bir cemse yanaştı, içinden fırlayan mavi üniformalılar şeflerinin bir işareti üzerine silahlarını çekip avluya girdiler. En son bir siyah *Mercedes* limuzin yanaştı. Ondan da iki sivil indi, ama üstlerindeki gri yağmurluk ve koyu renk fötr şapkalarıyla neredeyse bir örnek giyindikleri için onlar da üniformalı izlenimi yaratıyordu. Bu beyler de gizli devlet polisindendi. Her zamanki gibi kör kör parmağım gözüne kamufleydiler. Üniformalıların peşinden sallana sallana onlar da avluya girdi; "acelemiz yok" der gibi bir tavır sergiliyorlardı.

Alex, Charly'nin suratına baktı ama o da olanları anlamıyordu.

Gelen geçen, özellikle de işsiz güçsüz takımı durmuş, araçlara, dolu filintalarıyla girişin iki yanında konuşlanmış toplum polislerine doğru kaçamak bakışlar atıyordu. Bazıları fısıldaşıyor, bazısı ise sadece aval aval bakıyordu.

Charly için olan bitenler hayra yorulacak şeyler değildi. Masaya bir mark bırakıp, "Gel, gidiyoruz," dedi fısıltıyla.

Alex'in koluna girip onu gerisin geri Schlesische Strasse'ye sürükledi. Alex durup durup arkasına dönüp polislere bakıyor, herkes aynısını yaptığından göze çarpmıyordu.

"Ne oluyor orada?" diye sordu.

"Biz en iyisi arabaya doğru yürüyelim."

"Ya Else?"

"Arabanın yerini biliyor. Burada durmamızın ona faydası yok. Mavi üniformalılardan birinin seni tanıma tehlikesi var. Friedrichshain'a çok yakınız."

"Ama burası Friedrichshain değil ki, Kreuzberg. Arada Spree var. Burada kimse tanımaz beni."

Charly elini tutmaya çalışırken Alexandra Reinhold'un bir anda yüz ifadesinin değiştiğini gördü; gittikçe gözleri büyüyor, ağır ağır ağzı açılıyordu.

Charly arkasına döndü. En başta içeri giren polisler çıkmış, ilk tutukluları polis aracına götürüyorlardı. Adamların beşi de kelepçeliydi. Charly savruk saçlarından Karl Reinhold'u hemen tanımıştı. Yüreği cız etti. Alex'in o an neler hissettiğini düşünmek bile istemiyordu. Şu anda karşılarında, Schlesische Strasse'nin öte tarafında olan bitenler, tam da Charly'nin de yardımıyla önünü almak istediği şeylerdi.

Karl Reinhold bir an başını kaldırıp yolun öbür tarafına baktı. Bakışları karşılaştı. Adamın gözlerinden ateş fışkırıyordu. Charly bakışlarındaki bu hiddetin yalnız kendisine değil, aynı zamana yanındaki kızıl saçlı kıza da yönelik olduğundan emindi.

Alex gözyaşlarını tutamamıştı.

"Kalle!" diye bağırdı boğuk ve tiz bir ses tonuyla. Ardından gayriihtiyari ağabeyine doğru bir adım atmıştı ki, Charly onu son anda yakaladı.

"Ne yapıyorsun? Delirdin mi?"

Alex'i kolundan tutup vitrinlere doğru çevirdi. Charly'nin bu sert ve kaba tavrı, histerik krize soğuk su etkisi yapmıştı. Endişeli küçük kız kardeş saniyede tekrar o kontrollü, hayatın bütün zorluklarıyla baş etmesini bilen, görmüş geçirmiş Alex oluvermişti. Anlık da olsa kendisini kaybetmesi bir tek yanaklarında parlayan gözyaşlarından anlaşılıyordu.

Bir kitapçının önünde durmuş vitrindekileri inceliyor gibi yapıyor, camdan operasyonu izliyorlardı. Kesin bir düzine erkek tutuklanmıştı; en sonunda da araca iki toplum polisinin arasında bir kadın götürüldü. Else Lamprecht erkeklerin konulduğu cemseye değil, siyah *Mercedes*'e bindirildi; oldukça sakin görünüyordu. Siviller de bindi arabaya, birisi direksiyona geçti, diğeri ise arkaya, kızın yanına geçti.

"Ne oluyor?" diye tısladı Alex gözü camda. "Ağabeyimi bu şırfıntı mı ihbar etti?"

Charly, "O izlenim yaratılmak istenebilir," dedi. "Ama sanmıyorum. Else gerçekten hain olsaydı bizi de yakalarlardı."

Alex belli belirsiz başını salladı.

"Yok," dedi Charly, "bu kızıl hücreyi başka birisinin gammazlamış olması lazım."

"Kalle ne olacak şimdi?"

"Bilmiyorum. Bir şey düşüneceğiz artık."

Charly dakikalardır hangi kitaba baktıklarını fark etti bir an. Sanki etrafındaki diğer bütün kitaplar aksesuarmış gibi vitrinin orta yerinde, etrafında kıç yalayan saray ahalisi ve cibilliyetsiz tebaası, şişman, kasıntı bir kral misali küçük, kadife kaplı bir platform üzerine, Führer'in kitabı kurulmuştu. *Kavgam.*

51

Blok halinde kırmızı taşlar, anıtsal heykel parçacıkları adeta bir deprem sonrası gibi yayılmıştı yerlere. Koca koca taşlar çöken bir uygarlığın kalıntılarını andırıyor olsa da yanıltıyordu; sonuçta bir inşaattı burası. Arnswalder Platz'a bir fıskiye yapılıyordu. Cumhuriyet yılları belediyesinin Berlin sakinlerine son hediyesi.

Andreas Lange inşaatın güvenlik çitinin önünde nöbet tutan toplum polislerine görevli kimliğini gösterip olay yerine girdi. Taş bir boğa gövdesinin dibinde kan revan içinde bir ceset yatıyordu; diz çökmüş delil toplamaya çalışan görevli, cinayet araştırma uzmanını görünce doğruldu.

Kriminal Polis Laboratuvar Dairesi çalışanı, Lange'ye bir cüzdan gösterip, "Gasp cinayeti olabilir," dedi. "Sadece bozuk para ve ıvır zıvır. Bir de resmî kimlik. SA." Katlanmış kâğıdı düzeltti. "Sperling, Erich. Tabur komutanı. SA komando birliklerindeymiş, meslektaş yani."

Lange kâğıdı eline alıp başını salladı.

Maktul sivil kıyafette ve epey hırpalanmış olmasına rağmen Lange adamı hemen tanıdı. Horst Kaczmarek ve Hermann Lapke'yle birlikte resim çektiren tabur komutanıydı bu.

Artık Wolff Özel Komisyonu'nda olmamasına hayıflanmıştı biraz; çünkü vaka gittikçe heyecanlı hale gelmeye başlıyordu. Geceleri duvarlara yazı yazan o komünist grupla pek bir ilgisi kalmazken Andreas Lange'nin o sıralarda Alex'te baktığı vakayla, SA içerisindeki entrikalar ve Kuzey Korsanları'yla bağlantısı ise artıyordu.

Çevreye göz gezdirdi. Alan oldukça büyüktü, adeta küçük bir park sayılırdı. Etraf ağaçlık ve çalılıktı, tam ortada da bir fıskiye inşaatı. Üç tarafı dizi dizi apartmanların bulunduğu caddelerle sınırlıydı. Kuzey kısmı daha o saatte bile yoğun trafiğin hâkim olduğu geniş Elbinger Strasse'ye çıkıyordu.

Cesedi o sabah havuz inşaatındaki işlerinin başına gelen işçiler bulmuş, hemen polisi aramışlardı. Şu anda taşların üstünde oturmuş, bira içip sigaralarını tüttürüyorlardı. Saat sekizi anca geçmişti; gökyüzü de bulutluydu ama şimdiden boğucu bir sıcak hüküm sürüyordu. Andreas Lange'nin tahammül edemediği bir şey varsa, o da böyle sıkıntılı havalardı.

Cesedi ve olay yerini inceleyen memur, "Bir şey bulduk komiser bey," dedi. "Bakın, kan izleri ta şuraya kadar gidiyor. Adli tabip bunun maktulün kanı olduğunu tespit ederse, zavallı adam katledilmeden önce resmen av hayvanı gibi kovalanmış demektir."

Memur Lange'yi alıp avın başlangıç noktası sayılabilecek noktaya götürdü. Arnswalder Platz'ı çevreleyen asfalt yolda irili ufaklı kan damlaları tebeşirle daire içine alınmıştı.

Lange bakışlarını sokağın karşı tarafındaki evlerin cephelerine yöneltti. Bir berber, bir bakkal, birkaç bina ileride de "Zum letzten Heller," diye bir birahane vardı. Gerisi apartmandı. Ölü tabur komutanı bütün parasını o birahanede mi harcamıştı acaba?

Lange delil tespiti yapan memura, "O tarafta kan izi yok mu?" diye sordu.

Memur başını iki yana salladı. "Her yeri kontrol ettik, yok. Ne evlerin girişinde ne de birahanede iz var. İzler burada başlıyor."

Lange, "Bu ne?" diye sordu tebeşir dairelerinden birini göstererek. Dairenin içerisinde bir şey görülmüyor, yakından bakınca ise belli belirsiz bir kan lekesi seçiliyordu.

"O mu? Bunu bulduk orada."

Memur cebinden delilleri koyduğu bir kutu çıkardı. Kutuyu sallayınca içinde bir şey takır tukur etti; iki tane kanlı dişti bu.

"Maktule ait olabilir. Cani kurbanına baştan itibaren büyük şiddet uygulamışa benziyor. Zavallı adam kaçmaya çalışmış ama yaralandığından herhalde, çok uzağa gidememiş."

Lange düşünceli düşünceli, Czerwinski'nin bagajından fotoğraf makinesini çıkarmaya çalıştığı araca doğru yürüdü. Piyasada daha ufak, kullanımı daha pratik makineler vardı, ama onlar hâlâ Nuh Nebi'den kalma aletlerle iktifa etmek zorundaydı. Polis teşkilatında malzemenin yenilenmesine, herhangi bir aracın gerçekten yedeklenmesine, ya tamamen bozulunca ya da artık hiç kullanılamaz hale geldiğinde izin çıkıyordu. Gelgelelim eski fotoğraf makinesi oldukça dayanıklı çıkmış, Paul Czerwinski'nin elinde bile alete hâlâ bir şey olmamıştı.

Kriminal sekreterine uzaktan, "Fotoğraf makinesi kalsın," diye seslendi. Czerwinski ânında aletle uğraşmayı bıraktı. "Bir telefon bulun ve devlet polisini haberdar edin..." Lange o sırada park etmekte olan kırmızı *Horch*'u işaret ederek, "Doktor Karthaus'dan önce davranmaya bakın. Bu vaka Prinz-Albrecht-Strasse'lik," dedi.

"Wolff Özel Komisyonu mu?"

"Öyle görünüyor."

Ne kadar esef duysa da vakayı onlara devretmek iyi olacaktı. Kale'de onu bekleyen öyle çok iş vardı ki. Son günlerde Kuzey Korsanları'yla ilgili bayağı malzeme toplamışlardı. SA yönetimi el altından silah satan üyelerinin gözünün yaşına bakmadığı halde Korsanlar aşırı kârlı silah ticareti işini hâlâ sürdürüyor gibiydi. SA'nın ise kendi saflarında yakaladıklarına son zamanlarda birkaç ibret dersi verdiği biliniyordu.

Hermann Lapke komando birliklerinde SA'nın 101. Müfrezesi'ne kol kanat geren en iyi arkadaşını da kaybetmişti şimdi. Çok merak ediyordu, Gereon Rath buna ne diyecekti acaba?

52

Reinhold Gräf'i hiç bu kadar asker tavırlı, bu derece keskin görmemişti. Adam sabah brifingde milleti kışla üslubuyla adeta pata küte bir gündem maddesinden ötekine sürüklüyordu.

"Böyle olmaz beyler! Netice bekliyorum! Netice!"

Gräf'in, Rath dahil hiç kimseye dostça davranma gibi bir çabası yoktu. Hatta Rath'a bir kez yanlışlıkla "siz" diye bile hitap etmişti.

Gräf netice beklediğini güya herkese söylemişti, ama bu cümleyle aslında Gereon Rath'ı kastettiği belliydi. Çünkü Rath'ın toplantıdan az önce araç sahipleriyle ilgili sunduğu rapor beklenenin aksine Wolff Grubu'na ilişkin tek bir ipucu vermiyordu.

Gräf buna bozulmuş, Rath'a fena içerlemişti. Bunda muhtemelen Rath'ın brifinge on dakika geç gelmesinin de rolü olmuştu. Ancak Alex'e uğrayıp Kirie'yi Erika Voss'a bırakması lazımdı. Charly gene işe gitmeye başladığı için iki haftada bir köpek onun başına kalıyordu. Açıkçası bu, onu evde oğlanla ilgilenecek kimse olmamasından daha çok rahatsız eden bir durumdu. Çocuk o kadar da küçük değildi, yalnız idare ederdi. Ama köpeği evde tek başına bırakmak olmuyordu.

Gräf'in konuşmasını verip veriştirme faslıyla kapatması toplantının bittiğine yoruldu; tam sandalye sesleri gelmeye başlamıştı ki, devlet polisi komiseri tekrar söze başladı.

"Bu arada dün öyle bir voli çevirdik ki, vakanın aydınlatılmasında çok işimize yaracak," diyen Reinhold Gräf, halktan gelen bir ihbar üzerine Schlesische Strasse'de gerçekleştirdikleri ve bir komünist yuvasını dağıttıkları operasyonu anlattı. Rath bu baskının vakanın aydınlanmasına ne gibi bir yararı olacağını anlamamıştı. Charly akşam oğlan yattıktan sonra baş başa kaldıklarında bahsetmişti bu operasyondan. Karl ve Alex Reinhold'u bir araya getirme çabasının nasıl suya düştüğünü, tam Alex ve aracı olan kişiyle Sanayi Sarayı'na girecekken devlet polisinin nasıl bir sürü araç ve memurla kapıya dayandığını, tutuklular arasında Karl Reinhold ve aracı olan kişinin de bulunduğunu anlatmıştı.

"Tam da Alex'in önlemek istediği şey geldi başlarına: Karl Reinhold, Prinz-Albrecht-Strasse'nin dehlizine düştü."

"Ne diyorsun Charly! Az kalsın sen de düşüyormuşsun Prinz-Albrecht-Strasse'ye."

Rath'ın ilk tepkisi bu olmuştu. Charly'nin şansı yaver gitmişti, hem de nasıl.

"Alex, Karl'ın onu kendisinin gammazladığını düşünmesinden

korkuyor."

"Şu anda tek derdi bu muymuş? Ağabeyi için de geçerli bu."

Karl Reinhold'un derdinin büyüklüğünü Rath o boğucu pazartesi sabahı idrak etmeye başlamıştı. Zira Gräf, Schlesisches Tor'daki baskından kendine göre birtakım sonuçlar çıkarmaktaydı.

"Tutuklananların arasında," diye devam etti, "30 Aralık günü bir SA'yı Boxhagener Platz'daki evinde öldürdüğüne dair hakkında kuvvetli suç şüphesi bulunan ve üç buçuk yıldır aranan genç bir komünist de var."

Gräf isim vermediği halde Rath onun kimden söz ettiğini hemen anlamıştı. Beckmann vakasına aşinaydı. Alex ve Karl Reinhold'un karıştığı olaydı bu.

"Meslektaşımız Heller'den aldığım bilgiye göre, katil zanlısı şimdiye kadarki ifadesinde büyük oranda itiraf ettiği cinayeti işledikten sonra Moskova'da yeraltına geçtiğini, yedi hafta önce de geri geldiğini söylemiş."

Şimdiye kadarki ifadesinde. Rath bu ifadelerin ne şekilde alındığını çok iyi tahmin edebiliyordu. Karl Reinhold'un yerinde olmak istemezdi.

Gräf kendi çıkardığı sonuçları dile getirmeden önce diğerlerine düşünmeleri için zaman tanımak istiyormuşçasına salonda bir süre göz gezdirdi. "Hemen ardından Berlin'de iki SA'nın canını yitirmesi, Karl Reinhold adlı caninin Moskova'dan buraya bu amaçla gönderilmiş olduğu kanısını güçlendiriyor. Belki Wolff Grubu da var işin içinde. Yani sorguyla sadece iki cinayet vakasının aydınlatacağımızı değil, Wolff Grubu ve yuvalandıkları yer konusunda da ipuçları elde edeceğimizi düşünüyoruz."

Bunları öyle bir zafer edasıyla söylemişti ki, sanki Karl Reinhold'u kendi elleriyle yakalamış, bütün bu bilgileri ağzından o almıştı. Aslında olay basit bir tesadüften başka bir şey değildi. Gräf de bu sonuçları çıkarırken aceleci davranmıştı. Wolff Grubu'yla ilgili söylediklerinde haklı olabilirdi, belki gerçekten Alex'in ağabeyiyle birlikte onlar da gizlice ülkeye sokulmuştu da, öbür iddialar neyin nesi oluyordu?

Devlet polisi insanları konuşturmakta ustaydı; ancak Karl Reinhold işlemediği cinayetleri itiraf etse bile yine de bir suç aleti bulmaları, aletin de ona ait olduğunu ispat etmeleri gerekecekti.

Rath cinayetlerin hangi suç aletiyle işlendiğini biliyordu. Önceki akşam evde Charly'yi beklerken biraz müzik dinlemiş, Severin'in yazdığı mektuplara tekrar göz atmıştı. Yirmi yıldır Manhattan'ın tam karşısındaki Hoboken, New Jersey'de yaşayan kardeşi, üç-dört yıl önce gönderdiği bir resimde komşularının muhtemelen çok iyi anlaştığı oğluyla beraber poz vermişti. Eşofman giymiş arkadaşı, elinde tıpkı Isolde Jäger'in çizdiği nesneye benzeyen bir şey tutuyordu.

Bir spor gereciydi bu. Rath'ın o güne kadar adını bile duymadığı beyzbol sporu. Fotoğraftaki oğlanın elinde bir beyzbol sopası vardı.

Aynı anda, Leo Juretzka'nın Amerika'dan hatıra olarak ne getirdiği, Westkreuz'da taksinin içine attığı nesnenin ne olduğu, SA'ların ne ile katledildiği dank etmişti.

Hiç sesini çıkarmadı. Varsın Gräf'in özel komisyonu belirsizliklerle boğuşsun, yanlış iz peşinde koşsundu. Bir tek zavallı Karl Reinhold'a acıyordu, o kadar.

Gräf tam görev dağılımına geçmek üzereydi ki, kapı tıklatıldı, ardından sarışın sekreter Fräulein Mettmann kafasını uzattı.

"Özür dilerim, rahatsız ediyorum Komiser Gräf, kriminal polisten aradılar."

"Evet?"

"Bir SA cesedi daha bulunmuş. Prenzlauer Berg'de."

Birden salona bir sessizlik çöktü; duvar saatinin tıkırtısı dışında bir şey duyulmuyordu. Rath, bu kadar düşüncesizce, bu kadar acele zafer ilan edilirse işte böyle olur diye geçirdi içinden.

"Nerede?" diye sordu Gräf kısık sesle. Beti benzi atmıştı.

"Arnswalder Platz komiser bey."

Rath adresi duyunca maktulün kim olduğunu derhal anladı. Bu cinayeti önleyebilirdim diye düşündü. Keşke kendine ve sinirlerine hâkim olabilseydi.

Devlet polisinin aracıyla değil, kendi *Buick*'iyle yola çıktı. Biraz düşünmeye ihtiyacı vardı. Leo Juretzka'nın hakkından benim yerime

Erich Sperling gelir diye içten içe bir beklentisi olmuş muydu, olmamış mıydı? Büyük ihtimalle olmuştu. Bu umudunun gerçekleşmemesi yüzünden duyduğu hayal kırıklığı SA komando birliklerinin bir tabur komutanı için duyacağı üzüntüden her halükârda daha büyüktü.

Rath, Arnswalder Platz'a vardığında, cinayet şube arabası, olay yeri inceleme ekibi, Doktor Karthaus ve Gräf'in resmî aracı olan *Mercedes*'e kadar her şey ve herkes oradaydı. Devlet polisi mensupları Gräf, Pfeiffer ve Maschmeyer cesedin bulunduğu yerde, Andreas Lange ve Doktor Karthaus'la konuşuyordu. Rath, maktulü 49 numaranın girişinde göreceğini düşünmüştü, ama ceset meydanın ortasında, havuz inşaatının taş bloklarının arasındaydı. Rath'ın bir an göz göze geldiği Lange'nin bakışları her şeyi söylüyordu, söze gerek yoktu: Biz kriminal memurlar devlet polisine karşı birbirimize destek olmalıyız.

Erich Sperling tıpkı diğer mağdurlar gibi çok kötü hırpalanmıştı. Öbürlerinden tek farkı, kıyafetinin sivil olmasıydı. Lacivert takım elbisesiyle tabur komutanından ziyade gaspa uğramış bir gariban gibi görünüyordu.

Karthaus kurbanın aldığı yaralardan, bunlardan hangisinin ölüme yol açmış olabileceğinden söz ediyordu. Rath, sıra ölüm saatine gelince söylenenlere kulak kabarttı.

"Kesin olarak bilmiyorum, ama şimdilik şu kadarını söyleyeyim: Adam bayağı uzun bir zaman yatmış orada, şöyle otuz-kırk saat."

Rath hayrete düşmüştü: "Yani bütün bir pazar günü buradaymış ve hiç kimse de görmemiş, öyle mi?"

"Neden olmasın? İnşaat burası sonuçta, bütün hafta sonu kapalı. Sabah araziye ilk giren inşaat işçileri olmuş."

Gräf demişti bunları. Daha biraz önce yeni bulunan ceset haberiyle elindeki "caniyi" yitirince adeta madara olan komiserin çalımı yerindeydi gene.

"Bu da," diye devam etti, "SA'ları katledenin Moskova'dan gönderilen komünist Karl Reinhold olduğu yönündeki tezimizin bu cesetle artık kuşkuya yer bırakmayacak şekilde doğrulandığı anlamına geliyor."

Rath, Gräf'in konuşurken etrafındakilere yönelttiği bakışlardan çok rahatsız olmuştu. Adamın bu teziyle duvara toslayacağını bilmek, onu hiç olmazsa birazcık ferahlatıyordu.

"Bu da cüzdanı," dedi Lange. "İçinde fazla bir şey yok. Eğer gasp cinayetiyse..."

"Tabii ki değil!" diye kesti sözünü Gräf. "Bu politik bir cinayet. Tıpkı diğerleri gibi."

"Maktulün üstünde üniforma yok, böyle bir fark var," diye araya girdi Rath.

Bu cinayetin diğerleriyle alakası olmadığını düşünmüyordu tabii; hatta oldukça da emindi aralarındaki ilişkiden. Ama Gräf'in Alex'ten gelen memuru bu şekilde susturmasına sinir olmuştu. Rath, Lange'nin elinden cüzdanı alıp incelemeye başladı. SA kimliği, üç-dört mark bozuk para ve bir aile fotoğrafının yanı sıra çantada bir de ortasına elli sayısı basılmış yeşil, yuvarlak bir jeton vardı.

"Bu ne?" diye sordu Lange'ye.

"Hiçbir bilgim yok. Laboratuvarın bakması lazım. Maktul yakın zamanda Baden-Baden'e gitmiş olabilir."

"Yok daha neler, bir de Monte Carlo olsun," dedi Gräf. "Daha güzel iş seyahati mi olur?"

Andreas Lange'nin itidalini kaybetmemekte direnmesi Rath'ın gözünden kaçmadı. Cinayet araştırma uzmanı hiç istifini bozmadan rapor vermeye devam ediyordu; meydanın kenarından cesedin bulunduğu yere kadar uzanan kan izinden söz etti.

"Sürüklenme izi yok," dedi. "Kurbanın katilinden kaçarken böyle bir yol izlediğini düşünüyoruz. Görünüşe bakılırsa ilk darbede iki dişini kaybetmiş; ancak hemen pes etmeyip kaçmaya çalışmış."

"Neden inşaat güvenlik çitinin üzerinden atlamış o zaman?" diye sordu Rath. "Tam anlamıyla kapana kıstırılmışken..."

Lange omuzlarını kaldırdı. "Sanıyorum, bir tek bu yöne doğru kaçabilmiş. İki dişi gitmiş ya, belki çenesi de kırılmıştı. Kimbilir nasıl bir panik içindeydi, herhalde enine boyuna düşünecek halde değildi."

Rath başını salladı. Lange'yi devlet polisi memurlarıyla bırakıp kan izini takip ederek yürüdü. İz kaldırımda, olay yeri inceleme ekibinin tebeşirle çizdiği işaret ve dairelerin orada son buluyordu.

Yolun öbür tarafında "Zum letzten Heller" adlı birahanenin bulunduğu apartman vardı.

Birahaneci, Rath'ın içeri girdiğini görünce şaşkınlıktan donakaldı. Tanımıştı hemen.

"Kapalıyız," dedi.

Rath bu sefer rozetini çıkardı. "Kriminal polis," dedi.

Adam gayet sakin elindeki bardağı parlatmaya devam etti.

"Geçen bir adam arıyordum ya, öldü," dedi. "Öldürülmüş, karşıdaki meydanda."

Birahaneci sadece alnını kırıştırmakla yetindi.

"Hatırlıyorsunuz, değil mi? Hani dükkânınıza girip arka tarafa geçen adam. Aşağı yukarı bir hafta önceydi. Güya görmemiştiniz."

"Neden söz ettiğinizi anlamıyorum."

Rath adamı yakasından yakalayıp tezgâhın üzerine doğru çekti. Birahanecinin parlattığı bardak yere düşüp parçalandı.

"Sabrımı taşırmasaydınız," diye homurdandı Rath. "Ben sadece kriminal polisim, dışarıda birkaç da devlet polisi var. İsterseniz arkadaşlar gelmeden Erich Sperling'in düzenli bir şekilde buraya gelip ne aradığını bana söyleyin. Sizi Prinz-Albrecht-Strasse'nin bodrum katında sorguya çekmesinler sonra."

"Tamam tamam," dedi adam. "Sır saklayayım dedim, hepsi oydu."

"Evet. Sperling burada ne arıyordu?"

"Ne arayacak? Azıcık eğlence."

"Eğlence mi?" Rath jetonu adamın burnuna dayadı. "Yoksa şans mı?"

Biraz önce Rath'ın pençesinde kasılmış olan adam kendini salmasıyla olduğu yere çöküverdi.

"Madem biliyorsunuz artık," dedi. "Arkada tuvaletlere giden koridor, üçüncü kapı; oradan bir merdiven iniyor aşağı."

Rath adamın yakasını bırakıp yola koyuldu.

"Ama soran olursa benden duymadınız," diye bağırdı birahaneci arkasından.

Merdiven üstünde Özel yazan kapının ardındaydı; penceresiz bir bodruma iniyordu. Aşağıda, gözetleme deliği olan başka bir kapı ise sade ama zevkli döşenmiş bir odaya açılıyordu. Rath ışığı açınca zengin seçeneği olan bir bar ve duvara dayalı iki kanepe belirdi; barın yanında eski moda çelik bir kasa vardı. Odanın ortasına, tam lambanın altına gelecek şekilde yeşil örtüyle kaplı, masif bir masa konmuştu. Etrafında bir düzine kadar kumaş kaplı sandalye vardı.

Ortalıkta iskambil kâğıdına benzer bir şey görülmüyordu; jeton filan da yoktu. Rath buna rağmen keşfettiği şeyin kumarhane olduğundan emindi. Bakara da oynansa, Black Jack de oynansa Amerikan pokeri de oynansa bir şey fark etmezdi; parayla oynanan oyunların tamamı yasaktı. Çelik kasanın varlığı, burada büyük paraların döndüğünü gösteriyordu.

Rath, Erich Sperling'in Kuzey Korsanları'nı neden o kadar kayırdığını şimdi anlamıştı. Adam kumarbazdı, hem de gözü kara cinsinden. Rath, Prenzlauer Berg'in ortasındaki bu yasadışı kumarhaneyle Kuzey Korsanları arasında bir bağ olduğuna kalıbını basardı.

Biraz sonra Reinhold Gräf ve diğer meslektaşlarını keşifleri hakkında bilgilendirirken, bu vesileyle Hermann Lapke'nin de canının yanacağını bildiğinden yüreğine su serpilmişti – ne de olsa araba lastiklerini patlatan kişiden küçük bir intikam yerine geçecekti.

Gräf SA'nın kötü alışkanlığıyla ilgili bu habere beklenilenin aksine fazla ilgi gösterdi. Belki de her Nazi'nin dokunulmaz ve bir aziz olmadığı yavaş yavaş dank etmeye başlamıştı. Ancak tabii bu da bu seri cinayetlerin arka planının su yüzüne çıkarılması tehlikesini de birlikte getiriyordu. Rath, kumarhanenin büyük ihtimalle Kuzey Korsanları, yani bir SA müfrezesi tarafından işletildiği yolundaki tahminlerini kendisine sakladı. Ama soruşturma sonucunda bu bağlantı her an ortaya çıkabilirdi.

Rath'ın gözleri siyah *Adler* limuzini aradı, ama bu sefer görünürde yoktu. Tam rahatlar gibi olmuştu ki, SA askerî polis aracı *Hanomag* döndü köşeyi. İçinden Walter Fritsch indi. Komando birliklerinin şefi burnundan soluyordu; adamlarından biri daha cinayete kurban giderse bunun sorumlusu siz olacaksınız dediği Gräf'le kapıştı hemen. Devlet polisi komiseri kendisini korkusuz ve biraz da yüksek sesle savundu. Rath bir sigara yakıp bu tiyatroyu uzaktan izledi. Onunla bir ilgisi yoktu olan bitenin. Reinhold Gräf illa özel komisyonun başında olmak istiyorsa, bunun getireceği tatsızlıklara katlanmasını da bilecekti.

53

Buradaki sorgu odası da tıpkı Alex'tekinin aynısıydı; tek fark burada stenografın küçük yazı masası ve sorgu masasının yanında bir de metal karyola bulunmasıydı. Zanlının yüzüstü ve belinden yukarısı çıplak şekilde demirlerine kelepçelendiği çıplak bir karyola.

Reinhold Gräf sorgu masasında oturmuş, karşısındakine sorular soruyor, bir taraftan da kapının yanında kollarını kavuşturmuş dikilen Gereon Rath ifade sırasında sözünü kesmesin diye içinden dua ediyordu.

"Cumartesi günü neredeydiniz?"

"Bunu daha kaç defa soracaksınız?"

"Bana doğru cevabı verene kadar."

"Veriyorum ama! Beni ertesi günü gözaltına aldığınız yerdeydim diyorum, Schlesische Strasse'deki Sanayi Sarayı'nda."

Gräf'in bir şey söylemesine gerek yoktu. Karyolanın yanında duran SS kırbacı indirdi. Komünist çığlığını zor zapt etmişti; ellerinden ve ayaklarından bağlı olmasına rağmen tüm gövdesi acıdan kasıldı. Karyolanın yayları gıcırdadı. Zanlının çıplak sırtında bir gün önceki sorguda oluşan yaralar patlamıştı, kan içindeydi.

Hani insan neredeyse acıyacaktı, ama adam kaç kişinin katiliydi. Komünist. Bir halk düşmanı. Anavatanına, Reinhold Gräf için kutsal olan her şeye karşı faaliyet gösteren bir kişi. Böyle birine hoşgörülü, insaflı davranmak olur muydu hiç? Öte yandan genç adamın çıplak sırtına kırbacı indiren kendisi olmadığı için de memnundu. O yalnız soru soruyordu. Bir zamanlar Ernst Gennat ve kriminal poliste nasıl öğrendiyse öyle.

Kamçının iki kez daha şaklamasını bekledi, soruyu yineledi.

"Cumartesi günü neredeydiniz?"

Karl Reinhold cevap vermedi. SS bir saniye bekledi, sonra deri kırbacı kanlı sırta indirdi. Bu sefer darbe daha da sert inmişti. Ve bu sefer Karl Reinhold kendine hâkim olamamış, canhıraş bir feryat koparmıştı.

Protokol tutan Mettmann yüzünü buruşturup başını çevirdi; Rath, bu sarışın Fräulein'ın doğru mesleği seçip seçmediğini sordu kendi kendine. İki sene önce partiye girmişti, babası daha ilk günden itibaren nasyonal sosyalistti ama anlaşılan yine de bu görevi midesi kaldırmıyordu. Kadın buna rağmen Karl Reinhold'un ağzından çıkan her şeyi kelimesi kelimesine not ediyordu. Gerçi fazla da bir şey çıkmıyordu ya. Hep aynı şeyi tekrarlıyordu.

"Sanayi Sarayı'nda," diye bağırdı, böğürtü gibi çıkmıştı sesi. "Beckmann'ı öldürdüğümü itiraf ettim ya, daha ne duymak istiyorsunuz?"

Kamçı bir kez daha şakladı; komünistin çığlığı öğürmeye dönüşü. Karl Reinhold, yayların arasından, ihtiyaten karyolanın altına koydukları kovaya kustu.

Gräf, başını iki yana sallayan Rath'a baktı. Rath da devlet polisliğine uygun birisi değildi, belliydi.

Suçlunun son yediği darbelerin acısını biraz unutmasını bekleyen Gräf, "Başka bir soruyla deneyelim," diye devam etti. Hatta SS bir bardak su bile yanaştırmıştı genç adamın dudaklarına. "Gelelim Wolff Grubu'na. Nerede saklanıyorlar?"

"Ben Wolff filan diye bir grup tanımıyorum."

Adamda eşek inadı vardı. SS tam yeni bir hamleye hazırlanıyordu ki, kapının oradan bir ses duyuldu.

"Wolff Grubu diye bir şey yok belki."

Gräf kulaklarına inanamıyordu. Gereon Rath'tı bu tabii! Başlayalı daha on dakika bile olmadan adam sorguyu sabote ediyordu. Bunu hesaba katması lazımdı aslında. Gereon Rath her zaman kurallara karşı çıkmıştı; meslekte öğrendiği, Ernst Gennat'ın onlara öğrettiği her şeye muhalefet etmişti.

Rath'a bir bakış attı; aynı anda çenesi titriyordu. Rath kollarını tekrar indirip kapıyı açtı. Peşinden Gräf de koridora çıktı.

Kapı kapanır kapanmaz eski şefine çıkıştı: "Sen delirdin mi? Neden sorguyu baltalıyorsun?"

"Sen buna sorgu mu diyorsun? Maskaralık bu. Ziyadesiyle de gaddarca."

"Masum SA'ları döve döve öldürmek gaddarlık değil mi?"

"Yapan o değil. Şu Beckmann'ı öldürmüş, o kadar. Senin Wolff Grubu hakkında da bir şey çıkmayacak. Böyle metotlar da kullansan insanların ağzından yalnız bildikleri şeyleri alırsın. Ve Karl Reinhold bir şey bilmiyor. En azından senin bilmek istediklerini."

"Gereon, zahmet olmazsa işimi nasıl yapacağımı öğretmeye kalkma bana. Sen yasadışı kumarhanelerle ilgilen. İz peşinde misin?"

"Suç teşkil edecek bir şeye rastlamadım daha."

"Yani?"

Gereon bir an tereddüt etti. "Göründüğü kadarıyla Arnswalder Platz'daki kumarhane Kuzey Korsanları'na ait bir tekke."

"Emin misin?"

"Her şey ona delalet ediyor. Bölge eskiden Kuzey Korsanları'nınmış. Ölmeden kısa bir süre öncesine kadar Horst Kaczmarek orada fedailik yapıyormuş."

"Bununla gardırobundan çıkan şık takım elbise de açıklık kazanıyor."

"101. SA müfrezesini tekrar bir yoklamak lazım. Belki bütün bu cinayetler Lapke'nin başının altından çıkıyordur."

"Niye ki? Neden kendi fedaisini öldürtsün? Ya da kumarhanenin en iyi müşterisini? Korsanlar'a hiç bulaşmamış Dewald de bu zincirin bir halkası olamaz."

"Ama o da şef ve aynı zamanda da kumarbazın biri olan Tabur Komutanı Erich Sperling gibi askerî polis. Bu ikisi Lapke ve Kuzey Korsanları'yla iş çevirmiş belli ki."

"Ne demek istiyorsun?"

"Bir şey demek istemiyorum. Zaten darağacına gidecek bu zavallı komüniste işkence etmek yerine Lapke ve Kuzey Korsanları'ndan oluşan SA müfrezesinin üzerine gidilse daha iyi olacak."

"Diyelim haklısın. Sancak Komutanı Fritsch bırak kriminal polisin, devlet polisinin bile bu işlere burnunu sokmasına izin vermez. Bu adamlar gerçekten suçluysa o zaman o işi kendi yöntemleriyle halleder. Sessiz sedasız. Dışarıya yansıtmadan."

"Her neyse, Kripo'nun soruşturmasından kurtardığı Kuzey Korsanları'nın onun kendi 'dükkânında' da yuvalandığını kendisine bildirmekte fayda var."

Gereon omuz silkti, dudaklarının arasına bir sigara yerleştirdi ve veda etmeden çekip gitti. Bu saygısızlık sineye çekilebilirdi; yeter ki sorgu odasına bir daha dönmesindi.

Gräf, Rath'ın söyledikleri üzerine biraz düşündü. Muhtemelen doğruluk payı vardı anlattıklarında. Diğer yandan bildiği yoldan şaşmayıp, Karl Reinhold'un sorgusunu bitirmesi lazımdı. Devlet polisi memuru olarak göreviydi bu. Hiç kimsenin, özellikle de Gereon Rath'ın onu yolundan döndürmesine izin veremezdi.

Kapıyı açıp sorgu odasına girdi. Bu sorgunun ne zaman biteceğine kendisi karar verirdi, bir tek kendisi!

54

Tahmin etmişti. Ricasını dile getirdiği anda, Gereon'un bu işten hiç hoşlanmayacağını biliyordu zaten de, bu kadar alevlenecek ne vardı?

"Charly, nasıl düşünebiliyorsun böyle bir şeyi? Delikanlı komünist ve de aranan bir katil! Benden onu serbest bırakmamı nasıl bekleyebilirsin? Söylediğin o, değil mi? Herhalde doğru anladım."

Charly'nin böyle bir şey aklına getirmesini havsalası almıyormuş gibi başını sağa sola sallıyordu. Peki Charly ne yapsındı? Gereon onun o çaresizliğinde tek can simidi olduğunun farkında değil miydi? Karl Reinhold ve yoldaşları gözaltına alındığından beri kendisini sanki suçlu kendisiymiş gibi perişan hissettiğini bilmesi lazımdı.

Gereon akşam eve gelmiş ve yemekten sonra Fritze köpekle dışarı çıkar çıkmaz, Gräf'in pazar günü gözaltına alınan Karl Reinhold'la özel komisyonun incelediği SA cinayetleri arasında ciddi ciddi bağlantı kurduğunu anlatmıştı. Charly ilk şoku atlattıktan sonra bu yeni durumun eşsiz bir fırsat sunduğunu düşünmüştü.

"Yani siz şimdi delikanlıyı sorguya çekeceksiniz, öyle mi?" demiş, bunun düşüncesinden bile gerildiğini fark etmişti.

"Oldu bitti bile. Beckmann cinayetini itiraf etti."

"Sorgusunu bizzat üstlenemez misin?"

"Ee sonra?"

"Ne bileyim. Önce bir yalnız kal da onunla, sonra bakarsın."

Bunları söylediği anda da Gereon bağırıp çağırmaya başladı.

"Benden onu salıvermemi istiyorsun, öyle mi? Bunu mu söylüyorsun?"

"Senden tam ne istediğimi ben de bilmiyorum. Suçsuz bir insana yardım etmeni herhalde." O da sesini yükseltmesin diye derin bir nefes aldı. "Bu SA'ların kanına giren kişinin Karl Reinhold olduğunu düşünmüyorsun umarım. Bir kere o kadar zayıf ve ufak tefek birisi ki nasıl adam öldürecek? Sizin cinayetler ise Beckmann'la karşılaştırıldığında tamamen başka bir kategori."

"Aynen öyle. Başka bir kategori, başka! İşin can alıcı yanı da bu zaten! Çocuk masum değil, adam öldürmüş. Karl Reinhold üç sene önce Heinrich Beckmann'ı katletmiş. Yapacak bir şey yok."

"Ne demek istedin şimdi?"

"O bir katil diyorum Charly! Katil! Şu anda haksız yere zan altında olabilir, ama bu Beckmann'ı öldürmediği anlamına gelmiyor. Sen şimdi benden ciddi ciddi böyle birini serbest mi bırakmamı istiyorsun?"

"Serbest bırak demiyorum. Onu Stapo'nun elinden kurtaralım, yardım et istiyorum."

Gereon başını iki yana salladı. "Onu bana gösterip göstermeyecekleri bile meçhul. Beni onunla asla yalnız bırakmazlar. Stapo'da bu işin uzmanları var."

"Ne yani, işkence mi yaparlar diyorsun?"

"Tek bildiğim, uzmanlarının olması. Eğer bir itiraf istiyorlarsa, söke söke alırlar. Hatta bütün öbür cinayetler için de."

"Ama o bir şey yapmamış ki! Saklanıyordu sadece; hiçbir siyasi faaliyete de katılmamış. Berlin'e geri dönmesinin tek nedeni de kız arkadaşı."

"Sana göre öyle. Devlet polisine sorarsan, baş zanlı."

"Bir günah keçisi istiyorlar, o kadar."

"...lar diyorsun da, çoğul değil işte. Hakkında konuştuğun eski dostun ve meslektaşın Reinhold Gräf."

"Biricik eşim Gereon Rath'la da konuşuyorum. Ne faydası var?"

"Charly, adil değil bu. Sen benden ne istediğinin farkında mısın? Bunun nasıl riskli bir şey olduğunu biliyor musun? Haydi kariyerimin bitmesi önemli değil diyelim. İkimizi de toplama kampına tıkarlar, oğlanı da gerisingeri yurda."

"Köpeği unuttun. Herhalde onu da hayvan barınağına."

"Sen dalganı geç. Daha geçen bizzat kendin yaşadın Nazilerin şakasının olmadığını."

"Onlar Nazi filan değil, düpedüz gangsterdi."

"Başka bir SA mahzenine düşmüş olsaydın sana daha mı iyi davranacaklardı? Resmen şansın yaver gitti senin Charly!"

Charly iç geçirdi. "Affedersin."

"Charly." Gereon onu kollarına aldı. "Seni anlıyorum ama benden istediğin şey imkânsız. Ayrıca başımda yeteri kadar bela var bu aralar. Ben..."

"Evet?"

"Neyse, yok bir şey." Susup karısının saçlarını okşamaya başladı. İşte bu Charly'nin hiç tahammül edemeyeceği bir şeydi. Çünkü bu, okşamayla geçiştirebilecek kadar basit bir konu değildi.

Gereon'un kollarından sıyrılarak, "Karl Reinhold daha çocuk," dedi, "ve ona işkence yapacaklar diyorsun."

"İşkence yapacaklarını tahmin ettiğimi söylüyorum. Beckmann cinayetini o kadar kısa bir sürede itiraf ettirdiler ki çünkü. Sorguyu çok akıllıca da yürütmüş olabilirler. Ya da kız kardeşini temize çıkarmak için kendiliğinden de itiraf etmiş olabilir. Ona şöyle de demiş olabilirler: Madem katil sen değilsin, o zaman kız kardeşini arama çalışmalarını hızlandırıyoruz."

"İyi de..."

Charly ne diyeceğini bilemiyordu.

"Charly! Artık gözlerini aç! Senin Alex'in ile o çok efendi komünist ağabeyi var ya, bunlar şaibeli. Hayatın sillesini yemiş olabilirler, ama bu onlara adam öldürme hakkını vermez. Hırsızlık yapma ya da yasaları başka türlü çiğneme hakkını da vermez."

"Allah kahretsin, mesele o değil! Hak hukuk tanınan normal bir ülkede yaşıyor olsaydık, sana hak verirdim, ama..."

"Nesi normal ülke değilmiş?"

Aynı anda ikisi de kafasını çevirdi. Fritze köpekle beraber kapıda duruyor, alnını kırıştırmış, bakıyordu.

Hay aksi! Aslında ayak seslerini hep duyardı çocuğun. Usul usul gelip dinlemiş miydi yoksa? Herhalde o derece tartışmaya yoğunlaşmış, Gereon'a o kadar kızmıştı ki, çocuğun geldiğinden bile haberi olmamıştı.

"Ne yani, normal bir ülke değil miyiz?" diye tekrar sordu oğlan.

Charly ne söyleyeceğini bilemedi, kapana sıkışmış gibiydi. Bereket, Gereon yetişi imdadına.

"Tabii normal bir ülkeyiz," dedi. "Ama özel bir ülke."

"Komünist ağabey kim peki?"

"Ne?"

"Demin konuşuyordunuz ya."

Oğlanın bakışlarında öyle bir şüphe ve güvensizlik ifadesi vardı ki, Charly ister istemez irkildi.

"Çaktırmadan bizi dinlemedin umarım." Bunu söylediği anda da pişman oldu.

"Ne olmuş? Gizliniz saklınız mı var?" Çocuk meydan okur gibi bakıyordu.

"Fritze!" dedi Gereon sertçe. "Gizli gizli dinlemek ayıptır! Hele hele büyükler konuşuyorsa aralarında!"

"Neyse," dedi oğlan. "Komünistler halk düşmanı. Onlarla düşüp kalkılmaz. Hepsini talim ve terbiye edecek, toplama kampına tıkacaksın."

Şu Hitlerjugend'in Allah belasını versin! Çocuk daha bir sene önce ne böyle laflar ediyor ne de böyle düşünüyordu.

Charly, Gereon'a baktı; bakışlarına istemsiz suçlayıcı bir ifade yerleşmişti ama elinde değildi, onun Hitlerjugend konusundaki müşkülpesentliği sebepti bütün bunlara. Bu saatten sonra sert çıksa ne yazardı?

"Tabii ki onları talim ve terbiye etmek lazım," dedi Gereon. "Tıpkı kapıdan gizli gizli konuşmalara kulak verip her şeyi tersten anlayan terbiyesiz çocuklar gibi. Ama biz bu işi toplama kampında değil, evde yapacağız."

Fritze sırıtıyordu.

"Ne sırıtıyorsun? Talim terbiye ciddi iş dostum! Şimdi doğru odana!"

Oğlanın yüzü asıldı. "Ama..."

"Çok ciddiyim. Ben işimden bahsederken dinlemeyeceksin!"

"İşinden mi?"

"Burada ne konuşuyoruz sanıyorsun? Marş marş! Dişlerini fırçalayıp yatıyorsun! Birazdan iyi geceler dilemeye gelirim. Işığı açık görmeyeyim! Yatakta okumak filan yok!"

Fritze somurtup gitti. Kirie yastığına kıvrıldı. Charly, Gereon'a baktı. Oğlanın halleri ve soruları onu resmen korkutmuştu. Gereon da onun gibi dehşete düşmüş müydü acaba? Bunu ona sormaya cesaret edemedi.

Bağırlarında küçük bir casus mu barındırıyorlardı?

55

Rath elinde bir Aschinger torbasıyla Alexanderhaus'tan çıktı, Kirie'nin tasmasını çözmek üzere yere çömeldi. Cam kapının önünde sahibini bekleyen yedi-sekiz tane köpek vardı. Tasmalarının takılı olduğu demirleri millet bisiklet bağlanan demirlerle karıştırmasın diye bunların üstüne "SADECE KÖPEKLER İÇİN" yazılmıştı.

Kuyruğunu sallayarak Aschinger torbasına bakan Kirie'ye, "Ne var?" dedi. "Hadi arkadaşlarınla vedalaş bakalım."

Köpek denileni yaptı ve havladı. Demirlere bağlı olan diğerleri karşılık verdi. Havlama konseri Rath köfteyi kâğıt torbadan çıkarıp da Kirie'nin önüne atana kadar sürdü. Ses gittikçe yükselirken Rath da kendisine aldığı sosisleri yemeye başladı.

Öğlenleri köpekle her gün başka bir yerde gezmeye çıkıyordu; bunlar genellikle Alexanderplatz'a uzak yerlerde oluyordu. Alexanderplatz, o insana hiç bitmeyecekmiş gibi gelen inşaat tamamlandığından beri bir meydan olmaktan çıkmış, neredeyse Potsdamer Platz'daki trafiğe taş çıkartacak boyutlarda koskoca bir dörtyol ağzı olmuştu. Orada burada insanın önüne çıkan inşaat güvenlik çitlerine, birtakım başka engellere rağmen sanki eskiden meydanı daha rahat geçiyorlardı. Meydanın etrafında ardı arkası kesilmeyen bir otomobil, taksi ve otobüs konvoyu akıyor, her köşeden bir tramvay çıkıyordu. Rath köpekle Dircksenstrasse'deki banliyö treni köprüsünün altından yürüdü, burası sakindi en azından.

Charly tekrar çalışmak istiyorum diye tutturduğundan beri Kirie iki haftada bir onun başına kalıyordu. Bu işi zorlaştırıyordu, ama avantajı da yok değildi: Köpeği dışarı çıkartma bahanesiyle öğle tatillerinde Prinz-Albrecht-Strasse'den tüyebiliyordu.

Çekilecek şey değildi oradaki görevi çünkü. Siyasi Polis değildi o, gayet netti bu. Önceki yıl o bölümdeki kısa süreli "misafir sanatçılığı" sırasında anlamıştı bunu. Ernst Gennat da farkındaydı bunun ama ona rağmen Rath'ın bir Stapo özel komisyonunda tek kriminal memur olarak yer almasında ısrarlı olmuştu. Anlaşılan bu yine bir cezai önlemdi de, ne kadar sürecekti acaba bu ceza? Rath, Gräf'in şu meşum Wolff Grubu'nu enseleyeceği, özel komisyonun dağıtılıp zavallı Karl Reinhold'un yakasının bırakılacağı günü iple çekiyordu.

Gräf, şefleri Nebe ve Heydrich'e sunabileceği bir günah keçisi bulmuştu ya, artık çok mutluydu. Ancak Karl Reinhold'dan beklentisi yalnız bütün cinayetleri onun işlediğini itiraf etmesi değil, Wolff Grubu'nun saklandığı yeri de söylemesiydi. Rath bu ihbarın Reinhold'dan çıkmayacağından emindi. Nedeni basitti: Çocuğun ne Wolff Grubu'ndan ne de lunaparkta saklandıkları yerden haberi vardı.

Rath bu arada tekrar oraya gitmiş, köpekle Trabener Strasse'yi bir aşağı bir yukarı dolaşmış, bir saat kadar da arabanın içinde oturup pusuya yatmış, ama gözüne çarpan kayda değer bir şey olmamıştı. Rahatlamıştı da bunun üzerine. O adam öldüremezdi! Marlow'a Uzun Leo'nun yerini söyleyip, bu işi onun yapmasını sağlasa daha iyi olmaz mıydı? Rath'ın içinden bu geçiyordu, ama onda adamın telefon numarası bile yoktu.

Gräf gariban Karl Reinhold'u Wolff Grubu'nun saklandığı yeri söylesin diye sıkıştırdığı sırada Rath bir an lunapark konusunda bildiklerini özel komisyonla paylaşıp paylaşmamayı bile geçirmişti aklından. Varsın Gräf bir tabur polis gönderip lunaparkın altını üstüne getirtsindi; belki Wolff Grubu'nu, hatta belki Juretzka'yı bulurlardı. O gangster de o karışıklıkta polis kurşunuyla giderdi belki...

Ya da bunların hiçbiri olmazdı...

Rath kararsızlığından nefret ediyordu. Juretzka arka arkaya adam öldürüyordu; daha ne kadar seyirci kalacaktı buna? Onu aşağılayan, ona eziyet eden herkesi tek tek gebertene kadar. Sırada kimin olduğunu bilse, en azından ona pusu kurma şansı olurdu.

Hafta sonu çalınan arabaların listesinde Westkreuz'da bir taksi hırsızlığı vakası yoktu. Rath için bunun tek bir açıklaması vardı: Juretzka taksiyi yürüttüğü yere getirip park etmişti yine; araç sahibinin ruhu duymamıştı.

Kirie bir sokak lambası direğini koklamak için durdu, Rath tasmayı çekiştirdi. Acelesi vardı. Monbijou Parkı'na vardıklarında Andreas Lange, Chamisso heykelinin dibindeki bir banka oturmuş, gazete okuyordu.

Komiser, köpek ile efendisini görünce kalkıp yanlarına gitti. Bir süre konuşmadan yürüdüler. Schlosspark'a yaklaştıklarında sessizliği bozan Rath oldu.

"Kuzey Korsanları hakkındaki soruşturma ne âlemde?"

"Hiç sormayın." Lange derin bir iç çekti. "Bayağı delil topladık ama komando birlikleri öyle bastırıyor ki, bir türlü yol alamıyoruz. Kaczmarek'in evinde bulduğumuz paraya ve silahlara bile el koydular."

"Sperling var bu işin arkasında. Onun ölümü Korsanlar'ın belini bükebilir."

"İş keşke bu kadar kolay olsa. Ancak korkarım vaka Sancak Komutanı Fritsch'in elinde şimdi. Komando birliklerinin şefi taarruz bölüğünün adının kötüye çıkmaması için elinden geleni yapacaktır."

"Şimdiye kadar saflarındaki ayrıkotlarını temizlemeyi becerdiler," dedi Rath. "Daha geçen, silah ticareti yapan iki SA Oranienburg toplama kampına düşmedi mi?"

"Evet, iki. İki ayrıkotu. Peki ya bütün bir bölük? Fritsch, Ernst Böhm'le başı belaya girmeden koskoca bir birimi lağvedemez."

"Hmm." Rath bir sigara yaktı. "Ama şimdi Fritsch'de tabur komutanının yasadışı bir mekânda kumara dadandığı bilgisi var. Ve bu kumarhaneyi işleten de 101. Müfreze. Sperling'in kumar borcunun onu Kuzey Korsanları'nın kuklası yaptığına da kalıbımı basarım."

"Ne yaparsa yapsın Fritsch kartları açık oynamayacaktır. Vakayı da Kripo'ya geri vereceğini sanmıyorum." Lange sesini alçalttı. "Komando birlikleri bizim tanıklarımıza gözdağı vermeye başlamış bile. Bunu da nasıl yapıyor? İfadeye çağırıyor. Düşünebiliyor musunuz, SA cezaevinde ağır yaralanan, hatta yer yer sakat bırakılan adamlar sorgu için bir SA kışlasına gitmek zorunda."

"Gennat buna karşı bir şey yapmıyor mu?"

"En azından sorgularda bizden birisinin bulunması koşulunu

dayattı. Zavallılar hiç olmazsa bir daha işkenceden geçme korkusu yaşamaz." Lange başını iki yana salladı. "Kuzey Korsanları'nın haraca bağladığı insanlar istisnasız Yahudi veya siyasi açıdan şaibeli kişiler. Zaten SA mahzenlerine düşen de bunlar. Bunlar için kimse kılını kıpırdatmıyor. Kim başı belaya girsin ister ki?"

"Olabilir de, Fritsch'in cinayet soruşturmalarını Stapo'nun elinden alacak hali yok."

"Onlar cinayet soruşturması mı? Gräf'in bütün derdi Wolff Grubu değil mi?"

"Birisinin planlı bir şekilde SA'ları öldürdüğünü kabul ediyor artık. Hafta sonu devlet polisi bir komünist yuvası dağıttı, arkadaşlar genç bir komünisti ele geçirdi. Karl Reinhold..."

Lange şaşırdı. "Beckmann vakası."

"Hafızanız çok iyi."

"Ama Beckmann vurulmuştu, dövülerek öldürülmedi ki."

"Bu, Gräf'in yine de bir bağlantı kurmasının önünde engel teşkil etmiyor. Karl Reinhold'un Moskova'dan buraya Wolff Grubu'nun adamlarıyla birlikte geldiğini düşünüyor, ki bunda haklılık payı da olabilir."

Lange kuşkuyla baktı. "Böyle her şeyi teorileştirmekten hiç hoşlanmıyorum. Sanki Stalin ta Moskova'dan Almanya'yı içten çökertme planları yapıp, yandaşı olan Almanları ülkeye sızdırıyor."

"Ama devlet polisi aynen böyle düşünüyor."

"Alman komünistleri iyi direniyor, asıl mesele bu."

"Keşke direnmek yerine o barbar ideolojileriyle Moskova'ya gidip orada kalsalar. Her iki taraf için de iyi olur."

"Belki. Ama bir işçi için kolay değil bu. Göç, demek istiyorum."

Rath, bu Lange gizli sosyalist midir, nedir diye geçirdi içinden. Meslektaşı son söylediklerine bozulmuş gibiydi.

Bir süre konuşmadılar. Derken Rath, aralarındaki güvensizliği ortadan kaldırmak için bir girişimde bulundu.

"İşbirliğimizi dostça bir temele oturtmanın zamanı gelmedi mi, ne dersiniz?" Boğazını temizledi ve elini uzattı. "Birbirimize sen demeyi öneriyorum."

Lange küçük dilini yutacak kadar olmasa da biraz şaşırmıştı. O da elini uzatıp Rath'ın elini sıktı.

Rath, "Gereon," dedi.

"Andreas."

"Aslında böyle şeyler bir birayla perçinlenir ama başka zaman artık. Yakında gene Alex'te olacağım, o zaman her gün görüşeceğiz zaten."

"Ne zaman dönüyorsunuz, belli mi?"

Rath araya girdi. "Birbirimize sen diyorduk..."

Lange kızardı. "Tabii ya." Genzini temizledi. "Cinayet Masası'na ne zaman dönüyorsun?"

"Korkarım Wolff Grubu'nu bulmadan gelemeyeceğim. Bir de Buda bakalım beni Siyasi Polis'te daha ne kadar kıvrandırmak isteyecek."

"Ya da Alex'te tek tek her elemana ihtiyacı olduğunu anlayacak. Polislik görevi doğru dürüst yürütülecekse eğer."

"Evet, ya da öyle." Rath başıyla onayladı. "Bana kalsa ben Korsanlar hakkında sürdürülen soruşturmada olmayı tercih ederim."

Lange bir şey demedi.

"Silah ticaretiyle ilgili olarak ne gibi delillere rastladınız?" diye sordu Rath. "Madem komando birlikleri haraç olaylarında önünüze taş koyuyor, siz de oraya yoğunlaşın."

"Öyle yapıyoruz. Beyaz El'le ilgili ne kadar dosya varsa hepsini yeni baştan gözden geçirdik. Zamanında polis ve ordunun elindeki silahları çalıp çalıp ya doğrudan paramiliter gruplara ya da Kuzey Korsanları'na satmış, veya aracı rolünü üstlenmişler; müşterileri yeraltı çetelerinden paramiliter örgütlere kadar uzanıyormuş. Korsanlar gözlerini kırpmadan Kızıl Savaşçılar Birliği'ne de silah satmış. Bunu Beyaz El asla yapmazdı."

"Korsanlar sırtlarına kahverengi üniformayı geçirmemişti ki daha."

"Lapke'nin kafasının değiştiğini sanmıyorum. Para kazanılacak bir şey varsa yapar. Siyaset onu ilgilendirmez."

"Korsanlar hâlâ Kızıl Cephe'ye silah mı satıyor diyorsun? Eğer öyleyse, bu gerçekten bir skandal."

"Bilmiyorum ama eğer duyarsam şaşırmam."

"Peki Korsanlar malı nereden buluyor? Beyaz El diye bir kaynakları yok artık. Hâlâ mı polis ve ordu depoları?"

"Beyaz El artık olmayabilir, ama rüşvetçi polisler her daim var olacak." Etrafta kimse olmadığı halde Lange sesini alçalttı. "Bugünlerde silah deposunda çalışanları izliyoruz. Scheer ve Wolter gibi liyakatli memurların haleflerini yani."

Rudi Scheer ve Bruno Wolter, Berlin polis teşkilatı içerisinde silah karaborsacılığı yapan bir ağın içerisindeydi. Rath ikisini de tanıyordu. Hatta Bruno'yu bayağı iyi tanıyordu. Ama bu olayın üzerinden çok zaman geçmiş, her şey bitmişti.

"Yani, hırsızları fırsatlar yaratır, öyle mi?"

"Öyle de denebilir." Lange başıyla onayladı. "Aslında sana bunları anlatmamam gerekir. Çok gizli, sadece üç memurun bilgisi var. Sizinle... Yani seninle dört oldu şimdi."

56

Bir öksürük işitince kafasını kaldırıp baktı. Guido duruyordu masasının yanında. Elinde bir gazete vardı.

"Charly?" dedi gülümseyerek. "Vaktin var mı? Baş başa konuşmamız gereken bir konu var."

Charly, Husen dosyasını masaya bırakıp başını salladı. Zaten konsantre olmakta zorlanıyordu. Sürekli aklı o güne gidiyor, gözünün önüne hep aynı resimler geliyordu: Schlesische Strasse'ye hâkim olan pazar günü sessizliğini yararak birden önlerinde biten polis arabaları. İki toplum polisinin kıskacındaki Karl Reinhold'un yüzü. İki devlet polisi tarafından bir siyah *Mercedes*'e bindirilen Else Lamprecht. Alex'in perişan hali.

Guido, "Ingeborg yeni kahve yaptı, ister misin?" dedi.

"Teşekkürler."

Charly kalkıp şefinin arkasından onun ofisine doğru yürüdü.

Neydi acaba konu? Mohamed Husen davasıyla ilgili bir geçici rapor istemeyecekti inşallah. Yeteri kadar hazırlığı yoktu ve bugün aklı tamamen başka yerdeydi.

Yoksa SA ve avukatlık bürosunun hazırladığı şikâyet dilekçesi miydi söz konusu olan? Buna tahammülü yoktu işte. Guido nasıl Alman hukuk sistemine güvenecek kadar saf olabiliyordu? 101.

Müfreze'yi olduğu gibi salıverdiklerinden haberi yoktu herhalde. Hem de adamların Kuzey Korsanları mensubu olduğu açık ve net olduğu halde. Şefi SA'nın yeni Almanya'daki gücünün, hukuk devletini hiç mi hiç takmadığının farkında değil miydi?

Guido oturması için iki deri koltukla bir sehpanın bulunduğu köşeyi işaret etti. Sekreter kahve servisi yaptıktan sonra yanlarından ayrıldı ve kapıyı kapatıp çıktı.

Guido gazeteyi masaya koydu.

"Otursana," dedi.

Charly içinden bütün bunlar acaba ne anlama geliyor diye soruyordu.

Guido, "*Frankfurter Zeitung*'un pazar akşamı nüshası," deyip gazeteyi işaret etti.

"Üç gün öncesinin yani. Pek güncel sayılmaz."

"Güncel değil, ama antika değerinde. Goebbels gazeteyi toplatmış."

"O niye?"

"Başbakan yardımcımızın bir konuşması yüzünden."

"Von Papen mi?"

Guido başıyla evet işareti yaptı. "Okuyunca aklın duracak."

Gazeteyi yavaş yavaş, özenle açtı. Charly işkillenmeye başlamıştı. Öte yandan Guido şefiydi, ona hep iyi davranmış, oldukça zorlu geçen öğrencilik döneminde Charly'ye hep yardım etmişti. O yüzden bir şey belli etmemeye çalıştı.

"Papen'in pazar günü Marburg'da yaptığı konuşmanın tam metni," dedi Guido.

"Neymiş özelliği?"

"Bomba gibi. Bak dinle." Okumaya başladı: "Weimar Prusya rejimini çökertmek ve milli hareketi birleştirmek suretiyle Almanya'daki gelişmeler üzerinde belirleyici payım olduğu ve bu gelişmeleri herkesten daha dikkatli takip etmekle yükümlü olduğum söyleniyor."

Evet, aynen öyle diye düşündü Charly. Papen denen bu şerefsiz olmasaydı Naziler hükümette olmayacak, cumhuriyet belki hâlâ sürecekti.

Guido okumayı sürdürdü: "Son bir buçuk yılda olan bitenler tüm Alman halkını sarstı, derinden etkiledi. Keder, umutsuzluk, nefret ve ayrışma çukurundan çıkıp Alman ulusunun birliğine ulaştık, rüya gibi bir şey bu. Ancak coşku gitgide azalır ve bu sürece harcanan emek bedel talep ederken, tarihsel boyuta sahip bu katarsis sürecinin cüruf attığını görüyoruz. Süreç bu atıktan temizlenmelidir."

"Özür dilerim," dedi Charly sözünü keserek, "birazdan bir görüşmem var. Acaba yalnızca can alıcı yerlerini..."

"Ama inanılmaz bir şey bu! Cürufdan söz ediyor!"

"O zaman atla diğer yerleri, cürufa gel."

Yazıdan çok heyecanlandığı her halinden belli olan Guido biraz bozulmuştu, ama önemli addettiği bir yere gelene kadar Charly'nın dediği gibi diğer paragrafları atladı.

"Şurası: 'O yüzden belirli kesimlerin devrimciliği ya da milliyetçiliği tekeline alma talebini toplumu rahatsız etmesi bir yana, aşırı da buluyorum.' Bununla kesinlikle Nazileri kastediyor."

Charly'nin yüzünde beklediği o heyecan ifadesini hâlâ göremeyen Guido okumaya devam etti.

"Ya da burası: 'Dinamizmi gaddarlıkla bir tutmak şiddeti yüceltmek olur ki, bu da halk için tehlikelidir.'"

"Bak sen."

"Şahıs kültü içinse, bunun Prusyalılığa yakışmayan bir şey olduğunu, ayrıca bir halkı terörle birleştirme fikrini iğrenç bulduğunu söylüyor. Bir de... Bir dakika... Çıkarcılığın, karaktersizliğin, ikiyüzlülüğün, kabalığın ve küstahlığın Alman devrimi kisvesi altında yaygınlaştığından söz ediyor. Tek başına hiçbir örgüt ya da en iyi propaganda bile uzun erimde güveni ayakta tutamayacaktır diyor. Goebbels'i değil de kimi hedef alıyor bütün bunlar?"

Guido çocuk gibi seviniyor, heyecanından kıvılcımın Charly'de tutuşmadığını bir türlü fark edemiyordu.

"Burada da," diye devam etti, "Papen, her eleştirel sözün hemen kötü niyete yorulmaması, umarsız yurtseverlere devlet düşmanı damgası vurulmaması gerektiğini söylüyor. Bununla açık açık Goebbels'in muhaliflere karşı yürüttüğü kampanyayı ima etmiş. En güzeli de şu: Her cümlenin sonunda salonda büyük alkış kopmuş."

Charly'den de başbakan yardımcısının konuşmasını ayakta alkışlayan Marburglu akademisyenlerin coşkusunu bekliyormuşçasına gülümsüyor, gözleri parlıyordu. Guido'nun o her zaman hoşuna giden gülüşü Charly'yi şimdi sinir etmeye, hatta düpedüz öfkelendirmeye başlamıştı. Niye en olmadık şeylere gülüp duruyordu? Charly o anda Gereon'un Guido'ya neden sırıtkan dediğini anladı.

"Ee ne olmuş yani?" dedi adeta azarlayan bir ses tonuyla; keskinliğine kendi de şaşırmıştı. "Laf bunlar, laf."

"Ama nasıl laflar. Herhangi birinin ağzından da çıkmıyor! Alman İmparatorluğu'nun başbakan yardımcısı, cumhurbaşkanının hâlâ en fazla güven duyduğu adam söylüyor bunları! Alman Silahlı Kuvvetleri kimin ağzının içine bakıyor sence? Hindenburg'un mu, Hitler'in mi?"

"Bu laflar şu anda hapiste olan kaç kişinin işine yarıyor sence?"

"Ama Charly..."

"Papen'i de, Hindenburg'u da, Alman Silahlı Kuvvetleri de cumhuriyeti geri getirmeyecek bize. En fazla getirecekleri iç savaş! Sonra? Silahlı Kuvvetleri'n yüz bin, SA'nınsa iki milyon adamı var."

"Neyin var senin kuzum?"

Guido'nun ne olduğunu anlayamaz bir hali vardı; tebessümünden geriye sadece donuk bir çizgi kalmıştı. Charly'nin şimdiye kadar hiç böyle veriştirdiği olmamıştı; normalde aslında Gereon'u haşlardı böyle. Ancak sevgili eşinden alışık olduğu bu safsataları Guido Scherer'in ağzından da ilk kez duyuyordu. Diğer taraftan Gereon bunları söylerken sırıtmıyordu.

"Neyim olacak?" dedi. "Hitler hükümeti hâlâ iktidarda, daha ne olsun? Boşa kürek çektikleri halde yine de yılmayan birkaç komünist haricinde kimsenin karşı durmaya cesareti yok. Akıllı uslu yurttaşlar olarak bizler de ne idüğü belirsiz ümitlere kapılıyor, nasıl olsa Hindenburg babamız her şeyi tekrar düzeltir diyoruz. Halbuki başımıza bütün bu felaketi saran da o!"

"Bunlar ne idüğü belirsiz ümitler değil, son derece ciddiye almamız gereken bir senaryo. Eğer Papen bu düşüncelerle Hindenburg'a giderse Başbakan Hitler geldiği gibi gider iktidardan. Silahlı Kuvvetler'in desteğiyle de..."

"Sen neler söylediğinin farkında mısın?" diye sözünü kesti Charly. Sesini alçaltması gerektiğini düşündü ama beceremedi. "Sen daha iki yıl önce, Papen'in başbakanlığının Almanya'nın başına gelebilecek en büyük kötülük olacağını iddia ediyordun."

"Hindenburg'un Bohemyalı bir onbaşıyı başbakan yapacağını bilemezdik ki o zaman." Guido özür dilemek istiyormuşçasına omuzlarını kaldırdı. "Şöyle görmeye çalışsan: Zararın neresinden dönülse..."

"Zararın büyüğünü küçüğünü bırak şimdi! Midem bulanıyor. Kıymetli halına kusmayayım!"

Bunları deyip, hışımla kapıyı çarpıp Guido'nun odasından çıktı, alık alık bakan Ingeborg Hoffmann'ın önünden geçip el çantasını, mantosunu ve şapkasını kaptığı gibi Scherer ve Blum Avukatlık Bürosu'nu terk edip koşar adımlarla dışarı fırladı.

Bu davranışıyla işinden mi olmuştu şimdi? Ya Guido'yla arkadaşlığı ne olacaktı? Antonstrasse'de yürürken bu sorular geçti aklından, ama bunların vız gelip tırıs gittiğini hissetti.

57

Yeşillik, araba sesinin olmadığı, bir tek kuş cıvıltısı ve yaprakların hışırtısının duyulduğu harikulade sessizlik huzur vericiydi. Märkisches Museum'a bitişik, Emniyet'ten yayan on dakika mesafedeki Köllnischer Park, şehrin göbeğinde bir vahaydı. Rath temiz havayı içine çekti. Yazdı, güneş ışıl ışıldı, harika bir gündü; ne olursa olsun tadını çıkarmalıydı! Tıpkı sahibinin ne gibi sorunlarla boğuştuğundan habersiz şu köpek gibi. Kirie parkta dolaşıyor, orayı burayı koklutor, arada gelip ona bakıyor, nefes nefese gülüyor, kuyruğunu sallıyordu.

Kirie'nin öğle tatilinden sonra Erika Voss'un masasının altında kıvrılıp uyuma şansı vardı, ama kendisi Prinz-Albrecht-Strasse'ye dönmek zorundaydı. Hayattan böyle nasıl zevk alınırdı?

En azından son günlerde Karl Reinhold'un yakasını bırakmışlar, şimdi onun yerine Schlesische Strasse'de ele geçirdikleri başka bir komünisti sıkıştırmaya başlamışlardı. Gizli devlet polisinin suçlular albümünde alfabetik sıralamadan dolayı en üstte yer alan Herbert Adler, Rath'ın Sanayi Sarayı'nın önünde gördüğü ve hemen tanıdığı adamdı. Zaten onu görmesiyle orada bir komünist yuvası bulunduğunu anlamıştı. Ancak Adler'in de Wolff Grubu'ndan haberi yoktu.

Gräf diğer vakalarda yaptığı gibi Arnswalder Platz'daki olay yerinde de boya izi aratmıştı. Adam Allah için istikrarlıydı. Ancak Delil Tespiti Dairesi memurları bir şey bulamamıştı. Wolff Grubu'na atfedilecek tek bir damla boya izi olmadığı gibi, görünürde slogan filan da yoktu.

Lange haklıydı herhalde: Almanya'yı batırmak için Stalin'in bir komünist direniş grubunu ülkeye sızdırdığı tezi devlet polisinin kuruntusundan ibaretti.

Ancak duvarlara yazı yazan birtakım komünistler vardı, lunaparkta saklanıyorlardı. Walter Spindler içlerindeydi. Leo Juretzka da onlara katılmıştı.

Rath köpekle Spree Kıyısı'na doğru yürüdü. Bir süre bir mavnayı, güvertesinde güneşte uyuyan kediyi izledi; başka şeyler düşünmeye çalıştı. Güzel geçeceği şimdiden belli olan yazı mesela, ailesini, yakında başlayan tatili... Yanında getirdiği sosisi yemek üzere bir banka oturdu. Kirie ânında dizinin dibine çöküp gözünü ayırmadan bakınca ona da bir parça sosis verdi. Köpek aslında daha biraz önce iki köfte indirmişti mideye.

Rath yemekten sonra bir *Overstolz* yaktı, zevkle dumanı içine çekerek yüzünü güneşe verdi. Bir sigara içimlik zaman boyunca keyfim yerinde duygusunu muhafaza etti. Sonra saate baktı; köpeği Alex'e bırakıp Prinz-Albrecht-Strasse'ye dönmenin zamanı gelmişti.

Waisen Köprüsü'nde yanından siyah bir limuzin geçti ve birkaç metre ileride durdu. Bir *Adler* Standard'dı bu. Üstünde hokka gibi oturan bir takım elbise, bir Çinli indi arabadan; melon şapkanın altından siyah bir saç örgüsü uzanıyordu. Otomobilin yanında dikilerek Rath'ın yolunu kesti.

"Liang!"

Marlow'un Çinlisinin her seferinde öyle sinsi, öylesine ansızın bir ortaya çıkışı vardı ki, Rath neredeyse şaşırmaya bile fırsat bulamıyordu. Her defasında kapıldığı dehşet ve korku duygusu da büyük oranda buna bağlıydı. Nasıl fark etmemişti gene o gösterişli siyah arabayı? Çinli hiçbir şey demeden kapıyı açtı. Arka koltukta oturan Johann Marlow değil, adamlarından biriydi. Adı Fred miydi ne, Rath'a yabancı gelmiyordu.

"Binin," dedi Fred. Sol elinde tuttuğu tabancayla cümlesine adeta vurgu yapıyordu. "Doktor M. görüşmek istiyor sizinle."

Rath otomobile binmekten başka çaresi olmadığı halde, "Öğle paydosumun bittiğini biliyorsunuz, değil mi?" diye sordu.

Ve bindi. Kirie hemen şoför mahallinin yanındaki koltuğa atladı. Arabaya binmeyi çok sevdiği için kuyruğunu sallamaya başlamıştı bile. Liang'ı da seviyordu, Marlow'u da. İnsanlara sevgi dağıtmakta pek seçici değildi. Köpeğin bu özelliği kıskanılasıydı.

Schönhauser Allee üzerinden Pankow'a doğru gittiler, araba sonra Victoriastrasse'de, Rath'ın Niederschönhausen'de birkaç hafta önce zilini çaldığı o villanın önünde durdu. Kapıyı bu defa suratsız bir uşak değil, ceketindeki tabancanın şişkinliği görünen bir adam açtı. Liang'la Fred, Rath'a ve köpeğe terasa kadar eşlik etti. Johann Marlow, üstünde açık renk yazlık bir takım elbise, yanındaki küçük sehpanın üstünde bir fincan kahve, oturmuş gazete okuyordu.

Gangster, "Komiser bey," diye ayağa kalktı misafirini karşılamak için, "buyurun, hoş geldiniz."

"Hoş bulduk. Bu beylerin nazik ricasını kıramazdım."

Kirie kuyruk sallaya sallaya Marlow'un kucağına atladı, adam, "Aferin sana," diyerek tüylerini okşamaya başladı.

Rath da kendini tıpkı öyle hissetti. Sahibinin ve ustasının önünde arka ayaklarının üzerinde duran, durmak zorunda olan bir köpek gibi.

"Burayı sattığınızı sanıyordum," dedi başıyla araziyi işaret ederek. Bahçenin sonundaki bir küme ağacın önünde bir hedef tahtası duruyordu; üzerinde birkaç ok saplıydı. Üç yıl önceki ziyaretinde Marlow'u ok atarken seyrettiği geldi aklına, her şey daha dün gibiydi. Sanki Doktor M. evden hiç çıkmamış, değil okyanus ötesi, buradan başka hiçbir yerde yaşamamıştı.

"Hayır, satmadım." Marlow Kirie'yi bırakıp Rath'ın yanına geldi. "Freienwalde'deki villayla değiş tokuş yaptım."

"Yolcu Evini Bul filan mı oynuyorsunuz?"

"Onun gibi bir şey."
"Friedemann ailesiyle mi?"
"Oo, bakıyorum her şeyden haberdarsınız." Marlow başıyla onayladı. "Birazcık ortadan kaybolmak istediğim dönemde Freienwalde idealdi. Ama sonra baktım ki Berlin'e çok uzak. Eh, Friedemannlar için de evlerine dönme vakti gelmişti. Anladılar ki hükümet dışarıdaki yalancı basının iddia ettiği gibi antisemitik değil..."
"Her şey eskisi gibi yani?"
"Eski zamanlar bir daha geri gelmeyecek komiser bey. Bu hiçbir zaman mümkün değil. Mesele yeni zamanlara intibak edebilmekte."
"Ya siz, siz intibak ettiniz mi?"
Doktor M. cevap vermeyip manidar bir bakış attı. Son fırtınada terasa uçmuş bir dalı yerden alıp bahçeye fırlattı. Kirie hemen atladı peşinden.
Yemyeşil bahçeye kara bir şimşek misali düşen köpeğin arkasından bakan Marlow, "Sizi buraya sohbet için çağırmadım komiser bey," dedi. "Umarım bana yeni haberleriniz vardır."
Marlow'un sesinde Rath'ı rahatsız eden bir şey vardı. Belki de kendi iç huzursuzluğu yüzünden ona öyle geliyordu. Marlow'un ne istediğini çok iyi biliyordu, ama fazla açık vermeyecekti.
"Haberler maalesef iyi değil," dedi. "Hermann Lapke'yi serbest bıraktılar."
"Haber mi bu? Bayatladı o."
Marlow bunları söylerken Rath'ın yüzüne bakmıyor, ağzında değnekle gelen Kirie'yi izliyordu. Köpek kuyruk sallayarak Marlow'a baktı. Gangster sopayı köpeğin ağzından aldı; Kirie, salya içindeki dal parçasından gözünü ayırmıyor, diken üstünde avcılığının devam edeceği ânı bekliyordu.
Rath, "Bu oyuna başlarsanız kurtulamazsınız bugün köpekten," dedi.
"Bırakın o da benim sorunum olsun."
Marlow'un değneği fırlatmasıyla Kirie koştu peşinden.
"İyi niyetli bir uyarıydı."
"İyi niyetli bir uyarı mı?" Marlow Rath'a döndü; suratına o soğuk tebessüm yerleşmişti. "Ne kadar oldu?" diye sordu sonra.

"Anlamayadım?"

"İki haftayı geçti, değil mi? En az iki hafta önce size bir görev verdim. Açık, net bir görev."

Rath sesini çıkarmıyordu.

"Ne oldu o günden beri?" diye devam etti Marlow. "Hiçbir şey! Leo Juretzka bir SA daha öldürdü, o kadar. Meslektaşlarınızın eline geçmesi tehlikesi günden güne artıyor. Neden? Siz yan gelip yatıyorsunuz da ondan."

"Juretzka konusunda hiç endişelenmeyin Marlow, müsterih olun. Özel komisyon milim ilerlemiyor, Gestapa'daki arkadaşlar ise bir komünisti..."

"Beni avutmaya kalkmayın komiser bey," diye sözünü kesti Marlow. Sesini yükseltmemişti ama Rath'a susup dinlemekten başka çaresi olmadığının sinyalini vermişti. "Size verdiğim işleri ciddiye alın."

Kirie geldi, Marlow gene değneği ağzından alıp ileriye attı. Kirie gene hemen fırladı arkasından. Rath nedenini bilmese de Marlow'un köpekle oynadığı bu zararsız oyundan fena halde rahatsızlık duymaya başlamıştı. Acaba gangsterin sürekli yorduğu köpek kendi köpeğiydi de ondan mıydı? Adamın köpeğini rahat bırakmasını istediği için mi? Aslında kendisini de rahat bıraksa artık iyi olurdu.

"Bana bir adres ya da telefon numarası vermiş olsaydınız, size bir hafta önce haberi verirdim," dedi.

"Hmm."

"Juretzka'nın saklandığı yeri biliyorum."

Marlow dikkat kesildi. "Yeni haber diye ben buna derim işte."

Rath, "Halensee'deki lunaparkta," dedi. "Birkaç aydır kapalı. Birkaç adam gönderin, bulurlar Juretzka'yı."

"Leo'nun yerini ne kadar zamandır biliyorum dediniz komiser bey? Bir haftadır mı?"

Rath anında hata yaptığını anlamıştı. "Tam değil. Geçen pazardan beri."

"Peki Leo neden hâlâ hayatta?" Marlow değneği bahçenin ta öbür ucuna fırlatmıştı bunları söylerken.

Köpek iki adamın arasındaki fırtına havasından bihaber sopaya odaklanmış, oradan oraya koşuyordu.

Marlow sakin, hatta nazik bir sesle, "Neden hâlâ hayatta ve adam öldürmeye devam ediyor?" diye sordu.

"Maalesef bunun önüne geçemezdim."

"Ama benim sizden beklediğim buydu."

"Bakın Marlow, Juretzka'nın inini buldum sizin için, benden daha ne istiyorsunuz?"

"Onu çok açık ifade etmiştim sanıyorum."

"Adamlarınızı lunaparka gönderin, hakkından gelsinler, onlar benden beceriklidir."

Marlow bir şey demedi; Kirie'ye tekrar aport yaptırmakla meşguldü. Rath oyundan ilk önce kim bıkacak acaba diye sordu kendi kendine; cevabı biliyordu aslında.

"Komiser bey," dedi Marlow, "Leo'yu hâlâ yok etmemenizi tipik Renanyalı hantallığınıza, adamsendeciliğinize bağlayabilirdim. Ama mesele daha vahim: Talimatlarımı yerine getirmiyorsunuz."

Rath, Marlow'un ona bu şekilde davranmasına gittikçe bozulmaya başlamıştı. Alttan almaya niyeti yoktu.

"Sizden talimat almayı düşünmediğimden kaynaklanıyor olabilir mi?" dedi.

Marlow bir şey söylemedi, Kirie'den sopayı alıp uzağa fırlattı yine. Dal bu sefer hedef tahtasına kadar uçmuştu. Tok bir ses çıkararak tahtaya çarpıp çimene düştü.

"Beni daha ne kadar Josef Wilczek'in ölümüyle, sözde bir tanığın varlığıyla baskı altında tutabileceksiniz? Gerçekten var mı öyle bir tanık?" Rath bir sigara yaktı. "Bu hikâyeyi gün ışığına çıkarırsanız belki benim başım belaya girer; ancak iş mahkemeye giderse beş yıl ketum kalmış bir tanık sizce ne kadar inandırıcı olur?"

Rath sigarasından derin bir nefes çekti; iyice aşka gelmişti. Karşısındaki sopa attığında köpek gibi peşinden koşacak birisi mi zannediyordu onu? Şu anda tek isteği Marlow ile Kirie'nin oyununa son vermekti, ama adam köpeği yine azdırmıştı. Söylediklerini dinliyor muydu acaba?

"Böyle bir durumda benim de sizi zan altına sokabileceğimi hesaba katıyor musunuz?" diye devam etti Rath. "Ciddi ciddi benden daha az ceza yiyeceğinizi düşünmüyorsunuz herhalde."

Marlow sonunda başını Rath'a doğru çevirip, "En azından hapishanede durumumun rüşvetçi bir polisten daha iyi olacağını düşünüyorum," dedi. "İçeride sizin gibilerin çocuk tecavüzcüleri kadar bile kıymeti yok. Onlara Plötzensee'de neler yapıyorlar, haberiniz var mı?"

"Hodri meydan!"

"Kendinizi Alex'te mi sanıyorsunuz komiser bey? Beni bu kadarcıkla, yarım yamalak bir geçici raporla atlatacağınızı mı zannediyorsunuz? Bu Zörgiebel'de tutmuş olabilir, hatta belki Grzesinski ya da Levetzow'da, ama bende çalışmaz. Benim disiplin yöntemlerim sizin emniyet müdürlerininkine benzemez."

"Gözdağı vermek için adamlarınıza dövdürecek misiniz beni? Kusura bakmayın ama sizin böyle numaralara epeydir ihtiyacınız yok. Ayrıca yanlış adamı seçtiniz, böyle tehditler bana vız gelir tırıs gider."

Kirie ağzında kemirile kemirile yumuşamış sopa, Marlow'un önüne oturmuş, kuyruğunu sallayıp aportu bekliyordu. Gangster aslında onu çoktan unutmuştu ama Kirie de az inatçı değildi.

Marlow gayet yumuşak bir ses tonuyla, "Siz bencilsiniz komiser bey," dedi. "Sırf kendinizi düşünmeyin. Sadık bir köpeğiniz, uyanık bir oğlunuz, güzel bir eşiniz var..."

Bunları söyleyip Kirie'nin yanına çöktü. İlk bakışta değneği ağzından alıp oyunu unutturmak için onu okşayacak gibi bir izlenim uyandırmıştı; muhtemelen köpek de bu beklenti içerisindeydi. Ancak Marlow iki eliyle köpeğin kafasını kavrayıp aniden sağa çevirdi. Köpekten önce bir inilti, ardından kısa bir hırıltı sesi çıktı, sonra sustu. Derken bir çatırtı sesi duyuldu ve Marlow köpeğin gayritabii biçimde dönmüş başını elinden bıraktı. Köpeğin kara gövdesi yeni biçilmiş çimlerin üzerine düşüp kaldı.

Her şey o kadar hızlı gelişmişti ki, Rath olan biteni kavrayana kadar bir süre kalakaldı. Köpeğin cansız vücudunu görünce rüyada olmadığını anladı.

"Ne... Ne yaptınız köpeğime?"

"Dua edin, bir tek köpeğinize yaptım. Beni aptal yerine koyabileceğinizi mi düşündünüz hakikaten?"

"Hayvan! Zavallı köpek ne yaptı size?"

Rath, yüzünden ne nefret ne öfke okunan, sadistçe bir haz ifadesi bile göstermeyen gangsterin boğazına sarılmak üzereydi ki, o zamana kadar sessizce arkada duran Liang ve Fred onu iki tarafından sıkıca kıskaca aldı; öyle sıkı kavramışlardı ki Rath kollarına beton dökülmüş gibi hissediyordu.

"Seni öldüreceğim Marlow! Öldüreceğim!"

"Beni değil, Leo Juretzka'yı öldürün komiser bey! Onu yapın, ödeşelim."

Marlow sakinleştikçe, soğukkanlılıkla konuştukça Rath'ın iyice cinleri tepesine çıkıyordu.

"Ödeşmek ha? O biraz önce yaptığınız şey var ya, hiçbir zaman ödeşmeyeceğiz! Asla!"

"Yaptığımdan çok daha fazlasına, daha da yapabileceklerime bakın siz. Buradakine takılmayın. Olabilecek başka şeylere kıyasla az önce yaşadığınız bir şey sayılmaz."

Rath tükürdü, ama Marlow'un suratını ıskaladı.

"Komiser bey, kendinize gelin."

Gangster aniden Rath'ın mide boşluğuna bir yumruk indirdi; öyle sert vurmuştu ki Rath bir an nefessiz kaldı, kusacak gibi oldu.

"Atın şu adamı dışarı, itini de," dedi Marlow. Adamlar onu kapıya kadar sürükleyerek götürdüler. Onu o gün içeri kabul eden adam kapıyı açarak yol verdi onlara. Rath kendisini en sonunda büyük demir kapının önünde buldu; bekçi onu da açtı.

Liang omuz kılıfından Rath'ın *Walther*'ini çekti, peşlerinden gelen Marlow'a teslim etti.

Marlow, "Beylik tabancanızı postayla yollatırım," dedi ve tamamen babacan bir tavırla, "bir delilik filan yapmayın diye alıyorum," diye ekledi.

Kirie'nin cesediyle arkadan gelen adamlarından birine bir işaretiyle, adam köpeğin cansız bedenini kapının önüne atıverdi.

"Kadavrayı alıp evinize gidin," dedi Marlow. "Şükredin bu defa telef olan yalnızca bir köpekti. Bu bir dahaki sefere küçük bir çocuk olabilir. Ya da güzel bir kadın."

"Siz..." Rath, hâlâ adamların cenderesinde, tekrar nefes alınca bir şeyler söylemek istedi ama cümlesini tamamlayamadan sesi tekrar gitti.

Sonra Victoriastrasse'de yattığı yerden doğruldu, kalkmaya çalıştı. Onu oraya fırlatıp atmışlar mıydı, yoksa yatırmışlar mıydı, bilemiyordu. Arkasından demir kapının kitlendiğini, adamların tekrar eve girdiğini duydu.

Kımıldamadan ayakta duruyordu; ayağının dibine ölü bir köpek serilmişti. En kötüsü de, böyle bir şeyin mümkün olmadığını bildiği halde, ona Kirie sanki güven ve sevgi dolu gözlerle sahibine bakıyormuş gibi gelmesiydi.

Yanaklarından yaşlar süzülüyordu.

ÜÇÜNCÜ BÖLÜM

Luna Minör

22 Haziran 1934, Cuma ile
9 Temmuz, Pazartesi 1934 arası

Nefes almak yok
Tarih yapılıyor burada
İlerliyoruz!

– FEHLFARBEN: EIN JAHR (ES GEHT VORAN)

58

Rudow istikametine giden 47 numaralı tramvayda bir adam, kucağında siyah bir köpek, gözünü yere dikmiş oturuyordu. Aslında kucağındaki köpek, köpek değildi artık ama bunu diğer yolcular bilmiyordu. Muhtemelen onun derin uykuda olduğunu ya da şekerleme yaptığını düşünüyorlardı. Ama köpek ne derin uyuyor ne de şekerleme yapıyordu; ölüydü. Bilseler belki uzaklaşırlardı adamın yanından; iğrenirlerdi kucağındaki köpek cesedinden. Kadavradan.

Adam bu sözcükten nefret ediyor, onun yerinde bir sözcük olduğunu kabul etmek istemiyordu; çünkü bu daha bir saat önce yersiz bir sözcüktü. Birazdan kabul etmek zorunda kalacağını bildiği halde yine de kabul etmek istemiyordu. En kötüsü de, iki kişi tanıyordu ki, onların da kabul edebilmesi çok zordu. İkisinin de yüreğini dağlayacağını biliyordu.

İkisini de kahredecek, ama onları teselli etmek için elinden yalan söylemekten, yalandan, ucuz yalandan başka bir şey gelmeyecekti.

Aktarma yapması lazımdı. Köpeğin ağır bedeni kollarında, Vinetastrasse'de tramvaydan inip metroya doğru yürüdü. Yüzündeki ifade donuktu; suskundu.

Köpeği merdivenlerden aşağı, perona, perondan metronun içine taşıdı, oturacak yer aradı. Tren tekrar kalkıncaya kadar epey durdu istasyonda.

"Ruhleben istikameti, lütfen binin! Yaklaşmayın!"

Metronun paldır küldür kalkmasıyla köpek tekrar hareketlenir gibi oldu, birkaç saniye oradan oraya sarsıldı.

Metroda kucağında ölü bir köpekle bir adam oturuyordu; paltosunun cebinde Berlin Polisi'ne ait ve üstünde Gereon Rath yazılı bir kimlik vardı. Ama bu adam kendisini kendisi gibi değil, ölü köpeği kucağında bir başkasını seyreden birisi gibi hissediyordu.

On beş dakika sonra metrodan inip Alexanderplatz'a çıktı. Köpekle Köllnischer Park'a dolaşmaya çıkmadan, daha iki saat önce köfte ve sosis aldığı Alexanderhaus'un önünde durdu. Az ilerideki Wurstmaxe sanki hiçbir şey olmamış gibi bağıra bağıra sosis satıyordu.

Dircksenstrasse'de duran bej bir *Buick*'in şoför mahallinin yanındaki koltuk köpek tüyü doluydu.

Elinde köpek cesediyle otomobilin önüne geldiğinde, arabaya da binemeyeceğini, işe de gidemeyeceğini fark etti. Eve hiç gidemezdi.

Belediye binasının orada, Königstrasse'de bir veteriner vardı; oraya gitti. İkinci kata çıkıp bekleme odasına girdi, elinde içinde muhabbet kuşu bulunan bir kafes, yaşlı bir kadınla, kucağında patileri sargılı bir kedi olan bir kızın yanına oturdu.

Kendisine sıra gelene kadar epey bekledi ama zararı yoktu; muayenehaneye girdiği an ebediyen veda etmesi gerektiğini biliyordu çünkü.

"Sıradaki lütfen!"

Bekleme odasında kendisinden başka kimse kalmamıştı. Kalktı ve köpeği kucağında muayenehaneye taşıdı. Ani hareketler gereksiz yere hayvanın canını acıtacakmış gibi onu usulca sedyeye bıraktı.

Beyaz önlüklü bir adam siyah tüylerin üzerine eğildi. Orasını burasını yokladı, parmağını boynuna koydu.

"Boynu kırılmış."

Sessizlik.

"Ne oldu?"

"Kaza," dedi, der demez de sesindeki monotonluk ve hissizlik şaşırttı onu. "Araba. Araba kazası."

"Allah Allah. Harici yaralanma görünmüyor hiç."

Duvardaki aynada kurşun gibi ağır omuzlarını kaldırırken gördü kendini.

"Otomobilin altına girdi."

"Neyse, daha fazla kafa yormanın âlemi yok. Fräulein Plewe bir fatura yazacak size. İşin geri kalanını biz hallediyoruz. Köpeğinizi kadavradan yararlanma kurumuna vereceğiz."

Başını salladı. Muayenehaneden çıktı. Sedyede yatan hayvana son bir kez bakmaya cesaret edememişti. Hiçbir şey, hiçbir canlı yoktu artık kollarında; o yüzden kendisine hâkim olmalıydı, etrafta ne varsa yıkıp dökmek geliyordu içinden. Masaları da, sandalyeleri de, camları da, gardırobu da, karşılama bankosunu da, fatura formunu daktiloya takarken acınızı paylaşıyorum der gibi bakan riyakâr doktor yardımcısını da...

Kadavradan yararlanma kurumu.

Kadavranın kendisinden daha da çirkin bir kavramdı bu.

59

Anahtarın kilitte dönmesinden gelenin oğlan değil, o olduğunu anladı. Şaşırdı da, erkendi daha çünkü. Son günlerde hep geç gelmişti. Ama gelen oydu işte. Kapı aralığından Gereon Rath'ın siyahgri *Diefenthal* şapkası göründü.

"Erken paydos etmişsin? İşkenceniz çabuk bitmiş..."

Gereon karşılık vermedi.

"Kusura bakma. Öyle ağzımdan kaçtı. Aslında bir tek Gräf'in,

Karl Reinhold'un aradığı adam olmadığını anlayıp anlamadığını bilmek istemiştim."

Gereon hâlâ bir şey dememişti; donuk bir yüzle paltosunu ve şapkasını gardıroba astı. Charly o an hissetti: Bir tuhaflık vardı. Kuyruğunu sallaya sallaya Gereon'un bacaklarıyla kapı çerçevesi arasına sokuşup sahibinin ayaklarına dolaşan köpek yoktu.

"Ne oldu? Kirie nerede?"

"Kirie artık yok."

Sesi çatallıydı.

"Ne demek, artık yok?"

"Yok artık."

Bozuk plak gibiydi.

"Kaçtı mı, ne oldu?"

Gereon başını iki yana salladı.

"Yok... Kirie... Kirie öldü."

"Ne dedin?"

Charly doğru duyup duymadığından emin değildi, ama Gereon başka da bir şey söylememişti. Konuşmaktan aciz ayakta öyle duruyordu. Charly onu hiç bu kadar zavallı halde görmemişti. Onu kollarına alıp başını okşamaya başladı. Onu teselli etmek kendisine de iyi geliyordu. Teselli ettiği sürece kendi şoku ve üzüntüsüyle sanki daha iyi başa çıkacaktı.

Bir süre sonra, "Aman Allah'ım, bu gerçek olamaz," dedi, bunun bal gibi gerçek olduğunu sezdiği halde. Boğazı düğümlenmişti. "Nasıl oldu?"

"Kirie... Kirie'ye araba çarptı... Oracıkta öldü... Ben..."

"Araba mı çarptı? Nasıl? Kim?"

Gereon kollarından sıyrılıp bir adım geriye gitti. Omuzlarını kaldırarak, "Bilmiyorum," dedi. "Çarpan kaçtı."

"Peki... Plakayı not ettin mi? Nasıl bir arabaydı?"

"Ne bileyim. Siyah bir limuzin. Her şey o kadar çabuk oldu ki. Az kaldı beni de eziyordu. Son anda kenara attım kendimi. Ama Kirie..."

"Senin canına kastedilmiş Gereon. Muhakkak Kuzey Korsanları'dır bunlar. Artık işin şakası kalmadı! Gennat'a gidip anlatman lazım hepsini. Arabanın lastiklerinin patlatıldığını da, bu suikastı da!"

"Suikast mı dedin? Yok canım! Beni öldürmek isteyen filan yok!" Başını iki yana sallıyordu. "Hayır hayır. Buna yalnızca kör talih denir. Dikkatsiz, hem de hatasının bedelini ödemek istemeyen bir şoför."

"Böyle olmaz ama! Bir köpeği ez, ondan sonra da kaç git!"

"Tabii olmaz!" Omuz silkti. "Ama adam dursaydı ne değişecekti? Köpeği diriltemeyecekti ya."

"Adam dedin. Bir adam mı gördün?"

"Ben kimseyi görmedim. Direksiyondakinin bir adam olduğundan yola çıkıyorum sadece. Akla yakın değil mi bu Allah aşkına? Başka ne olacak?"

Gereon'un sesi kaygılı ve üzüntülü olmaktan ziyade küstah ve gergin bir tonda çıkmıştı.

"Başka ne olacak? Kadın mesela!" demek geldi içinden ama birtakım ilkeleri vuruşturmanın sırası değildi. Hiç olmazsa ölen köpeklerine olan üzüntüleri kavgaya kaymasaydı bari.

Böylece bir şey söylemedi.

Gereon da saçmaladığını fark etmiş, Charly'nin elini avuçlarının arasına almıştı.

"Özür dilerim," dedi. "Ama... Çok öfkeliyim... Hıncımı nereden çıkaracağımı bilemiyorum."

Charly, "Umarım haklısındır," dedi.

"Ne demek istedin?"

Charly, Gereon'un ellerinin kasılmasından köşeye sıkıştırıldığı hissine kapıldığını anlamıştı. Aslında sormak istediği son derece zararsız bir şeydi.

"Ne demek isteyeceğim? Umarım gerçekten canına kastetmemişlerdir. Korsanlar'dan her şey beklenir."

"Cinayet değil ama Charly," dedi Gereon, "bir polis memuruna suikast hiç değil."

"Yani dediğim gibi. Umarım haklısındır."

Charly onu tekrar kollarına aldı; sonunda gerginliği azalan Gereon başını onun omzuna koyduğu an onu ne kadar sevdiğini, başına bir şey gelmesi düşüncesine bile katlanamayacağını hissetti bütün şiddetiyle.

Derken aklına birazdan oğlanın grup akşamından eve döneceği

geldi. Fritze, Kirie'ye kendisinden ve Gereon'dan daha fazla bağlıydı. Nasıl söyleyeceklerdi bunu ona?

60

Rath, kocaman ve yusyuvarlak ayın ışığında hafif aydınlanan Trabener Strasse'de arabasından inip yolun öbür tarafına geçti. Oralarda bir yerde olduğunu hatırlıyordu. Leo Juretzka'nın lunaparktan çıktığı yer orası, parkı çepeçevre çeviren o hafif eğimli, sık, dikenli çalılık olmalıydı. Arka planda ise lunapark treninin simsiyah yapay tepeciği yükseliyordu.

Çalılık gürdü; Juretzka'nın çıktığı yeri arayacağım derken kolları böğürtlenlere takılmıştı. Geçidi iyi saklamışlardı. Tam yerini bilmek gerekiyordu; aksi takdirde çalıları yararak geçmenin imkânı yoktu. Pahalı takım elbisesinin kolu böğürtlen dikenine takılıp yırtılınca bir küfür savurdu. Bu Allah'ın belası parka başka yerden de bir giriş olmalıydı. Cebindeki maymuncuğu yokladı; şimdiye kadar çok işine yaramıştı şu meret.

Lunapark bulvarın tenha olan ucundaydı, ama Ku'damm'ı denemeye yine de yanaşmadı; oradan çok insan geçiyordu. Kala kala bir tek dalgalı havuz kalıyordu. Bornimer Strasse'ye sapınca aklına bir hafta önce buralarda yaptığı yürüyüş geldi; Kirie'yi sokağa çıkarmıştı. Hatırlayınca burnunun direği sızladı. Birden ağlamaya başladı. Üzüntü gözyaşıydı bunlar, öfke, çaresizlik... Hepsi birbirine karışıyordu.

Yürürken durup Marlow'a olan hıncını, acizlikten kaynaklanan öfkesini kontrol altına almaya çalıştı. Kendisine de kızıyordu. Köpeğinin öldürüldüğü gün Rath için şu net bir şekilde açığa çıkmıştı: Johann Marlow insan filan değil, vicdansız, merhametsiz bir canavardı. Oturup kalkmasını biliyor olabilirdi, iyi bir işadamı da olabilirdi; ancak bu, onun bu dünyadaki Hermann Lapkelerden, Leo Juretzkalardan farkı olmayan alçak, insafsız bir canavar olduğu gerçeğini değiştirmezdi.

Bildiği halde bunu unutmuş olması... İşte Rath bunun için suçluyordu kendini. Öte yandan bunu biliyordu da ne oluyordu?

Marlow'un pençesindeydi, hem de her zamankinden daha fazla.

"Kes sızlanmayı!" deyip yoluna devam etti. "Halletmen gereken bir şey var!"

Dalgalı havuzun bulunduğu, amaca uygun, çirkin bina sağında yükseliyordu. Onun dışında Bornimer Strasse'de apartmandan başka bir şey yoktu; ne bir birahane vardı ne de bir dükkân. Havuz da çoktan kapanmıştı; Rath'ın dışında kimse yoktu sokakta.

Az sonra hedefine, yani lunaparkın yan kapısına ulaşmıştı. Kilitliydi, üzerine tahtalar çakılmıştı ama bir girişti işte. En yakın sokak lambası en az on beş metre uzaktaydı; kendisi, ışık hüzmesinin en ucunun aydınlattığı soluk ışıkta duruyordu.

Cebinden maymuncuğu çıkarırken gene de etrafına göz gezdirdi. Sokakta in cin top oynuyordu; aslında o ağaçlarla örülü doğal duvarın meraklı bakışları önlemesi gerekirdi. Bu saatte pencereden bir bakan olsa bile birisinin lunaparkın kapısını açmaya çalıştığını seçmesi zordu.

Şu Allah'ın belası parka şu veya bu biçimde girmesi şarttı.

Sekiz gün. Marlow ona sekiz gün süre vermişti. Bunun bir günü hiçbir şeye ulaşamadan geçmişti bile. Önceki gün paket gelmişti. *Walther* PP'nin şarjörü boştu ama hâlâ kullanılabilir haldeydi. Gönderenin adı yazmıyordu, ama daktiloyla yazılmış bir mektup iliştirilmişti.

Aletiniz ekte komiser bey, onu kullanın.
Size bir hafta veriyorum. Önümüzdeki pazar hesap günü. Öyle veya böyle.
M.

Rath kâğıdı buruşturup paketin içine atmıştı.

Aletiniz.

Beylik silahını temizleyip doldurmuş, Leo Juretzka'yı bu sefer elim ayağım birbirine dolaşmadan ağıma düşürürüm umuduyla önceki geceyi Trabener Strasse'de arabanın içinde geçirmişti. İçinde öfke ve ümit, elinde sigara ve *Afri-Cola*'yla *Buick*'inde oturup vakit öldürmüştü. Beklemekten bu kadar bunaldığını hatırlamıyordu hiç; üstelik gösterdiği bu sebat mükafatlandırılmamıştı.

Sanki bütün şansını burada pusuya yattığı o ilk akşam harcamıştı; sonuçta o gün de beceriksiz çıkmıştı ya.

Bunun şanssızlıkla alakası yok muydu yoksa? Belki yanlış yerde beklemişti. Juretzka artık lunaparkta saklanmıyordu belki?

İyice takmıştı bunu kafasına, o yüzden de bu gece ne yapıp edip durumu aydınlatmalıydı.

Rath maymuncuğu çıkarıp işe girişti. *Chubb* denen beş tırtıklı basit bir kilitti uğraştığı ama bir türlü açmayı beceremiyordu. Çaptan mı düşmüştü ne? Öyle deniyor olmuyor, böyle deniyor olmuyordu. Bir yandan etrafı dikizliyor, öte yandan parmak uçlarındaki hassasiyete konsantre olmaya çalışıyordu. Sokak açısından kaygılanacak bir durum yoktu, hâlâ bomboştu.

Derken kilit kelepçesine temas ettiğini hissetti; uzun zaman açılmadığı için kilidi hareket ettirmek zordu. Sonunda *şrak* diye açıldı sürgü. Rath sokağa son bir kez göz atıp çelik kapının sağ kanadını gövdesi sığabilecek kadar içeriye itti. Girer girmez kapıyı kapatıp derin bir nefes aldı.

Tam iki binanın ortasındaydı. Sağında dalgalı havuz, solunda ise göle bakan Halensee taraçaları bulunuyordu. Altı-yedi metre yükseklikteki kavisli bir köprüyle taraçalı binadan dalgalı havuz tarafına geçiliyordu; eskiden, işletme henüz açıkken güneşlenmek için şezlong kiralayan havuz müşterileri buradan doğru terasa çıkıyordu.

Tepedeki taraçanın arka duvarının gölgesinde, koltukları sökülmüş, bir tek zincirleri kalmış sekolinin direklerinin arkasında, kepenklerine tahta çakılmış alçak, kulübemsi bir yapı vardı. Yiyecek, içecek ve hediyelik eşya reklamı yapılan tabelaları hâlâ duruyordu. Rath geçerken ay ışığında "SOSİS KIZARTMASI, KAYMAK ŞEKERİ, PRALİN ve KURŞUN KRİSTAL" yazılarını okuyabildi. Yanında piyango ve atış pavyonları vardı. Az sonra bir atlıkarınca göründü. Solunda, taraçaların bulunduğu binanın sonunda ay ışığında ışıl ışıl parlayan Halensee belirdi. Arazi gölün kıyısına doğru bir eğim yapıyordu. Dışarıdaki masalar hâlâ duruyordu; park Uyuyan Güzel misali yüz sene sonra öpülerek uyandırılmayı bekliyor gibiydi. Göle yansıyan ay, araziyi soluk bir ışığa boğmuştu.

Rath durup etrafına baktı. Sağ tarafta lunapark treni, göle doğru uzanan ağaçlar, birkaç da küçük pavyon bulunuyordu. Taraçalı o büyük tesis ve hemen dibindeki kızarmış sosis ve atış pavyonu ise arkasında kalmıştı. Kendisi buraya sığınmak zorunda olsa nereye saklanırdı acaba? Buna cevap vermek zordu. Leo, lunapark treninin arka tarafından çıkmıştı yola. Bunu dikkate almalı mıydı? Yoksa adam trenin ahşap iskeletinde mi yuvalanmıştı?

Rath bir kez yapay tepeciğin etrafından dolanınca arkasında ahşap bir kulübe gördü. Atölye, tamirhane ya da ona benzer bir şey olmalı diye düşündü. Lunapark ziyaretçilerinin girip çıktığı bir yer olamazdı, gelip geçtikleri yerlere ters düşüyordu. Lunapark treninin dibine çatılmış, renksiz, gösterişsiz bir barakaydı. Rath *Walther*'ini çıkarıp emniyet tetiğini açtı. Sağ elinde silah, ateş etmeye hazır, yavaş yavaş kulübenin kapısına doğru yürüdü.

Etrafa kulak verdi; yaprakların hışırtısı ve uzaktan geçen bir trenin sesi haricinde çıt yoktu.

Şimdi girmeliydi!

Kendisine saldırılacak olursa tetiği çekmeye hazır vaziyette, kapıyı ittirip içeri daldı. Kimse üstüne atlamadı, çünkü içeride kimse yoktu.

Kulübeye göz gezdirdi. Gerçekten tamirhaneydi burası, ama çekiçlerin, kerpetenlerin asılı olması gereken kancalar boştu. Tezgâhın üstünde de bir şey yoktu. Bir köşede üst üste, yan yana teneke kovalar diziliydi. Boya kovaları. Rath gidip parmağını bir tanesinin beyaz boya parlayan kapağının kenarında gezdirdi. Boya kuru gibiydi; ama tam da kurumamıştı. Rath'ın sol elinin işaretparmağı beyaz boya oldu. Bu boya kovası en fazla altı ay önce kapatılmıştı.

Birden heyecanlandı. Lamı cimi yoktu artık, düpedüz iz üstündeydi. Onlara ister Wolff Grubu densin, ister denmesin, geceleri duvarlara komünist sloganlar yazan adamlar bu arazinin bir yerinde saklanıyordu.

Leo Juretzka'nın hâlâ aralarında olup olmadığı ise başka bir konuydu. Gräf'e göre Wolff Grubu beş, bilemedin altı kişiden oluşuyordu. Yanlarında Juretzka gibi bir gangster de olsa, o kadar adamı sıkıştırmak zor değildi; Juretzka'yı da o arada öldürüverirdi, ismi de meşru savunma olurdu. Yeni Almanya'nın güzel tarafı buydu: Onu artık basın dahil hiçbir merci katil diye yargılayamazdı;

hele bir de aranan bir profesyonel suçluyu öldürürse. Onunla beraber birkaç da isyankâr komünist...

En büyük korkusu, yine son anda kuyruğunu kısmaktı. Bunu önceden düşünüp önlemini almıştı. Tam şimdi bir yudum içmenin sırasıydı. Evde konyak doldurduğu küçük çelik mataranın kapağını açtı. Hazırlığını gizli gizli yapmıştı, Charly görmemişti. Aynı şekilde son zamanlarda akşamları ne yapıyor, nereye gidiyor, kadının ondan da haberi olmuyordu. Rath ona yine Wolff Özel Komisyonu'nun bir operasyonundan söz etmişti. Ancak şunun da farkındaydı: Charly yavaş yavaş şüphelenmeye başlıyordu.

Alkol onu sakinleştirmişti; bir yudum daha alıp kulübeden öyle çıktı.

Bir iz üstünde olduğunu bildiğinden artık daha çok dikkat ediyordu; lunapark treninin köşesine geldiğinde etrafa bir göz attı. Yapraklardan başka kıpırdayan bir şey yoktu. İki tarafında ikişer kule yükselen taraçalı binanın bütün pencereleri kapkaranlıktı.

Yoksa? Güneydoğu tarafındaki kulede sanki bir sigara yanıp sönmüştü. Otuz saniye kadar kuleye gözünü ayırmadan baktı, ama turuncu-kırmızı nokta bir daha görünmedi. Cama bir şey yansımış olmalı diye düşündü. Ay ışığı da olabilirdi, parıldayan göl de.

Aramaya nereden devam etseydi? Lunapark treninin rampasına çıkıp iç bölümüne girdi, karanlıkta el yordamıyla yürümeye başladı. Az sonra bu tahta iskelenin saklanmak için ideal bir yer, muhtemelen yağmurdan da korunaklı olmadığını düşündü ve vazgeçip geri döndü.

Trenin tam karşısında, az önce geldiği yönde o iki yapı vardı: Küçük ve damı düz olanda atış, büyücek olanında ise hediyelik eşya pavyonları bulunuyordu. Rath eli tetikte, o tarafa yöneldi.

Ve gene çıkmıştı karşısına. Piyango pavyonu ve atlıkarıncanın arasında. Daha doğrusu, kendisi değil de, içinde oturduğu cam kutu. Madam Luna. Dolunay ışığında.

İçinde bir şey Rath'ı otomata doğru itiyordu; Madam Luna ona büyü yapmıştı sanki. Etten kemikten değildi halbuki; dünyanın bütün panayırlarında, hatta belki de başka başka isimlerle yüz çeşit kopyası vardı. Rath falcı kuklaya baktı yine. Cam kutunun renk renk elektrikli lambaları yanmıyordu tabii; ancak ay, yüzünde en rafine düzenlenmiş yapay ışıkla bile mümkün olamayacak gizemli hatlar oluşturmuştu. Soluk ay ışığında sanki canlıymış gibi gözüküyordu. Öyle ki Rath gözlerinin içine bakınca tuhaf bir hisse kapıldı; dahası, Madam Luna sanki ruhunu okuyacak, her an istikbalini söyleyecekti.

İstikbalini bilmek istiyor muydu?

Bir gürültüyle düşüncelerinden sıyrıldı. Çakıl taşı sesiydi bu, birisinin adımlarıydı.

Rath Madam Luna'nın kutusunun dibinde yere çöküp kulak kesildi. Yanılmamıştı, lunapark treninden, Rath'ın daha iki dakika önce bulunduğu yerden doğru birisi onun bulunduğu tarafa yaklaşıyordu. İki, belki de üç kişiydiler, mır mır konuşuyorlardı. Cam kutuya pek güvenilmezdi, Rath oradan görülebilirdi; atlıkarıncanın arkasına geçti.

Ay ışığında siluetleri seçiliyordu. Dört kişiydiler; o kadar alçak sesle konuşuyorlardı ki, Rath bir kelime bile anlamamıştı.

Gittikçe yaklaşmışlardı. Rath silahına sıkı sıkı sarılmış, atlıkarıncanın arkasında çömelmiş, onu görmesinler diye dua ediyordu.

Sesler gittikçe yakından gelmeye başladı, sonra tekrar alçaldı. Atlıkarıncanın önünden geçip gitmişlerdi. Görmemişlerdi onu.

Kafasını çıkarıp arkalarından baktı; adamlar atış pavyonunu da geçmiş, hediyelik eşya pavyonuna doğru gidiyordu. Onları gürültü çıkarmamaya dikkat ederek takip etti. Atış pavyonunun önünde pusuya yatıp, kepenkleri kapalı dükkânın önünde duran adamları izledi. Kaymak şekeri ve hakiki pralin büfelerinin arasında bulunan bir kapıyı açıp girdiler. Bu kapı o âna kadar Rath'ın dikkatini çekmemişti.

Adamlar gözden kaybolduktan sonra saklandığı yerden çıktı. Tabancayı çekip pavyonlara doğru ilerledi. Kapıyı kapatmamışlardı, azıcık itmesi yeterliydi.

İçerisi karanlıktı. Koridorun sonunda titreşen bir mum ışığı görülüyordu. Gaz lambası mıydı yoksa? Erkek sesleri geliyordu. Hâlâ fısıltıyla konuşuyorlardı ama dışarıdakinden daha iyi duyuluyordu söyledikleri. Sesleri yankı da yapıyordu.

Rath söylenenleri anlamaya çalıştı ama sözcükler kopuk kopuk geliyordu kulağına.

"...tam zamanında..."
"...çok şaşıracaklar..."
"...bir sigara yakalım önce..."
Rath el yordamıyla koridorda ilerledi. Işık aşağıdan geliyordu. Usul usul beton merdivenlerden bodruma indi. Merdiven bir koridora açılıyor, ışıksa bodrumdaki odalardan birinden geliyordu; kapısı açıktı. Burnuna küf ve sigara kokusu geldi.

Yavaşça yaklaşıp bir cesaret kafasını uzattı. Yarı açık kapıyı siper yapmıştı. Gözünü bir çatlağa yapıştırıp içeriyi izledi.

Oda oldukça büyüktü; muhtemelen bir zamanlar yiyecek deposuydu. Duvarlardaki kiler raflarının haricindeki mobilya, birkaç sebze-meyve sandığı, battaniye ve şilteden ibaretti. Adamlar üstünde bir gaz lambası yanan, birkaç da bira şişesi bulunan bir sandığın etrafında oturmuştu. Hoş bir atmosfer vardı, sanki paydos sonrası keyif çatıyorlardı. Sohbet ediyor, biralarını içiyor, sigaralarını tüttürüyor, hararetli hararetli son gece aksiyonlarını anlatıyorlardı.

Adamlardan biri, "Bizim Benjamin'in yerine kim geçecek şimdi?" dedi. "Biraz geç kaldılar, sabırsızlanmasa bari."

Rath suratları seçmeye çalışıyordu. Konuşan Gregor Wolff'a benziyordu. O tek gözü bağlı ve harp malulü kolluğu takmış olan Walter Spindler'den başkası olamazdı. Diğerleri hakkında da arama emri vardı ama Rath onların ismini hatırlamıyordu.

"Ben birazdan kaçıyorum," dedi Spindler. "Şu sigarayı bitireyim. Yukarıda içemiyoruz."

"Herkes keşke senin gibi içmemeyi becerebilse yoldaş!"

Gülüştüler.

"Ama biramı götürüyorum. Hak ettik bugün, öyle değil mi?"

Spindler'in arkasında duvara dayalı bir şey duruyordu. Rath dikkatli baktı, bir beyzbol sopasıydı bu. Biraz deforme olmuştu ama Severin'in gönderdiği resimdeki sopanın aynısıydı. Juretzka'nın silahı buradaysa, Juretzka'nın kendisi de lunaparkta bir yerlerde olmalıydı! İçi içine sığmıyordu artık. Herif hangi delikteydi acaba? Şehirde miydi şu anda, yoksa... Yoksa?

Tabii ya, gözcüydü. Juretzka komünistler için gözcülük yapıyordu. Benjamin. Bu isimle mi tanıtmıştı kendisini? Yoksa takma adı mıydı? Yeni olduğu için onlar mı takmıştı bu ismi ona? Diğerlerine bakılırsa, içlerinde herhalde en genciydi de.

Peki o zaman Rath nasıl oluyordu da bütün tesiste bir aşağı bir yukarı rahat rahat yürüyebilmişti?

O yukarıda duruyordu. Belki de en yukarıda. Halensee taraçalarının kulelerinden birinde. Rath'ın az önce camının arkasında bir sigara görür gibi olduğu, birisinin gerçekten sigara içtiği kule.

Sanki altıncı hissi söyletmişti bunu ona; aynı anda duyduğu bir gürültüyle arkasını döndü.

Elinde bir kalas, Leo Juretzka duruyordu karşısında. Rath daha tabancayı çekip hedef almaya, sert tahtadan sakınmaya fırsat bulamadan darbeyi yemişti. Gözünde şimşekler çaktı. O daha toparlanamadan adam bütün gücüyle şakağına ikinci darbeyi indirdi. Etrafındaki her şey, içine ilk önce onu çeken kopkoyu bir karanlığa büründü.

61

Saat on bir buçuk olmuştu, Gereon hâlâ ortada yoktu. Gerçi geç geleceğini haber vermiş, beklememesi gerektiğini söylemişti. Ama tabii ki beklemişti. Bir gün önce de gece yarısı, saat bire doğru gelmişti eve; yattıktan sonra da iç çekip durmuştu. Charly uyuyor gibi yapmış, bir şey sormaya cesaret edememişti.

Gereon sanki ondan kaçıyor gibiydi. Yalnız o değil. Son günlerde oğlanla da iki çift laf edememiş, yüzünü bile görmemişti.

Köpek öldükten sonra aile dağılmış gibiydi. Sanki birer birer birbirlerinden kopuyorlardı. Demek şimdiye dek sakarlığıyla, sadakatiyle, sevgi ihtiyacıyla Kirie'ydi her şeyi bir arada tutan. Hatta Charly bazen köpeğin ailenin en önemli ferdi olduğunu düşünmekten bile kendini alamıyordu. Ve artık o yoktu.

Hiçbiri itiraf etmese de hepsi onu özlüyordu.

En fazla yas tutan çocuktu. Kirie'nin öldüğüne hâlâ inanamıyor, ikisini de ağır şekilde suçluyordu.

"Niçin dikkat etmedin?" demişti Gereon'a. "Köpek nasıl kendini öyle caddeye atar?"

Charly eşini müdafaa etmiş, olabilir böyle şeyler demişti. Hem Fritze, Kirie'nin ne kadar dalgın olduğunu bilmiyor muydu? Sürücüdeydi kabahat, başka kimsede değil.

"Sen hiç konuşma! İlla çalışayım diye tutturmasaydın, Alex'e giderken Kirie'yi yanında götürmek zorunda kalmazdı!"

"Böyle bir kaza Steinplatz'da da olabilirdi."

"Olmadı ama. Alex'te oldu. Sen evde kalsaydın hiç olmayacaktı."

Böyle konuşmuş, Charly'nin elinden onu odasına göndermekten başka bir şey gelmemişti.

O gün bugündür Fritze de bucak bucak kaçıyordu ondan. Önceki günü Hitlerjugend ile birlikte Grunewald'de geçirmişti; bugün ise tıfıl Nazi arkadaşlarıyla futbol maçındaydı. Jungvolk ve Hitlerjugend mensuplarına bilet bedavaydı. Aslında Charly de niyet etmişti Post Stadyumu'na gitmeye. Almanya şampiyonluğu finali Berlin'deydi; kırk yılda bir olan bir şeydi bu. Ama oğlanı bir tabur üniformalı gamalı haçlı gencin arasında görmeye katlanamayacağını düşünüp vazgeçmişti.

Maçı radyodan dinlemişti. Eski şampiyon Nürnberg tahmin edildiği gibi önce öne geçmiş, ancak sonra milli takımın kaptanı Fritz Szepan ile kayınbiraderi Kuzorra maçı son anda çevirip takımı 2-1 mağlubiyetle geri yollamıştı. Almanya'nın yeni şampiyonu Ruhr yöresindendi, takımın adı da Schalke 04'tü. Charly bu emekçi takımının galibiyetine sevinmiş, çocuğu beklemeye koyulmuştu. Ancak futbol bile onları bir araya getirmekten uzaktı.

Fritze eve geldiğinde, oğlana, "Ee, nasıldı maç?" diye sormuştu.

"İyi." Konuşmak istemediğinde genelde hep verdiği cevap bu oluyordu. Zaten bunu söyleyip hemen odasına gitmişti. Akşam yemeğinde de pek bir şey konuşmamışlardı. Gereon yoktu; o yemekten önce çıkmıştı zaten. Wolff Özel Komisyonu için bir izleme görevi üstlenmişti. Hem de bir pazar günü!

Hepsi köşesine çekilmiş, hepsi üzüntüsünü ayrı yaşıyordu. Charly de bundan muaf değildi. İki erkek de evde olmadı mı, rahat ediyordu. Keun romanı ve bir bardak şarapla kafasını dağıtmaya çalışıyordu.

Ama başını kaldırdığı an, her şey ona köpeğin yokluğunu hatırlatıyordu. Hâlâ mutfakta yerde duran mama kabı, oturma odasındaki sepeti, halıdaki kıllar, Kirie'nin kemire kemire yumuşattığı, eskiden evin orasında burasında görünce sövdükleri tenis topları. Şimdi ise bir tanesini bulsa kendini tutamıyor, ağlıyordu.

Çoktan yatmış olması gerekiyordu ama, köpekle ilgili ne varsa artık kaldıramayacağını düşünüp atmaya karar verdi. Madem kimse cesaret edemiyordu buna, kendi girişecekti.

Kitabı masaya bıraktı, şarap bardağını mutfağa götürüp atılacaklar (tenis topları, Fritze'nin, çoktan çöpe gitmesi gereken, ama köpek oynamayı sevdiği için atamadıkları delik deşik olmuş terlikleri) için bir kutu aramaya başladı.

Gözü Gereon'un yazı masasına kaydı, üstünde önceki gün gelen paket duruyordu. Yazı masası oturma odasındaydı; çocuk yanlarına geldiğinden beri Gereon'un çalışma odası yoktu. Zaten çok seyrek kullandığı masayı büfenin yanına, pencerenin önüne koymuşlardı. Evin güzelliğine pek bir katkısı olmamıştı ya.

Paketin içindeki gazete kâğıdını çıkarınca buruşturulmuş beyaz bir kâğıt düştü yere. Hepsini kâğıt sepetine tıkıştırmak üzereydi ki, merakı ağır bastı. Gereon'un bir gün önce o paket hakkında nasıl lafı gevelediği, nasıl gizemli konuştuğu geldi aklına. Sanki bir sürprizmiş, bir hediyeymiş gibi. Ancak Charly'nin doğum günü ekimdeydi, Fritze'ninki ise ta aralıktaydı. Belki gazete kâğıdına sarılı karton kutunun içindeki bu not bir ipucu verebilirdi. Buruşturulmuş kâğıdı düzeltti.

Aletiniz ekte komiser bey, onu kullanın.
Size bir hafta veriyorum. Önümüzdeki pazar hesap günü. Öyle ya da böyle.
M.

Böyle yazıyordu. Charly midesine yumruk yemiş gibi oldu.

Fazla düşünmesine gerek kalmamıştı. Tek harfli bu imzanın kime ait olduğunu hemen anladı. Bir kadın değildi bu, sevgili değildi, aşk mektubu kesinlikle değildi.

M.

Doktor M.

Johann Marlow.

Gereon hâlâ mı bu gangsterle düşüp kalkıyordu? Marlow onlara Hannah konusunda yardımcı olmuştu, Charly müteşekkirdi ona. Ama Gereon'a bundan sonra ondan uzak duracağına dair söz verdirtmişti. Rüşvete ilişkin en ufak bir kuşku oluşmamalıydı.

Demek son günlerdeki gizemli davranışlar ondandı! Gizli gizli Marlow'la buluştuğunu, onunla birtakım işler çevirdiğini, hatta belki de emniyet müdürlüğünden adama bilgi taşıdığını Charly'den saklamaktı çabası.

Sözü geçen alet neydi acaba? Gereon onun için kapıyı kırıp bir yere mi girecekti zorla? Aslında bu ufak bir ihtimaldi, Marlow'un elinde bunun için profesyonel kadrolar vardı muhakkak. Pazar günü için de hesap günü deniyordu; öyle ya da böyle. Hangi pazar? Bugün mü? Yoksa haftaya mı? Hem bunun anlamı neydi?

Stapo için birini takip etmekmiş! Gereon bal gibi Marlow'a çalışıyordu! Son günlerde Özel Komisyon mesai yapıyor deyip deyip gitmişti; ama aslında demek gangsterler kralının işleri için çıkmıştı hep. Kafası onun için mi dağınıktı bu kadar? Son zamanlarda karşısındakini doğru dürüst dinlemiyordu; aklının başka yerde olduğu belliydi. Doktor M.'ye mi gidiyordu hep kafası?

Charly onu iyi hatırlıyordu. Johann Marlow'u tahmininden daha sempatik bulmuştu. Ancak adam yine de şaibeliydi.

Ama ona bakılırsa yasalar önünde Alex ile Karl Reinhold da şaibeliydi.

Elindeki kâğıda bakıp ne yapması gerektiğini düşündü; sonunda buruşturup gazete kâğıdıyla beraber paketin içine tıktı. Onu bulduğunu Gereon'a hayatta söyleyemezdi. Onu hafiyelikle, hatta kıskançlıkla bile suçlayabilir, Charly hakkında, Charly'nin onun hakkında düşündüklerini düşünebilirdi. Charly bunu hiç istemezdi. Asla.

Köpeğin öteberisi için başka bir kutu aramaya başladı. Kirie'nin dişleyip dişleyip orada burada bıraktığı tenis toplarını toplarken aklı sürekli Johann Marlow'daydı.

62

Ses uzaklardan, adeta bir sisin içinden geliyordu. Boğuk ve yankılı.

"Komiser bey? Komiser bey? Beni duyuyor musunuz?"

Başı ağrıyordu; kafasını sanki mengeneye sıkıştırmışlardı. Burnuna barut kokusu geldi; daha yeni birisi ateş etmiş olmalıydı. Gözlerini açtı, ama bir şey göremedi; etraf bulanıktı. Ve ağrıyı daha yoğun hissetti. Omuzları da ağrıyordu; bütün gövdesi ağrıdan ibaretti. Ağzından istek dışı bir ah çıktı, tekrar kapadı gözlerini.

Biri sarsıp duruyordu onu. Sarsmasınlardı, her yeri acıyordu!

"Komiser bey, kendinize gelin!"

Tekrar açtı gözünü, bu sefer yavaş yavaş, dikkatle. Birisi el feneri tutuyordu suratına. Gözlerini kırpıştırdı. Miğferin altında kaygılı bir yüz ifadesi. Bir mavi üniformalı.

"Komiser bey, neler oldu burada?"

"Ko... Komünistler," diyebildi Rath. Konuşmakta zorluk çekiyordu.

Bunu demesiyle gene gitti. Tekrar o iyi yürekli karanlığa dönmüş, acısına kendini siper eden sisin içine süzülmüştü.

Rath gözlerini tekrar açtığında zaman mefhumunun kalmadığını hissetti. Bu arada onu yerden kaldırmış, bir sedyeye yerleştirmiş, başını sarmışlardı. Rath birden doğrulunca üzerine eğilmiş beyaz önlüklü adam paniğe kapıldı.

"Komiser bey, kalkmayın lütfen!"

Ama Rath kalkmak istiyordu. Başındaki ve omuzlarındaki ağrıya rağmen doğrulup oturdu. Az önceki toplum polisi kaybolmuştu; onun yerine iki sağlık görevlisi dikilmişti yanında. Komünistleri gördüğü bodrumda kimse kalmamış, beyzbol sopası da yok olmuştu, bir tek şilteler duruyordu yerinde.

"Beyin sarsıntısı geçirmiş olmalısınız, hareket etmeseniz iyi olur," dedi sağlık görevlisi. "Sizi tam çıkarmak üzereydik. Sedyeyle tabii."

Rath hiç konuşmadan kalktı. Ancak kalkmasıyla başı döndü, görevlilerden birine tutunmak zorunda kaldı.

"Gördünüz mü?"

Bu akıl hocası sinirine dokunmaya başlamıştı.

"Beni buradan çıkarın," dedi Rath. "Ama bu sedyeyle değil, daha yaşıyorum."

"Nasıl isterseniz." Sağlık görevlisi omuz silkti. "Sorumluluğu üstlenirseniz..."

Rath kendini iyi hissetmiyordu. Başı dönmüştü. Bir an önce temiz havaya çıkması lazımdı. İki sağlık görevlisinin arasında onlara tutunarak yürüdüğü halde merdiven çıkmak tahmininden zor oldu. Attığı her adımda başına ağrı saplanıyordu.

Zincirli salıncağın önüne bir ambulans, iki tane de polis baskın aracı park etmişti. Bornimer Strasse'deki kapıyı birisi açmıştı anlaşılan. Açan cereyan şalterine de el atmış olmalıydı, bütün ışıklar yanıyordu; lunapark sanki birazdan hizmete açılacaktı.

Sigara molası vermişken Rath'ın ve sağlıkçıların gelmesiyle yerinden sıçrayan toplum polisi, "Heil Hitler komiser bey," dedi. Mavi üniformalı, sol elindeki sigarayı arkasına saklamaya çalışırken sağ kolunu kaldırmıştı. "Kıdemli Başpolis Kessler, 154. Karakol. Tekmil veriyorum: Komünistlerden hâlâ eser yok. Devlet polisi bilgilendirilmiştir."

Rath iç çekti. Devlet polisi. Bir onlar eksikti. Şimdi koskoca bir taburla gelirlerdi. Az çok bir şeyleri, mesela takip ettiği komünistleri hatırlaması pek kolay olmuyordu. Birden elindeki tabanca geldi aklına. Eli omuz kılıfına gitti. Hafif gelmişti. Boştu.

Sağlıkçıya, "Silahımı gördünüz mü?" diye sordu.

Beriki başını iki yana salladı.

Rath polise döndü. "Silahım," dedi. "Resmî silahım yok. Siz ya da arkadaşlarınız, bodrumda bir *Walther* PP buldunuz mu?"

Toplum polisi derhal hazır ola geçti.

"Üzgünüm, silah görmedik komiser bey."

"Komiser bey," diye araya girdi sağlık görevlisi, "silahınız iyi hoş da, hakikaten artık yatsanız iyi olacak. Ambulansa götürelim sizi. Beyin sarsıntısının şakası olmaz."

"Kesin artık şu beyin sarsıntısı lafını," diye bağırdı Rath. "Öyle olsa çok kötü hissederdim kendimi herhalde."

"Evet, kuşkusuz, ama..."

"Gördünüz mü? Biraz baş ağrısı var, o kadar. Geçer o da. Artık beni rahat bırakın da, işime bakayım!"

Bunları söylemesiyle onu merdivenleri çıktığından beri rahatsız eden baş dönmesi korkunç bir mide bulantısına dönüştü. Aceleyle toplum polisi ve sağlıkçıların yanından ayrıldı, zincirli salıncağın dibindeki çöp kutusuna zor yetişti ve kustu.

İstifrası bittiğinde sağlıkçılar bodrumdan sedyeyi alıp getirmişti bile. Rath hiç sesini çıkarmadan uzandı. Belki de böylesi daha iyiydi. Adamlar üstünü örtüp ambulansa taşıdılar. Çokbilmiş olanı gördünüz mü, ben haklı çıktım der gibi bir bakış attı. Diğeri ise ona bir hap ve bir bardak su uzattı.

"Bu ne?" diye sordu Rath.

"*Phenacetin*. Baş ağrınız için. Bunu için ve dinlenin. Yirmi dört saat yataktan çıkmayın."

Rath bu tavsiyeye uymayacağını bile bile başını salladı. Uyma şansı yoktu. Şu anki durumunun bir avantajı yok değildi; rahatsız etmemek için kimse ona dokunmayacak, o da kimseye bir açıklama yapmak zorunda kalmayacaktı. Ambulansta yarı yatar pozisyonda, locada oturuyor gibi açık pencereden dışarıda olup biteni seyrediyordu. Toplum polisleri, ellerinde el fenerleri, belki birkaç komünist yakalarız umuduyla araziyi tarıyordu.

Rath sağlıkçının dediğini yaptı ve gözlerini yumdu. Zamanı düşünmekle değerlendirmeye bakacaktı. Hatırlamaya çalıştı. Komünistler gözünün önüne geldi tek tek; Wolff, Spindler, arama emri fotoğraflarından tanıdığı ama isimlerini bilemediği öbür ikisi. Sonra...

Tabii. Juretzka. Onu hakikaten görmüştü, rüya filan değildi. Leo Juretzka, buraya gelme nedeni olan adam saldırmıştı ona. Ona bir şeyle vurup rüya âlemine sevk etmişti.

İlaç işe yaramıştı, kendisini bayağı iyi hissediyordu. Az önce az kaldı ayakkabısına kusacağı polisi yanına çağırıp rapor verdirtti. Gece yarısını biraz geçe komşular lunaparktan gelen bir silah sesi ile yataktan fırlamıştı. Böyle bir şey Neukölln ya da Wedding için normal sayılabilirdi, ama bu semt için değildi. Dolayısıyla burada telefon sahiplerinin de sayısı fazlaydı. Polise aynı anda yedi kişi telefon etmişti. 154. Karakol'a ait polisler lunaparkı didik didik aramış, bu arada Kıdemli Başpolis Kessler, Rath'ı bulmuştu. Paltosunun cebindeki polis kimliğini görür görmez de derhal ortalığı ayağa kaldırmıştı. Berlin Polisi kendi saflarına yönelik şiddet eylemlerinde kimsenin gözünün yaşına bakmazdı.

O saate kadar sadece mavi üniformalılar gelmişti; yaklaşık yirmi kadar memur sonradan ihmalkârlıkla suçlanmamak için bütün araziyi karış karış aramıştı. Rath polisle konuşurken alana gizli devlet polisinin siyah limuzinleri girdi. Rath, arabalardan birinden Gräf'in indiğini görünce şaşırdı. Adamı uykudan kaldırmış olmalıydılar, saçı başı darmadağınıktı.

Gräf'in ayaküstü konuştuğu toplum polisi, kremalı şekerciyle hediyelik eşya dükkânı arasında, berisinde komünistlerin saklandığı kapıyı, ondan sonra da ambulansı işaret etti. Gräf ise Delil Tespiti memurlarına talimat yağdırıp onları bodruma gönderdikten sonra ambulansa yöneldi.

"Gereon! Ne yaptın sen yine! Nasılsın?"

"İdare ederim. Domuzlar vurdu bana."

"Bize haber veren toplum polisi, komünistler dedi. Bundan emin misin?"

Rath başıyla evet işareti yaptı ve yüzünü buruşturdu. İlaca rağmen, ani bir hareket yaptığında başına ağrı saplanıyordu. "Maalesef kaçırdım elimden."

"Ne yapıyordun burada?"

Rath, gözlerini kapatıp ağrı kesici hapın tesir etmesini beklerken bu soruya ne cevap vereceğini de düşünmüştü.

"Tesadüf," dedi. "Ara sıra yaptığım gibi arabayla otoyolda tur atıyordum ki Wolff'u gördüm."

"Gregor Wolff'u mu?"

Gräf, haftalardır peşinde olduğu adamın ismini duyunca birden heyecanlanmıştı.

Rath başını salladı. "Onu takip ettim. Yanında iki kişi daha vardı. Çitteki bir boşluktan lunaparka girdiler. Şu arkada, Trabener Strasse'de. Bence oraya da Delil Tespiti'nden birkaç kişi gönder. Her neyse, ben de peşlerinden buraya."

"Neden kafana göre iş yapıyorsun? Bize haber verseydin ya. Lunaparkın etrafını çevirirdik, kimse kaçamazdı. Senin de beynin zonklamazdı."

"Beni tuzağa düşüreceklerini nereden bileyim? Arkalarından gidip de bodrumda saklandıkları yeri bulduğumda aramaya niyetliydim sizi. Ama ben daha oradan çıkamadan onlar buldu beni. Kızıl çeteden biri arkadan yanaşmış olmalı. Tekrar kendime geldiğimde karşımda toplum polisini gördüm. Herifler çoktan tabanları yağlamıştı tabii."

"Şansın varmış, daha kötü şeyler de olabilirdi. Seni öldürebilirlerdi." Gräf kafasını iki yana salladı. "Komşular bir kurşun sesi duymuş. Sen mi vurdun adamlardan birini?"

"Ateş edip etmediğimi hatırlamıyorum. Ama görünüşe bakılırsa serseriler beylik tabancamı yürütmüş."

Rath bunun bir polisin başına gelebilecek en kötü şey olduğunun bilincindeydi. Gräf'in dikkatini başka mevzulara çeksin, adam onun lunaparkta bulunmasının asıl nedenlerine gelmesindi de, her yönteme başvurmaya hazırdı.

Delil Tespiti memurlarından biri bodrumdan çıkıp yanlarına geldi.

"Bir mermi kovanı bulduk Komiser Gräf. Bir de mermi. Duvara saplanmıştı."

"Herhalde bir *Walther* PP'den çıkmıştır," dedi Gräf. "Gestapa'ya gider gitmez inceleyin lütfen. Komiser Rath'ın beylik tabancasına ait olması ihtimali yüksek. Bol bol da parmak izi alın. Hangi komünistler saklanmış buraya, bilmek istiyorum."

"Tabii."

Delil Tespiti memurları tekrar işlerinin başına döndü.

Gräf, "Adamlardan tanıdığın oldu mu?" diye sordu. "Yani Wolff'un dışında."

"O Gregor Wolff'tu, ondan eminim. Bir de gruptan birkaç kişi, isimleri aklımda değil. Suratlarını görürsem söylerim ama."

"Peki Walter Spindler?"

"O yoktu." Rath resmen yalan söylüyordu. "Gençtendi hepsi."

"Kaç kişiydiler?"

"Toplam dört."

"Demin üç dememiş miydin?"

"Üç tanesini gördüm, dördüncü arkadan bana vuran."

Gräf ya ona güvenmiyordu ya da gayet iyi bildiği bir şeyi bir daha sorarak sorgularda uygulanan en ucuz numaraya başvuruyordu. Rath'ı çelişkiye mi düşürmekti amacı? Hem de bir taraftan nazik görünüp durumuyla ilgileniyor gibi yaparak...

Çok dikkatli olmalıydı.

Biraz önce içinden küfür ettiği çokbilmiş sağlıkçı şimdi bilmeden yardımına koşmuştu.

"Yaralının sükûnete ihtiyacı var," dedi Gräf'e. "Ciddi bir beyin sarsıntısı geçirdi."

"Devlet polisinin kriminal komisere bir-iki sorusu var. Kendisi en önemli tanığımız."

"Tanığınızı maalesef hastaneye götürüyoruz şimdi. Sorguya öbür gün devam edersiniz."

"Öbür gün mü?"

Gräf gözlerini fal taşı gibi açmıştı.

Sağlıkçı başıyla onayladı. "Yirmi dört saat dinlenecek. En az. Beyin sarsıntısının şakası olmaz. Hafıza boşlukları da kapanır o zamana kadar."

"Hafıza boşlukla..."

"Beyin sarsıntısında normaldir."

"Hafızanda boşluklar var mı Gereon?"

"Ben nereden bileyim? Öbür gün sor."

Sağlık görevlisi, Gräf bir şey daha söyleyemeden ambulansın kapısını kapadı.

63

Güvenmiyordu bu adama. Hiç güvenmiş miydi peki? Gereon Alex'te kendi şefiyken de üstlerine karşı hep böyle isyankâr olmuştu. Her seferinde postu kurtarmak için kriminal sekreteri Reinhold Gräf'i kullanmıştı. Evet, düpedüz kullanmıştı. Komiser çevirdiği dalaverelerin hiçbirini anlatmazdı ona; sadece birkaç kez, o da hep sonradan, Islak Üçgen'de beraber bira içerken. Kendisine bu şekilde davranmasına yıllarca müsamaha etmişti.

Artık suratına her şeyi söylemenin zamanı gelmişti. Heydrich haklıydı: Adam onu parmağında oynatıyordu.

Yine bir dolap çeviriyordu: Gece yarısı ne işi vardı lunaparkta?

Wolff Grubu'nun izini bulmuş. Tek tabanca. Tesadüfen. Bir pazar günü. Beylik tabancası cebinde. Kim inanırdı bunlara?

Rath'ın açıklamaları çok cılızdı. Reinhold Gräf anlattıklarının yüzde birine inanmamıştı. Ama bunu kimseye söylemeyecekti. Bu Gereon'la ikisinin arasında bir meseleydi; sırası geldiğinde bunları yüzüne tek tek vuracaktı. Hatta belki gerekirse yirmi dört saat içinde!

Neyse, en azından Wolff Grubu'nun saklandığı yeri ortaya çıkarmışlardı, bu da bir şeydi. Kreutzmann'ın adamları lunaparkın her yerine dağılmış, delil topluyordu. Bodrumda merminin haricinde çok sayıda parmak izi bulmuşlar, hatta kan izlerine de rastlamışlardı. Kapının üstündekiler tam kurumamıştı, Rath'a ait de olabilirlerdi. Şiltelerin bulunduğu odanın duvarındaki kan izleri ise kuruydu. Dışarıda da az şey bulmamışlardı. Gereon'un sözünü ettiği gizli kapıyı, hepsinden önemlisi az ötedeki lunapark treninin arkasındaki kulübede boya kovaları ele geçirmişlerdi. Boyalar hemen o gece laboratuvarda son haftalarda topladıkları boya numuneleriyle karşılaştırılacaktı.

Adamları saat gece yarısını geçtiği halde, paniğe kapılıp oraya buraya koşuşturan komünistlerin kaçtığını gören duyan tanık var mı diye yakındaki apartmanlara girip çıkmaya başlamıştı. Tabii aslında bütün şehirde bulunan bahçeli kulübelerden oluşan siteler ve evsizlerin yatıp kalktığı alanlar gibi olası "sığınakları" tarayacaklardı. Herifleri şu veya bu şekilde bulacaklardı; Gereon Rath onları yerinden yurdundan etmişti (adam en azından bunu becermişti), muhakkak çaresizdiler, nereye gideceklerini bilmiyorlardı.

Ancak Rath biraz kafasını çalıştırıp oraya tek başına girmek yerine meslektaşlarını haberdar etse, şu anda Wolff Grubu'nun tamamı Prinz-Albrecht-Strasse'de sorgu sandalyesine bağlanmış oturuyor olurdu. Gräf bunun peşini bırakmayacaktı. Wolff Grubu'nun izini bulmalarını sağlayan aynı Gereon Rath, komünistleri ellerinden kaçırmalarının bir numaralı sorumlusuydu da. Bunun sonuçları olacaktı.

Bodrumdan dışarıya çıktığında hava aydınlanmak üzereydi. Daha çok işi vardı ama önemli değildi; Gregor Wolff ve yoldaşları gene yeraltına geçmeden ne yapıp yapıp onları enselemelilerdi.

64

Kolundaki saate bakınca sıçradı yataktan. On bir buçuk olmuştu, hava apaydınlıktı! Ona ne verdilerse... Çok uzun uyumuştu. Ayağa kalkar kalkmaz başındaki ağrının geçmediğini hissetti. Ama en azından nerede olduğunu biliyordu artık: Geçen günlerde yaralı Kuzey Korsanları'nın tedavisinin yapıldığı polis hastanesindeydi.

Bir gün önceki ambulans yolculuğunu hatırlamaya çalıştı. Ona bir iğne yapmışlardı, sakinleştirici olmalıydı. Herhalde daha hastaneye gelmeden uyumuştu. Hiç olmazsa ondan önce sağlık görevlisine, birisinin *Buick*'ini alıp hastaneye getirmesini söylemişti; arabanın Trabener Strasse'de sahipsiz kalması işine gelmezdi. Önce Juretzka ve komünistlerin arabasının anahtarlarını çalmamış olmasına da şaşırmıştı (tabancasını çalmışlardı çünkü). Bunun fazla göze batacağını hesaba katmış olmalılardı. Yoksa Leo Juretzka istediği arabayı açardı da, iki koltuklu bir arabayı ne yapsındı? Komünistler ile gangster birlikte kaçtıklarında en az beş kişiydiler.

Hastane önlüğünü çıkarıp itinayla katlanıp yatağın yanındaki sandalyeye asılmış kendi elbiselerini giydi.

"Yataktan kalkmamanız lazım komiser bey!"

Kapıda beyaz başlığının altında yüzü kıpkırmızı bir hemşire duruyordu.

"Karım merak etmiştir, eve gitmem lazım."

"Eşinize haber verdik tabii, sabah sizi kısaca ziyaret etti." Hemşire lavabonun üzerindeki rafı gösterdi. "Size çamaşır getirdi, ayrıca diş fırçası filan..."

"Karım burada mıydı? Neden uyandırmadınız?"

Hemşire, "Heyecanlanmamanız gerekiyordu," deyip omzundan tuttu. "Yatın artık lütfen."

Kadın sertçe değilse bile onu yatağa doğru itiyordu. Rath karşı koydu.

"İstiyorsanız siz yatın, ama bensiz. Benim vaktim yok, görev aşkı..."

"Ama komiser bey..." Kadının yüzü daha da çok kızardı; utancından mı, yoksa kendisine karşı gelinmesine alışık olmadığı için mi, anlaşılmıyordu. "Böyle çekip gidemezsiniz!"

"Bakın, ben bir kriminal komiserim, burası da polis hastanesi, öyle değil mi? Yani gitmek istediğim zaman giderim. Doktora aynen böyle söyleyin. Yeteri kadar dinlendim."

"Emin misiniz?"

"Tabii." Rath gülümsedi, ama ânında ağrı kendisini belli ettiği için yüzünü buruşturdu. "Bir baş ağrısı ilacınız vardır herhalde."

Kadın üniformasının cebinden *Phenacetin* çıkardı. Rath içinden bir tane alıp kutuyu olduğu gibi cebine attı. Hemşirenin yanağına bir öpücük kondurup, "Siz bir meleksiniz," dedi.

Kadın gene kızardı, ama artık karşı koymaya cesaret edemedi. "Ben... Önce bir başhekimle konuşayım," deyip odadan ayrıldı. Ancak Rath, o başhekimi alıp gelmeden paltosunu giydi, diş fırçası dahil bütün eşyalarını toparladı ve çıktı. Kafasındaki sargıya rağmen onu durduran olmadı.

Dışarıya çıktığında etrafına bakındı. Arabası, hastanenin önündeki ağaçlık meydanın yakınında, Scharnhorststrasse'de duruyordu. Otomobilde, birkaç gün önceki izleme işinden kalma birkaç *Afri-Cola* vardı. Bir tanesini açtı, bir yudum aldıktan sonra bir hap yuttu, biraz daha içti, birkaç dakika bekleyip bir hap daha içti. Sonra motoru çalıştırdı.

Şansı vardı, Prinz-Albrecht-Strasse'deki ofis bomboştu, ortada onu soru yağmuruna tutup canını sıkacak hiç kimse yoktu. Herhalde hepsi lunaparktaydı hâlâ. Ya da yoldaydılar.

Kapıyı kapadı, masasına oturup Gräf'in şehir haritasının üstüne yapıştırdığı sabıkalı fotoğraflarını incelemeye koyuldu. Gregor Wolff'un yanında gördüğü adamlar Rudolf Kramer ve Heinz Stephan'dı; şimdi görünce isimleri tekrar gelmişti aklına.

Telefona sarılıp Şube'yi aradı.

"Wolff Özel Komisyonu, ben Rath. Lunaparktan kaçan komünistlerle ilgili bir gelişme var mı?"

"Maalesef komiser bey. Çevrede oturanların ifadeleri sürüyor, şu ana kadar işe yarar bir ipucu yok."

"Beni gelişmelerden haberdar edin."

"Elbette."

Telefonu kapadı. Baş ağrısından doğru dürüst düşünemiyordu; bir *Phenacetin* daha aldı. Bu sefer hapı cebinde matarada taşıdığı konyakla içti. Birden önceki gün lunaparkta da konyak içtiği geldi aklına. Hastanede acaba kan almışlar mıydı? O zaman komünistler kaçtığı sırada ayık olmadığı çıkacaktı ortaya. Başına iş açılır mıydı bu durumda? Pazar akşamı, hem de görev başında bile değilken...

Dördüncü hap tesir eder gibi olmuştu, belki konyağın da faydası vardı. Raftan izleme raporlarının bulunduğu dosyayı aldı ve Elisabeth Spindler'in hareket protokolüne baktı. Devlet polisi onu takip etmeye başladığından beri her gün aynı saatlerde aynı yerlere gitmişti. Haftada dört gün kilise (Charlottenburg'daki Herz Jesu ve Friedrichstadt'taki Sankt Hedwig) olmak üzere günlük rutini okul ve hastaneleri de içeriyordu. Elisabeth Spindler temizlikçilik yapıyordu; onu takip etmekle görevli olan Maschmeyer ve Fiedler rapora böyle yazmışlardı.

Rath defterini çıkarıp önemli bulduğu hususları not etti.

"Komiser bey! Siz hastanede yatmıyor muydunuz?"

Kafasını kaldırdı; kapıda Gräf'in sekreterinin sarı kâhküllü kafası belirmişti.

"Fräulein Mettmann!" Rath yakalanmış izlenimi uyandırmamak için bütün kibarlığı ve sevimliliğiyle, "Arkadaşların hepsi gitmiş, burayı siz mi bekliyorsunuz?" dedi.

"Anlaşılan bir de siz..." Şapkasının altındaki sargıyı görüp, "Aman Allah'ım! Zavallı komiser bey, bu kadar kötü olduğunu bilmiyordum," dedi.

"Göründüğü kadar kötü değil. Hakikaten kimse yok mu?"

"Dediğiniz gibi: İkimiz bekliyoruz burayı."

Kadın gülümsedi.

Rath genzini temizleyip dosyayı rafa geri koydu.

"Spindler hâlâ takip ediliyor mu?" diye sordu.

"Bildiğim kadarıyla, evet. Niye sordunuz? Edilmesin mi artık? Pek de bir şey çıkmadı şimdiye kadar."

"Yok hayır, ben müdahale etmiş olmayayım!" Rath başını iki yana salladı. Hemen de pişman oldu, ağrısı artmıştı yine. "Komiser Gräf karar versin ona. Aslında ben görev başında bile sayılmam. Lunaparkla ilgili bir gelişme var mı?"

"Neresinden baktığınıza bağlı. Henüz bir tane bile komünist geçiremedik ele." Omuz silkti. "Ama Delil Tespiti'nden ilk sonuçlar geldi. Lunaparktaki boya kovalarıyla Wolff Grubu'nun duvarlara yazdığı sloganlar, yani boya numuneleri birbirini tutuyor."

"Mükemmel." Rath hakikaten sevinmişti. Aman onlar bir süre daha o salak boya numuneleriyle meşgul olsundu. "Teşekkürler Fräulein Mettmann."

Kadın gülümsedi. Bu binada kendisine cinsiyetsizmiş, hatta askermiş gibi davranmayan tek erkek belki de oydu.

Rath, "Bir şey daha var," dedi. "Lunaparktaki komünistler... Toparladım isimlerini. Şu güzel foto galerimiz sayesinde." Rath şehir haritasındaki resimleri işaret etti. "Wolff, Kramer, Stephan."

"Dört kişi değiller miydi?"

"Bana vuran adamı tanıyamadım maalesef," dedi Rath. Kadın gözlerini yere indirdi.

"Affedersiniz, tabii."

Rath ön isimleriyle birlikte hepsini bir kâğıda yazdı. "Geldiğinde Komiser Gräf'e verin bunu lütfen." Bir an düşündü. "Ya da bir dakika! İsimleri hemen Kreutzmann'ın adamlarına verseniz daha iyi olur aslında. Parmak izlerini karşılaştırmada ufak bir katkımız olsun."

Kadın kâğıdı aldı. "Tabii, hemen. Peki siz kendiniz arkadaşlarla..."

"Doktor buraya gelmemi yasakladı aslında. Birkaç gün daha dinlenmem gerekiyormuş. Kısaca bir uğramıştım sadece." Parmağını dudaklarına götürdü. "Siz de kimseye bir şey söylemeyin. Başhemşire çok sert."

"Telefon da edebilirdiniz komiser bey. Ben her şeyi hallederdim sizin için."

Rath güldü. "Bir dahaki sefere düşüneceğim bu teklifinizi. İsminiz ne sizin?"

"Liselotte."

"Güzel isim. Çok teşekkür ediyorum Liselotte. Şimdilik bana müsaade..." Parmağını şapkasının kenarına götürdü. "Gitmem lazım. Doktor, beyin sarsıntısının şakası olmaz diyor."

Sekretere aramızda kalsın der gibi göz kırpıp gizli devlet polisini en kısa yoldan terk etti.

Arabada konyakla iki *Phenacetin* daha içti. İlaç baş ağrısına iyi gelmekle kalmıyor, onu uyanık da tutuyordu.

Zaten dinç olmak zorundaydı. Leo Juretzka'yı elinden kaçırmıştı. Herifin hangi deliğe girmiş olabileceği konusunda en ufak bir fikri yoktu. Her yerde, her semtte olabilirdi.

Lunaparkla eline büyük bir fırsat geçmiş, ama her şeyi yüzüne gözüne bulaştırmıştı. Juretzka gene dört milyonun arasına karışmıştı; artık ara ki bulasın.

65

Aklından tamamen çıkmıştı ama kapıyı açıp içeri girer girmez bir şeyin eksikliğini hissetti. Eksik olan şeyin köpeğin patilerinin sesi olduğunu fark ettiği anda da burnunun direği sızladı. Acı onu öyle ani pençesine almıştı ki, adeta nefessiz kaldı.

Altı üstü bir köpek! Charly bunu sürekli kendine telkin etmeye çalışsa da bunun kendini aldatmaktan başka bir şey olmadığını biliyordu. Lalettayin bir köpek değildi ölen, Kirie'ydi. Onu tahmininden fazla özlüyordu. Canından bezdirdiği durumlarda ona sövdüğü anları düşündükçe korkunç bir vicdan azabı duyuyordu.

Oturma odasından hafif bir müzik sesi geliyordu. Hakikaten gelmişti eve demek. Hastanede onu en az bir gün daha tutacaklarını söylemişlerdi ama öğle tatilinde ziyaretine gittiğinde yatağı boş bulmuştu.

"Komiser bey işinin başına dönmesi gerektiğini söyledi."

Böyle söylemişlerdi hastanede, inanmamıştı tabii. Görüldüğü gibi de mesaide değildi: En sevdiği koltuğuna oturmuş, kafasında Charly'nin hastanede gördüğü sargı, *Afri-Cola*'sını yudumluyordu; derin düşüncelere dalmış gibiydi. Pikapta Duke Ellington çalıyordu. Gereon'un çok sevdiği, kardeşinin ona düzenli olarak gönderdiği New York müziği... Yaklaşık bir yıldır Gereon ve Severin arasındaki mektup trafiği yoğunlaşmıştı. Almanya'nın beş ya da altı yıl boyunca tattığı normal hayattan günbegün uzaklaşması –Charly'nin yanında hiç dile getirmese de– Gereon'u da rahatsız ediyordu sanki.

"Charly!"

Gerçekten de daha yeni görmüştü onu.

"Yatsaydın hiç olmazsa!"
"Sen de böyle konuşma. Bana bakan hemşire de aynısını söyleyip durdu."
"Buna rağmen haklıyım."
"Dinlenmem lazımmış. Oturarak da dinlenirim."
"Neredeydin sen? Kendi kendini taburcu etmişsin, girişte öyle dediler."
"Her şey yolunda. Sargı tamam, kırık çıkık yok, baş ağrısı ilacım da var."
Bunları söylerken ilaç şişesini havaya kaldırıp sağa sola salladı ama çıkan sese bakılırsa şişe neredeyse boşalmıştı.
Charly başını iki yana salladı. Hayatında Gereon Rath gibi doktorlardan bu kadar kaçan birini tanımamıştı.
"Vurmuşlar sana, Reinhold söyledi. Peşinde olduğunuz komünistler..."
Charly, Gereon'un Johann Marlow'un birtakım karanlık işlerinin peşinde değil de kendi görevleriyle haşır neşir olduğunu anlayınca rahatlamıştı.
"Gräf bizzat mı aradı? Bravo."
"Saklandıkları yeri ortaya çıkardığını söyledi. Tesadüf eseri olduğu için takviye istemeye fırsat bulamamışsın..."
"Doğru. Gördükten sonra bir tanesini takip etmem lazımdı, peşini bırakamazdım. Öyle de avladılar beni. Lunaparkta. Düşünebiliyor musun, saklanmak için bir panayır yerini seçen bir komünist direniş hücresi."
"Arkadaşın neredeydi?"
"Kim?"
"Meslektaşın. Böyle gözetleme işleri yalnız yapılmaz."
"O uzun hikâye. Sana anlatabilir miyim, onu da bilmiyorum. Gizli devlet polisinde her şey gizli çünkü. O yüzden isimleri de öyle."
Charly onun yüz ifadesinden bir şeyler çıkarmaya çalışıyordu. Onu daha yakından tanıyacağına, zaman geçtikçe hiç tanıyamıyordu sanki.
Birden, dünyanın en normal şeyini soruyormuş gibi, "Johann Marlow'dan haber var mı hiç?" dedi.
"Epeydir yok. Yurtdışına kaçmış diyorlar."

Charly onun yalan söylediğini çok iyi bildiği halde, yurtdışı kelimesini duyunca hayal kırıklığına benzer bir şey hissetti. Belki bir anlam çıkarabilirim umuduyla Gereon'un yüzünü inceliyordu; ancak eşinin suratındaki tek mimik, o an hissettiği acıdan kaynaklanıyordu. Gereon önce hap şişesine uzandı, ardından da konyak bardağına.

"İlaç içip durma. Biraz yatsan, nasıl olur?"

"Nasıl isterseniz Başhemşire Charly. Siz de gelecek misiniz yatağa?" Gülüyordu.

"Ben dinlenmekten söz ediyorum. Abartma hemen. Daha alnını kırıştırsan başın ağrıyor. Çay yapabilirim ama sana."

"Tamam başhemşire. Romumuz var mı?"

"Çay romsuz da içilir."

Gereon söz dinleyerek yatak odasına çekildi. Charly de mutfağa gidip çay suyunu koydu.

Kocasının işi espri ve laf kalabalığıyla gargaraya getirmeye çalıştığı belliydi. Denemişti bir kere işte; tabii ki söylemeyecekti Marlow'la irtibatta olduğunu.

66

İhtiyar Fritz döneminde saraydaki Katolikler için inşa edilen Sankt Hedwig, birkaç yıldır Berlin'in yeni başpiskoposluğunun katedrali olmuştu. Bunda Köln Katedrali'nin ihtişamı yoktu gerçi; Berlin Katedrali'nin yanında da oldukça mütevazı kalıyordu. Rath arabayı birkaç sokak ötede park edip yola yayan devam etti.

Kilise boştu, ayin saati değildi, tek tük insan sessizce dua ediyordu. Rath parmağını mukaddes su kabına daldırdı ve gayriihtiyari haç çıkardı. Kiliseye girince bunlar haliyle yapılıyordu. Her tarafı dikizleyebileceği bir bank seçti, şapkasını kancaya asıp dizlerinin üzerine çöktü. Sankt Hedwig'e ilk gelişiydi; iç dekorasyonunun modernliğine, özellikle de kubbedeki havari ve aziz tasvirlerine hayranlıkla karışık bir şaşkınlıkla baktı. Biraz erken gelmişti. Dizlerinin üzerine çökmüş beklerken, hazır şurada numara yapıyorken hakikaten dua etsem mi acaba diye geçirdi içinden. Duaların işe yarayıp yaramadığı sorusunu o kadar çok sık sormuştu ki kendisine; hatta bu, Tanrı'ya kayıtsız şartsız inandığı zamanlarda dahi kafasını meşgul edip durmuştu. Bir ara, olsun, faydası var, zararı yok diye pragmatik bir sonuca varmıştı kendince. Ancak, artık inanmakta zorlandığı o çocukluğunun tanrısı Gereon Rath'ın şu anda içinden geçen dua konusunda ne düşünürdü, onu bilmiyordu. Sonuçta öldürmeyi düşündüğü bir insanı bulmakta yardım isteyecekti ondan. Başkalarının canına kıyılmasın diye tabii ama bu, işi kurtarır mıydı?

Karar verdi, dua etmeyecekti. Tanrı yoksa zaten fark etmezdi. Eğer varsa, Rath bu duasından zaten utanırdı. Dizlerinin üzerinde kalarak kapıyı göz hapsine almaya devam etti; ellerinde tespihle dua eden iki yaşlı kadının mırıltısı onu alıp çocukluğuna götürmüştü.

Kapı gıcırtıyla açıldı. Rath yüzünü birleştirdiği ellerinin arkasına saklarken bir taraftan da parmaklarının arasından içeri giren kişiyi izliyordu. Elisabeth Spindler onu fark etmemişti. Yanından geçti, en ön sıraya gidip haç çıkardı. Sonra bir mum yakıp tekrar haç çıkardı. Hafifçe dizlerini kırıp banklardan birine oturdu.

Rath biraz bekledi; Elisabeth Spindler'i rahatsız etmeye cesaret edememişti. Kadın acaba niye bir tane mum yakmıştı; sevgili Allah'ın yerine artık zındık Stalin'e tapan iki kişi değil miydi yitirdiği?

Kadın dua ettikten sonra kalktı. Rath ondan önce davranıp ön tarafa geçti ve dua kitaplarının bulunduğu rafın önünde Spindler'in ara kapıdan çıkmasını bekledi.

"Frau Spindler?"

Kadın irkildi.

"Sizinle konuşmam lazım Frau Spindler."

Spindler anca tanımıştı onu. Dua kitabını rafa koyarken, "Eve neden gelmediniz?" diye sordu.

"Stapo tarafından izleniyorsunuz da ondan."

Kadın anlamaz gözlerle baktı.

"Size daha önce de söylemiştim, ben gizli devlet polisinden değilim," dedi Rath.

"Ne konuda konuşacaksınız benimle?"

"Sizi uyarmak istiyorum. Eşinizi bilmeden Stapo'nun kucağına atmayın."

"Dedim ya, Walter'in nerede olduğunu bilmiyorum."

"Bırakın şimdi! Dün saklandığı yeri değiştirdiğini biliyorsunuz."

Spindler ânında kendini topladığı halde, Rath bakışlarından on ikiden vurduğunu anlamıştı.

"Dün sabah da kilisedeydiniz," dedi.

"Pazartesileri katedral papazı Lichtenberg'de günah çıkarıyorum. Kendisi eskiden bizim cemaatte, Charlottenburg'daki Herz Jesu'daydı."

"Eskiden kalma bir güven ilişkisi. Anlıyorum."

"Pek bir şey anladığınızı sanmıyorum."

"Frau Spindler, ben eşinizin iyiliğini istiyorum. Onun suçsuz olduğunu biliyorum. O yüzden de kendisini devlet polisinden önce bulmam lazım. Ona belki yardım edebilirim."

"Nasıl?"

"Belki tekrar Moskova'ya gitmesini salık vererek."

"O öyle kadar kolay değil." Acı acı gülümsedi.

"Eşinize yardım etmek istiyorum Frau Spindler. Ama bu ancak sizin de bana yardım etmenizle mümkün."

"Bırakın beni, gideyim komiser bey."

"Bu kapıdan çıkmayın Frau Spindler, karşıda siyah bir limuzinin içinde iki Stapo memuru var; beni sizin yanınızda görmesinler."

"Siz içeride kalın o zaman. Ama benim gitmem lazım. İşim gücüm var."

Rath başını salladı. "Biliyorum. Stapo'nun izleme protokolünde hepsi yazıyor. Bir dizi Katolik kuruma temizliğe gidiyorsunuz. Pazartesi ve perşembeleri Hedwig Hastanesi..."

Kadının yüzü tıpkı aziz heykelleri gibi dondu kaldı.

"Salıları da katedral başpapazlığında yerleri siliyorsunuz, öyle değil mi?"

Spindler'in yüzünde tek bir mimik oynamıyordu.

"Meslektaşlarınıza yakalanmak istemiyorsanız," dedi sonunda, "küçük kiliseden çıkın, sunağın arkası."

"Frau Spindler, lütfen eşinizi bulmamda bana yardımcı olun. Onun son çaresi benim. Bir gangsterin peşine takıldı; adam Berlin'i dolaşıp her yerde SA öldürüyor. Ben onu yakalamaya çalışıyorum. Cinayetler ne kadar siyasal gibi görünse de arka planında çeteler arasındaki eski hesaplaşmalar yatıyor. Eşinizi bu işin içine çekerlerse artık hiç kurtuluşu olmaz."

Kadın bir an şoke olmuş, ama bunu gizlemeyi becermişti.

Rath, "Katedral papazıyla konuşun," diye devam etti, "sorun bakalım, o nasıl görüyor durumu. Herr Lichtenberg ayarlıyor her şeyi, değil mi?"

Spindler gene kısa bir şaşkınlık yaşadı. Ama kararından caymadı. Kapıyı açtı ve kiliseden çıktı.

Rath, Gestapa'nın Behrenstrasse'ye park etmiş siyah limuzinini gördü. *Mercedes* değil, sıradan bir *Ford*'du, ama direksiyondakilerin Maschmeyer ile Fiedler olduğunu biliyordu. Elisabeth Spindler'in peşinden gitmek isterdi ama gitmedi. Kadının tavsiyesine uyup arka kapıdan çıkmanın daha iyi olacağını düşündü.

Französische Strasse'deki "kazık" bir şarap evine girip bir şişe *Mosel* Riesling söyledi. İlk yudumla bir hap içti ve cebinden not defterini çıkardı. Eğer son haftalara ait veriler doğruysa, Elisabeth Spindler'in daha iki saat katedral başpapazlığını temizlemesi, sonra da 54 numaralı tramvayla eve dönmesi gerekiyordu.

Rath askıdan aldığı bir günlük gazeteyi karıştırmaya başladı. *Tageblatt*, hükümetin yeni bir vergi reformu öngördüğünü yazıyordu 1 Ocak 1935'te hem vergi sayısı hem de miktarının indirileceği söyleniyordu. Ayrıca SA bütün temmuz ayı süresince tatile gönderilmişti. Karargâh Komutanı Röhm'ün bu talimatını bizzat Berlin SA şefi olan, Kuzey Korsanları'nı gözaltından azlettiren Manga Komutanı Karl Ernst açıklamıştı. SA'lar okul tatilinde aileleri, eşleri ve çocuklarıyla birlikte olmalıdırlar denmişti. Röhm adamlarına her türlü diğer görevi, şenlikleri, bilumum toplantıları, hatta üniforma giymeyi bile yasaklamıştı; toplama kampları bekçileri ve komando birlikleri yasağın dışında tutuluyordu.

Berlinliler bu habere vergilerin indirilmesinden daha çok sevinecek diye düşündü Rath. Hazır üzerlerinde onları koruyan SA üniformaları yokken Kuzey Korsanları'nı yine içeri alsalar mıydı acaba? Bunu Lange ve Gennat ile konuşacaktı. Tabii adamın başka dertleri yoksa.

Rath saatine baktı. Fazla bir şey kalmamıştı. Pencere kenarındaki masasından tramvay durağını gayet iyi görebiliyordu. Elisabeth Spindler daha görüş alanına girmemişti ki, köşede siyah bir *Ford* belirdi; gelip yolun kenarına, doğrudan Rath'ın oturduğu şarap evinin önüne park etti. Rath gazetenin arkasına saklanıp kenarından dikizledi. Maschmeyer ve Fiedler hedeflerinin rutinine öylesine vâkıftılar ki, takip saat gibi tıkır tıkır işliyordu. Nitekim Elisabeth Spindler üç ya da dört saniye sonra gözüktü; durağa gelip diğer bekleyenlerin yanında dikildi. Tramvay daha durağa ulaşmamıştı ki, Fiedler motoru çalıştırdı. Elisabeth Spindler bu şekilde izlendiğini gerçekten haftalarca fark etmemiş olabilir miydi?

Her halükârda hayatıyla ilgili pek bir şey çaktırmıyordu; bıraktığı izlenime bakılırsa, terk edilmiş, hayatını şu ya da bu şekilde idame ettiren dindar bir kadındı. Rutini milim şaşmıyordu. Rath bir gün önce protokolleri incelediğinde buna çok şaşmıştı.

Elisabeth Spindler'in tramvaya binmesini, ardından Ford'un harekete geçmesini bekledi, hesabı ödeyip katedral başpapazlığına doğru yola koyuldu.

Kapıdaki papaz yardımcısına, "Rath, kriminal polis," dedi. "Katedral Başpapazı Lichtenberg'le görüşmek istiyorum."

Adam ne kadar kontrollü görünse de, polis rozetini görünce irkildiği Rath'ın gözünden kaçmamıştı.

"Hangi konuda?"

"Gizli. Maalesef çok da acil."

Çok geçmeden Rath oldukça "Katolik görünümlü" bir salona alındı. Kapının yanında koyu ahşap bir Meryem heykeli vardı; duvarlarda Aziz Hedwig'in yaşamından kesitlerin tasvir edildiği resimler asılıydı.

Yardımcısına önce çay servisi yaptırtan Charlottenburg Herz Jesu Kilisesi'nin eski papazı, şimdiki Katedral Başpapazı Bernhard Lichtenberg bizzat kendisi göründü. Gözlüğünün altındaki bakışları cüretkârdı; açıkgöz birine benziyordu.

Rath, baştan her türlü yanlış anlaşmanın önüne geçmek için ayağa kalkıp elini sıktı.

"Bana vakit ayırdığınız için teşekkür ederim monsenyör."

Lichtenberg şaşırmıştı, sağ kaşını havaya kaldırdı.

"Katolik misiniz komiser bey?"

"Sayılırım." Rath genzini temizledi. "Mekânınızda polise biraz kuşkuyla bakılıyor gibi galiba, kapıda bana öyle geldi."

"Ha, bizim Degenhardt mı?" Lichtenberg başını sağa sola salladı. "Son zamanlarda gizli devlet polisi ile birkaç kötü deneyimimiz oldu. Hepsi bu. Şikâyet gerektirecek bir durum yok."

"Benim devlet polisiyle bir ilişkim yok, müsterih olun. Hatta Gestapa'nın sizi ziyaretimden haberi olmamalı."

"Oturalım isterseniz."

Lichtenberg misafir koltuğunu gösterdi.

"Size nasıl yardımcı olabilirim komiser bey?" diye sordu ellerinde çay fincanı, karşılıklı oturduktan sonra.

"Son derece gizli tutulması gereken bir mesele yüzünden buradayım."

"Onu söylemiştiniz."

"Elisabeth Spindler'i ne kadar iyi tanıyorsunuz monsenyör?"

Lichtenberg soruyu cevaplamadan önce uzun uzun Rath'ın yüzüne baktı. Rath bu soruyla belli ki çizgiyi aşmıştı.

"Frau Spindler bende temizlik yapıyor. Az önce buradaydı hatta."

"Biliyorum. Ama sizde günah da çıkarıyor."

"Size onun sırlarını anlatacağımı düşünmüyorsunuz umarım komiser bey."

"Mesele o değil. Beni ilgilendiren husus, sizinle Frau Spindler arasındaki güven ilişkisi."

"Ne kastettiğinizi anlamıyorum. Onu Charlottenburg'da, Herz Jesu'da papazlık yaptığım dönemlerden tanırım."

"Ailesini de tabii..."

"Walter ve Robert yıllardır tanrının evine uğramadı." Lichtenberg fincanı masaya bırakıp Rath'ın yüzüne baktı. "Komiser bey, siz en iyisi lafı gevelemeden benden ne istediğinizi söyleyin."

"Madem çok açık sordunuz, o zaman bana Walter Spindler'in saklandığı yeri söyleyin."

Bernhard Lichtenberg'in yüzü karardı.

"Ben nereden bileyim."

"Lunaparkta saklandığı yer ortaya çıktı. Tahminim, yeni bir yer ararken sizin yardımınıza ihtiyacı olacak."

Lichtenberg bir şey söylemedi.

"Ben Walter Spindler'in iyiliğini istiyorum," diye devam etti Rath, "hatta ona yardım etmek istiyorum. Bulunduğu ortam kötü..."

"Kilisenin kucağını terk edip Allahsız Bolşeviklere yanaştığından beri öyle."

"Kızılları demiyorum, gruba iltihak eden bir sabıkalıdan söz ediyorum. Son birkaç haftada üç kişinin canına kıyan bir profesyonel suçludan."

Bernhard Lichtenberg oldukça soğukkanlı görünüyordu. Belki de Elisabeth Spindler, Sankt Hedwig'deki konuşmalarını ona anlatmıştı.

"Yani sizi asıl ilgilendiren bu profesyonel suçlu."

Rath başıyla onayladı. "Size yemin ediyorum, Walter Spindler'i rahat bırakacağım. Katili bulmamı sağlasın, yeter."

"Walter Spindler'in yerini bildiğimi nereden çıkarıyorsunuz peki?"

"Kiliseye sığınma işini çok ciddiye alan Katolik rahipler var, onu biliyorum. Sankt Norbert'teki papaz mesela..."

"Warszawski'yi tanıyor musunuz?"

Lichtenberg boş bulunmuş, Rath'ın sözünü kesmişti.

Rath başıyla evet işareti yaptı. "Johannes Warszawski'de günah çıkarıyorum ben. Son zamanlarda çıkardığım pek yok ya. En önemlisi, bir yıl önce nikâhımı kıydı o benim."

"Tebrikler."

"Warszawski'yle konuşun. Size benim için garanti verip vermeyeceğini bilmiyorum. Diyelim verdi, Spindler'le buluşturur musunuz beni?"

"Komiser bey, Walter Spindler'in şu anki yerini biliyormuşum gibi konuşuyorsunuz benimle. Ben size öyle bir şey dedim mi?"

"Her neyse..." Rath papaza kartvizitini uzattı. "Bir şey söylemek isterseniz beni arayın. Şu aşağıdaki özel numaram. Ofiste pek bulunmuyorum bu aralar." Vedalaşmak üzere kalktı. "Şayet elinizdeyse katili bulmama yardımcı olun monsenyör. Daha fazla insan öldürmesin."

67

Gräf öğleüzeri Gestapa'ya geldiğinde suratından düşen bin parçaydı. Lunaparkta topladıkları delillere rağmen bir türlü yol alamamışlardı. Boya numuneleri tutuyordu, bu iyiydi ama bunun için laboratuvar bulgularına ihtiyacı yoktu ki, onu zaten biliyordu.

Elde bir sürü delil vardı; ancak hiçbiri komünistlerin hangi delikte olduklarına dair bir ipucu sunmuyordu. Hangi yöne doğru kaçtıkları bile belli değildi.

Ve en önemli tanık ortada yoktu.

Hastanedeki yatak boştu. Geçirdiği ağır beyin sarsıntısı yüzünden dinlenmesi zaruri olan Kriminal Komiser Gereon Rath'ın yatağı boştu. Gräf'in mesaiye başlamadan önce ilk işi polis hastanesine gitmek olmuştu. Rath'ın ifadesini alacaktı sözde.

"Komiser Rath nerede?" diye sorduğu hemşirenin tepkisi omuz silkmek olmuştu.

Doktorların ricası üzerine nezaket göstermiş, adama dinlensin diye bir gün izin vermişti. Peki Gereon Rath doktorların tavsiyesini ciddiye almış mıydı? Hayır. Sonuç ortadaydı işte.

Carmerstrasse'ye de uğramış, evde de kimseyi bulamamıştı.

Kapıcı, "Komiser Rath işinde," demiş, bu cevaba Gräf iyice ifrit olmuştu.

"İşinde değil," diye bağırmış, adam korkudan tezgâhın arkasına sinmişti.

Devlet polisine karşı saygı gerçi son zamanlarda artmıştı, ama devlet polisi memuru Reinhold Gräf açısından bu karın doyurmuyordu. Polislerden, Delil Tespit Dairesi memurlarından, toplum polislerinden ve arama köpeklerinden geçilmeyen lunaparka uğramıştı tekrar. Bu arada çevrede oturanların ifadesi alınmaya devam ediliyordu. Bütün bunlara rağmen dişe gelir tek bir iz bulamamışlardı. Ve Gräf sonunda Prinz-Albrecht-Strasse'nin yolunu tutmuştu.

Merdivenleri çıkarken sakinleşmeye çalıştı, ama siniri bir türlü geçmiyordu. Bu onu şaşırtıyordu da, çünkü normalde böyle bir insan değildi. Hadi Gereon Rath şefiyken onu istediği gibi kullanmıştı; ama artık eşit konumdaydılar ve adam şimdi onu daha önce hiç olmadığı biçimde parmağında oynatıyordu. Kızgınlığının nedeni buydu herhalde. Wolff Özel Komisyonu'nun başında Reinhold Gräf vardı. Sonuçta bu komisyonu Kripo değil, Gestapa hayata geçirmişti. İşin en başından beri bütün yetkileri şahsında toplamadığına pişmandı şu anda. Komisyona kriminal polis memuru dahil etmenin ne gereği vardı? Gereon Rath'ı almakla da tüy dikmişti.

Düşüncesizlik.

Ofiste kimse yoktu. Öğle paydosundan dönen sekreterle karşılaştı.

"Sizden başka kimse yok mu Mettmann?"

"Herkes lunaparkta komiser bey."

"Herkes değil işte. Maschmeyer ile Fiedler hangi delikte?"

"Spindler'i izliyorlar komiser bey."

"Ah, tabii. Kimse haber vermedi mi onlara?"

"Öyle bir talimat vermediniz ki komiser bey."

"Ararlarsa hemen çekin onları görevden. Tek tek en son adama kadar herkes gerekli burada şu anda." Bunları söylerken ceketini sandalyenin üzerine fırlattı. "Allah kahretsin, her şeyi ben mi düşüneceğim?"

"Özür dilerim komiser bey. Bilseydim... Ama Komiser Rath bu kararı özel olarak sizin almanı..."

"Komiser Rath mı? Ne zaman konuştunuz onunla?"

"Dün, dün öğlen." Kadın hafifçe öksürdü. "Aramıştı, sizinle konuşmak istedi ama yoktunuz."

"Ne istiyormuş?"

"Ona vuran komünistlerin isimlerini geçti."

"Ee? Hangilerini tanımış?"

"Wolff, Kramer ve Stephan, komiser bey, yanlış hatırlamıyorsam. Hepsini not edip, parmak izlerini kontrol etmesi için Kreutzmann'a ilettim."

"İyi yapmışsınız Mettmann. Teşekkür ederim."

"Masanızda Kriminal Polis Laboratuvarları Dairesi'nden gelen bir zarf var. İlk sonuçlar olduğunu düşünüyorum."

Gräf yazı masasına oturup zarfı açtı. Üç kişide de parmak izi tespiti sonuçları pozitifti. Delil Tespiti'nden memurlar ayrıntılı bilirkişi raporlarına el yazısıyla yazılmış notu da iliştirmişti.

Gregor Wolff, Rudolf Kramer, Heinz Stephan.

Gräf bu isimleri okuyunca bir an duraksadı ve interkomun düğmesine bastı.

"Mettmann, lütfen buraya gelir misiniz?"

Yüzünde masum bir ifade, sekreter önünde dikildi.

"Bu notu demek siz yazdınız. Kreutzmann'a geçtiğiniz üç isim."

Kadın kâğıda bir göz atıp başını salladı. "Dediğim gibi: Komiser Rath isimleri telefonda verdi, iletmemi rica etti."

"Telefonda..."

Mettmann gene başıyla evet işareti yaptı.

"Eğer isimleri siz not ettiyseniz, o zaman bu neden Gereon Rath'ın el yazısı?"

Mettmann kıpkırmızı kesildi.

"Özür dilerim komiser bey. Ama onu gammazlamayacağıma dair söz vermiştim. Doktorlar buraya gelmesini yasaklamış, başhemşire de çok sertmiş. Kaçamak yapıp buraya geldiğinden haberi olmaması lazımmış."

"Sert başhemşireymiş! Kaçamak yapmış! Gereon Rath dün öğlenden beri hastaneye adımını atmadı!"

"Öyle mi?" Mettmann gerçekten şaşırmıştı. "O zaman eve gitmiştir. Bir an önce uzanmam lazım dedi bana. Beyin sarsıntısının..."

"...Şakası olmaz, evet, biliyorum. Bu lafı artık duymak istemiyorum."

"Affedersiniz komiser bey."

"Tamam tamam, size bir şey demiyorum."

Gräf sekreter çıktıktan sonra sessiz de olsa küfrü bastı. Allah'ın belası! Eve işte olduğunu, işe de hasta olduğunu söylemiş. Ne işler çeviriyordu gene acaba? Gräf onun ne işler çevirdiğini sadece tahmin etmekle kalmıyor, aslında biliyordu da.

Bu davranışıyla Kripo'da şimdiye kadar öyle ya da böyle geçinip gitmişti; hem zaten Reinhold Gräf diye bir kriminal sekreteri olmuştu yıllarca onu idare eden. Ama bu makam bunu kaldırmazdı; bir gizli devlet polisi komiseri bu davranışa göz yumamazdı! Gräf oradan oraya koşturulacak, istismar edilecek bir kriminal sekreter değildi artık. Ne kadar adaylık aşamasında olsa da kendisi de komiserdi. Heydrich'i yanlış anlamadıysa, yakında gizli devlet polisinde birtakım terfiler söz konusu olacaktı, SS'e alınması bile mümkündü. Diğer taraftan komiserlik Gereon Rath'ın yükseleceği en yüksek rütbeydi, daha ötesi yoktu. En azından bu tutumunu devam ettirdiği sürece. Gereon halihazırda sırf en önemli tanık değil, önce komünistleri lunaparkta bulup sonra da onları elinden kaçıran dangalaktı da. Bu da, dosyasında olası terfilere engel teşkil edecek bir şerh daha demekti.

Mettmann o anda kapıyı tıklatınca, sinirle, "Gene ne var?" dedi.

"Özür dilerim komiser bey, ama bir tutukluyla görüşmek isteyen birisi var, müdafi olduğunu söylüyor."

Gräf'in tuhafına gitmişti bu. Çünkü normalde bu zibidi hukukçular Prinz-Albrecht-Strasse'ye gelmeye cesaret edemezdi. Gizli devlet polisi siyasi bir polis timiydi, burada konu hukuk, yasa, bilmemne değil, Almanya'nın güvenliğiydi. Şimdi işin yoksa hâlâ bunu idrak etmemiş bir salakla uğraş dedi kendi kendine.

"Başa gelen çekilir," dedi ve derin bir nefes aldı. "Gönderin bakalım adamı."

"Adam değil," dedi Mettmann, "kadın."

Hukuk mesleğinde alışılagelmiş bir şey olmadığından bu da Gräf'in tuhafına gitti. Ancak sekreteri biraz sonra avukat hanımı odasına getirdiğinde tam anlamıyla nutku tutuldu.

68

Metro, Bülowstrasse'de yukarıdan giderken Charly öfkesinden dışarı bile bakmıyordu.

Hiddetliydi. İçi içini yiyordu. Bir insan nasıl bu kadar saf olabilirdi? Ya da bu kadar çaresiz... Evet, ancak çok büyük bir çaresizlik içerisinde olması gerekiyordu ki, gidip gizli devlet polisinin kapısını çalma gafletinde bulunsun. Gereon duysa aymazlık derdi buna ve o da ona bu sefer hak vermeden edemezdi. Ama Gereon'un tabii bir şeyden haberi yoktu; hatta Charly binaya girmeden önce arabası orada duruyor mu durmuyor mu diye sağa sola bakıp kontrol bile etmişti.

Ama Reinhold Gräf odasındaydı. Şubenin sekreteri birlikte çalıştıkları dönemlerde dost gördüğü bu eski mesai arkadaşının odasına getirmişti onu. İlk anda güzel bir karşılaşmaydı bu Charly'nin gözünde. Ama sonrası öyle olmamıştı.

Gräf nazik davranmıştı, o konuda değişmemişti işin açıkçası. Ama hal ve hareketlerine, Charly'nin o güne kadar onda hiç fark etmediği ürkütücü bir kendini beğenmişlik yerleşmişti.

Örneğin, "Demek avukat oldun, öyle mi?" sorusunun ardında Charly binbir tehlike sezmişti.

"Gereon anlatmadı mı, çalışmaya başladım yine. Wedding'deki bir avukatlık bürosunda. Dört hafta oldu."

"Anlattı, anlattı. Meslektaşlarınla beraber... bir SA baskınına uğradınız, değil mi?"

Sözde sempati duygusu daha ziyade tuzak kokuyordu.

"Sonuçta Kuzey Korsanları varmış işin ucunda. Ama gelmemin nedeni o değil."

"Biliyorum. Karl Reinhold için geldin." Bakışlarından Charly yine güvenip güvenmemekte tereddüt etmişti. En azından artık kafasından geçeni doğrudan söylüyordu suratına: "Niye bir komünisti savunmaya kalkıyorsun Charly? Gözünü kırpmadan adam öldüren bir caniyi?"

Cevabı, "Ailesi rica etti," olmuştu; söylediği az çok gerçeğe de uygundu. Öte yandan da içinden, ailenin hangi ferdi diye sormasa keşke diye geçirmişti. Çünkü aynı tutuklu erkek kardeş gibi, kayıp kız kardeş Alexandra da polisin arananlar listesindeydi.

Charly, Alex'i Karl'ın tutuklanmasından sonra bir kez daha ziyaret etmiş, Hamburg'a gitmesinde, yani Marlene Keller'in birahanesinin başına dönmesinde yarar olacağını söylemişti. Berlin Alexandra Reinhold için tekin değildi artık. Bir-iki tartışmadan sonra Alex de ikna olmuştu gitmeye; ancak Charly de ona Karl'ı içeriden çıkarmak için elinden geleni yapacağına dair söz vermişti.

Alex, "Geri kalanı ben hallederim," demişti. Böyle şeyleri ciddi söyleyen bir insandı.

Charly'nin resmen, avukat olarak gizli devlet polisine gelmesinin arkasında asıl yatan buydu. Bir şey yapma, aktif olma ihtiyacı hissetmişti. Hem de sırf Alex'e iyilik olsun diye değil; kabahati her ne olursa olsun, o delikanlının devlet polisinin elinde olması düşüncesi içine sinmediğinden.

Ancak Karl'la görüşüp ne durumda olduğunu görme, birlikte yardım olanaklarını gözden geçirme planı daha baştan suya düşmüştü. Çünkü Gräf, Karl Reinhold'un artık Prinz-Albrecht-Strasse'de olmadığını, başka bir yere gönderildiğini söylemişti.

"Tutukluyu sevk ettik. Hem de günler önce."

"Nasıl?"

"Oranienburg'daki toplama kampına gönderin diye talimat geldi."

"Oranienburg mu?"

Bu eski bira fabrikası, SA'nın başta siyasiler olmak üzere her türlü düşmanına eziyet ettiği bir toplama kampıydı. Gräf'in anlattığına göre SA adamın sorgusunu orada sürdürecekti. Ancak Charly, toplama kampında sorguları tahayyül etmeye çalışırken, söylenenlerin gerisini dinlemekte zorluk çekmişti.

"Müvekkilin konuşursa hepimizin işi kolaylaşır," demişti Gräf. Gerçi bunu söylerken ses tonu nazikti, dostaneydi ama Charly yine de onu Oranienburg haberiyle kasten şoke ettiğini, dikkafalı komünisti ifadeye zorlamak için Charly'den istifade etmek istediğini anlamıştı.

Geberesice, sonuçta aynasızdı işte. Bir zamanlar kendisinin de mensubu olduğu, hatta ayrıldıktan sonra epey arkasından gözyaşı döktüğü bu meslek grubuna olan saygısı yavaş yavaş azalıyordu. Charly bir an önce bu konuşmaya son vermek, oradan ayrılmak istemiş, bunu da kibarca, huzursuzluğunu belli etmeden yapmıştı. Eski meslektaşı ve dostunun eski özelliklerinden hiçbiri kalmamış, kariyerden başka bir şey düşünmeyen soğuk nevale herifin biri olup çıkmıştı.

Arkasında olup bitenlerin o harikulade Yeni Üslup cephesiyle tezat teşkil ettiği binadan çıktı, Potsdamer Platz'da Ruhleben istikametine giden metroya bindi. Kafasını kurcalayan bir soru vardı: Acaba şimdiye kadar herhangi bir avukatın Oranienburg Toplama Kampı'ndaki bir tutukluyla görüşme olanağı olmuş muydu? Orada mahkûmlarla konuşabilen avukat varsa, muhakkak kendisi de tutukluydu. Farz edelim Charly'yi Karl Reinhold'la görüştürdüler, ne geçecekti eline? Kendisi oradan ayrılır ayrılmaz zavallı delikanlıyı daha da hunharca hırpalarlardı. SA'nın hukuk devletinden ne anladığını Charly bizzat kendisi yaşayıp görmüştü.

Alışveriş yapmak üzere Zoo İstasyonu'nda indi. Kaç kişilik akşam yemeği hazırlayacağı konusunda en ufak bir fikri yoktu. Son günlerde akşamları hep evde yalnız kalmıştı. Fritze genelde arkadaşı Atzelerde yemek yiyordu, Gereon ise dokuzdan, ondan önce eve gelmiyordu. O da gelirse.

Bu defa yalnız değildi. Carmerstrasse'deki dairenin kapısını açtığında içeriden radyo sesi geldi. Fritze mutfak masasında oturmuş ev ödevlerini yapıyordu. Müzik eşliğinde. Üstünde üniformayla. Charly'nin siniri oynamıştı yine ama sesini çıkarmadı. Kavga çıksın istemiyordu; oğlan hiç olmazsa evdeydi, yalnız kalmayacağı için sevinmişti aslında.

"Atzelere gitmemişsin bugün?"

Fritze başını iki yana salladı.

"Gereon gelmedi mi daha?"

Oğlanda aynı hareket.

"Bir şeyler hazırlayayım mı? Halberstadt sosisi aldım."

Fritze bu sefer kafasını kaldırdı. Sürpriz hoşuna gitmişti. Sevecen gülümsedi. Başını isterim der gibi salladı.

Charly mutfağa gidip suyu koydu. On dakika sonra sıcak sosis ve hardal masadaydı. Bir de çabucacık bir domates salatası yapmıştı. Soğuk mezelerde sıcak yemeklerden daha ustaydı.

Fritze cebir kitabını kenara koydu. Birlikte hiç konuşmadan yemeye koyuldular.

"Charly?" dedi oğlan bir süre sonra.

"Evet?" Charly daha yeni sosisinden bir lokma almıştı.

"Baksana... Sen komünist tanıyor musun hiç?"

Charly içinden, iyi ki cevap vermeden önce lokmayı yutmuşum dedi.

"Nereden çıktı bu şimdi?"

"Hiiç, öyle."

"Komünist kalmadı ki hiç."

"Peki Gereon?"

"Ne olmuş Gereon'a?"

"Onun komünistlerle işi oldu mu hiç?"
"Niye soruyorsun bunları?"
"Ne bileyim. Geçen gün onlarla ilgili bir şey konuşuyordunuz da. Yani komünistlerle. Siz de sevmiyorsunuz onları, değil mi?"
Şu HJ yok mu diye geçirdi içinden Charly. Bir an ne demesi gerektiğini düşündükten sonra, "Gereon komünist avında. Nasıl sevsin onları? Polis o," diye cevap verdi.
"Sen?"
"Eskiden ben de polistim."
Fritze başını salladı, ama cevaptan tatmin olmamışa benziyordu. Belli ki kafasını meşgul eden bir şey vardı. Gene suskunlaştılar. Eve zaten garip bir sessizlik hâkimdi. Bir süre sonra Charly eksikliğin ne olduğunu fark etti. Mama kabının başında köpeğin yemek şapırtısıydı eksik olan.
Birbirlerine baktılar, anlaşılan ikisi de aynı şeyi düşünmüştü. Fritze tabağını itti.
"Charly?"
"Evet?"
"Ben Kirie'yi özlüyorum."
"Ben de Fritze, ben de."
Oğlan köpeğe araba çarptığından beri ilk kez Charly'nin yanına gelip incecik kollarıyla boynuna sarıldı.
Charly hazırlıksız yakalanmıştı, ama o da ona sarıldı ve saçını okşadı. Çocuk kollarında titremeye başlamıştı; sessiz sessiz ağlıyordu. Charly fark etmemiş gibi yaptı, oğlan böyle şeylerden utanıyordu çünkü. Alman genci ağlamazdı. Bunu Gereon mu, yoksa HJ mi aşılamıştı ona? Belki de sokakta, çocuk yurdunda öğreniliyordu böyle şeyler.
Bu çocuk çok çekmişti hayatında; o yüzden Charly HJ üniformasına bile sesini çıkarmıyordu.
Telefon çaldı. Charly bu arada biraz sakinleşen Fritze'nin kollarından yavaşça sıyrıldı. O telefonu açmaya giderken çocuk da gözyaşları görünmesin diye fırsattan istifade odasına kaçtı. Charly de zaten gördüğünü belli etmedi. Ahizeyi kaldırdı.
"Buyurun, ben Charlotte Rath."
"İyi akşamlar Frau Rath. Ben Sankt Norbert'ten Warszawski."

"Papaz bey, siz misiniz? Ne güzel sürpriz."

Charly adamı son kez kilisede nikâhları kıyılırken görmüştü. İnancı olmayan Charly, Gereon'un Renanyalı ailesine olan saygısı yüzünden Katolik düğününe razı gelmişti. Nikâhı cübbe filan giymeden kıyan Johannes Warszawski, Charly'nin gözündeki Katolik din adamı imajına hiç uymuyordu.

"Rahatsız etmiyorum umarım," dedi papaz. "Eşinizle her şey yolunda mı?"

"Sağ olun."

Charly şaşırmıştı; Katolik papazların âdeti miydi nikâhını kıydıkları çiftlere hal hatır sormak? Evliliklerinin nasıl geçtiğini mi öğrenmek istiyordu?

"Frau Rath, kocanızla konuşmam lazım."

"Evde değil, iş icabı dışarıda."

"Hay Allah. Ne zaman gelir?"

"Bilmiyorum. Bir mesajınız var mı?"

Hattın öbür ucunda bir sessizlik oldu. Papaz ne diyeceğini düşünüyordu herhalde.

"Şunu hatırlatabilirsiniz belki," dedi sonunda, "muhakkak yarın sabah Sankt Norbert'e günah çıkarmaya gelsin. Başka randevu veremiyorum kendisine."

"Günah mı çıkaracak?" dedi Charly hayretini gizleyemeyerek.

"On ikiye çeyrek kala deyin ona. Zamanında gelirse çok beklemez. Gerçi biliyorum, çok meşgul."

Papaz kapattıktan sonra Charly elinde ahize kalakalmıştı. Bildiği kadarıyla Gereon en son nikâh töreninden kısa bir süre önce günah çıkarmıştı, o da papazın zoruyla. Yıllardır birlikteydiler, Noel zamanı dışında kiliseye adımlarını atmamışlardı ki, o da üçünün ailece gittiği Gedächtniskirche'ydi, yani bir Katolik kilisesi değildi. Gereon tanıdıkları arasında dinle en az ilişkisi olan Katolik'ti. Nereden çıkmıştı şimdi bu günah çıkarma filan? Kirie'nin ölümüyle alakası olabilir miydi? Vicdan azabı mı çekiyordu yoksa?

69

Rath hiç tahmin etmezdi, ama Sankt Norbert'te hakikaten günah çıkarmaya gelmiş insanlar vardı. Birkaç zavallı tövbekâr banka oturmuş, sırasının gelmesini bekliyor, bazısı da günah çıkarması bitmiş, elinde tespih, Ave Maria duasını okuyordu. O da onlar gibi banka oturup bekleyecekti, başka çaresi yoktu. Aylarca adımını atmadığı kiliseye son bir hafta içinde ikinci gelişiydi.

Düğünden sonra bir daha uğramamıştı; Berlin'de güvendiği tek Katolik din adamı Warszawski sırf onun nikâhını kıymakla kalmamış, bir keresinde buhurdanı suratına çarpmıştı. Adama belki de onun için minnettarlık duygusu besliyordu.

Charly önceki akşam günah çıkarma randevusunu hatırlatmak için papazın aradığını söyleyince bayağı şaşırmıştı. Ve sadece kafasını sallamakla yetinmişti. Charly'nin suratından açıklama beklediği belliydi, ama ona bu iyiliği yapmadı.

Saat on ikiye yirmi vardı. Dua edenlerin mırıltısından başka ses yoktu. Rath diğer tövbekârlar sırasını savıncaya kadar sabırla bekledi. Günah çıkarma hücresine girip dizlerinin üzerine çöktü.

"En son bir yıl önce günah çıkardım. Ve evlendim. Bir daha da günah işlemedim. Evlendikten sonraki günahlar, günahtan sayılmaz artık."

"Bu işi biraz daha ciddiye alsanız iyi olur Herr Rath. Günah çıkarma kutsal bir tören, şaka yapılmaz burada. Dürüst olunur, hem kendine hem de Tanrı'ya karşı."

"Benimle konuşmak isteyen sizdiniz diye biliyorum, sevgili Tanrı değil."

"Her şeyin bir zamanı var. Şu an Sankt Norbert'te hâlâ günah çıkarma saati. Sevgili Tanrı'nın sizin için on dakika vakti var. Siz sonuncusunuz, değil mi?"

"Korkarım evet."

"Hadi bakalım, başlayın o zaman."

"Düşüncede, lafzen ve icraatla günah işledim."

"Yavaş yavaş gerçeğe yaklaşıyoruz."

"Sözümü kesip durmayın lütfen papaz efendi, konsantre olamıyorum. İşin açıkçası az önceki günah çıkarma hazırlığında günahlarımdan başka her şeyi düşündüm."

"Şimdi düşünün o zaman günahlarınızı."

Johannes Warszawski aman vermiyordu. Papaz düğünden önce Rath hiç istemediği halde onu günah çıkarmaya zorlamıştı. Onun Warszawski'de kimsenin, hatta Charly'nin bile bilmediği sırları vardı. Buna güven ilişkisi denmezdi de ne denirdi! Kimbilir Elisabeth Spindler, Katedral Papazı Lichtenberg'e günah çıkarma hücresinde neler neler anlatmıştı.

Papazın gönlü olsun diye bir-iki uyduruk günahtan söz etti. Her seferinde en fazla Sekizinci Emre riayet etmediği ortaya çıkıyordu. Asıl sıkıntısını hiç açmadı. Çünkü onunla ilgili günah ileride işlenecek bir günahtı. Warszawski'ye adam öldürdüğünü itiraf edebilir miydi? Ölümünden sorumlu olduğu birinin cesedinin sürekli rüyasına girdiğini papaza daha önce anlatmıştı. Ama sadece bir tanesinin. Köln'dekinin. Josef Wilczek'ten ise hiç dem vurmamıştı.

Warszawski bu sefer insaflı davranmış, tövbekârlıkla ilgili biriki yükümlülüğü yerine getirmesini isteyip onu azletmişti. Rath üç Ave Maria ve üç Rabb'in Duası ettikten ve az önce saydığı günahları konusunda pişmanlığını dile getirdikten sonra diğer tövbekârların kiliseden çıkmasını bekleyip kilisenin levazım odasına girdi.

Johannes Warszawski cübbesini çıkarmıştı; onu sivil kıyafetle karşıladı. Katolik usulü sivil kıyafetti bu tabii: siyah takım elbise ve yakası balinalı siyah gömlek.

"Benimle konuşmak istiyormuşsunuz papaz efendi."

"Ben de sizin birisiyle konuşmak istediğinizi sanmıştım."

"Walter Spindler'in nerede saklandığını biliyorsunuz yani, öyle mi?"

"Buraya arabayla mı geldiniz komiser bey?"

Rath başıyla evet işareti yaptı.

"Kalkın gidelim o zaman. Şu anda öğle paydosu. Saat iki buçukta tekrar burada olmam lazım."

"Nereye gidiyoruz bilmiyorum ama tavsiyem, benim arabamla gitmeyelim. İki-üç otomobil arkasında gizli devlet polisinin siyah *Ford*'u duruyor."

"İzleniyor musunuz? Hem de kendi adamlarınız tarafından..."

"Kendi adamlarım değil bunlar."

"Niye takip ediyorlar sizi?"

"Son günlerde pek ortalıkta görünmedim de, ne işler çevirdiğimi merak ediyorlar."

"Sizi takip edenlerde Gereon Rath tekrar imana geldi diye bir sanı oluştursak?" Bunları söylerken Warszawski'nin gözü Rath'ın kafasındaki sargıya kaydı. "Yok yok! Daha güzel bir fikrim var. Hastanemiz hemen bitişikte. Buradan çıkıp oraya girin, bence daha inandırıcı olur. Arabam avluda, arka kapının önünde. Sizi orada bekliyorum."

Papaz Warszawski'nin arabası koyu yeşil külüstür bir *Hanomag*'dı. Hiç olmazsa o "tayın" denen modeli değil, P tipiydi. Ama ona rağmen içi pek dardı. Avludan çıkıp Mühlenstrasse'ye döndüler; siyah *Ford*'un önünden geçerlerken Rath otomobilin içinde neredeyse yere oturacak şekilde iyice kaykıldı.

Papaz bir süre sonra, "Doğru oturabilirsiniz artık," dedi. "Ana caddeye çıktık."

"Bizi takip etmediklerinden emin misiniz?"

Warszawski dikiz aynasından baktı. "Eminim," dedi. "Onlar şimdi sizin sargıyı değiştirttiğinizi düşünüyor. Siz hastaneden çıkana kadar sabırla bekleyecekler."

"İnşallah dediğiniz gibi olur."

Rath doğruldu ve orasını burasını yokladı. Papaz arabayı o kadar sert kullanıyordu ki, sağa sola çarpmaktan canı yanmıştı.

Warszawski, "Bu adamlar sizi Lichtenberg'in orada gördü mü?" diye sordu.

"Hayır. Elisabeth Spindler'i nasıl takip ettiklerini izledim. Sonra onlar gidene kadar bekledim, başpapazın yanına öyle girdim."

"İnşallah dediğiniz gibidir." Rahip bunu söylerken kılı kıpırdamamıştı.

Rath'ın gülmesi geldi. "Nereye gidiyoruz?" diye sordu.

"Biliyorsunuz sanıyorum."

"Abendruh Sitesi demeyin şimdi."

Warszawski bir şey söylemedi, bir nevi onaydı bu. Sankt Norbert'in rahibinin bu sitede bahçeli bir kulübesi vardı. Birkaç yıl önce yine polis tarafından aranan birini saklamıştı burada.

"Aceleye geldi, daha iyi bir yer bulamadım," dedi özür dilemesi gerekiyormuş gibi. "İyi tarafı, bu mahallede kimse komünist aramaz."

Doğruydu da bu. Berlin'in güney batısının işçi mahallesiyle alakası yoktu. Bu koskoca sitenin etrafı küçük villalarla ve büyükçe müstakil evlerle çevriliydi. Bazıları henüz inşaat halindeydi. Hepsi de eli ayağı düzgün yapılardı, tipik orta sınıf semtiydi.

"Siz Katedral Rahibi Lichtenberg'e yardım ediyorsunuz yani..."

"Breslau'da rahip okulunda beraber okuduk."

"Lichtenberg meselenin ne olduğunu anlattı mı size?"

"Adınızı verdi, himayemiz altındaki kişiyle görüşmek istediğinizi söyledi."

"Walter Spindler'e yardım etmek istiyorum. Etrafında tehlikeli insanlar var. Düşüp kalktığı adamlardan biri bir profesyonel suçlu. Bulunduğu tehlikeli ortamın bilincinde olup olmadığından emin değilim. Bu Juretzka bir yeraltı çetesinin eski şefi. Son dört haftada üç kişinin canına kıydı."

"Lichtenberg'in bana teslim ettiği o zavallının etrafında kimse yoktu, yalnızdı." Warszawski, Rath'ın yüzüne baktı. "Lichtenberg'e sizin güvenilir biri olduğunuza dair teminat verdim. Beni hayal kırıklığına uğratmazsınız umarım."

"Papaz efendi, daha biraz önce size günah çıkardım, unuttunuz herhalde."

Warszawski *Hanomag*'ı Elmshorner Strasse'ye park etti. Yolun geri kalanını yürüdüler. Rath buraya daha önce de geldiği halde yanında rahip olmasa kulübeyi bulmakta zorlanacağını düşündü.

Warszawski birtakım casusluk oyunları, gizlilik ritüelleri olmaksızın bahçe kapısını açtı ve doğrudan sevimli ahşap kulübeye girdi.

Spindler, birkaç yıl önce Abraham Goldstein'in oturduğu masada oturuyordu. Kıyafeti ve göz bandıyla bu komünist tıpatıp Rath'ın aklında kaldığı gibiydi.

Kapı açılınca Spindler ayağa kalktı, yüz ifadesinde şaşkınlıktan eser yoktu. Ancak Rath'ı baştan aşağı süzerken bakışlarındaki kuşku gözden kaçacak gibi değildi.

"Merhaba Herr Spindler," dedi Warszawski. "Size sözünü ettiğim bey."

Rath elini uzattı. Spindler kısa bir an tereddüt ettikten sonra elini verdi. "Bu görüşmeyi kabul ettiğiniz için size teşekkür ediyorum," dedi Rath.

Spindler omuz silkti. Onun için daha önemli şeyler vardı anlaşılan.

Rahibe dönüp, "Bulabildiniz mi?" diye sordu.

Warszawski başını sallayıp Spindler'e küçük bir teneke kutu uzattı.

"Eski ölçülere göre. Umarım uyar."

Komünist kutuyu açtı ve içinden pamuğa sarılı bir cam göz çıkardı; göz bandını açmadan önce bir süre inceledi. Rath az sonra korkunç bir manzara arz eden göz çukurunu görecekti. Spindler protezi taktı. Yapay olduğu hiç belli değildi.

Rath kalakalmıştı.

"Yoksa... Yoksa siz Friedrichs Usta'ya mı gittiniz?" diye sordu rahibe.

Warszawski başını iki yana salladı. "Ben kendim gitmedim."

"İyi de..."

"Tabii Herr Spindler de gitmedi. Gereği de yoktu. Ölçüler ustada vardı zaten."

Rath, bu Katolik-komünist komplosunun içerisinde acaba daha kimler var diye sordu kendi kendine.

Spindler, "Benden ne istiyorsunuz komiser bey?" diye sordu.

"Mesele doğrudan sizinle ilgili değil, bir katilin peşindeyim."

"Hemen şunu söyleyeyim: Sizinle sadece papaz efendi rica ettiği için konuşuyorum."

"Komünist olduğunuzu sanıyordum."

"Bu iyi insanı kötü insandan ayıramayacağım anlamına gelmiyor."

"Politik görüşünüz kesinlikle umurumda değil. Ben komünist avına çıkmış bir devlet polisi değil, bir dizi cinayeti aydınlatmakla yükümlü bir kriminal polisim. Bildiğim, Horst Kaczmarek'in bir kaza sonucu ölmediği..."

Spindler, Rath'ı dinlerken cam gözü takmaya çalışıyordu.

"Birçok kişiye yaptığı gibi sizin de gözünüzü emip çıkarmaya çalıştığını biliyorum," diye devam etti Rath. "Ancak sizin zaten cam göz taktığınızı bilmiyordu, bu da ona pahalıya patladı."

Spindler, "Evet, bilmiyordu," diye doğruladı onu.

"Beyler," dedi Warszawski. Bir an önce gitmek istiyor gibi sabırsız bir hali vardı. "Konuşmanıza burada devam etmeseniz iyi olur diye düşünüyorum. Başka yerde yapın sohbeti."

"Nerede mesela?"

"Arabada Herr Rath." Warszawski bunu öyle bir ses tonuyla söylemişti ki, karşı çıkmanın bir anlamı olmayacaktı. "Katedral Rahibi Lichtenberg'e, Herr Spindler'i sizinle Brandenburg'a göndereceğime dair söz verdim."

"Havel'deki Brandenburg mu?" dedi Rath. "Kaç saatlik yol o, haberiniz var mı?"

"Siz Herr Spindler'le konuşmak istiyor musunuz, istemiyor musunuz? Arabada rahat rahat sohbet edersiniz işte. Ayrıca hızlı sürerseniz üç, bilemedin dört saat sonra yine Berlin'desiniz."

"Ama araba sizin, neden siz kendiniz..."

"İşim gücüm var da ondan."

"Ya ben? Ben aslında hastanedeyim, tedavi görüyorum."

"O iş biraz gecikecek," dedi papaz umursamaz bir edayla. "Arabayı yine avluya bırakın, anahtarı vermek için arka kapıdan girip odama gelin. Sonra tekrar hastanenin içinden Mühlenstrasse'ye. Siyah *Ford*'daki arkadaşlarınızın da gönlü olsun."

"Peki siz? Siz Sankt Norbert'e nasıl gideceksiniz?"

"Bisikletimle. Zaten çoktan Schöneberg'e geri götürmem lazımdı."

Rath derin derin içini çekti. Johannes Warszawski ile başa çıkılmazdı. Papaz cebinden iki mandal çıkardı, paçalarına taktı ve dışarıda kulübenin duvarına dayalı duran bisikletine atladı.

"Hoşça kalın beyler," dedi ve kulübenin önünde duran Rath'a arabanın anahtarını attı. "Geri vites takılıyor bazen, dikkat edin." Pedala basmadan önce son bir kez dönüp, "Ha, bir şey daha var Herr Rath," dedi.

"Evet?"

"Bir daha bu kadar arayı açmayın günah çıkarmak için."

Warszawski bisikletin zilini çaldı, el sallayıp çalıların arkasında gözden kayboldu.

Rath ve Spindler birbirlerine baktılar. Komünistin, bundan sonra saklanacağı yere bir polis memurunun eşliğinde gideceği herhalde aklının ucundan geçmezdi. Warszawski her şeyi öyle akıllıca planlamıştı ki.

"Eh madem öyle, hadi bakalım," dedi Rath. "Araba ileride, sitenin önünde."

Spindler de neye uğradığını şaşırmış gibiydi.

"Madem papaz efendi böyle istedi," dedi.

On dakika sonra Warszawski'nin *Hanomag*'ında Potsdam istikametine doğru ilerliyorlardı. Uzun bir süre sessiz kaldılar. Rath fena faka basmıştı; resmen firara yataklık ediyordu şu anda. Ancak için için hoşnuttu da durumdan. Sonuçta, Kaczmarek'in son kurbanı olmasına rağmen Gräf ve gizli devlet polisi tarafından zanlı muamelesi gören adamı Berlin'in dışına çıkarıp güvenli bir yere gitmesini sağlayan da kendisiydi.

"Dediğim gibi Herr Spindler, sizin suçlu değil, mağdur olduğunuzu biliyorum. Siyasi görüşünüz beni hiç mi hiç ilgilendirmiyor."

Spindler sesini çıkarmadı.

"Benim derdim siz değilsiniz, ben hakiki bir caninin peşindeyim. Leo Juretzka. Adam iki kişiyi öldürdü."

"SA."

Spindler'in ağzından çıkan bu iki harf, sanki her şeyi, hatta adam öldürmeyi bile haklı çıkarıyordu, Rath neden komünistlerle yıldızının hiçbir zaman barışmadığını bir kez daha anladı.

"Şimdiye kadarkiler SA'ydı. Ama sanmayın ki bu böyle devam edecek. Leo Juretzka siyasi nedenlerle cinayet işlemiyor, o profesyonel suçlu. Listesinde daha kimler var bilmiyorum ama hepsinin SA olmadığı kesin."

Spindler düşünceli, ön camdan dışarıya bakıyordu.

"Leo'yu yakalarsanız akıbeti ne olacak? SA mı sorguya çekecek, yoksa siz mi?"

"SA'nın sorguya çekmemesi için elimden geleni yapacağım."

Yalan da değildi bu.

"Leo'nun nerede olduğunu bilmiyorum komiser bey."

"Ama lunaparktan birlikte kaçtınız?"

"Siz çıkagelince tek seçeneğimiz oydu. Silahınızdan çıkan kurşundan sonra elimizi çabuk tutmamız gerekiyordu. Tabii hep birlikte kaçtık."

"Wolff Grubu olarak yani."

"Nasıl?"

"Gregor Wolff'un adamları yani."

"İsim vermeyeceğim komiser bey. Yoldaşlarıma ihanet etmem ben. Bir tek şunu söyleyebilirim: Wolff Grubu diye bir şey yok."

"Gestapa aynı fikirde değil ama."

"Geri zekâlılar."

Rath buna itiraz edecek bir neden bulamadı.

"Grubun isminin ne olduğu önemli değil. Evet, birlikte kaçtınız... Sonra?"

"Sonra ayrıldık. Ben Papaz Lichtenberg'i aradım. Leo nereye gitti bilmiyorum. Bilsem de söylemem."

"Adam bir katil," diye devam etti Rath, "kaç kişiyi öldürdü. Bakalım daha kaç cana kıyacak."

"Benim hayatımı kurtardı."

"Horst Kaczmarek'i o mu öldürdü sanıyorsunuz? Hayır. O boğazına cam göz kaçtığı için öldü. Leo Juretzka bir cesede vurup durmuş ya da ölümle boğuşmakta olan bir adama."

Spindler yine dışarıyı seyrediyor, Rath'a hiç bakmıyordu.

"Leo sizden bayağı bayağı nefret ediyor galiba komiser bey," dedi bir süre sonra. "Tutmasaydık o gün öldürecekti sizi."

"Hayatımı kurtardınız yani. Onu mu söylemek istiyorsunuz?"

"Sizi yere yıktıktan sonra kudurmuş gibi vurup duruyordu size. Hiç şüphe yok, tanıyor sizi. Ne yaptınız ona?"

"Ona iyilik yaptım. Bir yıl önce SA hapishanesinden çıkmasını sağladım."

Spindler soran bakışlarla Rath'ın yüzüne baktı.

"Gözünün çıkmasından beni sorumlu tutuyor," diye devam etti Rath. "Ama bunu yapan Kaczmarek. Emip gözünü çıkarmak istediği ilk insan siz değilsiniz."

Spindler, "Biliyorum," dedi ve gözünü yine yola dikti. Potsdam'dan çıkmış, karanlık bir ormanın içinden geçen dümdüz bir otoyolda ilerliyorlardı. Rath, daha birkaç hafta önce Reichsstrasse 1'e yerleştirilen ve üzerinde siyah renkle "1" yazılı sarı trafik işaretlerini takip ederek gidiyordu. Almanya'yı bir uçtan öbür uca kesen bu upuzun yol Königsberg ile Aachen'i birbirine bağlıyordu. Berlin ve Potsdam'dan sonra gelen noktalardan birisi Brandenburg an der Havel'di.

Rath, komünistin gözünde biraz saygınlık kazandığının farkındaydı. Birini SA hapishanesinden kurtarmak kızılların üzerinde etki yapan bir şeydi. Tabii Spindler'e Juretzka'yı Papestrasse'deki SA hapishanesinden Johann Marlow'un direktifiyle kurtardığını söylemeyecekti.

"Juretzka size hiç SA hapishanesi döneminden bahsetti mi?"

"Çok da sohbetimiz olmadı. Tek bildiğim, benim ve yoldaşlarımın canını kurtardığı, bize yardım ettiği."

"Bu onun bir katil olduğu gerçeğini değiştirmiyor."

Spindler pencereden dışarı baktı.

Bir süre düşündükten sonra, "Olabilir," dedi. "Ama size yardım etmek istesem bile Leo'nun nerede olduğunu bilmiyorum."

"Onu en son nerede gördünüz?"

"Beni Gendarmenmarkt'a bıraktı. Ondan sonra bir daha görmedim."

"Bıraktı mı dediniz? Arabayla mı?"

Spindler başıyla onayladı. "Lunaparkın orada buldu bir tane. O işi iyi biliyor."

"Juretzka eskiden profesyonel araba hırsızıydı." Rath, Spindler'e baktı. "Çaldığı araba nasıl bir şeydi?"

Walter Spindler cevap vermeden önce yine biraz düşündü.

"Büyük bir limuzin," dedi sonra. "Bordo. *Mercedes*. Hayatımda hiç öyle lüks bir otomobile binmemiştim."

"Hangi yöne gitti?"

"Französische Strasse'den Alex'e doğru. Tabii bu ne ifade eder, o da ayrı."

"Haklısınız. Hiçbir şey."

Rath, bu buluşmadan çok şey ummuştu; hayal kırıklığını Spindler'e çaktırmamaya çalışıyordu. Firar arabasına ilişkin bilgileri küçümsemek istemiyordu tabii ama bu bilgiye Wolff Özel Komisyonu'nun da sahip olduğundan emindi. Bir pazartesi sabahı Halensee'de kaç tane araba çalınmış olabilirdi? Ya da... Ya da Leo Juretzka iyice pişkinliği ele alıp arabayı getirmiş ve çaldığı yere geri bırakmıştı; hem de polisin gözü önünde, günlerdir polisten geçilmeyen olay mahalline.

Bu arada açık araziye çıkmış, ormanlardan, göllerden, küçük köylerden geçiyorlardı.

Rath bir süre sonra, "Bir şey daha sormak istiyorum," dedi. "Beylik tabancamı kimin aldığını biliyor musunuz?"

"Hiçbir fikrim yok. Leo'yla o karambol oldu, sonra sizin silahınız ateş aldı... Her şey o kadar hızlı gelişti ki. Alelacele kapacağımızı kaptık ve çıktık. O arada silahı birisi götürdüyse bilmiyorum. Ben almadım."

Brandenburg yazılı tabelayı geçtiler.

"Şu köprüyü geçtikten sonra sola döneceğiz," dedi Spindler. "Geldik sayılır."

"Brandenburg'da ne yapacaksınız? Moskova'ya geri gitmenize yardımcı olacak yoldaşlar mı var burada?"

Spindler cevap vermeden önce gene düşündü. Düşüncesiz bir laf etmekten korktuğu için konuşmaları sürekli kesintiye uğruyordu.

"Ben hiç Moskova'ya gitmedim ki," dedi sonunda.

"Nasıl yani? Ama..."

"Stapo öyle zannetti, biz de üstelemedik."

"Biz kim?"

Spindler cevap vermedi.

"Karınızın haberi var mıydı bundan?"

Walter Spindler cevap olarak küçük bir kiliseyi işaret etti. Kanal kenarında, klinker tuğlasından yapılmış sade bir Prusya yapısıydı.

"Burası," dedi. "Sağda durun."

Rath denileni yaptı. Bir Katolik kilisesiydi bu. Brandenburg an der Havel'de kulesinin diğer damlara yetişmediği bir sürü kilise vardı ama bu Katolik olanı içlerinde en küçükleriydi. Diasporada hep olduğu gibi.

Rath şaşkınlığını gizleyememişti. "Kiliseye mi giriyorsunuz?"

"Kiliseye değil, rahip evine. Bir yıldır orada yaşıyor, orada çalışıyorum." Rath'ın yüzüne baktı. "Geçmişimi ve asıl ismimi bilen tek insan rahip. Artık bir de siz varsınız."

"Korkmayın, gammazlamam sizi. Hatta Papaz Warszawski'ye yemin bile ettim. Zaten bunun haricinde de bugün görevimi o kadar çok kötüye kullandım ki, artık doğrudan suç ortağınız sayılırım."

Rath motoru durdurup sigara tabakasını çıkardı.

"Vedalaşmadan önce bir sigaraya ne dersiniz?"

Spindler ikramı geri çevirmedi. Rath önce onun sigarasını yaktı, sonra kendisininkini. Komünist yıllardır sigarasız kalmış gibi derin nefesler çekiyordu.

"Demek Moskova'ya gitmeyip bu taşra kasabasında saklandınız hep," dedi Rath bir süre sonra.

"Stalin'in zorda kalan bütün Alman komünistlerine arka çıktığını sanmayın. Maikowski hikâyesinden sonra SA bizi salıverdi; hemen akabinde Reichstag yangınından sonra gidecek yerim yoktu. Bir daha ellerine düşmek istemiyordum, o kadar. Bize Papaz Lichtenberg yardım etti işte o zaman; bana da bu işi buldu."

"Zangoçluk mu?"

"Onun gibi bir şey. Org çalmasını bilmiyorum, ama onun dışında her işi yapıyorum. Çimleri biçiyorum, dam aktarıyorum, ampul değiştiriyorum, dua kitaplarını diziyorum, mumları yakıyorum. Böyle işte..."

"Neden tekrar yoldaşlarınıza yanaştınız, Gregor Wolff ve diğerleriyle birlikte duvarlara devlet karşıtı sloganlar yazdınız?"

Spindler bir şey söylemedi.

"Kim vurduya gidebilirdiniz. Kaczmarek cam gözünüzü yutup boğulmasaydı kimbilir ne yapardı sizi."

"Boğuldu ama." Spindler bunu dikkafalı bir edayla söylemişti. "Ayrıca yoldaşlar yakındaydı. Leo da."

"Şansınız yaver gitmiş diyeyim. Sırf siyaset için insan nasıl kendini böyle tehlikeye atar, anlamıyorum. Şu kasabada sakin bir yaşam sürdürmek varken."

"Yaşamımı öyle de sürdürürüm, böyle de, siz karışmayın. Herkesin kendi kararı."

Rath artık bir şey söylemedi. Sigarasını tüttürüp düşünceye daldı. Spindler haksız değildi. Kim neyi neden yaptığını biliyordu ki hakikaten? Mesela kendisi aranan bir komünisti tutuklayacağına, gizlendiği yere kadar arabayla götürmüş, şimdi de oturmuş onunla beraber sigara içiyordu. Birkaç gün öncesine kadar düşünebilir miydi böyle bir şeyi?

"Peki ya oğlunuz?" dedi sonra birden.

Walter Spindler birden suratına yumruk yemiş gibi olmuştu.

"Ne olmuş oğluma?"

"Robert de gitmedi hiç Moskova'ya, değil mi? Komünist yeraltı örgütlerinde mi aktif hâlâ? Bu muydu sebep? Siz onun için mi..."

"Size ne benim oğlumdan?" diye kesti sözünü Spindler sertçe.

Rath onu yatıştırmak istiyormuşçasına ellerini kaldırdı. "Tamam tamam, sordum sadece."

"Sorduğunuz her soruya cevap vermek zorunda değilim komiser bey. Anlatacağımdan fazlasını anlattım zaten."

Spindler sigarasını söndürüp kapıyı açtı. Çıkınını kapıp Rath'a elini uzattı.

"Teşekkür ederim beni buraya kadar getirdiğiniz için."

Rath rahip evine doğru yürüyen adamın arkasından bir süre baktı. Garip bir düşünceydi bu: komünist bir zangoç. Gizli devlet polisinin bile aklına bu bağlantı gelmezdi.

Spindler haklıydı. Gerçekten istediğinden fazlasını söylemişti.

Papaz Lichtenberg bize yardım etti.

Bize.

Katedral rahibi Spindler'in oğluna nerede iş bulmuştu acaba?

70

Gizli devlet polisinin koridorlarına bir telaş ve koşuşturma hâkimdi. Havadaki gerginlik adeta bulaşıcıydı. Kendisini hiç iyi hissetmiyordu. Yediği bir şey mi dokunmuştu acaba?

Reinhold Gräf saate baktı. Beş dakikası vardı. Tuvalete koştu, boş bir kabin bulup içeri daldı. Dizlerinin üzerine çöktü. Midesi korkunç bulanıyordu ama çıkaramadı. Sonunda parmağını boğazına soktu, ancak o zaman istifra edebildi.

Hâlâ kendisini iyi hissetmiyordu. Lavaboya eğilip ağzını çalkaladı. Aynanın karşısında ıslak tarakla saçını yeniden taradı, kravatını düzeltti. Fena da görünmüyordu. Sadece yüzü biraz soluktu. Ama bu soğuk ışıktan da olabilirdi, insan burada hep hasta gibi görünüyordu.

Heydrich konuşmak istemişti onunla. Gereon Rath yüzündendi muhakkak. Bir Reinhard Heydrich bile Rath'ın lunaparktaki o tek tabanca icraatının içinden çıkamıyordu. Gräf, Maschmeyer ve Fiedler'i onun peşine takmıştı ya, en azından kimse bu durumla ilgili olarak bir şey yapmadı diye suçlayamazdı onu.

104 numaralı odanın kapısını tıklattı.

Heydrich bu defa geçen seferkinden daha tez girdi konuya. Herhalde çok işi vardı. Ne ellerinden kaçırdıkları komünist ne katledilen SA'lar ne de Gereon Rath'tı konu. Gräf şaşırdı, aynı zamanda rahatladı da.

"Umarım hafta sonuna bir planınız yoktur komiser bey."

"Elbette yok komutanım. Güncel gelişmeler haliyle bütün Wolff Özel Komisyonu..."

"Bırakın şimdi özel komisyonu filan. Bir-iki gün ara versinler. Hafta sonu eldeki bütün adamlara ihtiyaç olacak."

"Hayhay komutanım."

"Cumartesi sabahı Kıta Komutanı Pfeiffer ile birlikte hayata geçireceğiniz bir özel görev üstleneceksiniz."

"Özel görev mi komutanım?"

"Belirli SA çevrelerinin darbe hazırlığı içinde olduğu kuşkusundan size söz etmiştim."

"Evet komutanım."

"Bu kuşkuların yerinde olduğu ortaya çıktı. Bu darbeyi bastırmamız gerekiyor. Darbeciler daha harekete geçmeden onların başını ezmeliyiz."

"Benim ne yapmam gerekiyor komutanım?"

"Zamanı geldiğinde öğreneceksiniz. Operasyonun kesinkes gizliliğe tabi olduğunu vurgulamam gerekmiyor, değil mi? Hiç kimseye, meslektaşlarınıza, hatta Kıta Komutanı Pfeiffer'e bile söz etmeyeceksiniz bundan. Anlaşıldı mı komiser bey?"

"Evet komutanım."

"Tamam. Şimdi işinizin başına dönün. Cumartesi sabahı saat yedide Tabur Komutanı Best'in yanında olun. Talimatları ondan alacaksınız."

"Affedersiniz komutanım, kim dediniz?"

Gräf bu ismi ilk kez duyuyordu.

"Tabur Komutanı Werner Best. 27 numaralı oda."

"Tabii komutanım."

Gräf ofisine giderken hâlâ soğuk soğuk terler döküyordu. Konuşma korktuğundan iyi, hem de çok çok iyi geçmesine rağmen daha anca kendine geliyordu.

Darbe planları. Özel görevler. Koridorlardaki telaşın nedeni şimdi anlaşılmıştı. Reinhold Gräf herhalde özel görev verilen tek Gestapa memuru değildi. Yine de buna layık görülmek madalya almak gibi bir şeydi. Cuma günü kendini ispat edebilirse Wolff Özel Komisyonu'nda arka arkaya –özellikle de Gereon Rath'ın attığı çelmeler yüzünden– maruz kaldığı başarısızlıklarını telafi etmiş olurdu.

Odasının önünde Rath'la burun buruna geldi. Donakalmıştı.

"Gereon," dedi fiyakacı bir tavırla, "iyileştin mi? Sevindim tekrar ortaya çıkmana."

Gereon selamsız sabahsız döşendi. "Sen beni takip mi ettiriyorsun?"

Allah kahretsin! Maschmeyer de, Fiedler de beceriksiz birer geri zekâlıydı. Gereon'un peşine keşke başkalarını taksaydı.

"Kendime göre nedenlerim var," dedi Gräf soğukkanlılığı elden bırakmamaya çalışarak.

"Öyle mi? O nedenleri ben de öğrenmek isterim!" Gereon sesini yükseltmişti. Pek ayığa benzemiyordu; bakışlarına tuhaf, vahşi bir ifade oturmuştu. "Senin işin komünist avlamak, meslektaşların aleyhine casusluk yapmak değil!"

"Konuşalım, tamam. Ama koridorda olmaz."

Rath'ı odaya çekip kapıyı kapattı. Allah'tan yalnızlardı. Ekibin gerisi lunaparktaydı. Maschmeyer ve Fiedler de herhalde Prinz-Albrecht-Strasse'de siyah *Ford*'un içinde oturmuş, hedefi takip etsek mi etmesek mi diye birbirlerine soruyorlardı. Mankafalar!

Yalnız kalır kalmaz, "Kızmaya hiç hakkın yok," diye çıkıştı Gräf. "Neden takip ediliyorsun acaba? Neden iki hafta önce iki memur gönderip seni buraya getirttim? Bunların hepsi birer uyarıydı ama anlaşılan işe yaramamış."

"Arkadaşlarını izletip tutuklatacağına onlarla konuşmayı denesen."

"Seninle konuşuluyor mu? Ağzını açtığın an yalan söylüyorsun. Lunaparkta asıl ne oldu? Ne işin vardı orada? Günlerdir ifade vermekten kaçıyorsun."

Kapı tıklatıldı. Demeye kalmadan kapının arasından Maschmeyer'in kafası göründü.

"Defol!" diye bağırdı Gräf. "Seninle sonra konuşacağız."

Gereon, "Tam da bu işte galiba beni kızdıran," dedi. "Her fırsatta böyle şeflik taslıyorsun."

"Şeflik mi taslıyorum? Senin şefinim. Buna alışman lazım artık. Sen dua et de, rütbeni indirmesinler. Ama ben yeni Almanya'da kariyer yapacağım."

Bunu hakikaten söylemişti, değil mi? Nefret ediyordu kendinden. Peki utanması gerekiyor muydu bundan? Kendisini ileriye götürecek her şeyden utanması mı gerekiyordu? Yeni zamanlar onun gözünü açmıştı. Geride durmayacaktı artık; kendinden bir dirhem daha iyi olmayan Gereon Rath gibilerine artık "siz önden buyurun" demeyecekti. Bunlar sistemin atıklarıydı. Zamanları dolmuştu. Ama bazıları bunun farkında değildi.

"Sen kariyerini yap istiyorsan. Ben bu arada vaka çözmeye devam edeceğim, polis olma nedenim bu çünkü. Yaptıkları suçluların yanına kalsın istemiyorum."

"Özel dedektif ol o zaman Gereon, istediğini yaparsın. Ama polis memuru olarak başına buyruk işler yapamazsın. Hele özel komisyonumun memuru olarak buna hiç şansın yok. Kriminal polis bunları kaldırıyor olabilir, ama ben böyle davranışlara pabuç bırakmayacağım artık."

"Nedir derdin bilmiyorum. Sayemde soruşturmalarımızda yol katedilmedi mi?"

"Edildi, evet. Bir adım ileri, sonra on adım geri. Allah bilir bu ara ne dolaplar çeviriyorsundur yine. Her ne çeviriyorsan, Berlin polisi için değil, kendin için yapıyorsun bunu. Hele gizli devlet polisi için hiç değil."

"Yani? Ne demek istiyorsun?"

"Artık yeter demek istiyorum Gereon! Sen kendini ne zannediyorsun? Her istediğini yapabileceğini mi sanıyorsun? Sudan bahanelerinden bıktım. Sana bir kez daha söylemiştim: Ben Wilhelm Böhm değilim. Burası gizli devlet polisi. Burada öyle hafif disiplin cezalarıyla filan paçayı kurtaramazsın."

"Hiç de çekinmiyorsun bakıyorum beni tehdit ederken. Hem de sen!"

"Ne demek istedin şimdi?"

"Sırça sarayda oturan komşularına bu kadar büyük taşlar atmamalı bence."

"Sırça köşk mü?"

"Senin yerinde olsam amatör dedektiflerini üstüme salmaya, bana müşkülat çıkarmaya kalkmadan önce şefin Heydrich dairesinde bir 175'liğin çalıştığını öğrenirse ne yapar, ona kafa yorarım."

Gräf kalakalmıştı. Sanki Rath midesine bir yumruk indirmişti. Karşısındakini birdenbire kesif bir sis içerisinde gördü; kulakları uğulduyordu. Tek yapmak istediği vurmaktı. Bir kere, iki kere, üç kere, bir daha, bir daha. Kırk yıl düşünse Gereon Rath'la gırtlak gırtlağa geleceği bir durumla karşılaşacağı aklına gelmezdi. Şu an o andı. Bütün iradesiyle bunu yapmamaya, suratının ortasına geçirmemeye çalışmalıydı. Soluk soluğaydı. Mümkün olduğu kadar sakin, duygusallığı bir tarafa bırakarak cevap vermeliydi ona.

"Bir süre arkadaşız diye düşünmüştüm Gereon," dedi; sesindeki hayal kırıklığı ve öfkenin gittikçe nefrete dönüştüğünü hissediyordu. "Eğer öyle bir şey olmuşsak, bugün itibariyle bu benim için bitmiştir. Kim bir götle arkadaşlık etmek ister?"

Rath, "Bence de öyle," dedi ve kapıyı çarpıp çıktı.

Reinhold Gräf hâlâ soluk soluğa, olduğu yerde çakılıp kalmıştı. Hayatında kendini hiç bu kadar aciz hissetmemişti.

71

Takipçileri hakikaten geri çekmişlerdi. Ne Maschmeyer vardı ortada ne Fiedler ne siyah *Ford*. Berlin'in sabah trafiğinde bir de onlar peşine takılıp asabını bozmamışlardı. Anlaşılan yaptığı dokundurmalar bir işe yaramıştı. Aslında daha önce yapması lazımdı bunu; neden o kadar göz yummuştu o ibnenin rahat rahat at oynatmasına? Hem öyle cinsel eğilimleri vardı hem de dil bir karış; insan biraz çekinirdi.

Rath yine de dikkatli davranması gerektiğini düşündü; bu Gräf'e güven olmazdı. O yüzden arabayı Rosenthaler Strasse'de park edip arka yollardan Hackesche Höfe'ye yürüdü; hastaneye yan kapısından girdi. Bilmediği yer değildi; bir yıl önce komalık edilen Leo Juretzka'yı Katolik Hedwig Hastanesi'nde SA'dan saklamıştı. Katolik çevrelerin Nazilere karşı olan doğal hıncına güvenmişti. Walter Spindler için de aynısı geçerliydi şimdi.

Hasta yakınını ziyarete gelen birisi gibi hareket ediyordu; hatta eline bir buket çiçek bile almıştı. Çapraz dilimli gotik kubbeleri olan koridorlar manastırı andırıyordu; hoş bir serinlik hâkimdi. Rath birinci katta, avlunun her tarafını dikizleyebileceği bir pencere buldu.

Fazla beklemesine gerek kalmamıştı. Elisabeth Spindler tam saatinde geldi ve doğrudan ana girişe yöneldi. Rath aşağı indi, son anda kadının hangi koridora girdiğini gördü ve peşine düştü. Yer yer duvarlardaki tahta ya da alçıdan heykelciklerin arkasına saklanarak çaktırmadan takip ediyordu. Elisabeth Spindler koskoca iki kanatlı bir kapıyı açtı. Rath, burası temizlik deposu olamaz dedi kendi kendine. Kapının yanında duvarda süslü harflerle "KİLİSE" yazıyordu. Kadın en önemli işyeri olan Hedwig Hastanesi'nde bile temizliğe başlamadan önce dua ediyordu demek.

Kapı aralığından içeri baktı. Kadın bir mum yaktı, dizlerinin üzerine çöktü ve duaya başladı. Gene sadece tek bir mum...

Koridorun sonuna kadar gitti ve kapıdan gözlerini ayırmadan bir Aziz Petrus heykelinin arkasına saklandı.

Kadının kiliseden çıkması uzun sürmüştü. Rath, önlerine bir kapı çıkana kadar kadının peşi sıra yürüdü, ama oradan ileri gidemeyeceğini fark etti. Elisabeth Spindler personel kısmına girmişti çünkü. Cam kapı açık olduğu için isterse o da girebilirdi arkasından ama personel kısmında "ziyaretçi" haliyle dikkat çekeceğinden elinde buket başka bir heykelin arkasına geçti. Hatta bu seferki bir kadındı. Azize Hedwig'in ta kendisiydi hem de. Kadın havadaki sağ eliyle koca bir kilise tutuyordu; sol elinde ise bir çift ayakkabı vardı.

Rath çok beklemişti, ama Elisabeth Spindler sonunda göründü. Üstüne bir önlük geçirmişti. Elinde bir kova, bir fırça ve süpürge vardı. İşin kötüsü direkt Rath'a doğru geliyordu.

Rath gördüğü ilk kapıdan içeri daldı ve dışarıya kulak kabarttı. Yavaş yavaş yaklaşıyordu adımlar.

Yoksa kadın doğrudan buradan mı başlayacaktı temizliğe?

"Bana mı geldiniz?"

Rath birden irkilerek arkasına döndü. Perdelerle birbirinden ayrılmış dört yataklı bir odadaydı. En yakındakinde yaşlı bir kadın yatıyordu, Rath'ı görünce sevinmişti.

"Eee, 107 mi burası?" dedi Rath.

"Yok, o bir kat yukarıda."

Kadın öyle bir hayal kırıklığına uğramıştı ki, Rath ani bir kararla buketi kadının eline sıkıştırdı.

"Yanlış gelmişim o zaman. Verdiğiniz bilgiye karşılık bu çiçekler sizin olsun."

Hastanın yüzü ışıdı, çiçekleri burnuna götürüp kokladı.

Rath tekrar kapıya gidip dışarıya kulak kabarttı. Adımlar gene uzaklaşıyordu. Kapının kolunu indirip aralıktan dışarı baktı. Elisabeth Spindler'in koridoru silmediğinden, yoluna devam ettiğinden tamamen emin olunca kapıyı tam açtı.

"Görüşmek üzere," dedi yaşlı kadına, bunun bir daha olmayacağını bile bile.

Elinde çiçek olmayınca kendini korumasız hissetti, her halükârda bir eksik vardı. Elisabeth Spindler, Rath'ın az önce indiği merdivenlerden yukarı, ikinci kata çıktı. Koridorun sonuna kadar yürüdü.

Rath, kadının hangi kapıyı açtığına dikkat etti. Spindler içeri girerken temizlik malzemesini dışarıda bırakmıştı.

Rath, ya şimdi ya hiç dedi ve o yöne doğru seğirtti. Diğerlerinin biraz uzağında olmakla birlikte kapısında bir numara bile bulunan normal bir hasta odasıydı bu.

Kapıyı vurup cevap beklemeden içeri daldı. Arkasına dönüp de gelenin Rath olduğunu gören Elisabeth Spindler'in gözleri fal taşı gibi açıldı. Pencereleri ana girişin önündeki güneş vuran küçük meydanın aksine karanlık ve daracık bir arka avluya bakan odadaki tek yatağın yanındaki sandalyeye oturmuş, yatakta yatan genç bir adamın elini avuçlarına almıştı. Çocuğun sağ gözü sarılıydı; sol gözüyle Rath'a boş gözlerle bakıyordu. Ağzının kenarından salya akıyordu.

Rath dehşete kapıldı. Hayatında hiç bu kadar aciz bir hasta görmemişti; diğer arkadaşlarıyla cepheye gönderilmeyi beklerken (sonunda gönderilmemişlerdi de) cephenin ardındaki askerî hastanede bile görmemişti böylesini.

Yatağın ayak ucunda "SCHULZE, JOHANN" yazıyordu.

Elisabeth Spindler ilk anki paniğini atlatmıştı.

"Beni korkutmaya bayılıyorsunuz," dedi. "Gizli devlet polisi takip ediyor sanıyordum beni, ama anlaşılan siz de başladınız. Ne işiniz var burada komiser bey?"

"Sizin Hedwig Hastanesi'nde ne işiniz var, onu öğrenmeye geldim."

"Temizlik yapıyorum burada. Evdeki bütün erkekleri elimden alan yeni Almanya'da herhangi bir şekilde para kazanmam lazım."

Rath hâlâ ağzı açık kendisine bakan delikanlıdan gözlerini alamıyordu.

"Daha ziyade oğlunuzu ziyarete geliyorsunuz sanki," dedi. "Nesi var? Eee... Yani... Engelli mi?"

"Ne engellisi?" Kadın ayağa fırladı; gözlerinden ateş fışkırıyordu. "Oğlum capcanlıydı, akıllıydı, enerji doluydu. Ta ki SA onu öldüresiye dövene kadar!"

"O zaman mı? Hapisteyken mi?"

Spindler başını iki yana salladı.

"Anlamamakta ısrarlısınız, değil mi?"

"Ne olduğunu anlatırsanız dinlerim. Kocanızın Moskova'ya gitmediğini biliyorum bu arada. O yüzden oğlunuza da şaşırmadım."

"Moskova! Partinin iki tane silik üyesiydi bunlar işte. Stalin sallar mıydı onları? Alman yoldaşları da yolda bıraktı. 'Çok da büyük bir fecaat değil SA'da yaşadıklarınız,' dediler. İki hafta boyunca nerede olduklarını bilmiyordum. Bir sabah kapıyı çaldılar, bir deri bir kemik kalmışlardı. Fazla bir şey anlatmadılar; ardından Reichstag yanınca acilen yeraltına geçmeleri gerekti; mahallenin en tanınmış komünistleri olarak tekrar SA'nın eline düşüp eza görmelerinin bir anlamı yoktu. Ama komünist partili yoldaşların bize arka çıktığını zannediyorsanız yanılıyorsunuz. Herkes kendisiyle meşguldü. Ben de onun üzerine Papaz Lichtenberg'e gittim, o yardım etti bize. Hem de hiç soru sormadan." Yatağa baktı. "Papaz Robert'i vaftiz etmişti, Walter'le nikâhımızı kıyan da o."

Tekrar oturdu ve elleriyle yüzünü kapadı. Küçük, minyon vücudu sarsıla sarsıla ağlıyordu.

Rath'ın içinden kadını teselli etmek geldiyse de mesafeyi korumanın daha iyi olacağını düşünüp bir sandalye çekti ve yanına oturdu. Sakinleşene kadar bekledi.

"Frau Spindler," dedi kadının elini tutarak. "Anlatın. Açılırsınız."

"Ne anlatayım? Şu çocuğa bakın! Oğlumu sakat bıraktılar! Yardıma muhtaç bir sakat! Konuşamıyor hiç! Beni tanıdığını yalnızca gözlerinden anlıyorum. O da bazen."

"Ne oldu, nasıl oldu?"

"Her şeyin yolunda gittiğini düşünüyordum." Kafasından geçenlere kendisi de şaşırıyor gibi başını iki yana sallıyordu. "Yolunda derken, insanın hayatta en fazla sevdiği yakınlarını bir daha hiç göremeyeceğini, ama her nerede olurlarsa olsunlar, en azından iyi olduklarını bilmesini kastediyorum."

"Eşiniz Brandenburg'daymış."

"Bunu bilmek istemiyorum. Tek bildiğim şey, devlet polisi onları Moskova'da sanarken başka bir kimlikle herhangi bir yerde hayata yeniden başladıklarıydı. Daha fazlasını bilmem gerekmiyordu. Ara sıra haber alsam, iyi olduklarını duysam, hayatta olduklarını bilsem, yetiyordu."

"Haberleri Papaz Lichtenberg'den alıyordunuz, değil mi?"

Kadın evet anlamında başını salladı. "İkisiyle de irtibat halindeydi. Her günah çıkarmamda ondan yeni haberler alıyordum. Afiyettelerdi ya, önemli olan oydu."

"Ama sonra bir şeyler oldu..."

Spindler anlatmaya devam etmeden önce oğluna baktı. "Altı ya da yedi hafta önceydi. Günah çıkarma esnasında Papaz Lichtenberg pek suskundu, ağzını bıçak açmıyordu. 'Kiliseden çıkar çıkmaz vakit kaybetmeden Hedwig Hastanesi'ne git,' dedi."

"Oğlunuz sevk edilmişti çünkü, ondan mı?"

Spindler başını salladı. "Hemşirelerden biri tanımış. O kadar hırpalamışlar ki, ölüm kalım savaşı veriyormuş."

Kadın tekrar ağlamamak için kendini zor tutuyordu.

"Kim hırpalamış onu böyle Frau Spindler? Ne olmuş?"

Bir süre sustuktan sonra, "Hastanenin önünde, Grosse Hamburger Strasse'de arabadan atmışlar gece yarısı. Kahverengi gömlekliller. Doktor bunu sık sık yaptıklarını söyledi. Kurbanlarını hastane kapısının önüne atıyorlarmış böyle," dedi.

Anlatacakları için güç toplamak istercesine tekrar bir ara verdi.

"Derhal ameliyata almışlar; masaya yatırdıklarında üzerinde şoför üniforması varmış. Bir gözü çıkmış ama bu aldığı en hafif yaralardan biriymiş. Yarı felçli kalması bile başındaki yaralara kıyasla bir yerde sineye çekilebilirmiş. En kötüsü başından aldığı darbelermiş. Hayatta kaldı ama bir anlamda kalmadı da." Tekrar bir ara vermek zorunda kaldı. "Komiser bey," dedi, "oğlum ölmediği halde onu kaybettim. O artık yok. Ruhunun yarısının cennette olduğu düşüncesiyle teselli buluyorum."

Rath'ın gözleri yatağa kaydı; kadının ne demek istediğini anlıyordu. Elisabeth Spindler oğlundan geriye ne kaldıysa ona sıkı sıkı sarılmış bırakmıyordu.

"Niye burada saklıyorsunuz onu?" diye sordu Rath. "Neden alıp eve götürmüyorsunuz?"

"Neden mi? SA'ya güvenmiyorum da ondan. Şu zavallının oğlum olduğunu bir öğrenirlerse bu sefer işi yarıda bırakmaz, öldürürler. Ya da sadistçe eziyet ederler. Bakın ona! Robert bir zamanlar komünist olduğunu kendisi bile bilmiyor artık. Tehlikeli bir hali var mı? Ama bu SA'nın umurunda olmaz." Kafasını hızlı hızlı sağa sola sallayarak, "Hayır komiser bey, bu hastanın aslında Robert Spindler olduğunu kimse öğrenmemeli. Kimse. Asla," dedi.

"Kimse öğrenmeyecek," dedi Rath.

Spindler, Rath'ın gözlerinin içine bakıyor, ona güvenip güvenemeyeceğini kestirmeye çalışıyordu.

"Oğlunuz demek şoförlük yapıyordu," dedi Rath bir süre sonra.

"Johann Schulze adıyla, öyle mi?"

Elisabeth Spindler başıyla onayladı.

"Herr Osterberg diye birinin yanında," dedi Rath. "Cottbuslu tekstil fabrikatörü Adolf Osterberg..."

"Siz nereden..."

"Onu bizzat SA bodrumundan kurtardım. SA kaçırdığında oğlunuz onu müdafaa etmek istemiş."

Kadın şaşırmış ona bakıyordu. SA'ya karşı duran polislerin olabileceğine inanamıyor gibiydi.

"Frau Spindler, ben eşinizle görüştüm."

Kadının gözleri büyüdü. Anlaşılan Lichtenberg henüz bir şey anlatmamıştı ona.

"Hatta saklandığı yere kadar götürdüm onu. Bir rahip evi..."

"Susun! Bilmek istemiyorum!"

Elisabeth Spindler, Rath'a arkasını dönüp oğlunun elini kavradı. Salyaları aka aka orada öyle yatan zavallı yaratığa şefkatle baktı.

"Neden oradaki güvenli ortamı bırakıp da komünist direnişe katıldı?"

Kadın susuyordu.

"Oğlunuz yüzünden, değil mi? Onun için geri döndü. İntikam alma niyetiyle eski yoldaşlarına katıldı. Duvarlara yazı yazmak işin bahanesiydi. Eşinizin tek isteği, Horst Kaczmarek'e dersini vermekti."

Sesli düşündüğünü yeni fark etmişti ama umurunda değildi. Liesen Köprüsü'nün altında olup bitenler o anda açıklığa kavuşmuştu kafasında. Bunu daha yeni idrak ettiği için kendisine kızıyordu. Walter Spindler nasıl da gafil avlamıştı onu.

Elisabeth Spindler oğlunun yatağına oturmuş, eli avuçlarında, bir şarkı mırıldanıyordu. Robert'e küçükken söylediği ninniydi bu büyük olasılıkla; oğlanın önünde daha sonsuz bir gelecek varken, her şey umut doluyken. Şarkıyı söylerken belli belirsiz öne arkaya sallanıyor, Rath odada yokmuş gibi hareket ediyordu.

"Her şey planlıydı," diye devam etti Rath. "Eşiniz yakalanmayı amaçlıyordu. Ve bütün derdi de Horst Kaczmarek'in onu yakalamasıydı. O yüzden o akşam diğerleriyle birlikte tren köprüsünün altındaydı, Kaczmarek'in evinin dibinde."

Elisabeth Spindler şarkı söylemeye, öne arkaya sallanmaya devam ediyordu. Oğlunun yüzünde mutlu bir tebessüm belirir gibi olmuştu. Annesi de gülümsedi.

"Olay kaza değildi Frau Spindler. Eşiniz bir katil!"

Kadın gene tepki vermedi. Umursamazlığı yavaş yavaş Rath'ın sinirine dokunmaya başlamıştı.

"Katil, anladınız mı, katil! Tekrar Brandenburg'a gidip konuşacağım onunla. Doğrudan doğruya söyleyeceğim, belki o zaman itiraf eder."

Elisabeth Spindler birden ninniyi yarıda kesip, "Daha demin size güvenebileceğimizi söylüyordunuz, ne oldu?" diye çıkıştı Rath'a.

Rath cevap vermedi, onun konuşmasını bekledi.

"Planınız ne? Hadi benim zavallı Robert'imi de teslim edin SA'ya..."

Rath hâlâ bir şey demiyordu. En azından kadının içini dökmesine zemin hazırlamıştı.

"Kocamı sorguya çekmenize gerek yok komiser bey. Onu zaten bulamayacaksınız artık. Oturmuş Brandenburg'da sizi mi bekliyor zannediyorsunuz? Güven de bir yere kadar; artık başka yerde saklanacak tabii ki." Rath'ın yüzüne baktı. "Hele sizin gibi birini tanıdıktan sonra güven mi kalır insanda?"

"Nerede saklanacak? Yeni bir zangoçluk işi mi buldu? Org çalmayı da öğrenecek mi bu defa?"

"Siz geçin dalganızı komiser bey, ama durum hiç de komik değil. Papazın bu sefer onu nereye gönderdiğini bilmiyorum. Gene emniyette ya, ona seviniyorum, ama içim parçalanıyor." Rath'ın gözlerinin içine baktı. "Siz çok sevdiğiniz, ömrünüzün yarısını birlikte geçirdiğiniz insanı bir daha hiç göremeyecek olmanın ne demek olduğunu biliyor musunuz?"

Rath bir şey demedi.

"Walter katil, öyle mi? O zaman beni de tutuklayın. Ben de ondan daha az suçlu sayılmam."

"Sakin olun lütfen Frau Spindler. Kimseyi tutuklamaya niyetim yok. Eşinizi tutuklayacak filan değildim, hâlâ da değilim." Omuzlarını kaldırdı. "Hukukçu değilim, ama bana sorarsanız, kocanız Horst Kaczmarek'i öldürmedi. Çok çok ölmesine göz yumdu. Tabii bu arada onun komünist, kurbanın ise Nazi olduğunu düşünürsek, bu ince farklılıkların ne kadar dikkate alınacağını kestiremiyorum."

"Tabii ki alınmaz. Suç suçtur. Tanrı katında. Kaczmarek'in kocamı dövmesini, cam gözünün boğazına kaçarak boğulmasını biz planlamıştık, evet."

Rath kulaklarına inanamıyordu. Bu kendi halinde, bu dini bütün kadının mı ağzından çıkıyordu bu laflar?

"Oğlunuzu darp edenin Kaczmarek olduğunu nereden biliyordunuz?"

"Robert'in sağ gözü çıkmıştı, oradan biliyoruz. Bu SA bu canavarlığıyla meşhurdu, herkes de korkuyordu onun için. Bu işin arkasında kimin olduğunu Walter hemen anlamıştı, o yüzden de eski yoldaşlarıyla irtibata geçti. Onların da işine geldi bu gaddar herifi ortadan kaldırmaya hazır birini bulmak."

"Eşiniz buraya mı geldi?"

Kadın başıyla evet işareti yaptı. "Evet, bir tek o zaman gördük birbirimizi. Oğlumuzun ölüm kalım savaşı verdiği günlerde."

"Kaczmarek kocanızın öbür gözünü çıkarmak istese ne olacaktı peki? Yani sağlam olanını?"

"Kurbanlarının hepsinin sağ gözü eksik, bunu herkes biliyor."

"Kocanızı öldürebilirdi de. Ya da oğlunuz gibi sakat bırakabilirdi. Bu nasıl bir riziko?"

"Hayatta hiçbir şey rizikosuz olmuyor. Ayrıca en kötü durumda yoldaşları yanındaydı."

"Onlar kuyruklarını kısıp kaçtı ama."

"Kaczmarek işini rahat rahat görebilsin diye. Üç kişi yakınındaydı ama. Walter'e yardım ederlerdi."

"Bu işi profesyonel suçlu Juretzka üstlendi sonuçta."

Kadın bir şey demedi.

"Böyle intikam duygusuyla yapılan bir iş Hıristiyanlıkla pek bağdaşmıyor Frau Spindler."

"Biliyorum. Şimdiye kadar da günah çıkarırken bahsetmedim bundan. Utanıyorum. Ama diğer taraftan..." Yatağı gösterdi. "Oğlumun haline bakın."

Şimdiye kadar kendisini tutmuştu. Birden hıçkıra hıçkıra ağlamaya başladı. Eliyle ağzını kapatıyordu. Bu duygu patlamasını tekrar içine tıkmak istiyor gibiydi. Bu sefer Rath'ın elinde değildi, bu zayıf, kırılgan kadına sarıldı ve teselli etmeye çalıştı.

"Horst Kaczmarek hak etti bunu Frau Spindler, inanın bana. Bir gangsterdi o. Ve gaddar bir sadist."

Elisabeth Spindler, Rath'ın kollarından sıyrıldı. Toparlanmıştı hemen.

"Geçen bir çete savaşından bahsettiniz," dedi. "Walter o konuda size yardımcı olabildi mi?"

"Maalesef."

"Bu adamlar Walter'in de peşine düşmüş olabilir mi?"

"Hayır," dedi Rath kesin bir tavırla. Leo Juretzka'nın şükran borcunun nereye kadar olduğunu tahmin edebilirdi ama Elisabeth Spindler'i huzursuz etmek istemiyordu.

"Leo Juretzka adı size bir şey ifade etmiyor korkarım."

Kadın başını iki yana salladı.

"Size başarılar diliyorum komiser bey. Rica etsem, beni şimdi oğlumla baş başa bıraksanız. Geç oldu, daha çok işim var."

Rath anlayışla başını salladı ve kalktı. Son bir kez Robert Spindler'e baktı. Orada yatan Gennat'ın tanığı Johann Schulze'ydi. Ama bu durumda Osterberg vakasının aydınlatılmasında onun da bir yararı olamayacaktı. Elisabeth Spindler yanına oturmuş, oğlunu seyrediyordu. Bakışları şefkat ve aynı zamanda kaygı doluydu.

Rath onun kilisede neden tek bir mum yaktığını anlamıştı artık. Aklı fikri şu odada yatan kişideydi, bütün duaları onun içindi.

Kapıyı sessizce örtüp çıktı ve serin hastane koridorunda çıkış kapısına doğru ilerledi. Dışarı çıktığında önce bir sigara yakma ihtiyacı hissetti. Garip bir hoşnutsuzluk vardı içinde. Tekerleğin içindeki fare misali dönüyor, dönüyor, bir yere varamıyordu.

Neydi eline geçen? Asla hukuk mekanizmasını devreye sokamayacağı bir cinayeti aydınlatmış, asla ele veremeyeceği bir komünistin saklandığı yeri bulmuştu. Leo Juretzka'nın izine gelince... Bir milim yol alamamıştı.

72

Yapmayı planladığı şey için haliyle Gereon'dan isteyemezdi arabayı; o yüzden Guido'ya sordu. Şefi, Charly'nin geçen günkü sinir kriziyle ilgili tek laf etmemişti. Charly bazen Guido'nun bu dünya için yaratılmamış olduğunu düşünüyordu. Hele bir de bugünün dünyası düşünülünce.

Anlattığı ipe sapa gelmez hikâyeye gerçekten inanmış mıydı, onu bilmiyordu ama gıkını çıkarmadan vermişti arabayı. Aklına başka bir şey gelmemiş, Schwiebus'taki hasta annesini ziyaret edeceğini söylemişti. Halbuki Charly annesiyle daha iki hafta önce konuşmuştu; Luise Ritter sapasağlamdı, hiçbir şeyciği yoktu. Schwiebus'a yol iki buçuk saat sürüyordu. Bu demekti ki, yeteri kadar vakti vardı; bir saatte Freienwalde'de olurdu.

En son bir yıl önce gitmişti oraya ama ona rağmen tepeye çıkan küçük yokuşu eliyle koymuş gibi buldu. Tepedeki villayı da hemen tanıdı: Ev İngiliz malikânelerini andırıyordu. Önceki yıldan tek farkı, arazide bekçilerin dolaşmamasıydı. Charly buna rağmen gergindi. Veya belki de her şey farklı olduğu için. Demir kapı bile kapalıydı. Charly villaya giden çakıl taşlı yolu yürüyüp kapı çanının ipini çekti.

Bir süre bekledikten sonra içeriden ayak sesleri geldi, kapıyı Charly'nin o güne kadar hiç görmediği bir adam açtı. Üniformasının havasına bakılırsa uşaktı. Surat ifadesi de ona işaret ediyordu.

"Buyurun?" dedi adam.

"İsmim Charlotte Rath. Johann Marlow'la görüşmek istiyorum. Eski dostuz..."

Uşak, Charly'nin tahmin ettiği şeyi yaptı ve burun kıvırdı. "Üzgünüm, adresi şaşırdınız herhalde. Bulunduğunuz yer Doktor Friedemann'ın mülkü."

Charly etrafına baktı. Evi şaşırmış olamazdı, çünkü her şey aşinaydı. Ama geçen yıl buralarda bir sürü silahlı adam dolaşıyordu.

"Şaşırmadım. Bu evde geçen sene Doktor Marlow oturuyordu."

"Hiçbir malumatım yok."

"Belki sizin Doktor Friedemann'ın malumatı vardır. Çok kısa konuşabilir miyim kendisiyle?"

Uşak hiçbir şey söylemeden, şeker istiyorum diye tutturan şımarık bir kıza bakar gibi baştan aşağı süzdü onu.

"Bana bakın, gerisin geri döneyim diye o kadar yolu gelmedim! Doktor Friedemann'a kendisiyle görüşmek istediğimi söyleyin lütfen!"

"Zatıalinizin ismi neydi?"

"Rath. Charlotte Rath."

Charly nazik konuşmayı bırakmıştı. Bu tafracı, ev sahibinden daha çıtkırıldım görünmeye çalışan hizmetçi takımından oldum olası hazzetmezdi. Israrcılığı işe yaramıştı.

Uşak, "Lütfen benimle gelin," diyerek yana çekildi. En azından onu bohçacı kadın gibi kapının önünde bekletmemiş, salona almıştı.

Beş dakika sonra Doktor Friedemann'ın yanındaydı. Friedemann, beyaz sakalı özenle şekillendirilmiş, zayıf, yaşlıca bir beydi. Charly'ye dikkatle bakıyordu.

"Pascal, Doktor Marlow diye birini aradığınızı söyledi."

Pascal. Amma da uyuyordu isim bu züppe kılıklı herife.

"Evet." Charly gülümsedi. Friedemann'ın yanında zoraki kibar olmak gerekmiyordu; adamın bakışında öyle bir ifade vardı ki, kibarlıktan başka bir şey gelmiyordu zaten insanın elinden. "Onu geçen sene burada ziyaret ettim; yakınlardaydım da..."

"Burada, bu evde mi?"

Charly başıyla evet dedi.

"Üzgünüm. Eğer elinizde başka adres yoksa, sizin doktoru bulmak güç olabilir." Neyi ne kadar anlatabileceğini kestirmekte zorlanır gibi bakıyordu Charly'ye. Düşünüp taşınması Charly'den yana sonuçlanmış olmalı ki, "Bu evi babam yaptırdı," diye devam etti. "Savaştan önce. Ama geçen yıl yaşadığımız o çalkantılı dönemde bir süre için... Eee... Nasıl desem, seyahate çıkmayı tercih ettik. Evi de kiraya verdik."

"Marlow'a, öyle mi?"

"Onu bilemeyeceğim, benim kiracıyla doğrudan ilişkim olmadı. İsmini bile ilk kez sizden duyuyorum. Her şey komisyoncu üzerinden yürüdü."

"Hangi komisyoncu olduğunu biliyor musunuz, belki onu bulmamda yardımcı olur."

"Çok mu acil sizin için? Yani şu Marlow'u görmeniz. Biraz önce tesadüfen Freienwalde'deyim dediniz, o yüzden..."

"Yerini yurdunu öğrenmek isterim gerçekten. Bana bir yıl önce bir iyiliği dokunmuştu, ona doğru dürüst teşekkür etme fırsatım olmadı."

Friedemann'ın bakışı gene çok dostaneydi, ama aynı zamanda karşısındakini tartıyor gibiydi de.

"Komisyoncu Berlin'de," dedi. "Landauer und Engels. Fasanenstrasse."

"Fasanenstrasse mi?"

Evinin hemen dibiydi. Bu kadar yolu gelmesem de olurmuş diye düşündü.

"Çok teşekkür ederim Doktor Friedemann."

Vedalaştılar. Arabasına doğru yürürken, adam şimdi beni başından mı savdı, yoksa gerçekten yardım mı etti diye sordu kendi kendine. Sorunun cevabını ancak Berlin'de Landauer und Engels'e gidince alacaktı.

Bir sigara yakıp motoru çalıştırdı. Başıma bir iş açıyorum ya, haydi hayırlısı diye geçirdi içinden. Ama başka çaresi de yoktu. Karl Reinhold'un kaderinden kendisini sorumlu tutuyordu; zavallıya faydası dokunabilecek hiçbir şeyi denemeden edemezdi.

Hiç değilse Else Lamprecht salıverilmişti. Charly, Landsberger Allee'ye bir defa daha gitmiş, Lamprecht ailesinin kapısını çalmıştı. Kapıyı bizzat Else açmış, onu görür görmez kapıyı yüzüne kapamıştı. Anlaşılır bir tepkiydi bu.

Berlin'e döndüğünde güneş artık çatıların arkasında kayboluyordu. Guido'nun arabasını Fasanenstrasse'ye park etti; ancak komisyoncu büroyu kapatmıştı. Charly arabayı orada bırakıp Carmerstrasse'ye yayan gitti. Birtakım meraklı sorulara cevap vermek istemiyordu canı. Birinden ödünç araba aldığını kimsenin bilmesi gerekmezdi.

Kapıyı açtığında Gereon ile oğlanı evde buldu. Hiç değilse bir akşam yemeğinde üçü bir araya gelebilmişti. Hatta Fritze üniformasızdı. Her şey neredeyse eskisi gibiydi; tek eksik köpekti. Charly bir şey belli etmemeye çalıştı; diğer ikisi de neşeli görünmek için elinden geleni yapıyordu. Artık hiçbiri ağlamaklı dolaşmak istemiyordu, ama maalesef gerçekler insanda neşelenecek hal bırakmıyordu.

Fritze'nin garip bir şekilde keyfi yerindeydi; Gereon ise sanki bir şey söylemek istiyor, ama lafı geveleyip duruyordu. Sudan bir şeyler anlatıyor, ağzına bir lokma atıyor, bir yudum su içiyor, sonra gene sudan bir şeyler anlatıp asıl söylemek istediğini bir türlü becerip söyleyemiyordu. Gereon ağzını silip de peçeteyi masaya bırakınca Charly o ânın gelip çattığını anladı. Bütün akşam kıvranıp durmuştu, ama şimdi çıkaracaktı ağzından baklayı.

Genzini temizleyip, "Sizinle konuşmam lazım," dedi.

Charly ile Fritze birbirlerine baktılar; Gereon bir kez daha genzini temizledi.

"Hafta sonu bir yerlere gitmeye ne dersiniz? İkiniz yalnız."

"Bir tek ikimiz mi?" dedi Charly. "Ya sen?"

"Ben gidemem," dedi ikisi de.

Charly ile Fritze aynı anda söylemişti bunu. Gereon şaşkınlıkla bir ona, bir öbürüne bakıyordu.

"Nedenmiş o?" diye sordu oğlana.

"Şey yapacaktım..." Şimdi de o başlamıştı lafı gevelemeye. "Hafta sonu Atze'ye gidecektim. Babasıyla balığa çıkacak da. Schwielow Gölü'nde. Ormanda bir kulübeleri var." Önce Gereon'un, sonra Charly'nin yüzüne baktı. "Ben de gidebilir miyim? Lütfen!"

Gereon biraz düşündükten sonra başını salladı. "İstiyorsan, git."

Charly, neyse, bari HJ değil diye geçirdi içinden.

"Sen de git bir yere Charly, oğlan olmasa da git. Belki Greta'yla beraber şöyle güzel bir hafta sonu geçirirsiniz. Baltık Denizi'ne gidebilirsiniz, Mark'ta bir yere gidebilirsiniz. Bilmiyorum işte, Berlin'in dışına çıkın da!"

Charly, hiç fena fikir değil diye düşündü, ama o can alıcı soruyu sormaktan da kendini alamadı.

"Beni başından mı savmak istiyorsun?"

Gereon cevap vermedi.

"Size niye olduğunu söyleyemeyeceğim, ama hafta sonu Berlin'de olmazsanız iyi olur."

"Peki sen?"

"Ben görevliyim."

"Ne görevi bu?" diye diretti Charly.

"Bundan fazlasını söyleyemem, ama şu kadarını bilin: Şehir biraz tehlikeli olabilir."

"Söylentiler doğru o zaman?"

Gereon bir şey demedi. Suskunluğunda derin manalar var gibiydi.

Sonunda, "Sizin güvende olduğunuzu bilirsem içim rahat edecek. Berlin bu hafta sonu güvende olmayacak," dedi.

73

Wolff Özel Komisyonu lunaparktaki olaydan sonra sabahları durum değerlendirme toplantısı yapmayı artık bırakmış gibiydi. Rath cuma sabahı gizli devlet polisine geldiğinde Gräf'in odasında kimse yoktu. Üstelik kapısı da kilitliydi. Rath koridorda bakındı; Lieselotte Mettmann'ın ofisi acaba hangisiydi? Bütün kapılarda Gräf'teki gibi şatafatlı harflerle IIIB1 Şubesi, yanında da rütbe ve isim yazılıydı. Sadece bir tanesinde isim yoktu, bir tek Sekreterlik yazıyordu.

Kapıyı vurup girdi. Lieselotte Mettmann, steno defterindeki notları daktiloda temize çekmek üzereydi; başını kaldırıp şaşkınlıkla baktı. Onu tanır tanımaz alelacele gözündeki gözlüğünü çıkardı.

"Komiser bey! Heil Hitler!"

"Günaydın Lieselotte. Nasılsınız?"

Kadının, Rath'ın Alman selamından imtina ederek kibarca hatırını sormasına hiç de bozulmuş bir hali yoktu.

"İyiyim, teşekkür ederim," dedi.

Rath, "Nerede millet?" diye sordu. "Özel komisyon hâlâ olay yerinde, lunaparkta mı çalışıyor?"

"Hayır, orada son kalan birkaç kişiyi de dün çektik." Başkalarının duymasından korkuyormuş gibi etrafına bakındıktan sonra, "Beyefendilerin hepsi konferans salonunda," dedi. Öyle alçak sesle konuşuyordu ki, Rath söylediklerini anlamakta güçlük çekmişti. "Wolff Özel Komisyonu şimdilik çalışmayı durdurdu. Gestapa'nın bütün memurları şu anda özel görevler için hazır beklemede."

"Özel görevler mi?"
"Ayrıntıları ben de bilmiyorum. Bilsem de size söylemem. Siz bir kriminal polissiniz. Maalesef."
Kadın sanki bundan gerçekten esef duyuyordu; bu Rath'ın içten içe hoşuna gitmişti.
"Hmm. Halbuki ben de iyileşmiştim, faaliyete hazırdım yani. Belki siz beni son durum hakkında bilgilendirebilirsiniz. Arama çalışmalarından bir şey çıktı mı?"
"Maalesef."
"Peki firar arabası?"
"Yok, onda da yol alamadık." Bunları söylerken yüzüne öyle bir ifade yerleşmişti ki, sanki tüm bu başarısızlıkların tek sorumlusu kendisiydi. "Doğudan bir tanık ifadesi var; Gregor Wolff'u gördüğünü söyleyen birisi. Ama ondan da bir şey çıkmadı."
"Komiser Gräf'in ofisinin anahtarı var mı sizde?" diye sordu Rath.
"Tabii."
"Sizden rica etsem, açsanız. Kendimi böyle yersiz yurtsuz hissediyorum."
Kadın çekmeceden bir anahtarlık çıkarıp kalktı. O önde Rath arkada, Gräf'in odasına gittiler. Mettmann'ın vücudu bayağı güzeldi, ama burada kimse farkında değildi bunun. Gräf gibileri zaten olamazdı.
"Size kahve yapayım mı komiser bey?"
"Sevinirim, sağ olun."
Kadın ona bir kez daha gülümseyip odadan ayrıldı. Rath, Gräf'in yazı masasına oturdu; bir sigara yakıp odada göz gezdirdi. En çok hangi dosya işine yarardı acaba?
Tabii kimsenin orada olmaması işine geliyordu. Gräf'in sorun çıkaracağını düşünmüyordu, ama Alexanderplatz'dan gelen komiserin her hareketine işkillenen başka memurlar da vardı burada. Sonuçta bunun da sorumlusu Gräf'ten başkası değildi: Kendi şefi tarafından izlettirilen mesai arkadaşları hakkında başka ne düşüneceklerdi?
Ancak gizli devlet polisindeki namının öyle ya da böyle olması onu şu anda ırgalamıyordu. Bazı bilgilere gereksinimi vardı; özel

komisyonun kaçan komünist konusunda ne kadar yol aldığını bilmek istiyordu.

Sekreterin en son durumdan haberdar olacağını, mesai arkadaşlarının da hâlâ el yordamıyla ilerlemesini, bir taraftan da kayıtlarda diğerlerine bir şey ifade etmeyecek, bir tek onun anlayacağı nitelikte bir ipucu bulmayı umuyordu.

Rath, Lieselotte Mettmann'ın kahveyi getirip masaya bırakmasını bekledi, ondan sonra dosyaları tek tek raflardan alıp Gräf'in masasının üstüne yığdı.

Soruşturmanın derinleştirilmesinden ziyade özel komisyonun aşırı gayretkeşliğine işaret eden dosyaları inceledi. Birbiriyle çelişen tanık ifadeleri vardı. Kimisi tek bir kurşun sesi duyduğunu söylemişti, kimisi ise iki tane. Hatta top ateşi gibi arka arkaya kurşun sesleri duyduğunu iddia edenler bile vardı.

Rath kaç el ateş ettiğini bilmiyordu; o değil, silahı kullandığını bile hatırlamıyordu. Bir mermi kovanı, bodrumun duvarında da bir mermi bulmuşlardı. İkisi de onun silahından çıkmaydı.

Kale'de maruz kaldığı sıkı sorgu, beylik tabancasını kaybeden her memur gibi kendisi için de küçük düşürücü olmuş, onu yasadışı silah kaçakçılığıyla itham etmelerine ramak kalmıştı. Bir taraftan da *Walther*, Rath'ın birkaç yıl içerisinde görev sırasında (ya da resmî görev başında değilken) kaybettiği ikinci beylik tabancaydı. İkisinde de yalnızdı; başına buyruk işler yürütüyordu. Önceki gün silah deposundan yeni silahını almıştı; gıcır gıcır bir *Walther* PPK'ydi bu, eski PP'sinden daha küçük, daha kullanışlıydı. Rath ona silahı teslim eden memurun suratını incelemiş, Lange ile Gennat'ın izlettiği adamlardan biri olabilir mi acaba diye merak etmişti. Yani Kuzey Korsanları'yla silah alışverişi içinde olanlardan biri.

Tanıkların firar arabası hakkındaki ifadeleri, mermi sayısından daha da büyük bir çeşitlilik gösteriyordu. Semt sakinleri dört ayrı arabadan söz etmiş, ancak çoğunluğun dikkatini lunaparktaki silah sesinin hemen ardından son sürat Ku'damm'a çıkan kırmızı bir limuzin çekmişti. Bu Spindler'in bahsettiği koyu kırmızı *Mercedes* olmalıydı. Rath dosyayı incelemeye devam etti. Tek kırmızı *Mercedes*'in sahibini (adam Kronprinzendamm'da oturuyordu) Stapo memurları lunaparktaki olaydan iki gün sonra sorguya çekmişti. Adam arabasının koyduğu yerde, evin önünde durduğunu, kuşku uyandıracak bir şey gözlemlemediğini söylemişti.

Leo Juretzka bir keresinde Rath'ın gözünün önünde bir araba çalmıştı. Ardından Westkreuz İstasyonu'na park edilen bir arabanın çalındığı yönünde bir ihbar kayıtlara geçmemişti. Juretzka anlaşılan "yaramazlıkları" için ödünç aldığı arabaları her defasında hasarsız geri getirip çaldığı yere park ediyordu. Bu kadar mı pervasızdı? Lunaparktan kaçarken çaldığı arabayı da mı getirip tekrar eski yerine park etmişti?

Kendi kuralına sadece bir kez uymazlık etmiş, Werner Zeyen'in *Ford*'unu gidip başka yere park etmişti; böylelikle de Rath hemen izini bulmuştu.

Birden şimdiye kadar hiç düşünmediği bir şey takıldı aklına. Birkaç hafta önce kendi düzenlediği listeyi aramaya koyuldu.

Dosyanın kapağında Wolff Grubu olası firar aracı sahipleri (siyah *Ford*) yazılıydı.

Zeyen'in, özel bir nota, işarete ihtiyaç duyulmamış, hatta yanına Rath'ın kendi el yazısıyla çentik atılmış adresini hemen buldu. Hatırladı, Lichtenberg Parkı'nın orasıydı. Wedding'de komünistlerle karşılaşmadan önce Juretzka'nın ilk saklandığı yer bunun yakınında olmalıydı.

Rath, kendini Juretzka'nın yerine koyup mantık yürütmeye başladı: Lunaparkta saklandığı yer riskli hale gelmişti; komünistler de artık yardım edemezdi ona, yoldaşları Walter Spindler'i bile yolda bırakmışlardı. Bu durumda ne yapılırdı? Tabii ki eski saklandığı yere sığınılırdı.

Bu neden daha önce gelmemişti aklına?

Elini duvarda asılı şehir haritasında gezdirdi. Evet, bir düşünceydi, bir sürü olasılıktan bir tanesiydi ama hızlı hızlı atan nabzı doğru iz üzerinde olduğunu müjdeliyordu.

Zeyen'in oturduğu apartman Lichtenberg Parkı'na bitişikti. Tabii Juretzka'nın orada çadır kuracak ya da bir bankta geceleyecek hali yoktu. Ama kuzeye doğru az ileride, tam tren köprüsünün orada bahçeli kulübelerden oluşan bir site vardı; burası Berlin'de alelacele yeraltına geçmek durumunda kalanlar için hâlâ ideal bir saklanma yeriydi. 33 baharında kaç komünisti bulup çıkarmışlardı o kulübelerden. Tren köprüsünün öbür tarafında da bir mezbaha bulunuyordu; orada da saklanılabilirdi, ama Rath'a göre site daha akla yatkındı. Kendisi olsa, kan ve hayvan kokusu içindeki mezbahayı değil, bahçeli bir kulübeyi tercih ederdi. Ayrıca mezbahada muhakkak gece bekçisi olurdu. Hayır, hayır, siteydi kesin; şehir haritasına baktıkça daha çok ikna oluyordu buna. Leo Juretzka Lichtenberg'deki bir sitede saklanıyordu!

"Ne işiniz var burada sizin?"

Rath başını kaldırdı, Pfeiffer dikiliyordu kapıda.

"Çalışıyorum, gördüğünüz gibi."

"Size haber vermediler mi? Wolff Özel Komisyonu soruşturmayı askıya aldı."

"Ne diyorsunuz?"

"Size ihtiyacımız yok artık. Alex'e dönün komiser bey."

"Gräf'in kararı mı bu?"

"Özel komisyondaki diğer bütün devlet polisi memurları gibi Komiser Gräf'e de birtakım başka görevler verildi."

"Olabilir," dedi Rath. "Özel komisyonun bu tek kriminal memuruna başka görev verilmedi ama. Ben cinayet vakaları üzerine çalışmaya devam edeceğim; madem artık burada ihtiyaç yok, ilgili dosyaları alıp Alex'e götürüyorum. İzninizle!"

Pfeiffer pek izin verecek gibi görünmüyordu, ama Rath'a dosyaları vermemek için bir gerekçe bulamadı. Zaten rütbesi de buna elvermezdi.

Rath, "Bir el verin," diyerek dosyaları aptal aptal bakan kıta komutanının kucağına koydu. "Çok gitmeyeceğiz, arabam hemen kapının önünde."

74

Bu işe artık başka bir çözüm bulmalıydı; böyle olmuyordu. Kaç gün izlemişti şu polisi; adamın enselenmesi imkânsızdı. Her gün ayrı bir kaostu; en ufak bir sistemden, süreklilikten eser yoktu. Sabit alışkanlıklar mı? Hak getire... Tamam, sabahları evden aynı saatte çıkıyor, aynı saatte arabasına biniyordu. Ama Carmerstrasse'deki apartmanın önü Leo'nun planı için uygun değildi. Etrafta çok insan, çok şahit vardı. Yoksul mahalle değildi burası. Ayrıca apartmanın, bulunduğu yerden kapının önünü ve sokakta olup biten her şeyi dikizleyen bir de kapıcısı vardı.

Onun dışında bu adamın günlük hayatında tek bir sabit nokta yoktu. Gizli bir bağımlılıktan filan da söz edilemezdi. Varsa bile en azından o günlerde bu bağımlılığa işaret edecek bir icraatına tanık olmamıştı. Hangi polis teşkilatında çalıştığı bile belli değildi. Kâh Alex'teki emniyet müdürlüğüne, kâh Prinz-Albrecht-Strasse'ye, gizli devlet polisine gidiyordu. Ancak çoğunlukla yaptığı, şehri bir baştan bir başa dolaşmaktı. Hep de kendi arabasıyla. Yoksa Leo çoktan bir taksi şoförü numarasına yatmıştı, bir keresinde Korsanlar'ın kumarhanesinden SA tabur komutanını "taksi"yle aldığı gibi.

Ama bu herif hiç taksiye binmiyordu; kendi arabası vardı.

Gereon Rath. Leo Juretzka'yı iş felaketle sonuçlanana kadar SA bodrumlarında süründüren adam. Gözü çıkana, hatta onu itiraf aşamasına getirmelerine, Berolina'yı Lapke'ye devredene kadar. Asıl dertleri buydu zaten. Leo'nun tutuklanması bizzat Hermann Lapke'nin başının altından çıkmıştı; niyeti SA'daki arkadaşlarının da yardımıyla bütün rakip yeraltı çetelerini yok etmekti. Bunu muhtemelen başarmıştı da. Leo boşu boşuna direniyordu hâlâ; çünkü ne Berolina kalmıştı ne Concordia ne Immertreu ne de Apachenblut. Artık sahte bayrak altında seyrediyor olsalar da Kuzey Korsanları'ndan başka çete kalmamıştı ortada. Leo'nun buna karşı elinden bir şey gelmezdi, ama Hermann Lapke'yi ortadan kaldırabilirdi.

Ama sırada önce şu polis vardı; herif lunaparkta boy gösterdiğinden beri Leo onu listenin en başına almıştı.

En azından kafasındaki sargıyla uzaktan hemen seçiliyordu. Sargıyı her gün değiştirtiyordu. Dua etsin, sargılanacak bir şeyi kalmıştı! Walter olmasaydı Leo öldürecekti onu! Çatı kalasıyla ne kadar temiz vurmuştu, bir seferde düşmüştü herif. Leo arka arkaya vurup durmuştu, bir kere, iki kere, üç kere, ta ki komünistler müdahale edene kadar.

"Yeter! Öldüreceksin adamı!"

Niyeti de oydu. Ama Walter'e de, diğerlerine de bunu söyleyemezdi. Ayrıca iki-üç komünist kolundan sıkıca tutup devam etmesini önlemişti.

Elinde o salak çatı kalası değil de beyzbol sopası olsa üç darbe yeterdi adamı öbür dünyaya göndermeye. Ama kızıllar ceset istemiyordu. Paniğe kapılmışlardı, çünkü yere düşerken herifin silahı patlamıştı bir kez; ses çevredeki bütün evlerden duyulmuş olmalıydı.

Grupta hep şef ayaklarına yatan, bu yüzden de Leo'nun hiç hazzetmediği Rudi, "Hemen tüyelim buradan," demişti.

Leo, Rath'ı görür görmez tanımıştı. O polis! Kıçını kaldırmayarak Katsche'nin onun gözünü çıkarmasına neden olan polis. Listesindeki polis. Komiser, Marlow'un emniyet müdürlüğündeki kuklalarından biriydi. Lunaparkı basan neden bu olmuştu? Rastlantı olamazdı. Doktor M. salmıştı onu üstüne muhakkak.

Aslında ne fark ederdi, adam öyle ya da böyle ölmeyecek miydi zaten?

Doktor M. memlekete geri gelmiş olmalıydı. Bir dönem hiç döneceğe benzemiyordu, sittin sene Amerikalı dostunun yanında kalmaya niyetli gibiydi. Leo'nun şoförlüğünü ve fedailiğini yaptığı adam. Kendini beğenmiş bir Yahudi'yi New York caddelerinde dolaştırmak çok canını sıkmıştı; hayatını kesinlikle başka türlü tahayyül etmişti. Bir de o dil. Marlow neredeyse su gibi konuşuyordu İngilizceyi, savaştan önce çok seyahat etmişti çünkü. Ama Leo Juretzka gibi birisi için doğru dürüst Almanca konuşmak bile başlı başına bir belaydı. Allah'tan bu *job* (oralarda "iş"e böyle deniyordu) fazla konuşmayı gerektirecek bir iş değildi. *Job* kelimesi itibarsız bir şeymiş gibi geliyordu kulağa, zaten o da kendisini öyle hissediyordu: Marlow ve arkadaşı Goldstein, Leo'yu yamak gibi bir şey yapmış, bütün itibarını yerle bir etmişlerdi.

Doktor M. Berlin'e ne zaman döneceği sorulduğunda kaçamak cevaplar verip durmuştu. Almanya'dan gelen tek tük haberler iç açıcı değildi. Berolina iyiden iyiye güdükleşmişti. Kala kala birkaç kişi kalmıştı; onlar da bir şekilde yolunu bulmaya çalışıyordu. Gerisi içerideydi. Hermann Lapke istediğini başarmıştı.

Olurdu böyle şeyler, Leo hatta bunları anlayışla karşılamıştı. Ama bir şeyi asla yapmayacaklardı, hiçbir zaman: Vera'yı elinden almayacaklardı. Sözde kazada öldüğü haberi ulaştığında Bremerhaven'de vapurdaydılar. Hiç sorun çıkmamış, sahte belgelerle binebilmişlerdi. Hepsinin, hatta Marlow'un bile pasaportu sahteydi. O yüzden de Leo'nun tekrar vapurdan inmesine izin vermemişlerdi. Kamarasında yatağa bağlamışlar, vapur hareket edene kadar da çözmemişlerdi. Mahpustu, bir mahpustan farkı yoktu, daha sonra Brooklyn'de de kendisini öyle hissedecekti. Epey katlanmıştı, ta ki, önüne kaçmak için bir fırsat çıkana kadar. Doktor M. ve bu sürekli işkilli Yahudi'nin elinden kurtulmak kolay da bir iş değildi. İyi de, Marlow ne düşünmüştü Allah aşkına? Leo Juretzka gibi, o anlı şanlı Berolina'nın şefliğini yapmış biri pis bir Yahudi'ye New York'ta şoförlük yapacak ve buna eyvallah mı diyecekti?

Doktor M. Berlin'deydi gene, bu kesindi. Ve Leo'nun o şekilde tüymüş olmasını hâlâ yediremiyordu kendine. Eğer tam huzura kavuşmak istiyorsa, Marlow'u da haklaması gerekirdi, ama en zor iş buydu işte, Hermann Lapke'den bile zordu. Lapke'yi herhangi bir şekilde ele geçirirdi, sonuçta SA'ları da kolayca avlamıştı.

Bir hareket oldu. Leo arabada iyice kaykıldı ve dikiz aynasından baktı. Kiraladığı sade *Ford*'u Gestapa'nın girişinin oldukça uzağına, hani neredeyse Wilhelmstrasse'ye park etmişti. Önünde birkaç otomobil duruyordu. Ona rağmen ana girişin önünde olup bitenleri aynadan gayet iyi görebiliyordu. Komiser yanında sıska bir adamla göründü. İkisinin de eli klasör doluydu. Dosyaları komiserin arabasına, şoför mahallinin yanındaki koltuğa bıraktılar. Sıska olanı tekrar binaya girdi, Komiser Rath ise bindi ve araba hareket etti.

Leo, *Ford*'unun yanından geçinceye, aralarında iki arabalık mesafe kalıncaya kadar bekledi, sonra o da park yerinden çıktı.

İstikametin Alex, emniyet müdürlüğü olacağına kalıbını basardı; komiser yoksa niye o kadar dosyayı arabasına yüklesindi? Fakat yanılmıştı. Bej *Buick* gerçi Zimmerstrasse, Spittelmarkt ve Mühlendamm üzerinden Alexanderplatz'a gelmiş, ama Leo tam kafasında arabayı nereye park edeceğini tartmaya başlamışken, komiser Emniyet'in önünde durmayıp doğu istikametine yönelmişti. Frankfurter Allee'ye dalmış, Lichtenberg'e doğru gidiyordu.

Buick, Lichtenberg'deki tren köprüsünün berisinde sola dönünce, Leo'nun içindeki kötü his korkuya dönüştü. Araba parkı geçtikten sonra sağa çektiğinde ise korktuğunun başına geldiğini anladı: Allah'ın belası polis Leo'nun saklandığı yeri keşfetmek üzereydi!

Nereden bulmuştu burayı, birisi tüyo mu vermişti? Eğer öyleyse kimdi bu? Birisi Leo Juretzka'yı sitede tanımış ve onu gammazlamış olabilir miydi?

Leo bu aptal sitenin saklanılacak ideal bir yer olmadığını biliyordu, etrafta bir sürü kuşkucu komşu vardı. Zaten o yüzden fırsat bu fırsattır deyip, Walter ve komünistlerin peşine takılmıştı ya. Birkaç hafta sonra tekrar geri dönmüştü, bunu yapmamalıydı, ama başka çaresi de yoktu lunaparkı terk etmek zorunda kaldıktan sonra. Walter'le gidebilirdi, ona birlikte şehir dışına çıkmayı teklif etmişti. Böyle şeyleri organize etmesini bilen bir papaz mı ne tanıyordu; ama Leo teşekkür ederek teklifi geri çevirmişti. Siteye gelmişti. Şimdilik demiş, daha iyi bir yer buluncaya kadar diye düşünmüştü. Ama henüz daha iyi bir yer bulamamıştı. Şimdi de çok geçti artık. Polis, Wolfgangstrasse'nin köşesinde duruyordu ve arabadan inmek üzereydi. Leo direksiyonu sola kıvırdı ve görünmemek için arabayı hayvan yüklü bir kamyona paralel sürmeye çalıştı. Dikiz aynasından polisin otomobilden inip etrafa bakındığını gördü. *Ford* tren köprüsünün gölgesinde kayboldu.

75

Cuma akşamı. Charly tramvayda oturmuş, unuttuğu bir şey var mı acaba diye düşünüyordu. Guido'yla anlaşmış, cumartesi için izin almıştı. Greta'yla konuşmuş, idare etmesini tembih etmişti. İki gün zamanı vardı, ne isterse yapabilirdi. Üstelik hiç açık kapı bırakmamıştı: Sözde Greta'yla beraber hafta sonunu Usedom'da geçirecekti, arkadaşıyla aynı kaçamağı bir yıl önce de yapmıştı. Gereon o zaman hiç hoşlanmamıştı evli bir kadının bekâr bir kız arkadaşıyla deniz tatili yapması işinden. Bu sefer fikir kendisinden çıkmıştı.

Charly tramvaydan indi ve Fasanenstrasse'yi takip etti. Komisyoncunun ofisi Kantstrasse'nin berisinde, neredeyse Ku'damm'daydı.

Girişteki sarışın hanım, "Buyurun?" dedi.

"Bir şey soracaktım. Şirketinizin Friedemann ailesi namına geçen yıl Bad Freienwalde'de kiraladığı villayla ilgili..."

"Bir dakika, sorayım, Herr Landauer'in vakti varsa..."

Sekreter yerinden kalktı ve arkadaki odaya girdi. Charly bu arada etrafına bakındı. Siyah bir panoda alt alta satılık ve kiralık mülkler sıralanmıştı; hiçbiri Charly'nin ödeyebileceği kategoride değildi. Wannsee, Grunewald, Zehlendorf, Lichterfelde, Friedenau, Pankow... Sırf mutena semtler.

Acaba bunların kaçta kaçı yeni Almanya'dan kaçan insanlara aitti? Friedemannlar gibi mesela; gerçi onlar geri gelmişti. Onlar da mı Gereon'la aynı umudu paylaşıyordu? Hindenburg'un yardımıyla Papen'in Nazileri hükümetten atacağının, antisemitizmin devlet doktrini olmaktan çıkacağının hayalini mi kuruyorlardı?

Sekreter geri geldi.

"Herr Landauer sizi kabul edebiliyor," dedi.

Komisyoncu devasa bir maun yazı masasında oturuyordu; çok meşgul bir hali vardı.

"Sekreterim, Friedemann'ın Freienwalde'deki villasıyla ilgili bir şeyler sorduğunuzu söylüyor. Nedenini öğrenebilir miyim?"

Vakti olmayan bir sürü insan gibi bu adam da balıklama dalmıştı. Charly seviyordu böylesini. Ne lüzum vardı lafı uzatıp da şişirmenin; bam diye söyleyecektin söyleyeceğini. O da öyle yapacaktı. Birtakım bahaneler, hikâyeler uydurmayacak, doğrudan gerçeği, basit gerçeği söyleyecekti.

"Geçen yıl orada bir arkadaşımı ziyaret etmiştim, yeni adresini bilmiyorum da," dedi. "Doktor Friedemann sağ olsun, şirketinizin adını verdi."

"Siz de bizim yardımcı olacağımızdan yola çıktınız."

"Kiracının yeni adresini verseniz yeter. Kontratı geçen sene kimin imzaladığını biliyorsunuzdur herhalde."

Landauer onu baştan aşağı süzdü.

"Ne istiyorsunuz Johann Marlow'dan?" diye sordu sonra.

Bam diye söylemek buna denirdi işte. Charly şimdiye kadar Berlin'de gangsterler kralının adının bu kadar açık söylendiğini işitmemişti. Çoğu yarı mahcubiyetten, yarı saygıdan M. ya da Doktor M. derdi.

"Onunla konuşmam lazım."

"Dediğiniz gibi 'arkadaşınız' olsaydı, adresini de bilirdiniz."

"Bakın, 'arkadaş' derken belki biraz abarttım. Kendisi geçen yıl bana büyük bir iyilikte bulundu. Ona teşekkür borçluyum."

"Adınızı bir daha söyler misiniz?"

Charly o âna kadar adını söylemediğinden emindi. "Rath," dedi ona rağmen. "Charlotte Rath."

Landauer yazı masasından kalktı. "Bir saniye izninizi rica ediyorum," dedi. "Hemen geliyorum."

Komisyoncu ahşap kaplama odadan arka taraftaki bir odaya geçti. Charly bir *Juno* yakıp bekledi. Daha sigarası bitmeden Landau kapıda göründü.

"Müşterim hakikaten hatırlıyor sizi," dedi.

"Yani adresi verdi, öyle mi?"

"Adresin de ötesinde; öğle yemeğine davetlisiniz." Charly'ye bir kâğıt uzattı. "Yarın saat birde."

Johann Marlow'un şu şehirde kaç kişiyle iş ilişkisi vardı acaba? Evet, onu zengin ve güçlü yapan özellikle bu karanlık işlerdi, bunu biliyordu ama adamı ilk başlardakinin aksine, gittikçe gangsterden çok işadamı olarak görmeye başlamıştı. Kudretliydi, her zaman yasalara uygun hareket etmiyordu; peki ama bu günümüzde bir istisna mıydı? Hayır.

Ancak komisyoncunun ofisinden çıktıktan sonra, sokakta açtı elindeki notu. Pankow'da bir adres yazılıydı. Victoriastrasse. Bayağı uzaktı, ama tramvayla ulaşılabilir bir yerdi. Gereon onun Greta'yla birlikte Baltık Denizi'nde tatil yaptığını düşündüğü sırada nereye gideceği belliydi artık. Şehir dışına çıkması bile gerekmeyecekti.

76

Nihayet tatil başlamıştı! Nihayet şehir dışına, en güzeli de, o tımarhanenin dışına çıkıyordu.

Fritze, Atze ve Atze'nin babasıyla birlikte olduğu için o kadar mutluydu ki. Gereon'u artık hiç gördüğü yoktu, adam sürekli hareket halindeydi. Charly'ye gelince, o da bavulunu sanki bir an önce kaçmak ister gibi hazırlamıştı. Gerçi Fritze bunu anlıyordu. Gereon varsın kendi başına uğraşsındı o "çok gizli" işleriyle...

Araba gıcır gıcır bir *BMW* 303, bir limuzindi. Gereon'un, arka koltuğu bile olmayan, üçü bir yere gidecekleri zaman Fritze'nin açılır kapanır koltuğa oturmak zorunda kaldığı Amerikan arabasından çok daha büyüktü. Araba ona da küçük geldiği için Charly sürekli söyleniyordu, ama büyük ihtimal yeni araba alacak paraları yoktu.

Herr Rademann daha yeni almıştı arabayı. Çünkü o milli devrime, partiye, HJ'a hizmet veriyordu; Gereon polis teşkilatında yerinde sayıp dursundu daha. Üstüne üstlük Charly de istifa etmişti. İkisinin de ülkede olup bitenlerle bir sorunu vardı sanki. Fritze'nin yabancısı olduğu bir şey değildi bu; başta o da bocalamıştı. Ama Führer'in Almanya için ne anlama geldiğini hâlâ ve hâlâ anlamamaları, memleketin son bir yılda katettiği ilerlemeyi görmezden gelmeleri...

Atze ile arkada oturuyor ve beraber şarkı söylüyorlardı. Jungvolk'ta öğrendikleri şarkılardı bunlar. Onların bu neşesi Oymakbaşı Rademann'ın hoşuna gitmişti, aynada görülen yüz ifadesinden belliydi.

Böyle bir hava evlerinde de esseydi ya gene. Gereon ve Charly sürekli bir karış suratla dolaşıyordu ortada. Onların yanına geldiğinden beri bu durum ay ay kötüye gidiyordu. Bazen bunun nedeni ben miyim acaba diye de düşünmüyor değildi. Yurttan kurtarmışlardı onu, onlara minnettardı, yeni bir ailesi var diye çok sevinmişti ama birkaç zamandır...

Atzelerin yanında olsa nasıl olurdu acaba, diye soruyordu bazen kendine. Frau Rademann da iyi bir kadındı. Charly kadar güzel değildi belki ama en azından yemek yapmasını biliyordu. Rademannlarda geçirdiği akşamlardan hep zevk almıştı. İkinci evi gibi bir şey olmuştu orası çoktan. Rademannların iki çocuğu vardı: bir Atze, bir de küçük oğlan kardeşi. Bir tane de evlatlık alsalar mesela, yerleri var mıydı acaba? Atze'nin babası öyle bir şeyler ima etmişti bir kere. Fritze yanlış mı anlamıştı yoksa? Bir taraftan da Herr Rademann çok seviyordu onu, belli oluyordu. Sevmese onu bu hafta sonu gezintisine götürürler miydi yanlarında?

Balık tutacaktı! Fritze bir kere Oberbaum Köprüsü'nde, Spree kenarında denemişti; daha sokakta yaşıyordu o zaman; böyle şeyler açlıktan yapılıyordu. Misinayı bir yerden çalmıştı; kanca ise kendi üretimiydi. Olmamıştı tabii. Ama bu sefer başkaydı. Bu sefer zevkine balığa çıkıyorlardı, açlıktan, çaresizlikten değil. Olta takımı da mükemmeldi.

Berlin'den çıkmışlardı artık; seyrettikleri şoseler gittikçe tenhalaşıyordu. En sonunda bir ormana girdiler. Bir süre tümsekli, inişli çıkışlı orman yolunda sallanıp durduktan sonra Atze'nin babası küçük bir kulübenin bulunduğu bir kayranda arabayı stop etti. Ağaçların arasından pırıl pırıl göl gözüküyordu.

Oymakbaşı Rademann, "Geldik," dedi ve el frenini çekti. "Schwielow Gölü'ne hoş geldiniz."

Fritze otomobilden inip şaşkın şaşkın etrafına baktı. Hayatında bu kadar sessiz bir yer görmemişti. Berlin'de hep bir hengâme, hep bir gürültü vardı, algılamıyordu bile artık insan. Burası ıssızdı. Arada bir rüzgâr ağaçların yapraklarını üflüyor, bir-iki kuş cıvıldıyor, uzaktan gölün şıpırtısı duyuluyordu, o kadar. Etrafta kimsecikler yoktu. Çölün ortasına düşmüş gibi bir histi bu. Tek farkı, burasının eğlence, macera vaat etmesiydi.

Oğlanlar bir çırpıda çantalarını kulübeye taşımış, eşyalarını dolaplara yerleştirmiş, üç portatif karyola kurup çarşafları sermiş, yorganları Jungvolk'ta öğrendikleri şekilde itinayla katlayıp yatağın üstüne koymuşlardı.

Bu arada Oymakbaşı Rademann evin önünde oturmuş, sigarasını tüttürüyordu.

Çocuklar işlerini bitirince tekmil verdiler. Fritze hemen göle gideceklerini zannetmişti ama oymakbaşının başka planları vardı. Arabaya gidip arka koltuğun altından bir şey çıkardı. Fritze adamın elindekini tanımıştı: Bir tabancaydı bu.

Oymakbaşı soğuk madeni nesneyi doğrudan ona uzattı. Namlusunda süslü harflerle "WALTHER" yazıyordu. Fritze bu tabancayı biliyordu. Gereon'da da vardı bundan. Silahı eline aldı, bu kadar ağır olduğundan haberi yoktu. Gereon tabancayı evde sıkı sıkı kilitlerdi hep, parmağının ucuyla bile dokunmasını yasaklamıştı ona.

"Kullandın mı hiç Thormann?" dedi Rademann.

"Hayır komutanım."

"Aferin, doğrusu da o zaten. Siz *Pimpf*'lere[1] yasak! SA'ya bir girin, ondan sonra!"

"Tabii komutanım," dedi Fritze, adamın o anki sert tutumunun numara olduğunu gördüğü halde.

Rademann, "Ama biraz alıştırma yapılabilir, bundan bir şey çıkmaz, değil mi Öbekbaşı Rademann?"

"Tabii ki baba."

"Anlamadım?"

Atze adeta hazır ola geçip, "Tabii ki komutanım," dedi.

Rademann, Fritze'nin elini tutup ona tabancayı kavrattı.

"Buradan emniyet tetiğini açıyorsun," dedi. "Böyle de dolduruyorsun."

Rademann, Fritze'nin parmaklarını oynatıp tabancanın horozunu düşürtünce şak diye bir ses çıktı.

"Şimdi parmağını tetiğe koy."

Bütün bu olanlar Fritze'ye pek tekin gelmemişti; ne düşüneceğini bilmiyordu. Hakikaten atış mı yapacaktı şimdi? Bir taraftan müthiş bir şeydi bu tabii, ama öbür taraftan sanki biraz oldubittiye getirilmişti. Balığa çıkacaklar diye biliyordu, kendini ona hazırlamıştı.

"Şuradaki ağacı görüyor musun? Ona nişan al."

Fritze aval aval baktı oymakbaşına.

"Bir gözünü kapatıyorsun ve arpacığa odaklanıyorsun."

Fritze denileni yaptı. Çam ağacı yaklaşık yirmi adım ilerilerindeydi.

"Tamam mı?"

Fritze başıyla onayladı.

---

1 Jungvolk'a yeni katılan çocuklar.

"Şimdi sakince nefes ver ve tetiği düşür. Ama geri tepmeyi de hesa..."

BAMMM!

Patlama kulak tırmalayıcıydı. Fritze kendini kıçüstü yerde buldu. Dumanı çıkan silah yanına, otların arasına düşmüştü.

Atze karnını tuta tuta gülüyordu.

Babası, "Geri tepmeyi de hesaba kat diyecektim," diye tamamladı cümlesini. O da sırıtıyordu. "Şimdi biliyorsun artık ne anlama geldiğini."

Tabancayı yerden kaldırıp Fritze'ye geri verdi. Oğlan bir daha denemek için kıvranıyordu.

Atze gülmeyi kesti.

"Hedefi tutturdun," dedi. "Vay Fritze, tam isabet."

Gerçekten de öyleydi: Çam ağacını tutturmuştu. Gerçi tam ortasından değildi, mermi ağaç kabuğunu, kabuğun altındaki açık renk odunu sıyırmıştı ama sonuçta tutturmuştu.

Silahı nasıl dolduracağını, emniyet tetiğini nasıl açacağını oymakbaşının göstermesi gerekmemişti bu defa. Ve bu sefer geri tepmeye de hazırlıklıydı.

İkinci atış tam hedefti. Ağacın ortasına.

Rademann takdirle başını sallayıp duruyordu. "Bravo! Doğuştan kabiliyetsin!"

Fritze gururlanıyor, gururlandıkça kızardığını hissediyordu. Onu şimdiye kadar hiç kimse böyle övmemişti.

Bir saat sonra –bu arada göle atlamışlar, ancak karınları acıkınca mis gibi serin sudan çıkmışlardı– kulübede sofraya oturmuş, Wilhelm Rademann'ın yaptığı sahanda yumurtayı yiyorlardı. Yüzmeden önce Atze de silahla şansını denemişti; ancak bunu ilk defa yapmadığı belliydi. Duruş, tabancayı tutuş, bunların hepsi mükemmel gözüküyordu ama hedefi tutturma konusunda Fritze'nin eline su dökemezdi. Bu yüzden de Atze'nin biraz canı sıkılmıştı. Fritze arkadaşıyla arasının bozulmasını istemiyordu. O yüzden bir dahakine bilerek ıskalayacaktı, söz verdi kendisine.

"Balığa ne zaman çıkıyoruz?" diye sordu tabağını ekmekle sıyırırken. Aslında akşam yemeğine kendi tuttukları balığı yiyeceklerini hayal etmişti.

"Şafakla birlikte," dedi Oymakbaşı Rademann. "Saati dört buçuğa kuruyorum."

Fritze başını sallayarak, "Erken yatalım o zaman," dedi.

"Zaten birazdan hava kararır," dedi Atze. "Uyumaktan başka yapacak bir şey olmadığına göre..."

Bu konuda tecrübeliydi. Babasının yaktığı gaz lambasının ışığı öyle cılızdı ki, kitap okumak zaten mümkün değildi. Gerçi çantasına da bir tane atmayı akıl etmemişti ya.

Biraz sonra yatmışlardı. Atze'nin babası yandaki küçük odada, Fritze ise arkadaşıyla hâlâ yemek kokan salonda. Etraf zifiri karanlıktı.

"Atze?"

"Hmm?"

"Güzelmiş burası."

"İstediğin zaman gelirsin bizimle."

"Çok isterim."

"Babam sana şükran borcumuz olduğunu söylüyor. Şu Schlesisches Tor'daki komünist yuvası, tam on ikiden vurmuşlar."

Fritze bir şey demedi. Bu konuda içi hiç rahat değildi. Atze'ye anlatmakla doğru bir iş yapmış mıydı, bundan bugün bile emin değildi. Diğer taraftan Gereon ve Charly için de kaygılanıyordu. Yanlış insanlarla düşüp kalkıyorlardı. En azından bunlardan birkaçı içerideydi bari şimdi.

Atze, komünist yuvasının çökertildiğini anlatmıştı; babasının gizli devlet polisiyle ilişkileri iyiydi. Hatta HJ'nin grup akşamında Fritze'ye övgüler düzüp teşekkür etmişler, o da mahcup olmuştu. Mahcup olmuştu, çünkü anlattığı gerçeğin tamamı değildi. Herkes onun Schlesisches Tor'daki komünistler hakkında tramvayda iki adamın konuştuklarına kulak kabarttığını sanıyordu. Kimsenin gizli gizli kendi annesiyle babasını dinlediğinden haberi yoktu.

"Annen ile babandan ne haber?" diye sordu birden Atze sessizlik olunca.

"Ne haber olacak?" Fritze suçüstü yakalanmış gibi bir hisse kapıldı.

"Babam merak ediyor da. Bir kere bile görmemiş onları. Tempelhof'taki kampımıza da uğramadılar."

"Sana anlattım ya, Gereon'un yolda arabası bozulmuş diye."

"Ee, peki annen? O gelebilirdi."

Fritze cevap vermedi. Arkadaşı can evinden vurmuştu, bal gibi de biliyordu bunu.

"Babam soruyor, hâlâ niye partide değiller diye."

"Şart mı? Ben de partide değilim, ama ona rağmen iyi bir Alman'ım."

"Daha küçüksün de ondan. Hem Jungvolk'tasın ya."

"Ne oluyor bakayım burada?" diye tok bir ses duyuldu.

Fritze irkildi. Atze'nin babasının yanlarına geldiğini duymamıştı.

"Sabahın köründe kalkacaksınız, akıllı *Pimpf*'ler uyur artık!"

"Fritze'nin annesi ile babasını konuşuyorduk," dedi Atze. "Tuhaflar ya."

Oymakbaşı, "Arthur," diye çıkıştı oğluna. Beriki sustu.

Wilhelm Rademann, Fritze'nin yatağının kenarına oturdu.

"Oğlumun kusuruna bakma," dedi. "Bazen kendini ifade etmekte zorlanıyor. Bu söylemek istediği şeyin yanlış olduğu anlamına gelmez. Ama annen ile baban tuhaf değil."

Adam karanlıkta Fritze'nin elini bulup tuttu. Oymakbaşının eli kuru ve sıcaktı. Fritze kendini emniyette hissetti. Gereon'da böyle olmuyordu, onda yanına yaklaşılmaz bir hava vardı. Hatta ilk zaman kapının önüne bile koymuştu onu. Tabii ki tuhaftı, tuhaf olmaz mıydı? Charly de biraz öyleydi. Bir üniforma veya gamalı haç görmesin, sinir krizi geçiriyordu.

"Mesele başka," diye devam etti Rademann, "Almanya milli devriminin getirdiği zorunlulukları hâlâ çocukları kadar iyi kavrayamamış aileler var maalesef. Bunu derken tabii erdemli, sadakatli Almanların ailelerinden bahsediyorum. Yeni olandan, devrimci olandan korktuklarından olacak, sistem zamanını özleyenler var."

Söylediklerinde doğruluk payı var diye düşündü Fritze. HJ üyeliği gündeme geldiğinde özellikle Charly'yle yaşadığı sorunlardan ne Atze'ye ne de Atze'nin babasına söz etmişti. Hele onu bilhassa okulda bin kere yerin dibine soktuğunu, hatta nasyonal sosyalist, yani en önemli, en fazla otoriteye sahip öğretmenlerle bile bile, kasten papaz olup Fritze'nin başına bela açtığını hiç anlatmamıştı.

"Hatta," dedi Rademann, "bazı anne babalar var, yanlış bildikleri bir insanlık anlayışıyla halk düşmanlarına yardım ediyor. Dimdik, vefakâr Jungvolk üyesi çocukların görevi, anne babalarını hata yapmaktan alıkoymaktır."

Fritze anlaşıldığını hissediyordu, adam içini okumuştu sanki. Ama Oymakbaşı Rademann madem Gereon'un ya da en azından Charly'nin Schlesisches Tor'daki komünistlerle ilişkisi olduğunu biliyordu, o zaman niye gizli devlet polisindeki tanıdıklarına söylememişti? Herhalde söylememişti, yoksa ikisi de çoktan hapsi boylamış olurdu. Bunu yapmamasının nedeni, Fritze'ye onları kurtarması için bir şans tanımak istemesiydi. Belki de tekrar yurda gönderilmesin diye yapmamıştı.

"Demek istediklerimi anlıyorsun, değil mi Thormann?"

"Elbette komutanım."

Rademann'ın sıcak eli Fritze'nin elini kısa bir an daha da sıktı.

"Güzel. Mesele, hepimizin gözünü açık tutması. Birisinin davranışlarında bir tuhaflık varsa, esrarengiz işler çeviriyorsa, bil ki onun sakladığı bir şey vardır. İnsan bir şey saklamıyorsa, neden kapalı kutu olsun? Mantıklı, değil mi?"

"Kesinlikle komutanım."

"Güzel." Rademann, Fritze'nin elini bırakıp kalktı. "Şimdi söylediklerimi düşünün o zaman ikiniz de. Ama sadece düşünün, gevezelik yok. Çıt çıkmayacak!"

"Tamam komutanım," dedi ikisi de aynı anda.

"İyi geceler."

"İyi geceler."

Çocuklar ondan sonra fısıltıyla konuşmaktan bile çekindi. Fritze yan tarafına döndü. Gizli işler çeviren birisi varsa, o da Gereon Rath'tı. Ama düşünüyordu da, Charly'nin de ondan geri kalır yanı yoktu. En azından tekrar çalışmaya başladığından beri. Ona bir şey anlatmamalarının arkasında yatan tek neden meslekleri olamazdı. Ya da sık sık akşamları yok olmaları. Birlikte de çıkmıyorlardı, hani sinemaya filan gitmek gibi, hep tek başlarına, hep ayrı. Herkes kendi yoluna gidiyordu.

Bu artık böyle devam edemezdi! Tekrar bir aile olmaları, Gereon ve Charly'nin tekrar adam gibi karı koca olması gerekiyordu. Rademannlar gibi, erdemli bir Alman ailesi. Aksi takdirde evlatlıklarını ellerinden alır, onu tekrar yurda tıkarlardı.

77

Rath uykusunu alamamıştı, ama ona rağmen cumartesi sabahı sırf söz verdi diye Charly'yi istasyona bıraktı. Hemen hemen bütün gece bahçeli evler sitesinde lunaparktaki gibi bir şans yakalar umuduyla pusuya yatmıştı. Nafile. Leo Juretzka bu sefer çıkmamıştı karşısına. Rath da az uyuduğuyla kalmıştı.

Charly arabada pek konuşmamıştı. Akşamki durumdan pek hoşnut kalmadığı belliydi. Tam valizini hazırlayıp bitirmişti ki, Rath'ın yine gideceği tutmuştu.

"Görev icabı," diye homurdanmıştı. "Bu kadar söyleyebilirim."

Charly bu fiyakaya prim vermiş miydi, onu tahmin etmek zordu. Yüz ifadesinden bir şey anlaşılmıyordu. Önemli olan, şehri terk etmeye razı gelmesiydi. Johann Marlow tehlikesinden uzakta olsundu da. Çünkü Marlow'un verdiği işi zamanında halledip edemeyeceği, Leo Juretzka'yı ne zaman ortadan kaldıracağı hiç belli değildi.

En azından artık bir iz yakalamıştı ama. Birkaç kez Kale'nin arama ekibine haber salmayı da geçirmişti aklından. Arkadaşları siteyi tarasalar, Juretzka'nın izini çabucacık bulur ya da onu girdiği kovuktan çıkmak zorunda bırakırlardı. Ondan sonra gangstere ateş etmeye uygun bir durum yaratma işi ona kalırdı artık. Ama sorun da buydu işte. Aynı zamanda Rath'ın bu vakada tek tabanca hareket etmesinin nedeni de buydu. Polisin canlı ele geçireceği bir Leo Juretzka, elini kolunu sallaya sallaya dolaşan bir Leo Juretzka'dan çok daha büyük bir felaket olurdu.

Bu yüzden de siteyi kendi dolaşmıştı. Tabii yüzlerce bahçeli kulübe arasında yeraltına geçmiş bir çete üyesinin hangisinde saklandığını bulmak, en azından bunu kuşku uyandırmadan, polis olduğunu belli etmeden yapmak, bayağı ümitsiz bir çabaydı. Nitekim Rath bir sivil gibi davranmasına rağmen siteciler yine de hırlı mıdır, hırsız mıdır gibi bakmışlardı ona. Leo Juretzka böyle bir yerde acaba ne kadar güvende hissediyordu kendisini? Bunu düşününce, gangsterin yalnız hava karardıktan sonra siteye girmesi gerektiği kanısına varmıştı.

Rath o yüzden güneş battıktan sonra pusuya yatmış, ancak neredeyse bütün bir geceyi arabada geçirmesi hiçbir işe yaramamıştı. Üstüne üstlük Charly'yi kızdırmıştı bir de. Ertesi gün onun ricası üzerine tatile gidecekti. Oğlan okul tatilinin ilk günlerini birlikte geçireceği arkadaşı Atze'yleydi. Uzun zamandır ilk kez bütün ev onlara kalmıştı. O ne yapmıştı peki? Tam da o gün bütün gece eve gelmemişti.

En sonunda yorgunluktan bitap vaziyette geldiğinde ise kadıncağız çoktan yatmıştı tabii. Çok kısa bir süre sonra ise (ya da ona öyle gelmişti) çalar saat çalmıştı.

Sabahın körü olmasına rağmen Stettin Garı ana baba günüydü. O gün sadece okul tatili başlamamış, komple SA zorunlu izne çıkarılmıştı. Dolayısıyla Berlin'in yarısı Baltık Denizi'ne gitmeye çabalıyordu. İstasyonun önü taksi ve özel arabadan geçilmiyordu. Rath park yeri bulamadı.

"Sizin bir oda bulmuş olmanız da mucize," dedi.

Charly dikiz aynasında rujunu inceliyordu.

"Greta'nın Usedom'da tanımadığı yok," dedi.

Rath dönüp Invalidenstrasse'nin öbür tarafına park etti. Charly'ye kapıyı açıp bavulunu istasyona kadar taşıdı. Elinde küçük bir valizle bekleyen Greta Overbeck, ona Rath'ın pek çözemediği bir bakış attı. Yıllarca Charly'nin en iyi arkadaşının kendisinden nefret ettiğini düşünmüştü, ancak yakın zamanda bunun hiç de böyle olmadığını anlamıştı. Olay daha ziyade şuydu: Greta'nın nefreti, Gereon'un Charly'yi yaralayabileceği şeylere, hatta Charly'yi yaralama ihtimaline yönelikti.

O anda bile kesinlikle Rath gene ne işler çeviriyor acaba diye geçiriyordu kafasından. Charly, beklenmedik sonuçları karşısında onu ve oğlanı emniyete almak istediği gizli polis önlemleri hakkında nedense fazla soru sormamıştı. Ancak yine de birtakım kuşkuları varsa, Greta bunların hepsine muhakkak bir cevap bulurdu. Hikâyeleri hep tek taraflı, yani Charly'nin açısından dinlerse, olacağı buydu; tabii güvenmezdi Rath'a.

Kadınlar kucaklaştı.

Charly, "Biletler sende, değil mi?" diye sordu, Greta başıyla evet dedi.

Rath, "Perona geleyim mi sizinle?" dedi, kadınlar buna gerek görmeyince de içten içe sevindi.

"Bu kalabalıkta mı? Peron bileti alman bile daha ne kadar sürer..."

Rath başını salladı, Charly'ye bir veda öpücüğü verdi ve Greta'ya kısaca sarıldı.

"Kendinize dikkat edin," dedi ve arabasına yürüdü.

İstasyondan doğru Alex'e gitti. Özel komisyonun dosyaları masasında bir gün önce bıraktığı gibi duruyordu. Siteye yaptığı gereksiz ziyaretten sonra bütün bir öğleden sonra incelemişti onları. Geri gelmesine içtenlikle sevinen Erika Voss'tan yalnız kahve yapmasını istemiş, "Çok gizli, Gestapa bilgileri," gibi bin derde deva bir bahaneyle meraklı sorularını savuşturmuştu. Üç saat kapatmıştı kendini odasına. Ama Juretzka'nın Lichtenberg'de saklandığına işaret eden bir şey bulamamıştı.

Buna rağmen akşamın geç saatlerinde gene oraya gitmiş, yine bir sonuç alamamıştı.

İçi içini yiyordu ama beklemekten, boş boş oturmaktan başka çaresi yoktu; her halükârda fuzuli yere dosyaları karıştırmak onun için boş boş oturmak demekti. Bu durum onu deli ediyordu.

Lunapark olayı tanıklarının ifadelerini bir ipucu arayarak tekrar gözden geçirdi. Gene bir şey bulamadı.

Ne yapacağını bilmiyordu. İyice gerginleşmişti.

Neyse, en azından Charly güvendeydi.

Ama gerginliğini bu da geçirmiyordu. Kül tablasına bakınca o kısacık zamanda ne çok sigara içtiğini fark etti.

Yok, ofiste artık bir dakika kalamayacaktı, dışarı çıkması lazımdı, gene siteye gidecekti.

Tek tek kimsenin oturmadığı bahçelere girecek, kibarca kapıyı çalacak, icabında maymuncuğunu kullanacak, yakalanmamayı umut edecekti. En kötü ihtimal polis kimliğini gösterir, insanlara herhangi bir hikâye anlatırdı.

İçinde yeni bir kararlılık doğmuştu. Kalktı, ofisten çıktı. Alex'teki bir büfeden sigara aldı, banliyö treni köprüsünün oraya park ettiği arabasına binip Lichtenberg'e doğru yola çıktı.

78

Siyah *Mercedes* son sürat Kreuzberg'e doğru yol alıyordu. Reinhold Gräf arkada Hubert Pfeiffer'in yanında oturuyordu. Arabayı kullanan siyah üniformalı bir SS'ti. Havada garip bir gerginlik seziliyordu; bu yalnız okul tatilinin başlamasıyla ilintili olamazdı. Sokaklarda her zamankinden daha az insan, buna karşılık daha fazla silahlı devriye geziyordu. Ordu ve SS. Ve kendileri gibi, gizli görevleri olanlar. SS her şeyi öyle bir gizlilik içerisinde yürütüyordu ki, Gräf hâlâ ne görevin mahiyetini biliyordu ne de nereye gittiklerini.

Buna da şaşırmamak gerekirdi, çünkü operasyona neden olan olay dehşet vericiydi. SA darbe yapmaya hazırlanıyordu! Daha doğrusu Führer'den sonra hareketin en güçlü adamı olan Genelkurmay Başkanı ve Adolf Hitler'in samimi dostu, en eski dava arkadaşlarından biri olan Röhm'ün etrafındaki bir grup, SA çevrelerinin de sınırlarını aşan bir komplo kurmuştu.

Heydrich'i Münih'ten Berlin'e getiren SS'in güvenlik hizmeti birtakım yabancı güçlerin de işin içinde olduğu söylenen komplonun kokusunu alır almaz şiddet ve ivedilikle bastırma kararı almıştı. Ve Gräf, bu alçak tuzağı bozacak güçlerin bir parçasıydı. SS üyesi değildi, ama ona rağmen güven duygusu uyandırmıştı anlaşılan. Garnizon Komutanı Heydrich demek onu ofisine bunun için çağırmıştı. Hakkında fikir sahibi olmak için. Cinayet soruşturmaları çerçevesinde SA saflarındaki birtakım pürüzlere dikkat etmesi yolundaki o gün pek anlamadığı talebiyle ne demek istediği işte şimdi su yüzüne çıkmıştı.

SA'ya güven olmuyordu artık.

Conny, Fırtına Birlikleri'nin[2] bir alt birimi olmasına rağmen havasından geçilmeyen SS'e küfür edip dururdu hep. Elitlerden hazzetmiyordu zaten; odundu, odun olarak kalacaktı. Ama Reinhold

2 SA.

Gräf bir tek Koruma Taburu[3] yüzü suyu hürmetine SA'ya üye olabilirdi. SS'e büyük değer biçmesi, ondaki o elitliktendi. Üyeleri yetenekli, ağzı laf yapan insanlardı. Hatta Gräf'in başlarda pek tutmadığı, kriminal polisliği de tartışma götürür Pfeiffer bile son haftalarda güvenilir, sadık bir eleman olarak kanıtlamıştı kendisini. SS, SA denen o paldır küldür, ayyaş takımı gibi değildi. Koruma Taburu Führer'e karşı darbe yapması düşünülebilir miydi mesela? Asla.

Büyük oranda SS ve SD[4] tarafından planlanan ve hayata geçirilen bir harekâtta en ön saflarda yer aldığını düşündükçe koltukları kabarıyordu.

Ama gergindi de. Heyecanlı ve gergin. Şayet kendisini o gün kanıtlarsa Alex'te yerinde sayan bir kriminal sekreter olarak daha birkaç yıl önce tasavvur edemeyeceği kadar çok kapı açılacaktı önünde. Peki ya çuvallarsa? Bu düşünceyi hemen sildi kafasından.

Mercedes, Gitschiner Strasse'de yukarıdan giden metro hattına paralel ilerliyordu. Günlerdir şehrin üzerine çöken ve bir türlü bitmek bilmeyen yapış yapış sıcağa karşı arabanın pencerelerinin açık olması da para etmiyordu. Araç, Islak Üçgen'in bulunduğu Wassertorplatz'dan geçti, Gräf'in evi de hemen oradaydı. İki yıl önce Gereon Rath'ın ona bıraktığı daire. Rath'la sık sık buluştuğu birahane. Üzerinden bir ya da en fazla iki yıl geçmiş olmasına rağmen o günler o kadar uzak geliyordu ki şimdi kendisine. Bambaşka bir dünya, bambaşka bir yaşammış gibi.

Gräf o günleri düşünürken *Mercedes* sağa dönüp yavaşladı. Wiener Strasse'delerdi, Görlitzer İstasyonu'nun yakınında. Şoför 10 numaralı apartmanın önünde durdu.

Gräf araçtan indi; içinde garip bir sıkıntı vardı. Önünde park ettikleri lokali tanıyordu. Wiener Garten, mücadele günlerinden beri Kreuzberg 22. SA Birliği'nin müfreze lokaliydi. Takım Çavuşu Kötter'in müfrezesi.

Pfeiffer de arabadan inmiş, elini ceketinin iç cebine atmıştı. Yerine getirmeleri istenen görevin yazılı olduğu kâğıdı SS Kıta Komutanı'na vermişlerdi. SD'nin direktifine göre zarf, hedefe varmadan açılmayacaktı.

---

3 SS.

4 SS'in güvenlik hizmetleri birimi.

Pfeiffer de şu anda onunla meşguldü. Kısaca göz gezdirdiği mektubu Rath'a uzattı. Kâğıtta iki isim yazılıydı. Bir de talimat.

Lenzen, Siegfried Ferdinand, SA Kıta Komutanı
Kötter, Conrad Matthias, SA Takım Çavuşu
Adı geçen şahıslar derhal tutuklanarak Lichterfelde Askerî Lise-si'ne getirilecektir. Karşı koymaları halinde tereddütsüz ateşli silaha başvurulabilir.

Pfeiffer, "Ne hoş bir çift, yumuşak herhalde ikisi de," dedi ve yere tükürdü. "İğrenç. Röhm'ün çevresindeki bu ibne çetesi aklıma gelince midem bulanıyor."

Gräf'in dizlerinin bağı çözülmek üzereydi.

İçindeki sıkıntı boşuna değildi; korktuğu başına geliyordu.

Bir SS kıta komutanıyla birlikte ona bu görevi vermeleri tesadüf müydü? Heydrich onu oyuna mı getirmişti? Deneniyor muydu? Belki de Gereon Rath tehditlerini hayata geçirmiş, onu Gestapa'da 175'lik olarak teşhir etmişti, hatta onlara başka isimler de vermişti.

Gräf, Pfeiffer'e baktı ama yüzünde kendisine tuzak kurulduğuna delalet edecek bir şey göremedi. Aslında nefretten başka bir şey okunmuyordu adamın yüzünde; SA'ya, eşcinsellere, hainlere... Gräf bu nefretin yavaş yavaş kendisine de sirayet ettiğini hissediyordu.

SS, "Takım çavuşuyla ben ilgileneyim mi komiser bey?" dedi. "Öbür ibneyi de siz enseleyin. Aslında en iyisi hemen kurşuna dizmek. Tutuklamakmış! Bu pisliklere elimizi bile sürmememiz gerekir ya!"

Gräf hemen cevap vermedi. Aklı durmuştu. Beynine o kadar düşünce hücum etmişti ki, toparlamakta zorluk çekiyordu.

"Önce bir içeri girelim," dedi. "Adamların lokalde olup olmadıklarını bile bilmiyoruz. SA bugün itibariyle izne çıktı, unutmayalım."

"Ben bunları bilirim, bugün tatil başlıyor diye dün gece içip içip sabahlamışlardır. Eminim hepsi masaların altında sızmış yatıyordur şimdi. Yapacağımız şey, onların arasından bu ikisini bulmak ve alıp götürmek."

"Bunun çok kolay olduğunu sanıyorsunuz."

"Komiser bey, inanın bunlar içeride. Yoksa SD bizi buraya göndermezdi."

"Göreceğiz. Yine de nasıl hareket edeceğimizi iyi düşünmemiz lazım. Burası öyle bildiğimiz müfreze lokallerinden değil, basbayağı küçük bir kışla. Avluda bir garaj var, bodrum katında da iki tane atış yeri. Sahibi bowling mekânını toplantı salonu haline getirdi; SA'lar baş başa kalmak istediğinde oraya çekiliyor. Üst katta ise SA'ların geceleyebileceği birkaç oda bulunuyor."

"Bakıyorum, bayağı iyi malumatınız var lokal hakkında komiser bey."

Gräf iyice kulak vermişti, ama Hubert Pfeiffer'in sesinde kinayeden eser yoktu. "Buraya çok yakın oturuyorum," dedi sonra.

"O zaman sizi onun için yanıma verdiler."

Tabii Pfeiffer'in yaptığı resmen küstahlıktı, ama Gräf sesini çıkarmadı. Komiser olarak Gräf'in rütbesi onunkinden yüksekti. Yine de adamın söylediklerinde doğruluk payı vardı: O gün dağıtılan görevlerde kumanda SS'teydi; gerçekten de kendisi kıta komutanının yanına verilmişti.

Lokal birinci kattaydı. Emniyet tetiği açık, doldurdukları silahlarıyla merdivenlerden yukarı çıktılar.

Wiener Garten'i çalıştıran adam gizli devlet polisi kimliğini görünce hiç de beklenen tepkiyi göstermedi.

"Ne istiyorsunuz?" dedi Berlin ağzıyla.

Pfeiffer, "22. Müfreze'den iki SA arıyoruz, Lenzen ve Kötter," dedi.

"Ne olmuş onlara?"

"Suç işlediler."

"Öyle mi? Ne suçu?"

"Bu kadarı yeter, gerisini bilmenize gerek yok."

"Bir SA suç işlerse hesap soracak olan komando birlikleridir. Devlet polisi veya SS değil."

"O bizim bileceğimiz iş, siz karışmayın," diye azarladı Pfeiffer adamı. "Komando birlikleri bugün başka işle meşgul. Evet, nerede bu herifler?"

"Burada değiller."

"Neredeler peki?"

"Ben ne bileyim? Evdedirler herhalde. Yataktadırlar. Dün gece çılgınlar gibi eğlendiler."

"Hangi yatakta?"

"O işlere karışmam ben." Birahaneci sesini alçaltıp bir sır paylaşıyormuş gibi göz kırptı. "Ama şu kadarını söyleyebilirim: Tek bir yatağı paylaşıyorlardır. Sizin sorduğunuz iki kişi gece beraber çıktı buradan."

"Diyorum ya, çok tatlı bir ibne çift bunlar," dedi Pfeiffer.

Yine Gräf'in içini cız ettiren bu sözcük. Çift.

"Bize doğruyu söylemediğiniz ortaya çıkarsa, kendinizi özel izinle Oranienburg'da bulursunuz," dedi.

Birahanecinin beti benzi attı. "Sadece beraber çıktılar diyorum, neredeler, bilmiyorum."

"Ona kendimiz kani olalım bir de."

Pfeiffer'le birlikte, Wedding'dekinden çok daha büyük olan müfreze lokalinin her yerini didik didik aradılar. Atış yerlerinin donanımı mükemmeldi; avludaki park yeri de hiç fena değildi. Odalara girdiklerinde geceden kalma SA'lar yataktan fırladı. Aradıkları adamlar yoktu aralarında.

Pfeiffer lokalden ayrılmadan önce orayı çalıştıran adama, "Gene geleceğiz," dedi. "Ama o iki hergeleyi ikaz ettiğinizi bir duyarsak..."

"Neden yapayım öyle bir şey? Ben de SA temiz kalsın istiyorum. Heil Hitler!"

Her halinden tırstığı belli olan birahaneciyi arkalarında o halde bırakıp çıktılar.

Tekrar *Mercedes*'e bindiklerinde Gräf, "Hani SD'niz yanılmazdı?" dedi.

Pfeiffer yelkenleri suya indirmişti bile. "Ne yapıyoruz şimdi?" dedi.

"Galiba onları nerede bulacağımızı biliyorum."

Biliyorum derken belki biraz abartıyordu; tahmin ediyordu sadece. Ama bu, gittikçe tahmin olmaktan çıkıp yerini kesin kanıya bırakıyordu.

Luisenufer her zaman olduğu gibi sakin ve miskindi. Eski liman havuzundaki parkta oynayan çocuklar, süt kooperatifinin önüne park eden *Mercedes*'i görünce oraya doğru koşuşturdu. Gräf buraya ilk kez resmî araçla geliyordu.

Kapıcının, kolunu her kaldırdığında etleri sallanarak halı döven eşi Frau Lennartz, avluya girdiklerini görünce ona ve Pfeiffer'e selam verdi. Gräf başparmağını dudaklarına götürerek, "Herr Kötter evde mi?" diye sordu yavaşça.

Annemarie Lennartz korkudan, cevap vermek yerine başıyla evet işareti yaptı.

"Siz halıyı dövmeye devam edin," dedi Gräf. Kadın, merdivenleri çıkmadan önce silahların emniyet tetiğini açan iki adamın arkasından bakarken demire asılı halıya mekanik hareketlerle vuruyordu.

Pfeiffer, "Tanıyor musunuz onu?" diye sordu fısıldayarak. Gerçekten şaşırmıştı.

Gräf o an ortada herhangi bir tuzak söz konusu olmadığından emin olmuştu.

"Ben burada oturuyorum," dedi. "Takım Çavuşu Kötter de arka evde, çatı katında."

"İbneyle komşusunuz yani."

"Ne var bunda? Kaç tane Berlinlinin komşusu SA, haberiniz var mı? SA kocası olanlar bile var."

"Hahaha," dedi Pfeiffer. "Herhalde bunun gibisiyle değil."

Gräf bir şey söylemedi. Son basamakları sessizce çıktılar.

Fısıltıyla, "Siz sahanlığa göz kulak olun," dedi en yukarı çıktıklarında. "Herifleri bana bırakın."

SS, Gräf gene böyle emir verir gibi konuşunca afallamıştı; anlaşılan az önceki başarısız operasyonda haklı çıkmanın tadını çıkarıyordu. Yine de hiç karşı gelmeden elinde silahla merdivenlere doğru geri gitti ve aşağıya da yukarıya da kimseyi geçirmemek üzere yerini aldı.

Gräf tabancasını çekti, tekrar derin bir nefes aldı ve bütün gücüyle kapıya bir tekme attı; kapı çatırdayarak yerinden çıktı. Her an ateş etmeye hazır, o çok iyi tanıdığı daireye daldı. Sağdaki ikinci kapı yatak odasıydı.

Ve işte yataktaydılar. Conny ve Kıta Komutanı Lenzen. Bir kez Islak Üçgen'de karşılaşmışlardı bu SA'yla. İkisinin o akşam bakışmaları Gräf'in dikkatinden kaçmadıysa da kötü bir şey düşünmemişti. Az önce müfreze lokalindeki birahaneciden duyana kadar.

Conny önce ne olduğunu anlamadı, gözlerini kırpıştırıyordu. Derken içeri girenin kim olduğunu görünce, "Ne oluyorsun?" dedi. Ancak gözü tabancaya gitti ve sözü ağzında kaldı.

"Bunun bugün mesaide olduğunu sanıyordum," dedi Conny'nin kıta komutanı yattığı yerden.

"İzin almış herhalde. Şunu yerine soksana Reinhold. Ayrıca evli değiliz, bir şey değiliz, kızacak ne var?" Gräf'in bacak arasına baktı. "Tabanca yerine başka bir şey çıkarsan. Üç kişi hoş vakit geçiririz. Sen ne diyorsun Siggi? Benim küçük Reinhold'umun poposu diridir."

Gräf bir şey söylemiyordu. Yolda buraya gelirken ona karşı duyduğu nefret yavaş yavaş tiksintiye dönüşmüştü. Şurada yatakta yanında başkası, saygısızca ileri geri konuşan serserinin öyle şeylerine müsamaha etmişti ki, hayatı boyunca utanç duyacaktı bundan herhalde. Hep onu sevdiğini düşünmüştü. Her gün de kendisinden nefret etmişti.

"Takım Çavuşu Kötter," dedi. "Kıta Komutanı Lenzen, sizi tutukluyorum! İkinizi de. Ellerinizi kaldırın!"

"Şaka mı yapıyorsun? Ne gerekçeyle?"

"Führer'imize karşı hazırlanan alçak bir komplonun içindeymişsiniz."

"Aman Allah'ım, kim anlatıyor bunları? Böyle günlerde devlet polisi çalışanlarına izin versin, fantezileriniz sıcaktan almış başını gidiyor."

Gräf en tiz sesiyle, "Bırakın o silahı, takım çavuşu," diye bağırdı. "Size tavsiyem, tutuklanmaya karşı koymayın! Beni silahımı kullanmaya mecbur etmeyin!"

Conny aptal aptal bakıyordu. SA tabancası, üniformasıyla birlikte yatağın yanındaki sandalyenin üstündeydi, almak için de en ufak bir hamle yapmamıştı.

"Sizi son kez uyarıyorum," dedi Gräf ve namluyu Conny'ye doğru çevirdi. "Silahı bırakın, yoksa ateş ederim!"

Conny nihayet olan biteni kavramıştı. Kafasını sağa sola sallayarak, "Hayır, buna cesaret edemezsin," dedi, "ödleğin tekisin sen, yapamazsın bu..."

İki gözünün ortasına isabet eden kurşunla ânında sesi kesildi. Conny yastığın üstüne düştü; beyaz keten nevresim kırmızı kanı kana kana içmeye başladı.

Anlık bir şoktan sonra yataktaki diğer adam hareketlendi. Lenzen, yirmili yaşlarının sonundaki bu sportif sarışın adam, gerçekten de yanındaki komodinin üstünde duran silahına davranmak gibi bir aptallık yaptı. Gräf çıplak adam silahı eline alıncaya kadar bekledi, ondan sonra tetiğe bastı. Göğsüne giren kurşun kıta komutanını yastığa yapıştırdı; ikincisi yanağından kafasına girdi. Yatağın öbür tarafı da kızıla boyanmaya başladı.

Gräf cebinden çıkardığı mendille Conny'nin tabancasını tutup maktulün eline tutuşturdu. Zaten talimattan, ani infazın Prinz-Albrecht-Strassede'kilerin tutuklamadan daha çok işine geleceği sonucunu çıkarmıştı. Parmak izi filan almazlardı herhalde. Bir tek, Alex'ten gelirlerse yaparlardı bunu. Frau Lennartz ya da kurşun sesini duyan başka birisi Emniyet'i ararsa, Gennat kesin bir cinayet komisyonu gönderirdi. Eski şefinin bu işin arkasında onun olduğunu sezmesi ihtimali canını sıksa da ne olursa olsun bunun hukuki sonuçları olmayacağını düşünüp rahatladı.

Tam mendili tekrar cebine sokmuştu ki Pfeiffer bitti yanında. SS, yataktaki ölülere bakıyordu.

"Tahmin ettim zaten," dedi ve yere tükürdü. "İki tane canına tükürdüğümün ibnesi."

"Tutuklamaya direndiler."

"Duydum her şeyi. Hemen yukarı koştum. Biraz uzun sürdü komiser bey, kusura bakmayın, ama bereket kurtarmışsınız durumu."

Evet, aynen öyle oldu diye düşündü Gräf. Onu son aylarda aşağı çeken ne varsa hepsinden kurtulmuştu. Garip bir şekilde özgür hissediyordu kendini. Gereon bir kere, yıllar önce görev başındayken vurduğu katil yüzünden hâlâ ara sıra kâbus gördüğünü anlatmıştı ona. Reinhold Gräf hayatında birçok kritik durumla karşı karşıya kaldığı halde bugün ilk kez birinin canını almıştı. Ve garip bir şekilde bu yüzden kâbus göreceğine dair bir duygu yoktu içinde.

"Garip bir duygu olması lazım," dedi Pfeiffer.

"Anlamadım?"

"Diyeceğim, insanın iyi tanıdığı birinin böyle çıkması. Bir şey fark etmediniz mi hiç?"

Gräf omuz silkti. "Komşumdu," dedi. "Merdivenlerde karşılaşıyorsun, sokakta görürsen selam veriyorsun, o kadar. Büyük şehirde hep böyledir ya. Tanışmıyorduk aslında."

79

Tramvayda valizle oturmak Charly'nin acayibine gidiyordu. Usedom değil, Pankow'du istikamet. Bayağı da meşakkatliydi yol. Bir sürü aktarma yapmak zorunda kalmıştı. En son, metronun son durağından tramvaya binmişti. Her defasında onu şehirde gördüğünü Rath'a yetiştirecek birisiyle karşılaşma korkusu da cabası.

Sabah Gereon arabasına binene kadar garda beklemiş, sonra perona gitmek yerine Greta'yla istasyondaki kafeye girip kahve içmişti. Greta, Charly'ye planları hakkında fazla bir şey sormamıştı; arkadaşını idare etmek, Gereon Rath'ın şüpheciliğine karşı korumak ona yetiyordu.

"Demek Baltık Denizi'ndeyiz," dedi.

Charly başıyla evet dedi. "Usedom'dayız. Pazar akşamına kadar."

"Ve bunu o önerdi, öyle mi? Yani tek başına bir yere gitmeni."

"Tek başıma değil, seninle."

"Seni başından savmak istemiş sanki."

"Berlin tehlikeli olabilir diyor."

"Niyeymiş o?"

"Orasını söyleyemezmiş."

"Bak sen."

"Devamlı devlet polisiyle ilişkide; onlarda her şey hep çok gizli."

"Demek ikinizin de birbirinden sakladığı bir şeyler var ve pek birlikte takılmıyorsunuz. Ben mutlu evlilikleri hep başka türlü hayal ederdim."

"Belki hakikaten kaygılanıyordur benim için. Her halükârda bir başkası olduğunu düşünmüyorum."

"Neden?"

"Öyle olsaydı morali yerinde olurdu. Sanıyorum işi çok zorluyor onu bu sıralar."

"Kusura bakma hayatım, ama seni her zamankinden gergin görüyorum."

"Başı belada olan birine yardım etmek istiyorum. Gereon polis olduğu için onu bu işe bulaştırmamalıyım. Hepsi bu. Şimdi önce Pankow'a gitmem lazım, sonrasına bakarız."

Landauer'in verdiği adresin önünde durdu; elindeki küçük valizle, orada yeni işe başlayacak aşçı gibi bir hali vardı. Victoriastrasse'deki bu eve de ev denmezdi; malikâneydi adeta. Gerçi yine de Freienwalde'deki saray yavrusu kadar etkileyici değildi. Burada da zilde isim yazmıyordu. Charly zile basar basmaz kapı açıldı; adamı hemen tanıdı. Sessiz Çinli. Liang Kuen-Yo.

Çinli, Charly'yi başıyla selamladı. Bahçe kapısını açtıktan sonra bunun bir tuzak olup olmadığından emin olmak ister gibi bakışlarını sokakta gezdirdi. Hatta Charly eve adımını atmadan önce hizmetçi kıza silah var mı yok mu diye üstünü arattırdı; kendisi de bu arada el çantasını ve bavulunu açıp baktı.

Johann Marlow terasta koskoca bir bahçe masasında oturuyordu. Charly elindeki valizle kendisini şu anda gerçekten yeni patronunun mülakat yaptığı hizmetçi gibi hissetmişti.

"Frau Rath!" Marlow ayağa kalktı. "Bizim Landauer, Charlotte Rath diye birinin benimle görüşmek istediğini söyleyince, bu ne sürpriz dedim." El sıkıştılar. "Sevindim sizi gördüğüme." Charly, "Ben de öyle," dedi ve bunu söylerken hakikaten de öyle düşündüğünü fark etti. En azından o an için öyleydi. Marlow son umuduydu.

"Eşiniz nasıl?"

"O... çok meşgul bu aralar."

Gereon'a haksızlık yapmış olabilir miydi? Ya kolide bulduğu mektup Marlow'a ait değilse? Ya devlet polisinin gizlilik adına yaptığı bir işgüzarlığı yanlış anladıysa? Oradaki omzu kalabalıklardan biri M. kısaltmasını kullanıyor olamaz mıydı?

"Buyurun oturun. Birazdan yemek servisi yapılacak."

Charly hasır koltuklardan birine oturdu. Masa iki kişilik hazırlanmıştı.

"Beni kabul ettiğiniz için çok teşekkür ederim."

"Ne demek. Dostluklara özen göstermek lazım."

Charly kendine Marlow dostluktan ve de özen göstermekten ne anlıyor acaba diye sordu, ama adamda her şeye rağmen onu cezbeden bir taraf vardı. Bazen onun şiddet kullanmaktan kaçınmayan bir gangster, dişli bir yeraltı çetesi şefi olduğuna inanmak zordu. Ama öyleydi işte. Buraya da onun için gelmişti.

"Size nasıl söyleyeceğimi bilemiyorum Herr Marlow, ama... Eşim buraya geldiğimi bilmiyor... Bilse beni öldürür herhalde."

Marlow bir şey demedi, dikkatle dinliyordu.

"Sizden olmayacak bir ricam var. Biraz küstahlık olacak... Aslında utanıyorum söylemeye. Ama yine de söyleyeceğim, anlayın ne kadar çaresiz olduğumu."

"Utanmanıza gerek yok. Böyle çok insan geliyor bana, yardım edecek başka kimse kalmayınca. Arkadaşlıklar ne güne duruyor, öyle değil mi?"

Charly'nin bardağına içi buz dolu sürahiden su doldurdu. Charly içti. Soğuk su bu sıcakta iyi gelmişti.

"Anlatın bakalım," diye devam etti Marlow. "Belki yardım edebilirim, belki de edemem."

Charly kısaca Karl Reinhold'un hikâyesini anlattı. Onun, Oranienburg'daki toplama kampında haksız yere tutulan bir arkadaşı olduğunu söyledi. Doğruydu da bu. Charly'nin gözünde toplama kampındaki herkes haksız yere tutuluyordu orada.

Anlattıklarını sonuna kadar dinleyen Marlow, "Oranienburg," diye tekrarladı sözcüğü.

Düşünceli bir hali vardı.

"Özetleyeyim," dedi kısa bir sessizlikten sonra. "Benden toplama kampından bir komünisti kurtarmamı istiyorsunuz."

Charly başıyla onayladı.

"Bu hakikaten beni aşan bir rica."

Charly birden hayal kırıklığıyla yıkıldı.

"Ama tamamen de olanaksız değil," diye sürdürdü konuşmasını Marlow.

"Yani diyorsunuz ki..."

"Size bir söz veremem. Yemek yiyelim önce. Ben düşüneceğim o işi."

Elinin bir hareketiyle az önce Charly'nin üstünü arayan kız servise başladı. Her işe koşuluyor demek ki diye düşündü Charly.

Yemek sırasında Marlow bir sürü şey sordu, ama Karl ve Oranienburg mevzusu bir daha açılmadı. Öyle ki, Charly, Marlow'un konuya ilgisinin kalmadığını bile düşündü. Ancak tatlıyı bitirdikten sonra tekrar döndü ricaya. Charly onun yemekte oradan buradan konuşurken soruna enine boyuna kafa yorup çözüm bile üretmiş olabileceğini düşündü.

"Benim birkaç kişiyi aramam lazım," dedi. "Biraz vakit alabilir. Ama arkadaşınıza nasıl yardım edebileceğim konusunda galiba bir fikrim var. Siz rahatınıza bakın bu arada. Misafirim olun."

Charly gülümsedi. "İsabet olur. Eşim benim zaten benim Baltık Denizi sahillerinde olduğumu sanıyor."

"Öyle mi?"

"Bu hafta sonu Berlin'in tehlikeli olabileceğini söyledi. Bir polis harekâtıyla ilgili olmalı. O yüzden yarın akşama kadar Baltık Denizi'nde olmam gerekiyordu."

"Anlıyorum. Eşinizin malumatı doğru. Korkarım bazı semtlerde gerçekten silahlar patlayacak." Charly'nin yüzüne bakarak, "Niye burada kalmıyorsunuz?" dedi. "Hem arkadaşınızla ilgili bilgileri sıcağı sıcağına vermiş olurum size. Her şey düşündüğüm gibi giderse yarın özgürlüğüne kavuşur."

"Hemen yarın mı?"

Charly'nin içine haftalardır ilk kez bir ümit ışığı doğmuştu.

"Bugünlerde şehirde olmamanız gerçekten iyi. Eşiniz haklı. Pankow'da güvendesiniz." Charly'nin terasın kapısına bıraktığı valizini işaret etti. "Gördüğüm kadarıyla zaten siz de gecelemeyi geçirmişsiniz aklınızdan."

"Aslında bir arkadaşıma gidecektim..."

"Boş verin! Kalırsanız sevindirirsiniz beni. Size bir oda hazırlatıyorum."

Marlow'un ciddi ciddi Karl Reinhold'u toplama kampından çıkarmayı düşünmesi Charly'yi o kadar rahatlatmıştı ki, sonunda razı geldi. Neden olmasındı? Zaten burası biraz tatil yeri gibi sayılırdı. Ayrıca bu teklifini kabul etmemek, Johann Marlow'a da, misafirperverliğine de hakaret olurdu.

80

Kaç saattir dolaşıyordu bahçelerin arasındaki şu toz toprak yollarda? Rath ter içindeydi, gömleği üstüne yapışmıştı. Bütün gün o boğucu sıcakta Lichtenberg'deki siteyi arşınlamıştı. Parsel parsel. Ellerinde bira, bir şemsiyenin gölgesinde ya da sulama hortumuyla sıcakla boğuşan birilerini gördüğünde girmeye çekindiği bahçeler de vardı. Ona rağmen iğneyle kuyu kazmaktı bu. Her seferinde, bir bahçe kapısının üzerinden atladığında veya kendi haline terk edilmiş bir bahçeye girmek için bahçe kapısının kilidini kırdığında etrafta tanık olmamasına dikkat ediyordu. Her ihtimale karşı polis kimliği yanındaydı, ama mümkün olduğunca iş oraya gelmesin istiyordu. İki-üç kez kritik bir durumla yüz yüze gelmiş, karşısındakini aşırı sıcakla ilgili bir şeyler geveleyerek lafa tutmuş, böylece tehlikeyi savuşturmuştu. Hava mevzusu hep tutuyordu; böyle zamanlarda bile herhalde herkesin hemfikir olduğu tek konuydu.

Ancak Rath'ın terlemesi sırf sıcaktan değildi; gittikçe gerginleşiyordu da. Bir yandan ikircikleniyordu, diğer yandan vakti daralıyordu.

Teorisi belki baştan sona temelsizdi. Şapkasını önüne koyup düşündüğünde, Leo Juretzka'yı bu Allah'ın belası sitede aramasının tek bir mantıklı nedeni olduğunu fark ediyordu; o da onu başka hangi delikte arayacağını bilememesiydi. Werner Zeyen'in beş hafta önce çalınan arabasından başka bir ipucu yoktu elinde. Bir de içgüdüleri belki. Onlar da zayıflıyordu gitgide. Kendisini, anahtarını başka yerde kaybettiği halde onu sokak lambasının ışığında arayan, sorulunca da burada ışık iyi diyen fıkradaki sarhoş gibi hissediyordu.

Önünden geçtiği çalılığın arkasından burnuna mangalda kızaran sosis kokusu geldi. O gün ağzına bir lokma bile koymamıştı daha. Boğazı da kurumuştu; soğuk bira çekti canı. Şeytan bahçeye gir, sosis kızartan ailenin bütün yemeğine, bir şişe de birasına el koy diyordu.

Bu yolun sonuna kadar gidecek, sonra bırakacaktı. Bugünlük bu kadar yeterdi. Yarın koskoca bir gün daha vardı. Ama yarın da Juretzka'yı bulamazsan...

Rath, Charly'yi ve oğlanı Marlow'dan nasıl koruyacağını gerçekten de bilmiyordu. Kendi kendini ihbar edip her şeyi anlatsa mıydı? Doktor M.'yle adamlarının hakkından gelir umuduyla açılsa mıydı Gennat'a?

Ya da Johann Marlow'u öldürmenin bir yolunu mu bulsaydı? Onun yeri yurdu belliydi en azından.

Bunların hepsi deli saçması düşüncelerdi tabii ama...

Rath birden durdu. Terk edilmiş bir bahçe daha ilişti gözüne. Devamında altı-yedi tane daha vardı, ondan sonra eve gidecekti artık. Ayakkabısını bağlıyormuş gibi yapıp etrafı kolaçan etti. Bugün bu numaraya alternatif olarak birkaç kez sigara yakmış, bir kez kravatını çözmüş, şapkasını silkelemiş, hatta bir keresinde saçını bile taramıştı. Bütün bunlar çaktırmadan çevreyi dikizlemek için başvurduğu mizansenlerdendi.

Etraf müsaitti, bir hamlede alçak bahçe kapısının üzerinden atladı. İçinden duvarın gölgesinde uyuklayan birisini gözden kaçırmamış olmayı diledi. Kulübeye yanaşıp küçük, parmaklıklı pencereden içeri baktı. Bir masa ve bir tabureye güneş vurmuştu. Duvarda bir raf, onun da önünde bir komodin vardı. Rath, ışık almayan bir köşede bahçe aletleri görür gibi oldu. Ancak burada birisinin yaşadığına dair en ufak bir işaret yoktu. Yani aynı tas, aynı hamamdı.

Boşu boşuna olduğunu bile bile rutin olarak kulübeye girecekti. Bir polisin her gün tattığı bir deneyimdi bu: Bir şey ne kadar gereksiz görünürse görünsün, sonuçta ihmalkârlığa yol açmamalıydı.

Kapıya gidip kolunu bastırdı. Kilitliydi. Arsalarını, üzerinden kolaylıkla atlanabileceğini bildikleri bahçe kapısıyla güvence altına alan siteciler temkinli insanlardı. Rath maymuncuğu cebinden çıkarmadan önce etrafı yokladı. Kimsecikler yoktu.

İlk denemelerinden birinde tam kilidi halletmek üzereyken adamın birinin oradan geçeceği tutmuştu. Rath hemen, sanki kapıyı açmış da, normal bir anahtarlığı cebine koyar gibi yapmıştı. Sonra şapkasını sallayarak adama kibarca selam vermişti. Beriki selama karşılık verdikten sonra hiçbir şey sormadan yoluna devam etmişti.

Bu sefer öyle bir şey olmadı. Kilit gevşemişti, hemen çıkıverdi yerinden. Rath içeri girip derhal kapıyı kapadı. Pencereden içeri baktığında edindiği izlenim şimdi daha da pekişmişti: Uyku tulumu, konserve kutusu vesaire gibi orada birisinin yaşadığına dair en ufak bir ipucu yoktu. Diğer kulübelerde olduğu gibiydi. Tam hayal kırıklığına teslim olup kulübeden ayrılmak üzereydi ki, köşedeki tırmık ve küreğin yanında önce başka bir bahçe aletidir diye düşünüp neredeyse gözünden kaçırdığı bir şey ilişti gözüne. Bir beyzbol sopasıydı bu.

Spor aletine saygıyla, adeta mukaddes bir emanete yaklaşır gibi yaklaştı. Parlatılmış, cilalanmış yüzeyinin bazı yerleri kertikliydi, derin olanlarında cila gitmiş, çıplak ahşap görünüyordu ve içine kan sızmıştı.

Kuşkuya yer yoktu; Gereon Rath, hem Leo Juretzka'nın saklandığı yeri hem de suç aletini bulmuştu.

81

Lunapark treninden çıkmadan önce etrafı kesti. Ortalıkta kimse görünmüyordu; ne bekçi kalmıştı ne de kordon. Birkaç gün emniyet müdürlüğünün ve devlet polisinin sanki yarısı buradaydı çünkü. Yine eskisi gibi ıssız ve boştu lunapark.

Trabener Strasse'deki gizli geçidi kapatmayı bile akıl etmemişlerdi; Leo her zamanki gibi girmişti lunaparka.

Eskiden saklambaç oyununda yakalanan çocuğun tekrar saklandığı yere saklanması geldi aklına. Hep o çocuk kazanırdı, çünkü ebe oraya hiç bakmazdı. Saklandığı yerden en son o çıkar, milletin şaşkın bakışlarını görmekten müthiş zevk duyardı.

Polisler her taşı kaldırıp altına baktıkları halde, park aynı apar topar kaçtıkları günkü gibiydi; her şey yerli yerindeydi. Madam

Luna bile hâlâ kutusunda oturuyordu. Tek bir değişiklik vardı, o da artık bodrumda şilte olmamasıydı. İşte bu kötüydü.

Hele sitede bıraktığı şeyler veya o aynasızın kaç kere planlarını bozduğu aklına geldikçe... Leo onu çoktan ortadan kaldırmalıydı!

Onun resmî görevle peşinde olmadığından emindi artık. Komiser Rath devlet adına komünist filan avlamıyordu. Sırf Leo Juretzka'nın peşindeydi ve bunu kendi adına yapıyordu. Veyahut da Doktor M.'nin talimatıyla.

Beyzbol sopasını kulübede bıraktığına hayıflandı. Belki bir fırsatını bulup gider alırdı ama şu aralar riskliydi. Aynasız iki gündür dolaşıyordu oralarda.

Herifin işini bitirmenin bir yolunu bulmalıydı. Daha birtakım planları vardı; önüne bir engel çıkmamalıydı. Bu polis engelin bizzat kendisiydi.

En azından komiserden yürüttüğü *Walther* PP cebindeydi. Şarjör de doluydu. Bir kriminal memura yakışan bir ölüm olurdu bu: Kendi beylik tabancasından çıkan kurşunla öbür dünyayı boylamak. Rüya gibi bir ölüm.

Leo birkaç saat önce manavın önünden geçerken aşırdığı elmayı yerken Madam Luna'yı seyretti. Bir kart çekse miydi? Ne yapması gerektiğini belki o söylerdi.

Esmer, çingene bebeğe baktı, her zaman olduğu gibi yine bakışıyorlar hissine kapıldı. Madam Luna beynine nüfuz edip de ona bir fikir vermiş gibi birden ne yapması gerektiğini anladı. Otomata sormasına bile gerek kalmamıştı.

82

Arabanın üstü açıktı, ama süratten kaynaklanan rüzgâr bile doğru dürüst serinletmiyordu. Rath ter içinde kalmış, ağzı kurumuştu. Hemen bir şey içmesi, hemen duş yapması ve üstünü değiştirmesi lazımdı.

Leo Juretzka'nın yerini bulduğundan beri elektriklenmiş gibiydi. Günlerce iğneyle kuyu kazmış, ama sonunda adamın izine rastlamıştı. Kulübeyi didik didik edince, oranın saklanılan bir yer olduğuna işaret eden başka şeyler de bulmuştu: uyku tulumu, konserveler, kuru ama yine de yenebilecek bir ekmek parçası, hatta belli ki stok edilmiş birkaç paket *Ernte 23* sigarası. Juretzka bunların hepsini ahşap bir bankın altındaki çekmeceye saklamıştı.

Kulübede kalıp adamı beklemek tabii en iyisi olurdu, ama Rath orada nefes alamamaya başlamıştı. İçerisi son derece havasızdı ve her geçen dakika boğazı daha da kuruyordu. O yüzden her şeyi olduğu gibi bırakıp yola koyulmuştu. Artık Juretzka'nın saklandığı yeri biliyordu ya, önemli olan oydu.

Yoksa oradan öyle apar topar çıkmasının arkasında başka bir şey mi yatıyordu? Kaçıyor muydu? Juretzka'yla karşılaşmaktan mı korkmuştu? Yoksa karar anından mı? Bir kez daha çuvallamaktan mı korkuyordu, yoksa bir kere daha çuvallarsa bunun nelere mal olacağını bildiğinden mi?

Rath bu düşünceleri kafasından sildi. Hayır, eve gitmesindeki amaç gerçekten iyi hazırlanmaktı. Leo'nun saklandığı yerde bütün gece pusuya yatması gerekebilirdi. Ama ağzı dili kurur, aynı zamanda döktüğü terle vücudunda son kalan sıvı tükenirse bu mümkün olmayacaktı. Gidip, tam teçhizat geri gelecek, halletmesi gereken şeyi halledecekti. Evet, evet, halledecekti. Bu defa başaracaktı!

Şehirdeki hava değişmişti. Cumartesi akşamı olmasına rağmen sokaklarda her zamankine kıyasla çok az insan vardı. Diplomatlar semtine karakol kurulduğu için trafik burada yoğundu. Kontrol noktasındakiler polis değil, asker değil, SA da değil, siyah üniformalı SS mensuplarıydı. Rath'ın arabasına kısaca bir göz atıp polis kimliğine uzun uzun baktıktan sonra geçmesine izin verdiler.

Her yer askerî araç doluydu; Tiergartenstrasse'nin iki tarafını SS ve askerler tutmuştu. Ortalıkta hiç kahverengi gömlekli yoktu. Nasıl olsundu ki, SA Kurmay Başkanı adamlarını olduğu gibi zorunlu izne çıkarmıştı.

Rath eve gelince önce koca bir bardak su içti, ardından da bir kadeh konyak. Tavaya üç yumurta kırdı, üç dilim de ekmek kesti. Yemek yemeden, terden sırılsıklam olmuş giysilerini çıkardı. Mutfak tezgâhında ayakta atıştırdı. Çıplak.

Ne yaptığının farkına varınca, tebrikler, dedi kendi kendine. Karın yokken yarım günde o süfli bekârlık haline döndün. Bir tek biran ve yemekten sonra geğirmen eksik.

Duşa girdi. Serinlemenin zevkini çıkardı, yüzünü uzun uzun suyun altına tuttu, ağzından içeri akıttı.

Artık kendini bayağı iyi hissediyordu; düşünceleri berraklaştı. Temiz çamaşır giydi, dolaptan en koyu renkli takım elbisesini çıkardı ve gece nöbeti için gerekli olan şeyleri toparlamaya başladı. Bir şişe su, birkaç şişe *Afri-Cola*, bir termos kahve, el feneri... Yeni *Walther* PP'sini beline soktu. Maymuncuğu zaten hep yanındaydı.

Tam her şeyi çantaya doldurmuştu ki, telefon çaldı.

Baltık Denizi'nden mi geliyordu telefon acaba?

Ahizeyi kaldırıp da karşıdan kadın sesi gelince, ilk anda arayanın Charly olduğunu düşündü. Ancak hemen sonra hattın öbür ucundaki kişinin hafif Renanya şivesi dikkatini çekti. Ve kendisine "siz" diye hitap edilmesi.

"Rahatsız ediyorum, kusura bakmayın Herr Rath. Ben Adenauer. Sağ olsun, babanız numaranızı verdi."

Rath gözlerini devirdi. Herhalde şu anda en son düşüneceği şey –her ne kadar babası epeydir ihmalkarlığından yakınsa da– Adenauer ailesine nezaket ziyareti yapmaktı.

Hiç değilse arayan Auguste Adenauer'di, kocası değil. Eski Köln Belediye Başkanı'nın ikinci eşi Rath'tan sadece bir-iki yaş büyüktü; son derece iyi kalpli, sempatik bir kadındı. Yani kocası (babasının samimi arkadaşı, Rath'ın da hiçbir zaman ısınamadığı) Konrad'ın tamamen zıttıydı.

"Frau Adenauer! Bu ne sürpriz!" Yalan da değildi söylediği. "Yeni yuvanıza alıştınız mı?"

"Ben... Biz... Konrad'ı götürdüler."

Bunları söylerken sesi titriyordu. Rath'ın onda alışık olmadığı bir şeydi bu. Herkesin Gussie dediği Auguste Adenauer –kocasıyla tek ortak yönü bu olmalıydı– başlı başına serinkanlılığın simgesiydi.

"Bir dakika," dedi Rath, "önce sakin olun. Sırayla anlatın lütfen. Tam ne oldu? Kim götürdü eşinizi?"

"Gizli devlet polisi. Az önce. Bahçede çiçekleri suluyordu, iki memur geldi, tutukladılar. Nasıl davrandıklarını görseydiniz..."

"Peki neden?"

"Bir bilsem. Öylesine. Ne bana ne Konrad'a bir şey söylediler. Sorduğumuz halde. Kaç defa. Polisi aradım ama onlar da bilgi vermiyor."

Derin bir iç çekti.

"Kusura bakmayın Herr Rath, size zahmet vereceğim ama, bu şehirde yardım isteyebileceğim tek insan sizsiniz. Konrad'ın başına ne geldi, öğrenebilir misiniz?"

"O kadar kolay değil bu maalesef Frau Adenauer." Rath yutkundu. Bir bu eksikti, diye düşündü. "Birincisi ben asayiş şubesindeyim, devlet polisinde değil. İkincisi o büyük ihtimal Potsdam'daki memurlar..."

"Onlara sorun o zaman."

"En iyisi, siz sakinleşin önce. Eşiniz yalnız tutuklanmış, olay hemen aydınlanacaktır. En geç yarın evde olur."

"Ama..." Kadının sesi yine cılızlaşmıştı. Onun o şen şakrak serinkanlılığından eser kalmaması Rath'ı şaşırtıyordu. "Herr Rath, öyle şeyler duyuyoruz ki. Kötü şeyler."

"Ne anlamda?"

"Schleicherlerden haberiniz var mı?" Ondan başka kimsenin duymasını istemiyormuş gibi sesini alçalttı. Gerçi şayet devlet polisi telefonu dinliyorsa, Gussie Adenauer'in söylediklerini Gereon Rath kadar net işitirdi. "Vurmuşlar... İkisini de... Generali de, eşini de. Bu sabah."

"Emin misiniz? Eğer doğruysa, Cinayet Masası'nı bilgilendirmemiz gerekir."

"Polismiş Herr Rath, devlet polisi. Schleicherlerin hizmetçisi kendi gözleriyle görmüş. Kendi evlerinde vurmuşlar, gölün öbür tarafında, karşı sahilde."

Rath bir türlü inanamıyordu. Eski başbakan ve karısı siyasi polis tarafından vurulmuştu, öyle mi? Kötü bir söylenti olmalıydı bu!

"Ne olup ne bittiğini bilmiyorum, ama kocanız vurulmamış, tutuklamışlar yalnız. Endişelenmeyin. Sorgusunu yapıp bırakırlar."

"Ama..."

"Bana inanın. Dönecek eve. Yarın sabaha kadar bir bekleyelim, sonra bakarız."

"Hakikaten, başına bir şey gelmemiştir, öyle mi?"

"Kesinlikle."

Rath'ın kendisi de o kadar emin değildi, ama vereceği her cevap Gussie Adenauer'i gereksiz yere kaygılandırmaktan öteye geçmezdi.

"Sizi de rahatsız ettim, özür dilerim Herr Rath. İşiniz başınızdan aşkındır muhakkak. Ama biz alışkın değiliz böyle şeylere. Böyle polisin alıp götürmesine."

"Söylediğim gibi: Her şey hallolacak. Bir bakayım, bir şey öğrenebilir miyim."

"Teşekkür ederim."

Bu sözcükler kadının ağzından bir iç çeker gibi çıkmıştı. Öyle bir içtenlikle teşekkür etmişti ki, Rath kendinden utandı. Kadını bir an önce başından savmak istemişti. Diğer yandan, kocası tutuklandığı için sinir krizi geçiren bir kadın şu an en az ihtiyacı olan şeydi. Hiçbir yeri aramayacaktı tabii, ne Alex'i ne Prinz-Albrecht-Strasse'yi ne de Potsdam Emniyet Müdürlüğü'nü. Kulübede geçireceği gece için gerekli malzemeyi kaptığı gibi çıktı. Lichtenberg'e doğru yola koyuldu.

83

Onu yine ayakta durulan bodruma tıkmışlardı. Dirençliydi, çok şeye göğüs germişti –Moskova'daki yoldaşlar ona dayanma gücünün ne olduğunu öğretmişti– ama kemikleri sızlayana kadar, aç biilaç bu ışıksız bodrumda ayakta durmak, artık tutamayacak hale gelip olduğu yere işemek, altına yapmak onu çılgına döndürüyordu. Gözünden uyku aktığı halde uyumanın imkânı yoktu.

Ne anlatacaktı onlara? Kendisinden bilmek istediklerini o da bilmiyordu ki.

Zaten ağzından isim almak istediklerine de artık pek inanmıyordu; asıl dertleri onu, yani SA Müfreze Komutanı Beckmann'ın katilini yıpratmaktı. Heinrich Beckmann'ın, ev sahiplerinin tahsildarı olarak yoksul insanları evlerinden atan bir kan emici olmasının onların gözünde bir önemi yoktu.

Ayak sesleri duydu; her seferinde olduğu gibi ümitlendi yine. En kötü ihtimal, başka bir mazlum getirir yandaki hücreye atarlardı; azıcık şansı varsa, içecek, hatta yiyecek getirirler, epey şansı varsa dışarı çıkarır, sorguya çeker, bir ara, bayılmasına ramak kala tekrar uyumasına izin verirlerdi. Onu öldürmek gibi bir niyetleri yoktu, onu anlamıştı.

Belki yetkileri de yoktu buna. Sonuçta herhangi birisi değil, bir devlet polisi mahkûmuydu.

"Gel bakalım Reinhold." SA, aşağılayan bakışlarla onu baştan aşağı süzdü. Gele gele Schweinebacke gelmişti onu götürmeye. En gaddarlarıydı. Fıçı gibi bir herifti. İsmine[5] yaraşır şekilde vicdansız domuzun tekiydi. "Sıçmışsın yine, kızıl pislik. Doğru duşa!"

Duş dediği, eskiden bira imalathanesi olan, fayans duvarlı bir odaydı. Burada itfaiye hortumuyla tutukluların üzerine su sıkılıyor, suyun tazyikiyle insanlar duvara yapışıyordu. Bu onları çok eğlendiren bir işkence yöntemiydi; yeni gelenlere uyguladıklarında daha da büyük bir zevk alıyorlardı. Yeni tutuklular er geç morluklar ve kanayan açık yaralarıyla tir tir titreyerek gri fayans zemine devrildikten, ardından da hücrelerinin beton zeminine atıldıktan sonra nereye düştüklerini anlıyordu.

Onunla bu sefer fazla uğraşmadılar. Fayanslı odaya ite kaka getirilir getirilmez lime lime olmuş giysilerini bile üstünden çıkarmaya bile gerek duymadan hemen tazyikli suyu verdiler.

Schweinebacke gene geldiğinde ıslak giysiler üstüne yapışmıştı.

"Ne oluyor? Nereye..."

"Kes." SA, namluyu sırtına dayadı ve "Yürü!" dedi.

Biraz sonra, "Sevk ediliyorsun," diye ekledi.

Sevk mi? Oranienburg'dan çıkıyordu, yolda belki de...

Şayet haberleri varsa, yoldaşları bir kurtarma operasyonuna girişebilirlerdi. Ama toplama kampında partiyle arasındaki irtibatı sağlayan tek bir kişi vardı, o da Willi'ydi ve görünüşe bakılırsa onunla karşılaşma ihtimali sıfırdı. Schweinebacke, Karl'ı doğrudan bir arabaya sokmuştu; araçta bir SA daha vardı.

Kuşlar cıvıl cıvıl ötüyordu. Avluda sabahın o saatinde sigaralarını tüttürerek sabah içtimasını ve eziyet edecekleri yeni tutukluları

5 Schwein (Alm.): Domuz.

bekleyen tek tük SA'nın dışında kimsecikler yoktu. Her sabah bir tanesini muhakkak perişan ediyorlardı. Diğerlerinin gözü önünde tamamen madara edecek birini bulmadan, tutukluyu sonunda kendi kusmuğunu yiyecek hale getirmeden rahat etmiyorlardı.

Etrafları çepeçevre klinker tuğlasıyla inşa edilmiş binaydı. Burası eskiden yalnızca masum bir bira fabrikası olduğu halde Karl daha birkaç gün içinde bu binalardan nefret etmişti. Oranienburg adlı bu şirin kasabanın eski bira fabrikasını SA cehenneme çevirmişti. Öyle ki, esasında hoş bir isim olan Oranienburg, özellikle komünistlerin ve antifaşistlerin nezdinde bütün masumiyetini kaybetmiş, korku ve dehşet uyandıran bir kelime haline gelmişti.

Schweinebacke, Karl'ı kelepçeledi.

"Çok şanslısın Reinhold, senin hakkından SS gelmek istiyor. Bizden daha başarılı olduklarını düşünüyorlar ama acayip şansın var bence. Columbiahaus'la ilgili kötü bir şey duymadın hiç, değil mi? Orası sizler için sayfiye sayılır."

Kendi yaptığı espriye kendisi güldü, şoför de ona katıldı. Karl gülmedi. Columbiahaus, onun ve diğer yoldaşlarının en korktuğu yerdi. İsmi bile kulağa idam kararı gibi geliyordu.

Schweinebacke onu arka koltuğa itti, kendi de yanına oturdu. Silahını çekmiş, ona doğrultmuştu. Herhalde ciddi ciddi Karl'ın seyir halindeyken arabadan dışarı atlayacağını düşünüyordu. Onu yapacak kadar aptaldı sanki! Bir kere elleri arkadan bağlı olduğu için bütün kemikleri kırılırdı; ayrıca Schweinebacke kaçmaya teşebbüs eden bir komünistin üstüne bütün şarjörü boşaltabilmek için zaten öyle bir bahaneye bakıyordu.

Yol engebeliydi; araba her sarsıldığında Karl'ın kemikleri sızlıyordu. Üstündekiler yavaş yavaş kuruyordu; dışarının sıcağı arabanın içinde de hissedilmeye başlamıştı.

Tabelalara bakılırsa Berlin'e yaklaşmışlardı. Küçük bir köyden daha geçtiler, ondan sonraki ilk tabela artık başkente girdiklerini gösteriyordu. Ancak otomobil birden ormanı kesen ve insana ucu bucağı yok gibi gelen dümdüz bir yola girdi.

Yol boyu hiç konuşmayan Schweinebacke, "Şuradan sola gir Reuter," dedi. "Sıkıştım."

Daracık bir yolu takip ederek ormana girdiler. Schweinebacke'-

nin asıl derdinin işemek olmadığını Karl ânında anlamıştı. Çünkü istese işini yolun kenarında da görebilirdi, ormanın derinliklerine girmenin ne âlemi vardı? Birden kafasına dank etti: Bu ikisi bunu sık sık yapıyordu. Kesin bugün ona da yapacakları işi hallettikleri belirli bir nokta vardı burada.

Kaçarken vurduk diyeceklerdi.

Şoför arabayı stop etti. Schweinebacke indi. Şişko gerçekten de bir ağaca yanaştı ve işemeye başladı. Karl yanılmış mıydı yoksa? SA uzun uzun işedi, uzun uzun penisini salladı ve pantolonuna soktu.

Karl boşu boşuna kaygılanmıştı, sinirleri haraptı, herhalde ondandı. O delikte yirmi saat geçiren bir insan için normaldi de bu.

Schweinebacke arabaya geri döndü. Ancak araca binmeyip Karl'ın tarafındaki kapıyı açtı. Kolunu sertçe kavrayıp onu dışarıya çekiştirdi. Karl yere yuvarlandı.

"Kalk bakalım kızıl domuz, seninle ufak bir gezinti yapacağız."

Schweinebacke onu gene sıkıca yakalayıp ayağa kaldırdı. Bu arada şoför de inmişti arabadan. İki adam Karl'ı ite kaka ormanın içine doğru götürdü. Gittikçe arabadan uzaklaşıyorlardı.

"Dur!" diye bir ses çınladı arkasında.

Karl durdu. Şak diye bir ses duydu. Adamlar silahlarını doldurup emniyet tetiğini açmış olmalıydılar.

Allah kahretsin!

"Çök!"

Karl donakalmıştı. Kımıldayamıyordu.

"Çök kızıl domuz!"

Schweinebacke'nin dizinin arkasına attığı tekmeyle Karl dizinin üstüne düştü.

Gözlerini yumdu. Yaprakların hışırtısını, kuşların cıvıltısını dinledi. O cennet gibi atmosfer nasıl da yanıltıcıydı. Artık ne olacaksa olsun, çektiği eziyet son bulsundu. Aslında bir rahatlama hissetmesi, soğukkanlı durması gerekirken titremeye başladı. Titreme baştan hafifken gittikçe şiddetlendi. Nasıl da ısrarla tutunuyordu şu lanet olası hayata? Ağlamaya başladı. Kardeşini bir kerecik olsa görebilseydi keşke! Neden bu kadar inat etmişti? Ya Else? Kızcağız sırf onun yüzünden tutuklanmıştı.

Niye var olmuştu? Bu soru birdenbire bütün şiddetiyle gelip dayatmıştı. O sefil hayatının bu dünyaya bir katkısı olmuş muydu? Başkalarını mutsuz etmekten başka...

Ancak vücudunu bu sorular ilgilendirmiyor, o bu hayata sıkı sıkı tutunuyordu. Ölmek istemiyordu, ölmek istemiyordu, ölmek...

BAMMM!

Ormanın sessizliğinde bir kurşun sesi yankılandı. Kuşlar uçuştu.

BAMMM!

Bir kurşun sesi daha.

Gözlerini açtı.

Neden açabilmişti gözlerini?

Karl Reinhold başını çevirdi. Uzun paltolu, melon şapkalı iki adam gördü; üniformalı değillerdi. Ama ateş eden onlardı, buna kuşku yoktu. Ellerindeki tabancalardan hâlâ duman çıkıyordu. Onu ormana getiren SA'lar yerde yatıyordu. Schweinebacke biriki kımıldadı. Can çekişiyor, göğüs kafesi gittikçe hızlanarak inip kalkıyordu. Sivillerden biri –Karl adamı Çinliye benzetmişti– gelip silahını can çekişen SA'ya doğrulttu ve gözünü kırpmadan tetiğe bastı, iki kez ateş etti.

BAMMM!

Ve orman sessizliğe büründü.

Karl hiçbir şey anlamamıştı. Bunlar yoldaş mıydı? Olamazdı, giyim kuşamları yerindeydi çünkü. Üstündekiler öyle kaliteliydi ki, bu kıyafetle ormanda SA kurşuna dizilmez, ancak Ku'damm'da piyasaya çıkılırdı.

Çinli yaklaşıp kelepçesini çözdü.

"Siz... Kimsiniz?" dedi Karl.

Çinli elinden tutup ayağa kaldırdı; Karl adamın keskin ve aynı zamanda ifadesiz bakışlarıyla karşılaşınca soruyu yinelemeye cesaret edemedi.

"Karl Reinhold?"

Karl başıyla evet işareti yaptı.

Çinli, "Bir an önce üstüne başına bir şeyler bulup sınıra gitmeye bak," dedi Karl'ı hayrete düşüren aksansız bir Almancayla. Ardından eline bir tomar para sıkıştırdı. "Özgürsün."

"Sizi kim gönderdi? Else nasıl?"

"Senin kız iyi. Ama onu bir daha göremeyeceksin. Doğru sınıra git ve bir daha da Almanya'da görünme."

Karl elindeki paraya baktı. Neredeyse yetmiş-seksen marktı. Afalladı.

"Sizi kim gönderdi?" diye sordu tekrar, cevap alamayacağını bildiği halde.

Çinliyle yanındaki adam bir şey demeden dönüp gitti. Cesetler için çukur kazmaya bile gerek görmemişlerdi.

Karl Reinhold bir süre arkalarından bakakaldı; olan biteni kavramaktan uzaktı. Arkasını dönüp koşar adımlarla ayrıldı ormandan.

84

Rath son derece rahatsız bir hasır sandalyede oturmuş, sigarasını tüttürüyor, iyice ılımış, yapış yapış son *Afri-Cola*'yı içiyordu. Ölüyordu uykusuzluktan. Bütün gece kulübede kemikleri sızlaya sızlaya oturup beklemiş, kahve ve birtakım sayı oyunlarıyla uyanık kalmaya çalışmıştı. Kendini ele verme korkusuyla sigara içmemişti. Bir ara dalmış, sıçrayarak uyandığında kafasını rafa çarpmıştı.

Kısacası, kötü bir gece geçirmişti. Üstelik Leo Juretzka da görünmemişti.

Aslında gün ağarmaya başlayıp kuşlar sabah konserine başladığında niyeti daha öğlene kadar kulübede kalmaktı. Ancak bir ara sesler duydu; ellerinde piknik sepeti, bahçe kapısının önünden bir aile geçiyordu. O an, beklemenin nafile olduğu dank etti kafasına. O gün için artık geçti; pazar günüydü ve site birazdan ana baba günü olacaktı. Gelmeyecek bir kişi vardı, o da Leo Juretzka'ydı.

O zaman ben de oturur terasta keyifle bir sigara içerim diye düşündü. Nikotin iyi geldi. Bütün gece içtiği kahve ve kola bile onu böyle ayıltmamıştı.

Juretzka neredeydi? Neden saklandığı yere gelmiyordu? Güvenli bulmuyor muydu artık burayı? Yoksa kulübedeki sıcaktan mı kaçıyordu? İşte bu Rath'ı şaşırtmazdı: Gece yarısı, dışarısı serinken bile içerisi hamam gibi olmuştu, bütün gece terlemişti. Böyle devam ederse her gün üstündeki takım elbiseyi değiştirmek zorunda kalacaktı.

Site yavaş yavaş doluyordu. İnsanlar bahçe kapısının önünden geçerken Rath'a yan yan bakıyor, nazik selamını karşılıksız bırakıyordu.

Tam sigarasının üstüne basıp söndürmek üzereyken, iz bırakmaması gerektiğini düşünerek izmariti bir taşın üstünde söndürüp çalıların arkasına attı. Sonra pılısını pırtısını toplayıp arabasına gitti.

Yarım saat sonra Carmerstrasse'de banyodan çıktığında artık bayağı kendine gelmişti. Bu havada günde üç kere duş yapmak lazımdı. En az.

Bir fincan kahve ve sigarasıyla masaya oturdu, az önce posta kutusundan aldığı pazar gazetesini açtı; *Vossische* yayınını durdurduğu için *Tageblatt* okuyorlardı artık. Gazeteyi açınca içinden bir şey düştü. Madam Luna'nın açık yeşil fal kartıydı bu. Nasıl girmişti oraya?

Kartı yerden almayıp gazeteyi açtı. Önceki günün olayları gazetenin bütün sayfalarını dolduruyordu.

Rath o kadar askerî aracı gördüğünde şaşırmış, sonra da Leo Juretzka'nın peşine düşmekten, bütün bu olup bitenlerden hiç haberi olmamıştı. Başlıkların her biri öbüründen sansasyoneldi.

Röhm SA'dan ve partiden ihraç edildi; yedi SA yöneticisi vuruldu; Schleicher öldü.

Schleicher ölmüş. Allah kahretsin! Gussie Adenauer haklıydı. Bu bir söylenti değildi demek. Hitler'den önceki başbakan gerçekten ölmüştü! Başlığın altındaki kısa haberi alelacele okudu.

Son haftalarda eski Savunma Bakanı emekli General von Schleicher'in SA yönetimindeki devlet düşmanı çevreler ve dış güçlerle ilişki içerisinde olduğu tespit edilmişti. Bu da onun, sözleri ve davranışlarıyla bu devlete ve yönetimine karşı faaliyet yürüttüğünün belirgin kanıtıydı. Bu gerçek, temizlik harekâtı kapsamında onun da tutuklanmasını gerekli kıldı. Emekli General von Schleicher, kendisini tutuklamaya gelen kriminal memurlara silahla direndi. Bunun üzerine açılan karşılıklı ateşte von Schleicher ve eşi vuruldu.

Rath şoka uğramıştı. SA yönetimindeki devlet düşmanları! Haberlere savaş dili hâkimdi. Özellikle Münih ve Berlin'i kapsayan bir temizlik harekâtından, SA yönetiminin tutucu çevreler ve kim oldukları açıklanmayan birtakım dış güçlerle birlikte planladığı bir komplodan söz ediliyordu.

Adenauer de mi bu komplonun içindeydi? Asla, olamazdı. Rath, SA'nın daha bir yıl önce neredeyse kurşuna dizeceği eski Merkezcinin kahverengi gömleklilerle işbirliği yapacağını tasavvur edemiyordu. Karmaşa esnasında zan altında kalmış olabilirdi, bu da kısa sürede aydınlatılabilecek bir olaydı.

Ya da değil diye düşündü, diğer sayfaları da inceleyince. Önceki gün hayatından olan kişilerin isimlerini gördükçe, Konrad Adenauer'in de bal gibi tehlikede olabileceğini düşündü. Hatta bu meşum komployla ilgisinin olması da gerekmiyordu.

Rath bir süre kendi kendisiyle mücadele etti. Aslında kafası başka şeylerle doluydu; ayrıca biraz uyusa hiç de fena olmazdı. Ancak sonuçta vicdan azabı ağır bastı ve ahizeyi kaptı.

Telefon daha ya çalmış ya çalmamıştı ki, Gussie Adenauer açtı.

"Evet?"

"Frau Adenauer? Benim, Gereon Rath."

"Herr Rath, iyi ki aradınız. Heyecanla bekliyordum. Bir şey öğrenebildiniz mi?"

Kadının sesindeki rahatlamayı duyunca daha beter vicdan azabı duydu.

"Maalesef," dedi. "Sorunuzdan eşinizin hâlâ eve dönmediğini çıkarıyorum."

Hattın öbür ucunda Rath'a ona korkunç uzun gelen bir sessizlik oldu. Ancak Gussie Adenauer çabucak kendini toparladı; uğradığı hayal kırıklığını da belli etmemeye çalışarak, "Dönmedi," dedi tok bir sesle. "Bana iyi bir haber verirsiniz diye ümitlenmiştim. Hâlâ bir şey bilmiyoruz ve merak içindeyiz."

"Derhal yanınıza geliyorum. Nerede oturuyordunuz?"

"Neubabelsberg, Augustastrasse."

Sırf Gussie Adenauer'in ona adresi verirkenki sesi ve ifadesinden bile Adenauer ailesinin o gün için tek umudunun kendisi, yani Gereon Rath olduğunu anlamıştı.

Neubabelsberg'e gitmesi kırk dakika sürdü; arabayı tam evin önüne park etti. Gösterişli bir villaydı bu; saray değildi belki ama bir villaydı. Bir yıl önce sahip olduğu bütün makamlardan uzaklaştırıldığı halde Konrad Adenauer yaşam stilini değiştirmemişti. Ancak Rath, kapıyı açan hizmetçi kızı tanımıyordu; müstahdemi Köln'de bırakmış olmalıydılar. Ama bahçede oturmuş, elinde bir şey oymakla meşgul olan oğlanı tanımıştı. Paul'dü bu; Gussie'nin en büyük oğlu. Fritze'den belki bir-iki yaş küçüktü.

Rath içeri girince, kız onu, Gussie Adenauer'in elinde bir çay fincanı, telefonun yanında oturduğu salona aldı. Rath, eski Köln belediye başkanının karısını birtakım törenlerden filan tanıyordu. Oldukça güzel bir hanımdı, candan bir insandı, açık düşünceliydi. Kocasından aşağı yukarı yirmi yaş küçüktü. Adenauer Gussie'yle ilk eşini kaybettikten sonra evlenmişti.

Gelgelelim normalde hep kontrollü birisi olan Gussie Adenauer'in o özelliğinden eser kalmamış gibiydi. Belli ki ağlamıştı.

"Herr Rath, geldiğiniz için size ne kadar teşekkür etsem azdır! İnsanın böyle zamanlarda dostlarının olduğunu bilmesi ne güzel."

"Elbette var dostlarınız. Aslında hep niyet etmiştim sizi ziyaret etmeye; keşke nahoş olmayan koşullarda gelseymişim."

"Dünyanın gidişatı böyle ne yazık ki. Nahoş. Otursanıza."

Rath oturdu, hizmetçi bir fincan çay getirdi. Cam kapıdan bakımlı bahçeye bakıyorlardı. Paul Adenauer hâlâ elindekini oymakla meşguldü. Babasının başına gelenleri idrak edebiliyor muydu acaba?

"Siz yine çocuklarla ilgilenin Josefine," dedi Gussie Adenauer kıza. "Onların pazar gününü her zamanki rutinle geçirmelerini istiyorum."

Kız dizlerini kırdı ve çıktı.

"Bugün çocuklarla ayine bile gittim. Sanki hiçbir şey olmamış gibi. Umarım farkına varmamışlardır ama ben devamlı Konrad için dua ettim."

Rath neredeyse kadının elini tutup teselli etmeye kalkacaktı, ama yakışık almayacağını düşünüp vazgeçti. Hiç müdahale etmeden kadını dinledi.

Gussie Adenauer, "Josefine bize dün Schleicherlerde olup bitenleri anlattı," diye devam etti. "Onların hizmetçisini tanıyor. Gazetede yazılanlar doğru değilmiş; gelenler kriminal polis değil, devlet polisiymiş, aynı bize gelenler gibi." Sesini alçaltıp, sanki salonda hâlâ bir devlet polisi varmış gibi sağına soluna bakındı. "Ayrıca general tutuklamaya karşı koymamış. Gözlerini kırpmadan vurmuşlar; kendi ofisinde. Zavallı Elisabeth koşup gelince ona da ateş etmişler."

"Ama bu... Bu bir cinayet."

"Cinayet Şubesi'nden birileri gelmiş, ama akşam saatlerinde çekip gitmişler yine."

"Bakın Frau Adenauer, sizi rahatlatır mı, bilmiyorum ama deneyimlerim bana şunu gösterdi: Adamlar eğer eşinizi öldürmek isteseler, aynı Herr von Schleicher'e yaptıklarını yaparlardı. O yüzden onun hayatta olduğundan eminim."

Gazetede okuduğu şeylerden sonra Rath aslında hiç de emin değildi bundan. Ama belli etmemeye çalıştı.

"Eşinizi götürenlerin devlet polisi olduğu kesin mi?" diye sordu.

"Memurlar oldukça kabaydı, ama rozetlerini gösterdiler."

"O zaman onu Potsdam Emniyet Müdürlüğü'ne götürmüşlerdir; buranın devlet polisi kontrol merkezi orada."

Rath fincanını sehpaya bırakıp kalktı. "Aceleciliğimi mazur görün Frau Adenauer. Ama burada oturup kaldığım sürece size yardım edemem."

"Ne yapmayı düşünüyorsunuz?"

"Vakit geçirmeden Potsdam'a gideceğim."

Bakışlarından öyle bir minnettarlık okunuyordu ki, Rath içinden onu umarım hayal kırıklığına uğratmam diye dua etti.

Arabasına binmeden önce tekrar çevresine göz gezdirdi. Sakin, mutena bir semtti burası. Ağaçlarda kuşlar cıvıldıyordu. Güneş ağaçların tepesinde pırıl pırıl, yeşil benekler oluşturmuştu. Bu cennet gibi yerde daha bir gün önce ölüm komandolarının kol gezdiğine inanmak imkânsızdı. Devletin ölüm komandoları.

85

Charly terasta kahvesiyle oturmuş, gazete okuyor, okudukça da Gereon'un neden onun güvende olduğunu bilmek istediğini daha iyi anlıyordu. Berlin'de bir gün önce yer yerinden oynamıştı.

Hitler hükümeti asıl yüzünü göstermiş, rakibini ortadan kaldıran bir gangster çetesi misali kasıp kavurmuştu ortalığı. Charly hemen Greta'yla telefonlaşmıştı. Kimler öldürülmemişti, kimler! Schleicher, Strasser, Heines, Ernst... Genel Kurmay Başkanı Röhm'ün hayatının bir kıymeti var mıydı acaba... Kim cevap verebilirdi buna?

Papen'in konuşmalarını yazan Jung'un da başını yemişlerdi, hani şu Guido'nun çok tuttuğu, başbakan yardımcısının Marburg konuşmasını yazan adam. Hitler ile Göring bu konuşma hakkında ne düşündüklerini açık etmişlerdi işte şimdi.

Göring tarafından Ulaştırma Bakanlığı'na sürülene kadar uzun yıllar Prusya İçişleri Bakanlığı'nda polisten sorumlu olmuş Klausener'i de vurmuşlardı. Anlaşılan Nazileri ihraçlar kesmiyordu artık.

Charly gazeteye öyle dalmıştı ki, Johann Marlow'un geldiğini duymadı.

"Haberler tatsız, değil mi?" dedi Marlow gazeteyi işaret ederek.

Charly başıyla evet işareti yaptı.

"Ama bazen böyle şeylerin olması gerekiyor. Her şeyi silip süpüren bir fırtına gibi."

"Buna onun için temizlik harekâtı diyorlar herhalde."

"Size sevineceğiniz bir haber vereyim de, keyfiniz yerine gelsin." Marlow son derece sevecen gülümseyerek, "Sevgili Frau Rath," dedi, "komünist Karl Reinhold'un bu sabah Oranienburg Toplama Kampı'ndan Columbiadamm Toplama Kampı'na sevk edilirken firar ettiğini öğrendim az önce."

"Sahi mi söylüyorsunuz?"

"Yurtdışına çıkmak üzere olması lazım. Büyük bir aptallık yapmazsa. Her halükârda özgür artık."

Charly şaşakalmıştı. Johann Marlow'un gücünü de, ilişkilerini de hafife almaması gerekiyormuş demek. Şimdiye kadar sadece emniyet müdürlüğünde ara sıra birkaç sefil polisin eline biraz para sıkıştırdığından yola çıkmış, sakın bunlardan biri Gereon olmasın diye de içinden dua etmişti. Ama Johann Marlow'un anlaşılan daha güçlü ahbapları vardı. Hem de yeni Almanya'da.

"Size büyük teşekkür borçluyum. Bunun altında kalmamak için ne yapmam gerekiyor?"

"Ne demek, rica ederim." Marlow gülümsedi. "Ama kimbilir, günün birinde öyle bir durum ortaya çıkar ki, sizin de bana bir yardımınız dokunur."

Marlow'un sesi hâlâ nazik ve sevecendi, ama Charly kendisini birden huzursuz hissetti; çünkü adamın gülümsemesi ona bir köpekbalığını çağrıştırmıştı. Aniden büyük bir hata işlediğini fark etti. Johann Marlow gibi birinden öyle durduk yerde bir şey rica edilir miydi? Edilirdi belki ama ondan sonra onun bağımlılığına girmek pahasına.

Daha biraz önce bu duvarların arasında, nazik, etrafında pervane olan insanların varlığı sayesinde, Marlow'un da adamları onu rahat bıraktığı için kendisini çok iyi hissediyorken, aniden tek isteği buradan, Marlow'un bu gangster ininden –kendisini kandırmayacak olursa bu villaya ancak böyle denirdi– bir an önce kaçıp gitmek olmuştu.

Kalktı.

"Nereye gidiyorsunuz?"

"Geç oldu. Misafirperverliğinizi daha fazla suiistimal etmeyeyim. Size her şey için çok teşekkür ediyorum."

"Biraz daha oturursanız sevinirim Frau Rath. Önemli bir haber daha bekliyorum da."

"Çok naziksiniz, ama..."

"Nezaket değil bu, bir emir." Marlow sesini yükseltmemişti, ama sesindeki sıcaklık birden yok olmuştu.

"Emir mi? Konuğunuz olduğumu zannediyordum."

"Konuğumdunuz, doğru. Biraz öncesine kadar." Marlow gerçekten de gülümsüyordu bunları söylerken. "Kusura bakmayın, artık hapissiniz. Sizi rahatlatması için söylüyorum: Serbest kalmanız tamamen eşinize bağlı."

"Gereon'a şantaj mı yapacaksınız? Benimle mi? Sökmez bu. Hem..."

"Söker mi, sökmez mi, onu göreceğiz." Marlow adamlarından birine kaş göz işareti yaptı. "Fred odanıza götürecek sizi şimdi. Uslu durursanız kimse size bir şey yapmaz. Sakın kaçmaya, çocukça şeyler yapmaya kalkmayın. Sizi kalorifere kelepçelemeye mecbur bırakmayın beni. Uzun süre bağlı kalındığında çok acı veren bir şey, inanın."

Charly bir şey söylemek istedi, ama Marlow'un Fred dediği adam onu önceki gece tahmininden de iyi uyuduğu odaya götürmek için itekleyip evin içine sokmuştu bile. Demek o oda, hücresi olacaktı şimdi.

Fred onu içeri itip kapıyı kilitledi. Charly soluk soluğaydı, sakinleşmeye çalıştı. Pencere terasa çıkıyordu, buradan doğrudan Marlow'un adamlarının kucağına düşerdi. Kalorifere bağlanmaya ise hiç niyeti yoktu. Yatağa oturup olan biteni kavramaya çalıştı. Lamı cimi yoktu, bal gibi rehindi işte. Gereon'un Marlow için halletmesi gereken bir şeyin karşılığında.

Nasıl yapmıştı bu aptallığı! Bir gangstere içini dökmüştü. Marlow da iyi oyalamıştı onu. Onu baştan beri rehin almayı planladığı için yardım etme bahanesiyle bir süre altın kafeste tutmuştu.

Kocası, Johann Marlow'un gangster imparatorluğunda nasıl bir rol oynuyordu acaba? Öyle ya da böyle bir rol oynuyordu. Charly yanılmamıştı; Gereon'un kolisinde bulduğu mesaj Marlow'dandı. Nasıl düşünürse düşünsün, hepsi aynı kapıya çıkıyordu: Gereon Rath, Johann Marlow'a çalışıyordu.

Evin öbür tarafından motor sesi geldi. Kapının önünde bir ağır vasıta durmuş olmalıydı. Biraz sonra ayak sesleri duyuldu; terasta üç adam belirdi. Charly kalktı ve pencereye gitti. O garip teneke yakalı üniformalarıyla SA'ydı gelenler. Komandolar. Marlow yüksek rütbelileri karşılayıp selamladı.

"Fritsch, bizzat siz geldiniz demek! Çok sevindim komutanım. Size ve refakatçilerinize bir kadeh bir şey ikram edeyim."

"Zahmet etmeyin. Pek vaktimiz yok, gideceğiz hemen." Garnizon komutanının bir işareti üzerine iki adam aralarına aldıkları bir kişiyle öne doğru bir-iki adım attı. "Size emanetinizi getirdim. Söz vermiştim ya. Sayın bakanın size küçük bir armağanı, selamı var."

Çimenlere attıkları armağan, inim inim inleyen kanlar içinde bir kütleydi. Üstündeki SA müfreze komutanı üniforması parça parçaydı.

Çok kötü hırpalanmış olmasına rağmen Charly, SA'yı hemen tanıdı. Onu Wedding'deki kasabın bodrumuna kilitleyen adamdı bu.

Hermann Lapke.

Kuzey Korsanları'nın şefi. Kendisine alçakça davranmasına, hiç kuşkusuz domuzun teki olmasına rağmen o anda Marlow'un bahçesinde yerde kıvranan bu adama acımıştı. Cefasının son bulmadığını, asıl şimdi başladığını da çok iyi biliyordu.

Onu buraya getirip o alaycı sözlerle Marlow'a teslim eden adamın üstünde SA komando birliklerinin, yani Göring'in takımının üniforması vardı.

Almanya'nın en güçlü adamlarından biri olan Hermann Göring, Marlow'a özel kıyak yapmış, en büyük düşmanını önüne yem olarak atmıştı.

Charly gangsteri gerçekten hafife almıştı.

86

Potsdam Emniyet Müdürlüğü'nde Berlin'deki Kale'nin heybeti yoktu. Priesterstrasse'deki iki katlı bina hem bildik şubeleri barındırıyordu hem de gizli devlet polisini. Önünde SS'lerin nöbet beklediği Prinz-Albrecht-Strasse'deki devasa Gestapa binasıyla karşılaştırılınca burası fasaryaydı.

Rath buna rağmen içeri girerken temkinli davranmıştı. Gizli devlet polisi fasarya değildi çünkü; aksini düşünenin gülüşü kursağında kalıyordu. Ayrıca Rath'ın son yıllarda normal Potsdam kriminal polisiyle birtakım kötü deneyimleri olmuştu. Bu içi geçmiş saray şehrinin polis memurları başkentteki meslektaşlarına gıcık oluyordu.

Kapıdaki görevliyle başlamıştı zaten.

Kayzer zamanından kalma eski usul bıyık bırakmış üniformalı, "Kripo Berlin mi?" dedi. Bir miğferi eksikti toplum polisinin. Adam elindeki bulmacayı bıraktı; Rath'ın polis kimliğini incelerken arada bu "işgalci"ye kuşku dolu bir bakış atıyordu. Sonunda Berlin ağzıyla, "Yolunuzu mu şaşırdınız? Ne işiniz var burada?" diye sordu.

Rath sükûnetini kaybetmeden, "Gizli devlet polisindeki arkadaşlarla görüşmek istiyorum," dedi.

"Konu nedir?"

"Konrad Adenauer."

Memurun bu adı ilk defa duyduğu belliydi; alnını kırıştırdı. "Bu konu değil, isim," dedi.

"Herr Adenauer dün akşam Potsdam gizli devlet polisi tarafından tutuklandı; kendisini görmek istiyorum."

"Kimi? Memuru mu, tutukluyu mu?"

"İkisini de."

"Memurun adı ne?"

Rath patlamak üzereydi. Başka her şey vardı da, bir tek zamanı yoktu; bu münasebetsiz de şu anda onu tırtıklamakla meşguldü.

"Ne bileyim," diye çıkıştı adama. "Sayıları çok değildir herhalde, bu binaya kaç tanesi sığıyor zaten."

Rath bunu söylediği an pişman oldu, çenesini niye tutmamıştı ki sanki? Artık çok geçti; memurun suratı düşmüştü. Adam şiveyi bıraktı.

"Devlet polisi merkezi üst katta. Sadece yetkili kişileri geçirebilirsin diye talimat verildi bana. Dünden beri neler oluyor burada, haberiniz var mı efendi?"

"Ben efendi filan değil, kriminal komiserim. Ayrıca Herr Adenauer'in de tutuklanması bir yanlışlıktan kaynaklanıyor."

"Bunu da bize açıklamak için bir kriminal polis ta Berlin'den kalkıp buraya geliyor, öyle mi?"

"Öyle de denebilir."

"Beyefendilerin hepsi öğle paydosunda."

"Kaç beyefendi bunlar?"

"Personel açısından Berlin kadar güçlü olmayabiliriz ama şunu bilin ki, işimizi sizin kadar iyi yapıyoruz!"

"Bakın, ben buraya Berlin ve Potsdam polisindeki personel durumunu tartışmaya gelmedim. Ben Potsdamlı bir meslektaşıyla görüşmek isteyen bir kriminal komiserim. Şikâyette bulunmamı mı bekliyorsunuz, yoksa geldiğimi yukarı haber verecek misiniz?"

"Deneyin isterseniz şansınızı. Belki bir kişi filan vardır içeride. Dediğim gibi: Üst kat."

"Nereden gidiliyor?"

Tekrar bulmacasına dönen memur kafasını kaldırmadan, "Aşağı inmeyi düşünmüyorsunuz herhalde," dedi. "Sizin orada üst kat bodrumda mı olur? Potsdam'da üst kat denince yukarı çıkılır."

Rath bu sefer cevap vermemek için kendini tuttu ve gıcırdayan merdivenlerden yukarı çıktı. Üst kattaki bütün odaların kapısını tıklattı. Gerçekten çoğunda kimse yoktu, odaların birinden hafif sinirli bir "Evet?" geldi.

Kapıyı açtı, karşısına elinde kurşunkalem, önündeki upuzun listeye çentik atmakta olan bir delikanlı çıktı. Genç adam başka birini, büyük olasılıkla da çalışkanlığına övgü yağdıracak şeflerden birini bekliyordu ki, Rath'ı görünce gözleri fal taşı gibi açıldı.

"Buyurun?"

"Rath, Berlin Kriminal Polisi." Rath kimliğini gösterdi. "Dün Potsdam devlet polisinin Babelsberg'de tutukladığı bir kişi hakkında bilgi almak istiyorum."

"Tutuklular hakkında prensip olarak bilgi vermiyoruz. Buraya neden gizli devlet polisi dendiğini hiç düşündünüz mü?"

Aptal aptal kıkırdadı.

"Siz hiç meslektaşa neden meslektaş dendiğini düşündünüz mü? Konrad Adenauer'le görüşmeyi arzu ettiğim için kardeş bir resmî makamdan bilgi istiyorum, hepsi bu. Bir yanlış anlama olduğu için tutuklanmış. Sanıyorum şu SA komplosunda parmağı var diye zan altında. Eğer öyleyse bu gülünç bir şey, çünkü Adenauer'le SA baştan beri birbirine düşman."

Rath karşısındakinin bu söylediklerinden etkileneceğini düşünmüştü, ama tam aksine, delikanlı işi daha beter yokuşa sürmeye başladı.

"Son temizlik harekâtı çerçevesinde tutuklanan birisiyle görüşmek istiyorsanız SD'den kâğıt getirmeniz gerekiyor."

"Nereden?"

"SD. Prinz-Albrecht-Strasse'deki SS'in Güvenlik Hizmeti. Siz Berlin'den gelmiyor musunuz Allah aşkına? SD bu operasyonda başı çekiyor. Onlar izin verirse bizdeki bütün tutuklularla görüşebilirsiniz."

"Yani Herr Adenauer burada, öyle mi?"

"Dediğim gibi: Bu konuda size bilgi veremem."

Rath içinden küfrü bastı. Kapıdaki adam Potsdam polisinin özerkliğinden dem vurmuş, Berlin polisine karşı o yüzden de düşmanca bir tavır sergilemişti; buradaki devlet polisi ise Berlin'deki Güvenlik Hizmeti diyordu. Yeni Almanya'da kimin borusu ötüyordu bu durumda? Herhalde partinin ve alt kollarının.

"Bu şekilde bir yere varamayacağız gibi bir his var içimde. Siz şimdi beni Adenauer'e götürmeyeceksiniz, öyle mi?"

"SD'den kâğıt getirin, tekrar bakarız. Şimdi rica etsem, lütfen odamı terk etseniz! Gördüğünüz gibi bir sürü işim var."

Rath, aslında herifin suratına indirmek istediği yumruğunu cebinde sıkıp Potsdam Emniyet Müdürlüğü'nden çıktı. Dönüş yolunda Gussie Adenauer'e iyi haberlerle, hatta eşiyle birlikte gitmeyi ummuştu. Ama anlaşılan bu o kadar kolay olmayacaktı.

Berlin'e giderken yolda düşündü. Aslında Prinz-Albrecht-Strasse'de sadece bir tanıdığı vardı, onunla da daha birkaç gün önce kapışmıştı.

Yine de arabayı yarım saat kadar sonra Luisenufer'e park etti. Ayağına kapanacaktı artık, başka çaresi var mıydı? İyi niyet göstergesi olarak Anhalter Bahnhof'tan bir şişe de konyak almıştı. Elinde şişeyle avluya girdiğinde kapıcının karısı Frau Lennartz'la burun buruna geldi. Gayriihtiyari içkiyi arkasına sakladı.

"Herr Rath! Sevindim sizi gördüğüme! Arkadaşınızı mı ziyarete geldiniz? Çok korkunç, değil mi?"

"Nedir korkunç olan? Beni tekrar görmeniz mi?"

"Hayır, o değil tabii. Ama Herr Kötter'in..." Sesini alçalttı. "Çatı katındaki kiracı, şu çıtkırıldım SA, hani komploya iştirak edenlerden."

"Öyle miymiş?"

"Ha, sizin haberiniz yok demek. Yumuşaktı da; yakışır bu heriflere. Sodom'la Gomora! Böyle biriyle yıllarca aynı çatı altında yaşamışız bir de..." Kadın başını sağa sola salladı. "Allah'tan bitti bu iş artık."

"Tutuklandı mı?"

"Ne tutuklanması? Öldü. Direnmiş, yanında yatan herifle beraber. Siz onun için geldiniz zannettim."

Rath'ın başından aşağı kaynar sular dökülmüştü. O sarışın oğlan. SA. Yatakta sevgilisiyle...

"Yok... yok," diye kekeledi. "Ben... Özel bir ziyaret için... Reinhold'u görmeye geldim... Yani, Herr Gräf'i. Nereden bileyim... Aman Allah'ım! O da mı komploculardanmış?"

"Kim?"

Kadın alnını kırıştırmış ona bakıyordu; hiçbir şey anlamamış gibiydi. Rath baltayı taşa vurduğunu fark etti. Kadın az önce Gräf'e mi geldiniz, dememiş miydi? O zaman ölen ikinci kişi o olamazdı.

"Yok bir şey. Dediğim gibi, ben aslında Gräf'e uğrayacaktım."

"İyi edersiniz, buna ihtiyacı var sanki. Birkaç gün izin verdiler ona. İnsan her gün de... Anlıyorsunuz ya?"

Kadın gene imalı konuşmaya başlamıştı. Rath'ın daha fazla deşmeye ne sabrı ne de zamanı vardı. Gräf evdeydi ya, yeterdi. Arka binadaki merdivenleri çıkıp, uzun zamandır yolunun düşmediği kapıyı çaldı. Biraz sonra içeriden ayak sesleri duyuldu. Gräf kapıyı açtı, onu görünce kalakaldı. Rath konyak şişesini havaya kaldırarak, "Senden özür dilemeye geldim," dedi.

Gräf bir şey söylemiyor, gözünü dikmiş ona bakıyordu.

Rath, "Telafi olarak kabul et," dedi ve şişeyi işaret etti. "Girebilir miyim?"

Gräf cevap vermedi; kapıyı açık bırakıp sallana sallana mutfağa doğru gitti. Rath da peşinden.

Reinhold Gräf oturmuştu. Mutfak masasının üstünde bir şişe *Luisenbrand*, yanında da yarısı dolu bir kadeh duruyordu. Rath elindeki içki şişesini masadakinin yanına koyup oturdu.

"Geçen gün için özür dilerim," dedi. "Seni kırmak istemezdim. Biraz kızgındım, hepsi o."

Gräf bir şey demeden kadehi kaldırıp bir yudum içti.

Rath cebinden tabakasını çıkardı. Gräf'in de bir *Overstolz* alıp yakması tuhafına gitti. Çok nadir sigara içerdi çünkü. Rath ateş verdi. Gräf bir-iki nefes çektikten sonra konuşmaya başladı.

"Demek benim 175'lik olduğumu düşünüyorsun," dedi.

Konuya bu kadar direkt girmesi Rath'ı şaşırtmıştı.

Gräf sigarasından bir nefes çekti. "Bunu niye yapıyorsun, bilmiyorum. Belki müzmin bekâr olduğumdan. Ya da yukarı komşum bir süreliğine banyomu kullandığı, sen de onu bir kere burada yarı çıplak gördüğün için."

Rath o konuşurken sigarasının ucunu, ateşin kâğıdı yavaş yavaş yakarak ilerleyişini izliyordu.

Gräf, "Ama bunu düzeltmeye, öyle değil, böyle demeye fırsatım olmadı," diye devam etti. "Denedim, dinlemedin beni. Bir sene boyunca beni görünce yolunu değiştirdin, dostluğumuzu bitirmek pahasına. Son olarak da hiçbir doğruluk payı olmayan bir söylentiyle kariyerimi mahvetmekle tehdit ettin beni."

Rath susmaya devam ediyordu.

Bir süre ikisi de konuşmayınca, tekrar af dilemeyi denedi.

"Özür diliyorum. Ama komşunu öyle görünce burada mutfakta... Bir tek havluyla. Başka ne düşüneyim?"

"En azından o düşündüğünü değil." Gräf sigarasını söndürdü ve Rath'ın gözünün içine baktı. "Komşuma ne oldu, biliyor musun?"

"Ölmüş, Frau Lennartz söyledi."

"Ben vurdum onu."

Rath şaşkınlığını gizleyemedi.

"Sen mi?"

"SD dün bize bir görev verdi, Pfeiffer ile bana. Temizlik operasyonu çerçevesinde iki kişiyi tutuklamamız gerekiyordu. Adamları müfreze lokalinde bulamadık; ama ben bir tanesinin nerede oturduğunu biliyordum."

"Komşun. Takım Çavuşu Kötter."

Gräf başıyla onayladı. "O bir 175'likti. Ayrıca da Ernst Röhm'ün çevresindeki komploculardan. Diğeriyle yataktaydı. Onları tutuklamaya kalkınca tabancalarını çektiler."

Rath budalalığını anlamıştı. Hakikaten de eski dostu ve meslektaşı Reinhold Gräf'i yumuşak zannetmişti. O yarı çıplak SA Kötter, Reinhold'a öyle bir bakış atmıştı ki. O gün bayağı emindi, ama yanılmıştı işte. Yumuşak olan yalnız sarışın takım çavuşuydu.

Genzini temizledi. "Üzüldüm Reinhold. Bir insanı vurmanın ne kadar zor bir şey olduğunu bilirim. Üstelik iki kişi birden. Hem de kendi oturduğun evde."

Gräf, "O kadar da zor değildi," dedi. "Sonrası kötü oldu. Yaptığımın bilincine varınca. Her ne kadar ölümü hak eden alçak herifler de olsalar."

Rath konyak şişesini işaret ederek, "Alkol çözüm değil, biliyorum da," dedi, "kendi deneyimimden yola çıkarak söyleyeyim, en azından insanın gözüne birazcık uyku giriyor." Boğazını temizledi. "Az önce SD'den söz ettin. Onlar da Prinz-Albrecht-Strasse'de. Orada bir tanıdığın var mı?"

Gräf tek kaşını havaya kaldırdı.

"Pek tanıdık denemez. Yeni şefimiz Heydrich SD'nin başında. Ama bir ricada bulunabilecek kadar iyi tanımıyorum, eğer öyle bir şey kastediyorsan."

"Evet, aşağı yukarı kastettiğim bu." Rath sigarasından bir nefes çekti. "Potsdam'daki devlet polisi merkezinde yatan bir tutukluyla görüşebilmek için bir izne, bir kâğıda ihtiyacım var. Temizlik harekâtında tutuklandı. Komployla uzaktan yakından ilişkisi olmayan birisi."

Gräf kulaklarını dikmişti. "Kimden söz ediyorsun?"

"Konrad Adenauer'den."

"Şu sizin eski belediye başkanı."

"Aynen öyle. Dün akşam iki memur alıp götürmüş. Ailesinin o saatten beri akıbetinden haberi yok; merak içindeler."

"Arkadaşlar tutukladıysa bir bildikleri vardır."

"General Schleicher vurulmuş. Karısı da. Neubabelsberg'de, ciddi ciddi kurşuna dizildikleri söylentileri dolaşıyor."

"Gazeteleri okumadın galiba. Schleicher tutuklamaya direnmiş."

Rath bir an, Gussie Adenauer'in anlattıklarını söylemeyi düşündü, sonra vazgeçti.

"Senin olan bitenden haberin var mı?" diye devam etti Gräf. "Röhm SA'sıyla birlikte darbe yapmaya kalktı. Ama Heydrich'le SD'si tam zamanında nem kaptı. E, haliyle bu durumda kimsenin gözyaşına bakamayız!"

"Adenauer hiçbir zaman Röhm'le bir olmadı ki. SA onu bir yıl önce neredeyse kurşuna dizecekti; nasıl olur da şimdi işbirliği yaparlar?"

"Siyasetten hiç anlamıyorsun, konuşma."

"O yüzden de Siyasi Polis'te değilim zaten." Rath bu arada Gräf'i çözmeye çalışıyordu. Gräf tanıdığı Gräf değildi artık. Katı biri olmuştu. Soğuktu. Yabancılaşmıştı. "Adenauer çok eski bir aile dostumuz; kesinlikle hükümeti yıkmayı filan planlamamıştır."

"Diyorum ya, siyasetten anlamıyorsun. Böyle bir durumda tabii ki Adenauer gibilerine dikkat etmek lazım. Eğer bir suçu yoksa, olay kısa sürede aydınlanacaktır."

"Yani sen benim için SD'den öyle bir kâğıt temin edemezsin, öyle mi?"

"Sana tavsiyem: Karışma. Bütün bu meseleler birkaç güne hale yola girecek; işgüzar bir kriminal komiser araya girmezse de iyi olur."

"Peki bir devlet polisi araya girerse ne olur?"

Gräf bir süre anlamaz gözlerle ona baktı. Sonra omuz silkti.

"Yapabileceğim tek şey," dedi, "Potsdam'daki meslektaşlara Adenauer hakkında bir-iki olumlu laf etmek."

Rath, Gräf'e bu son söyledikleri için öyle bir minnettarlık duydu ki, içinden ona sarılmak geldi. Hemen vazgeçti.

87

Fritze geldiğinde evde kimseyi bulamadı. Bereket, Charly çalışmaya başladığından beri anahtarı vardı, yoksa giremeyecekti. Işığı yaktı ve sırt çantasını yere bıraktı.

Oturma odasındaki sehpanın üzerinde yayılı bir gazete, yanında ise dolu bir kül tablası ve yarısı içilmiş bir kahve fincanı vardı. Koltuğun üzerine bir ceket, bir pantolon, bir gömlek, kirli iç çamaşırları ve çorap atılmıştı. Mutfak da darmadağınıktı. Fritze'nin gülmesi geldi: Gereon Rath insanın tanıyabileceği en kötü bekârlardandı. Allah'tan evlenmişti!

Charly evi bu halde görse ne derdi acaba?

O Schwielow Gölü'nde keyif yapadursun, iki günde Berlin'de neler olmuştu neler. Atze'nin babası partililerle telefonlaşmış, Fritze eve gelmeden ona olan biteni anlatmıştı: yüksek rütbeli birtakım SA'ların darbe girişimini, tutucular ve dış güçlerle yaptıkları işbirliğini, Führer'in çabuk ve kararlı hareket ettiğini...

Şimdi anlıyordu Gereon'un neden öyle ketum davrandığını. Polis olduğu için temizlik harekâtından haberdardı tabii. Charly'ye ve kendisine haliyle bir şey söyleyememişti. Belki sonra anlatırdı her şeyi. Fritze böyle şeylere o kadar meraklıydı ki.

Berlin'de olup bitenler ona biraz gerçekdışı da gelmiyor değildi; o aklıyla, ruhuyla hâlâ hafta sonunda ve göl kenarındaydı. Uzun süredir bu kadar hoş vakit geçirmemişti. Önceki gün yine atış talimi yapmışlardı. Birkaç kez Atze'yi "kazandırmıştı". Sabah karanlığında, henüz gölün üzeri sis kaplıyken sahilde balık tutmuşlar, hava ısınınca serin suda yüzmüşler, sonra kendi tuttukları ve Atze'nin babasının ayıklayıp kızarttığı balığa saldırmışlardı. Çok ender yemişti bu kadar lezzetli bir şeyi. Ardından bir de Oymakbaşı Rademann ileride gene bir hafta sonu gelebileceklerini söylememiş miydi, o an dünyalar onun olmuştu.

Ama şimdi Gereon ile Charly'ye dönmüştü yine; yani: yalnızca evlerine. Bu sefer göl kenarındaki hafta sonu gerçekdışı gelmeye başlamıştı ona. Bir yanda hakikat, diğer yandan yaşanmışlıklar... Tuhaftı işte.

Mutfaktan bir bardak süt ile bir dilim ekmek alıp masaya oturdu ve gazeteye göz attı. Vay anasını, neler olmuştu neler! Hem de bir tek Berlin'de değil, bütün ülkede. Führer Bavyera'ya gitmiş, Röhm'ü kendi elleriyle tutuklamıştı. Bu arada Göring, Berlin'de asayişi sağlamıştı. Bazılarının işini çabuk bitirmişlerdi. Gazete, Hitler'in, o güne kadarki başıboşluklara karşı savaş açıldığını belirttiği bir talimatnamesini yayımlamıştı. Özellikle 175. yasa maddesine uymayanlar partiden ve SA'dan derhal uzaklaştırılacak ve kovuşturulacaktı. Führer, annelerin oğullarını, oralarda ahlâklarının bozulacağından korkmadan SA'ya, partiye ve Hitlerjugend'e teslim edebilmelerini istiyorum diyordu.

Fritze bu bağlamda Hitlerjugend'den de bahsedildiğini görünce sevinmiş, özel olarak Jungvolk lafı geçmese de ciddiye alındığı hissi ona iyi gelmişti. Gençler yeni Almanya için en az yetişkinler kadar önemliydi. Gençlik liderinin hemen öbür sayfada yer alan ve doğrudan Jungvolk'taki çocuklara hitaben yaptığı çağrı tam da buna vurgu yapıyordu:

Nasyonal sosyalizmi sabote edenlere karşı, bunlar SA liderleri kılığına da bürünseler birleşik Alman gençliği cephesini oluşturun. Adolf Hitler'in gençleri yolsuzluk, yozlaşma ve hainliğe karşı arılık ve sadakat için işçi, köylü ve askerlerin nasyonal sosyalist halk devleti yolunda SA, SS ve partinin emektar ülküdaşlarıyla birlikte omuz omuza.

Fritze de onlardan biriydi, bundan gurur duyuyordu. Almanya'nın yıkılmaması için kendi gibi daha on üç yaşındaki çocuklara bile ihtiyaç vardı. Yetişkinlerle omuz omuza. Şimdiye kadar böyle büyük bir birime, bir halka, tüm Alman halkı toplumuna ait olduğunu bu kadar yoğun hissetmemişti. Bu çok yüce bir histi.

Ve tabii ki halk toplumu düşmanlarına karşı duracaktı.

Birden aklından kötü bir düşünce geçti.

Ya Gereon'un ketum davranışlarının polisle bir ilgisi yoksa? Ya o da komploculardansa?

Belki de tutuklanmıştı; onun için mi evde değildi? Bayağı geç olmuştu çünkü. Pazar mesaisi yapsa bile çoktan gelmiş olması lazımdı. Fritze bu düşünceyi kafasından atmaya, gazeteyi, böyle günlerde bile ihmal edilmeyen, insanın kaygılarını biraz olsun dağıtan mizah sayfalarını okumaya çalıştı.

Biraz ortalığı mı toplasaydı? Evde bir tek o olduğuna göre bunu yapacak olan da bir tek oydu. Gereon neredeyse neredeydi, yoktu işte. Charly'nin Baltık Denizi'nden gelecek treni de herhalde rötar yapmıştı. Derli toplu bir eve girmek ikisini de sevindirmez miydi?

Fritze, örnek bir çocuk olduğunu, analığına ve babalığına Jungvolk'un onu nasıl dürüst, nasıl yardımsever bir genç haline getirdiğini gösterecekti.

Önce Gereon'un koltuğun üstünde bıraktığı iç çamaşırlarını kirliye attı. Sonra küllüğü boşaltıp fincandaki kahveyi lavaboya döktü, gazeteyi güzelce katlayıp rafa kaldırdı. Etrafına baktı, yaptığı işten memnunluk duydu. Oturma odası eli yüzü düzgün hale gelmişti. E, sonuçta ismi sandık odası değil, oturma odasıydı, öyle değil mi?

Gözüne yerde, sehpanın bacağının yanında duran bir şeye ilişti. Eğilip aldı. "Allah Allah," dedi. Açık yeşil kartta, "Madam Luna geleceğinizi görüyor," yazıyordu. Hemen altında da, Fritze'ye gazetelerdekini anımsatan bir fal metni vardı.

"Bakışlarınızı göğe doğru çevirin. Devamlı değişen ay, size yeni bir başlangıcın mümkün olduğunu gösteriyor; yeter ki siz isteyin. Eski bir tanıdık çıkacak karşınıza. Ona zaman ayırın. Şunu da bilin: Madam Luna her zaman yanınızda!"

Fritze böyle fasa fiso, kız işi şeyleri hiç sevmezdi. Asıl dikkatini çeken başka bir şey olmuştu; fal metninin yanında elle yazılmış bir not vardı.

"İstikbalimizi konuşmak için buluşmamız gerektiğini düşünüyorum. Pazar akşamı saat on birde, lunapark treninin orada."

Fritze donakaldı. Şimdi bunun komployla bir ilgisi yoktu da, neyle vardı? Falcının kartvizitinde bir mesaj. Lunapark. Gereon'un yolu bir hafta önce komünistleri avlamak için oraya düşmemiş miydi? Bütün bunlar ne anlama geliyordu?

Bunu araştıracaktı. O bir Jungvolk üyesiydi, halk toplumunun bir parçasıydı; böyle şeyleri araştırmak onun göreviydi!

Ancak kendisini ele vermemeliydi. O yüzden mutfağa gidip bir kâğıda, "Bu gece Atzelerde kalıyorum," yazdı ve notu masaya bıraktı. Sonra ceketini giydi, sırt çantasından çakısını ve el fenerini alıp çıktı.

Aynı anda boş evde telefonun sesi duyuldu.

88

Charly ahizeyi indirdi.

"Kimse çıkmıyor," dedi yanında dikilmiş bekleyen Johann Marlow'a.

Marlow onu yazı masasının üzerinde siyah bir telefon bulunan çalışma odası gibi bir yere getirtmişti. Ve evi aramasını söylemişti.

Charly, "Niye arayacakmışım?" diye sormuştu. "Onu tehdit edesiniz diye mi?"

"Niyetimin ciddi olduğunu göstermek için. Hakikaten elimde olduğunuzu anlatın eşinize."

"Aramazsam ne olur?"

Marlow acıyarak baktı. "Bakın Frau Rath, sizden açmanızı rica ettiğim telefon, eşinize elimde olduğunuzu ve niyetimin ciddi olduğunu göstermenin nazik biçimi."

"Ya nazik olmayan biçimi?"

"Eşinize, cazibeli zevcesinin yüzük parmağını gönderme şeklinde. Alyansla birlikte."

Charly'nin telefon etmekten başka çaresi kalmamıştı.

Bu sefer de kimse telefona çıkmıyordu; Marlow bu durumda yüzük parmağı metoduna mı başvuracaktı?

"Bir defa daha deneyin. Uzun çaldırın."

Charly denileni yaptı. İki dakika sonra Marlow ahizeyi elinden aldı, bir süre dinledikten sonra o da kapattı.

"İyiye de delalet edebilir bu," dedi. "Belki yoldadır."

"Beni arıyordur."

"Umarım aradığı başka birisidir."

Marlow başka bir şey söylemedi; Charly de sormaya cesaret edemedi.

"Sonra yine deneriz. Yemek saati geldi. Konuğum olur musunuz?"

"Tutsağınız olduğumu sanıyordum."

"Bakış açısına göre değişir. Evet, akşam yemeğinde bana eşlik edecek misiniz?"

Charly, bunu söyleyiş şeklinden adamın "Hayır," cevabına tahammül göstermeyeceğini anladı.

Biraz sonra mükellef bir sofrada oturmuş, et suyu çorbalarını kaşıklıyorlardı. Johann Marlow ikramda kusur etmemeye ne kadar özen gösterse de, Charly kendisini kapana sıkışmış hissediyordu, elinde değildi.

"Hermann Lapke'ye ne yaptınız?" diye sordu bir süre sonra.

Marlow hayretle tek kaşını havaya kaldırdı. "Lapke'yi tanıyor musunuz?" diye sordu. Sonra boş ver der gibi bir el işareti yaparak, "Tabii ya," dedi, "hatta sizi bir kez bodruma kilitlemişti."

"İşkence yaptınız ona, değil mi?"

"Bana birkaç sır verdi. Böyle şeyler bazen acısız olmuyor."

"SA komando birlikleri Lapke'nin SA Müfrezesi'ne şimdiye kadar hep arka çıkıyordu. Şimdiyse komando birliklerinden bir heyet en büyük rakibinizi ayağınıza getiriyor. Sizi ve örgütünüzü daha bir yıl önce mahvetmesine ramak kalmış adamı."

"O dediğiniz hiçbir zaman komando birliklerine dahil olmadı, komando birliklerinde bir ayrıkotuydu. Lapke'nin şantajla avucunun içine aldığı, kumar borcu olan bir tabur komutanı sadece." Marlow kaşığını masaya koyup ikinci yemeği söyledi. "SA komando birlikleri Hermann Göring'e sadıktır; hiçbir zaman Lapke'nin entrikalarının içinde yer almazlar. O yüzden de hafta sonunda SA yönetimindeki rüşvetçi çevrelere karşı düzenlenen temizlik operasyonunda yer aldılar."

"Bunların hepsi doğru. Ona rağmen bakanın size lütufta bulunmasına hayret ediyorum. Eski silah arkadaşınız filan mı oluyor?"

Hizmetçi, yanında sıcak patates salatasıyla Viyana şnitzeli servisi yaptı. Marlow yanıt vermeden önce yalnız kalmalarını bekledi.

"Frau Rath, bakan bey morfinman. Benim de en iyi müşterilerimdendir. Bu durumda karşılıklı yardım söz konusu."

"Ve siz de müşteriniz Göring sayesinde Berlin'in yeraltı dünyasında tekrar tutunmaya çalışıyorsunuz. Hem de yeni koşullardan istifade eden Kuzey Korsanları'nı Göring'in adamlarına ortadan kaldırtarak. Her şey müttefikliklere bağlı, öyle değil mi?"

"Müthiş bir gözlem ve analiz yeteneğine sahipsiniz Frau Rath. Berlin polisinin sizden feragat etmesi ne kötü."

"Beni bordronuza alamayacağınız için hayıflanıyorsunuz buna. Açıkçası bunu hiç istemezdim."

"Bana hiçbir şey borçlu değilsiniz Frau Rath."

"Öyle mi? Karl Reinhold sayesinde mi? Size inandığımı mı zannettiniz? Sadece beni oyalamak için anlattınız kaçtığını. Kendimi baştan tutsağınız gibi hissetmeyeyim diye."

"Hakkımda düşündüklerinizle beni hayal kırıklığına uğratıyorsunuz." Marlow gerçekten gücenmişti. "Ben sözümde dururum."

"Karl Reinhold gerçekten dışarıda mı yani?"

"Evet, bu sabahtan beri." Marlow çatalını masaya bıraktı. "Bakın

Frau Rath, tutsağım olmanız size düşman gözüyle baktığım anlamına gelmiyor."

"Çok naziksiniz. Ne alınır bununla? Bir torba teselli mi?"

"İnanın, bu sadece işle ilgili bir mesele. Size şahsen büyük saygım var. Eşinize de. Ama o bazen görevini gerektiği şekilde yerine getirmiyor, yeterli saygıyı, özeni göstermiyor. Buna karşı bir şey yapmam lazımdı."

"Size çalışıyor yani."

Marlow cevap vermedi.

"Sizin için halletmesi gereken nedir? Onun da mı hastanelik edilmiş Kuzey Korsanları'nı getirip bakımlı çimenlerinizin üstüne atması gerekiyor? Beni o zaman salıverecek misiniz?"

Johann Marlow bir şey söylemeden tabağına döndü. Şnitzelini keserkenki tavrından Charly artık susması gerektiğini anlamıştı.

Marlow tatlıdan sonra, "Eşinizi bir daha ararsanız sevinirim," dedi ve peçeteyi masaya bıraktı. "Bayağı geç oldu, sizi merak etmiştir."

Marlow ve iki silahlı adamla beraber gene çalışma odasına giden Charly santralden Carmerstrasse'ye bağlamasını rica etti ve uzun uzun çaldırdı. Tam kapatacaktı ki telefon açıldı. Hattın öbür ucundaki ses oldukça telaşlıydı.

89

Arayan gerçekten de Charly'ydi. Hiç olmazsa bir tanesi çıkmıştı ortaya! Rath evi toplu bulunca önce Charly'nin döndüğünü düşünmüştü. Ama evde kimse yoktu. Derken odasında Fritze'nin sırt çantasını görmüştü. Hemen aşağıya inmiş, kapıcı Bergner oğlanı bir adamın arabayla evin önüne kadar getirdiğini ama çocuğun bir saat sonra, sekize doğru gene çıktığını söylemişti. Tam o esnada evde telefon çalınca Rath fırlayıp yukarı koşmuştu.

Arayan Charly'di. Çok sevinmişti.

"İyi ki aradın," dedi. "Oğlan yanında mı?"

"Nasıl? Yok, ben..."

"Eve gelmiş, sonra gitmiş yine. Belki arkadaşının evinde bir şey unutmuştur. Onda da kalıyor olabilir, nasıl olsa tatil. Bir bakayım, bir not filan bırak..."

"Gereon, sana bir şey söylemem lazım, bir nefes al."

Gereon bir nefes aldı.

"Ben Baltık Denizi'ne gitmedim. Johann Marlow'dayım. Çok... özür diliyorum..."

Rath bir an gerçekten nefes almayı unuttu. Telefonda bir çıtırtı oldu, ahize başka birine geçmişti. Arkadan paldır küldür sesler geliyordu. Ardından da bir erkek sesi.

"Herr Rath? Ben Johann Marlow. Bana hakikaten inanmanızı istedim. Karınız burada; şu anda odasına götürüyorlar."

"Ne yapacaksınız ona? Ben..."

"Komiser bey, onun kaderi tamamen sizin elinizde. Ne kadar yol aldınız?"

"Charly'yi bırakın! Juretzka'yı enselemem an meselesi. Nerede saklandığını biliyorum artık, Lichtenberg'de bir sitede. Suç aleti de orada... Beyzbol sopası... İki gece üst üste pusuya yattım, elbet dönecek bir gün."

"Sizin işiniz beyzbol sopası bulmak değil, onu biliyorsunuz, değil mi? İşiniz Leo Juretzka'yı bulup hesabını görmek. Elinizi çabuk tutun, konukseverliğimin de bir sonu var."

"Bana şantaj yapıp buna bir de konukseverlik mi diyorsunuz?"

"Size telefon ettirmek yerine karınızın parmağını da gönderebilirdim. Evet, ben buna alicenaplık diyorum."

Marlow'a karşı içindeki hiddet gittikçe büyüyordu.

"Siteyi de unutun ayrıca komiser bey. Leo iki gündür oraya gelmediyse, sizi keşfettiğindendir."

"Olamaz!"

"Leo Juretzka görünmez olmakta ustadır. Berolina'da nasıl yükseldi biliyor musunuz? Kızıl Hugo için bütün keşif işlerini o yapardı. Hiç görünmeden insanları ve binaları gözetlemeyi iyi bilir."

"İyi bir araba hırsızı diye biliyordum."

"Onda da çok beceriklidir, itiraf edeyim. Ama sırf bu yetenekle yeraltı çetesinin başına gelinmez."

Rath telefonda konuşurken, gözü kaç gündür elinde oynayıp durduğu yerdeki karta gitti. Madam Luna'nın gazeteden düşen kartı. Onu hep Bülowstrasse'de bulduğu kart sanıyordu, ama birden onun o olmadığını anladı. Bunun üstüne bir şeyler çiziktirilmişti. Ayrıca fal metni de başkaydı; onun aklında kalan aşkla ilgili bir şeydi çünkü.

"Bakışlarınızı göğe doğru çevirin. Devamlı değişen ay, size yeni bir başlangıcı müjdeliyor; yeter ki siz isteyin. Eski bir tanıdık çıkacak karşınıza. Ona zaman ayırın. Şunu da bilin: Madam Luna her zaman yanınızda!"

Altına da elle, "İstikbalimizi konuşmak için buluşmamız gerektiğini düşünüyorum. Pazar akşamı saat on birde lunapark treninin orada," yazılmıştı.

Jeton ağır ağır düşse de, düşmüştü. Rath saate baktı.

"Juretzka'nın nerede olduğunu biliyorum galiba," dedi. Telefonu tam kapatıyordu ki, bir şey daha söyleme ihtiyacı hissetti. "Sizi temin ederim, Juretzka'nın işini bitireceğim. Ama karımın kılına dokunursanız sizin de işinizi bitiririm, onu bilin!"

Bunları söyledikten sonra telefonu kapadı.

Beyni hummalı bir faaliyetle işlemeye başlamıştı. Kart Juretzka'dan başkasına ait olamazdı! *Tageblatt*'ın içinde posta kutusuna atılmıştı. Sabah gazeteyi açtığında yere düşmüştü.

Rath saate baktı. Ona geliyordu. Acele etmesi lazımdı.

Tam mutfakta Fritze'ye not yazmak üzereydi ki, onun bıraktığı notu gördü.

"Bu gece Atzelerde kalıyorum."

İsabet olur diye düşündü Rath. Hiç olmazsa bir dertten kurtulmuş olurdu.

90

Işıklar sönene kadar bekledi. Rademannların odasındaki lamba Atze ile kardeşinin odasından biraz daha uzun süre yanmıştı. Fritze yüze kadar saydı; kimse kalkıp pencereye çıkmasın diye içinden dua ediyordu. *BMW* Rademannların oturduğu apartmanın önünde duruyordu. Fritze Oymakbaşı'nın onu hırsız zannetmesini hayatta istemezdi. Hırsız değildi de neydi peki? Aslında Gereon ile

Charly'nin yanına taşındığında bir daha bir şey çalmayacağına da, dilenmeyeceğine de yemin etmişti; hatta birkaç hafta önce Jungvolk üniformasını ilk kez üstüne geçirdiğinde bu yemini tekrarlamıştı da. Ama bu seferki acil bir durum dedi kendi kendine. Bu gece her şeye hazırlıklı olmalıydı.

Arabanın yanında durmuş elindeki telle oynuyor, bir taraftan da gözleriyle etrafı kolaçan ediyordu. Yolun sonundaki sarhoş köşeyi döner dönmez, kilidi bir hamlede açtı.

Unutmamıştı demek. Yurttan tüyüp de sokakta yaşamaya başladıktan sonra bu yöntemle ya kendi ihtiyacı için ya da birkaç kuruşa elden çıkarmak üzere hep bir şeyler bulmuştu arabalarda. Mesela o olta gibi; sonunda pek faydasını görmemişti ya, neyse.

Bu sefer özel olarak Rademann'ın arabasına girmek zorunda olduğu için vicdanı pek rahat değildi, ama başka çaresi yoktu. Zaten alacaklarımı sadece ödünç alıyorum dedi kendi kendine, içini rahatlatmak için. Gerçi ne için olduğunu kendisi de tam bilmiyordu ya; tek bildiği, bu işin tehlikeli olabileceği, her şeyi hesaba katması gerektiği ve kemerindeki Jungvolk çakısıyla icabında gülünç duruma düşebileceğiydi.

Arabanın kapısını açmadan önce tekrar etrafa baktı Rademannların penceresine bir göz attı. Perdeler kapalıydı, hiç hareket yoktu. İçeri doğru eğilip arka koltuğu kaldırdı. Altında türlü ıvır zıvırın bulunduğu bir kutu vardı. Eli madeni bir şeye değince aradığını bulduğunu zannetti, ama ellediği krikoydu.

Yoksa Herr Rademann... Hayır! Oymakbaşı, *Walther*'i otomobilden çıkarmamış, Fritze'yi eve bıraktıktan sonra da ona dokunmamıştı. Fritze'nin hemen bulamamasının nedeni, tabancanın bu ıvır zıvır kutusunda olmayıp kapının yanında asılı, kendi özel kılıfına yerleştirilmiş olmasıydı. Aynı kılıfın içinde iki de fişeklik vardı. Fritze bir tanesini aldı, silahı da kemerine soktu. Arka koltuğu indirip arabanın kapısını usulca kapadı. Her şey yolunda giderse aldıklarını birkaç saate geri getirirdi. Hatta belki fişekliği dolu vaziyette, bir tek mermi harcamadan yerine koyardı.

Sade, her şey yolunda gitsindi.

91

Rath arabayı Trabener Strasse'ye park ettiğinde saat on buçuğu geçiyordu. Tümsekli, adeta "dağlık" bir manzaraya sahip lunapark treni, etrafındaki diğer yapılara sanki tepeden bakıyordu. Rath yeni silahını kontrol edip trene doğru yürüdü. Bir hafta önceki polis operasyonu sayesinde çitin zayıf halkasının nerede olduğunu biliyordu. Yerinden oynayan bir tahta – en basit numaralardan. Oraya buraya takılmadan ve üstü başı kirlenmeden çitin o aralığından geçip ahşap "dağın" arka tarafına çıktı. Wolff Grubu'nun boya kovasını bulduğu kulübe sağında kalmıştı.

Pazar akşamı saat on birde lunapark treninin orada.

Ay ışığı bir hafta önceki kadar kuvvetli olmamakla birlikte ortalık yine de oldukça aydınlıktı. Rath tabancayı tetiği çekmeye hazır biçimde tutuyordu; geçen seferki gibi kötü sürprizlerle karşılaşmaya niyeti yoktu. Madem Leo Juretzka görünmezlikte ustaydı, Gereon Rath ondan daha da görünmez olmalıydı. Juretzka onu büyük olasılıkla Bornimer Strasse tarafından bekliyordu. O açıdan sürpriz yapma sırası bu sefer Rath'taydı.

Bir işe bu kadar plansız programsız girişmek adeti değildi, ama buna hiç vakti olmamıştı ki. Aklında en fazla bir-iki fikir vardı.

Bu sefer trenin etrafından dolaşmayıp doğrudan içine girmeye karar verdi. Trenin arka kısmındaki ahşap iskeleti, cephesi kadar iyi kaplanmamıştı. İçeri girmek kolaydı da, tekrar dışarıya nasıl çıkacaktı? Ayrıca içerisi zifiri karanlıktı. Rath karanlığa alışması için gözlerini kapadı. İskeletin sağlamca kalaslarına tutuna tutuna ilerlemeye çalıştı. İki kere rayların üstünden atlayıp, bir defa da başını eğerek bir viyadüğün altından geçtikten sonra trenin öbür ucuna ulaştı. İnme binme rampalarına açılan tünel gibi geçitten gişelerin bulunduğu meydan görülüyordu. Buluşma yeri orasıydı. Ay ışığının aydınlattığı meydanda in cin top oynuyordu.

Rath saate baktı. On bire yedi vardı. Böyle durumlarda zamanından önce gelmek iyi olurdu hep. Hiç kıpırdamadan saklandığı yerden meydanı göz hapsine aldı. Leo'yu görür görmez tetiğe basacaktı, kesin kararlıydı. Bu sefer eli titremeyecekti. Söz konusu olan

Charly'ydi. Johann Marlow'u öldürdüğünü hayal ederse işi kolaylaşırdı belki.

Rath birden kalakaldı. Lunapark treninin önündeki meydanda bir hareket olmamıştı, ama çakıl taşlarının üstünde ona tanıdık gelen bir şey gördü. Her ne kadar nesnenin rengi ay ışığında soluk yeşil gibi görünse de, bunun Madam Luna'nın kartı olduğunu hemen anlamıştı. Şu on feniklik fal.

Etrafına bakındı, kimsecikler görünmüyordu. Bu tabii orada kimse olmadığı anlamına gelmezdi. Derken merakı ağır bastı. PPK'sini paltosunun cebine koyup iki adımda meydana indi, kartı yerden alıp hemen tekrar gizlendiği yere girdi.

Hiçbir şey olmamış, ona kimse ateş etmemişti. Kartı okuyabilmek için ay ışığına tuttu. Madam Luna'nın falını atladı, asıl mesaj elle yazılmış nottu:

"Madam Luna'ya gelin komiser bey. Hakikat orada."

Juretzka aklı sıra onunla makara geçiyor, kedinin fareyle oynaması gibi oynuyordu. Belki de kulelerden birinde oturmuş, onu izliyordu. Rath boşu boşuna geçmişti trenin içinden, ipler tamamen Juretzka'nın elindeydi.

Rath tabancayı cebinde kavrayıp gizlendiği yerden yavaş yavaş çıktı. Herif gözüktüğü an ateş etmeye hazırdı. Elleri cebinde sakin sakin yürüyor izlenimi vermeye çalışsa da gerçekte diken üstündeydi. Ay ışığında seçebildiği her şeyi gözleriyle tarıyordu; özellikle de teraslı büyük binanın köşesindeki kuleyi dikizliyordu. Juretzka bir hafta önce o kuleden inmişti, bundan o kadar emindi ki. Rath o akşam orada bir sigara ateşi görmüş, aptal gibi onu bir yansı sanmıştı. Şimdi ise hiçbir şey görünmüyor, sessizlikte ağaç yapraklarının bile hışırtısı duyulmuyordu. En ufak bir esinti yoktu. Göl pürüzsüzdü.

Ağır ağır adımlarla cam kutusunda oturmuş, sanki gözünü dikmiş ona bakan Madam Luna'nın yanına geldi.

Rath, Juretzka'nın onu pusuya düşürmeyi planladığını çok iyi tahmin edebiliyordu, onu elinden kaçırmak istemiyorsa adamı saklandığı delikten çıkartmanın bir yolunu bulmalıydı. İcabında kendisini yem olarak önüne atacaktı. En azından bir avantajı vardı: Rath, Juretzka'nın onu öldürmek istediğini biliyordu ama

Juretzka'nın, Gereon Rath'ın onu öldürmek istediğinden, öldürmek zorunda olmasından haberi yoktu.

Yerde Madam Luna'nın önünde de bir yeşil kart vardı ki, bu Rath için sürpriz olmamıştı.

Elle, "Ölüm dönüşüm, dönüşüm de hayattır," yazılmıştı. Yine bir dümen diye düşündü Rath.

Tam fal kartını yerden almak için eğilmek üzereydi ki, kalakaldı; Madam Luna sanki ona göz kırpmıştı. Çok geçmeden bunun camdaki bir yansıma olduğunu anladı; gördüğü nesneyi tanır tanımaz da yana sıçradı.

Daha ne olduğunu anlamadan omzunda korkunç bir acı hissetti ve kendisini yerde buldu. O âna kadar ortalığa hâkim olan derin sessizlikte kulağı tırmalayan bir sesle patlayan camın parçaları yağdı üstüne. Tabanca cebinden kayıp çakıl taşlarının üstüne yuvarlandı.

Rath yan yatıp doğruldu. Elinde Madam Luna'nın cam kutusunu tarumar eden beyzbol sopası, Leo Juretzka dikiliyordu önünde. Sırf kutu değil, otomat olduğu gibi paramparça olmuş, içindeki fallar yeşil bir kelebek kümesi misali salına salına yere saçılmıştı.

Madam Luna hayatını kurtarmıştı! Daha doğrusu, onun gerçekte Juretzka'nın yansısı olan göz kırpması!

Alçak herif atlı karıncanın gölgesinde gizlenmiş olmalıydı, hiç fark etmemişti çünkü onu.

Iskaladığı darbenin şiddetiyle biraz dengesi bozulur gibi olan Juretzka, davranıp ikinci hamleye yeltendi. Bu sefer ıskalamazsa işi bitmişti; bunu öngörmek için Madam Luna'nın falına ihtiyacı yoktu. Ani bir hareketle kendisini yana attı. Beyzbol sopası Rath'ın az önce yattığı yere indi. Darbeyle küçük taşlar oraya buraya savruldu.

Rath doğruldu ve yerde birkaç metre ileride duran tabancasına ulaşmaya çalıştı, ama Juretzka buna engel olmak için gişenin önüne sıçramıştı.

Beyzbol sopalı gangster ve silahsız komiser, birbirlerinin hareketlerini tartan iki güreşçi gibi karşılıklı duruyordu. Ya da üç çatallı bir asa ve ağla savaşanın, kılıç kuşanmışı her zaman alt edemediği eski Roma'daki iki gladyatör gibi.

Rath'ın kılıcı bile yoktu. Tek silahı yumruğu ve hayatta kalma dürtüsüydü.

Juretzka öne doğru bir adım atıp yavaş yavaş ona yaklaşmaya başladı. Rath'ın en çok ağır basan içgüdüsü kaçmak da olsa bu çözüm değildi; bir dönecek olsa gangsterin onu öbür dünyaya göndermesi işten bile değildi. Rath usulca bir-iki adım geriye gitti, gözlerini adamdan ayırmıyordu. Ve birden Juretzka'nın hiç beklemediği bir şey yaptı.

Saldırıya geçti.

Rath öfkeli bir çığlıkla ya da belki bir savaş nidasıyla adamın üstüne atladı ve iki eliyle beyzbol sopasını tutan sağ kolunu kıvırıp Juretzka'yı yere yatırdı. Ardından vurmaya başladı, adeta tüm hıncını çıkarıyor, durmak bilmiyordu. O kadar ki, kemik çıtırtısı bile gelmişti kulağına. Kendi kemikleri de kırılmış olabilirdi, hiç acı duymuyordu artık; az önce darbe yediği sağ kolu bile tamamen hissizdi.

Juretzka öyle hazırlıksız yakalanmıştı ki, kendini savunmaya bile geçemedi; aynı zamanda beyzbol sopasını da elinden düşürmemeye çabalıyordu. Ancak birden suratının orta yerine attığı bir kroşeyle Rath'ın burnundan kanlar fışkırmaya başladı. Gangster fırsattan yararlanıp okkalı bir yumruk daha indirerek Rath'ın pençesinden kurtuldu.

Rath kan içinde yerde yatarken Juretzka toparlanmış, beyzbol sopası elinde, başında duruyordu. Rath kertikleri, kan lekelerini tanımıştı. Bu kulübede gördüğü beyzbol sopasıydı; Juretzka'nın onu o gün almış olması lazımdı. Demek kulübede birkaç saat daha kalsa herifi yakalayacaktı. Gündüz vakti belki bir sürü tanık olacaktı ama yakalayacaktı!

"Kolay lokma değilmişsiniz komiser bey, bilmem lazımdı bunu aslında. Tabur komutanı da uğraştırmıştı beni, eğitiminizden herhalde. Ama ne olursa olsun, sonunda teker teker hepinizin hakkından geleceğim."

"Ben sizi SA hapishanesinden kurtardım, bana böyle mi teşekkür ediyorsunuz?"

"Lütfedip de yardım edene kadar beni orada bir hafta süründürmenize böyle teşekkür ediyorum. SA bir haftada insanı ne hale getiriyor, haberiniz var mı?"

"Gözünüzü nasıl bir vahşet sonucu kaybettiğinizi duydum bu arada. İnanın üzgünüm."

"Üzgünsünüz, öyle mi? Sizin acımanız gözümü geri mi getirecek sanıyorsunuz?"

"Kendinizi bir şeye kaptırdınız gidiyorsunuz Juretzka! Yalvarırım, canımı bağışlayın! Ben sadece rüşvetçi bir polis memuruyum, sizi salıveririm."

"Kaç haftadır peşimdesiniz benim."

Rath kendini suçüstü yakalanmış gibi hissetti. Bir an ne cevap vereceğini bilemedi.

"Herhalde beni tekrar salıvermek için aramıyorsunuz. Kim gönderdi sizi? Doktor M. mi? Kirli işlerini halleden rüşvetçi polis memurlarını işe koşmayı çok sever."

"Johann Marlow'dan ben de sizin kadar nefret ediyorum. Belki birlikte..."

"Kesin artık sızlanmayı da, ölmeye hazırlanın asıl."

Rath konuşmaya devam etti, elinden gelen başka bir şey yoktu. "Beni neden böyle öldürüyorsunuz? Kurşunlasanıza. Silahım sizde. Basın tetiğe."

"Birincisi gürültü yapar. Komşular yine polis çağırır. İkincisi ise... böylesi bana daha büyük zevk veriyor. Sorun öbürlerine cehennemde karşılaştığınızda. Birkaç tanesi daha katılacak size."

"Wedding'de bir cesedi dövdüğünüzü biliyor musunuz? Kaczmarek çoktan ölmüştü, siz..."

"Vaveylayı bırakın; erkek gibi ölün!"

Rath sustu. Artık yapacak bir şey kalmamıştı. Gözlerini yumup şuurunu ânında kaybettirecek darbeyi bekledi. Gerisini hissetmek istemiyordu.

"Sopayı hemen indirin!"

Tiz bir ses. Bir çocuk sesi. Tanıdık bir ses. Olamaz!

Rath gözlerini açtı. Juretzka havaya kaldırdığı sağ elindeki beyzbol sopasıyla pozisyonunu değiştirmeden durmuş, yüzünde alaycı bir ifade, sesin geldiği yöne bakıyordu.

"Senin ne işin var burada? Yolunu mu kaybettin?"

Rath başını çevirince gözlerine inanamadı. Üstünde Jungvolk üniformasıyla Fritze'ydi bu; elinde bir tabanca vardı. Leo

Juretzka'ya bir *Walther* PP doğrultmuştu.

"Yolumu filan kaybetmedim," dedi oğlan son derece kararlı bir sesle. "Silahınızı indirin dedim."

"Silahımı mı?"

"O sopayı."

Rath çocuğa bir şey söylemesi gerektiğini düşündü, ama ne diyeceğini bilemedi. "İnsanlara silah doğrultmak doğru değil," mi demesi lazımdı? Ya da "Bu saatte çoktan yatakta olman gerekir," mi? Belki de "Bas tetiğe, bitir şu kahrolası Juretzka'nın işini," en iyisi olurdu. Ama oğlan silah kullanmayı bilmiyordu ki.

"Seni Hızır mı gönderdi oğlum?" Rath, aynı anda hem serinkanlılık hem de otorite sergilemeye uğraşıyordu; tam da Fritze'nin eğitimi söz konusu olduğunda Charly'ye göre evde hiçbir zaman sergileyemediği iki tutum. "Buraya gel, silahı bana ver, şu caniyi etkisiz hale getirelim."

"Ben kendim beceririm."

Rath çocuğun istediğinde şivesiz konuşabiliyor olmasına şaşırdı. Veya oğlan o anda öyle konsantreydi ki, Berlin ağzını unutmuştu.

Ve müthiş konsantreydi de, yüz ifadesinden belliydi. Silahı tutuşu, arpacıktan Juretzka'yı hedef alışı; her şey profesyonelceydi. Halbuki Fritze hayatında bir kere bile ateş etmemişti.

Bu beklenmedik gelişmenin Juretzka'nın kafasını karıştırdığı her halinden belliydi. Bir çocuğun ciddi bir ifade ve dolu bir silahla karşısında durmasıyla nasıl baş edeceğini bilemiyor gibiydi. Alaycı ifadesini bozmamaya çalışsa da gözlerinde bir ikircim belirmişti, yani sol gözünde. Sabit bakışlı cam gözü hep soğukkanlıydı.

"Sen küçük Fritze değil misin?" dedi ve çocuğa doğru bir adım attı. Yüzünde bir çarpıklık belirdi, kendisi belki onu gülümseme zannediyordu.

Leo Juretzka'nın bir sürü marifeti olabilirdi, ama çocuklara nasıl davranılacağından haberi yoktu. Fritze kendisine küçük dendi mi ifrit olurdu.

"İndirin şu silahı artık, ellerinizi kaldırın!"

Fritze'nin sesi çok kararlı çıkmıştı.

"Kaldırmazsam ne olur?"

"Vururum! Burun kemiğinize nişan aldım."

"E, peki, nasıl istersen," dedi Juretzka.

Beyzbol sopasını yere bırakıp ellerini havaya kaldırdı. Ama aynı zamanda da Fritze'nin üzerine yürüdü. İki-üç adımda yanına varmıştı. Ancak bununla ikisi arasında, burun kemiğinden olmasa bile oğlanın muhakkak on ikiden vuracağı bir mesafe oluşmuştu.

Fritze, "Kıpırdamayın!" dedi tekrar. Rath, çocuğun bu kadar soğukkanlı ve kati konuşmasına hem şaşırıyor hem de gururlanıyordu.

"Niye duracakmışım?"

"Vururum yoksa, ondan."

Oğlanın sesi çok kararlı çıkmıştı da, Rath böyle tehditleri hayata geçirmenin ne kadar zor olduğunu çok iyi bilirdi.

Derken her şey çok hızlı gelişti. Juretzka da Rath'ın az önce yaptığı gibi hücuma geçti ve çocuğun üzerine atladı.

Fritze, yüzünde Rath'ın o güne kadar görmediği katı ve kararlı bir ifadeyle bir saniye bile tereddüt etmeden tetiğe bastı; ancak tabancadan sadece bir klik sesi çıktı.

Juretzka çocuğu kaptığı gibi eline vurdu; silah yere düştü. Kemerinden çıkardığı *Walther* PP'yi Fritze'nin şakağına dayadı. Rath silahın dolu olup olmadığını bilmiyordu. Namlusunu Fritze'ye doğrulttuğu tabanca, kendisinin eski beylik tabancasıydı. Onu yıllarca kullanmıştı; bir sefer tutukluk yaptığını hatırlamıyordu.

Juretzka oğlanın tabancasını yerden alıp ceketinin cebine koydu.

Rath'a dönüp, "Siz de lütfen yeni beylik tabancanızı ayağınızla bana doğru itin," dedi. "Elleriniz de başınızın arkasına."

Rath istemeye istemeye denileni yaptı.

Juretzka gözlerini komiserden ayırmadan, namlu çocuğun şakağına dayalı vaziyette eğilip PPK'yi yavaşça yerden kaldırdı ve zarif, küçük silahı kemerine soktu. Rath, bir hafta içinde Juretzka'ya iki defa silahını kaptırmıştı.

"Ellerinizi indirmeyin komiser bey!"

Gangster, gıkını çıkarmayan, korkudan donakalmış oğlanı ensesinden kavradı, tabancayı başına dayayıp lunapark trenine doğru sürükledi.

Rath elleri havada, ne yapması gerektiğini bilmiyordu. Daha doğrusu elinden ne gelirdi? Kendisini sadece çaresiz hissetmekle kalmıyor, çocuğun kaderinden de kendisinin sorumlu olduğunu düşünüyordu. O anda, Fritze keşke hiç müdahil olmasaydı da, Juretzka planını sonuna kadar uygulasaydı diye geçirdi içinden. Böylesi herkes için daha iyi olurdu. Charly'yi de serbest bırakırlardı.

Ama öyle olmamıştı işte.

Rath hayattaydı. Juretzka ise ensesinden kavradığı Fritze'yle lunapark treninin rampasında duruyordu. Sanki bir baba silahını çekmiş, aşırı korkak oğlunu eğlence trenine binmeye zorluyordu, uzaktan manzara öyleydi.

Gangster çocuğu trenin iç kısımlarına doğru sürükledi.

Rath hâlâ Madam Luna'nın paramparça olmuş cam kutusunun birkaç metre ötesinde Juretzka'nın onu bıraktığı yerde duruyordu. Leo trene doğru giderken çaktırmadan bir-iki küçük adım atmıştı sadece. Beyzbol sopasını yerden alıp o da trene yöneldi. Juretzka içeriden meydanı görebilirdi, ama Madam Luna görüş alanının dışındaydı, Rath bunu biliyordu.

Önce çekingen adımlarla, sonra hızlanarak Juretzka'nın Fritze'yle birlikte gözden kaybolduğu tünele yaklaştı. Elinde beyzbol sopasından başka bir şey yoktu ama eğer herif Fritze'ye bir şey yaptıysa onun işini bununla bitirmeye kararlıydı. Trenin etrafından dolaşıp gangstere arkadan pusu kurmayı geçirdi kafasından. Juretzka, hele bir de yanındaki rehineye göz kulak olması gerekirken karanlıkta çabuk tepki gösteremezdi nasıl olsa. Bu plan hiç de fena değildi, Rath'a cesaret gelmişti.

Ancak daha tünele ulaşamadan bütün planları, bütün hesapları, kafasından geçirdiği her şey bir anda boşa gitti.

Kulakları tırmalayan bir patlama sessizliği bölmüş, namludan çıkan ateş lunapark treninin tünelini bir an apaydınlık yapmıştı.

Lanet olsun!

Rath, "Fritze! Fritze!" diye bağırarak trene koştu.

Cevap gelmedi. İçeriden yalnızca bir inleme sesi duyuluyordu.

"Juretzka!" diye bağırdı Rath. "Juretzka, seni geberteceğim!"

Sırf beyzbol sopası ve yumrukla, silahlı birinin karşısında hiçbir şansı olmadığını bile bile o an sınırsız bir nefret duygusuna kapılmış gidiyordu.

Trenin karanlığına daldı; girdiği andan itibaren etrafında her şey simsiyah oldu.

92

Charly boğulur gibi oluyordu. Devamlı dikizleniyordu sanki. Kendisini mikroskobun oküleri altında, bir araştırma projesi objesi gibi hissediyordu. Bir yerde öyleydi de. Kimse doğrudan ona bakmadığı halde, bütün dikkatleri, en azından bütün merakı üzerinde topladığının farkındaydı.

Herkes baston yutmuş gibi oturuyordu masada. Hizmetçi tek tek çay servisi yapıyor, kimse konuşmuyordu.

Charly alyans takılı parmağını incelerken son günlerde yaşadıklarını düşündü; bir türlü etkisinden kurtulamıyordu. Uyuyamadığı o gecenin sabahında onu alıp götürdüklerinde yüzük parmağına veda etmişti aslında. Çinli onu dosdoğru kahvaltı masasına, neşesinden geçilmeyen Johann Marlow'un yanına götürmüştü. Marlow onu hiçbir şey olmamış gibi karşılamış, valizini getirtmişti. Hiçbir açıklama yapmadığı gibi hatta onu son bir kez birlikte kahvaltı etmek için sofraya bile buyur etmişti. O evde bir saniye daha kalmaktansa hayatı boyunca açlık çekmeye razı olan Charly teklifi reddetmiş, Marlow'un Pankow'daki villasını alelacele terk ederken oraya bir daha asla ayak basmayacağına da yemin etmişti.

Hâlâ hiç konuşmayıp adeta huşu içinde önlerindeki fincana bakaduran masadaki topluluğa baktı. Anlaşılan kimse sessizliği ilk bozan olmak istemiyordu; çay kaşıklarının şıngırtısından başka ses çıkmıyordu. Renanyalılar için çok konuşkandırlar denirdi bir de. Bu Adenauer ailesi için geçerli değildi herhalde.

Köln'ün eski belediye başkanı kişiliği ve suskunluğuyla bütün odayı dolduruyordu. Kızılderili reisi gibi masanın başına kurulan Konrad Adenauer konuşmadığı sürece herhalde kimse sesini çıkarmaya cesaret edemiyordu. Masa yuvarlaktı, ama Adenauer'in oturduğu yer tartışmasız masanın başıydı.

Adenauer'in çay fincanını merasimle masaya bıraktıktan sonra Renanya şivesiyle, "Size büyük teşekkür borçluyum Komiser Rath," demesiyle Charly'nin tahminleri doğru çıkmıştı: Bu özel değil, resmî, en azından yarı resmî bir ziyaretti. Yoksa Konrad Adenauer en yakın arkadaşının oğluna niye ismiyle hitap etmesin de, komiser desindi?

Gereon'un da diğerlerinden farkı yoktu; o da baston yutmuş gibi oturuyordu. Charly onu hiç öyle görmemişti; hatta babasının yanında kendini kastığında bile böyle olmuyordu.

"Elimden geleni yaptım sayın başkan..."

"Belediye başkanlığı çoktan geride kaldı. Geçelim onu."

"Her halükârda bir yanlışlık sonucu tutuklandığınızdan emindim. Nitekim konu aydınlandı da. Sizin SA'yla ne işiniz olabilir ki?"

"Korkarım bir yanlışlık yoktu," dedi Adenauer. "Hükümet sırf SA'daki komploculara yönelik olarak vurmadı darbeyi. Hayatını kaybedenler arasında Katoliklik için mücadele eden cesur insanlar, hatta kesinlikle herhangi bir komploya iştirak etmemiş eski bir başbakan bile var. Gerçi gazeteler aksini iddia ediyor ama."

Charly, siyasi yorumlarına bakılırsa Adenauer'in Gereon'dan daha öngörülü olduğunu düşündü. Atla deve değildi bu tabii. Gereon millet ne diyorsa onu diyordu; bu, siyaset konuşan babası da olabilirdi, başkaları da. Hatta Charly evde birkaç defa konuyla ilgili düşüncelerini söylemiş olsa da, Gereon SA'nın içindeki komploya bile inanıyordu sanki.

"Ama biraz doğruluk payı da var gibi geliyor bana," dedi Gereon. "Röhm'ün 175'lik olduğu su götürmez. Sağır sultan bile duydu bunu, hem de çoktan."

"175'lik olmak filan söz konusu değil burada küçük bey," dedi Adenauer; asabileşmişti.

Charly kocasından utanmıştı ama sesini çıkarmadı. Onu arkadan vurmak istemezdi, yine de içinden susmasını, daha fazla aptalca laf etmemesini diliyordu. Ama Gereon buna zaten fırsat bulamamıştı; Adenauer konuşuyor, konuştukça coşuyordu.

"Değerli bakanlık memurlarımızdan Erich Klausener, Mark'taki Katolikler Günü'nde yaptığı cesur konuşmadan sonra katledildi. Hem de kendi ofisinde! Hükümetin buna intihar demeye cüret etmesi başımızdakilerin gangsterden farkı olmadığını çok net biçimde gözler önüne serdi."

"Konrad!"

Ses Adenauer'in eşinden gelmişti. Aynı anda kocasının elini tutan kadın, yaş olarak Charly'nin kız kardeşi olabilirdi, o kadar gençti adamdan. Ama Adenauer'in susmaya niyeti yoktu. Bir yıldır resmî görevde değildi, ama siyasetin peşini bırakmadığı belli oluyordu.

"Bu cinayete karşı kilise kürsülerinden bir protesto sesinin yükselmemesi utanç verici," dedi. "Bütün piskoposların bu kanlı cinayete karşı çıkması gerekirdi!"

Adenauer söyleyeceklerini söyledikten sonra masaya tekrar boğucu bir suskunluk hâkim oldu. Sessizliği bozan bu kez ev sahibesi oldu.

"Çok kötü günlerdi," dedi Gussie Adenauer. "Ama neyse, ortalık biraz duruldu." Konuklarının yüzüne bakıp tek tek gülümseyerek, "Kaygısız, tasasız böyle hep birlikte oturuyoruz ya, ne güzel. Böyle zamanlarda dostlarının olduğunu bilmek insana iyi geliyor," diye tamamladı sözünü.

Charly kadının gülümsemesine başını sallayarak karşılık verdi. Adenauer ailesiyle dostluk kurup kurmayacağını henüz bilmiyordu, ama Gussie Adenauer'i çok iyi anlıyordu: Sözde halk toplumunun insanları dışladığı ya da sarmalamadığı durumlarda onların kendilerini yalnız hissetmemesi önemliydi; eski belediye başkanının eşi Gussie Adenauer'e bu duyguyu vermek istiyordu. Bin tane derdi olduğu halde Neubabelsberg'e yaptıkları bu nezaket ziyaretine olur demesinin arkasında da bu yatıyordu.

Siyaset denen kaygan zemini terk ettikleri için rahatladığı her halinden belli olan Gereon, "Babam ile annem de selamlarını ilettiler," dedi.

Fincanını masaya bıraktı ve Adenauerlerle annesi, babası ve Charly'nin yabancısı olduğu birtakım Köln meseleleri üzerine konuşmaya başladılar. Kadın çayını yudumlarken aklı başka yerlere gitmişti. Son günlerde yaşadıklarını, hâlâ açıklığa kavuşmamış soruları düşündü.

Johann Marlow onu neden elinde tuttuğunu söylemediği gibi, neden salıverdiği konusunda da tek kelime etmemişti. Gereon da pek bir şey anlatmamıştı. Charly Carmerstrasse'ye geldiğinde Gereon sanki her şeyi biliyordu. İşe gitmemişti, evdeydi. Kahvaltı hazırlamış, karısı içeri girer girmez boynuna atılmıştı. Charly sevinsin mi, bir tokat mı atsın ona, bilememişti. Çünkü başına ne geldiyse onun yüzünden gelmişti. Ve hâlâ meselenin ne olduğunu söylemiyordu.

O kendi sırlarını ifşa etmiş, Gereon gene bir şey anlatmamıştı. Zaten kendi hikâyesi de pek ilgilendirmemişti onu. Karl Reinhold'u, nasıl çaresiz kalıp Johann Marlow'a gittiğini anlattığında onu pek de can kulağıyla dinlememişti.

Karşılığında Gereon ipe sapa gelmez bir şeyler uydurmuştu. Lunapark demiş, önceki gün onu oraya gönderen devlet polisinden, uzun zamandır aranan bir profesyonel suçluyu orada yakaladığından söz etmiş ve adamı vurduğunu söylemişti.

Normalde üzüntüsünü paylaşırdı; bir kere adam öldürdüğü için onun nasıl bir sıkıntı yaşadığını, böyle bir şeyin insanın yüreğine nasıl işlediğini biliyordu; ama bu sefer Gereon'a ne acımış ne de onu teselli etme ihtiyacı duymuş, sadece bir soru sormuştu:

"Marlow'un beni tutsak almasının nedeni bu mu? Senden onun rakibini mi öldürmeni istiyordu?"

Gereon cevap vermemiş, yüzüne bakmakla yetinmişti. Ama bakışı ve suskunluğu aslında cevabın ta kendisiydi.

Şimdi de şurada oturmuş, suratında ciddi bir ifade, Adenauer'i dinliyordu; Charly öldürebilirdi onu o an. Orada öyle, her şey tozpembeymiş gibi çay içiyorlardı. Gerçekte tozpembe olan bir şey yoktu. Ne dışarıda ne de Carmerstrasse'deki dört duvarlarının arasında vardı böyle bir şey.

Charly pencereden bahçeye, Adenauerlerin terasını bahçeden ayıran alçak duvarın üstünde oturan kısa pantolonlu iki çocuğa baktı. Onun asıl kaygısı çocuklar, o nesildi. Onları nasıl bir gelecek bekliyordu? Beş ya da on yıl sonra manzara nasıl olacaktı? Dünya hâlâ bugünkü gibi boktan mı olacaktı? Charly düşünemiyordu bunu. Bundan daha kötüsü de olabilir miydi Almanya için? Ailesi için, evliliği için.

93

Charly'nin kafasından geçenleri öyle çok bilmek isterdi ki. Kadının bahçeye dikilmiş bakışlarında garip bir donukluk vardı. Zihni meşguldü, konuşulanlara tam veremiyordu kendisini. Ayrıca sanki Rath'ın bir hafta önce eşi için kaygılanan ev sahibesiyle birlikte oturduğu Adenauerlerin o salonunda da değil, başka bir dünyadaydı. Adenauer de oturmuş, hiçbir şey yokmuş gibi, daha baba evindeyken Rath'a yıllarca usanç veren şeyleri tekrar tekrar anlatıp kafa ütülüyordu.

Eşi eve dönünce teşekkür etmek için pazartesi akşamı Rath'ı arayan Gussie Adenauer'in telefonda neler söylediğini hiç hatırlamıyordu. Pazar akşamı yaşadıklarından sonra Konrad Adenauer'in gizli devlet polisinin hücresini iki gün iki gece sonra sağ salim atlattığı haberi de dahil, her şey arka plana itilmişti. Teşekkür edilecek bir şey yaptığını düşünmediği için kadının nazik laflarını hiç üstüne alınmamış, ama çay davetini kabul etmişti.

Gözünü yumduğunda o gece olanlar hâlâ film şeridi gibi gözünün önünden geçiyordu. Trenin içini saniyenin onda biri kadar apaydınlık yapan ışık, ardından oluşan zifiri karanlık, Leo Juretzka'ya karşı bağrında kabaran öfke, kendi hayatını tehlikeye atmak uğruna oğlanın intikamını almak için herifi vurma arzusu...

Rath istediği kadar kafa yorsun, o trene nasıl gittiğini, içeri oraya buraya çarpa çarpa nasıl girdiğini hatırlamıyordu. Tek bildiği, gözleri karanlığa alıştığında karşılaştığı manzaranın onu şaşırttığı ve aynı anda rahatlattığıydı. Fritze henüz elinde dumanı çıkan tabancayla yerde acıyla kıvranarak can çekişen Leo Juretzka'nın başında duruyordu. Rath çocuğu adamın yanından uzaklaştırmış, teskin etmeye çalışmış, silahı elinden almıştı.

"Tabancayı cebinden aldım," dedi oğlan, hırsızlık marifetlerini tekrar devreye soktuğu için özür dilemek ister gibi.

Silah, *Walther* PP'ydi. Yani Rath'ın beylik tabancası değil, Fritze'nin lunaparka getirip Juretzka'yı tehdit ettiği tabancaydı.

"Bunu nereden buldun oğlum?"

"Ödünç aldım."

Rath'ın fazla düşünmeye vakti yoktu. Şarjörleri değiştirdi; ölümle pençeleşen Juretzka'nın elinden aldığı kendi eski *Walther* PP'sinden çıkardığı dolu şarjörü, Fritze'nin tabancasına taktı.

"Bunu aldığın yere götür," dedi. "Bu tabancayla hiç ateş edilmedi."

Oğlan uslu uslu başını salladı.

"Sen de bugün lunaparka gelmedin. Saat sekizden beri evdesin. Bütün akşam. Bütün gece."

Çocuk yine başını salladı.

"Şimdi polis gelmeden yaylan. Gerisini ben hallederim."

Oğlan yine başını salladı. Ona öyle ciddi bir ifadeyle baktı ki, Rath bu çocuğun ruhunda neler olup bittiğini merak etmekten alıkoyamadı kendisini. Tabii bununkine çocuk ruhu denirse. Fritze trenden ayrılıp gidene kadar arkasından baktı, ondan sonra Juretzka'ya döndü. Adam hâlâ yattığı yerde kıvranıyor, inim inim inliyordu. Çabuk öleceği yoktu. Toplum polisleri de her an damlayabilirdi.

Rath için başka çıkış yolu kalmamıştı: Beyzbol sopasını kapıp bütün gücüyle adam artık kıpırdamayana kadar kafasına indirdi. İşi sağlama almak için nabzına baktı, sonra da sopayı çakıl taşlarının üzerinde boğuşma izleri olan yere, Madam Luna'nın önüne götürüp bıraktı. Ardından trenin inme binme rampasına oturup elinde polis kimliğiyle polisin gelmesini bekledi.

Sonra da memurlara hikâyeyi anlattı.

Bu sonradan Charly'ye de anlattığı, kadının o inanmadığı hikâyenin aynısıydı. Ama dağarcığında özel olarak onun için uyduracağı başka bir versiyon da yoktu. Bu, hemen aynı gece Fritze'ye de art arda yinelediği hikâyeydi. Oğlanın yatağına oturmuş, ona ezberletmeye uğraşırken gün ağarmış, Carmerstrasse'deki ağaçlarda kuşlar cıvıldamaya başlamıştı.

Fritze şu anda küçük Paul Adenauer'le bahçede oturuyordu. Sanki bütün bunları o yaşamamıştı. Böylesi daha iyiydi. Friedrich Thormann'ın lunaparkta o gece yaşadıklarını, yaptıklarını kimsecikler öğrenmemeliydi. Rath'ın yaptıklarını da asla kimse bilmemeliydi.

Bundan böyle onu ve oğlanı birbirlerine bağlayan bir sır vardı.

94

Fritze bu yabancı çocukla ne konuşacağını bilememişti. Sadece yaşı ondan küçük veya deli gibi saatlerdir elindeki tahtayı oyuyor diye değil de... Farklı olduğu için.

Fritze, büyükler onu bahçeye gönderince yanına oturmuş, "Sen de Jungvolk'tasın, değil mi?" diye sormuştu. Çocuklar aralarında nasıl başlarlarsa, öyle başlamıştı konuşmaya. Futbolla da girebilirdi, Karl May'la da, ama o günlerde en çok heyecan veren konular Jungvolk ve HJ'ydi.

Oğlan, "Yoo," demiş, tahtayı oymaya devam etmişti.

"Adın ne?"

"Paul. Senin?"

"Fritze. Kaç yaşındasın?"

"On bir. On bir buçuk."

"O zaman girebilirsin. Daha küçüksün sanmıştım."

Fritze'nin onu konuşturmak için yaptığı küçük provokasyonu çocuk anlamazdan geldi.

"Olabilir," dedi sadece. "Ama ben istemiyorum."

"İstemiyor musun? Açıkta çadırda yatmaktan mı korkuyorsun? Yoksa hayalet hikâyelerinden mi? Derdin belki de büyük çocuklardan dayak yemek. E, o kadar olacak bu işe gireceksen. Ama bütün bunların bir üstesinden geldin mi, ondan sonra bizdensin artık. Korkmak yok."

Oğlan başını iki yana salladı. "Korkmuyorum," dedi.

"Niye istemiyorsun o zaman?"

Çocuk bir an tahta oymayı bırakıp büyük bir içtenlikle, "Salak buluyorum onları," dedi.

Fritze yanlış duyduğunu sandı. "Salak mı? Jungvolk halk toplumumuzun vazgeçilmez bir parçasıdır! Bunu Führer kendisi söyledi. Jungvolk ile HJ'nin de diğerleri gibi yeni Almanya'yı kurmakta payı var dedi!"

"Kiliseye gitmiyorlar."

"Ne?"

Fritze gene yanlış duyduğunu sandı ama oğlan yinelemişti.

"Hitlerjugend kiliseye gitmiyor," dedi. "Annem, 'Naziler kiliseye gitmiyor,' diyor. Onun için aptal buluyorum onları."

Bu, HJ hakkında Fritze'nin o güne kadar hiç duymadığı bir ithamdı. En azından bir çocuğun ağzından.

Kiliseymiş! Kendisi hayatında bir kere bile gönüllü gitmemişti kiliseye. Yurttayken haftada bir kere bütün çocukları ayine, din dersinde onlara dayak atan o sert papaz Liebrecht'e götürürlerdi. Yoksa ondan önce, henüz annesinin yanındayken istediğini yapmakta özgürdü. Kadın onu sadece müşteri geldiğinde dışarı postalardı. Fritze şöyle bir düşündü de, aslında yurda düşmeden önce de bayağı uzun bir süre sokakta yaşamıştı. Gereon ve Charly ile de bütün bir yıl boyunca yalnız bir kere, o da Noel'de, Gedächtnis Kilisesi'ne gitmişlerdi. Kilise, özellikle de oraya gitmeden önce evde Noel ağacının altında bir sürü hediye bulduğu için hoşuna gitmişti. Hediyeler arasında üç Karl May kitabı, uzun zamandır arzuladığı el feneri de vardı; sevincinden ağlamıştı. Tabii kimseye göstermeden, tuvalette. Sonuçta kilise ilgi alanına hiç girmeyen bir şeydi. Tanrı'ya inandığı bir dönem olmuş muydu, onu bile hatırlamıyordu. Hatta aman Tanrı olmasın diye dua ettiği bile oluyordu, çünkü eğer varsa cehennemde cayır cayır yanacağı kesindi.

Asıl cehennem son günlerde onun için ona aman vermeyen kâbuslardı.

Gereon yatıştırıyordu onu. "O herif bir gangsterdi, benim hayatımı kurtardın, sana çok şey borçluyum," demişti. Gereon onu tabancayı geri götürmesi için trenden yolladığında adam daha can çekişiyordu. Fritze silahı götürüp Rademann'ın arabasındaki kılıfına sokmuş, hiçbir şey olmamış gibi Carmerstrasse'ye geri dönmüştü.

Ama olan bir şey vardı.

Karanlık evde kendisini yalnız hissetmişti. Uyuyamamıştı. Hemen gözünün önüne gelen resimlerden korktuğu için uyumak da istememişti. Gereon eve geldiğinde neredeyse sabah oluyordu; babalığı odasına bir göz atmış, o da uyuyor numarası yapmıştı. Ardından mutfaktan kap kacak sesi gelmiş, çaydanlığın düdüğü duyulmuştu.

Sonra Gereon elinde dumanı tüten bir kahve fincanıyla geri gelmiş, aslında bir saniye gözünü kırpmamış olan Fritze'yi "uyandırmıştı".

"Günaydın. Kahve ister misin?"

"Mmm."

"Hayatımı kurtardın. Bunu hiçbir zaman unutmayacağım."

Sessizlik.

"Tabancayı geri götürdün mü?"
Oğlan başıyla evet işareti yaptı.
"Nereden buldun sen onu?"
Sessizlik.
"Peki, tamam. Beni ilgilendirmez zaten. Ama bundan sonra öyle şeylere elini sürmek yok. Ve bir daha da ben bir operasyona giderken sakın peşime takılma," dedi ve Fritze'nin yatağına oturdu. "Vurduğun adam çok tehlikeli bir profesyonel suçluydu," dedi.
"Suçluydu mu?"
"Öldü, artık korkmana gerek yok." Gereon çocuğun elini avuçlarına aldı. Bunu onu yanlarına aldıklarından beri ilk kez yapıyordu. Fritze ne hissedeceğini bilememişti. "Polise onu benim öldürdüğümü söyledim. Meşru müdafaa."
Fritze başını salladı. Ama içinde buna karşı çıkan, bu yalana karşı duran bir şey vardı. Her şey o kadar sahte geliyordu ki. Ama Gereon hikâyeyi anlatıp bitirene kadar başını salladı.
Birkaç saat sonra Baltık Denizi'nden dönen Charly'ye de aynı hikâyeyi anlattı. Hem onu yüz sene görmemiş gibi karşılamış hem de onun, kendi karısının suratına gözünü kırpmadan yalan söylemişti.
O günden beri de bir kez olsun o gece Fritze'nin de lunaparkta olduğunu ağzına almamıştı; hatta yalnızken, rahat rahat konuşabilecekken bile. Bir yumurcağın o tehlikeli caninin hakkından geldiğini, babalığını kurtardığını...
Gereon aslında parsayı kendi topluyordu! Bir kez bile açıktan teşekkür etmemişti. Halbuki düşünse, Fritze olmasa bugün hayatta olmayacaktı! Hatta önceki gün kahvaltıda büyük ihtimalle terfi edeceğini söylediğinde, Fritze'nin içi cız etmiş, Gereon'un ona nasıl bir kötülük ettiğini o an algılamıştı. Jungvolk Charlottenburg teşkilatının kahraman bir üyesinin o caniyi ortadan kaldırdığını neden bütün dünya duymasındı? Oymakbaşı Rademann muhakkak gurur duyardı onunla, tabancayı ödünç almasını, hatta adam öldürmüş olmasını bile affederdi. Bir profesyonel suçluyu, bir haşaratı öldürmek kötü bir şey değildi, cesaret gerektirirdi.
Ancak gerçeği açıklamak için artık çok geçti; Gereon onu yalan girdabına sokmuştu bir kere, oradan çıkış yoktu. Onu ün ve şeref-

ten etmekle kalmamış, ona kötü rüyalar da bırakmıştı. Göğsünden vurduğu adamın can çekişmesi, her nefes alışında ağzında oluşan kırmızı baloncuklar ve ıslık gibi çıkan o korkunç ses. Fritze her gece bunlarla boğuşuyordu. Adam sanki her gece orada yeniden ölüyormuş gibi karanlığın içinden, odanın bir köşesinden geliyordu bu sesler. Abajuru açık bıraktığından beri durum biraz düzelmişti, ama bu sefer de Charly gece gizli gizli kitap okuduğunu zannedip onu azarlamıştı.

Şimdi de büyükler bu şık salonda oturmuş, karşılıklı birbirlerine birtakım uydurma hikâyeler anlatıyordu. Tabii gönderirlerdi onu dışarı.

Fritze, tahta oyan çocukla uzun bir süre hiç konuşmadığını fark etti. Gerçi Paul Adenauer'in bundan bir rahatsızlık duyduğu da söylenemezdi. Hiç istifini bozmadan tahtaya şekil vermiş vermiş, sonunda bıçağı cebine koyup eserini evirip çevirip her açıdan seyretmişti.

Fritze, oğlanın saatlerdir elindeki tahtayla ne yaptığını şimdi görüyordu.

Bir haçtı bu.

95

Gennat'ın odasındaki bu yeşil koltuklarda hiç bugünkü kadar huzursuz oturduğunu hatırlamıyordu. Yalnızlardı, odada başka kimse yoktu; Buda ismine yakışır bir edayla karşısına kurulmuştu. Rath kahve ya da pasta beklememişti zaten, ama Gennat'ın gözlerinde, olan biteni resmî açıklamasında olduğu kadar ciddiye almadığını gösteren anlık bir pırıltı, dudaklarının kenarında gülmeye benzer hafif bir kıpırtı görmeyi, şefinin, yediği bütün boklara rağmen kriminal komiserinin yanında olduğunu bilmeyi arzu ederdi.

Bu sefer bunların hiçbirinden eser yoktu.

Lunaparktaki olaylardan sonra Gennat'ın huzuruna ilk defa çıkmıyordu. Huzuruna çıktığı tek kişi de o değildi. Masum SA'ları öldürmek amacıyla Bolşevik bir direniş grubuna katılan sabıkalı bir profesyonel suçluyu ortadan kaldırması, bu kahramanca eylem,

Röhm'ün etrafındaki komplocuları engellemek için gerekli olan başka kahramanca eylemler yüzünden basında maalesef biraz geri planda kalmıştı. Ama polis teşkilatı içerisinde, bu vakayla ilgili bütün şubelerde son günlerde epey bir saygınlık elde etmişti.

Uzun bir zamandır yeraltı çeteleri ve profesyonel suçlulara karşı savaş açmış Kripo Müdür Yardımcısı, Asayiş Şube Müdürü Liebermann von Sonnenberg çağırmıştı mesela. Bir zamanlar bakanlıkta görev yapmış, Emniyet Genel Müdürü ve SS Mangabaşı Daluege'ye yakınlığıyla bilinen yılların siyasi memuru Liebermann, Gennat'ın aksine, Rath'ı sırf Juretzka'yı yakaladığı için değil, öldürücü kurşunu sıktığı için de öve öve bitirememişti. Ortadan kaldırılan her profesyonel suçlu Almanya için bir kazanımdı. "Hepsini de içeri tıkacak halimiz yok, öyle değil mi?" demişti Liebermann.

Prinz-Albrecht-Strasse'deki konuşmalarda biraz daha gerçekçi olunmuş, daha detaya inilmişti. Rath, Wolff Özel Komisyonu'na gönüllü bazda bir sürü bilgi vermiş, Berlin'deki SA cinayetleri serisinin aydınlığa kavuşmasına yardımcı olmuştu. Lunaparkta bulunan beyzbol sopasının suç aleti olduğu tespit edilmişti. Her ne kadar Wolff Grubu'nun izi tamamen silindi diye hayıflansa da Reinhold Gräf bile grubun o en kötü üyesi, eski yeraltı çetesi şefi, cani Leo Juretzka'nın hesabının görülmüş olmasına sevinmişti.

Gerçi Rath, onun hikâyeye inanıp inanmadığından pek emin değildi ama sonuç ikisinin de kariyerine yarayacağından, eski meslektaşı şimdilik bunu yutmuş görünüyordu. Savaş baltalarını gömmüşlerdi, yine de aralarındaki dostluk bir daha eskisi gibi olmayacaktı, Rath hissediyordu bunu. Birbirlerine tavırları meslektaşçaydı, serinkanlı bir ilişkileri vardı. Belki böylesi iki taraf için de en iyisiydi.

Emniyet müdürü bile görüşmek istemişti Rath'la. Magnus von Levetzow, önceki yıl aralarında yaşanan tatsızlığı unutmuşa benziyordu; Rath'ın eşsiz cesaretine övgü yağdırmış, o da tıpkı Liebermann gibi başkomiserliğe terfi edebileceğini ima etmişti.

Bu övgü seline kapılmayan tek bir kişi vardı; o da şu anda karşısında oturan Ernst Gennat'tı.

"Bir üstünüz olarak lunaparkta beylik silahınızdan çıkan öldürücü kurşuna dair ön incelemeleri tamamlayarak savcılığa iletmek benim görevim," diyen Gennat, önündeki dosyayı açtı.

Garip bir tonda söylemişti bunları; kuru, soğuk. Rath'ın tanıdığı Buda değildi sanki.

"Size imzalatıp savcılığa sevk etmeden önce protokolleri bir kez daha özetliyorum. Tamamlamak veya düzeltmek istediğiniz bir şey olursa hemen söyleyin."

"Başüstüne müdür bey."

Gennat başlamadan önce ona gözlüklerinin üzerinden baktı. Sonra Rath'ın ona ve Gräf'e bir hafta önce anlattığı hikâyeyi okudu. Wolff Özel Komisyonu mensuplarına özel görevler verildiği için vakayla yalnız başına ilgilenmek zorunda kaldığını... Yaralandığı için soruşturmaya katılamadığı ve dosyalardaki bilgiler ona yetersiz geldiği için tekrar lunapark alanını incelemek istediğini... Orada, uzun bir süre önce yeraltına geçip komünist Wolff Grubu'na katılarak SA'ları öldüren profesyonel suçlu ve çete üyesi Leo Juretzka olduğu sonradan anlaşılan bir adamla karşılaştığını...

Gene başına buyruk hareket etmekle de suçlandığı son derece zayıf bir hikâyeydi bu. Ama başarıyla sonuçlanmıştı. Ve başarının ona ulaşmaktaki bütün yolları meşru kıldığı bir resmî makam varsa o da yeni yönetimiyle Berlin polis teşkilatıydı. Gennat hariç.

Rath'ın hikâyesinin baş kısmını okuyup, "Bu şekilde mi cereyan etti komiser bey?" diye soran Buda, bir yorum, bir ilave ya da belki de gerçeği bekliyormuş gibi uzun uzun baktı Rath'ın yüzüne.

Ancak Rath'ın ağzından bir tek, "Evet müdür bey," çıktı.

Gennat, Rath'ın protokolünü okumaya devam etmeden önce dayanılmayacak kadar uzun bir süre komiserin gözlerinin içine baktı. "Adam, sonradan suç aleti olduğu tespit edilen beyzbol sopasıyla aniden vurdu, darbeyi savuşturup kendimi savundum. Akabindeki boğuşmada saldırganın silahını elinden aldım, o da bunun üzerine kaçtı."

Buda, bir yorum bekler gibi ara verdi; ancak Rath'tan ses çıkmadı.

"'Saldırganın profesyonel suçlu Juretzka, Leopold, silahının da Kaczmarek, Dewald ve Sperling (Dewald dosyası, Jäger'in ifadesi ve ekteki krokiyle karşılaştırıldı) cinayetlerindeki suç aleti olduğunu anlayınca peşine düştüm. Saldırgan lunapark treninin köprüsüne tırmandı. Birkaç kez polis memuru olduğumu ve teslim olmasını söyledim. Bu talimata uymayınca peşinden ben de lunapark köprüsüne çıktım.' Buraya kadar doğru mu?"

"Evet müdür bey."

"Firariyi köprünün en tepesinde yakaladım. Boğuşmada elime vurarak silahımı düşürdü ve belinden bir ateşli silah çıkardı. Bunun bir *Walther* PP olduğunu görünce, bir hafta önce çalınan beylik silahım olduğunu tahmin ederek anında profesyonel suçlu Juretzka'nın aranan Wolff Grubu'nun bir üyesi olması gerektiği sonucunu çıkardım. Juretzka'nın ateş etmesini önlemek için elindeki silahı kavradım. Hengâmede tabanca ateş aldı ve Juretzka'nın göğsüne isabet etti. Adam köprüden aşağı düştü. Derhal inip yanına gittim, ama ölmüştü. Alnında büyük olasılıkla düşme sonucu oluşan bir yara vardı."

"Evet müdür bey," dedi Rath.

Gennat dosyayı kapadı.

"Böyle cılız bir hikâyeyi en son iki yıl önce duymuştum. O gün de ofisimde oturan sizdiniz Komiser Rath," dedi. "Beni nasıl yorduğunuzun farkında mısınız?"

"Evet müdür bey."

"Bozuk plak gibisiniz!" Buda yumruğunu masaya vurdu. "'Evet müdür bey'den başka söyleyecek başka şeyiniz yok mu?"

"Yok müdür bey."

Gennat alnını kırıştırdı; komiserine, dalga geçmeyi bırakın der gibi bir bakış fırlattı. Ancak Rath dalga filan geçmiyordu; gerçekten de Buda'ya söyleyeceği bir şey yoktu. Ona söyleyebileceği her şey, biraz olsun gerçeğe uygun bir şeyler anlatmak, Ernst Gennat'ı gereğinden fazla işin içine çekmek olurdu. Rath da bunu istemiyordu. Zaten sevdiği bir sürü insanı yeteri kadar bulaştırmıştı olaya.

"Hikâyenizin ucu açık kalan bir sürü tarafı var, cevap vermekten ziyade insanın kafasında soru işaretleri yaratıyor. Juretzka'nın ciğerini parçalayıp onun aşağı düşmesine neden olan mermi nerede mesela?"

Rath kurşun ağırlığındaki omuzlarını kaldırdı.

"Hele şu işinizi kolaylaştıran tesadüfler..."

"Tesadüfler olmasa, yarı yarıya başarı elde ederdik müdür bey."

"Sizin hikâyeleriniz de on kat daha inandırıcı olurdu, öyle mi? Yine başınıza buyruk hareket etmeniz bir yana, bu olaydaki davranışınız Berlin Kriminal Polisi'nin kabul edemeyeceği bir durum."

"Üstleriniz davranışımı son derece cesur buldu müdür bey."

Rath bunu söylediği anda pişman oldu. Gennat'ın Liebermann von Sonnenberg'den hazzetmediğini, emniyet müdürünü ise hiç sevmediğini çok iyi biliyordu.

"Davranışınızda adaleti kendi elleriyle sağlamaya kalkışma seziyorum. Berlin polis teşkilatında olsun, en yüksek hükümet kademelerinde olsun bugün böyle olaylara göz yumuluyor olabilir – ama M Kriminal Grubu'nda asla. Geri kafalı olabilirim, fakat ben kendi şubemde böyle şeylere izin vermem. Emniyet müdürü istediği kadar övsün davranışınızı, benden alkış beklemeyin."

Rath buna yanıt vermedi.

"Alkışlayamam, çünkü bu vakada çok şey karanlık bana göre," diye devam etti Gennat. "Maalesef bana iki yıl önce Mazurya Ormanları'nda yine tek tabanca yediğiniz naneleri hatırlatıyor bana. O olaydan ders çıkaracağınızı ummuştum."

Rath suçlu suçlu susuyordu. Buda konuşsundu, nasılsa birazdan sakinleşirdi.

"Anlaşılan ders olmamış. Gene başına buyruk hareket ediyorsunuz, işin içine gene Prusya polisine ait bir tabanca karışıyor, hatta bu sefer bir hafta önce tuhaf bir şekilde kaybettiğiniz silah, tuhaf bir şekilde kendi silahınız. En kötüsü de sizin yüzünüzden yine birinin canından olması."

"Üzgünüm müdür bey."

Gennat bunun üzerine bir şey demedi. Yaşlı ve yorgun bir köpek misali Rath'a baktı ve protokolü komiserin önüne sürdü. Rath imzaladı.

Gennat, "O zaman bunu bu şekilde savcılığa iletiyorum," dedi. "İki yıl öncesinin aksine herhangi bir zorlukla karşılaşmayacağınızı, şu cılız ifadenizin daha ötesini kurcalayacak titiz bir araştırmaya gidilmeyeceğini biliyorum. Ama gözüm üzerinizde, onu iyi bilin. Böyle bir davranışa ben şubemde izin vermem."

"Elbette müdür bey."

Rath bunu da az öncekiler gibi ezbere söyleyeceğini düşünmüştü, ama sesi birden çatallaşmıştı, genzini temizlemek zorunda kaldı.

Gennat'ın bakışlarında gerçekten hayal kırıklığına benzer bir ifade vardı ve Rath, bunun Gennat'ın yetki azaltmak gibi verebileceği bütün cezalardan daha fazla canını acıtacağını fark etti.

Oysa iş, aksine, terfiye gidiyordu.

Marlow denen o alçak haklı çıkmıştı. Leo Juretzka'yı öldürdü diye Rath'a nişan filan takmamışlardı, ama terfisi artık bir formaliteden ibaretti. Böylece bu sene parti üyesi olmayıp tepetaklak gitmeyen az sayıda kişiden biri olacaktı. Ama bu bile şu anda Gennat'ın bakışlarından, ondan işittiği laflardan duyduğu üzüntüyü bertaraf etmekten uzaktı.

"Açıkyüreklilik," diye devam etti Buda, "açıkyüreklilik, vefakârlık ve dürüstlük, sizin Allah için hiçbir zaman kıymetini bilmediğiniz erdemler Komiser Rath. Ama bu erdemler olmadan sizinle birlikte M Kriminal Grubu'nda güven içerisinde çalışmak çok zor olacak."

Rath dayanamıyordu artık, bunları duyunca yutkundu. Ernst Gennat şimdiye kadar onu hiç böyle büsbütün silmemişti. Acıyı iliklerine kadar hissediyordu, ama elinden bir şey gelmiyordu. Buda'ya gerçeği söyleyemezdi, Charly'ye bile her şeyi olduğu gibi anlatamamıştı. Gerçi o bilmesi gerekenden çok fazlasını biliyordu ya.

"Bu somut olarak ne anlama geliyor müdür bey?"

"Karar sizin komiser bey. Yukarıdakiler birden sizi çok sevdiklerini keşfettiler, terfinizin önünde pek bir engel yok gibi. Kendiniz istemediğiniz sürece, sizden kolay kolay kurtulamam."

Kurtulmak. Gennat'ın ağzından çıkan tek bu laf bile yüreğine oturmuştu. Buda orada oturmuş, hovarda ve ayyaş büyük oğlunu başka çaresi kalmadığı için, içi kan ağlayarak mirastan men edip çiftlikten kovan bir bey gibi bakıyordu.

"Nasıl istiyorsanız öyle yapın komiser bey, ama sizi temin ederim, burada benim sözüm geçtiği sürece M Kriminal Grubu'nda hiçbir önemli kararda, hiçbir önemli soruşturmada yer almayacaksınız."

Rath artık dayanamıyordu, yerinden kalktı.

"Bütün söyleyecekleriniz bu kadar mı müdür bey?"

"Evet. Gidebilirsiniz."

Rath belki bir daha hiçbir zaman göremeyeceği yeşil mobilyalı ofisten çıktı. Göçmen gibi hissediyordu kendini. Vatanından kovulan birisi gibi. Hatta belki de cennetten.

Sonsöz

4 Ağustos 1934, Cuma

Adolf Osterberg ailesiyle kahvaltı masasında oturmuş, harikulade sabahın tadını çıkarıyordu. Açık pencerelerden içeri dolan lavanta kokusu, masadaki mis gibi kahve kokusuna karışmıştı. Hayat son haftalarda bayağı normale dönmüş gibiydi; işler yıllardır bu kadar iyi yürümüyordu. Friedländer'le yaptığı sözleşmeyle üretimi katlamıştı; son üç hafta üst üste fazla mesai uygulanmıştı. Yeni Almanya'ya üniforma lazımdı!

Hatta iki haftadır yeni bir şoförleri bile vardı. Gerçi Josef, Johann kadar dikkatli ve saygılı değildi, ama doğru dürüst personel bulmak da artık zordu. Önceki yıl Berlin'deki saldırıda cesur davranışını büyük ihtimalle hayatıyla ödeyen Johann gibi bu adamı da Emilie işe almıştı. Zavallı Johann'dan hâlâ en ufak bir iz yoktu, polis de fazla umut vermiyordu. Görünüşe bakılırsa serseriler onu öldürüp bir yere gömmüşlerdi.

Kuzey Korsanları denmişti bunlara; Osterberg bu ismi ilk olarak salıverildikten sonra Emniyet'te duymuştu. SA üniforması içerisindeki profesyonel suçlular; hâlâ bunu aklı almıyordu. Ancak SA'nın nasıl tipleri üyeliğe kabul ettiği son günlerde isyancı SA liderlerinin ayaklanması bastırıldığında ortaya çıkmamış mıydı? Böyle bir şeyi eskiden hayatta düşünemezdi.

Osterberg bunları aklından geçirdikçe Berlin gibi bir büyük şehir bataklığında değil de, Cottbus'ta oturduğu için seviniyordu.

Lausitz yöresinde ne gangster çeteleri ne de 175'likler cirit atıyordu; hayat burada normaldi. O yüzden de Adolf Osterberg buradan başka hiçbir yerde yaşamayı düşünmüyordu.

Tasasız dünyasına son olarak tek bir olay gölge düşürmüştü, o da eski mareşali Hindenburg'un ölümüydü. Aslında çok da beklenmedik bir şey değildi bu; son haftalarda Doğu Prusya'daki çiftliğine çekilen yaşlı cumhurbaşkanının sağlık durumunun iyi olmadığı biliniyordu. Ölüm haberi yine de yüreğine işlemişti. Adolf Osterberg'in, Tannenberg Muharebesi'nde birlikte çarpıştığı bu adama saygısı her zaman büyük olmuştu.

Gazeteler o gün de bu büyük adamın ölümüne ilişkin haber ve makaleyle doluydu. Bakanlar kurulunda bir anma toplantısı yapılmıştı. Führer ve başbakan, cumhurbaşkanının görevlerini üstlenecek, ama titrini almayacaktı. Hitler, içişleri bakanına yazdığı mektupta, merhumun büyüklüğünün cumhurbaşkanı titrine özel bir anlam yüklediğini, bunun bundan böyle büyük merhumun adıyla kopmaz bir şekilde bağlı olacağını söylemişti.

"Ne diyorsun hayatım?" diye sordu karısına. "Führer, cumhurbaşkanının görevlerini üstlenip üstlenmeme konusunda halk oylamasına gitmek istiyor. Ölüye hürmetinden titrine dokunmuyor. Çok etkileyici, değil mi?"

"Gerçekten ne düşündüğümü bilmek istiyor musun Adolf? Kaç gündür kafamdan geçenleri? Hindenburg da öldü ya, beni burada tutan hiçbir şey yok artık. Hele mareşalin eline su dökemeyecek Bohemyalı bir onbaşı asla."

"Neler diyorsun hayatım? Sanki göç etmek istiyor gibi konuşuyorsun."

"Sadece öyle konuşmuyorum, bu mecburiyetin kendisini gelip dayattığını düşünüyorum. Nazi belasını atlatmış değiliz, bundan eminim."

Adolf Osterberg dikkat kesildi. Emilie sesini bu şekilde yükseltti mi, bunu bir ikaz olarak almak gerekirdi.

"Göç mü? Ama niye?" diye sordu Osterberg. "En önemlisi de: Nereye?"

"Hemen Amerika olması şart değil. Danimarka'daki ağabeyim geldi aklıma. O bize yardım eder."

"Peki çocuklar?"

"Konuştum onlarla. Gerçi Wilhelm önce yüksek öğrenimini tamamlamak istiyor; ama pekâlâ Odense'de staj yapabileceğini söyledi. Friederike'nin de Nazilere karşı öyle pek bir sempatisi yok, biliyorsun."

"Niye hepiniz böyle Nazilere cephe aldınız bilmiyorum. Führer meseleye el koyup SA'daki kötü koşulları ortadan kaldırdığından beri ortalık sakinleşti."

Emilie başını iki yana sallayarak, "Adolf, sen de bazen adeta bir Nazi gibi konuşuyorsun! Tanıdığım tek Yahudi Nazi. Belki de koskoca imparatorluktaki tek Yahudi Nazi. Seni içini doldurup müzeye koymalılar," dedi.

"Ama Emilie!" Adolf Osterberg şoke olmuştu.

"Doğru değil mi? Öyle bir konuşuyorsun ki. Başına gelenleri unuttun mu? Hele öbür adama yapılanlar, onun gözünü çıkarttılar. Senin mülayim SA'ların onlar işte!"

"Beni gözaltına alıp eziyet edenler gangsterdi! Dertleri fidyeydi!"

"Bizi yönetenler gangster, ne zaman anlayacaksın bunu?" Emilie Osterberg'in yumruğunu masaya vurmasıyla kahvaltı takımı şıngırdadı.

Osterberg, yıllar önce yaşlı ve azgın Rosenthal başarıyla imzaladıkları bir iş sözleşmesinin şerefine onu geneleve sürüklediği, orada da o güzel kızıl saçlı kadın ona sırnaştığı için iş seyahatinden Berlin'e geç döndüğü günden beri karısını hiç böyle görmemişti.

Adolf Osterberg ondan beri başarılı sözleşmelerin ardından Berlin'in gece hayatına bir daha hiç dalmamıştı. Emilie'sini bir daha öyle kızgın görmek istememişti. Ama şimdi gene öyle hiddetlenmişti işte, o da buna isyan ediyordu.

"Sanki üç haftayı SA bodrumlarında değil de, genelevlerde geçirmişim gibi konuşuyorsun."

"Sen bir şey anlamayınca nasıl konuşmak gerekiyorsa, seninle öyle konuşuyorum. Röhm'e indirilen darbe, hükümetin deyimiyle bu temizlik operasyonları, bütün bunlar bize söylendiği gibi hukuku korumak için yapılmadı, tam tersi! Alman hükümeti tam bir gangster çetesi gibi hareket edip bütün rakiplerini yok ettirdi. En azından ben artık böyle bir ülkede yaşamak istemiyorum. Hele şimdi, Hindenburg da öldükten sonra bu kahverengi canileri hiçbir şey tutamaz artık."

"Ama Emilie!" Osterberg dehşet içinde bakıyordu etrafına. "Neler diyorsun öyle?"

"Özgür bir ülkede nasıl konuşulursa öyle konuşuyorum. Her yerde konuşurum, sokak ortasında da konuşurum. Senin bu korkun bile gitme zamanının geldiğinin kanıtı."

"Her şeyi böyle bırakacak mıyız? Şirket benim hayatımın eseri!"

"Biliyorum şekerim, biliyorum."

Karısının ses tonundaki ani değişiklik, Osterberg'in büsbütün yelkenleri suya indirmesine yol açmıştı. Emilie haklıydı belki de. İşine öyle bir yoğunlaşmıştı ki, siyaset ve aile gibi aynı şekilde önemli olan şeyler biraz arka plana itilmişti. Aile söz konusu olduğunda, idareyi her zaman karısına bırakmıştı. Çocuklar, çalışanlar, hangi dostlarının hangi eğlencelere davet edileceği... Bütün bunlarla hep karısı ilgilenmişti.

"Dokumahane hayatının eseri, o yüzden de onu en güvendiğin çalışanına devretmelisin."

"Leyboldt'a mı?"

Erich Leyboldt onun ticari mümessili, Emilie'ye hapishane döneminde bütün işlerde koltuk çıkan adamdı.

Emilie başıyla onayladı. "Büyük bölümünü ona devredip o parayla ağabeyime gidelim, Danimarka'da her şeye baştan başlayalım. Sen iyi bir işadamısın Adolf, başarırsın."

Osterberg bundan o kadar emin değildi. En başta bunu isteyip istemediğinden emin değildi: Her şeye baştan başlamak istiyor muydu?

"Personeli de götürürüz," diye devam etti karısı. "Josef'le konuştum, o gelirim dedi. Kimsesi olmadığından..."

"Ben hâlâ neden gitmemiz gerektiğini anlamıyorum Emilie. Sosyal demokrat değiliz ki!"

"Yahudi olduğun için Adolf."

"Vaftiz olurum."

"Naziler ona bakmıyor, onların derdi din değil, ırk. Bir yıldır Yahudilere nasıl davranıyorlar, farkında değil misin?"

"Düzelir gene. Her zaman oldu böyle şeyler."

"Ama devlet bazında değil. Yasa biçimine sokulmamıştı. Sadece Yahudi oldukları için insanların birtakım meslekleri icra etmeleri yasak."

"Ama bu yalnız devlet memurluğu için geçerli. Göring dedi ki..."

Emilie sertçe sözünü keserek, "Bir daha bu gangsterlerden birinden alıntı yapar ya da dediklerini papağan gibi tekrarlarsan boşarım seni! Hem de derhal!" dedi.

Adolf Osterberg'in bir anda aklı başından gitmişti. Emilie o âna kadar bir kez olsun boşanma lafı etmemişti. Hatta o kızıl saçlı kadın olayından sonra bile. Demek konu çok ciddiydi. Yeni Almanya şimdiye dek önüne hiç engel çıkarmamıştı; hatta kuruculuğunda payı olsun bile istemişti. Erdemli bir vatanperverdi. Sadece firmasını değil, şehrini, savaşta Ruslara karşı müdafaa ettiği memleketini de seviyordu. Terk etme düşüncesi bile onun gözünde alçakça bir ihanetti.

Büyük teras kapısından bahçeye, o çok sevdiği Lausitz yazına baktı; oradan gözlerini karısına, Emilie'nin sinirden titreyen burun deliklerine çevirdi. Ve şunu anladı: Eğer Emilie, Yeni Almanya'da mutlu olmayacaksa, o da olmazdı.

Çünkü her şeyden, Almanya'dan da, yazdan da fazla karısını seviyordu.